Astrid Fritz, Jahrgang 1959, studierte Germanistik und Romanistik in München, Avignon und Freiburg. Als Fachredakteurin arbeitete sie anschließend in Darmstadt und Freiburg und verbrachte drei Jahre in Santiago de Chile. Heute lebt Astrid Fritz mit ihrer Familie in der Nähe von Stuttgart.

Bei den Recherchen zu einem historischen Stadtführer («Unbekanntes Freiburg», gemeinsam mit Bernhard Thill) stieß sie auf die tragische Lebensgeschichte der Catharina Stadellmenin. Der daraus entstandene Roman «Die Hexe von Freiburg» (rororo 23517) wurde ein Bestseller; der Bayerische Rundfunk urteilte: «Ein absolut gelungenes Roman-Debüt. Einfühlsam, spannend, traurig bis zur letzten Seite.»

«Die Tochter der Hexe» ist ihr zweiter Roman.

Astrid Fritz

Die Tochter der Hexe

Roman

Rowohlt Taschenbuch Verlag

Originalausgabe
Veröffentlicht im Rowohlt Taschenbuch Verlag,
Reinbek bei Hamburg, Januar 2005
Copyright © 2005 by Rowohlt Verlag GmbH,
Reinbek bei Hamburg
Umschlaggestaltung any.way, Wiebke Jakobs
(Abbildung: John William Waterhouse, «Juliet»)
Kartographie Peter Palm, Berlin
Satz Adobe Garamond PostScript bei
Pinkuin Satz und Datentechnik, Berlin
Druck und Bindung Clausen & Bosse, Leck
Printed in Germany
ISBN 3 499 23652 4

Astrid Fritz • Die Tochter der Hexe

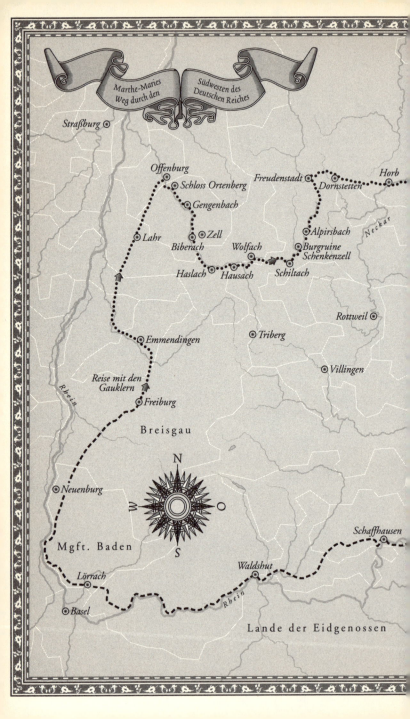

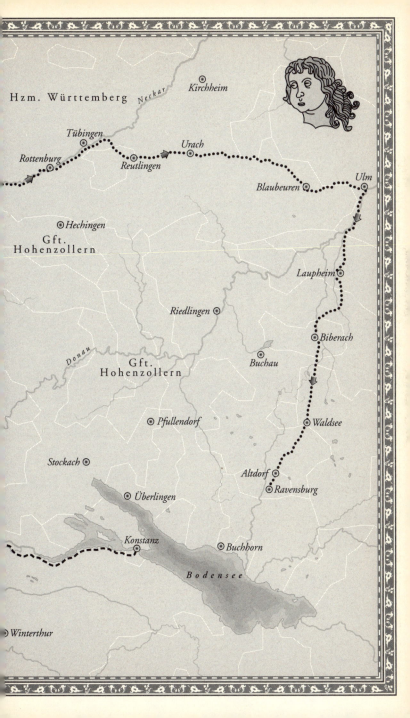

I

Pünktlich zum Gregoriustag erwachte Konstanz aus dem Winterschlaf. Für die Schüler der Habsburger Grenzstadt war dieser Tag gleich zweifach Anlass zu Freude und Übermut: Nach vielen Wochen nasskalter, trüber Witterung wärmte heute zum ersten Mal eine kraftvolle Sonne ihre blassen Gesichter. Und wie jedes Jahr am zwölften März feierten die Knaben mit dem Tag des Schutzpatrons der Gelehrten, Schüler und Studenten auch das Ende des Wintersemesters. Für dieses eine Mal waren Lehrer und Rektoren ihres Amtes enthoben, mussten sie im Scholarengewand mit ihren Schützlingen zum Gregoriusingen durch die Gassen ziehen und sich von den Zuschauern manchen Spottvers gefallen lassen. Während vorweg der Knabenrektor mit kindlicher Würde Schulschlüssel und Rute trug, balgten sich seine Mitschüler, als Schulmeister, Pfarrer, Medicus oder Advokat kostümiert, um die Süßigkeiten und Nüsse, die die Erwachsenen ihnen zuwarfen. Wer nicht am Straßenrand stand, lehnte sich aus den weit geöffneten Fenstern, ließ milde Frühlingsluft in die muffigen Stuben und freute sich an dem Treiben der Jungen und dem wolkenlos blauen Himmel.

Einzig in einer Seitengasse nahe des Obermarkts stand ein stattliches Haus abweisend wie ein Fels gegen die Brandung fröhlicher Ausgelassenheit. Die Fenster waren geschlossen und mit schwarzen Tüchern verhängt, die Menschen, die sich dem prachtvollen, mit Stuck reich verzierten Eingangstor näherten, hielten den Blick gesenkt. Nur im Obergeschoss stand ein Fensterflügel offen, um der Seele der sterbenden Hausherrin den Weg vor den Richterstuhl Gottes zu weisen.

Marthe-Marie spürte den eisigen Hauch des Todes, als die Frau, zu der sie zeitlebens Mutter gesagt hatte, den Kopf zur Seite neigte und zu atmen aufhörte. Längst hatte die Ansagerin, ein altes Weib, das sonst von Almosen lebte, ihren Gang von Haus zu Haus beendet, und noch immer saß Marthe-Marie am Sterbebett, die kalte Hand von Lene Schillerin zwischen den ihren, voller Angst, das Band zwischen ihnen endgültig zu lösen. Sie wusste, der Boden würde zu schwanken beginnen, wenn sie aufstünde, wusste, dass die Welt, die sich hinter der Türschwelle auftat, nie wieder hell und warm sein würde.

«Komm zu uns in die Küche.» Franziska berührte sie vorsichtig an der Schulter, dann löschte sie die Sterbekerze. «Die Leichenfrau ist gekommen, ihre Arbeit zu verrichten, und unten warten die ersten Gäste, um sich von Mutter zu verabschieden.»

Zu Marthe-Maries Erstaunen tat sich hinter der Tür kein Abgrund auf. Wie immer empfing sie das vertraute Knarren der Dielenbretter, als sie hinunter in die Küche ging. Neben dem erloschenen Herdfeuer saß zusammengesunken ihr Vater. Ferdi, der Jüngste und ihr Lieblingsbruder, stand am Fenster und starrte hinaus auf die letzten Schneereste im Hof. Aus der Stube drang das Stimmengewirr der Trauergäste, dann und wann hörte sie die tiefe Stimme ihres ältesten Bruders Matthias, der schon morgen zu seinem Fähnlein zurückmusste. Immer mehr Menschen kamen ins Haus zum Goldenen Pfeil, um von der Toten Abschied zu nehmen, denn Lene Schillerin, die Gattin des ehemaligen Hauptmanns, war in Konstanz nicht nur eine geachtete, sondern eine beliebte Frau gewesen.

Marthe-Marie trat an die Wiege, in der Agnes friedlich schlief, als ginge sie das alles nichts an, und strich ihrer Tochter über das winzige Gesicht.

«Warum hat Mutter sich aufgegeben?» Wie aus weiter Ferne drang die Stimme ihres Vaters zu ihr.

Sie blickte ihn an. Seit wann sah er so alt und gebrechlich aus? Das war nicht mehr der Mann, auf dessen Knien sie als Kind in die Schlacht geritten war und der sie heimlich Reiten gelehrt hatte, obwohl sich das für ein Mädchen ihres Standes nicht schickte. Der ihr und ihren Geschwistern bei jedem Heimaturlaub herrliche Süßigkeiten und Spielsachen mitgebracht hatte, um dann mit ihnen ans Seeufer zu schlendern und von seinen Abenteuern zu erzählen. Wie sehr hatte sie diesen stattlichen Mann immer bewundert, dem, wie Lene einmal seufzend und stolz zugleich gestanden hatte, jeder Weiberrock nachgelaufen war. Jetzt schien Raimund Mangolt, der sich in den habsburgisch-kaiserlichen Regimentern über Fähnrich und Feldweybel bis zum Feldhauptmann hochgedient hatte, mit einem Schlag ein gebrochener Mann.

Sie setzte sich neben ihn auf die Bank und schwieg.

«Warum nur?», wiederholte er tonlos.

Fast schmerzhaft spürte Marthe-Marie in diesem Augenblick die Liebe und Achtung, die sie für ihn empfand. Für diesen Mann, der nicht wirklich ihr Vater war und sie doch nie anders umsorgt hatte als seine leiblichen Kinder, der sich mit ihr gefreut hatte, als sie Veit, den Sohn seines besten Freundes, geheiratet hatte und schon kurz darauf guter Hoffnung war. Der sie getröstet hatte, als es zu einer Fehlgeburt kam, und der mit ihr gelitten hatte, als Veit, kaum dass ihre Tochter Agnes auf der Welt war, qualvoll am hitzigen Fieber starb.

Vielleicht erwartete er gerade von ihr Trost. Doch sie fand keine Worte, um diese Leere zu füllen. Ohnehin wusste jeder in der Familie, warum Lene gestorben war: Sie hatte das grausame Ende ihrer Base und zugleich besten Freundin, dazu den Freitod ihres Halbbruders nie verwunden. Drei Jahre war es nun her, dass Catharina Stadellmenin in Freiburg als Hexe den Flammen übergeben worden war und ihr heimlicher Geliebter sich während der Hinrichtung den Dolch ins Herz gestoßen hatte. Lene schien nur noch auf den Zeitpunkt gewartet zu haben, dass ihre älteste Tochter Marthe-Marie selbst Mutter wurde, um ihr die Wahrheit zu sagen, dann hatte sie sich in ihrer Schlafkammer niedergelegt und auf den Tod gewartet.

Die Wahrheit bedeutete: Catharina Stadellmenin, am 24. März Anno Domini 1599 erst enthauptet und dann zu Pulver und Asche verbrannt, war in Wirklichkeit Marthe-Maries leibliche Mutter.

«Willst du deinen Entschluss nicht noch einmal überdenken? Deine Schwester hat ein schönes Haus nahe der Hofkirche ausfindig gemacht, groß genug für uns alle. Ich bitte dich: Komm mit uns nach Innsbruck.»

Marthe-Marie entging das Flehen in Raimunds Blick nicht.

«Nein, Vater.»

Sie konnte verstehen, dass Raimund nach dem Tod seiner Frau nicht länger in Konstanz bleiben wollte. Innsbruck in Tirol war seine Heimat, dort war er geboren und aufgewachsen, dort lebte inzwischen seine Jüngste mit ihrer Familie. Doch Marthe-Marie hatte diese Stadt mit der bedrohlichen Wand des Karwendelmassivs im Rücken, in der sie viele Jahre ihrer Kindheit verbracht hatte, nie gemocht.

«Wovon willst du leben mit der Kleinen? Von dem spärlichen Erbe, das dir Veit hinterlassen hat? Ich selbst kann dir nicht viel Unterstützung zukommen lassen. Bleib doch wenigstens hier in Konstanz, bei Ferdi.»

«Es wird schon reichen.» Sie legte den Stapel Leibwäsche zu den Tüchern in die Kiste, die für den Stadtpfarrer bestimmt war, in der Hoffnung, dass er Lenes Kleidung tatsächlich an die Ärmsten der Armen in der Stadt verteilen würde. In den Augen dieser Leute war sie eine reiche Frau.

«Und was Ferdi betrifft: Er lebt nur für seine Steinmetzwerkstatt. Wir wären ihm ein Klotz am Bein.»

«So darfst du nicht von ihm reden. Ihr wart als Kinder immer ein Herz und eine Seele.»

«Das ist lange her.»

«Sind wir nicht immer noch eine Familie?» Raimund griff nach ihrem Arm. «Als du deine ersten Schritte gemacht hast, da hab ich mich gefreut wie ein Gassenjunge. Und wie stolz war ich auf dich, weil du so rasch lesen und schreiben lerntest. Du hast immer zu uns gehört, von Anfang an habe ich wie ein Vater für dich gefühlt – was ändert Mutters Tod daran?»

Sie lehnte sich an seine Schulter. Wie sollte sie es ihm erklären? Dass sich sehr wohl etwas geändert hatte – tief in ihrem Inneren?

Als sie vor einem halben Jahr die ganze Lebensgeschichte jener Frau erfahren hatte, die sie zum ersten Mal mit fünfzehn Jahren gesehen und sofort ins Herz geschlossen hatte, als sie damals erfahren hatte, dass diese Frau, die als Hexe verbrannt worden war, nicht ihre Muhme, sondern ihre Mutter war, da hatte eine unfassbare Wut auf die Dummheit und Niedertracht der Menschheit sie gepackt. Und es hatte ihr schier das Herz gebrochen, dass sie Catharina Stadellmenin niemals als Mutter hatte kennen lernen dürfen. Doch an ihrer tiefen Bindung zu Lene hatte diese entsetzliche Wahrheit nichts geändert. Als sich Lene dann zusehends in sich zurückzog, machte Marthe-Marie sich mehr Gedanken um ihre Ziehmutter als um sich selbst. Zwar versuchte der Hausarzt sie zu beruhigen: Es sei nur eine vorübergehende Schwächeperiode. Spätestens aber als Veit, dessen uneingeschränkte Liebe sie gerade erst zu erwidern begonnen hatte, nach nicht einmal zwei Jahren Ehe starb und Lene keine Regung über dieses Unglück zeigte, erkannte Marthe-Marie, dass ihre Ziehmutter wohl nicht mehr aufstehen würde. Nächtelang hatte sie Gott und die heilige Elisabeth beschworen, Lene wieder Kraft und Lebensmut zu geben, hatte es kaum noch ertragen, die Schlafkammer zu betreten und sich an das Bett der abgemagerten, weißhaarigen Frau zu setzen, die einmal so selbstbewusst, lebenslustig und schön gewesen war. Doch ihre Gebete wurden nicht erhört, und mit Lenes Tod wurde für Marthe-Marie das Haus ihrer Kindheit zur Fremde.

Jetzt erst senkte sich die Erkenntnis, dass sie eine andere war, wie ein Albdruck auf sie. Sie konnte ihrem Vater nicht weiter die Tochter, ihren Geschwistern nicht weiter die Schwester sein.

Marthe-Maries Blick fiel auf das kleine Ölbild über der Kommode. Sie nahm es in die Hand und betrachtete das Porträt der dunkelhaarigen Frau mit dem blassen, fein geschnittenen Gesicht und den dunklen Augen. Ihr Großvater, der Marienmaler Hieronymus Stadellmen, hatte dieses Bildnis seiner Ehefrau Anna einst gemalt.

Raimund trat hinter sie. «Wie ähnlich du deiner Großmutter siehst. Es ist, als ob du in einen Spiegel blicken würdest. Catharina hatte das Bild immer bei sich gehabt, wie einen Talisman, sagt Lene.» Er räusperte sich. «Aber es hat ihr kein Glück gebracht.»

«Es ist das einzige Andenken an meine Mutter, das ich besitze.»

Zum ersten Mal sprach sie in Raimunds Gegenwart von Catharina als ihrer Mutter. Sie hängte das Bild zurück.

Es war unter seltsamen Umständen in ihre Hände gelangt: An einem heißen Frühlingstag, gut ein Jahr nach der Hinrichtung von Catharina Stadellmenin, war ein Bote erschienen, der das Päckchen nur ihr selbst, Marthe-Marie Mangoltin, aushändigen wollte und der über den Absender nichts sagen konnte oder durfte. Sie hatte das Bild damals Lene gezeigt, die ihr nach einem ersten Augenblick ungläubiger Überraschung zunächst ruhig und gefasst erklärt hatte, dass es Catharinas Mutter darstelle und wie wichtig Catharina dieses Bildnis einst gewesen sei. Dann war sie, von einem Moment auf den nächsten, weinend zusammengebrochen. Um sie zu schonen, hatte Marthe-Marie ihr das beigelegte anonyme Schreiben nie gezeigt: «Ein Andenken an Catharina Stadellmenin. Von einem Freiburger Bürger, der die Stadellmenin sehr gut kannte.»

Inzwischen war sie sich beinahe sicher, dass bei diesem unbekannten Freiburger Bürger auch die anderen persönlichen Dinge ihrer Mutter zu finden wären – ihre Bücher und Briefe, die kleine geschnitzte Flöte und der kunstvoll verzierte Wasserschlauch, den Lenes Bruder Christoph ihr einst als Liebesbeweis geschenkt hatte.

Raimund Mangolt verschloss die Kleiderkiste. Regungslos stand er da, nur seine Schultern bebten. Marthe-Marie trat neben ihn, nahm ihn in die Arme und weinte mit ihm um den Menschen, den niemand in diesem Leben ersetzen konnte. So standen sie, bis das Hausmädchen an die Tür klopfte und verkündete, das Mittagsmahl stünde bereit.

Raimund wischte sich die Tränen aus dem Gesicht. «Lass die Vergangenheit ruhen, Marthe-Marie. Der Gedanke, dass du nach Freiburg willst, macht mir Angst. Das ist kein guter Ort für dich.»

»Mach dir keine Sorgen, Vater. Niemand dort weiß, wessen Tochter ich bin.»

Vor der Entschlossenheit seiner Ziehtochter hatte Raimund Mangolt schließlich die Waffen strecken müssen. So reiste sie nun mit seinem Segen und seiner Unterstützung. Zum Schutz hatte er ihr seinen ehemaligen Quartiermeister mitgegeben, einen verlässlichen, schweigsamen Mann, dazu ein Bündel Papiere, die ihnen das Passieren der Grenzposten und zahlreichen Mautstellen am Hochrhein und im Oberrheintal erleichtern würden. Zum Abschied hatte sie ihm versprechen müssen, nach Innsbruck zu kommen, falls es ihr schlecht erginge.

Sie näherten sich der alten Zähringerstadt Waldshut, und es regnete bereits den zweiten Tag Bindfäden. Marthe-Marie verkroch sich tiefer unter das Verdeck, wo Agnes in ihrer Wiege ruhig schlief. Dem Quartiermeister vorne auf dem Kutschbock troff das Regenwasser von der Hutkrempe. Regnet's am Georgitag, währt noch lang des Segens Plag, dachte Marthe-Marie und betrachtete missmutig den bleigrauen Himmel.

«Sollen wir uns nicht irgendwo unterstellen? Ihr seid ja völlig durchnässt.»

«Unsinn, Mädchen. Hab schon ganz anderes Wetter erlebt, wenn ich unterwegs war. Außerdem sind wir bald in Waldshut, dort kenne ich einen formidablen Gasthof.»

Er klatschte dem Rappen, der in langsamen Schritt gefallen war, die Peitsche über die Kruppe. Marthe-Marie schloss die Augen. Das sanfte Schaukeln des Gotschiwagens, eines leicht gebauten, mit Lederriemen gefederten Einspänners, machte sie schläfrig. Sie dachte daran, dass ihre Mutter damals, bevor sie sich zum ersten Mal in Konstanz begegnet waren, genau dieselbe Strecke gereist war, zusammen mit Christoph. Jene Reise musste einer ihrer glücklichsten Momente gewesen sein. Wie hatte sie gestrahlt, als sie über die Schwelle des Hauses am Obermarkt trat – Marthe-Marie konnte sich noch genau an diesen Moment erinnern, obwohl das weit über zehn Jahre zurücklag. Damals schon musste ihre Ziehmutter nahe daran gewesen sein, ihr die Wahrheit zu sagen. Vielleicht hätte das Schicksal dann eine andere Wendung genommen. Noch kurz vor Lenes Tod hatten sie ein langes Gespräch geführt, hatte Marthe-Marie sie ein letztes Mal gefragt, warum ihre Mutter sie einfach weggegeben hatte. Lene war über diese Frage fast böse geworden: ‹Glaube niemals – niemals, sage ich dir –, dass Catharina diese Entscheidung leicht gefallen ist. Ihre Ehe war nichts als die Hölle, und wenn herausgekommen wäre, dass sie vom Gesellen ihres Mannes ein Kind erwartete, wärst du im Findelhaus gelandet und sie und dein leiblicher Vater wären wegen Unzucht verurteilt worden. Und da dieses Scheusal sie schon längst nicht mehr angerührt hatte, außer wenn er sie prügelte, konnte sie ihm nicht einmal weismachen, er sei der Vater, selbst wenn sie es gewollt hätte.»

So war der einzige Ausweg für Catharina gewesen, ihr Kind

heimlich bei Lene und Raimund zur Welt zu bringen, fern von Freiburg, und sich dann auf immer von ihm zu verabschieden. Nach außen hin gaben Lene und Raimund zunächst an, Marthe-Marie sei ein Findelkind, das sie an Kindes statt angenommen hätten, und nachdem sie nach Innsbruck gezogen waren, wusste ohnehin kein Mensch mehr um Marthe-Maries Herkunft, nicht einmal Lenes eigene Kinder.

Mit einem Ruck kam der Wagen zum Halten, und Marthe-Marie wurde aus ihren Gedanken gerissen. Sie streckte den Kopf nach draußen. Ein Bauer mit Maulesel hatte sich ihnen in den Weg gestellt und zog jetzt ehrerbietig die Mütze.

«Wenn ich den edlen Herrschaften einen Rat geben darf – kehrt um. Zum Schaffhauser Tor ist kein Durchkommen. Ein riesiger Tross Gaukler verstopft die Straße, weil ihnen der Einlass nach Waldshut verwehrt wird. Ihr könnt aber gleich hier rechts den Weg nehmen, ein kleiner Umweg nur, der geradewegs zum Waldtor im Norden der Stadt führt.»

«Beim heiligen Theodor!» Der Quartiermeister fluchte. «Müssen uns diese Zigeuner ausgerechnet jetzt in die Quere kommen!»

Dann warf er dem Bauern eine Münze zu, der Mann steckte sie in sein Säckel und zog pfeifend davon.

Jetzt waren deutlich dumpfe Trommelschläge zu hören, dazwischen erregte Männerstimmen. In der Ferne sah Marthe-Marie eine Reihe von bunt bemalten Karren, drum herum Weiber, Kinder, Hunde. Ein halbwüchsiges Mädchen in Lumpen, das am Wagenrad seine Notdurft verrichtete, starrte sie an und streckte ihr die Zunge heraus.

Marthe-Marie nahm ihre Tochter aus der Wiege und presste sie unter ihrem Umhang fest an sich. Sie hatte genug Reisen und Ortswechsel mitgemacht, um zu wissen, dass jegliche Wegstörung eine Gefahr darstellen konnte. Vor größerem Unglück aber war sie, St. Christophorus sei Dank, bisher verschont geblieben.

«Wenn das nun eine Falle ist?»

Der Quartiermeister lachte auf. «Man merkt, dass Ihr eine Soldatentochter seid. Immer auf alles gefasst. Aber macht Euch keine Sorgen. Zufällig kenne ich die Gegend hier sehr gut. Außerdem habe ich immer noch mein Kurzschwert, damit pariere ich jeden Angriff.»

Agnes erwachte und begann zu schreien. Im Schutz des Verdecks gab Marthe-Marie ihr die Brust und betrachtete sie gedankenverloren. Bereits jetzt war zu erkennen, dass sie im Äußeren ganz nach ihr, nach Catharina und nach deren Mutter kommen würde – das Dunkle, Zarte bei den Frauen dieser Linie schien sich durchzusetzen. Ach, Agnes, dachte sie, du wirst niemals deinen Vater kennen lernen, so wie ich meinen nie gesehen habe.

Das nasskalte Aprilwetter ließ sie frösteln, und sie schob dem Kind die Haube tiefer in das Gesichtchen. Vielleicht würden sie gar nicht lange in Freiburg bleiben. Was sie nämlich Raimund Mangolt verschwiegen hatte: Sie würde sich auf die Suche begeben. Sie wollte Benedikt Hofer ausfindig machen, ihren leiblichen Vater, den Großvater ihrer Tochter.

2

Die alte Wirtin starrte sie stumm an, und ihre Lippen bebten. Schließlich ergriff Marthe-Marie das Wort.

«Es tut mir Leid. Ich hätte Euch nicht damit überfallen sollen. Ich weiß nicht einmal, was Ihr über diese schrecklichen Beschuldigungen denkt, die meine Mutter zu Tode gebracht haben. Vielleicht sollte ich besser meine Sachen nehmen und gehen.»

«Gütiger Himmel nein! Glaubt mir, ich weiß, dass Catharina

nie etwas mit Hexerei zu tun hatte. Nein, nein, das ist es nicht. Ich kann es nur kaum fassen, dass Ihr Catharinas Tochter sein sollt. Ihre Lieblingsnichte wart Ihr, von Euch hat sie immer wieder gesprochen, von Euren Briefen erzählt und dabei bedauert, dass Lene und Ihr so weit weg wohnt. Ach Herrje, ach Herrje!»

Die schmale kleine Frau schüttelte den Kopf. «Und dann ist Eure Tochter ja Catharinas Enkelkind. Ach Herrje!» Sie ergriff gedankenverloren ein Händchen der Kleinen, die friedlich in Marthe-Maries Armen schlief. «Jetzt sehe ich auch die Ähnlichkeit zwischen Euch und Catharina in jungen Jahren. Wenn das noch mein Mann erlebt hätte!»

Dann fiel Mechtild wieder in Schweigen. Sie saßen im Schankraum des «Schneckenwirtshauses», eines kleinen Gasthauses, das sich neben der Freiburger Mehlwaage in der südlichen Vorstadt befand. Unter der niedrigen Holzdecke hingen noch der Essensgeruch und die Ausdünstungen der letzten Gäste, von draußen tönte der Singsang des Nachtwächters: «Böser Feind, hast keine Macht. Jesus betet, Jesus wacht.»

Marthe-Marie sah sich um. Hier hatte ihre Mutter als junge Frau bedient, hier hatte sie ihren späteren Ehemann kennen gelernt: den hoch angesehenen Michael Bantzer, Schlossermeister und Mitglied des Magistrats.

Es war ein Fehler gewesen, dachte Marthe-Marie, diese alte Frau, die eine gute Freundin ihrer Mutter gewesen war, mit der Vergangenheit zu belasten.

Als ob sie ihre Gedanken gelesen hätte, hob Mechtild den Kopf und sah sie geradeheraus an.

«Vielleicht ist meine Frage dumm – aber weshalb seid Ihr nach Freiburg gekommen?»

Ja, warum? Marthe-Marie fragte sich das, seitdem sie in Konstanz mit Agnes in die Kutsche gestiegen war. War es die Suche nach den persönlichen Hinterlassenschaften ihrer Mutter? Der

Versuch, ihr Bildnis neu zu erschaffen, indem sie die Orte aufsuchte, an denen Catharina Stadellmenin gelebt, gearbeitet, gelitten hatte? Oder wollte sie ergründen, warum sie, Marthe-Marie Mangoltin, niemals ihre Tochter hatte sein dürfen?

Nun – zunächst hatte sie ein ganz konkretes Ziel: «Was wisst Ihr über Benedikt Hofer?»

«Über Benedikt Hofer? Wie kommt Ihr – ach Herrje. Jetzt sagt bloß – er ist Euer Vater!»

Marthe-Marie nickte.

«Selbstverständlich erinnere ich mich an ihn. Er war Geselle im Hause Bantzer. Aber ich wusste nicht, dass die beiden –.» Mechtild verstummte.

«Was für ein Mensch ist er gewesen?»

«Nun ja, ein junger Bursche eben, geschickt und sehr zuvorkommend, einer von Bantzers besten Leuten. Er hatte ein offenes, geradliniges Wesen, mit viel Humor, ganz anders als der Meister. Vielleicht wisst Ihr ja, wie schlimm sich Bantzer Catharina gegenüber aufgeführt hatte.» Sie rieb sich das Kinn. «Jetzt begreife ich auch, warum Catharina im Sommer damals für mehrere Wochen ins Elsass gereist war, zu Eurer Ziehmutter. Wir dachten alle, es sei, um ihre Anfälle von Schwermut zu kurieren. Dort seid Ihr zur Welt gekommen, nicht wahr?»

«Ja.»

«Mein Gott, wie elend muss Catharina zumute gewesen sein. Sie hatte sich nichts sehnlicher gewünscht als eine Schar Kinder, und die einzige Tochter, die sie bekam, musste sie hergeben!» Sie legte Marthe-Marie eine Hand auf den Arm. «Ich bin eine alte Frau, habe viel erlebt und viel gesehen und kannte Eure Mutter gut: Ihr müsst mir glauben, dass sie das nur tat, um Euer Leben zu retten. Denn wenn das ans Tageslicht gekommen wäre, hätte Bantzer euch alle vernichtet. Ich nehme an, dass selbst Benedikt Hofer nichts davon gewusst hat, denn als Catharina aus dem Elsass zurückkehrte, war er aus Freiburg verschwunden. Niemand wusste, wohin. Wir haben auch nie wieder von ihm gehört.»

Sie trank ihren Krug Dünnbier leer.

«Eure Mutter hatte nie jemandem schaden wollen. Ihr Verhängnis war, dass sie als Witwe, nach Bantzers Tod, endlich selbst über ihr Leben bestimmen wollte. Und das, das haben die Leute hier ihr nicht verziehen.»

Marthe-Marie sah die alte Frau an, die versunken neben ihr saß. Etwas ganz Ähnliches hatte Lene ihr einmal gesagt. Zum ersten Mal, seitdem sie das Stadttor von Freiburg passiert hatte, fielen die Anspannung und die Furcht vor dem, was auf sie zukommen würde, von ihr ab. Die Entscheidung, Mechtild aufzusuchen, war richtig gewesen, das spürte sie nun.

Die Wirtin hatte sich erhoben. «Gehen wir zu Bett. Morgen ist auch noch ein Tag. Kommt, ich zeige Euch Eure Kammer.»

«Wartet – nur noch eine Frage. Wo genau ist meine Mutter gestorben? Wo ist ihre Asche?»

Das Gesicht der alten Frau wurde zu einer Maske.

«Ich erzähle Euch alles, was Ihr wissen wollt. Nur über Catharinas Tod möchte ich nicht sprechen.»

«Bitte!»

Mechtild umklammerte mit beiden Händen die Stuhllehne, während sie mit stockenden Worten zu erzählen begann. Sie selbst sei nicht dabei gewesen, flüsterte sie, an jenem unglückseligen Tag habe sie sich in die dunkelsten Kellerecke verkrochen und gebetet.

«Versprich mir eins», sagte sie abschließend und fiel unwillkürlich ins vertraute du. «Verrate keiner Menschenseele hier, dass du die Tochter von Catharina Stadellmenin bist. Das könnte dir großen Schaden zufügen. Es braut sich wieder etwas zusammen in Freiburg. Und es wird schlimmer kommen als vor drei Jahren.»

Eine warme Maisonne strahlte vom Himmel, als sich Marthe-Marie zu ihrem schwersten Gang entschloss. Ihre Tochter, von der sie sich sonst niemals trennte, hatte sie in der Obhut von Mechtild gelassen. Nichts deutete auf die düstere Prophezeiung der Wirtin hin, weder das herrliche Wetter noch die Stimmung der Menschen in den Gassen, die sich, froh über das Ende der dunklen Jahreszeit, ihre Arbeit ins Freie geholt hatten oder schwatzend und scherzend beisammen standen. Hinter dem Schneckentor, das die südliche Vorstadt zur Dreisam hin abschloss, bog Marthe-Marie linker Hand zum Schutzrain ab, einer verdorrten Wiese, die zum Großteil von einem Schießplatz eingenommen wurde. Ihre Schritte wurden langsamer, als sie hinter dem Gelände der Armbrustschützen eine große kahle Fläche erreichte, in deren Mitte verwitterte Steinblöcke lagen. Dunkle Flecken und Schlieren hatten sich wie ein Muster auf den Granit gelegt. Ihr Blick konnte sich nicht lösen von den blutigen Spuren der zahllosen tödlichen Schwerthiebe. Wie viele endlose Momente der Angst, der ungeheuerlichsten Schmerzen und der Verzweiflung hatte ihre Mutter wohl ertragen müssen, bis schließlich die scharfe Schneide des Richtschwerts dem ein Ende bereitet hatte! Doch schlimmer noch, man hatte ihr verwehrt, was jeder Mensch für sich erhoffte: in Würde und Achtung zu sterben.

Marthe-Marie faltete die Hände und sank auf die Knie. «Herr, du bist die Auferstehung und das Leben. Wer an dich glaubt, wird leben, auch wenn er gestorben ist.»

Die Worte kamen hastig, kaum blieb ihr Luft zum Atmen. Dann endlich, nach vielen Gebeten an die Toten, wurde ihr leichter. «Herr, gib ihnen die ewige Ruhe, und das ewige Licht leuchte ihnen. Lass sie ruhen in Frieden. Amen.»

Hier also waren sie zu Tode gekommen, ihre Mutter durch die Folgen abscheulicher Verleumdung und blinder Besessenheit, ihr heimlicher Gatte Christoph durch seinen eigenen Dolch. Marthe-

Marie war überzeugt: Auch wenn den beiden kein christliches Begräbnis in geweihter Erde zuteil geworden war, so hatten sie doch Aufnahme in das Reich Gottes gefunden. Christophs Selbsttötung mochte Sünde in den Augen der Kirche sein. Vor Gott, der verstehen und verzeihen konnte, würde er Gnade gefunden haben.

Marthe-Marie wischte sich die Tränen aus dem Gesicht und bekreuzigte sich. Mit einem Mal hatte sie das Gefühl, beobachtet zu werden. Sie blickte sich um, konnte aber nur einen Mauerwächter ausmachen, der in der Nähe des Tores auf und ab schritt.

Ein letztes Mal berührte sie die Richtblöcke, dann ging sie das kurze Stück hinunter zum Ufer der Dreisam. Ein Floß glitt auf der schwachen Strömung gemächlich an ihr vorbei, der Mann, der es lenkte, winkte ihr zu. Menschen wie dieser Flößer oder die freundlichen Marktfrauen heute Morgen oder der Stadtknecht, der dort oben seinen Dienst tat – sie alle waren vielleicht dabei gewesen, hatten mit gierigem Blick und offenen Mäulern das blutige Tun des Henkers begafft und waren dem Schindkarren auf dem Weg hinaus zum Radacker gefolgt, wo die drei enthaupteten Frauen unter dem Galgen dem Scheiterhaufen übergeben worden waren. Marthe-Marie hatte diesen Galgen bei ihrer Ankunft in Freiburg gesehen, dicht an der Landstraße nach Basel stand er. Doch jetzt erst wusste sie, dass dort die Flammen in den Himmel gelodert waren. Alles, was wichtig war, hatte Mechtild ihr erzählt. Auch dass die Asche der Delinquentinnen in die Dreisam gekippt worden war, genau wie der Leichnam von Christoph. Sie kniete nieder und netzte ihre Stirn mit dem Wasser des Flusses, der die sterblichen Überreste der beiden Liebenden aufgenommen hatte. Sie beschloss, auf dem Rückweg ins Münster zu gehen, um dort vier Kerzen zu entzünden und vier Ave Maria zu beten. Für Veit und Lene, für ihren Oheim Christoph und ihre Mutter.

Endlich hatte sie die Kraft gefunden, Abschied zu nehmen. Nun würde sie die Orte von Catharinas Leben aufsuchen können.

Von Mechtild hatte sie inzwischen Einzelheiten über den Nachlass ihrer Mutter erfahren. Einige Zeit nach der Hinrichtung war ein amtliches Schreiben der Stadt Freiburg nach Konstanz gegangen, mit der Mitteilung, dass die der Hexerei wegen verurteilte Malefikantin Catharina Stadellmenin laut Testament ihre Base zu Konstanz, Lene Schillerin, sowie deren Tochter Marthe-Marie Mangoltin als Erbinnen bestimmt habe. Nach Veräußerung von Haus, Grund und Inventar und nach Abzug der Geldbuße von zehn Pfund Rappen, der Ausgaben für die Turm- und Verfahrenskosten sowie der stattlichen Summe von 100 Gulden für die gewünschte Messe zu ihrem Seelenheil, gehalten durch den Stadtpfarrer des Münsters, sei von der Hinterlassenschaft für die Erbinnen kein Schilling übrig. Persönliche, von der Veräußerung ausgeschlossene Dinge seien desgleichen nicht vorhanden. An Lene in ihrem Schmerz war diese böse Nachricht vollkommen vorbeigegangen, doch Raimund hatte Mechtild und ihren Mann Berthold in einem Brief gebeten, in Erfahrung zu bringen, wer mit der Versteigerung betraut gewesen sei. Denn ihm käme es seltsam vor, dass der Erlös aus Catharinas Vermögen so gering gewesen sein sollte.

Als Wirtsleute kannten Mechtild und Berthold in Freiburg Gott und die Welt, und sie hatten bald herausgefunden, das niemand anderes als der städtische Buchhalter Siferlin die Inventarisierung und Versteigerung beaufsichtigt hatte – jener Hartmann Siferlin, der seine frühere Brotherrin Catharina Stadellmenin maßgeblich bei der Obrigkeit angeschwärzt und damit auf den Scheiterhaufen gebracht hatte.

«Dieser hinterhältige, hinkende Erzschelm», hatte Mechtild zu schimpfen begonnen, als sie Marthe-Marie davon berichtete. «Ich war mir sicher, dass der Kerl dich und Lene um euer Erbe betrogen hatte. Du musst wissen, schon als er noch Bantzers Compagnon war, hatte Catharina ihn in Verdacht, in die eigene Tasche zu wirtschaften.»

«Ich weiß. Ich kenne die Geschichte aus Lenes Berichten. Doch dieser Teufel ist seiner gerechten Strafe ja am Ende nicht entgangen – aufs Rad geflochten ohne die Gnade der Enthauptung.»

«Gott sei der armen Seele gnädig.» Die Wirtin deutete ein Kreuzzeichen an. «Dem hat hier in der Stadt sicher niemand eine Träne nachgeweint. Übrigens hatte ein gewisser Dr. Textor als leitender Commissarius den Fall unter sich. Der hatte Siferlin wohl schon seit langem des Betrugs gegenüber der Stadt verdächtigt und ihn in kürzester Zeit der fortlaufenden Veruntreuung und Unterschlagung überführt. Ein tüchtiger Mann.»

«Ein Henkersknecht, nichts anderes!» Marthe-Marie war erregt aufgesprungen. «Auch im Prozess gegen meine Mutter war er Commissarius. Er hat im Folterturm ihre ganze Geschichte aufgeschrieben, in den wenigen Augenblicken, in denen sie überhaupt fähig war zu sprechen. Angeblich, weil er sie für unschuldig hielt. Aber statt sich für sie einzusetzen, statt seinen Einfluss geltend zu machen, ist er einfach von seinem Amt als Untersuchungsrichter zurückgetreten, als ginge ihn die ganze Sache nichts an. Ein scheinheiliger Feigling, das war er!»

Sie schlug die Hände vors Gesicht. Mechtild ließ ihr Zeit, sich zu fassen, dann fuhr sie in ihrem Bericht fort.

Ihr Mann habe damals all seine Verbindungen zum Rat der Stadt spielen lassen, um Einsicht in die Inventarliste und in die Verkaufsurkunden zu erlangen, doch vergebens. Irgendwann hieß es dann, die Unterlagen seien bei einem Kellerbrand in den Archivräumen verkohlt.

«Du kannst dir denken, dass mir diese Auskunft erst recht keine Ruhe gelassen hat, und so bin ich eines Tages schnurstracks in Siferlins Kontor marschiert. Mochte das Geld verloren sein, so mussten sich doch irgendwo die persönlichen Habseligkeiten Catharinas befinden, die sie für dich und Lene bestimmt hatte. Erst tat der Schweinehund so, als wisse er nicht, wovon ich spräche, und wollte mich schon durch einen Gerichtsdiener hinausbefördern, doch als ich sagte – Gott verzeihe mir die kleine Notlüge –, ich stünde hier im notariellen Auftrag von Marthe-Marie Mangoltin, wurde er plötzlich hellwach. ‹Kennt Ihr die Mangoltin persönlich?› – ‹Ja›, schwindelte ich ein zweites Mal. ‹Und ihr liegt viel daran, ein Andenken an ihre Muhme zu besitzen.› – ‹Meines Wissens war die Mangoltin noch nie hier in Freiburg, oder?› Ich fand seine Fragen höchst seltsam, entgegnete, dass Catharina dich zwei-, dreimal in Konstanz besucht habe und ihr euch Briefe geschrieben hättet, und wollte wissen, was das mit der Hinterlassenschaft zu tun habe. ‹Gute Frau, nach allem, was Ihr erzählt, können sich die beiden nicht allzu nahe gestanden sein. Außerdem war die Stadellmenin laut Gerichtsunterlagen nur eine Tante zweiten Grades, nämlich nur eine Base von der Mutter der Mangoltin, habe ich Recht?› Dann stand er auf und wies zur Tür. ‹Wenn die Mangoltin die leibliche Tochter dieser Hexe wäre, dann hätte sie Anspruch auf den Plunder. So aber –.› Dabei flackerte sein Blick wie ein Irrlicht, mir wurde ganz anders. Kurzum: Als ich nicht gleich gehen wollte, kam ein Büttel und schleppte mich mit Gewalt hinaus. Ich konnte gerade noch fragen, wo denn die Sachen seien. Weißt du, was Siferlin da geantwortet hat? ‹In der städtischen Abortgrube.› Mir würde speiübel – was für ein Ekel dieser Mensch war!»

Marthe-Marie war bleich geworden. Dann war Siferlin dieser Freiburger Bürger, der ihr damals das Bildnis hatte zukommen lassen. Aber wenn sie doch angeblich keinen Anspruch darauf hatte? Und wo waren die anderen Hinterlassenschaften geblieben?

«Irgendetwas stimmt da nicht», sagte sie, nachdem sie Mechtild von der Geschichte erzählt hatte. Die alte Wirtin nahm ihre Hand und drückte sie fest.

«Ich bitte dich, Marthe-Marie, lass die Dinge ruhen. Dieser hinkende Bastard ist tot. Ein Andenken an deine Mutter hast du, und jetzt quäle dich nicht mehr mit unnützen Gedanken.»

Marthe-Marie verbrachte in den folgenden Tagen viele Stunden damit, mit ihrer kleinen Tochter auf dem Rücken die Stadt zu durchwandern.

So stand sie lange Momente vor Catharinas Elternhaus, dem schäbigen Fachwerkhäuschen im Mühlen- und Gerberviertel auf der Insel, wo es nach Lohe, geschabten Häuten und Schlachtabfällen stank, bis Agnes vor Hunger zu weinen begann. Sie wagte einen kurzen Blick in den «Rappen», jene verrufene Schenke in der Neuburgvorstadt, wo ihre Mutter ihre erste Stellung angetreten hatte, und ließ sich von Mechtild das kleine helle Zimmer in dem Gesindehäuschen zeigen, das Catharina während ihrer Zeit im «Schneckenwirtshaus» bewohnt hatte.

Sie verbarg sich im Schutz der hölzernen Lauben auf der Großen Gasse, als sie beklommen das Haus zum Kehrhaken beobachtete, das in seiner Größe und Vornehmheit ihr eigenes Elternhaus in Konstanz in den Schatten stellte: ein dreistöckiger Fachwerkbau mit mächtigem Erdgeschoss aus Stein. Hier hatte Catharina ihre unglücklichen Ehejahre mit dem Schlossermeister Bantzer verbracht. Durch das offene Hoftor war das rhythmische Hämmern auf Metall deutlich zu hören – noch immer befand sich im Hinterhaus eine Schlosserwerkstatt. Und wie ein Blitz traf sie die Erkenntnis: Dort hatte ihr leiblicher Vater als Geselle gearbeitet.

Ein andermal überquerte sie den stillen, mit einer alten Linde bestandenen Platz, der eingefasst war von den Mauern des Franziskanerklosters, vom Kollegiengebäude der Universität und der Ratskanzlei, wo der Magistrat über Catharinas Schicksal gerichtet hatte. Unwillkürlich bekreuzigte sie sich und eilte weiter in Richtung Predigerkloster, bis sie rechter Hand die Schiffsgasse erreichte. Das schmale Haus zur guten Stund schien unbewohnt, die Fensterhöhlen waren mit Brettern vernagelt. Ein toter Ort, wo noch vor wenigen Jahren Catharina als Witwe ihre glücklichsten Jahre verbracht hatte, wo sie Bier gebraut, mit ihren Freunden gefeiert und mit Christoph viele gemeinsame Tage und Nächte verbracht hatte. Marthe-Marie erinnerte sich an einen Satz, den Catharina ihr einmal geschrieben hatte: Die Jungfrau gehört dem Vater, die Ehefrau dem Gatten, nur die Witwe gehört sich selbst.

«Wollt Ihr das Haus kaufen?» Ein Mann, dessen vierkantiges Samtbarett ihn als Magister der Universität auswies, musterte sie eindringlich.

«Nein, nein.» Sie hatte das Gefühl, bei einer verbotenen Handlung ertappt worden zu sein. «Ich frage mich nur, warum das hübsche Haus leer steht. Entschuldigt mich jetzt, ich muss weiter.»

«Das Haus wäre aber zu einem äußerst günstigen Preis zu erwerben.»

«Habt Dank für die Auskunft, aber ich bin nicht von hier und habe keinen Bedarf, ein Haus zu kaufen.» Sie ging rasch weiter.

«Na, dann kann ich es Euch ja verraten», rief er ihr hinterher. «Hier hat eine leibhaftige Hexe gehaust. Deshalb will es niemand haben.»

Ohne Umwege kehrte Marthe-Marie ins «Schneckenwirtshaus» zurück und blieb für den Rest des Tages bei Mechtild.

Eigentlich hatte Marthe-Marie am kommenden Tag das Predigertor und das Christoffelstor aufsuchen wollen, um dort ein stilles Gebet für ihre Mutter zu sprechen. Doch allein der Gedanke, dass Catharina in den beiden Türmen wochenlang gefangen gelegen hatte und unaussprechlichen Qualen ausgesetzt gewesen war, raubte ihr fast den Verstand. Stattdessen mietete sie Maulesel und Karren und fuhr hinaus nach Lehen, wo Catharina zusammen mit Lene und Christoph den größten Teil ihrer Kindheit im Gasthaus der Schillerwirtin verbracht hatte.

Das Weingärtner- und Bauerndorf lag friedlich in der Morgensonne. Es wirkte überraschend wohlhabend und sauber. Auffällig waren die riesigen Ammonshörner, die in die Giebelfronten der meisten Häuser eingemauert waren – kostbare Fundstücke aus der Gegend, die für ewig währende Fruchtbarkeit standen und als Abwehrzauber gegen Feinde und Unwetter dienten. Als sie vor dem prächtigen Gasthof hielt, der direkt an der Hauptstraße lag, zögerte Marthe-Marie, abzusteigen und sich umzusehen. Ihr war nicht entgangen, dass ihr die Blicke sämtlicher Dorfbewohner gefolgt waren, seitdem sie die ersten Häuser passiert hatte. Als sich ein alter Mann ihrem Karren näherte, beeilte sie sich weiterzukommen. Erst vor dem Lehener Bergle, einem lang gestreckten Weinberg oberhalb der Kirche, zügelte sie ihr Maultier im Schatten einer mächtigen Kastanie und kletterte den Hang hinauf. Versonnen betrachtete sie das Dorf, in dem ihre Ziehmutter und ihre leibliche Mutter wie Schwestern aufgewachsen waren. Rechts und links des Kirchturms von St. Cyriak reihten sich die kleinen Fachwerkhäuser aneinander, eingebettet in Wiesen, Felder und Laubwälder in erstem kräftigem Grün. In der Ferne, vor der blassen Silhouette des Schwarzwalds, ragte der Münsterturm in den Himmel.

Doch selbst hier oben fand sie keine Ruhe. Sie kehrte zur Straße zurück und fand den Maulesel inmitten einer Schar von Kindern, die das Tier mit einer Weidenrute piesackten. Sie hatte nicht bedacht, dass sie in diesem beschaulichen Flecken, ganz anders als im Gedränge der Freiburger Gassen, auffallen würde wie ein bunter Hund, und beschloss, umgehend in die Stadt zurückzukehren.

Auf dem Rückweg kam sie an einem vornehmen Anwesen vorbei, das nur der ehemalige Herrenhof von Lehen sein konnte. Sie gab dem Maulesel die Peitsche, denn sie erinnerte sich plötzlich, dass der Hof nach dem Verkauf des Dorfes an die Stadt Freiburg von niemand Geringerem als Dr. Textor erworben worden war, dem Commissarius im Prozess gegen ihre Mutter. In diesem Moment schoss aus der Stalltür ein zottiger Hund auf sie zu und stellte sich ihr mit gefletschten Zähnen in den Weg.

Sie erhob sich vom Bock und schwang die Peitsche. «Verschwinde!»

Ein schriller Pfiff – und der Hund gab mit eingeklemmter Rute den Weg frei. Jetzt erst entdeckte sie den alten Mann auf der Bank, der sie mit einer Mischung aus Erstaunen und Unglauben anstarrte. Seine Kleidung war vornehm, der weiße Backenbart sorgfältig gestutzt, neben der Bank lehnten zwei Krücken.

Textor, dachte Marthe-Marie entsetzt, und trieb den Maulesel in Trab.

«Junge Frau, wartet!» Sie wandte sich kurz um und sah noch, wie sich der Alte mühsam mit Hilfe seiner Krücken erhob, dann war sie hinter dem Stallgebäude verschwunden und gelangte auf freies Feld. Ihr Herz schlug immer noch heftig, als sie die Mauern der Stadt erreichte, und sie schalt sich eine Närrin. Was hatte sie sich eigentlich erhofft von ihrer Reise nach Freiburg? Statt zu ihren Wurzeln zurückzufinden, fühlte sie sich zunehmend verfolgt. Hätte sie doch den Rat ihres Ziehvaters beherzigt und die Vergangenheit auf sich beruhen lassen. Jetzt war es zu spät.

Doch just an diesem Nachmittag kehrte Mechtild mit strahlender Miene von ihrem Gang über den Markt zurück.

«Stell dir vor, Marthe-Marie, da renne ich seit Wochen bei Pontius und Pilatus die Türen ein, um herauszufinden, wohin Benedikt Hofer damals fortgezogen sein könnte, und erfahre es heute ganz nebenbei in der Bäckerlaube. Der alte Geselle des Weißbäckers hat ihn nämlich persönlich gekannt.»

«Und?» Marthe-Marie, die ihrer Tochter gerade ein frisches Windeltuch anlegte, konnte das Zittern ihrer Hände kaum verbergen.

«Er ist nach Offenburg gegangen. Dort lebt wohl der mütterliche Zweig seiner Verwandtschaft.»

Marthe-Marie betrachtete Agnes' lachendes Gesicht und ihre vom Schlaf verschwitzten dunklen Haare. Seltsam, die Augen wurden von Monat zu Monat blauer, ein klares, dunkles Blau. Dass ihr das noch nie aufgefallen war. Ein Mädchen mit fast schwarzen Haaren und blauen Augen.

«Marthe-Marie? Ist etwas mit dir?»

«Nein, nein. Also Offenburg, sagst du?»

Sie schien kurz vor dem Ziel zu sein. Es wurde Sommer, die Tage waren lang und warm, und schon morgen oder übermorgen konnte sie sich einen Wagen mieten und mit Agnes nach Offenburg reisen. Und dann? Würde sie an Benedikt Hofers Tür klopfen und sagen: Ich bin Eure Tochter, und das hier ist Euer Enkelkind? Sie schüttelte den Kopf.

«Vielleicht ist mein Vater ja längst gestorben.»

«Das findest du nur heraus, wenn du ihn aufsuchst. Aber du musst ja nichts überstürzen. Denk in Ruhe nach, was du tun willst, und entscheide dann. Ich würde mich freuen, wenn du hier bliebest. Du und Agnes, ihr habt wieder Leben in mein Haus gebracht, und so, wie du mir zur Hand gehst, möchte ich dich ohnehin nicht weglassen. Weißt du, was ich mir gedacht habe? Ich könnte Erkundigungen einziehen, ob es eine Möglichkeit für dich gibt, das Bürgerrecht zu erwerben. Nur für alle Fälle.»

Aber bereits am nächsten Tag wusste Marthe-Marie, dass sie sich auf den Weg machen würde. Wenn nicht um ihretwillen, dann Agnes zuliebe, die niemanden hatte als sie selbst, ihre Mutter, und das war in Zeiten wie diesen nicht eben viel.

Sie leitete alles für die Reise in die Wege und hatte schon begonnen, ihren Besitz in Kisten zu verstauen, als ein böses Fieber sie packte und tagelang hartnäckig in seinen Klauen hielt. Über eine Woche musste sie das Bett hüten, und auch danach kam sie nur langsam zu Kräften.

«Jetzt siehst du, was du von meiner Hausgenossenschaft hast», sagte sie müde lächelnd zu Mechtild, nachdem sie den ersten kleinen Spaziergang unternommen hatte und sich sogleich wieder niederlegen musste. «Nichts als Kummer und Mühe. Dabei hast du genug zu tun mit dem Schankbetrieb. Aber du wirst sehen, nächste Woche bist du mich los.»

Doch es wurde nichts aus ihrer Abreise. Nun wurde Agnes krank, weinte und jammerte Tag und Nacht, bis Mechtild nach einer Hebamme schickte, die dem Kind mit einer braunen Salbe, die nach Knoblauch stank, den Leib massierte. Die Verdauung, sagte die Frau und wiegte sorgenvoll den Kopf. Höchst ungewöhnlich sei auch, dass das Kind erst jetzt, mit einem Jahr, seine Schneidezähne bekomme. Und dazu noch alle auf einmal.

«Gebt Ihr dem Kind noch die Brust?»

«Nein, seit einiger Zeit nicht mehr.»

«Dann soll es die nächsten zwei Wochen nur ungesüßtes Dinkelmus essen. Und gegen die Zahnschmerzen macht einen Aufguss aus Salbeiblättern. Auf das Zahnfleisch tupft Brennnesselsaft, das hilft gegen die Schwellung. Die Salbe lasse ich Euch da. Wenn Ihr vor Sonnenuntergang den Bauch damit einreibt, wird das Kind ruhiger schlafen.»

Kaum ging es Agnes besser, brach unerwartet früh und mit heftigen Wolkenbrüchen die kühle Jahreszeit an und verwandelte die Landstraßen in Schlammwüsten, bis die ersten Fröste und Schneefälle folgten. Marthe-Marie musste die Reise wohl oder übel auf das Frühjahr verschieben, wenn sie mit Agnes kein Wagnis eingehen wollte. Mechtild bemühte sich erst gar nicht, ihre Freude zu verbergen.

«So bleibt ihr beiden mir noch eine Weile erhalten.»

Auch Marthe-Marie hatte sich inzwischen an das Leben bei der alten Wirtin gewöhnt. Sie half nicht nur beim Bedienen der Gäste, sondern führte auch die Bestellungen, kontrollierte die Vorratshaltung und machte die Abrechnungen – alles Dinge, um die sich früher Mechtilds Mann gekümmert hatte und die Mechtild immer ein Gräuel gewesen waren. Abends, wenn die Gäste fort waren, saßen sie meist noch mit dem Knecht und der Köchin eine Weile zusammen, Agnes in ihrer Wiege nahe dem Kachelofen, und genossen ihren Abendschoppen Kaiserstühler.

Zum ersten Mal seit langer Zeit fühlte Marthe-Marie sich aufgehoben. Sie mochte sich gar nicht wehren gegen dieses tröstliche Gefühl. Und vielleicht hätte sie sich auch wirklich dazu entscheiden können, auf Dauer in Mechtilds Haus zu bleiben, wäre nicht jener Dezembermorgen gewesen, kurz nach Veits Todestag und damit dem Ende ihrer Trauerzeit als Witwe. Ein schriller Schrei weckte sie noch vor der Morgendämmerung. Sie rannte hinunter zur Haustür, wo Mechtild, im Hemd und mit aufgelöstem Haar, im Türrahmen lehnte und schwer atmend auf den Boden starrte. Auf der Schwelle lag eine kleine Holzflöte, in zwei Teile zerbrochen, und auf dem Dielenbrett stand mit Kreide geschrieben:

Die Hexentochter wird sterben!

3

Und du hast niemanden weglaufen sehen?», fragte Marthe-Marie. «Oder Schritte gehört?»

Mechtild wirkte noch hagerer und kleiner als sonst.

«Nein, nichts. Ich bin von einem dumpfen Schlag aufgewacht; es hörte sich an, als ob jemand einen Stein gegen die Tür schleudert. Doch bis ich geöffnet hatte, war niemand mehr zu sehen. Außerdem war es ja noch ganz dunkel.»

Marthe-Marie legte die zerbrochene Flöte aus der Hand. Es gab keinen Zweifel, es war das Instrument, das Christoph ihrer Mutter in jungen Jahren geschnitzt hatte. Ganz schwach war noch die Gravur zu erkennen: «Für C von C».

«Gütiger Herr im Himmel, wer kann so etwas Schändliches

tun?» Mechtild ließ sich auf die Ofenbank sinken. «Und wie kann irgendjemand wissen, dass du Catharinas Tochter bist? Kein Sterbenswort ist jemals über meine Lippen gekommen. Alle hier kennen dich als Marthe-Marie Mangoltin aus Konstanz.»

Vergeblich versuchte Marthe-Marie, ihre Gedanken zu ordnen. Der Schreck an diesem Morgen hatte sie tief getroffen. Wer konnte ihr drohen wollen? Und vor allem warum? Bis vor einem halben Jahr hatte sie hier in Freiburg doch keine Menschenseele gekannt.

Mechtild sah sie ratlos an. «Vielleicht war es nichts weiter als ein böser Scherz. Vielleicht gibt es gar niemanden, der die Wahrheit kennt, und der Übeltäter ist einer von diesen Trunkenbolden, die wir erst kürzlich an die frische Luft gesetzt haben. Aus Rache beleidigt er dich nun als Hexe. Leider Gottes hört man in letzter Zeit die Leute wieder ständig über Teufelsbuhlschaft und Schadenszauber schwatzen.»

«Auf der Schwelle stand Hexentochter – nicht Hexe. Darauf kommt doch niemand aus Zufall. Und außerdem –» Sie stockte. «Siferlin hat dich angelogen, damals in seinem Kontor. Nichts von den Dingen meiner Mutter ist in der Abortgrube gelandet – er hat alles aufbewahrt. Ich bin mir sicher, er hat auch ihre Bücher und Briefe und den verzierten Wasserschlauch von Christoph. Und er hat seine Gründe, dass er alles aufbewahrt. Siehst du es nicht? Er führt etwas im Schilde.»

«Marthe-Marie – Siferlin ist tot!»

«Weißt du das mit Sicherheit? Vielleicht ist er seiner Hinrichtung entkommen? Vielleicht hat man statt seiner irgendeinen armen Teufel aufs Rad geflochten? Und der saubere Dr. Textor hat einmal mehr weggeschaut, weil ihm Recht und Unrecht einerlei sind.»

«So beruhige dich doch. Du machst dich ganz verrückt mit solchen Hirngespinsten.»

«Nein, warte, Mechtild. Was, wenn Siferlin längst weiß, dass ich Catharina Stadellmenins Tochter bin? Und mich nun ebenso als Hexe anzeigt wie damals meine Mutter? Du hast doch selbst erzählt, wie er dich damals ausgefragt hat über mich, und wie seltsam er sich dabei benommen hat. Und weil er herausgefunden hat, wer ich bin, hat er das Bildnis damals ausdrücklich mir und nicht etwa Lene zukommen lassen.»

«Aber der Kerl lebt doch längst nicht mehr! Du verrennst dich da in deine Phantastereien.»

«Er hat meine Mutter gehasst und in den Tod getrieben. Und mich, ihre Tochter, hasst er ebenso.»

«Bitte, Marthe-Marie, hör jetzt auf damit. Mir ist noch ganz schlecht von dem Schrecken, da fängst du an, Gespenster zu sehen und Tote auferstehen zu lassen. Ich weiß wirklich nicht, was mich mehr ängstigt. Komm, lass uns zu Morgen essen und über die Einkäufe sprechen. Das bringt dich auf andere Gedanken.»

Erst jetzt bemerkte Marthe-Marie, wie elend Mechtild aussah. «Du hast Recht. Verzeih, ich wollte dich nicht verrückt machen. Vielleicht war es ja wirklich einer dieser versoffenen Leinenweber.»

Mechanisch machte sie sich an die tägliche Arbeit, und das Entsetzen begann langsam in Wut umzuschlagen. Wer auch immer ihr drohen mochte – sie würde die Augen offen halten und versuchen, es herauszufinden.

4

O ja, Meister Siferlin.

Ich weiß noch jedes Eurer Worte auswendig: «Die Tochter der Hexe heißt Marthe-Marie Mangoltin. Sie lebt in Konstanz. Bevor du sie tötest, frag sie, in welchem Haus sie ihre Wurzeln hat. Dort wirst du dei-

nen Lohn finden, den Wasserschlauch ihrer Mutter, er ist voller Gold. Doch vorher musst du sie töten, sie und all ihre Nachkommen.»

Ihr hattet Recht. Die Hexe hat noch eine in Sünde geborene Tochter. Und das Vögelchen ist in sein Nest zurückgeflogen gekommen – ganz wie Ihr es prophezeit hattet. Wie klug und wohl berechnet von Euch, sie mit dem Bildnis von Stadellmenins Mutter nach Freiburg zu locken. Mit Speck fängt man Mäuse.

Gewiss habe ich ihr einen Todesschrecken eingejagt, als sie diese kleine hässliche Flöte zerbrochen auf der Türschwelle gefunden hat. Nun hat sie erkannt, dass sie nicht unbeobachtet ihrem teuflischen Treiben nachgehen kann.

Ich weiß, es hat seine Zeit gebraucht, bis ich sie ausfindig gemacht habe. Aber ich wohne nun mal draußen vor dem Tor, und seit ich das Amt meines Vaters übernommen habe, muss ich in Wirtshaus und Kirche allein und auf meinem eigenen Stuhl sitzen. Da erfährt man nur noch wenig Neuigkeiten; es sind sich ja alle zu fein, mit mir zu sprechen, und sie haben Angst vor mir. Doch Geduld führt zum Ziel, das habe ich früh gelernt.

Wenn Ihr sie sehen könntet – diese zarten Rundungen ihres Fleisches, fast knabenhaft, mit den festen Brüsten, dazu wie bei ihrer Mutter das dichte schwarze Haar, in dem sich satanische Finsternis spiegelt. Dieser dunkle Blick, der die Sinne des Mannes vernebelt und vergiftet, ihn ins Verderben zu ziehen versucht.

Aber ich bin stärker als sie.

Ihr glaubt mir doch, Meister Siferlin, dass ich es nicht nur um des Goldes willen vollbringe? Ihr und ich, wir sind beseelt vom selben Feuer, vom selben Glauben an den Kampf gegen den Satan im Weib. Wir wissen, dass das Weib von Natur aus wild und triebhaft ist wie ein Tier, nur auf die Erfüllung seiner Begierden und Lüste bedacht. Und so bedient sich der böse Feind der Leiber schöner Frauen, um uns Männer zu den abscheulichsten Ausschweifungen zu verführen. Ekelhaft! Wie Ungeziefer im Garten muss diese teuflische Versuchung von unserer Erde getilgt werden. Muss ausgemerzt werden mit Feuer und Schwert. Denn steht nicht schon bei den Predigern geschrieben: Gering ist alle Bosheit gegen die Bosheit des Weibes?

Ich weiß, mein Freund und Meister, dass Ihr mich hören könnt dort droben im Himmelreich, dass Eure Seele mir zur Seite steht. Seid nur gewiss: In mir habt Ihr einen treuen und fähigen Nachfolger gefunden. Denn ein göttlicher Wille hat mir meine Bestimmung offenbart: Ich bin ausersehen, das Böse aufzuspüren und zu vernichten. Das Gefäß der Sünde, dieses verführerische Weib. Und ich gelobe Euch, ich werde meine Pflicht erfüllen und diese Mission zu Ende bringen.

Den ganzen Januar über lag die Stadt unter einer dichten Schneedecke. Wagen und Karren wurden nicht mehr eingelassen, nur zu Fuß kam man durch die Gassen, und selbst das war mühsam genug. Marthe-Marie bot sich an, den täglichen Gang zu den Händlern und Marktleuten auf der Großen Gasse zu übernehmen.

So zog sie jeden Morgen mit der Köchin los, Mechtilds Bestellungen im Kopf – ein gutes Gedächtnis hatte sie schon immer gehabt. Sie genoss die Ruhe und Bedächtigkeit, zu der die verschneiten und vereisten Wege die Menschen zwangen. Mit hoch erhobenem Kopf ging sie von Stand zu Stand, von Laube zu Laube, grüßte freundlich und beobachtete dabei aufmerksam, in welcher Weise die Leute ihr begegneten. Jeder, der sie kannte, sprach sie an, trug ihr Grüße für Mechtild auf oder erkundigte sich nach ihrer kleinen Tochter.

Je länger der Frost anhielt, desto spärlicher wurde das Angebot an Nahrungsmitteln und desto mehr Bettler tauchten in den Straßen auf. Anfangs verteilte Marthe-Marie noch hin und wieder

Brotkanten, doch bald standen sie an jeder Ecke, und Marthe-Marie zwang sich, hart zu bleiben.

«Wenn es weiter so kalt bleibt, kann ich meinen Gästen außer Salzfleisch nichts mehr anbieten», seufzte Mechtild. «Außerdem fällt mir hier im Haus bald die Decke auf den Kopf.»

Endlich schlug das Wetter um. Am Morgen hatte es noch einmal heftig zu schneien begonnen, aber als Marthe-Marie ihre Besorgungen beendet hatte, ging der Schnee in Regen über. Der Holzträger neben ihr, der einen Korb Brennholz für sie heimschleppte, fluchte, weil ihm das Wasser ungehindert in den Kragen lief.

«Wir sind ja schon da, guter Mann. Bringt das Holz bitte in die Schankstube.»

Doch der Holzträger blieb mit einem Mal wie angewurzelt stehen. Vor seinen Füßen, direkt am Eingang zum Wirtshaus, hatte jemand mit schwarzer Asche etwas in den fest getretenen Schnee gezeichnet.

Es war ein fünfzackiger Stern, ein Drudenfuß.

Marthe-Marie spürte, wie Übelkeit in ihr hochstieg. Sie schob den Mann brüsk zur Seite und fuhr mit dem Absatz über das Pentagramm, wieder und wieder, bis es sich in Eisbrocken und grauen Schlamm aufgelöst hatte.

«Was glotzt Ihr so?», herrschte sie den Träger an und nestelte mit zitternden Fingern das Handgeld aus ihrer Börse. «Ihr könnt gehen. Los jetzt.»

In der Stube musste sie sich erst einmal hinsetzen. Sie schloss die Augen. Wenn der Holzträger nun überall in der Stadt herumerzählte, was er gesehen hatte?

«Du musst bei Gericht Anzeige erstatten», sagte Mechtild, als Marthe-Marie ihr alles erzählt hatte. «Wenn du dich nicht wehrst, bleibt für immer ein Schatten der Unehre auf deinem Namen.»

«Du weißt doch selbst, dass ich kein Recht dazu habe, vor Gericht zu gehen. Ich bin eine Fremde, ich habe weder Bürgerrecht noch einen Vormund hier in der Stadt.» Sie setzte eine entschlossene Miene auf. «Nein, ich muss schon selbst herausbekommen, wer mir Böses will.»

Wie zum Trotz begleitete sie Mechtild in den nächsten Wochen bei den Einkäufen. Wenn irgendwelche Gerüchte über sie im Umlauf waren, dann wollte sie die auch als Erste erfahren. Doch die Menschen auf dem Markt und in den Gassen verhielten sich wie immer. Mal waren sie freundlich, mal mürrisch, je nach Laune und Stimmung.

Die Häuserwände hallten wider von den Trommelschlägen und Fanfarenstößen, Peitschen knallten, Rätschen schnarrten an jeder Straßenecke. Die ganze Stadt schien zu erbeben vom Lärm der Musikanten, die engen Gassen barsten schier unter dem Andrang der Menschenmassen. Männer, Frauen und Kinder, Bettler und Ratsherren, Geistliche und Adlige schoben sich in dichten Trauben vorwärts, wobei in diesen Tagen von niemandem mit Gewissheit zu sagen war, ob das, was er darstellte, Täuschung oder Wirklichkeit war. Denn die meisten hatten sich verkleidet oder verbargen zumindest das Gesicht hinter einer Maske.

Marthe-Marie saß an einem Holztisch vor der Wirtschaft und verkaufte zusammen mit der Köchin Theres, mit der sie längst ein freundschaftliches Verhältnis verband, frische Krapfen. Es lag nicht nur an Mechtilds Geschäftssinn, dass sie während der Fastnachtstage ihren Schanktisch draußen aufzustellen pflegte. Man hatte von hier auch einen guten Blick auf die Festzüge der Zünfte, die durch die Schneckenvorstadt zum Martinstor und weiter die Große Gasse hinaufzogen. Gerade eben tanzte ein Arlecchino heran, der mit seiner Holzpritsche den Weg frei schlug für den Umzug der Schreinergesellen. Hinter drei Fanfarenbläsern erschien der Fahnenschwinger mit der rot-weißen Fahne, die das Wappen der Zunft, die Arche Noah, zeigte. Ihm folgten zwei helmbewehrte

Spießträger, die drei Türken mit Krummsäbel und Turban an Stricken hinter sich herzerrten. Unter Johlen und Gelächter bewarfen die Zuschauer die gefangenen Muselmanen mit Mehltüten.

«Einer von den Türken ist mein Bruder», brüllte Theres Marthe-Marie ins Ohr. «Das geschieht ihm recht.»

Auf dem Eselskarren, der folgte, thronte der Kaiser Rudolf persönlich und grüßte huldvoll nach allen Seiten, während eine vollbusige, grell geschminkte «Hofdame» bunte Zuckerkugeln mit ihren kräftig behaarten Händen unters Volk schleuderte. Als sich Marthe-Marie nach den Süßigkeiten bückte, schlich ein Bursche mit grinsendem Schweinskopf auf den Schultern hinter sie und stahl einen Krapfen. Sie drohte ihm mit der Faust, darauf schwang er eine dicke, rot bemalte Hartwurst, die ihm zwischen den Lenden herabhing, vor ihrer Nase und verschwand dann in der Menge.

«Schweinehund!» Marthe-Marie musste lachen.

Eben flanierten in einer Eskorte von Trommlern die Schreinergesellen vorbei, mit Bändern und Abzeichen geschmückt und mit riesigen Federn auf Hüten von Hobelspänen. Theres sprang von der Bank. Sie hatte unter den Musikanten ihren Bräutigam entdeckt. Mit einem Krapfen in der Hand rannte sie mitten in den Umzug und stopfte ihrem Trommler den Krapfen in den Mund, dass er kaum noch Luft bekam. Die Zuschauer lachten und klatschten Beifall. Als sie zurücklief, war ihr Platz von einer Teufelsgestalt besetzt, die sich an Marthe-Marie presste und den Kopf an ihren Brüsten rieb. Sie hatten Mühe, den aufdringlichen Kerl von der Bank zu stoßen.

«Himmel, hat der gestunken.» Marthe-Marie schüttelte sich. «Wie ein brünstiger Geißbock.»

Hinter der letzten Musikantentruppe rollte ein langer Wagen, der ganz offensichtlich nicht zu den Schreinern gehörte. Die Seitenflächen waren mit Masken und Figuren in schreienden Farben bemalt, an hohen Stangen spannten sich Schnüre mit bunten

Wimpeln, und über dem Heck erhob sich ein Blechschild mit dem verschnörkelten Schriftzug «Leonhard Sonntag & Compagnie». Auf dem Wagen selbst drängte sich, eng wie die Heringe im Salzfass, ein gutes Dutzend Gaukler, manche in prächtigen Kostümen, andere fast nackt, den Körper über und über bemalt. Auf einem Podest stand ein glatzköpfiger Priester, schleuderte Asche über die Zuschauer, reckte immer wieder die Arme zum Himmel und schrie: «O gottlose Fasenacht, hinfort mit dir!», bis ein verwegen aussehender Landsknecht ihm von hinten den Mund zuhielt und seinerseits, mit schrecklichem Akzent und falscher Aussprache, brüllte:

«Fastnacht lebe hoch! Kommet zu Leonhard Sonntag und seine in Welt berühmte Compagnie. Heute, morgen und übermorgen auf Münsterplatz. Wir zeigen Firlefanz und Schabernack, Affentanz und Kakerlak. Samt diesem Jammersack Hans Leberwurst.» Er gab dem Priester einen Tritt in den Hintern. «Und exklusiv für Publikum von diese schöne Stadt wir zeigen Paradies, was drei Meilen hinter Weihnacht liegt, wir zeigen Schlaraffenland von berühmte Dichter Hans Sachs.»

Der Priester schlug den Landsknecht mit der Faust nieder und begann wieder zu lamentieren – dann war der Wagen aus Marthe-Maries Blickfeld verschwunden. Ein Großteil der Menschen folgte grölend den Komödianten, die anderen, nicht weniger laut, begannen auf der Straße zu tanzen: Männer in Frauenkleidung mit falschem Busen und Haar, Frauen, die als Soldaten gingen, Mönche, Narren und Teufel, wilde Männer mit Keulen und nackt bis auf ein Fell um die Hüften, Harlekine auf Stelzen, bunte Vögel mit Flügeln und langen Schnäbeln, Affen auf allen vieren, mittendrin ein splitternackter Mann, der sich mit Würsten, Hühnern und Hasen behängt hatte. Trommler, Pfeifer und Narren im Schellenkostüm gaben den Rhythmus vor, die Umstehenden hielten den Tänzern Krüge mit Bier und Wein an die Lippen oder spritzten sie nass. Kaum einer zeigte sein wahres Gesicht, die Welt war auf den Kopf gestellt.

Jetzt erst bemerkte Marthe-Marie, dass am Schanktisch eine schlanke Gestalt lehnte und sie unaufhörlich ansah: Ein Wegelagerer, in buntscheckiger Jacke, mit Federhut und schwarzem Tuch vor dem Gesicht.

«Wollt Ihr einen Krapfen?»

Der verkleidete Räuber nickte stumm. Von seinem Gesicht waren nur die nussbraunen Augen mit dunklen Brauen und langen Wimpern zu sehen. War es eine Frau? Wer mochte das schon wissen an Fastnacht, wo Frauen als Männer und Männer als Frauen gingen, um das andere Geschlecht zum Narren zu halten. Ohne den Blick von Marthe-Marie zu wenden, legte der Räuber ihr ein paar Münzen in die Hand und nahm den Krapfen entgegen. Da drängte ihn einer der wilden Männer beiseite und küsste erst Marthe-Marie, dann Theres mitten auf den Mund.

«Wollt ihr hier versauern? Kommt mit, ich lass euch was Besseres kosten als eure langweiligen Krapfen.»

Marthe-Marie schob ihn weg. «Wir haben zu tun.»

«Ach was, ihr habt lang genug herumgehockt.» Mechtild trat neben sie. «Geht nur los, ich mache hier weiter.»

«Schläft Agnes?»

«Wie ein Stein. Ein Wunder bei diesem ohrenbetäubenden Krach. Nun geht schon, ich werde schon nach der Kleinen sehen.»

Sie schoben sich durch die Menschenmasse Richtung Martinstor. Marthe-Marie drehte sich noch einmal um und sah für einen Augenblick, inmitten der wogende Menge von Masken und geschminkten Gesichtern, die nussbraunen Augen mit den langen Wimpern, dann waren sie verschwunden.

Theres zerrte sie weiter. «Komm, wir suchen die Komödianten.»

Doch auf der Großen Gasse in Richtung Münsterplatz war kein Durchkommen. Ein Mönch neben Marthe-Marie hielt ihr seinen Weinkrug hin, und sie trank ihn kurzerhand leer, so durstig war sie. Als sie seine Hand auf ihrem Busen spürte, schlug sie ihm hart auf die Finger.

«Versuchen wir es über die Salzgasse. Falls wir uns verlieren, treffen wir uns vor dem Kornhaus», schrie sie Theres ins Ohr. Auch die Salzgasse war voller Menschen, doch es ging wenigstens vorwärts. Sie hielten sich, so gut es ging, am Rande des Stroms.

Da spürte sie einen heißen Atem am Ohr.

«Hexentochter!»

Sie fuhr herum. Theres war verschwunden, statt ihrer drängte sich eine Teufelsgestalt gegen ihren Leib. Sie war sich sicher: dieselbe, die sie zuvor am Tresen bedrängt hatte.

«Hexentochter!» Dumpf quoll wieder das entsetzliche Wort unter der Maske hervor. Dann wich die schmächtige Gestalt zurück bis zur Mauer des Augustinerklosters, den plumpen Pferdefuß hinter sich herschleifend, die Teufelsfratze ihr zugewandt. Sie blieb stehen und starrte den Vermummten entgeistert an. Der Teufel schlug das Kreuzzeichen und machte dann mit den Fingern obszöne Gesten. Blinde Wut stieg in Marthe-Marie auf. Jetzt würde sie ihm die Maske vom Kopf reißen, würde sie endlich erfahren, wer sie bedrohte. Doch als sie sich durch die Menge zur Klostermauer gekämpft hatte, war der Teufel verschwunden. Sie sah sich um, entdeckte ihn schließlich bei der Oberen Linde, wo nur noch wenige Menschen unterwegs waren, da die meisten in Richtung Münsterplatz abbogen.

Sie zog ihren Umhang enger um die Schultern. Jetzt, mit der Dämmerung, war die erste Frühlingswärme verflogen. Sie ging ein paar Schritte die fast leere Gasse entlang, dann blieb sie stehen. Die schwarze Gestalt dort vorne schien tatsächlich auf sie zu warten.

Sie nahm allen Mut zusammen und marschierte auf ihren Verfolger zu. «Wer immer Ihr seid: Gebt Euch zu erkennen.»

Kaum war sie bis auf ein paar Schritte an ihn herangekommen, verschwand der Schwarze mit humpelnden Bocksprüngen in Richtung Wolfshöhle. Du spielst Katz und Maus mit mir, dachte sie. Aber damit machst du mir keine Angst, du Dreckskerl.

Die Hintere Wolfshöhle, ein schäbiges Viertel mit kleinen Gärten und lichtlosen Höfen an der Stadtmauer, gleich unterhalb des Burgbergs, lag wie ausgestorben. Hier brannten keine Fackeln, kein Lichtschimmer drang aus den Fenstern. Etwas in ihrem Inneren warnte Marthe-Marie, weiterzugehen. Doch dann hörte sie aus einem der offenen Hoftore ein leises Klagen und Wimmern, wie von einem Säugling. Sie hielt die Luft an und betrat die Hofeinfahrt. Man konnte kaum die Hand vor Augen sehen. Aus der Ferne schlugen dumpf die Trommeln.

«Ist hier jemand?» Ihre Stimme hallte von den Steinwänden wider.

Dann ging alles rasend schnell. Von schräg oben sprang wie eine riesige Fledermaus eine Gestalt über sie und riss sie zu Boden. Sie wehrte sich verzweifelt, wälzte sich mit ihrem Angreifer auf den harten Pflastersteinen, bis er sie auf den Rücken gezwungen hatte und einem Schraubstock gleich ihre Handgelenke umklammert hielt. Sie wollte schreien, doch ein heftiger Schlag in die Magengrube raubte ihr fast die Besinnung.

«Wer seid Ihr?», stieß sie hervor.

«Kennst du Hartmann Siferlin?» Die Frage kam keuchend, und der Atem ihres Angreifers verströmte einen fauligen Gestank. Dann lachte der Mann in der Teufelsmaske höhnisch und rieb seinen Kopf an ihren Brüsten. «Jetzt trägst du den Kopf nicht mehr so hoch!»

Wieder rammte er ihr sein Knie in den Magen.

«Wo ist das Gold?»

«Das Gold?» Marthe-Marie rang nach Luft.

Er presste ein Knie auf ihren Oberarm und schlug ihr mit der freien Hand ins Gesicht. Sie spürte, wie aus ihrem Mundwinkel warmes Blut den Hals herabrann.

«In welchem Haus hast du deine Wurzeln? Sperr endlich dein Maul auf, Hexentochter! Sterben wirst du ohnehin, du und dein Balg!»

Trotz der Dunkelheit sah sie das Messer, das er plötzlich in der Faust hielt. Nackte Todesangst erfüllte jede Faser ihres Körpers. Sie schloss die Augen. Agnes, meine Kleine, dachte sie noch, dann hörte sie ein Röcheln und spürte, wie ihre Arme frei wurden. Jemand hatte ihren Angreifer nach hinten gezogen. Mit letzter Kraft rollte sie sich zur Seite. Neben ihr, auf ihrem zerrissenen Umhang, wanden sich zwei Männer in verbissenem Kampf, sie hörte Stöhnen, dann einen unterdrückten Aufschrei: «Au diable! Espèce de merde!» und plötzlich ein markerschütterndes Brüllen.

Danach herrschte Stille.

«Schnell weg hier», zischte ihr unbekannter Retter. Er half ihr auf die Beine und zog sie hinaus auf die dunkle Gasse, immer weiter, bis sie eine belebte Straße erreichten. Jetzt erst ließ er sie los: Es war der Wegelagerer, das Gesicht noch immer hinter dem Tuch verborgen.

Vorsichtig wischte er ihr das Blut vom Kinn.

«Gott schütze dich», flüsterte er, dann war er in einer Nebengasse verschwunden.

Mechtild saß mit sorgenvoller Miene neben Marthe-Marie und kühlte ihr mit einem feuchten Lappen die geschwollene Lippe.

«Wenn die Fastnachtstage vorbei sind, begleite ich dich zum Gericht. Als Fremde hast du vielleicht kein Recht, gegen Ehrverletzung zu klagen, aber gegen Mordversuch allemal.»

Marthe-Marie richtete sich auf. Ihr Gesicht brannte, und alle Glieder schmerzten.

«Ich soll zu den Richtern dieser Stadt? Die meine Mutter auf den Scheiterhaufen gebracht haben? Niemals!»

Sie packte die alte Wirtin am Arm.

«Es darf niemand etwas erfahren», flüsterte sie. «Vielleicht ist der Kerl ja auch längst tot, so wie der gebrüllt hat.»

Ihr Blick fiel auf das helle Leinenkleid, das neben dem Bett über der Stuhllehne hing. Kragen und Mieder waren blutverschmiert.

«Himmel, mein Umhang! Er liegt immer noch in dieser Hofeinfahrt. Wenn ihn jemand findet – er ist gewiss voller Blut. Ich muss ihn holen.»

Sie wollte aufstehen, doch Mechtild hielt sie mit erstaunlicher Kraft fest.

«Nichts da. Du gehst heute Abend nirgendwohin. Ich schicke Konrad.»

Wenig später kam der Knecht mit leeren Händen zurück. Marthe-Marie und Mechtild sahen sich schweigend an.

In dieser Nacht schlief Marthe-Marie so gut wie überhaupt nicht. Hatte dieser Teufel nachträglich den Umhang geholt? Den blutigen Umhang, auf den ihre Initialen gestickt waren? Hatte ihr unbekannter Retter ihn also doch nicht getötet? Jetzt erst fragte sie sich, warum der als Wegelagerer verkleidete Bursche bei dem Überfall so unverhofft zur Stelle war – er musste ihr ebenfalls gefolgt sein. Doch aus welchem Grund? Und was sollte die Frage nach dem Gold?

Sie starrte zum Fenster, durch dessen Butzenscheiben bleich das Mondlicht drang. Sie hatte ein Leben in Wohlstand und ohne Sorgen verbracht, und jetzt war in kürzester Zeit alles aus den Fugen geraten. Und obendrein brachte sie auch noch Mechtild, die sich wie eine Mutter um sie sorgte, in Gefahr. Immer wieder redete sie sich ein, dass dieser Teufel tot sein müsse und alles gut werde.

Doch die Ahnung, dass dieser Albtraum noch längst nicht zu Ende sei, legte sich wie ein eisernes Band um ihre Brust.

6

Es kam schlimmer, als sie befürchtet hatten. Schon zwei Tage später machte ein so ungeheures Gerücht die Runde, dass es sogar den Klatsch über die Ausschweifungen der Fastnachtstage in den Hintergrund drängte. Die Fremde aus Konstanz, die im «Schneckenwirtshaus» Unterschlupf gefunden hatte, sei die Tochter einer Hexe, die von ihrer Mutter das Hexenhandwerk gelernt habe und des Nachts mit Hilfe ihres Teufelsbuhlen auf unbescholtene Bürger einsteche.

Wohlmeinende Nachbarn hatten Mechtild die bösen Anschuldigungen hinterbracht. Sie schien völlig fassungslos, als sie Marthe-Marie, die seit dem Überfall das Haus nicht mehr verlassen hatte, davon erzählte.

«Du bist in Gefahr, Marthe-Marie. Es fängt wieder an, wie vor vier Jahren.»

«Bis jetzt sind das nur Gerüchte.» Marthe-Marie versuchte das Zittern ihrer Hände zu verbergen.

«Nein, glaub mir – es fängt wieder an. Gestern haben sie zwei Frauen gefangen genommen, Anna Sprengerin und Elisabeth Dürlerin, die Frau meines Schneiders. Es heißt, sie hätten gleich bei der ersten Befragung gestanden, bei einem Hexentanz dabei gewesen zu sein. Und dich hätten sie gesehen, in Begleitung eines Pferdefüßigen.» Mechtild schlug die Hände vors Gesicht.

In dieser Nacht rotteten sich vor dem Wirtshaus Betrunkene zusammen. «Schneckenwirtin, gib die Hexentochter heraus!», grölten sie. Immer wieder brüllten sie es, bis Mechtild aus dem Fenster stinkendes Essigwasser über sie ausgoss. Marthe-Marie stand auf, entzündete die Lampe in ihrer Kammer und begann, ihre Sachen zu packen. Die Wirtin überraschte sie dabei, als sie gerade die Geldbörse in der Hand hielt und ihre Ersparnisse zählte.

«Um Himmels willen, was hast du vor?»

«Ich muss fort von hier. Vielleicht bin ich in Gefahr, vielleicht auch nicht. Aber was sicher ist: Wenn ich nicht gehe, bringe ich auch dich in große Schwierigkeiten. Morgen wird der Pöbel wiederkommen und dir Fenster und Türen einschlagen.»

Mechtilds Gesicht war aschfahl geworden. «Und wo willst du hin?»

«Ich weiß nicht. Vielleicht zurück nach Konstanz. Oder nach Innsbruck. Mein Geld reicht für einen Maulesel, auf den kann ich Agnes festbinden und das Gepäck.»

«Und dann willst du bis Konstanz laufen? Das ist der blanke Irrsinn, Marthe-Marie. Hör zu, ich habe einen Vetter in Betzenhausen, dorthin bringe ich euch morgen früh. Und wenn sich die Gerüchte hier in der Stadt gelegt haben, sehen wir weiter.»

Marthe-Marie schüttelte den Kopf. «Ich will mich nicht verstecken müssen. Dann ziehe ich lieber fort.»

Am nächsten Morgen wurden sie durch ungeduldiges Klopfen geweckt. Vor der Tür stand ein Fronbote und überbrachte ein amtliches Schreiben des Magistrats: Marthe-Marie Mangoltin aus Konstanz solle sich pünktlich heute zur dritten Stunde nach Mittag im Rathaus einfinden zur gütlichen Befragung höchst widriger Umstände und Bezichtigungen. Die Buchstaben begannen vor Marthe-Maries Augen zu tanzen, und sie ließ das Blatt zu Boden fallen.

Mechtild packte sie am Arm. «Was ist das für ein Schreiben?»

«Eine Vorladung. Irgendjemand hat mich beim Rat der Stadt

wegen Hexerei und Schadenszauber angezeigt und ein Paket abgeben lassen mit einem blutigen Umhang. Ich muss unter Eid aussagen, ob es mein Umhang ist, und dich und den Knecht soll ich als Zeugen mitbringen. Und ich darf die Stadt nicht verlassen, bis die Vorgänge geklärt sind.» Sie betrachtete ihre Tochter, die auf den Dielen saß und die Vorladung vergnügt in Fetzen riss. «Diese Teufelsgestalt lebt also noch und will mich vernichten.»

«Heilige Elisabeth, wie kommst du jetzt unerkannt aus der Stadt? Mit der Kleinen und deinem ganzen Gepäck fällst du doch jedem Torwächter sofort auf.»

«Ich nehme nur das Nötigste mit. Ich verkleide mich als Bauersfrau und gehe mit Agnes zu Fuß, als ob ich auf die Felder wollte. Ich nehme Sense und Gabel mit und –»

Sie unterbrach sich, als Mechtild lautlos zu schluchzen begann.

«Du wirst es niemals schaffen, zu Fuß, allein mit einem kleinen Kind.»

Die Tränen liefen der alten Frau über das Gesicht. Mechtild hatte Recht, das war kein Ausweg. Marthe-Marie nahm sie in den Arm und strich ihr gedankenverloren über den Rücken. Plötzlich fiel es ihr wie Schuppen von den Augen: Die Gaukler! Theres hatte ihr am Vorabend erzählt, dass die Komödianten heute weiterziehen mussten, obendrein nach Offenburg sogar, man hatte sie wohl bei der Vorstellung mit Steinen beworfen.

«Bete für mich, Gevatterin, dass das, was ich vorhabe, gut geht. Ich bin bald wieder zurück.»

Sie hastete in ihre Kammer, legte ihr bestes dunkles Batistkleid an, kämmte sich die Haare zu einem strengen Knoten und verbarg sie unter ihrer Witwenhaube, die sie zum Glück aufbewahrt hatte. Dann zog sie den Schleier vor das Gesicht und verließ das Haus durch den Hintereingang.

Auf dem Münsterplatz war der Tross der Krämer und Spielleute mitten im Aufbruch. Die Wagen begannen sich in Reih und Glied zu formieren, die Bühne der Komödianten vor dem Kaufhaus war fast abgebaut. Mit gerafftem Rock bahnte sich Marthe-Marie ihren Weg zur Bühne über das mit Abfall und Unrat übersäte Kopfsteinpflaster, mitten durch das Gewimmel aus streunenden Hunden, Kloakenfegern, barfüßigen Kindern und hin und her eilenden Gauklern.

«Ihr Dummköpfe, ihr Trottel!»

Marthe-Marie zuckte zusammen. Direkt neben ihr hatte ein dicker, untersetzter Mann in einem Kittel aus Grobleinen zu brüllen begonnen. «Zuerst den Himmel, hatte ich gesagt! Jetzt ist schon wieder ein Riss im Tuch.»

Schnaufend wischte er sich den Schweiß von der Glatze, die von einem grauweißen Haarkranz umgeben war. Marthe-Marie erkannte ihn gleich: Es war der lamentierende Priester. Seinem Geschrei nach zu urteilen, musste er der Prinzipal sein, auch wenn er vom Äußeren her eher einem Almosenempfänger glich. Sie hob ihren Schleier vom Gesicht.

«Verzeiht die Störung, seid Ihr Leonhard Sonntag?»

«Ja. Und?»

Freundlich klang die Antwort nicht gerade, aber die runden blauen Augen unter den buschigen Brauen hatten etwas Vertrauenerweckendes.

«Ich habe gehört, Ihr zieht nach Offenburg weiter, und möchte Euch bitten, mich mitzunehmen.»

Leonhard Sonntag musterte sie von oben bis unten.

«Eine Bürgersfrau und Witwe, die mit den Gauklern ziehen möchte? Was für ein herrlicher Einfall! Könnt Ihr tanzen, singen, jonglieren? Seid Ihr Komödiantin? Könnt Ihr wahrsagen?»

«Nein, nichts von alledem. Aber ich werde Euch selbstverständlich bezahlen, wenn Ihr mich mitfahren lasst.»

«Wir sind keine Reisegesellschaft, die Frauen wie Euch durch die Lande kutschiert.»

In diesem Moment näherten sich zwei mit Lanzen bewehrte Büttel. Unwillkürlich senkte Marthe-Marie den Kopf und trat einige Schritte zurück in den Schatten der Arkaden. Der Prinzipal wollte sich schon abwenden, da hielt ihn eine Frau am Arm zurück. Ihr dunkelrotes, widerborstiges Haar wurde über der Stirn von einem bunten Tuch zusammengehalten, an den Ohren glänzten große goldene Ringe.

«So ein Unsinn, Mann. Wir können jeden Groschen gebrauchen. Wie ist Euer Name?»

«Agatha. Agatha Müllerin.»

«Ich bin Maruschka aus der Walachei, genannt Marusch. Ihr könnt bei Diego mitfahren. Der hat genug Platz im Wagen und ein großes Herz für alleinstehende Frauen.»

Die ganze Zeit schon hatte Marthe-Marie die Blicke im Nacken gespürt. Als sie sich jetzt umsah, stand ein nicht allzu großer Mann vor ihr, kräftig und dabei mit schmalen Hüften. Galant zog er seinen Federhut und verbeugte sich fast bis zur Erde. Es war der Landsknecht, der die Vorstellungen angekündigt hatte. Jetzt trug er statt der geschlitzten, schreiend bunten Pluderhosen enge Beinkleider aus Leder mit Stulpenstiefeln und ein weißes Hemd. Seine schulterlangen dunklen Locken und der gestutzte Vollbart waren von einzelnen grauen Haaren wie von Silberfäden durchwirkt, die smaragdgrünen Augen sahen ihr ohne Umschweife geradewegs ins Herz. «Gestatten – Don Diego Ramirez y Frirez Bagatello Hastalamista Rastalavista de la Bonaventura y Andalucía. In ganzer Welt berühmter Comediante und Ilusionista.» Während er diese Namenskaskade mit großer Geste und rollendem R über Marthe-Marie ergehen ließ, gruben sich die Lachfältchen tiefer in seine Augenwinkel. Er hat eine Stimme wie schwarzer Samt, dachte sie und wandte sich abrupt ab.

«Was schulde ich Euch bis Offenburg?», fragte sie die rothaarige Frau und zog ihre Geldkatze unter dem Rock hervor.

Marusch warf einen kurzen, fachmännischen Blick auf den Beutel aus feinstem Chagrinleder und sagte: «Immer langsam mit den jungen Pferden, das klären wir später. Ich nehme an, Ihr müsst noch Euer Gepäck holen.»

Marthe-Marie nickte. «Da ist noch etwas – meine kleine Tochter soll auch mitkommen.» Unruhig sah sie hinüber zu den Scharwächtern, die sich auf ihrer Runde wieder dem Kaufhaus näherten.

Marusch lachte laut auf. «Vielleicht auch noch eine Großmutter oder ein Schwippschwager? Bringt nur all Eure Kinder mit, eines mehr oder weniger fällt bei uns nicht auf. Aber beeilt Euch, wir sind bald so weit, und warten können wir nicht.»

Die Angelusglocke des Münsters hatte noch nicht geschlagen, da war Marthe-Marie wieder zurück. Hastig bezahlte sie den Träger ihres Gepäcks, sah sich argwöhnisch um und ließ sich von Don Diego auf den Wagen helfen. Die beiden struppigen kleinen Pferde waren bereits angespannt.

«Ich haben gehört etwas von Tochter?»

«Sie wartet am Stadttor.»

Don Diego sah sie prüfend an. Dann winkte er sie ins Wageninnere unter die Plane. Bis auf einen schmalen Gang war alles vollgestellt mit Requisiten und Kisten.

«*Un momento* – ah, hier ist es.» Er reichte ihr ein gelb-weiß gestreiftes Kleid, das wie Seide glänzte, und einen riesigen albernen Hut, ebenfalls gelb-weiß gestreift, mit Pfauenfedern.

«Bitte anziehen.»

Sie schüttelte entschieden den Kopf. «Soll ich mich zur Närrin machen?»

«Genau. Passt besser zu fahrende Leut. Torwächter würden nicht verstehen, dass ehrbare Witwe fährt mit Gauklervolk, und dann Misstrauen.»

Sie musste ihm Recht geben. Don Diego lächelte sie ermunternd an.

«Würdet Ihr Euch bitte wegdrehen?»

«*O perdón!* Habe vergessen, Ihr eine ehrbare Dame sein.»

Er schlüpfte hinaus auf den Kutschbock, und Marthe-Marie zog das lächerliche Kostüm an. Da erscholl von draußen ein durchdringendes «Avanti!». Mit einem Ruck fuhr der Wagen an.

Durch einen Spalt sah sie hinaus. In einer langen Kolonne bog der Tross auf die Große Gasse in Richtung Christoffelstor. Sie schloss die Augen, als sie durch das Tor in die nördliche Vorstadt fuhren, und versuchte nicht daran zu denken, dass hier die Folterkammer lag, in der ihre Mutter bis zur Besinnungslosigkeit gequält worden war.

Während sie die Neuburgvorstadt durchquerten, bereitete sie im hinteren Teil des Wagens eine Bettstatt für Agnes vor. Hoffentlich geht alles gut, dachte sie, als sie sich über die hintere Brüstung lehnte und hinausspähte. Sie hatte mit Mechtild vereinbart, getrennte Wege zu gehen, um nicht aufzufallen. Die Wirtin sollte, ebenfalls als Witwe hinter einem Schleier verborgen, mit Agnes kurz vor dem Mönchstor warten. Don Diegos Wagen fuhr an zweiter Stelle, und so musste alles ganz schnell gehen, wollten sie kein Aufsehen bei den Torwächtern erregen.

Da entdeckte sie Mechtild mit Agnes auf dem Arm. Sie winkte ihr zu. Ihr Herz schlug schneller, als Mechtild dem Kind die Decke über den Kopf zog und zum Heck ihres Wagens eilte. Hoffentlich beobachtete sie niemand. Doch jetzt zur Mittagszeit waren wenig Menschen unterwegs. Marthe-Marie zog ihre Tochter auf den Wagen, legte sie auf ihre Schlafstelle und reichte der alten Wirtin noch einmal die Hand.

«Gott behüte Euch auf Eurer Reise und gebe, dass du Benedikt Hofer findest», sagte Mechtild mit rauer Stimme. Dann trat sie zurück an den Straßenrand und winkte ein letztes Mal. Marthe-Marie sah die schmächtige Gestalt immer kleiner werden. Sie fragte sich, ob sie Mechtild jemals wieder sehen würde.

Don Diego rief sie zu sich auf den Kutschbock.

«Du jetzt meine Frau. Und jetzt lachen und nicht mehr weinen.»

Er legte den Arm um sie und zog sie fest an sich.

«Leo, mein kleiner Löwe, jetzt schau halt nicht so beleidigt aus der Wäsche.» Marusch kraulte dem Prinzipal den Nacken. Dabei blinzelte sie Marthe-Marie verschmitzt zu. «Es ist doch nur bis Offenburg. Danach ist wieder alles, wie du es gewohnt bist.»

«Macht doch, was ihr wollt.»

Sonntag verschwand im Wageninneren, um seine Reisekiste zu holen, während Marusch hinter dem Kutschbock eine Ecke für Agnes auspolsterte. Sie hatten gleich hinter Freiburg eine kurze Rast eingelegt, um am Ufer eines Baches die Tiere zu tränken. Bei dieser Gelegenheit hatte Marusch entschieden, dass Marthe-Marie mit dem Prinzipal den Wagen tauschen müsse, da der Spanier bei genauerer Betrachtung der Lage nicht die angemessene Begleitung für eine allein stehende Frau sei.

«Es tut mir Leid, dass ich Euch so viele Umstände mache», sagte Marthe-Marie.

«Ach was. Und wegen Leonhard zerbrich dir nicht den Kopf, er ist nicht nachtragend. Er ist der gutmütigste Mensch der Welt, nur zeigt er es nicht so gern, weil er glaubt, sonst bei den anderen an Ansehen zu verlieren.»

«Seid Ihr mit ihm verheiratet?»

«Verheiratet? Nein, aber er ist der Vater meiner Kinder. Zumindest meiner Jüngsten.»

Als sie Marthe-Maries verdutztes Gesicht sah, begann sie zu lachen. «Man merkt wirklich, dass du keine Fahrende bist. Aber jetzt sag mir deinen richtigen Namen, du heißt doch nicht Agatha Müllerin, das sehe ich dir an deiner blassen Nasenspitze an.»

«Woher – wie könnt Ihr – ja, es ist wahr. Ich heiße Marthe-Marie Mangoltin. Wie seid Ihr darauf gekommen, dass Agatha nicht mein richtiger Name ist?»

«Jetzt sag endlich du, wir sind hier nicht am Kaiserhof.» Sie nahm Agnes auf den Schoß und kitzelte sie am Bauch, bis sie vor Vergnügen quietschte. «Was für blaue Augen deine Tochter hat. Wunderschön.»

Marthe-Marie ließ sich nicht ablenken. «Warum helft ihr mir? Warum bin ich erst bei Don Diego mitgefahren? Und dazu in dieser schrecklichen Verkleidung?»

Agnes spielte inzwischen hingebungsvoll mit Maruschs riesigen goldenen Ohrringen.

«Um ehrlich zu sein: Auch ich hätte dich nicht mitgenommen, wie du da vor uns standest in deinem Witwengewand mit Spitzenmanschette und Mühlsteinkrause. Aber als die Büttel kamen und du dich sofort in den Arkaden verstecktest, da ist mir gleich klar geworden, dass du auf der Flucht bist. Dein Geld kannst du übrigens behalten, du wirst es sicher noch brauchen.»

«Ist es wahr, dass ihr vorzeitig aufbrechen musstet?»

«Nun ja, einigen Bürgern ist mal wieder das Maul übergelaufen mit Lügenmärchen wie: Die Kühe würden saure Milch geben und der Wein in ihren Fässern zu Essig werden, seitdem wir in der Stadt seien.» Sie zuckte die Schultern. «Das hören wir nicht zum ersten Mal. Vor allem, wenn jemand wegen Schwarzmagie oder Hexerei im Turm einsitzt, gehen solche Verleumdungen schneller um als die Pest. Wir machen uns dann lieber freiwillig aus dem Staub.»

«Dann verstehe ich erst recht nicht, warum ihr mich mitnehmt. Ich hätte euch beim Passieren des Stadttores in Gefahr bringen können.»

Marusch lachte wieder. Sie schien gern und oft zu lachen. «Wir haben schon bei ganz anderen Geschichten den Hals aus der Schlinge gezogen. Und du hast selbst gesehen: An der Seite unseres Spaniers bist du sogar bei diesem misstrauischen Torwächter als Gauklersfrau durchgegangen. Wärst du in deiner Trauerkleidung bei uns gesessen, dann hätten sie dich sofort heruntergezerrt. Diego ist ein wunderbarer Schauspieler, findest du nicht?»

Das stimmte. Marthe-Marie hätte fast der Atem gestockt, als der Torwärter auf ihren Wagen geklettert kam, um sich umzusehen. Unbeeindruckt davon hatte Diego sie geherzt und geküsst, bis Agnes plötzlich zu schreien anfing.

«*Madre mía*», hatte der Spanier zu schimpfen begonnen. «Jetzt Ihr haben unser kleinen Carlos geweckt. Das Bubele hat so schön geschlafen.»

Als Agnes in der fremden Umgebung weder ihre Mutter noch Mechtild entdecken konnte und dazu noch das laute Schimpfen der unbekannten Stimme hörte, war ihr Schreien zu einem ohrenbetäubenden Gebrüll angeschwollen. Der Wächter hatte fluchtartig den Wagen verlassen und sie durch das Tor gewunken. Eilig hatte Marthe-Marie ihre Tochter auf den Arm genommen, weniger, um sie zu beruhigen, als um den übertriebenen Zärtlichkeiten ihres Begleiters ein Ende zu setzen. Bei aller Dankbarkeit war sie heilfroh, während der Rast zu Marusch wechseln zu dürfen.

Vom hinteren Teil des Trosses waren jetzt laute Rufe zu hören. Ein junger Bursche kam auf seinem Maultier herangetrabt.

«Alle fertig mit Tränken.»

Marusch reichte Marthe-Marie das Kind. Dann stieß sie in ein Horn, das an einem Strick vom Kutschbock hing, brüllte laut «Avanti!» und klatschte den beiden Braunen die Zügel auf die breiten Rücken.

Marthe-Marie betrachtete verstohlen die kräftige Frau neben sich. Sie war wohl einige Jahre älter als sie selbst, aber immer noch um etliches jünger als der Prinzipal. Jetzt reckte sie die sommersprossige, kurze Nase vorwitzig in die Luft, als könne sie auf diese Weise ihre Umgebung besser wahrnehmen. Um die Augen und

Mundwinkel hatten sich Lachfältchen eingegraben. Alles an ihr strahlte Tatkraft und Selbstbewusstsein aus. Nur um den fein geschwungenen Mund lag ein Zug von Verletzlichkeit.

«Danke, dass du mir geholfen hast.»

«Ach was, Firlefanz. Ich finde es schön, mal jemand anderen als meinen dicken Löwen neben mir zu haben.»

«Wann werden wir in Offenburg sein?»

«In einer Woche vielleicht. So genau wissen wir das nie. Lebt dein Mann dort?»

«Nein, ich hoffe, dass ich dort –» Sie zögerte. «– dass ich dort meinen Vater finde. Ich kenne ihn aber gar nicht.»

Marusch nickte, als ob das das Selbstverständlichste der Welt sei. «Und dein Mann?»

«Der ist gestorben, am hitzigen Fieber. Vor über einem Jahr schon.»

«Das tut mir Leid. Mir sind auch schon zwei Männer gestorben. Und einer ist weggelaufen, zu einer Jüngeren.»

«Wie viele Kinder hast du?»

«Fünf. Antonia, Tilman, Titus, Clara und Lisbeth. Antonia ist von meinem ersten Mann, Tilman und Titus vom zweiten, Clara vom dritten und Lisbeth ist Leonhards Tochter. Sie ist grad erst zwei Jahre alt, also in Agnes' Alter.»

«Und warum sind die Kinder nicht hier?»

«Sie haben ihren eigenen Karren, gleich hinter Diego. Hier ist es viel zu eng.»

Marthe-Marie sah sie erstaunt an. «Du lässt sie allein fahren?»

«Warum allein? Hier gibt jeder auf jeden Acht. Außerdem ist Antonia schon zwölf, und sie haben die beiden Hunde bei sich. Aber du hast Recht, ich könnte Lisbeth herholen. Normalerweise langweilt sie sich bei uns, aber jetzt, wo Agnes mitfährt, hätte sie eine Spielgefährtin.»

Marthe-Marie beugte sich nach außen und blickte zurück, um

nach dem Karren der Kinder zu sehen. Aber der breite Wagen des Spaniers versperrte die Sicht. Don Diego hob die Hand zum Gruß und grinste breit. Der Prinzipal neben ihm wandte mürrisch den Blick ab.

«Ich glaube, Leonhard Sonntag ist immer noch verärgert.»

«Das ändert sich schnell. Am besten trinkst du heute Abend einen Becher Wein mit ihm und erzählst, dass du Witwe bist und mit deiner kleinen Tochter ganz allein auf der Welt. Da wird er vor Rührung dahinschmelzen. Familie bedeutet ihm alles.»

Hinter dem Dörfchen Vörstetten schlugen sie am Ufer der Glotter ihr Nachtlager auf. Die Wagen formierten sich zu einem Kreis, die Zugtiere wurden ausgespannt und zum Wasser geführt. Marthe-Marie wunderte sich, dass etliche der kleineren Karren von Hand gezogen wurden. Pferde waren nur vor die beiden schweren Fuhrwerke gespannt, ansonsten gab es Maultiere oder Esel. Und ein ganz wunderliches Biest. Es war größer als die Pferde, hatte einen hässlichen Schafskopf, einen Eselsschwanz und zwei Buckel: ein leibhaftiges Kamel.

Jetzt aus der Nähe, ohne Zier und Flitterkram, sahen die Wagen und Karren ungleich schäbiger aus als während der Aufführungen. Und auch die meisten der Fahrenden wirkten ärmlich und abgerissen.

Marthe-Marie fragte, wie sie sich nützlich machen könne.

«Geh doch mit den Kleinen Holz sammeln. Da kann sich Agnes gleich an die anderen Kinder gewöhnen.» Marusch zupfte am Saum ihres Kleides. «So kannst du nicht in den Wald. Hast du keine einfachen Sachen dabei?»

Marthe-Marie schüttelte den Kopf.

«Du kannst von mir ein Kleid haben. Aus einer Zeit, als ich noch rank und schlank war.»

Kurz darauf tippelte Agnes auf ihren krummen Beinchen mit den anderen Kindern durch das Gras. Sie genoss sichtlich die Weite der Uferwiesen, die vielen Menschen und Tiere. Die Kinder der Gaukler nahmen sie sofort in ihrer Mitte auf, doch Marthe-Marie gegenüber zeigten vor allem die Heranwachsenden Scheu oder Argwohn. Marthe-Marie beschloss, sich nicht darum zu kümmern. Als sie mit Ästen und Zweigen beladen zur Feuerstelle zurückkehrten, waren dort bereits mehrere Dreigestänge mit Wasserkesseln aufgestellt.

«Jetzet bisch du fascht oine von ons!»

Vor Überraschung ließ Marthe-Marie fast ihr Brennholz fallen. Don Diego, der Spanier, hatte sie in breitestem Schwäbisch angesprochen.

«Ach, schöne Frau», er rollte wieder das R und strahlte sie an. «Nicht böse sein. Kann ich sprechen in zwei Sprachen, weil Papa aus Andalucía und Mama aus schöne Schwabenland. Sogar in drei: Ich kann auch nach dem vornehmen Kanzleideutsch sprechen, ganz wie du willst.»

Marthe-Marie holte hörbar Luft und ließ ihn dann stehen. Dieser Gockel. Sollte er sich doch über andere lustig machen.

In schmalen Säulen stieg der Rauch der Feuerstellen in den kalten Nachthimmel. Vom Wald her klang der Ruf eines Käuzchens. Die Musikanten begannen, leise auf ihren Flöten zu spielen.

Sie saßen in mehreren Gruppen beisammen, die Höker und Krämer, Kesselflicker und Scherenschleifer etwas abseits. Mit Frauen und Kindern umfasste der Tross mindestens vierzig Leute. Marusch hatte Marthe-Marie nur der Truppe um Leonhard Sonntag vorgestellt, als Agatha Müllerin, falls sie irgendwo in Kontrollen der Vorderösterreicher geraten sollten, wie sie ihr später erklärte. Den Rest der Fahrenden würde sie im Laufe der Tage von selbst kennen lernen. Eher nicht, hatte Marthe-Marie gedacht, als sie die abschätzigen, misstrauischen Blicke von den anderen Feuerstellen wahrnahm.

Sonntag selbst war zwar nach zwei, drei Bechern Wein tatsächlich freundlicher geworden, er wandte sich jedoch nach einem kurzen Gespräch mit ihr für den Rest des Abends den anderen Komödianten zu. Außer Don Diego waren dies noch zwei junge Männer mit langem, zu einem Zopf gebundenen Haar, ein älterer, schweigsamer Mann und ein kräftiger mit gutmütigem Gesicht, der Frau und Sohn bei sich hatte.

Diego setzte sich neben sie.

«Soll ich dir noch etwas zu trinken holen?»

«Danke, nein. Ich bin todmüde.» Sie hob Agnes auf den Arm.

«Dann komm.» Marusch nahm sie bei der Hand. «Ich bringe dich zum Wagen und zeige dir deinen Schlafplatz.»

«*Buenas noches!*», rief Diego ihr nach.

Im Wagen entzündete Marusch ein Talglicht und führte sie in die Ecke, die sie für Mutter und Tochter freigeräumt hatte. «Leider müsst ihr euch einen Strohsack teilen.»

«Das macht doch nichts.» Marthe-Marie zog aus ihrer Kiste spitzenbesetztes Weißzeug und breitete es über die Bettstatt. Marusch pfiff anerkennend durch die Zähne.

«Man sieht, dass du aus einem anderen Stall kommst. Mal sehen, wie lange du es bei uns aushältst.»

«Sag so was nicht. Ich bin dir und den anderen wirklich sehr dankbar.» Sie legte Agnes, die auf ihrem Arm eingeschlafen war, behutsam auf das Laken und deckte sie zu. «Dieser Don Diego – der spielt doch von morgens bis abends Theater, nichts an ihm ist echt, oder? Ist er nun Schwabe oder Spanier?»

Marusch zuckte mit den Achseln. «Weißt du, hier hat jeder seine Geschichte, und manchmal ist es besser, man stellt nicht allzu viele Fragen.»

«Und warum sind von euren Leuten viele so feindselig mir gegenüber?»

«Nimm's ihnen nicht übel. Du gehörst nicht zu ihnen, das ist alles. Bei Diego ist es was anderes, er war nicht immer Gaukler.»

«Und du?»

«Meine Geschichte erzähle ich dir vielleicht ein andermal. Jetzt schlaft wohl, ihr beiden.»

Als Marthe-Marie mit Agnes in der engen Koje zwischen der Rückwand und einem Stapel Brettern lag, wälzte sie sich noch lange hin und her, ohne Schlaf zu finden. Wie nah war sie dem Tod gewesen! In ihrem Kopf jagten sich die Bilder und Eindrücke der vergangenen Tage und quälten sie bis tief in die Nacht: die zerbrochene Flöte auf der Schwelle, das in Asche gemalte Pentagramm, der schwarze Teufel über ihr und immer wieder das Messer in seiner Faust. Dazwischen schoben sich die angstvolle Miene der alten Wirtin und die Gesichter dieser fremdartigen Menschen, in deren Schutz sie sich begeben hatte. Boten sie wirklich Schutz? Nehmt euch in Acht vor Gauklern und Zigeunern, hatte die Dienstmagd ihnen als Kinder gepredigt, die klauen euch die Beine unterm Hintern weg, ohne dass ihr es merkt. Und sie und ihre Geschwister hatten sich wohlig gegruselt bei den Schauergeschichten, die die Magd über die fahrenden Leute erzählt hatte. Jetzt, im Dunkel der Nacht, kämpfte sie an gegen ein Gefühl von Beklommenheit und Misstrauen gegenüber diesen Leuten.

Vielleicht war ihr Entschluss zu überstürzt gewesen, wie schon häufiger. Aber hätte es eine andere Möglichkeit gegeben? Sie hoffte inbrünstig, mit Agnes wohlbehalten an ihr Ziel zu gelangen, in die freie Reichsstadt Offenburg.

7

Was sie in den nächsten Tagen über ihre Begleiter erfuhr, stärkte nicht eben ihr Vertrauen in diesen bunten Haufen.

Da waren zum Beispiel die beiden jungen Männer aus Leonhard Sonntags Truppe, Valentin und Severin, die so wunderbar auf den Händen laufen konnten, als sei dies das Natürlichste der Welt. Sie steckten immer zusammen, tuschelten und lachten miteinander wie zwei Marktweiber und verhielten sich auch sonst für Marthe-Maries Begriffe oft recht befremdlich. Über Severin, den Jüngeren der beiden, erfuhr sie, dass sein Vater ihn im Alter von neun oder zehn Jahren als Lernknecht an Rheinschiffer verkauft hatte. Dort wurde er gefangen gehalten wie ein Tier, übel traktiert und geschlagen, bis er schließlich weglief. In Straßburg, wo er sich mit Betteln am Leben hielt, traf er auf einen Gaukler, der ihn Seiltanz und Akrobatik lehrte. Nachdem er auch bei seinem neuen Lehrherrn mehr Prügel als Brot zum Lohn bekam, floh er nach Köln. Dort wurde er schließlich bei einem Einbruch ertappt und landete im Turm. Nur seines jungen Alters wegen und weil er aus Hunger zum Dieb geworden war, hatte ihn der Magistrat begnadigt, mit der Auflage, die Stadt Köln nie wieder zu betreten.

Oder Pantaleon, der Besitzer des Kamels Schirokko und zweier Äffchen, ein hässlicher Kerl mit schwarzer Augenklappe, unter der angeblich ein tiefes Loch klaffte. Vor Jahren sei ihm von seinem Tanzbär das linke Auge ausgekratzt worden, daraufhin habe er das Tier erschossen und drei Tage und drei Nächte lang geweint.

Dem Messerwerfer und Feuerschlucker Quirin, der als Tierquäler verschrien war, ging Marthe-Marie vom ersten Moment an aus dem Weg. Fast ebenso unheimlich war ihr Salome, die Zwergin mit dem spitzen Buckel, der noch gewaltiger wirkte, wenn sich ihr zahmer Rabe darauf niederließ. Salome trat als Wahrsagerin und Handleserin auf; sie konnte mit schwarzem Papier oder aus ihrer Kristallkugel die Zukunft vorhersagen und mit Hilfe eines Zaubersiebs gestohlenes Gut wieder auftauchen lassen. Den Eingang ihres schwarzen Zeltes hatte sie mit geheimnisvollen Zeichen und magischen Quadraten bemalt, und ihr Geschäft lief immer bestens. Allerdings hatte sie auch schon etliche Tage und Wochen ihres Lebens im Kerker verbracht.

All diese Geschichten erfuhr sie von Marusch während ihrer Fahrten über die holprigen Landstraßen. Nicht dass die Prinzipalin – und das war sie in Marthe-Maries Augen, denn bei wichtigen Entscheidungen hatte stets sie das letzte Wort – von sich aus geschwatzt und getratscht hätte. Vielmehr gab sie auf Marthe-Maries Fragen freimütig Auskunft, nicht mehr und nicht weniger, und Dinge, die sie nicht verraten durfte oder wollte, behielt sie eisern für sich.

Don Diego hingegen hielt mit seinen Sympathien und Antipathien weniger hinter dem Berg. «Um Quirin machst du besser einen großen Bogen, der ist jähzornig. Einmal hat er einen Gassenkehrer von oben bis unten aufgeschlitzt, bloß weil der ihn Pferdfresser geschimpft hatte.»

Meistens schilderte er seine Geschichten in so grellen Farben, dass Marthe-Marie ihm schließlich gar nichts mehr glaubte. Im Übrigen stand ihr Urteil über ihn fest: Er besaß das Selbstbewusstsein eines Mannes, der um seine Wirkung wusste und durch nichts zu verunsichern war. Denn schön war er, mit seinen dunklen Locken und den männlichen Gesichtszügen, die ein ganz klein wenig schief geschnitten waren, was sein Lächeln aber nur noch anziehender machte. Ein Lächeln, das immer auch in seinen Augen strahlte und mit dem er Frauen wie Männer betörte.

Mit Vorliebe zog er über den fahrenden Wundarzt Ambrosius her, diesen dünnen, zu klein geratenen Mann, der fast so bucklig wie Salome war. Mit seinem strähnigen Haar und dem breitkrempigen Hut auf dem knochigen Schädel, mit der hohen Stimme und den langen dürren Fingern hatte er etwas von einer Spinne an sich.

«Vor diesem Furunkel- und Karbunkelschneider nimm dich in Acht, er hat mich einmal beinahe zu Tode kuriert.» Diego senkte den Kopf und äffte die Kastratenstimme des Arztes nach. «Darf ich mich präsentieren? – Doctorius Honorius Ambrosius aus Quacksalbanien. Es zwickt Euch im kleinen Zeh? Das sind die Säfte, gänzlich durcheinander geraten sind die armen Säfte! Da hilft nur ein kräftiges Klistier aus Petroleum. Was? Der Kopf schmerzt auch? Ja, ja, die schwarze Galle drückt aufs Hirn. Doch keine Sorge, ein wenig Geiersalbe und Elefantenschmalz in jedes Nasenloch – und Ihr verliert garantiert den Verstand, der Euch schon so lange quält.» In gespieltem Wahnsinn raufte er sich die Haare und rollte mit den Augen, bis Marthe-Marie sich vor Lachen verschluckte.

«Er ist ein elender Kurpfuscher, außer Blutegelsetzen fällt ihm nichts ein. Eigentlich ist er gar kein Medicus, nur ein mittelmäßiger Bruchschneider. Vielleicht hat er ja wirklich, wie es neuerdings üblich wird, gegen viel Geld sein Examen vor einer medizinischen Fakultät abgelegt und damit seine Chirurgengerechtigkeit erworben, aber studiert hat er nicht Paracelsus und Galen, sondern nur sein speckiges Feldbuch der Wundarznei, das er immer mit sich führt.»

Die Lebensgeschichte von Mettel, die als Magd und Köchin im Tross mitreiste und für Ambrosius heilkräftige Pflanzen sammelte, hatte sie von der Alten selbst erfahren. Marthe-Marie ging ihr beim Kochen, Waschen und Flicken zur Hand und kam recht gut mit ihr aus. Mettel musste einmal sehr schön gewesen sein, jetzt sah sie grau und verbraucht aus. Nur ihren aufrechten, wiegenden Gang hatte sie trotz der schweren Arbeit im Lager beibehalten.

«Warum nennen die anderen dich manchmal die Nonne?», fragte Marthe-Marie sie an ihrem dritten Abend bei den Gauklern, als sie der Alten beim Feuermachen half.

Mettel grinste und entblößte dabei einen Goldzahn, ihren ganzen Stolz.

«Ich habe mal bei den Augustinerinnen gelebt. Aber unsere Freunde hier meinen das wohl eher spöttisch. Ich war nämlich eine erfolgreiche Kupplerin.»

Dann begann sie zu erzählen: Als Tochter einer Frankfurter Dirne hatte sie nichts anderes kennen gelernt als die Welt der bezahlten Liebesdienste. Im Frauenhaus, das damals noch dem Henker unterstand, erlebte sie oft, wie die Huren leer ausgingen für ihre Dienste oder von den Kunden geschlagen wurden. Dafür gab es dann vom Henker, der wöchentlich abkassierte, eine weitere Tracht Prügel. Mettel wollte ausbrechen aus diesem Leben und trat in einen Büßerinnen-Konvent ein. Aber die strenge Zucht und Ordnung und das ewige Beten hielt sie nicht einmal ein Jahr aus.

«Da habe ich mir gedacht: Schuster, bleib bei deinen Leisten, aber fang es besser an als die anderen. Ich habe die drei schönsten Mädchen aus dem Frauenhaus geholt, ein kleines Häuschen angemietet und ein Spinnhaus eingerichtet, das bald zu einem bekannten Treffpunkt für Besucher der Stadt wurde.»

«Ein Spinnhaus für Besucher?»

«Mädchen, du scheinst von diesen Dingen ja wirklich keinen Deut zu verstehen. Gesponnen und gewebt wurde da höchstens eine Stunde am Tag, in Wirklichkeit war das Haus ein Winkelbordell. Jedenfalls lief das Geschäft, wie ich es mir erträumt hatte. Ich war meine eigene Herrin, bald kamen nur die besten Kunden zu uns: Kaufleute, die zur Messe anreisten, Gelehrte, Adlige und natürlich jede Menge Pfaffen.»

Marthe-Marie schluckte. «Und warum bist du jetzt hier?»

«Neid regiert überall die Welt, auch unter den Huren. Den Hübschlerinnen vom Frauenhaus war mein Erfolg irgendwann ein Dorn im Auge, sie legten mir Steine in den Weg, wo es nur ging. Ich hatte so etwas fast vorausgeahnt.» Sie seufzte. «Wie meine Mutter immer gesagt hatte: ‹Wenn die Stühle auf die Bänke steigen, so wird's nicht gut.› Irgendwann stürmten diese Weiber dann mein Spinnhaus, zerschlugen den ganzen Hausrat und warfen die Fensterscheiben ein. Ein halbes Jahr später dasselbe Spiel, und bald darauf kamen die Büttel, um mich und meine Frauen zu holen. Ich nehme an, dahinter steckte ein gewisser Ratsherr, dessen abartige Wünsche zu erfüllen wir uns geweigert hatten. Kurz und gut: Man schnitt uns die Haare ab, und wir mussten einen Mistkarren kreuz und quer durch die Stadt ziehen, mitten zur Marktzeit. Danach wurden wir aus der Stadt gejagt.»

Marthe-Marie hatte atemlos zugehört. «Und dann?»

«Nun ja, in meinem Alter geht man nicht mehr als Straßendirne, das wäre das Letzte. Wenn du Glück hast, bekommst du fünf Pfennige für eine schnelle Vögelei in der Toreinfahrt oder auch nur einen Tritt. Vor Hunger frisst du Dreck. Nein, ich kann meinem Schicksal dankbar sein. Gerade zum rechten Zeitpunkt bin ich auf diesen alten Griesgram Maximus gestoßen – du weißt schon, der Gewichtheber. Er hat mich überredet, mit ihm zu kommen, und hier werde ich auch für den Rest des Lebens bleiben. Himmel, jetzt stell dich doch nicht so ungeschickt an! Man merkt, dass du dir nie die Hände schmutzig machen musstest.»

Mit diesem Vorwurf, der nicht allzu böse gemeint war, schien sie ihre Erzählung beenden zu wollen, und Marthe-Marie fragte nicht weiter.

Die meisten begegneten ihr, wenn sie Rast machten oder das Lager aufschlugen, nach wie vor mit Misstrauen, vor allem Mettels Gefährte Maximus, der stärkste Mann der Welt, der niemals lachte, und Quirin mit seinen narbenübersäten Armen. Andere waren geradezu aufdringlich wie die Hausierer oder der Wundarzt Ambrosius, der sich ihr tatsächlich als «examinierter Doktor der Alma Mater zu Prag, geprüfter Chirurgus und Medicus» vorgestellt hatte. Wäre Marusch nicht gewesen, sie hätte dem Gauklertross womöglich schon am zweiten Tag den Rücken gekehrt.

Am vierten Tag ihrer Reise wurden sie von zwei Landkutschen überholt. Marusch fuhr mit ihrem breiten Fuhrwerk wie immer an der Spitze des Zuges. Als die erste Kutsche vorbeipreschte, wurden sie fast in den Graben gedrängt. «Aus dem Weg, ihr Vagantenpack!», brüllte der Kutscher, und Marusch antwortete mit ein paar Flüchen, wie sie Marthe-Marie noch nie gehört hatte. Der zweite Wagen hielt sich auf gleicher Höhe mit ihnen. Auf dem Bock saß ein junger Bursche.

«Seid gegrüßt, Ihr schönen Jungfern. Wie schade, dass ich keine Zeit für Euch habe.»

Aufgeblasener Windbeutel, dachte Marthe-Marie und beneidete die Reisenden im Inneren der Kutsche um ihr gepolstertes und gefedertes Fahrzeug, denn ihr tat längst der Hintern weh.

«Dabei hätten wir auf einen Mann wie Euch gerade gewartet», gab Marusch zurück. «Wohin fahrt Ihr?»

«Über Straßburg nach Frankfurt zur Messe.»

«Würdet Ihr meine Begleiterin bis Offenburg mitnehmen?»

«Mit Vergnügen. Aber ich weiß nicht, ob sie die vier Gulden Reisegeld bezahlen kann.»

«Fahrt Eures Weges und lasst uns in Ruhe», rief Marthe-Marie hinüber. Sie war wütend. Nicht auf den selbstgefälligen Kutscher, sondern auf Marusch.

«Willst du mich loswerden? Dann sag es geradeheraus.»

Marusch lachte schallend. «Nein, von mir aus kannst du immer und ewig bei uns bleiben. Ich dachte nur, unser Schneckentempo wird dir langsam lästig. Wir sind erst kurz vor Emmendingen, und mit den feinen Herrschaften wärst du morgen am Ziel deiner Reise.»

Sie waren tatsächlich bereits zwei Tage länger als geplant unterwegs, da sie auf eine Bauernhochzeit gestoßen waren, bei der die Musikanten hatten aufspielen und Valentin und Severin ihre Akrobatik vorführen dürfen. Zudem fuhren sie immer wieder Umwege, um die zahlreichen Mautstellen der jeweiligen Landesherren zu umgehen, von denen es in diesem zerrissenen Reich nur so wimmelte. Bisweilen mussten sie gar auf unbefestigte Feldwege ausweichen, wenn die Landstraße wieder einmal mitten durch einen Marktflecken führte, damit den Reisenden Torzoll und Pflastergeld abgeknöpft werden konnte.

«Ehrlich gesagt», Marthe-Marie schob trotzig die Unterlippe vor, «will ich nicht meine ganzen Ersparnisse für eine Reisekutsche ausgeben. Außerdem habe ich Zeit.»

«Na dann!» Marusch trieb die beiden Pferde auf die Mitte der Landstraße zurück. «In Emmendingen ist nächsten Samstag großer Bauern- und Krämermarkt. Wenn wir Glück haben, bekommen wir eine Aufführerlaubnis. Aber keine Sorge, spätestens zu Ostern sind wir in Offenburg.» Sie blinzelte ihr zu.

Ob das nun ernst gemeint war oder nicht – im Grunde war es Marthe-Marie einerlei, ob sie morgen oder in zwei Wochen am Ziel sein würde. So fremdartig, hässlich oder gar ehrlos einige aus dieser Truppe auch sein mochten, nach den schrecklichen Ereignissen in Freiburg fühlte sie sich unter den Fahrenden inzwischen geschützter als in einer Kutsche mit Handelsreisenden. Und die kleine Agnes war begeistert von ihren Spielkameraden.

Sie schlugen ihr Lager auf einer Viehweide auf, eine viertel Wegstunde vom Tor der markgräflich badischen Stadt Emmendingen. An diesem Abend saßen sie nicht lange zusammen, denn kaum hatten Mettel und Marthe-Marie begonnen, die Suppe zu verteilen, begann es zu regnen. Die Männer brachten über ihren Gerätschaften rasch die Zeltplanen an, dann verschwanden alle nach und nach in ihren Wagen oder unter ihren Regenschutz.

Marthe-Marie lag mit Agnes im Arm auf ihrem Strohsack und lauschte den Tropfen, die auf die Plane des Fuhrwerks prasselten, als sich Marusch mit einer Lampe durch den engen Gang zwängte.

«Ich bringe dir noch eine Decke», flüsterte sie. «Bei der Feuchtigkeit kann es heute Nacht kalt werden. Warte, ich bin gleich wieder da.»

Sie kehrte zurück mit einem Krug Wein und zwei Bechern.

«Das hier hilft zusätzlich gegen Kälte. Trinkst du einen Schluck mit mir?»

«Gern.» Marthe-Marie richtete sich auf.

Marusch schenkte ihnen ein. «Agnes ist schon ein richtiges kleines Gauklerkind. O Jesses, ich wollte dich nicht beleidigen. Ich habe vergessen, dass du aus einer angesehenen Soldatenfamilie stammst.»

«Ach was, ich habe mich doch schon richtig an euch gewöhnt. Na gut, wenn ich ehrlich bin, am Anfang waren mir deine Freunde ein wenig unheimlich. Man hört es ja überall, dass es bei den Gauklern von Dieben, Mordbrennern und Kindesentführern nur so wimmelt.»

Marusch unterdrückte ihr lautes Lachen, um Agnes nicht zu wecken. «Unheimliche Gestalten findest du bei uns genug. Schau nur mal diesen Feuerfresser an oder unseren gelehrten Medicus. Übrigens: Ich wollte dich wirklich nicht kränken heute Mittag, als ich den Kutscher fragte, ob er dich mitnehmen würde. Es war mehr ein Spaß. Weil ich doch weiß, dass du ein anderes Leben gewohnt bist, als in ungefederten Fuhrwerken über Feldwege zu holpern und dann auch noch darin zu übernachten.» Sie löschte die Lampe, um das kostbare Unschlitt zu sparen. «Und das ist auch das Einzige, was ich von dir weiß. Leider.»

«Ich verstehe. Du kommst mit Wein, um mir meine Geschichte zu entlocken.»

«Pallawatsch und Mumpitz!» Marusch schüttelte den Kopf, dass die Ohrringe klirrten. «Ich will dir nichts entlocken, was du nicht aus freien Stücken sagen magst. Und normalerweise kümmert mich von niemandem die Vergangenheit, solange er sich an unsere Regeln hält. Ich möchte nur nicht, dass du in Gefahr gerätst.»

«Dann will ich dich beruhigen. Ihr habt mir aus Freiburg herausgeholfen, bald bin ich in Offenburg. Mir droht also keine Gefahr mehr.»

«Das ist es ja, gar so bald sind wir nicht in Offenburg. Die Freiburger Häscher könnten dich verfolgen. So langsam, wie wir uns durch die Lande bewegen, ist es ein Kinderspiel, uns aufzuspüren.»

Marthe-Marie schwieg. Dann flüsterte sie: «Warum sollte man mich verfolgen?»

«Salome sagt, man hätte dich in Freiburg der Hexerei und Teufelsbuhlschaft bezichtigt.»

Es war wie ein Schlag ins Gesicht. Marthe-Marie starrte in die Dunkelheit. Wie hatte sie glauben können, dass sie mit ihrer Flucht aus Freiburg diesen Verdacht auf immer loswerden könnte.

«Und, glaubst du diese Geschichten?»

«Ich wäre froh, wenn du mir alles erzählen würdest.»

Der Krug war leer, als Marthe-Marie mit ihrem Bericht geendet hatte. Marusch legte ihr die kräftige Hand auf den Arm. «Herr im Himmel», flüsterte sie. «Was du alles durchgemacht hast. Versprich mir, dass du dich niemals allein vom Lager entfernst. Und wir nennen dich weiterhin Agatha Müllerin.»

«Wem hat Salome wohl noch davon erzählt?»

«Niemandem. Sie kam gleich am ersten Tag zu mir. Nur Diego stand dabei. Er wurde zornig und drohte, falls sie noch einmal davon sprechen würde, ihrem Raben den Hals umzudrehen.»

«Diego also auch.»

«Ja. Aber er mag dich.»

«Am besten, ich verlasse euch in Emmendingen und ziehe allein weiter.»

«Das schlag dir aus dem Kopf. Außerdem – mit dir habe ich, seit ich bei den Spielleuten lebe, endlich so etwas wie eine Freundin. Ich darf gar nicht an unsere Ankunft in Offenburg denken.»

Marthe-Marie spürte, wie ihre Augen feucht wurden. Genau das Gleiche hatte sie heute Mittag auch gedacht: dass sie zum ersten Mal seit langer Zeit eine Freundin hatte.

Am nächsten Morgen machten sich der Prinzipal und Don Diego, gründlich gewaschen, gekämmt und in ihrem besten Sonntagsgewand, auf den Weg zum Emmendinger Magistrat. Es war jedes Mal ein Glücksspiel, die Lizenz für eine Aufführung zu erbitten, und jedes Mal verwandelte sich der Prinzipal kurz davor in ein Nervenbündel. Daher hatte er sich angewöhnt, bei solchen Unternehmungen den Spanier mitzunehmen.

«Hast du die Liste mit unserem Repertoire?», fragte Diego.

«Ich?» Sonntag fingerte hektisch in seinen Taschen. «Ja, Herrschaftssakra – ich dachte, du – warte, sie muss auf dem Kutschbock liegen.»

Bereits am frühen Vormittag kehrten sie zurück. Die Männer und Frauen umringten sie erwartungsvoll.

«Wir können auftreten!» Sonntags dickes Gesicht strahlte. «Und zwar alle! Das gesamte große Programm! Wie immer dürfen wir natürlich nichts Ärgerliches oder Skandalöses spielen, nichts Gottloses oder Unbescheidenes.»

Lautstarkes Jubeln und Klatschen übertönte seine letzten Worte. Er wandte sich an Marusch und Marthe-Marie. «Diese Kindsköpfe. Ich bin noch gar nicht fertig. Also: Wenn unsere Darbietungen dem Rat gefallen, dürfen wir einen weiteren Tag auftreten.»

Marusch gab ihm einen Kuss auf die Stirn. «Das hast du gutgemacht, mein Löwe.»

«Zähe Verhandlungen, wie immer. Selbst Salome darf ihr Zelt aufschlagen.»

Severin tippte ihm auf die Schulter. «Da ist einer, der will den Prinzipal sprechen.»

Sonntag drehte sich um. Ein junger Mann stand vor ihm und verbeugte sich höflich. «Jonas Marx, Scholar aus Straßburg.»

Alle Blicke wandten sich dem Fremden zu.

«Was für ein hübscher Bursche», flüsterte Marusch Marthe-Marie ins Ohr. «Da wäre ich gern zehn Jahre jünger.»

Marthe-Marie musste ihr Recht geben. Jonas Marx war hoch gewachsen und schlank, seine hellbraunen, fast blonden Haare fielen ihm in Wellen bis zur Schulter. Das bartlose Gesicht war ebenmäßig geschnitten mit einer schmalen, leicht gebogenen Nase und einem Grübchen im Kinn, das ihm etwas Freches, Jungenhaftes verlieh. Auffallend waren die dunklen Augenbrauen, die ganz im Gegensatz zum hellen Haar standen. Marthe-Marie trat einen Schritt näher. Irgendetwas an diesem Jonas Marx gab ihr zu denken.

Der Prinzipal trat ungeduldig von einem Bein aufs andere. «Soso, Scholar aus Straßburg. Da seid Ihr hier am falschen Fleck. Wir sind keine Lateinschule, sondern Gaukler und Komödianten.»

«Ich muss Geld verdienen für meine Studien, und wollte Euch daher meine Dienste anbieten.»

«Wir brauchen keinen Studierten.»

«Ich kann jonglieren.»

Sonntag sah ihn spöttisch an. «Also doch Artist?»

«Nein, ich bin nur als fahrender Schüler viel herumgekommen und habe dabei eben auch ein wenig jonglieren gelernt. Eigentlich arbeite ich als Hauslehrer, und da hat mir das Jonglieren oft geholfen, wenn meine Schüler vor Langeweile kurz vorm Einschlafen waren.»

«*Hombre!* Ein echter Pädagogus!» Don Diego warf ihm blitzschnell drei rote Bälle zu, die Jonas geschickt auffing und sofort auf ihre Bahn in die Luft beförderte. Ohne zu unterbrechen, nahm er auch den vierten und fünften Ball auf. Konzentriert stand er da, die Beine locker gegrätscht, den Oberkörper leicht zurückgebogen.

Marthe-Marie konnte nicht aufhören, ihn anzustarren. An wen erinnerte sie dieser Bursche? Als er ihren Blick wahrnahm, griff er daneben, und die Bälle fielen zu Boden. Ein paar Gaukler begannen zu klatschen. Jonas grinste verlegen.

«Einen Jongleur könnten wir brauchen», sagte Diego zu Sonntag. «Valentin und Severin sind zwar begnadete Artisten und Luftspringer, aber einen Ball fangen sie nicht mal mit zwei Händen auf. Ich könnte mit ihm eine Doppelnummer einüben bis Samstag.»

Sonntag strich sich über den kahlen Schädel.

«Bitte, Meister, gebt Euer Einverständnis.» Jonas Marx warf dem Prinzipal einen flehenden Blick zu. «Ich müsste nur noch mein Gepäck aus Breisach holen, wo ich zuletzt gearbeitet habe. Aber mein Pferd ist schnell, und ich könnte morgen Vormittag zurück sein.»

«Gut.» Der Prinzipal ging mit ausgestreckter Hand auf ihn zu. «Du kannst bei uns mitmachen. Vorausgesetzt, du bleibst bis Offenburg dabei, wo wir mehrere Tage gastieren werden. Das hier ist Don Diego, er wird dir sagen, was zu tun ist. Das ist Marusch, meine Gefährtin, und die junge Frau hier – ».

Doch Marthe-Marie war schon vorgetreten. «Agatha Müllerin. Kennen wir uns nicht irgendwoher?»

«Ich glaube nicht.» Eine Spur Unsicherheit lag in seinem Lächeln. Diese nussbraunen Augen. Aber vielleicht erinnerten sie sie auch nur an Veit. Auch er hatte diesen offenen Blick unter dichten Wimpern gehabt. Verwirrt machte sich Marthe-Marie daran, die Wäsche abzunehmen, die sie am Vorabend zwischen zwei Wagen an einer Leine aufgehängt hatte.

8

Die schwere Eichenholztür sprang fast aus den Angeln, als Jonas in die Wohnstube gestürzt kam.

«Ich habe sie gefunden. Sie nennt sich Agatha Müllerin. Und

sie ist tatsächlich mit den Gauklern gezogen, wie Ihr es vermutet habt. Die nächsten vier, fünf Tage werden sie in Emmendingen verbringen.»

Er holte tief Luft und setzte sich dem alten Mann gegenüber, dessen Gesicht sich bei seinen Worten aufgehellt hatte.

«Dem Himmel sei Dank. Vielleicht treffe ich eine falsche Entscheidung und bürde dir eine zu schwere Verantwortung auf. Aber du bist der Einzige, dem ich ohne Einschränkung vertraue. Du bist mir längst wie ein eigener Sohn.»

Voller Zuneigung betrachtete Jonas den Greis mit dem schlohweißen Haar, der trotz seines Alters kerzengerade im Lehnstuhl saß, die lahmen Beine unter einer Decke verborgen. Seit Dr. Textor ihn als Hauslehrer für seine Töchter eingestellt hatte, gehörte Jonas zur Familie. Und in naher Zukunft würde er Textors Schwiegersohn sein, denn er hatte gegenüber Magdalena, seiner Ältesten, das Ehegelöbnis abgelegt. Sobald er das Amt als Schulmeister in der Freiburger Lateinschule antreten würde, wollte er Magdalena heiraten.

«Was meinst du, was die Mangoltin vorhat?»

«Sie reist mit den Gauklern bis Offenburg, mehr weiß ich nicht.»

«Gut so. Nun ist eins wichtig: Du musst ihr deutlich machen, dass sie nicht mehr nach Freiburg zurückkehren kann, denn jetzt, nach ihrer Flucht, würde man sie sofort im Turm festsetzen. Die Anklage auf Hexerei und Mordversuch ist inzwischen vom Rat verabschiedet. Du musst ihr Vertrauen erlangen, ohne dich als Mitglied unserer Familie zu erkennen zu geben. Am besten, du erzählst beiläufig, dass eine Marthe-Marie Mangoltin im Freiburger Gebiet gesucht wird. Bleibe bei ihr bis Offenburg. Ich denke, dort ist sie in Sicherheit. So weit werden die Kontrollen der vorderösterreichischen Beamten nicht reichen.»

«Ich habe schon damit gerechnet, dass ich sie begleiten soll.»

Jonas lächelte fast ein wenig stolz. «Die Spielleute haben mich als Jongleur eingestellt, am Sonntag habe ich meinen ersten Auftritt. Morgen in aller Frühe muss ich zurück zu ihnen, um mit den Proben zu beginnen.»

«Das ist nicht dein Ernst.» Textors Miene schwankte zwischen Sorge und Erheiterung. «Du weißt doch, dass wir Freunde in Emmendingen haben – wenn die dich erkennen!»

«Keine Sorge, ich werde mich schminken. Außerdem: Als einfacher Scholar hätte mich der Prinzipal niemals aufgenommen.»

«Aber verrate Magdalena nicht, dass du jetzt bei den Gauklern bist, sie würde vor Angst sterben.»

Jonas nickte. Dann nahm er allen Mut zusammen und stellte eine Frage, die ihm als jungem Hauslehrer gegenüber dem Familienoberhaupt eigentlich nicht zustand.

«Diese ganzen Heimlichkeiten, diese ganze Aufregung – warum ist die Frau Euch so wichtig?»

Textor strich die Decke über seinen Beinen glatt.

«Weil ich einst einen großen Fehler gemacht habe, den ich nie wieder gutmachen kann. Es darf nicht noch mehr Unheil geschehen.»

«Wer ist diese Marthe-Marie Mangoltin?»

«Das kann ich dir nicht sagen, nicht, solange sie unter unserem Schutz steht.»

«Ist sie wirklich die Tochter einer Hexe?»

«Nein!» Fast schroff kam die Antwort.

Jonas runzelte die Stirn. Warum hatte Textor kein Vertrauen zu ihm? Ihm wäre so viel wohler gewesen, wenn er Bescheid gewusst hätte; allein schon wegen Magdalena. Er hasste es, sie anzuschwindeln.

Seitdem Textor diese Fremde hier in Lehen gesehen hatte, war er völlig verändert, und ihr Zusammenleben wurde bestimmt von Geheimniskrämerei, Ausflüchten und Notlügen. Nachdem der

Alte mit seiner Hilfe herausgefunden hatte, dass es sich tatsächlich um Marthe-Marie Mangoltin aus Konstanz handelte, war es erst richtig losgegangen: Jonas solle in Erfahrung bringen, warum sie sich in Freiburg aufhielt. Dass er ihr im Fastnachtsgetümmel gefolgt war, schien ihm heute wie ein Wink des Schicksals. Als ob Gott ihn gelenkt hätte, um ihr durch seine Hand das Leben zu retten. Oder war es dieser fragende Blick aus ihren dunklen Augen gewesen, der ihn nicht mehr losgelassen hatte? Beinahe wäre er zu spät gekommen, denn er hatte sie in den dunklen Gassen der Wolfshöhle verloren. Von dem schrecklichen Kampf träumte er noch heute in wüsten Bildern voller Blut und Schmerzensschreien, und die ersten Tage war er sich sicher, dass er den Maskierten mit seinen tiefen Messerstichen getötet hatte, er, der als Junge jeder Rauferei aus dem Wege gegangen war. Er hatte geglaubt und gehofft, dass damit nun alles vorbei sei. Doch stattdessen ging es immer weiter, Textor gab keine Ruhe. Plötzlich stieg ein unglaublicher Verdacht in Jonas auf – ob Marthe-Marie Textors heimliche Tochter war? Nein, das wäre zu ungeheuerlich. Er räusperte sich.

«Was ist mit dem Maskierten? Hat man seinen Leichnam endlich gefunden?»

«Nein. Es wurde weder ein Leichnam gefunden, noch weiß man von einem Schwerverletzten in der Stadt. Und das macht mir mehr Kummer als die offizielle Anklageerhebung seitens des Magistrats. Seit Tagen zermartere ich mir den Kopf, wer ihr nach dem Leben trachten könnte. Der Einzige, der mir einfällt, ist längst tot.»

Textors Hände verkrampften sich. «Es muss da einen Zusammenhang geben, den ich nicht erkenne», murmelte er, mehr zu sich selbst. «Wenn wir nur herausfinden könnten, wer dieser Kerl ist. Dann wäre es auch leichter, ihn dingfest zu machen. Versprich mir, Jonas, dass du sie auf eurer Reise nicht aus den Augen lässt.»

«Ich werde sie sicher nach Offenburg geleiten, glaubt mir.»

«Ich danke dir. Du bist ein mutiger Junge. Ich bin stolz und glücklich, wenn du mein Schwiegersohn wirst. Und nun geh in die Küche. Magdalena wartet schon auf dich.»

9

Die Aufführung auf dem Marktplatz von Emmendingen wurde zu einem großen Erfolg, und die Gaukler wiederholten am nächsten Tag ihre Vorstellung. Leonhard Sonntag und Don Diego hatten auf ihr erprobtes Repertoire für die Fastenzeit zurückgegriffen: Neben zwei kurzen Szenen aus dem Alten Testament spielten sie die grausame Moritat vom Werwolf Peter Stump, der 1589 zu Köln hingerichtet worden war. Die Historie des Bauern Stump, der sich mit Hilfe eines Gürtels nächtens in einen Werwolf verwandelte und dreizehn Kinder tötete, um ihr Hirn zu verschlingen, war in ausreichendem Maße entsetzlich und blutrünstig, um die Zuschauer in Atem zu halten, dabei moralisch und belehrend genug für die Ratsherren. Denn am Ende, wenn Diego von den Henkersknechten Valentin und Severin aufs Rad geflochten und mit glühenden Zangen gepeinigt wurde, trat der Prinzipal in Pfaffenkutte und mit gen Himmel gereckten Armen an den Bühnenrand und belehrte das Publikum mit drastischen Worten, in welche Abgründe der Mensch geraten könne, wenn er vom Gottesglauben abfalle.

Als Vorspiel zum Theater hatte Diego mit dem Neuen eine «Jonglage à deux» eingeprobt. Stunden um Stunden hatten sie dafür geübt, dabei geflucht und geschimpft, und jetzt bangte Marthe-Marie wie alle anderen, dass ihre Darbietung gelingen möge. Unter den Schlägen der Trommler warfen sich die beiden gelbe und rote Bälle zu, es wurden mehr und mehr, der Rhythmus erklang immer schneller, bald wirbelten noch die Artisten samt den beiden Äffchen dazwischen, drehten Rad und Flickflack, bis es den Zuschauern vor den Augen flirrte. Schließlich flogen alle Bälle hoch in die Luft, Valentin und Severin schlugen Salti und beim letzten lauten Trommelschlag standen alle vier kerzengerade, mit erhobenen Armen, nebeneinander.

Als Krönung ihres Gastspiels zeigte Quirin seine Feuerkünste: Er verschlang feuerrote Kohlestücke, tanzte auf glühenden Eisen, ohne mit der Wimper zu zucken, und spuckte blaue und schwefelgrüne Flammen in den Nachthimmel. Marthe-Marie, die zum ersten Mal eine Vorführung von ihm sah, konnte sich eines Gefühls der Bewunderung nicht erwehren. Quirin hatte lange Zeit in Florenz gelebt, der Hochburg der Feuerwerkskunst, und die Rezepturen für seine Auftritte hielt er geheim wie einen großen Schatz.

Zur Feier ihres Erfolges ließ der Prinzipal nach der letzten Aufführung Fässer mit Bier und Wein aus der Stadt liefern, die Jonas als besondere Ehre nach dem Abendessen anstechen durfte. Die Männer schlugen ihm einer nach dem andern auf die Schulter und beglückwünschten ihn, die Frauen umarmten ihn. Es schien, als sei er allein durch seine Kunstfertigkeit beim Jonglieren im Kreis der Gaukler aufgenommen.

«Was ist mit dir?» Marusch boxte Marthe-Marie in die Seite. «Willst du dir keinen Wein holen und unserem schönen Jüngling zu seinem Erfolg gratulieren?»

Marthe-Marie zögerte. Sie war sich inzwischen sicher, dass sie und Jonas sich schon einmal begegnet waren. Aber warum leugnete er das dann so hartnäckig? Sie gab sich einen Ruck.

«Die Nummer mit den Bällen war sehr schön.» Steif schüttelte sie ihm die Hand. «Dann bleibst du also bis Offenburg?»

«Ja.» Er lächelte schüchtern. Was für ein hübsches Gesicht er hatte. Dann merkte sie, dass sie immer noch seine Hand hielt, und errötete. «Und du bist wirklich aus Straßburg?»

«O ja, mein Vater hat dort ein kleines Handelsunternehmen, meine Mutter ist eine Welsche aus Dijon.»

«Und du warst niemals in Freiburg?»

«Doch, doch, aber vor langer Zeit.»

Wie schlecht er lügen konnte. Auch darin erinnerte er sie an Veit, in dessen Gesicht man immer wie in einem offenen Buch hatte lesen können.

Diego gesellte sich zu ihnen. «*Oye muchacho*, du müssen als Artist bei uns bleiben. Für immer.»

«Ich glaube», sagte Marthe-Marie, «Jonas versteht auch dein Kanzleideutsch.»

«Du kannst ja richtig spöttisch sein.» Diego lachte und erhob seinen Becher. «Trinken wir alle zusammen einen Schluck.»

«Seid nicht böse.» Jonas nahm seinen Umhang von der Bank. «Ich gehe lieber schlafen. Die letzten Tage waren anstrengend.»

Diego sah ihm nach. «Er gefällt dir, nicht wahr.»

«So ein Unsinn. Ich kenne ihn gar nicht.»

«Du weißt es vielleicht noch nicht. Aber ich sehe es. Und Jonas ist immer auf der Suche nach dir. Beim Üben im Lager hat er deshalb einige Bälle verfehlt. Na ja, was soll's.»

In einem Zug leerte er den Becher und schenkte sich nach. «Übrigens spielt er uns etwas vor. Nie im Leben ist er ein reisender Scholar. Schüler und Studenten können sich kein so gutes Reitpferd leisten. Aber im Grunde spielen wir uns ja alle etwas vor.»

Er reichte den Becher Marthe-Marie, wobei er scheinbar absichtslos ihre Finger berührte.

«Und du kannst das besonders gut, Diego, das Vorspielen.»

«Hast du sonst noch etwas an mir auszusetzen?» Er strahlte sie aus seinen smaragdgrünen Augen an.

Diesmal hielt sie seinem Blick stand. «Du glaubst alles zu durchschauen, Diego, aber du weißt nichts, gar nichts. Gute Nacht, mir ist kalt und ich bin müde.»

Auf dem Weg zum Wagen glaubte sie einen Schatten hinten bei den Obstbäumen zu sehen. War das etwa Jonas, der sie heimlich beobachtete? Tatsächlich sah sie jetzt eine Gestalt eilig die Viehweide verlassen, aber die Gestalt war schmächtig, sie hinkte! Panische Angst packte Marthe-Marie. Siferlin ist tot, Siferlin ist tot, hämmerte es in ihrem Kopf.

Heiser rief sie nach Diego.

Er stand sofort neben ihr. «Willst du mir doch noch Gesellschaft leisten?»

«Da hinten bei den Bäumen versteckt sich jemand.»

«Es wird einer von uns sein, der pinkeln muss.»

«Nein, das war keiner von uns.» Sie zitterte.

Diego legte ihr seine Jacke um die Schultern. «Warte hier, ich gehe nachsehen.»

Als er zurückkam, war sein Gesicht ernst.

«Du hattest Recht. Das Gras unter den Bäumen ist niedergetreten. Aber wenn da jemand war, ist er jetzt entwischt. Ich habe alles abgesucht. Komm, ich bringe dich zum Wagen – und hab keine Angst: Ich schlafe ja direkt neben euch.»

Am nächsten Morgen brachen sie frühzeitig auf. Jonas hatte Quartier in Diegos Wagen genommen, aber da es mit dem dicken Prinzipal auf dem Kutschbock recht eng war, zog er es vor zu reiten. Die meiste Zeit hielt er sich in der Nähe der Kinder auf oder vorn bei Marusch und Marthe-Marie. Er genoss es, durch die anmutige Landschaft am Fuße des Schwarzwalds zu reiten und für ein paar Tage dem ewigen Unterrichten und Studieren entfliehen zu können.

«Hör mal, Jonas Marx, wenn du bei uns bleibst, brauchst du noch einen kunstvollen Namen» rief ihm Marusch zu. «Wie wäre es mit Maestro Ballini, dem großen Jonglierkünstler aus Venedig?»

«Nein, danke.» Jonas lachte. «Es reicht schon, wenn mein Partner Spanier ist und immerfort unverständliches Zeug quakt.»

Er warf Marthe-Marie einen verstohlenen Blick zu. Ob sie ihn erkannt hatte? Sie war so schweigsam ihm gegenüber, geradezu abweisend. Dann verwarf er den Gedanken wieder, schließlich hatte sie ihn in Freiburg nur mit dem schwarzen Tuch vor dem Gesicht gesehen. Wahrscheinlich war sie mitgenommen von den Ereignissen und inzwischen zu Recht vorsichtig gegenüber Fremden. Dabei hätte er alles gegeben, um herauszufinden, was für ein Geheimnis sie umgab. Jetzt saß sie aufrecht und gespannt neben Marusch und ließ sich zeigen, wie man diesen schwerfälligen Kobelwagen lenkte, der kaum zu steuern und zu bremsen war. Jonas fragte sich, wie alt sie sein mochte. Sie sah noch sehr jung aus, mit ihrem glatten, zarten Gesicht, doch er wusste, dass sie bereits Witwe war. Und sie war schön. Begehrenswert schön.

«Jetzt sieh dir das an, Jonas.» Marusch klatschte begeistert in die Hände. «Sie kutschiert den Wagen, als hätte sie ihr Leben lang nichts anderes getan.»

«Ich hatte schon als Kind mit Pferden zu tun, das ist alles. Ich kann schließlich auch reiten.»

«Du kannst reiten?» Jonas sah sie ungläubig an. Sie wirkte so zart und überhaupt nicht, als würde sie ein Pferd bändigen können. «Das glaube ich nicht.»

«Dann werde ich es dir beweisen.»

Marusch beugte sich zur Seite und brüllte nach hinten: «Leonhard, ich brauche deinen Schimmel. Unser neuer Freund kommt ihn holen.» Dann nickte sie Jonas auffordernd zu. «Jetzt könnt ihr ein Wettrennen machen.»

«Aber das ist zu gefährlich.»

«Ist es das?» Sie sah Marthe-Marie an.

«Nein. Ich kann bloß in diesem Rock nicht reiten.»

Jonas war erleichtert. Er hatte Marthe-Marie nicht in Gefahr bringen wollen. Die beiden Frauen flüsterten miteinander, dann verschwand Marthe-Marie unter der Plane.

«Auf was wartest du noch, Maestro? Oder traust du dich nicht?»

Als Jonas mit dem knochigen Grauschimmel, der Diego und Sonntag als Reitpferd diente, zurückkam, saß Marthe-Marie wieder auf dem Kutschbock und lachte ihn herausfordernd an. Sie trug die alte Harlekinhose des Prinzipals, die ihr viel zu weit war.

Marusch blies in ihr Horn und brachte den Tross damit zum Halten. «Jetzt tauscht ihr die Pferde, das ist gerechter. Auf mein Zeichen hin geht es los.»

Jonas wollte Marthe-Marie auf seine Stute helfen, doch sie wehrte ab. Mit einem Schwung war sie oben und nahm die Zügel auf. «Nehmen wir die Strecke bis zum Waldrand dort hinten?»

Er nickte, obwohl ihm nicht wohl war bei der Sache. Sie durchquerten das Bachbett neben der Straße und stellten sich am Rand der Wiese auf. Die Pferde schnaubten erwartungsvoll. Jonas wandte sich um: Alle sahen gebannt zu ihnen herüber, nur Leonhard Sonntag stand laut fluchend bei seiner Gefährtin.

Marusch stieß ins Horn, und die Pferde preschten los. Der Grauschimmel mit seinen langen Beinen und den raumgreifenden Galoppsprüngen lag schnell in Führung, doch er schien nicht so ausdauernd zu sein, denn auf halber Strecke sah Jonas im Augenwinkel seine Stute aufholen. Er trieb den Schimmel an, doch Zoll für Zoll kam Marthe-Marie näher. Jetzt lagen die Pferde auf gleicher Höhe. Marthe-Marie schien mit dem Pferd vollkommen eins, ihr Gesicht strahlte, ihre Haube hatte sich gelöst und gab ihr glänzendes schwarzes Haar frei.

Dann sah er vor sich den Graben. «Vorsicht», schrie er, der Schimmel stockte kurz, um dann ungelenk hinüberzusetzen, während Marthe-Marie mit seiner Stute das Hindernis in elegantem Schwung nahm. Beinahe wäre er aus dem Sattel gerutscht. Nun hatte Marthe-Marie endgültig an Vorsprung gewonnen und kam drei Pferdelängen früher am Waldrand an.

«Glaubst du mir jetzt?» Sie lachte. Ihre Wangen waren gerötet, eine Haarsträhne fiel ihr ins Gesicht. Wie glücklich sie aussah!

«Wer hat dir das beigebracht?»

«Mein Vater. Er war früher Soldat.» Sie klopfte ihrem Pferd den Hals. Im Schritt kehrten sie zur Landstraße zurück.

«Hast du Familie in Offenburg?», fragte Jonas.

Sie zögerte einen Moment. «Ja. Ich will dort meinen Vater besuchen.»

Jonas fiel ein Stein vom Herzen, und er schalt sich einen Dummkopf. Zu denken, Textor sei ihr Vater.

Sie sah ihm offen ins Gesicht. «Und du? Was wirst du machen, wenn dein Auftritt in Offenburg vorbei ist?»

«Ich gehe wieder nach Straßburg und werde weiterstudieren.»

Er hätte sich ohrfeigen mögen. Warum nur musste er schon wieder lügen? Tat er das Textor zu Gefallen oder wegen Magdalena?

Er nahm seinen ganzen Mut zusammen. «Warum nennst du dich Agatha? Du heißt doch Marthe-Marie Mangoltin.»

Sie wurde kreidebleich. Alle Fröhlichkeit war aus ihrem Gesicht gewichen, und sie biss sich auf die Lippen.

«Glaub mir, Marthe-Marie, du kannst mir vertrauen. Ich weiß, dass der Freiburger Rat dich sucht, und sobald du dich dort zeigst, wirst du eingekerkert wegen Hexerei und Mordversuch. Ich weiß nicht, wie du da hineingeraten bist, ich weiß überhaupt nichts über dich, aber du musst auf mich hören: Versprich mir, dass du nie wieder nach Freiburg gehst.»

«Wer hat dir das erzählt?»

Wieder log er. «Ich habe es im Lager gehört.»

«Dann glaub, was du willst.» Für den Rest des Weges schwieg sie.

Der Prinzipal empfing sie mit gereckter Faust. Was für nichtsnutzige Kindsköpfe sie seien, ihr einziges Reitpferd zuschanden zu reiten, und man müsse sie beide dorthin zurückjagen, wo sie hergekommen seien, nichts als Scherereien habe man mit Fremden, so also würde man seine Gutmütigkeit ausnutzen. «Aber reiten kannst du wie der Teufel, Mädchen», schloss er seine Schimpftirade.

Sie zogen weiter Richtung Norden, durch die milde, fruchtbare Ortenau. Jonas hielt sich mehr denn je in Marthe-Maries Nähe auf, in der Hoffnung, sie würde ihre Verschlossenheit ihm gegenüber aufgeben. Pünktlich am Namenstag der Frühjahrsbotin Gertrud hatten die Bauern mit ihrer Arbeit in Garten und Feld begonnen. Die Bienenkörbe wurden aufgestellt und die Kühe auf die Weide getrieben. Diego war an diesem Tag vorausgeritten nach Lahr. Er teilte sich mit dem Prinzipal die Aufgabe, günstige Wegstrecken zu suchen und herauszufinden, wo die Gaukler ihr nächstes Gastspiel halten konnten. Jonas war froh, den Spanier weit weg zu wissen.

«Seht mal.» Marusch deutete hinüber zu einer Scheune, auf deren Dachfirst ein Schwarm Krähen hockte. «Ich sage euch: Rabenvögel auf dem Dach sind kein gutes Vorzeichen.»

«Glaubst du an so was?» Marthe-Marie wirkte erstaunt. Jonas war längst aufgefallen, dass sie von magischen Zeichen wenig hielt, ganz im Gegensatz zu Magdalena.

«Selbstverständlich.» Marusch rollte die Augen. «Im Übrigen brauche ich nur Leos Gesicht anzusehen, es ist so finster wie das Gefieder dieser Vögel. Wenn wir nämlich wochenlang nur auf Dorffesten und Bauernhochzeiten auftreten, wird es eng für uns. Denkt zumindest Leo.»

Tatsächlich kam Diego am Abend mit unerfreulichen Nachrichten zurück. Er hatte in einer Herberge in Lahr eine Gruppe Jesuitenpatres getroffen.

«Das große Ostergeschäft in Offenburg können wir uns aus dem Kopf schlagen. Diese Brüder sind uns zuvorgekommen. Sie haben eine offizielle Einladung der Stadt, die Osterspiele abzuhalten, ich habe das Schreiben selbst gesehen.»

Sonntags Leute begannen zu schimpfen: «Diese verfluchten Kuttenkerle, ihre Lateinerdramen versteht sowieso kein Mensch.» – «Und wenn die Leute sie verstehen würden, würden sie wegrennen, vor so viel Erbaulichkeit.» – «Genau. Prunk und Protz und nichts dahinter.»

Der Prinzipal bat um Ruhe. «Hört auf herumzublöken wie die Schafe. Wir hätten es wissen müssen: Offenburg ist katholischer als der Papst, das ist bekannt. Für die Osterspiele würde der Magistrat die Lizenz niemals an Heidenmenschen wie uns vergeben. Wir müssen nach anderen Möglichkeiten suchen, tut mir Leid, Freunde. Wer hat Vorschläge?»

Marthe-Marie hob die Hand. «Bedeutet das, wir ziehen gar nicht nach Offenburg?» Jonas hörte die Unruhe in ihrer Stimme.

«Keine Sorge.» Diego lächelte sie an. «Im schlimmsten Fall würde ich dich persönlich hinbringen.»

Was bildet sich dieser Kerl ein, dachte Jonas. Er hält sich wohl für unwiderstehlich.

«Aber das wird nicht nötig sein, vorausgesetzt, du hast es nicht eilig. Bei den Jesuiten habe ich nämlich einen alten Freund getroffen, aus meinem früheren Leben.» Diegos Blick war immer noch auf Marthe-Marie geheftet, und Jonas spürte, wie Zorn in ihm aufstieg. «Er will sich dafür einsetzen, dass wir in der Woche nach Ostern mit unseren Komödien auftreten dürfen, er kennt den Statthalter des Schultheißen. Da er mir noch einen Gefallen schuldet, brauchen wir uns also keine Sorgen zu machen.»

«Sehr gut.» Sonntags Miene hellte sich wieder auf. «Vielleicht können wir ja bis dahin in Lahr spielen.»

«Wir können.» Triumphierend zog Diego eine Papierrolle hinter dem Rücken hervor. «Zwei Wochen lang, jeden zweiten Nachmittag. In drei Wochen geht es los.»

Die Gaukler brachen in Jubel aus. Nur Marthe-Marie blieb still. Sie sah enttäuscht aus.

Jonas hätte sich gern neben sie gesetzt, doch er wagte es nicht, die Distanz zwischen ihnen zu durchbrechen. Ein einziges Mal nur, bei ihrem waghalsigen Wettrennen, hatte er einen Anflug von Vertrautheit zwischen ihnen gespürt. Zu seinem Bedauern war es bei diesem einen Mal geblieben. Er dachte daran, dass er nun nicht vor Ende April nach Freiburg zurückkehren konnte und dass Textor sich Sorgen machen würde, wenn er so lange Zeit nichts von ihm hörte.

An Magdalena dachte er nur flüchtig.

Leonhard Sonntag streckte die Beine von sich und rülpste.

«Was für ein Festschmaus. So muss es im Schlaraffenland zugehen.»

Sie lagerten vor den Mauern der badischen Stadt Lahr, in der sie am Vortag ihre letzte Aufführung gehabt hatten. Die Bürger der Handels- und Gewerbestadt hatten sich großzügig gezeigt: Als am Ende Tilman und Titus wie üblich auf ihren Stelzen bei den Zuschauern sammeln gingen, hatten die meisten mehr als den verlangten Schilling gegeben. Und heute Mittag hatten sie noch einmal einen Sack Geld eingestrichen, als die Musikanten und die beiden Artisten vor den Toren der Stadt auftraten, wo die Ackerbürger und Bauern des Umlandes ihre Flurumritte und Feldprozessionen begingen, wie überall am Georgitag. Anschließend hatte der Prinzipal vom Pfarrer die Pferde und Maultiere segnen lassen. Bei Pantaleons Kamel allerdings hatte sich der Geistliche geweigert. Marthe-Marie kannte diesen Brauch, denn auch ihr Vater hatte sich kein Jahr davon abhalten lassen, war doch Ritter Georg auch Schutzpatron der Soldaten.

«Und der Wanderer und Artisten», hatte Marusch am Abend erklärt. «Deshalb machen wir seit Jahren an diesem Tag unser großes

Fest. Und wenn die Dinge so gut laufen wie in diesem Frühjahr, ist mein Löwe besonders großzügig.»

Und wirklich hatte es der Prinzipal an nichts fehlen lassen. Mettel und Marthe-Marie hatten kräftige Gemüsebrühe gekocht, es gab einen ganzen Ochsen am Spieß und Wein und Bier in Mengen. Hungern musste an diesem Abend keiner.

Inzwischen war es dunkel geworden, im Inneren des Lagers brannte ein Kreis aus Fackeln. Diesmal sonderte sich niemand ab, alle saßen zusammen um die große Feuerstelle mit den Resten des gebratenen Ochsen. Sonntag füllte zwei Becher randvoll mit Wein und rief Jonas und Marthe-Marie heran.

«Und jetzt trinkt mit mir, ihr beiden.» Er reichte ihnen den Wein. «Ihr habt uns Glück gebracht. Seitdem ihr bei uns seid, sind unsere Beutel mehr als gestopft. Auf euch und den tapferen Ritter Georg.»

Marthe-Marie nahm einen kräftigen Schluck. Der Wein war schwer und süß, er stieg ihr gleich zu Kopf. Genau ein Jahr war es nun her, dass sie in der Kutsche ihres Ziehvaters Konstanz verlassen hatte. Und seit fast sieben Wochen war sie mit den Gauklern und Landfahrern unterwegs. In den letzten Tagen hatte sie endgültig die Scheu vor diesen Menschen verloren, im Gegenteil: Mehr und mehr war sie gebannt von ihrer ungebundenen Lebensart, die jedem seine Freiheit ließ. So wäre keiner der Fahrenden auf den Gedanken gekommen, Salome wegen ihres Buckels zu hänseln, zumal jeder gehörigen Respekt vor ihren Wahrsagekünsten hatte. Oder Valentin und Severin: Sie hatte ihren Augen kaum getraut, als sie in der ersten milden Nacht dieses Jahres beim Austreten beinahe über die beiden gestolpert wäre. Eng umschlungen lagen sie schlafend neben ihrem Karren. Gleichmütig hatte ihr Marusch später erklärt, die zwei seien ein Liebespaar. Solange sie nicht vor Fremden herumpoussierten, schere sich da keiner drum. Denn auf Sodomie stünde Tod durch Verbrennen. Oder der starke Maximus: Als Kind hatte er mit ansehen müssen, wie seine Eltern von Mordbrennern regelrecht zerfleischt worden waren, bevor ihr kleiner Hof in Flammen aufging. Es hieß, damals habe er sein Lachen verloren und mindestens die Hälfte seines Verstandes. Vor allem bei Vollmond benahm er sich oft sehr seltsam, aber die anderen nahmen seine Anwandlungen lachend oder achselzuckend hin.

Auch sie selbst fühlte sich von Leonhard Sonntags Leuten längst angenommen. Wie alle anderen fieberte sie bei den Aufführungen mit, sorgte sich, wenn einer krank wurde oder sich verletzte, und genoss es, wenn sie in Gespräche einbezogen wurde. Niemals hätte sie gedacht, dass sie als Frau so viel Neues erleben und erfahren, auf solch abenteuerlichen Wegen durch die Lande reisen würde.

Jonas riss sie aus ihren Gedanken.

«Auf dein Wohl, Kunstreiterin», sagte er leise und prostete ihr zu.

«Auf dein Wohl, Maestro Ballini.»

Seine nussbraunen Augen unter den dichten Wimpern strahlten – ob vom Alkohol oder von Sonntags Lob, konnte sie nicht einschätzen. War er tatsächlich hier, um Geld für sein Studium zu verdienen? Musste er nicht irgendwann wieder zurück an die Universität?

«Ebenfalls auf euer Wohl.» Marusch setzte sich neben Marthe-Marie. «Und auf einen schönen warmen Sommer. Denn scheint am Georgitag die Sonne, gibt's viele Äpfel. Und guten Wein.» Sie schenkte allen nach. «Und du, Jonas, verrätst mir auf der Stelle, was ich schon immer wissen wollte: Hast du in Straßburg eine Braut?»

«Nein – das heißt, doch.»

«Wie heißt sie?»

«Magdalena.»

«Ein schöner Name.» Marusch hob ihren Becher. «Dann trinken wir jetzt auf Magdalena, die sicher sehnsüchtig auf ihren Bräutigam wartet.»

Marthe-Marie sah den Ausdruck kindlicher Verlegenheit auf Jonas' Gesicht. Sie sah diese Augen, und mit einem Mal wusste sie, woher sie ihn kannte: Jonas Marx war es, der sie in Freiburg gerettet hatte. Jetzt verfolgte er sie weiterhin wie ein Schatten. Zu ihrem Schutz oder zu ihrem Verderben? Handelte er im Auftrag eines anderen? In ihrem Kopf begann es sich zu drehen. Wo war eigentlich Diego?

In diesem Moment rief Sonntag: «He, Spanier, setz dich endlich zu uns.»

Diego trat aus der Dunkelheit und nahm stumm den Becher entgegen, den der Prinzipal ihm reichte. So übellaunig hatte Marthe-Marie ihn noch nie erlebt. Nicht einmal den üblichen herausfordernden Blick warf er ihr zu. Belustigt stellte sie fest, dass ihr etwas fehlte, wenn er sie nicht beachtete. Nicht dass sie hinter seinem Verhalten ernsthafte Absichten vermutet hätte, denn er kokettierte mit allen Frauen. Doch dieses Spiel zwischen ihnen begann ihr zu gefallen.

«Was schaust du so missmutig drein?» Sonntag legte ihm den Arm um die Schulter. «Die Einnahmen sind doch geflossen wie Butter in der Sonne.»

«Ich habe sie satt, diese bluttriefenden Zoten und Possen. Der reisende Schneider mit dem bösen Pferd, die tanzende Schwiegermutter, diese Moritat vom Kinderfresser – das ist doch alles Schund und Schwachsinn. Und an hohen Festtagen führen wir die erhabenen Mirakel der Christenheit auf, bei denen jedem Zuschauer von halbwegs gesundem Verstand das Gähnen kommt. Du hattest mir doch im Winter versprochen, dass wir neue Stücke einstudieren. Nie ist etwas daraus geworden. Und nächste Woche in Offenburg willst du schon wieder den alten Zinnober aufführen.»

«Du weißt selbst, dass wir die Zeit zum Einstudieren nicht hatten. Sei doch froh, dass du fast immer die Rolle des strahlenden Helden hast, während ich den dummen Tölpel mime.»

«Dann lass es uns wenigstens für den Sommer ins Auge fassen, wenn wir in Friedrichs Freudenstadt gastieren.»

Der Prinzipal seufzte. «Gut, einverstanden. Aber nur, weil ich es mir mit dir nicht verderben will. Und kein Stück von diesem Schackschpier.»

Diego grinste.

Marthe-Marie hatte dem Gespräch aufmerksam zugehört.

«Was für Schauspiele würdest du denn gern aufführen?»

Diego setzte sich zwischen sie und Jonas, der unwillig zur Seite rückte.

«Hamlet, den Sommernachtstraum, Romeo und Julia – das sind richtige Theaterstücke, die leider in unserem Land noch völlig unbekannt sind. Alle übrigens von William Shakespeare. Oder der Faust von Christopher Marlowe. Hast du von Shakespeare und Marlowe gehört?»

«Es sind Engländer, oder?»

«Ja. Shakespeare ist Dichter und Schauspieler zugleich. Er ist der Größte überhaupt, er wird Jahrhunderte überdauern mit seinen Werken. Auch wenn es gewisse kleingeistige deutsche Komödianten nicht glauben mögen.»

Er nahm ihre Hand, schloss die Augen und deklamierte mit bebender Stimme:

«O so vergönne, teure Heilige nun,
Dass auch die Lippen wie die Hände tun.
Voll Inbrunst beten sie zu dir: erhöre,
Dass Glaube nicht sich in Verzweiflung kehre.»

Dann küsste er ihre Hand und sah ihr mit flammendem Blick in die Augen. «Liebste Julia, folge mir nach England, in das gelobte Land der Theaterkunst. Dort gibt es eigens eingerichtete Theaterhäuser, in die die Menschen in Scharen strömen, der Adel wie das gemeine Volk. Die Schauspieler werden verehrt und geachtet. Und nicht mit Eiern beworfen wie bei uns.»

«Du mit deinen Phantastereien.» Marusch verdrehte die Augen. «Ein Haus nur fürs Theaterspielen! Aber bevor du jetzt den Giftbecher nimmst und Julia sich das Schwert ins Herz stößt, lasst uns lieber tanzen.»

Sie sprang auf und klatschte in die Hände. «He, ihr Fiedelputzer dort drüben, runter mit dem letzten Bissen und Musik gemacht.»

Mit einem Schellenring in der Hand begann sie sich im Rhythmus der Trommel anmutig in der Hüfte zu wiegen, dann setzten Flöte und Sackpfeife ein und schließlich zwei Fiedeln. Marusch schlug das Tamburin, wand und drehte sich dabei, erst ruhig wie eine Katze, die sich streckt, dann immer schneller, bis ihre nackten Füße nur so über das Gras wirbelten. Noch nie hatte Marthe-Marie jemanden auf diese Weise tanzen sehen. Und die Fiedler spielten eine Melodie, die so mitreißend, leidenschaftlich und zugleich abgrundtief traurig klang, dass es ihr die Tränen in die Augen trieb.

Inzwischen waren alle aufgestanden und bildeten einen Kreis um Marusch und die Musikanten, die Kinder in vorderster Reihe. Marusch schien in einer anderen Welt, ihre Augen waren geschlossen, das Gesicht dem Sternenhimmel zugewandt, um ihren Mund spielte ein Lächeln. Als die Trommeln wieder langsamer schlugen, tanzte sie zu Marthe-Marie und zog sie mit sich.

Zuerst war es Marthe-Marie unangenehm, sich vor den Blicken aller zu bewegen. Seit ihrer Hochzeit hatte sie nicht mehr getanzt, doch dann tat sie es Marusch gleich, stampfte mit den Füßen, reckte die Arme zum Himmel. Spürte, wie sie sich vollkommen dem Rhythmus der Musik überlassen konnte. Inzwischen hatte Marusch auch Diego und Jonas geholt. Diego tanzte mindestens ebenso weich und geschmeidig wie die Prinzipalin, sein Körper verschmolz mit der Musik, während Jonas herumsprang wie ein übermütiges Fohlen. Irgendwann schlang Marusch die Arme um

Diegos Hüften, Jonas tat dasselbe mit Marthe-Marie, und sie tanzten paarweise weiter. Marthe-Marie vergaß alles um sich herum, die Schrecken und Ängste der jüngsten Zeit lösten sich auf in Nichts, jetzt war sie hier, im Kreis der Fahrenden, in dieser herrlichen Landschaft der Ortenau im blühenden Frühling.

Keinen hielt es mehr am Rande, selbst die Kinder hüpften wie die Flöhe umher. Marthe-Marie tanzte abwechselnd mit Marusch, mit dem Prinzipal, der wie ein schwerfälliger Bär hin und her schwankte, mit Valentin und Severin, selbst mit dem schwermütigen Maximus, doch immer wieder kehrte sie zu Diego und Jonas zurück. Am Ende, es musste schon gegen Mitternacht sein, legte sie den beiden die Arme um die Schultern, Marusch trat hinzu, und sie tanzten den letzten Tanz zu viert.

Als der letzte Trommelschlag verhallt war, ließen sie sich ins Gras sinken. Der Mond hing als schmale Sichel über der Silhouette der nahen Stadt. Diego lehnte sich an Marthe-Maries Schulter, Agnes lag schlafend in ihrem Schoß, Marusch unterhielt sich mit Jonas, der immer wieder zu ihr herübersah.

«Was für ein wunderbarer Abend.» Diego hob den Kopf und sah in den Himmel. «Und es ist wunderbar, dass du bei uns bist. Aus welchen Gründen auch immer», fügte er leise hinzu.

Marthe-Marie betrachtete sein gerötetes Gesicht mit den klaren, männlichen Zügen, dem dichten Bart und den dunklen Locken, die ihm jetzt wirr in die Stirn hingen.

«Was hast du eigentlich früher gemacht, als du noch nicht bei den Gauklern warst?»

«Ich war Führer bei den Jakobspilgern, Schellenknecht im Siechenhaus, Baumwollstreicher, Bootsknecht, Lehmschleifer auf dem Bau – eigentlich alles, bis auf Hundeschlächter.»

«Wenigstens bist du kein Tierquäler.»

«Nein, nicht deshalb. Es wird zu schlecht bezahlt.»

«Du bist abscheulich.»

«Entschuldige – es war nicht ernst gemeint. Ich habe sogar für noch weniger Geld Abortgruben ausgehoben. Ich würde nie Hunde schlachten.» Er nahm ihre Hand. «Sieh mich nicht so sauertöpfisch an.»

«Was soll ich dir eigentlich glauben?»

«Ich weiß es selber nicht.»

Er lächelte unglücklich, als sie ihm ihre Hand entzog. Sie war verstimmt. Außerdem spürte sie die Müdigkeit mit einem Mal wie Blei in den Knochen.

«Ich gehe schlafen. Gute Nacht, alle zusammen.»

«Warte.» Jonas stand auf. «Ich begleite dich zum Wagen.»

Als sie die Deichsel von Sonntags Wagen erreichten, hörten sie in der Dunkelheit das Schnauben eines Pferdes. Es kam ganz aus der Nähe, dabei standen ihre eigenen Zugtiere am anderen Ende des Lagers. Jonas blieb neben ihr wie angewurzelt stehen, dann rannte er plötzlich los. Sie hörte einen Schlag, ein klatschendes Geräusch, dann Jonas' fluchende Stimme – «Au Diable!» – und Hufgetrappel.

Mit vor Erregung verzerrter Miene kehrte Jonas zurück. «Verdammt! Da war jemand, der uns beobachtet hat. Aber ich konnte sein Gesicht nicht erkennen.» Seine Stimme bebte. «Ich werde den Prinzipal fragen, ob wir Wachen aufstellen können für den Rest der Nacht.»

Marthe-Marie klopfte das Herz bis zum Hals. Doch es war nicht allein der Schreck über den nächtlichen Eindringling. «Was hast du da eben gerufen?»

Jonas sah sie an wie ein ertapptes Kind und schwieg.

«Du warst das damals in Freiburg, der mich gerettet hat, nicht wahr? Hör auf, mich anzulügen. Ich will jetzt endlich wissen, warum du hier bist.»

«Bitte, Marthe-Marie, bedräng mich nicht. Ich werde es dir irgendwann erklären, aber nicht jetzt.»

Dann drückte er ihr schüchtern einen Kuss auf die Wange. Mit widerstreitenden Gefühlen ließ sie sich den Wagen hinaufhelfen.

10

Du kannst mir nicht davonlaufen, Mangoltin, ein drittes Mal entkommst du mir nicht. Glaube ja nicht, dass es Feigheit war, wenn ich dich nicht schon in Konstanz getötet habe, gleich nach Siferlins Tod. Wulfhart, der Henkerssohn, ist nicht feige, nur vorsichtig, sehr vorsichtig.

Du hast damals nicht einmal bemerkt, wie ich dein Elternhaus tagelang beobachtet habe. Aber alles war voller Soldaten, dein falscher Bruder, dein falscher Vater, dein Mann. Hätte ich mich da in Gefahr begeben sollen? O nein, die Klugheit ist der beste General, das müsstest du doch von deinem Soldatenvater wissen. Und ich hatte Recht damit, nach Freiburg zurückzukehren und zu warten, bis deine Blutsbande dich zurücklocken an die Quelle. Wie geschickt von Meister Siferlin, dich mit dem Bildnis aus dem Hexenerbe aus deiner Ruhe aufzuscheuchen. Aber in mir hat der Meister einen würdigen Schüler und Nachfolger gefunden. Beinahe hätte ich dich auch schon erwischt, im Narrentrubel, wäre da nicht dieser gottverdammte Schelm dazwischengeraten, der mir das Bein zerstochen hat. Aber ich bin zäh, und nun, mit meinem Hinken, gleiche ich dem Meister noch mehr.

Jetzt glaubst du wohl, du könntest deinem Schicksal entrinnen, indem du mit dieser Teufels- und Zigeunerbrut durch die Welt ziehst? Aber warte nur. Auch wenn dein hübsches Gesichtchen jedes Mannsbild so verwirrt, dass es sich gleich zu deinem Beschützer aufspielt – es wird dir nichts nützen.

Nicht umsonst habe ich mich selber Wulfhart genannt, hart wie der Wolf. Und nicht Gottlieb, wie mein Vater mich einst taufen ließ, die-

ser Schwächling. Ein schöner Henker war das, der die Teufelsbuhlen und Hexen, statt sie bei lebendigem Leib zu verbrennen, im Schutz des Qualms gnädig erwürgte! Und der, solange sie noch lebten, die Glieder der Gefolterten mit Heilsalben bestrich, anstatt die Finger und die Knochen nach ihrem Tod an Quacksalber und Apotheker zu verkaufen oder den Gaffern gegen einen Obolus zu erlauben, ihre Tücher in das Blut der Enthaupteten zu tauchen. Damit hätte er ein rechtes Geschäft machen können, mein edler Herr Vater: hier mal ein Quäntchen Hirn gegen Tollwut, dort ein Stückchen Haut gegen Gicht oder eine halbe Unze frischen Blutes gegen die Fallsucht. Aber nein – nicht das kleinste Knöchelchen für die begehrten Glücksbringer hat er zu Geld zu machen verstanden.

Doch nun bin ich der Henker der Stadt, und schon jetzt habe ich einen ganz anderen Ruf als mein schwächlicher Vater. Ich werde es ihnen beweisen, was in mir steckt. Allen! Von wegen, ich hätte weder genügend Körperkraft noch Augenmaß und Geschick, um den Kopf mit einem Hieb vom Hals zu trennen. Da hat er geglotzt, der Alte, wie die Leute gleich bei meiner ersten Enthauptung in Beifall ausbrachen.

Und bei der Tortur geht es bei mir Schlag auf Schlag, dabei wohl durchdacht vom ersten zarten Schmerzempfinden bis zum machtvollen Höhepunkt, der in den Wahnsinn führt. Ihr Weiber gesteht doch immer, wenn man euch nur hart genug anpackt. Weil ihr nämlich schwach seid, hörst du, Mangoltin? Schwachen Leibes, schwachen Geistes und schwachen Glaubens. So hat auch deine Mutter schließlich alles gestanden. Gezittert, gebrüllt und gekotzt hat sie am Ende. Ihre ganze Schönheit war dahin.

Dir steht das noch bevor.

Und ich werde meinen Lohn erhalten. Nicht nur das Gold steht mir zu, sondern auch dein Leib. Ich werde ihn mir nehmen, wie ich damals deine Mutter genommen habe in ihren letzten Stunden, als ihre Glieder schon zerschmettert am Boden des Folterturms lagen. Und deine Schreie werden meine Wonne nur noch steigern. Mit mei-

ner Manneskraft nehme ich es alle Mal gegen das Teuflische in deinem Leib auf, ich fürchte mich nicht vor dem Satan und nicht vor deiner heißen Brunst, die du mit jeder Pore ausströmst.

Und wenn ich genug von dir habe, werde ich dich und dein Balg vernichten.

II

Marthe-Marie blickte nach Norden, wo sich im fahlen Abendlicht die Wehr- und Wachtürme der freien Reichsstadt Offenburg abzeichneten. Morgen würde die Truppe dort mit ihrem Gastspiel beginnen, morgen würde sie durch diese Stadt gehen und herausfinden, wo ihr Vater wohnte. Und sich dann von den Gauklern verabschieden.

Es war Ende April. Viel länger, als sie je gedacht hätte, war sie nun schon mit den Fahrenden unterwegs. Vor allem von Marusch würde ihr der Abschied schwer fallen, aber auch von Diego und Jonas, wenn sie ehrlich zu sich selbst war. Selbst von Leonhard Sonntag, von der alten Mettel, von den beiden Artisten. Über allem schwebte die Angst vor dem Augenblick, in dem sie Benedikt Hofer zum ersten Mal gegenüberstehen würde.

Marusch hatte angeboten, sie zu begleiten.

«Ich stehe bei den Aufführungen ohnehin nur dumm herum, weil Leo mich nicht spielen lässt – von meiner albernen Tanzeinlage abgesehen.» Sie zwinkerte ihr zu. «Vielleicht wird sich das ja eines Tages auch einmal ändern. An den Höfen Italiens werden die weiblichen Rollen längst von Frauen gespielt. Schon vor dreißig Jahren gab es dort eine berühmte Schauspielerin namens Isabella Andreini.» Sie seufzte. «Da stehe ich und schwatze, und du siehst ganz elend aus. Aber glaub mir: So wie es kommt, so kommt es, da beißt die Maus keinen Faden ab. Uns bleibt nur, das Beste aus allem zu machen.»

Doch Marthe-Marie war entschlossen, allein zu gehen.

«Ich nehme Agnes mit mir, das wird mir Mut machen. Und jetzt muss ich an die Arbeit.»

Sie rief die Kinder zum Holzsammeln und schärfte ihnen ein, nicht zu nah an das Ufer zu kommen, denn die Kinzig führte von der Schneeschmelze im Schwarzwald hohes Wasser. Anschließend stellte sie mit Mettel die Gestänge für die Wasserkessel auf.

Die Alte schien zu bemerken, dass sie nicht bei der Sache war.

«Du denkst daran, dass heute dein letzter Abend ist, nicht wahr?»

Marthe-Marie nickte.

Mettel warf die frischen Karotten in die Suppe, die sie wie immer unterwegs vom Feld geklaut hatte. «Wirklich schade, dass du uns verlässt. Aus deinen zwei linken Händen sind eine linke und eine rechte geworden. Und überhaupt: Du hättest eine von uns werden können, das Zeug dazu hast du.»

An diesem Abend war die Stimmung gedrückt. Caspar, der älteste der Komödianten, war noch schweigsamer als sonst, der gutmütige Lambert und seine Frau Anna unterhielten sich nur im Flüsterton, der Prinzipal kaute lustlos an seinem Brot, und Jonas starrte, ohne zu essen, vor sich hin. Selbst die Kinder wagten nicht zu toben.

Marthe-Marie sah hinüber zu Diego, dessen Blick sie gespürt hatte. Er begann zu lächeln, aber seine grünen Augen blieben ernst. Sie stand auf und räusperte sich.

«Das ist mein letzter Abend bei euch, und ich möchte mich bei euch allen bedanken. Nur weiß ich nicht, wie ich meinen Dank ausdrücken soll. Worte sagen so wenig.»

«Dann lass es.» Der Prinzipal stand ebenfalls auf und nahm sie in seine fleischigen Arme. Nacheinander kamen alle aus der Truppe und umarmten Marthe-Marie, zuletzt Diego.

«Wem soll ich denn jetzt meine Geschichten erzählen?»

«Falls ich bei meinem Vater bleibe, besuche ich jede eurer Aufführungen. Dann sehen wir uns, solange ihr in Offenburg seid.»

Diegos Gesicht war ernst. «Das ist kein guter Einfall. Verabschiede dich von uns oder bleib mit uns zusammen. Eins von beiden.» Dann verließ er die Feuerstelle in Richtung Fluss.

Blieb noch Jonas. Ihr Beschützer und ihr Lebensretter. Seit dem Fest vor zwei Tagen hatten sie nicht mehr über das, was in Freiburg vorgefallen war, gesprochen. In jener Nacht hatte Jonas tatsächlich durchgesetzt, dass der Prinzipal Wachen aufstellen ließ, auch für die folgende Nacht. Fast schien Jonas besorgter als sie selbst, denn Marthe-Marie redete sich mit Erfolg ein, dass die nächtliche Gestalt vielleicht gar nichts mit ihr zu tun hatte. Dass sie den Fremden beim ersten Mal hatte hinken sehen, wie einst Hartmann Siferlin, schrieb sie nun ihrer Phantasie zu. Marusch sah das ebenso.

«Dass wir abends oder nachts belauert werden, gibt es immer wieder. Da ist Gesindel unterwegs, das uns sogar das wenige, das wir besitzen, nehmen will. Manchmal sind es auch nur halb verrückte Gaffer, die meinen, wir würden nachts irgendwelchen magischen Beschwörungen nachgehen, uns alle miteinander wollüstig im Gras wälzen oder gestohlene Kinder schlachten.»

Aber es war nicht nur Besorgnis, die sie in Jonas' Gesicht lesen konnte. Es war auch Verlegenheit, wann immer sie sich allein begegneten. Lag es an dem Kuss? Sie war selbst ein wenig erschrocken gewesen, in jenem Augenblick. Weniger allerdings über den schüchternen Kuss als über ihr Bedauern, dass dieser flüchtige Moment der Zärtlichkeit so schnell vorüber war. Sie zwang sich, daran zu denken, wie jung Jonas war, ein Student noch, und dass er dieser Magdalena die Ehe versprochen hatte.

Wie ein schlaksiger großer Junge hockte er nun auf dem Boden und riss Grashalme aus. Fast konnte sie nicht glauben, dass er in Momenten der Gefahr wenn nicht die Kraft eines Bären, so doch den Mut eines Löwen bewiesen hatte. Sie fasste sich ein Herz und setzte sich neben ihn.

«Jetzt wirst du bald nach Straßburg zurückkehren.»

«Ja.»

«Freust du dich?»

Er zuckte die Schultern.

«Ich verdanke dir mein Leben, Jonas, auch wenn du nicht darüber reden magst. Ich hoffe, dass ich das eines Tages gutmachen kann. Zumindest würde ich es gern.»

«Es gibt nichts gutzumachen», entgegnete er leise. «Ich habe dich die ganzen Wochen angelogen. Das Einzige, was stimmt, ist, dass Magdalena meine Braut ist. Das Beste wäre, wir würden uns nie wieder sehen.»

Bevor sie diese harten Worte richtig begriffen hatte, hörten sie einen Tumult in der Dunkelheit. Marthe-Marie erkannte Mettels erregte Stimme, dann ein klatschendes Geräusch wie eine Ohrfeige. Kurz darauf erschien sie mit Isabell, der Freundin von Maruschs ältester Tochter Antonia. Mettel hielt das Mädchen fest am Arm gepackt und baute sich vor Leonhard Sonntag auf.

«Diese mannstolle Metze, ich habe es geahnt.»

Isabells linke Wange war gerötet, ihre Lippen trotzig zusammengekniffen.

«Du bist der Prinzipal. Sag mir, was ich mit ihr machen soll. Sie hat Maximus an den Hosenlatz gegrapscht.»

Hilflos blickte Sonntag zu seiner Gefährtin. «Nun ja, ich denke, in so einem Fall hat Marusch zu entscheiden.»

Marusch holte aus und verpasste dem Mädchen eine kräftige Maulschelle auf die andere Wange.

«Damit sollte es gut sein. Aber eins sage ich dir: Wenn du dich nochmal an einen unserer Männer heranmachst, verschwindest du auf Nimmerwiedersehen. Und jetzt ab in deinen Wagen.»

Marthe-Marie sah der Kleinen nach. Isabell zählte dreizehn,

höchstens vierzehn Jahre. Sie hatte zwar schon Brüste und schwenkte bei jedem Schritt ihre Hüfte wie eine Kurtisane, aber im Grunde war sie noch ein halbes Kind.

«Zu wem gehört sie eigentlich?», fragte sie Marusch.

«Das ist es ja. Sie ist uns zugelaufen wie ein herrenloses Hündchen, in Basel, wenn ich mich recht erinnere. Eine Häuslerstocher aus dem Schwarzwald, die es in ihrer armseligen Hütte nicht mehr ausgehalten hat. Eine Zeit lang verdingte sie sich in der Stadt als Dienstmädchen, ist dann wohl vom Sohn ihres Dienstherrn belästigt worden oder noch mehr, so genau weiß das niemand. Jedenfalls hatte man sie vor die Tür gesetzt, und sie musste sich mit Betteln durchschlagen. Vielleicht auch noch mit anderen Dingen.»

Sie sah hinüber zu ihren Kindern. «Was mich mehr beunruhigt: Neuerdings ist sie Antonias beste Freundin, und Antonia wird immer bockiger und vorlauter. Wirft mit Ausdrücken um sich wie eine Straßendirne.»

An diesem Abend mochte niemand lange sitzen bleiben. Marusch und Marthe-Marie machten den Anfang.

«Überleg dir bis morgen, ob ich nicht doch mitkommen soll. Ich könnte Lisbeth mitnehmen, dann wird es Agnes nicht langweilig.»

Doch Marthe-Marie hatte sich entschieden. Der Gedanke, dass sie mit Marusch, deren Äußeres so offensichtlich eine Frau aus dem fahrenden Volk verriet, auf ihren unbekannten Vater treffen sollte, schreckte sie. Zugleich schämte sie sich für die Dünkelhaftigkeit dieses Gedankens. Sie fiel in einen unruhigen Schlaf, aus dem sie jedes Geräusch hochfahren ließ.

Am Morgen erwachte sie vor Sonnenaufgang. Dichter Nebel hing über den Uferwiesen, als sie aus dem Wagen kletterte. Im Lager war alles still. Verschwommen sah sie die Umrisse der Weiden am Fluss, während sie barfuß durch das nasse Gras tappte. Nachdem sie sich erleichtert hatte, ging sie zu einem kleinen Bach, der hier in die Kinzig mündete, und wusch sich die Hände.

«Hexentochter!»

Sie schrie auf, doch da hatte sich schon eine schwielige Hand auf ihren Mund gepresst. Marthe-Marie schnappte nach Luft, wehrte sich verzweifelt gegen den Angreifer, der sie von hinten umklammert hielt, roch seinen fauligen Atem.

Er trat ihr in die Kniekehlen, und sie kippte mit einem erstickten Schmerzenslaut ins Gras. Alles geschah, wie sie es schon einmal erlebt hatte: Sie lag auf dem Rücken zu Boden gepresst, der Unbekannte stöhnend auf ihr. Doch jetzt, im Dämmerlicht des anbrechenden Tages, sah sie ihm zum ersten Mal mitten ins Gesicht. Ein junges Gesicht war es, mit eingefallenen Wangen, rot entzündeten Augen und einer wulstigen Narbe quer über der Oberlippe.

«Ja, glotz mich nur an», flüsterte er. «Mein Gesicht gefällt dir wohl nicht? Es war eine Hure wie du, die mir die Lippe zerschnitten hat.»

Blitzschnell stopfte er ihr einen schmutzigen Lumpen in den Mund.

«Jetzt hört dich keiner mehr. Und deine Bewacher schlafen. Vielleicht träumen sie von dir. Von deinen spitzen Brüsten, von deinen weißen Schenkeln. Lass das Zappeln!»

Er schlug ihr ins Gesicht.

«Es wird mir eine Wonne sein, für ein Weib nicht bezahlen zu müssen. Denn du gehörst mir. Erst dein Leib, dann dein Leben.»

Er griff ihr unter dem dünnen Hemd so hart zwischen die Schenkel, dass sie sich vor Schmerz und Entsetzen aufbäumte.

«Wenn wir damit fertig sind», wieder griff er ihr zwischen die Beine, «wenn dir Hören und Sehen vergangen sind, dann wirst du mir auch verraten, wo du deine Wurzeln hast, in welchem Haus du den Schlauch voller Gold versteckt hältst.»

Der Nebel begann sich zu lichten, funkelnd brachen die Strahlen der Morgensonne durch, und wie eine himmlische Erscheinung sah sie plötzlich hinter ihrem Angreifer Jonas stehen, breitbeinig, einen dicken Ast über dem Kopf erhoben. Dann schlug Jonas zu. Der andere sackte lautlos neben ihr zur Seite.

Jonas löste ihren Knebel und half ihr auf.

«Jonas! Vorsicht!»

Der Unbekannte hatte ihn am Fußknöchel gepackt und riss ihn zu Boden. Die beiden Männer begannen verbissen miteinander zu ringen, während Marthe-Marie sich hilflos nach dem Ast bückte und versuchte, den anderen damit zu treffen, ohne Jonas dabei zu verletzen. Doch es war unmöglich, zu eng hatten sich die beiden aneinander geklammert. Zwei-, dreimal gelang es dem Fremden, seine Faust Jonas ins Gesicht zu schlagen, dann gewann Jonas wieder die Oberhand. Dabei gerieten sie gefährlich nahe an den Rand eines steilen Abhangs, der zum Fluss führte. Jonas, der nun wieder unten lag, rammte mit einem Mal sein Knie in den Unterleib des Gegners. Der Fremde stieß einen gellenden Schmerzenslaut aus, rollte den Hang hinab und stürzte in die reißenden Fluten. Sie sahen noch, wie er unterging, wieder auftauchte wie ein Stück Treibholz und gleich darauf mit dem Kopf heftig gegen einen Felsen prallte. Dann verschwand sein Körper endgültig in den schäumenden Fluten und tauchte nicht wieder auf.

«Er ist weg», murmelte Marthe-Marie. «Du musst zu Ambrosius, deine Nase blutet. Vielleicht ist sie gebrochen.»

Sie ließ sich ins Gras sinken und begann haltlos zu schluchzen.

Jonas nahm sie in die Arme und streichelte ihr Gesicht. Verschwommen nahm sie wahr, wie hinter den Bäumen Diego und Marusch auftauchten, stehen blieben und wieder verschwanden.

«Es ist vorbei, Marthe-Marie. Jetzt musst du nie wieder Angst haben.»

Er wartete, bis sie sich beruhigt hatte, dann fragte er: «Hast du ihn gekannt?»

Sie schüttelte den Kopf. «Ich habe den Mann noch nie gesehen. Ich weiß nicht einmal, warum er mich verfolgt hat, warum er mich so abgrundtief hasst.»

«Du blutest auch.» Vorsichtig wischte er ihr das Blut aus dem Mundwinkel. Dabei sah er sie zärtlich an.

«Ich hab dich auch angelogen, Jonas. Ich weiß gar nicht, ob mein Vater in Offenburg lebt. Ich kenne ihn nicht.»

«Aber du hast doch erzählt, dass dein Vater dich Reiten gelehrt hat, dass er Soldat war.»

«Das ist mein Ziehvater. Es ist noch nicht lange her, da habe ich erfahren, dass meine Eltern nicht meine leiblichen Eltern sind.»

«Und wer ist nun dein Vater?»

«Er war Schlossergeselle, vielleicht ist er jetzt Meister. Vor vielen Jahren ist er von Freiburg weggezogen nach Offenburg.»

«Und deine Mutter?»

«Sie lebte in Freiburg. Catharina Stadellmenin hieß sie. Sie haben sie als Hexe verbrannt, 1599 war das.»

Er wandte den Kopf ab. «Also doch», hörte sie ihn murmeln.

Nachdem er nichts weiter sagte, stand sie auf. «Jetzt bist du entsetzt, nicht wahr?»

«Nein, du denkst das Falsche, es ist nur – ich hatte so etwas geahnt – ich meine –» Er erhob sich ebenfalls. «Was soll's, ich will dich nicht weiter anlügen, jetzt wo mein Auftrag erfüllt ist.»

«Dein Auftrag?» Marthe-Marie spürte, wie Eiseskälte ihr in die Glieder fuhr.

«Ich sollte dich sicher nach Offenburg bringen und herausfinden, wer dich verfolgt. Und jetzt sind wir am Ziel angekommen, und dein Verfolger ist tot.»

«Wer hat dich beauftragt? Was – was wird da mit mir gespielt?»

«Es ist Dr. Textor. Ich bin sein Hauslehrer, und Magdalena ist seine Tochter.»

Sie stieß ihn von sich und rannte los, rannte quer über die Wiesen, mitten durch den Bach, dass es spritzte, weiter den Hügel hinauf, nur weg vom Lager, weg von Jonas. Alles hätte sie erwartet, nur das nicht.

«Himmel, Marthe-Marie, warte doch. Es ist nicht so, wie du denkst.» Sie hörte seinen keuchenden Atem hinter sich. «Er wollte dich schützen.» Jetzt hatte er sie eingeholt und hielt sie am Arm fest. «Textor wollte dich schützen, als er merkte, in welche Gefahr du geraten bist. Ich glaube, er wollte gutmachen, was er bei deiner Mutter versäumt hat.»

In Marthe-Maries Ohren begann es zu rauschen.

«Gutmachen?», schrie sie. «Wieder gutmachen, dass sie meiner Mutter die Glieder zerschmettert und ihr das Fleisch mit glühendem Eisen verbrannt haben? Dass man ihr vor einer johlenden Menschenmenge den Kopf abgeschlagen und ihren Leib auf den Scheiterhaufen geworfen hat? Das will dein sauberer Schwiegervater gutmachen?»

Sie schüttelte ihn ab. «Fass mich nicht an, du gehörst zu dieser Mörderbrut wie der Wurm zum Kadaver. Dein Dr. Textor und Hartmann Siferlin haben meine Mutter umgebracht.»

«Jetzt hör doch zu – vielleicht war damals alles ganz anders. Vielleicht hat Textor es verhindern wollen, und es war vergebens. Ich kenne ihn doch. Er kann kein Mörder sein.»

Sie starrte ihn mit aufgerissenen Augen an. Ihre Arme und Beine waren eiskalt, aber in ihrem Inneren glühte es.

«Marthe-Marie! Sieh mich nicht so an. Du weißt doch, wie es um mich steht. Ich hab dich lieb.»

«Ha! Gib Acht, was du sagst. Ich bin eine Hexentochter, meine Mutter hat mich alles gelehrt. Ich kann Hagel sieden und auf gesalbten Stecken durch die Lüfte fliegen. Halt dich fern von mir.»

Die Tränen strömten ihr über das Gesicht.

«Geh weg, Jonas Marx. Verschwinde! Ich will dich nie wieder sehen.»

Sie näherte sich der Stadtmauer vom Mühlbach her, vorbei an stattlichen Öl- und Papiermühlen, stillen Fischweihern und Waschplätzen, wo kräftige Weiber mit nackten Oberarmen ihrer harten Arbeit nachgingen. Sie spürte wohl, wie aller Blicke an ihr klebten. Dass eine Frau in vornehmem Gewand allein mit einem kleinen Kind an der Hand durch die Wiesen marschierte, sah man nicht oft. Doch Marthe-Marie war das mehr als gleichgültig. Sie fühlte sich leer und erschöpft. Ein zweites Mal war sie um Haaresbreite dem Tod entronnen, ein zweites Mal von Jonas gerettet worden. Aber das, was sie über ihn erfahren hatte, traf sie beinahe härter als der heimtückische Überfall dieses Irren. Der war tot, der konnte ihr nichts mehr anhaben, während sie nun ihr Leben lang in der Schuld von Jonas Marx stehen würde, dessen Familienbande untrennbar mit dem grausamen Ende ihrer Mutter verknüpft waren. Hätte er sie doch nur ihrem Schicksal überlassen, damals schon in Freiburg.

Es war später Morgen, sie hatte das Lager der Gaukler mitten im Aufbruch verlassen. Ihre wenigen Besitztümer lagen gepackt in der Reisekiste, die sie im Laufe des Tages holen würde, wenn die Truppe in der Stadt war. Auf diese Weise hatte sie den Abschied von Marusch noch einmal aufschieben können.

Als sie das Kinzigtor passierte, würdigte der Torwächter sie keines Blickes. Sie war überrascht von der Größe der Freien Reichsstadt Offenburg und der Vielzahl der prachtvollen Bauten, die die breite Straße vor ihr säumten. Zwischen den Marktständen und Lauben wimmelte es von Menschen, Karren und Fuhrwerken. Die Straße war ordentlich gepflastert, keine Löcher und Schlammrinnen, keine herrenlosen Hunde und umherstreunenden Schweine störten diese wohlgefällige Ansicht.

Linker Hand entdeckte sie ein stattliches Gasthaus. «Sonne» prangte in vergoldeten Lettern über dem Eingang. Davor wartete ein vornehmer Zweispänner. Hier würde sie sicher Auskunft erhalten.

Ein Bär von einem Mann stand hinter dem Tresen und spülte Krüge aus. Marthe-Marie grüßte höflich und fragte ihn nach dem Zunfthaus der Schlosser und Schmiede.

«Leicht zu finden.» Er zwinkerte Agnes freundlich zu. «Am besten geht Ihr zurück zum Kinzigtor, dort links in die Gerbergasse und gleich wieder die erste Gasse rechts. Das Zunfthaus könnt Ihr nicht verfehlen, es ist das größte Haus im Quartier. Ihr seid von auswärts, nicht wahr?» Neugierig musterte er erst Marthe-Marias dunkelgrünes Seidenkleid und dann Agnes in ihren alten Holzpantinen und dem zerschlissenen Kittel. Da ihre Kleidchen aus Konstanz längst zu klein geworden waren, trug sie die Sachen der anderen Kinder auf. Marthe-Marie stieg die Röte ins Gesicht, als sie den Blick des Wirts bemerkte. Hätte sie sich doch nur rechtzeitig um ein neues Kleid für Agnes gekümmert. Was mochte der Mann von ihr denken?

Sie bedankte sich hastig und wollte zur Tür.

«Wartet mal, junge Frau. Wen sucht Ihr denn im Zunfthaus?»

Die Frage hatte nichts Bedrohliches, und so antwortete sie freimütig: «Einen Schlosser namens Benedikt Hofer.»

Der Wirt legte die Stirn in Falten. «Benedikt Hofer? Nie gehört. Dabei hat die Schmiedezunft seit Jahren ihren Stammtisch bei mir. Vielleicht fragt Ihr mal den Zunftmeister persönlich.»

«Recht vielen Dank und behüte Euch Gott!»

«Nur werdet Ihr den Meister im Zunfthaus jetzt nicht finden. Bis zum Ave-Läuten ist er im Rathaus, er gehört nämlich zum Jungen Rat. Bleibt doch so lange hier mit dem Kind.»

Sie schüttelte den Kopf. Womöglich würde der Wirt sie als Nächstes fragen, woher sie die blauen Flecken im Gesicht habe oder ob sie allein reise.

Als sie wieder auf die Straße trat, begann Agnes zu maulen.

«Lisbeth spielen!» Zornig stampfte sie mit dem Fuß auf.

«Das geht jetzt nicht!» Marthe-Marie versprach ihr einen Weißwecken und fragte sich nach der Brotlaube durch. Hier am Fischmarkt war es angenehm schattig, auch wenn der Gestank von den Ständen kaum auszuhalten war. Die Händler räumten bereits ihre Schragentische zusammen, denn es ging auf Mittag zu, und es war bei hoher Strafe verboten, danach noch rohen Fisch zu verkaufen.

Agnes kletterte auf den Rand eines Brunnens, kaute auf ihrem Wecken und betrachtete versonnen den steinernen Löwen mit dem aufgerissenen Maul, während Marthe-Marie ihren Gedanken nachhing. Sie, die als Mädchen niemanden und nichts gefürchtet hatte, wünschte sich plötzlich nichts sehnlicher als jemanden, der sie bei der Hand nehmen und alle Entscheidungen für sie treffen würde. Was hatte sie nur in diese Lage gebracht? Warum war sie plötzlich zur Beute eines Besessenen, zum Schützling eines ihr bislang völlig Unbekannten geworden? Und wieso wollte sie nun einem wildfremden Menschen offenbaren, sie sei seine Tochter und Agnes sein Enkelkind? Hatte sie selbst das entschieden oder waren es Fügungen, die Gott ihr auferlegt hatte? Sie wusste nur eines: Zurück zu Jonas und den Gauklern konnte sie nicht.

Das Glockengeläut der Heiligkreuzkirche schreckte sie aus ihren Grübeleien. Rasch wusch sie Agnes' Gesicht und Hände am Brunnen, strich ihr mit den Fingern durch das dichte Haar. Den dunklen Fleck am Saum des Kleidchens rieb sie, so gut es ging, mit Spucke und Wasser aus, dann machte sie sich auf den Weg ins Quartier der Schmiede und Schlosser.

Ein Lehrbub führte sie in die weitläufige holzgetäfelte Diele des Zunfthauses. «Wartet bitte, Meister Stöcklin müsste jeden Augenblick hier sein.»

Sie spürte, wie unter ihren Achseln der Schweiß stand, während sie wartete.

Endlich traf der Zunftmeister ein, geführt von dem Lehrbuben, der mit einem kurzen Nicken in ihre Richtung wies und sie dann allein ließ. Stöcklin trug die schwarze, respektheischende Amtstracht der Ratsherren: hüftlange Schaube, Barett und über der Weste schwere silberne Ketten.

«Wilhelm Stöcklin, Zunftmeister der Schmiede», stellte er sich vor, ohne ihr die Hand zu reichen. «Was führt Euch zu mir?»

«Ich suche einen Mann, der als junger Schlossergeselle einst von Freiburg hierher gekommen ist. Möglicherweise ist er jetzt Meister.»

«Sein Name?»

«Benedikt Hofer.»

«Kenne ich nicht. Wann soll er nach Offenburg gekommen sein?»

Stöcklin wirkte streng, seine Fragen hatten nichts von der freundlichen Neugier des Wirtes.

«An die dreißig Jahre wird es wohl her sein.»

Der Zunftmeister lachte trocken.

«Das hättet Ihr gleich sagen können. Damals war ich keine zehn Jahre alt. Wahrscheinlich ist er bald weitergezogen, weil er hier kein Auskommen gefunden hat. Tut mir Leid, aber ich kann Euch nicht weiterhelfen.»

Er deutete eine Verbeugung an und ließ sie stehen.

Und nun? Wohin sollte sie sich wenden? Einen Fuhrmann ausfindig machen, der sie für ihre spärlichen Spargroschen nach Konstanz mitnehmen würde?

Agnes riss an ihrer Hand. «Trinken.»

Marthe-Marie sah sie an. Sie fühlte sich mutterseelenallein.

«Gut, gehen wir noch einmal ins Gasthaus. Vielleicht hat ja der freundliche Wirt einen Becher Wasser für uns.»

Der Sonnenwirt schien sich tatsächlich zu freuen über ihre Wiederkehr.

«Da hat der Herrgott meine Bitte also erhört», lachte er und reichte ihnen einen Krug kalten Wassers. «Hattet Ihr Erfolg?»

«Nein. Der Zunftmeister kennt keinen Benedikt Hofer.»

«Dann ist es doppelt gut, dass Ihr nochmals gekommen seid. Da hinten sitzt der alte Semmelwein, er ist schon über siebzig, dabei heller im Kopf als die meisten von den Jungen. Ich hätte gleich an ihn denken sollen. Er kennt jeden hier, weil er Schulmeister war bis ins hohe Alter.»

Sie trat an den kleinen Ecktisch, wo ein hagerer Alter vor einer Pfanne mit gebackenen Eiern saß.

«Verzeiht, Gevatter, wenn ich Euch bei der Mahlzeit störe, ich habe eine Frage an Euch.»

«Nur zu.» Der Greis wies auf die leere Bank zu seiner Rechten und verzog den Mund zu einem zahnlosen Lächeln. «Hast du Hunger, Kleine?»

Agnes schnappte ohne Scheu nach dem Löffel voll Ei, den der Alte ihr vor den Mund hielt. «Und ob du Hunger hast! Das habe ich dir doch an der Nasenspitze angesehen.»

Er zog sie neben sich und fütterte sie bedächtig.

Marthe-Marie protestierte. «Das geht doch nicht. Euer ganzes Mittagsmahl.»

Semmelwein winkte ab. «In meinem Alter braucht man nicht mehr viel, und Kinder müssen wachsen. Wie heißt die Kleine?»

«Agnes.»

«Agnes. Ein schöner Name. Aber nun zu Euch: Was wolltet Ihr mich fragen?»

«Kennt Ihr den Schlossergesellen Benedikt Hofer? Er ist wohl vor etwa dreißig Jahren nach Offenburg gekommen.»

Der Alte schloss die Augen und saß einen langen Augenblick regungslos da. Dann ging ein Leuchten über sein faltiges Gesicht.

«Der Benedikt.» Er schüttelte den Kopf. «Fast hätte ich ihn vergessen – Gott möge mir verzeihen. Es ist eben schon so lange her. Seid Ihr verwandt mit ihm?»

«Nun ja – er ist mein Oheim.» Marthe-Marie klopfte das Herz bis zum Hals.

«Der Benedikt mit seinem blauen Auge und seinem braunen Auge.» Wieder schüttelte er den Kopf. «Er war ein lieber Kerl.»

«War? Ist er – ist er tot?»

«Um Himmels willen, ich wollte Euch nicht erschrecken.» Semmelwein legte ihr die fleckige Hand auf den Arm. «Er ist nicht lange hier geblieben, zwei, drei Jahre vielleicht. Er hatte erfolgreich sein Mutjahr absolviert, doch dann lief vieles anders, als er erhofft hatte. Ihr wisst ja vielleicht, dass ein fremder Geselle erst ein Jahr bei einem zünftigen Meister arbeiten muss, bevor er das Bürgerrecht erkaufen und seine Meisterprüfung machen darf. Das Bürger- und Meistergeld hatte er sich vom Munde abgespart, doch als es dann so weit war, hat irgendwer verhindert, dass er sich in die Zunft einkaufen konnte.» Er seufzte. «Tja, Neider und Ränkeschmiede gibt es überall, auch unter den ehrenwerten Bürgern dieser Stadt.»

Marthe-Marie hatte ihm atemlos zugehört.

«Und wo ist er jetzt?»

«Ich weiß es nicht. Er hat immer von einer Reise ans Schwäbische Meer geträumt. Vielleicht lebt er jetzt am Bodensee – er ist ja um einiges jünger als ich», fügte er hinzu, wie um ihr Hoffnung zu machen.

Fast schmerzhaft spürte sie die Enttäuschung in sich aufsteigen.

«Ihr müsst wissen», der Alte begann krampfhaft zu husten, das viele Reden schien ihn anzustrengen, «Ihr müsst wissen, dass Benedikt recht verschlossen sein konnte. Er war geradlinig, hatte das Herz am rechten Fleck, aber irgendetwas schien ihn zu bedrücken. Wir saßen oft zusammen. Damals war ich noch Schulmeister und Organist in der Heiligkreuzkirche, wo Benedikt im Chor sang. Ein begnadeter Sänger. Wir hatten uns bald angefreundet und pflegten jeden Sonntag nach der Kirche unseren Schoppen drüben in der Kesselgasse einzunehmen. Was ich schon damals nicht verstanden habe: Er war ein gut aussehender Bursche, an jedem Finger hätte er zehn Mädchen haben können, doch er wollte von keiner etwas wissen.»

«Hat er Euch gesagt, warum er von Freiburg weg ist?»

«Nein. Aber ich vermute, wegen einer Frau.»

«Und – warum kam er gerade hierher, nach Offenburg?»

«Seine Ahn mütterlicherseits lebte hier. Er hat sie sehr verehrt. Sie hieß übrigens auch Agnes, wie Eure Tochter. Als sie starb, war das wohl Anlass genug für ihn, der Stadt den Rücken zu kehren.»

Agnes war an seiner Schulter eingeschlafen, satt und zufrieden. Marthe-Marie starrte vor sich hin. Ihr Weg nach Offenburg war also umsonst gewesen. Plötzlich hallte in ihren Ohren die unsinnige Frage des Irren wider: Wo hast du deine Wurzeln, wo hast du das Gold versteckt? Sie besaß weder das eine noch das andere. Geboren war sie im elsässischen Ensisheim, gelebt hatte sie in Innsbruck, in Wien, in Konstanz. Ihre Mutter hatte man in Freiburg als Hexe verbrannt, ihr Vater war spurlos verschwunden. Nein, sie hatte keine Wurzeln. Sie war schlechter gestellt als jeder Hintersasse, jeder Lernknecht, der um seinen festen Platz in dieser undurchschaubaren Welt wusste. In nichts unterschied sie sich vom Volk der Fahrenden und Gaukler. Sie war eine Heimatlose.

❦ 12 ❦

Schloss Ortenberg, die Fahne der habsburgischen Landvögte hoch über den Zinnen, grüßte linker Hand. Majestätisch wachte es auf seinem Felssporn über das Kinzigtal, das sich hier zwischen anmutigen Rebhängen und blühenden Obstbäumen mit dem Rheintal vereinigte. Noch immer führte der Fluss hohes Wasser, schlängelte sich in breiten Schleifen Richtung Rhein, und die Dörfer, Hofstätten und Wege schmiegten sich in respektvoller Entfernung an die Hänge der Vorberge.

Träge bewegte sich der Tross der Gaukler talaufwärts, in Richtung Gebirge, auf ihr nächstes großes Ziel zu: Friedrichs Freudenstadt. Marthe-Marie saß neben Marusch auf dem Kutschbock, als sei nichts geschehen. Sie hörte das Schnauben der Pferde und das Ächzen der Räder, spürte die Schläge des Fuhrwerks, wenn es in ein Schlagloch geriet, sah, wenn sie sich umwandte, die vertrauten Gesichter Diegos und Sonntags. Die Mienen der beiden Männer waren düster, offensichtlich hatten sie sich wieder einmal gezankt. Alles war wie immer, außer dass Jonas spurlos verschwunden war.

Marusch nahm die Zügel in eine Hand und legte den Arm um Marthe-Marie. «Ich kann mir denken, wie dir zumute ist. Du hattest gehofft, am Ziel deiner Reise zu sein, und jetzt bist du enttäuscht. Aber glaub mir, wir werden einen herrlichen Sommer erleben, das spüre ich in meinen alten Knochen. Und für mich ist es das schönste Geschenk, dass du wieder bei uns bist.»

Marthe-Marie lächelte schwach, aber sie konnte die Freude nicht teilen. Nach allem, was ihr der alte Schulmeister über Benedikt Hofer erzählt hatte, war das Verlangen, diesen Mann kennen zu lernen, nur noch heftiger geworden, und umso schmerzlicher traf sie die Gewissheit, ihm wohl niemals zu begegnen. Sie hatte lange mit sich gerungen, ob sie nach Konstanz oder Innsbruck zurückkehren sollte, hatte den Schritt, ihr Gepäck bei den Gauklern abzuholen, hinausgezögert und sich schließlich für die Nacht im Schlafsaal des Gasthofs einquartiert, wo sie kaum ein Auge zugemacht hatte, wach gehalten von einer quengelnden Agnes, von schnarchenden Schlafgenossen und ihren eigenen quälenden Gedanken.

Am Morgen war sie dann hinüber zum Weinmarkt gegangen, wo sich die Gaukler für ihren ersten Auftritt präparierten, und musste erfahren, dass Jonas kurz nach dem Streit mit ihr ohne Abschied davongeritten war. Der Prinzipal hatte Himmel und Hölle verflucht, da nun die erfolgreiche Jonglage wegfallen musste. Und ohne richtige Einstimmung der Zuschauer, das wusste er aus Erfahrung, saßen den Leuten die Pfennige wie fest geklebt im Hosensack. «Tut mir Leid, Diego, aber dann musst du eben wieder die Affennummer bringen.» Diego, den Jonas' Abschied auffallend wenig zu berühren schien, war in Harnisch geraten. Lieber würde er sich vierteilen lassen, als diese lächerliche Nummer noch ein einziges Mal aufzuführen, solle sich doch Leonhard selbst zum Affen machen, er jedenfalls werde sich nun endgültig eine neue Truppe suchen. Am Ende hatte er dann doch klein beigegeben, sich in das ungeliebte Kostüm gezwängt und das neugierig zusammenströmende Publikum wie eh und je begeistert. Dafür blieb er während der nächsten Tage missmutig und schweigsam.

Marthe-Marie hatte diese Affennummer zuvor ein einziges Mal gesehen. Diego trug dazu als Beinkleider ein enges rot-gelbes Mi-Parti mit ellenlangen gelben und roten Schnabelschuhen, dazu eine ebenfalls zweifarbige Schecke, deren enge Ärmel in Stoffbahnen endeten, die fast bis zum Boden herabhingen. In diesem Aufzug mischte er sich, Pantaleons Äffchen im Schlepptau, unbemerkt unter die Zuschauer, die den Ankündigungen des Prinzipals lauschten. Dann stellte er sich hinter sein Opfer, äffte dessen Haltung nach, jede Geste und jede Regung des Gesichts, vollkommen lautlos und mit einer Genauigkeit, die nicht nur Marthe-Marie verblüffte. Die beiden Äffchen hinter ihm machten ihrerseits Faxen. Es dauerte erfahrungsgemäß einige Augenblicke, bis die Umstehenden dieses Treiben bemerkten und zu kichern begannen, doch bevor der Gefoppte sich umdrehte, war Diego bereits unterwegs zu einem neuen Opfer. Mit Vorliebe nahm er jene vornehmen Bürger aufs Korn, die eiligen Schrittes und mit verächtlicher Miene an der Menschenansammlung vorbeiwollten. Damit erzielte er jedes Mal die größten Lacherfolge.

Der Tross näherte sich einem Weiler, der zwischen Hügeln voller weiß und zartrosa blühender Obstbäume eingebettet lag. Vom Wegesrand her dufteten die gelben Blütentrauben des Sauerdorns, über die Löwenzahnwiesen stolzierte ein Storch.

«Ist es nicht herrlich hier?» Marusch strahlte.

Als Marthe-Marie nicht antwortete, drückte sie ihr die Zügel in die Hand und verschwand unter der Plane. Kurz darauf ertönte eine zarte Melodie. Überrascht wandte sich Marthe-Marie um: Marusch erschien mit einer kleinen Flöte an den Lippen und stellte sich aufrecht und ohne zu schwanken neben sie auf den Kutschbock. Die Töne wurden schneller und fröhlicher, klangen wie Vogelgesang an einem Frühlingsmorgen.

Sie setzte die Flöte ab und zwinkerte ihr zu. «Das war das Trällern der Feldlerchen, hast du es erkannt? Und jetzt der Lockruf der Stare.»

Sie zauberte aus dem unscheinbaren Instrument einen Reigen kleiner Melodien, die Marthe-Marie an das Rauschen von Blättern im Wind, an sprudelnde Quellen und Bachläufe denken ließ, mal übermütig und voller Lebensfreude, mal lieblich und wehmütig zugleich. Dabei wiegte sich Marusch in den Hüften und ließ sich nicht von den Rinnen und Schlaglöchern stören, durch die ihr Wagen rumpelte. Eine Bauersfrau, die in ihrem Gemüsegarten arbeitete, legte die Hacke zur Seite und winkte ihnen zu. Marusch unterbrach ihr Spiel und winkte zurück.

«Bitte, spiel weiter», bat Marthe-Marie.

«Gern. Wenn du mir versprichst, für den Rest des Tages den Wagen zu lenken. Du gehörst zu uns, zumindest bis der liebe Gott dort oben sich einen anderen Plan für dich ausgedacht hat!»

Marthe-Marie musste lachen.

«Na also.» Marusch blies einen lauten Triller. «Und jetzt spiele ich dir das Lied vom Hirtenjungen und seinem Mädchen, die ihre erste Sommerliebe erleben.»

Längst liefen sämtliche Kinder des Trosses neben ihrem Wagen her, die Kleinsten auf den Armen und Rücken der Größeren, dazwischen auch etliche fremde Kinder aus dem Weiler, und sahen bewundernd zu der Flötenspielerin auf. Einer Gallionsfigur gleich stand Marusch auf dem Kutschbock, die Augen geschlossen, ihre widerborstigen Locken über dem Stirnband schimmerten dunkelrot im Sonnenlicht.

Gegen Mittag erreichten sie eine hübsche, mit Blumen geschmückte Kapelle, die den Apostelführern Petrus und Paulus geweiht war. Gleich dahinter stand ein weiß getünchtes Häuschen mit Schlagbaum und zwei Wachmännern davor.

«Kruzitürken, jetzt schon Zöllner!» Marusch legte die Flöte zur Seite. «Gleich werden sich Diego und Leo wieder in die Haare geraten, pass auf.»

Marthe-Marie hatte den Streit vom Vorabend noch in den Ohren, als sich die beiden nicht hatten einigen können, welcher Wegstrecke nach Freudenstadt der Vorzug zu geben war. Diego war für den bedeutend kürzeren Weg über Oberkirch das Renchtal hinauf, mit seinen berühmten Badeorten, doch der Prinzipal sprach sich vehement dagegen aus. «Willst du dich bei einer Badekur vergnügen oder Geld einnehmen?» – «Letzteres. Badeorte haben Gäste, Gäste haben Geld und wollen Abwechslung. Und genau das können wir ihnen bieten.» – «Das sind doch Spekulationen. Weißt du, wo das Geld sitzt? Im Kinzigtal mit seinem im ganzen Reich berühmten Holzhandel, seinen Silberminen und Glashütten. In Haslach und Wolfach fahren sie ihren Lohn in Schiebkarren durch die Gassen! Da ist was zu holen, und nicht bei irgendwelchen knickrigen Badegästen!» – «Wunderbar! Und alle paar Meilen schmeißen wir unsere Einkünfte den Zöllnern in den Rachen! Hast du vergessen, dass das Kinzigtal ein einziger Flickenteppich an Herrschaftsgebieten ist? Dass da alle paar Steinwürfe der Territorialherr wechselt? Was die Fürstenbergischen und die Habsburger unsereins an Maut und Brückenzoll abpressen, das geht auf keine Kuhhaut. Im Renchtal dagegen ist ab Oberkirch alles Württembergisch, vielleicht ist das ja bis zu deinen Ohren noch nicht vorgedrungen. Rechtzeitig zur Gründung von Freudenstadt hat Herzog Friedrich nämlich einen Korridor nach Westen gezogen, quer durch den Schwarzwald zum Rhein hinunter.» – «Du immer mit deinem großgoscherten Herzog. Ich versteh sowieso nicht, warum du diesen Lutheraner so bewunderst, wo er dich fast in die Hölle befördert hat.» – «Was weißt du schon! Friedrich ist ein Visionär. Der hat als einziger im deutschen Land Ideale im Kopf: Er kämpft für die Freiheit der Religionen, für ein friedliches Nebeneinander aller Territorien, er ist eng befreundet mit England und Frankreich und –» – «Hör doch auf, uns Vorträge zu halten. Bist du hier der Prinzipal oder ich?»

So war es hin und her gegangen, bis schließlich Marusch das Regiment übernommen hatte. «Ihr streitet um des Kaisers Bart. Dabei schaffen wir es mit unseren schweren Fuhrwerken gar nicht über den Kniebis. Ich hab mich kundig gemacht. Die Passstraße ist zu steil, und über das Hochmoor führen hundsmiserable Knüppeldämme. Bleibt nur das Kinzigtal.»

Hinterher hatte Marusch Marthe-Marie verraten, dass Leonhard Sonntag wie die meisten der Fahrenden sehr abergläubisch war und Angst hatte vor der sagenumwobenen Moorlandschaft am Kniebis. Zugeben würde er das natürlich nie. «Aber ich denke, dass auch Diego noch andere Gründe hat, das Kinzigtal zu meiden.» Sie seufzte. «Würde mich nicht wundern, wenn er wieder eine seiner haarsträubenden Überraschungen parat hätte.»

«Was hat eigentlich Diego immer mit seinem württembergischen Herzog?»

«Das fragst du ihn lieber selbst.»

Doch Marthe-Marie hatte den Eindruck, dass Diego ihr aus dem Weg ging, seitdem sie wieder bei der Truppe war. Lag es daran, dass er sie an jenem unseligen Morgen am Kinzigufer in Jonas' Armen gesehen hatte?

Einer der Zöllner hob seinen Spieß und trat ihnen in den Weg. Marthe-Marie brachte den Wagen zum Stehen. Sie wusste inzwischen, dass es zwei Arten von Zöllnern auf der Welt gab: diejenigen, bei denen man am besten die Augen ehrerbietig niederschlug, und diejenigen, die mit einem strahlenden Lächeln zu gewinnen waren. Zumindest wenn man ihnen als Frau begegnete.

Sie hatten Glück. Die beiden jungen Burschen gehörten zur zweiten Kategorie. Freundlich erwiderten sie den Gruß und schlenderten heran.

«Woher des Wegs, wohin des Wegs, Ihr schönen Frauen?», fragte der kleinere, über dessen gewaltigem Ranzen sich die Jacke spannte.

«Von Offenburg nach Friedrichs Freudenstadt. Ist hier schon das Gebiet der freien Reichsstadt Gengenbach?»

«Erraten. Und Ihr seid Gaukler, nehme ich an.»

«Nur knapp daneben.» Marusch warf ihm ihr bezauberndstes Lächeln zu. «Komödianten und Künstler. Und wenn es der Rat Eurer schönen Stadt erlaubt, werden wir hier eine Probe unserer Kunst zum Besten geben. Kommt Ihr zusehen?»

«Wenn Ihr mit dabei seid, gern.»

«Aber ja. Wir tanzen die Tarantella.»

«Na dann!» Der Dicke lachte anzüglich und trat so dicht an den Kutschbock, dass seine Schulter Maruschs Bein berührte. «Eure Männer müssen aber rechte Hasenfüße sein, wenn sie zwei Frauen an der Spitze fahren lassen. Oben in den Wäldern ist es nämlich gefährlich.»

«Ich verrate Euch ein Geheimnis.» Marusch zwinkerte ihm zu. «Wir sind bewaffnet bis an die Zähne.»

Der andere Zöllner war inzwischen weitergegangen, um sich einen Überblick über die anderen Wagen und Karren zu verschaffen. Als er jetzt zurückkam, nickte er seinem Kameraden fast unmerklich zu.

«Führt Ihr Waren mit?», fragte er.

«Nur Requisiten. Die Krämer und Hausierer, die mit uns reisen, findet Ihr am Ende des Trosses.»

«Dann werden wir uns dort mal an die Arbeit machen. Ihr könnt weiter.»

«Herzlichen Dank. Wenn Ihr vielleicht noch einen Lagerplatz empfehlen könntet?»

«Eine halbe Wegstunde weiter stoßt Ihr auf eine Säge mit riesigem Holzlagerplatz, dort könnt Ihr sicher bleiben. Sagt dem Holzwart einen Gruß. Vom Johann Krötz.»

«Nochmals Dank und einen schönen Tag.» Marusch hob die Hand, und Marthe-Marie trieb die beiden Braunen an.

«Du bist eine richtige Komödiantin, Marusch. Dabei war der Dicke ein grauenhafter Widerling.»

«Möge der Heilige Genesius uns helfen, dass wir an allen Zöllnern so schnell vorbeikommen. Besonders die Fürstenbergischen sind für ihre Dreistigkeit berüchtigt.»

Sie wandte sich um und brüllte: «Alles in Ordnung, mein Löwe? Wir kommen gleich an eine Sägemühle, dort lagern wir.»

Der Prinzipal nickte nur.

«Diese beiden Sauertöpfe hinter uns, schrecklich! Hör mal, Marthe-Marie, ich habe nachgedacht: Wir haben für Freudenstadt viele neue Pläne, selbst die Kinder wollen etwas einstudieren, mit den beiden Hunden. Da habe ich mir überlegt, ob du nicht auch bei der Truppe irgendwie mitmachen könntest. Ich meine, Mettel kommt auch ohne dich zurecht, ihr gehen ja die Kinder zur Hand. Und in den Augen meiner Leute wärst du ganz schnell eine von uns.»

Marthe-Marie schüttelte entgeistert den Kopf. Sie sollte vor einer Zuschauermenge stehen und etwas zum Besten geben? «Wo denkst du hin? Ich kann weder zaubern noch jonglieren. Nicht mal richtig tanzen und singen.»

«Es ist ja noch Zeit. Irgendetwas fällt uns schon ein. Mit deinen Reitkünsten hast du uns ja auch überrascht. Genau – wie wäre es mit Kunstreiterin?»

«Bitte, Marusch, hör auf. Willst du, dass ich mir die Knochen breche? Ich war noch nie sehr gelenkig. Ich kann wirklich nichts, außer lesen, schreiben und rechnen.»

Der Aufseher der Sägemühle erlaubte ihnen tatsächlich, sich an den Uferwiesen hinter der Floßlände niederzulassen. Feuerholz müssten sie allerdings bei ihm kaufen, denn Fremden sei es verboten, auf Gengenbacher Gemarkung Holz zu sammeln. Auch Fischen sei strengstens untersagt, der Bannwart habe ein wachsames Auge darauf und bringe jeden, den er erwische, in den Niggelturm.

Während Diego und Leonhard Sonntag sich auf den Weg in die Stadt machten, um zu erkunden, ob ihnen in Gengenbach ein Gastspiel erlaubt sei, nahmen die anderen den Lagerplatz in Augenschein. Die Wiese erwies sich als feucht und sumpfig und taugte allenfalls als Weide für die Tiere.

«Das grenzt schon an Frechheit.» Marusch schüttelte den Kopf. «Wären wir mit unserem Fuhrwerk da mitten hineingefahren, bekämen uns keine zehn Pferde mehr heraus.»

«Wenn wir die Wagen eng zusammenrücken», schlug Marthe-Marie vor, «müssten wir auf der kleinen Anhöhe dort drüben Platz finden.»

«Du hast Recht. Und im weitesten Sinne könnte man die Stelle noch zu den Uferwiesen zählen.»

Als auch die Krämer und Trödler nach einer offenbar sehr gründlichen Kontrolle durch die beiden Zöllner zu ihnen stießen, schlugen sie das Lager auf. Von dem Hügel hatten sie einen schönen Blick auf das nahe Reichsstädtchen, das von Rebhängen und einem malerischen Berg mit Kapelle überragt wurde, und dessen trutzige Mauern und Tore jetzt friedlich im warmen Licht der Abendsonne schimmerten.

Dann holten sie in der Sägemühle ihr Feuerholz, zu einem völlig überzogenen Preis allerdings. Der Holzwart herrschte sie an, warum sie eigenmächtig einen anderen Platz ausgesucht hätten.

«Euch ist gewiss entgangen, wie feucht die Wiese am Fluss ist», entgegnete Marusch ruhig. «Im Übrigen macht Ihr eben ein gutes Geschäft mit uns, ich denke, beide Seiten können nun zufrieden sein.»

Zufrieden war auch der Prinzipal, der in diesem Moment mit Diego aus der Stadt zurückkehrte.

«Übermorgen können wir auftreten, und wenn es dem Magistrat zusagt, seien weitere Aufführungen durchaus gern gesehen. Man hat uns sogar angeboten, an St. Urban beim Weinfest zu spielen, aber das ist zu spät, wir kommen sonst nicht rechtzeitig nach Freudenstadt. Also, alle Mann morgen früh zur Bekanntmachung in die Stadt, mit Kamel und Trommeln und Trompeten. Pantaleon, vergiss nicht wieder, das Vieh zu schmücken.» Er nahm den Teller, den Marusch ihm reichte. «Eine wunderbare Stadt. Dieser blumengeschmückte Marktplatz und überall prachtvolle Fachwerkbauten. Die Menschen schienen mir so freundlich und neugierig. Ich bin sicher, dass wir hier, sozusagen im Vorüberfahren, ein gutes Geschäftchen machen.»

Caspar, der höchst selten seine Meinung kundtat, warf einen Blick in Richtung Mühle, von wo der Holzwart misstrauisch zu ihnen herüberspähte. «Ich habe eher den Eindruck, wir werden ausgenommen wie die Weihnachtsgans. Frag mal die Trödler, was sie an Warenzoll abdrücken mussten. Ich denke, wir werden hier nicht lange bleiben. Zumal mir heute schon dreimal gelbe Schnecken über den Weg gekrochen sind. Das ist kein gutes Zeichen.»

«Ich sage nur: schönes württembergisches Renchtal.» Diego

grinste den Prinzipal herausfordernd an. In diesem Moment begann Sonntag zu würgen und spuckte mit feuerrotem Gesicht etwas Helles in seine Handfläche.

«Was ist das?», fauchte er Mettel an.

«Ich würde sagen, Fisch. Genauer gesagt, Forelle.»

«Bist du von allen guten Geistern verlassen? Willst du, dass uns der Flurhüter ins Loch steckt?»

Die Köchin zuckte die Schultern. «Sonst seid ihr doch auch froh, wenn ich auf meine Weise etwas für den Kochtopf beisteuere. Der Fisch ist mir in die Hände geschwommen. Wer hätte da nicht zugegriffen?»

«Ich finde, das hast du gutgemacht», mischte Diego sich ein. «Schließlich ist das Recht auf Jagd und Fischfang von Gott gegeben, und zwar allen Menschen, nicht nur den Grundherren.»

«Was bist du nur für ein Klugscheißer!» Sonntags Stimme wurde laut. »Weißt du, was vor ein paar Jahren im Salzburgischen geschehen ist? Da hat der Fürsterzbischof einen Bauern in Hirschhaut nähen und auf dem Markt öffentlich von seinen Hunden zerfleischen lassen. Nur weil er einen Hirsch gewildert hatte.»

«Wenn du noch lauter schreist», versuchte Marusch ihren Gefährten zu beruhigen, «kommt der Holzwart und riecht, was wir im Topf haben. Also los, rasch runter mit dem Essen, und dann wird euch Leo die Überschüsse aus Offenburg ausbezahlen.»

Immer noch verstimmt, holte der Prinzipal eine halbe Stunde später seine Reisekasse aus dem Wagen und leerte die Münzen auf ein Tuch.

«Wenn uns dieser Hundsfott von Jonas» – Marthe-Marie zuckte zusammen – «nicht so erbarmungslos im Stich gelassen hätte, wäre mit Sicherheit mehr im Sack. Bedankt euch also bei ihm, falls er euch jemals über den Weg läuft.» Er sortierte die Pfennigstücke aus. «Das hier ist wie immer für unsere Nonne, bleiben zweihundertvier Schillinge geteilt durch unsere zwölf Männer.» Er kratzte mit einem Stock ein paar Zahlen in den Dreck und murmelte halblaut vor sich hin. «Sind neunzehn Schillinge für jeden.»

«Siebzehn.»

Verblüfft sah Sonntag zu Marthe-Marie. Dann ging er noch einmal seine Rechnung durch und nickte schließlich. «Da hätte ich doch beinahe zu viel ausgezahlt. Also siebzehn.»

«Warte.» Marusch legte noch eine Hand voll Münzen daneben. «Hier sind noch zweiundvierzig Schillinge vom Maifest der Gesellenbünde.»

«Dann sind es zweihundertsechsundvierzig.» Marthe-Maries Ergebnis kam blitzschnell. «Macht zwanzig und einen halben für jeden.»

Diego lachte laut auf.

«Adam Ries ist auferstanden! Was macht dreizehn mal einundzwanzig?»

«Zweihundertdreiundsiebzig. Aber jetzt hör auf, mich vorzuführen wie einen dressierten Tanzbären.»

Die anderen glotzten sie mit offenen Mündern an und widmeten ihre Aufmerksamkeit dann wieder Sonntag, der sich ans Auszahlen machte. Diego nahm sie am Arm und zog sie weg, hinein in die einbrechende Dämmerung.

«Wie machst du das? Wie kannst du so schnell rechnen?»

«Ich sehe die Zahlen vor mir.»

In Diegos Gesicht stand das blanke Erstaunen.

Sie zuckte die Achseln. «Das konnte ich schon als Kind. Ich musste unsere Dienstmagd immer auf den Markt begleiten, damit sie nicht übers Ohr gehauen wurde. Dabei hatte ich anfangs geglaubt, dass jeder Mensch das kann. Aber es scheint wohl eine besondere Begabung zu sein. Nur kann ich als Frau damit natürlich wenig anfangen.»

«Als Frau vielleicht nicht, aber als Rechenmeister in Leonhard Sonntags Compagnie.»

«Du bist verrückt!»

«Nein, lass mich ausreden. Ich habe schon einen Gedanken, wie wir beide das als neue Eingangsnummer ausbauen können. Mit viel Magie und Hokuspokus. Du wirst sehen, bis wir in Freudenstadt sind, haben wir die Nummer einstudiert, und sie wird ein großer Erfolg. Nein, früher schon.» Er fasste sie bei den Schultern. «Und in Gengenbach werde ich diese saublöde Affennummer das letzte Mal geben.»

«Das ist dir wohl das Wichtigste.»

Die Freude in seinem Gesicht wich Ernst. «Nein. Ich habe schon oft daran gedacht, wie es wäre, mit dir zusammen aufzutreten. Anstatt mit diesem Jonas Bälle durch die Luft zu schleudern. Dass er abgehauen ist, war für die Truppe ein herber Schlag, aber mir war es, ehrlich gesagt, recht. Ich habe immer befürchtet, du könntest an diesen studierten Halbmagister dein Herz verlieren und mit ihm durchbrennen. Als du dann in Offenburg wieder zu uns zurückgekommen bist, war ich froh wie lange nicht mehr.»

«Davon hast du nicht viel gezeigt.»

«Ich konnte es nicht.» Seine Stimme wurde leiser, weich, der Blick aus seinen smaragdgrünen Augen drang tief in ihr Inneres, gerade wie bei ihrer ersten Begegnung. «Denkst du noch viel an den Kerl?»

«Lass uns nicht mehr über Jonas reden.»

«Von mir aus sehr gerne.» Er strich ihr unbeholfen über die Wange. «Und jetzt komm, besprechen wir mit Leonhard unsere Pläne. Ich habe ein paar wunderbare Einfälle. Wie sagt man bei uns in Spanien: ‹Die Tat folgt dem Gedanken wie der Karren dem Ochsen›.»

13

Caspar behielt Recht mit seiner Ahnung: Nach einer einzigen Aufführung schon mussten sie ihre Zelte wieder abbrechen. Dabei waren die Menschen von ihren Darbietungen begeistert gewesen, hatten das Kamel bestürmt, bis es zu schnappen begann, und Schlange gestanden vor Salomes schwarzem Zelt. Selbst Ambrosius hatte mit seinen Wundertinkturen, Vipernpillen und in Wachs gegossenen Quecksilberkügelchen ungeahnte Umsätze erzielt. Die Menschen in diesem Schwarzwaldtal schienen nach Abwechslung zu gieren.

Nachdem der Prinzipal zum Ende der Vorstellung wie üblich dem Magistrat für die noble Erlaubnis zu diesem Spectaculum magnificum gedankt hatte und die Jungen auf ihren Stelzen den Obolus eingetrieben hatten, begannen sich die Zuschauer zu zerstreuen. Da erst entdeckte Marthe-Marie am Marktbrunnen die beiden Zöllner, die ihr mit einem breiten Grinsen im Gesicht zuwinkten.

Sie holte Marusch hinter dem Bühnenwagen hervor.

«Ich glaube, unsere beiden Freunde warten auf uns.»

«Das fehlt mir gerade noch zu meinem Glück.» Marusch hakte sich bei ihr unter. «Na gut, begrüßen wir sie wenigstens. Ein wenig Freundlichkeit kann dem Geschäft nicht schaden.»

Ohne ihre Spieße wirkten die beiden weit weniger Respekt einflößend. Der größere hatte den Hals voller Pickel, der Dicke stank deutlich nach altem Schweiß.

«Und? Wie haben Euch die Darbietungen gefallen?», fragte Marusch.

«Noch besser würde uns gefallen», der Dicke drängte sich vor, «wenn Ihr uns auf einen Schluck in den ‹Schwanen› begleiten tätet. Ihr seid selbstverständlich eingeladen.»

«Leider haben wir unser Lager ja bei der Sägemühle, und ehe es dunkel wird und die Tore schließen, müssen wir zurück.»

«Dann bleibt uns noch eine gute halbe Stunde. Ich könnte euch meinen Vetter vorstellen, einen wichtigen Mann im Magistrat.»

Misstrauisch trat Sonntag heran. «Und was macht Euer Vetter so Wichtiges im Magistrat?»

«Oh, der Herr Prinzipal, wie ich vermute. Gestatten, Johann Krötz und Anton Schray. Zöllner in städtischen Diensten. Nun, unser Vetter bewilligt zum Beispiel Lizenzen für fahrende Leute. Aber kommt doch mit in den ‹Schwanen›, um ihn kennen zu lernen.»

«Keine Zeit. Wie Ihr seht, sind wir mit Aufräumen beschäftigt.»

«Dann erlaubt wenigstens den beiden Künstlerinnern, mit uns zu kommen.»

«Da gibt's nichts zu erlauben. Entweder wollen sie oder sie wollen nicht.» Sonntag klappte mit Lamberts Hilfe die Seitenwand des Wagens, die als Bühne diente, nach oben. «Wenn der Hochwächter zum Torschluss bläst, treffen wir uns alle am Kinzigtor. Gute Nacht, die Herren.»

«Auf einen Krug Bier, einverstanden», beschied Marusch. «Ich habe Durst.»

Die Schankstube im «Schwanen» machte den Eindruck, als würden hier alles andere als Ratsherren verkehren. Sie war überfüllt, die Luft zum Schneiden, und nur mit Mühe fanden sie vier freie Plätze auf einer Bank. Marthe-Marie saß eingezwängt zwischen ihrer Freundin und Anton Schray, dem größeren der beiden Zöllner. Die Tischplatte aus rohem Holz war voller Schlieren und Flecken, die Bierkrüge, die der Wirt ihnen brachte, klebten am Henkel. Die meisten Gäste, auch die wenigen Frauen, waren ganz offensichtlich betrunken.

«Ich glaube, das war kein guter Gedanke», flüsterte Marthe-Maria Marusch zu.

«Du hast Recht. Trinken wir aus und gehen.» Laut sagte sie zu Johann Krötz: «Und wo ist Euer Vetter?»

«Er wird sicher gleich kommen.» Krötz wollte den Arm um ihre Schulter legen, doch Marusch rückte von ihm ab.

«Na, na! Nicht so vertraulich.»

Krötz lachte. «Ein wenig Spaß werdet Ihr doch wohl vertragen. Zum Wohl!»

Er trank seinen Krug zur Hälfte leer und rülpste. Dann beugte er sich quer über Maruschs Schoß hinüber zu Marthe-Marie.

«Und Ihr? Seid Ihr auch so spröde? Ich dachte, bei euch Gauklern weiß man das Leben zu genießen. Los, Toni, nicht so schüchtern, du hast nicht jeden Tag so eine schöne Frau neben dir.»

«Wir gehen jetzt besser.» Marthe-Marie nahm Tonis Hand von ihrem Rock. Doch Krötz ließ sich davon nicht beirren. «Dass sich die Weiber immer so zieren müssen! Sogar bei den Gauklern, wer hätte das gedacht. Aber wir sind keine Zechpreller und wissen, was sich gehört.» Er rückte wieder näher an Marusch. «Gehen wir ins Nebenzimmer, da ist es gemütlicher. Ihr werdet nicht zu kurz kommen, weder beim Lohn noch beim Vergnügen.» Seine Hand senkte sich tief in Maruschs Ausschnitt.

Sie holte aus und versetzte ihm eine schallende Ohrfeige.

«Du elende Fut!» Das Gesicht des Zöllners wurde rot vor Zorn. «Von solchen wie dir lass ich mich nicht zum Narren halten.»

Doch Marusch schob ihn mit ihren kräftigen Armen einfach zur Seite und zwängte sich mit Marthe-Marie aus der Bank in Richtung Tür.

«Verdammte Winkelhuren», brüllte der Dicke ihnen hinterher. «Erst mitkommen und den Zapfen heiß machen und dann die Kette vorlegen. Aber nicht mit mir, nicht mit Johann Krötz.»

Am nächsten Morgen erschien der Holzwart in Begleitung eines Stadtknechts. Die Compagnie samt Wahrsagerin und Wundarzt sei gehalten, binnen einer Stunde das Lager zu räumen und weiterzuziehen. Der Rat habe die Konzession zurückgezogen, da ihr Schauspiel zu viel Unflat und ärgerliches Zeug enthalte. Nicht zuletzt sei die Beschwerde eines Zunftmeisters eingegangen, der von einem der Gaukler vor aller Augen zum Narren gemacht worden sei. Den Kleinkrämern allerdings stehe es frei, zu bleiben.

«Um Himmels willen, was machst du da?» Erschrocken blieb Marthe-Marie stehen.

Flammen züngelten am Wagenrad empor, während Diego wie beim Veitstanz auf dem brennenden Strohhaufen herumtrampelte.

«Hilf mir lieber, dort hinten steht ein Eimer mit Wasser.»

Es zischte, als Marthe-Marie das Wasser in den Brandherd schüttete, dann nahm eine dichte Rauchwolke ihr fast die Luft zum Atmen.

«Wolltest du euren Wagen anzünden?»

«Es hat geklappt.» Gebannt betrachtete Diego den verkohlten Strohhaufen und das rußgeschwärzte Wagenrad, als stehe er vor einem Kunstwerk. Sonntag, den der Brandgeruch aus dem Mittagsschlaf gerissen hatte, sprang vom Kutschbock.

«Was ist hier los?»

«Es hat tatsächlich geklappt.» Diego strahlte. «Schaut euch das an, mit diesem Wunderding hier kann ich aus einem Versteck heraus zielgenau ein Feuer entfachen.»

Er hielt ihnen einen handtellergroßen, gewölbten Glaskörper unter die Nase.

«Du warst das?» Der Prinzipal schnappte nach Luft. «Sag mal, bist du von allen guten Geistern verlassen?»

«Im Gegenteil. Das wird ein ganz besonderer Effekt für unseren neuen Auftritt. Stellt euch vor: Wenn Marthe-Marie als Adam Ries ihre Rechenkünste zum Besten gegeben hat, werde ich sie unter Feuer und Rauch in eine Frau verwandeln.»

«Nichts wirst du. Du mit deinen elenden Fürzen im Hirn. Das ganze Lager hättest du in Brand stecken können.»

«Ich gebe zu, ich muss die Vorgehensweise noch verfeinern, aber dann –»

«Schluss, aus, ich will nichts mehr davon hören. Der Einzige, der hier mit Feuer hantieren darf, ist Quirin.»

«Vielleicht», mischte Marthe-Marie sich ein, «fragt ihr mich mal, was ich davon halte. Ich will nämlich nicht in Flammen aufgehen.»

«Keine Sorge, dir wird höchstens ein wenig warm an den Füßen.»

«Schluss habe ich gesagt!», brüllte der Prinzipal und stapfte aufgebracht in Richtung Flussufer davon.

«Was ist das überhaupt für ein Ding?» Marthe-Marie strich mit den Fingerspitzen über die kühle, glatte Oberfläche.

«Ein Brennglas. Ich habe es mal bei einem holländischen Linsenschleifer erstanden. Es bündelt die Sonnenstrahlen auf einen Punkt und erzeugt eine solche Hitze, dass es Stroh oder Werg in Brand setzt.»

«Und was machst du, wenn es regnet?»

Diego sah Marthe-Marie so verblüfft an, dass sie lachen musste.

«Ach Diego, du hast jeden Tag einen neuen Einfall für unseren Auftritt. So wird das nie etwas.»

Sie versuchte, Strenge in ihren Blick zu legen. In Wirklichkeit hätte ihr nichts Besseres geschehen können als der Vorschlag, an den Darbietungen der Truppe teilzunehmen. Sonntag hatte zu ihrem gemeinsamen Auftritt achselzuckend sein Einverständnis gegeben, obwohl Frauenspersonen seiner Meinung nach nicht auf die Bühne gehörten. Marusch war begeistert, und im Lager brachte man ihr seither unverhohlen Respekt entgegen. Und sie selbst hatte endlich eine Aufgabe, deren Vorbereitung sie von ihren düsteren Grübeleien abhielt. Vor allem von ihren Gedanken an Jonas. Warum war sie so hart gewesen gegen den Mann, der ihr zweimal das Leben gerettet hatte? Nur weil er sie belogen hatte? Verbarg sie nicht selbst ihr wahres Leben wie eine zweite Haut? Immer wieder hörte sie ihn sagen: Ich hab dich lieb, sah dabei das Flehen in seinem jungenhaften Gesicht. War das die Wahrheit?

Diego sah sie an. «Nicht träumen!»

Es klang liebevoll und tadelnd zugleich. Nicht zum ersten Mal fragte sie sich, wie viel er über ihre Vergangenheit wusste.

Er verstaute das Brennglas in einem Beutel. «Gehen wir ein Stück spazieren und besprechen noch einmal den Ablauf.»

Ihr Lager hatten sie einige Wegstunden hinter Gengenbach in einem Seitental aufgeschlagen, wohl wieder in den Habsburger Vorlanden, so genau wusste das keiner von ihnen. Morgen wollten sie weiterziehen ins fürstenbergische Haslach. Die Berge waren hier schon weitaus mächtiger. Auf dem höchsten schob sich stolz der mächtige Palas von Burg Geroldseck in den pastellfarbenen Maihimmel.

Sie stiegen ein gutes Stück hangaufwärts, durch einen dichten Hain aus Tannen und Buchen, bis sich vor ihnen eine breite Lichtung auftat.

Marthe-Marie trieb Diego an. «Los, noch ein Stück höher, bis zu dem Feldkreuz dort unter der Eiche.»

«Du bist ja die reinste Gämse.»

Schwer atmend ließen sie sich oben ins warme Gras fallen und genossen die herrliche Sicht. Am Hang gegenüber lag ein stattlicher Hof, quer zum Hang gebaut, das tief gezogene Walmdach wie eine schützende Haube über den Mauern. Wie hier in der Gegend üblich, wohnten Mensch und Vieh unter einem Dach: Im steinernen Unterstock der Stall, darüber die Wohnstatt mit durchgehenden Holzbalkonen und unterm Dach die Scheune, die vom Hang her mit einer Zufahrt verbunden war. Dass dort kein armer Waldbauer wohnte, bewiesen die eigene Hofkapelle und die mindestens zwei Dutzend braunweißer Kühe.

Das Lager unten im Tal war von hier nicht zu sehen, dafür ein kleiner Marktflecken am Ufer der Kinzig. Diego deutete hinüber.

«Das müsste Biberach sein. Von dort geht es ins Harmersbacher Tal, das einzige reichsfreie Tal in unserem Deutschland.»

Dann erzählte er ihr, dass bereits die Römer eine Straße durch das Kinzigtal gelegt hatten, die von Straßburg bis Rottweil führte, mit behauenen Steinen gepflastert und mit Meilensteinen versehen. Und dass die Kinzigtäler seit je eifrige Jakobspilger seien.

«Deshalb nennen sie die Milchstraße am Himmel auch Jakobsstraße.»

«Woher weißt du das alles? Bist schon einmal im Kinzigtal gewesen?»

«Nein, aber ich war mal in Spanien Führer einer Pilgergruppe aus Zell. Das liegt ganz in der Nähe, in eben dem Harmersbacher Tal, von dem ich gerade erzählt habe. Aber jetzt lass uns über den Rechenmeister sprechen, ja? Dein Auftritt steht natürlich im Mittelpunkt. Damit er zur Geltung kommt, muss alles ganz geheimnisvoll wirken, ich mache also allerlei Hokuspokus vorher.»

«Ist es wahr, dass du früher als Illusionist aufgetreten bist?»

«Ja, bis sie mich schließlich für drei Tage ins Basler Spitalsloch gesteckt haben. Mir blieb nur die Wahl, entweder wegen Magie verurteilt zu werden oder meine Tricks zu verraten. Und das zerreißt einem guten Zauberkünstler natürlich das Herz.»

«Und was hast du getan?»

«Alles verraten, sonst wäre ich nicht hier.»

«Dann wird der Prinzipal dagegen sein. Ich glaube nicht, dass er Ärger mit den Bütteln will.»

«Das überlass nur mir. Es besteht keine Gefahr, solange ich harmlose Taschenspielertricks zeige wie den Mann ohne Kopf oder die zersägte Jungfrau.»

Marthe-Marie sah ihn entsetzt an. Diego musste grinsen.

«Du sollst mir doch nicht alles glauben. Also: Ich beginne mit der Vorführung – ich denke, ich bringe das Kunststück mit den Eiern.»

«Mit den Eiern?»

«In zwei Kupferbecher lege ich je ein Ei. Der eine Becher wird mit einem schwarzen Tuch bedeckt, dann rufe ich mit tiefer Stimme: acha fara pax, mora morsa max, nehme das Tuch weg, und der Becher ist leer.»

«Was bedeutet der Spruch?»

«Nichts. Ich erfinde jedes Mal einen anderen. Danach lege ich ein neues Tuch über den zweiten Becher, rufe wieder irgendwelchen Unsinn, reiße das Tuch mit Schwung hoch in die Luft und wirble ein wenig mit meinem Umhang. Und siehe da: Aus dem Becher flattert ein Küken. Ich setze es zurück in den Becher, schiebe beides unter den Umhang, und ehe du dich versiehst, steht da wieder ein leerer Becher, aus dem ich ein Ei hole.»

«Wie soll das gehen?»

Diego lachte. «Das verrate ich nicht einmal dir. Zum Abschluss nehme ich noch einen dritten Becher hinzu, jongliere ein wenig mit allen dreien und lasse sie auf den Fingern kreisen. Dann kommt dein Auftritt. Du tauchst aus dem Hintergrund auf, in schwarzem Talar, mit Doktorhut, angeklebtem Bart und weiß geschminktem Gesicht, als ob du geradewegs einer Gruft entstiegen seiest. Ich fordere die Zuschauer auf, dir Zahlen zu nennen, die du addierst und subtrahierst. Was haben wir gesagt? Zahlen bis Eintausend?»

«Ja.»

«Gut. Und dann kommt die Multiplikation. Zahlen bis Fünfhundert.»

«Nein, bis Hundert.»

«Ach was, du schaffst das auch mit höheren Zahlen. Ab morgen fährst du bei mir auf dem Wagen mit, dann üben wir das. Leonhard wird glücklich sein, endlich wieder bei seiner Marusch sitzen zu dürfen. Kannst du eigentlich auch kniffige Zahlenfolgen wiedergeben? Zehn große Zahlen, die du in der richtigen Reihenfolge wiederholst?»

«Ich denke schon. Ich habe die Zahlen ja vor Augen. Das ist, als ob ich sie nur ablesen müsste. Ach ja, da fällt mir ein: Als Kinder haben wir gespielt, wer bei einem Haufen Kastanien die Anzahl am besten schätzt. Irgendwann durfte ich nicht mehr mitspielen, weil ich fast immer die genaue Zahl wusste.»

«Phantastisch! Das nehmen wir mit dazu. Wenn dann also die Zuschauer überzeugt sind, dass der große Rechenmeister Adam Ries von den Toten auferstanden ist, bringen wir die Verwandlung. Der Feuerzauber dient der Ablenkung, du musst blitzschnell den Talar ausziehen, darunter bist du eine verführerische Frau, in Rock und engem Leibchen, am besten mit unverschämt tiefem Ausschnitt ...»

«Diego!»

«... das Barett verschwindet, stattdessen lange schwarze, mit Perlen frisierte Haare, rote Lippen. Kurz: Aus dem alten Adam Ries wird eine wunderschöne Eva.»

Marthe-Marie schüttelte den Kopf. «Und wer entfernt mir, bitte schön, blitzschnell Bart und weiße Schminke?»

«Da wird mir noch etwas einfallen, keine Sorge. Fährst du also ab morgen bei mir mit?»

«Es bleibt mir wohl nichts anderes übrig.»

«Wie viel ergibt vierundzwanzig mal dreiundvierzig?»

«Bitte nicht, ab morgen dann.» Sie streckte sich im Gras aus und tastete nach seiner Hand. «Sei einen Moment ruhig und schließ die Augen. Hörst du den Specht klopfen?»

Sie wollte ihre Hand wieder zurückziehen, doch Diego hielt sie fest umschlossen. Das bedeutete sicher nichts; die Fahrenden gingen ja, wie Marthe-Maria längst bemerkt hatte, viel vertrauter, offenherziger miteinander um, als sie es gewohnt war. Nach einiger Zeit schlug ihr Herz wieder langsamer. Die Sonne wärmte ihr Gesicht, über ihnen rauschten die Blätter, aus der Ferne drangen Axtschläge und der Duft nach Holzfeuer herüber. Irgendwo kläffte ein Hund.

Als sie, nach langer Zeit, wie es schien, die Augen aufschlug, sah sie über sich Diegos Gesicht. Sein Lächeln war warm, ohne jeden Anflug von Spott. Er richtete sich auf.

«Ist es nicht schön hier? Wir liegen in der Abendsonne, und unten im Tal wird es bereits dunkel. Wenn ich nicht so einen Bärenhunger hätte, könnte ich die ganze Nacht hier liegen und mit dir die Jakobsstraße betrachten.»

Er half ihr auf, und ohne Eile machten sie sich an den Abstieg. Im Lager brannten schon die Feuerstellen, Mettel verteilte ihre Suppe, der erste Weinschlauch machte die Runde. Sie setzten sich neben Marusch und Sonntag.

«Sieh an», grunzte der Prinzipal mit vollem Mund. «Probiert ihr eure Nummer jetzt schon im Dunkeln?»

Diego nickte, und Marthe-Marie fragte: «Schläft Agnes schon?»

Marusch deutete zum Wagen ihrer Kinder. «Sie haben den ganzen Tag an der Kinzig getobt und waren danach wie erschlagen. Bis auf Antonia sind schon alle im Wagen. Für dich habe ich etwas», fuhr sie leiser fort. «Komm näher ans Licht.»

Im Feuerschein reichte sie Marthe-Marie ein Papier. «Das hat Leo in unserem Wagen gefunden.»

Marthe-Marie wusste sofort, wessen Handschrift das war. Hastig las sie die wenigen Worte:

Verehrter Leonhard, liebe Maruschka. Verzeiht mir, dass ich euch so Hals über Kopf verlassen habe, aber nach allem, was geschehen ist, konnte ich nicht länger bleiben. Die Papierrolle ist für Marthe-Marie. Habt Dank für alles, ich werde euch nicht vergessen. Jonas Marx.

«Und das hier lag daneben.» Sie gab Marthe-Marie die zusammengebundene Rolle und ging zurück zu den anderen.

Mit zitternden Fingern löste Marthe-Marie den Knoten und strich das Papier glatt. Das flackernde Licht des Feuers ließ die Buchstaben tanzen.

Liebe Marthe-Marie. Du denkst, ich habe dich betrogen und verraten, und doch habe ich nie etwas anderes gewollt als dich zu schützen. Mein Fehler mag gewesen sein, dass ich nicht von Anfang an ehrlich zu dir war. Vielleicht kannst du mir das eines Tages verzeihen. Dass deine Herkunft und das Haus, zu dem ich gehöre, auf so grausame Weise miteinander verbunden sind, liegt nicht in unserer Hand. Könnte ich das Schicksal bestimmen, wäre ich jetzt bei dir, als einfacher Gaukler, der Bälle durch die Luft wirbelt und abends mit dir am Feuer sitzt. Aber vielleicht hast du inzwischen deinen Vater ausfindig gemacht und damit eine Heimat gefunden. Auch wenn wir uns nie wieder sehen: Du bist für immer in meinem Herzen. Jonas.

14

Ich habe es gewusst. Eine verfluchte Zollstelle nach der anderen.»

Diego erhob sich vom Kutschbock und spähte am vorderen Wagen vorbei auf die schäbige Holzhütte. Einer der Zöllner kletterte in Sonntags Wagen, um das Innere zu inspizieren, der zweite schlenderte ohne Eile zu ihnen herüber.

Diesmal scheint Maruschs Lächeln nichts genutzt zu haben, dachte Marthe-Marie, als der Mann, ohne zu grüßen, an ihren Kutschbock trat.

«Führt Ihr Waren mit Euch?»

Diego antwortete nicht, sondern starrte auf das Stadtwappen, einen schwarzen Adler auf gelbem Grund, das an die Hütte genagelt war.

«Nein, wir gehören zu Leonhard Sonntags Compagnie», beeilte sich Marthe-Marie zu versichern.

«Name und Herkunft?»

«Agatha Müllerin aus Konstanz.»

«Auf welcher Gemarkung befinden wir uns? Ist das da vorne nicht Biberach?», fragte Diego ohne den spanischen Zungenschlag, den er sonst Fremden gegenüber einsetzte.

«Ihr betretet die freie Reichstadt Zell. Biberach gehört dazu», gab der Zöllner unwillig Auskunft. «Und jetzt Euren Namen.»

«Alfons Jenne aus Schwaben. Komödiant und Künstler.»

Marthe-Marie sah ihn verblüfft an. Ohne ein weiteres Wort kletterte der Zöllner in den Wagen. Sie hörten ihn über die Enge und Unordnung fluchen, die im Inneren herrschte.

«Und das hier wolltet Ihr nicht zufällig auf dem Markt verscherbeln?» Der Zöllner erschien mit einem Käfig in der Hand, in dem zwei von Diegos struppigen Zwerghühnern kauerten.

«Herr im Himmel, nein. Das sind Marthe-Marie und Diego. Sie können sprechen. Gern würde ich Euch ihre Kunst unter Beweis stellen, doch leider hat ein hartnäckiger Katarrh sie befallen.»

Angewidert ließ der Mann den Käfig auf den Kutschbock plumpsen und machte sich auf den Weg zum nächsten Wagen.

«Alfons Jenne! Du warst doch dein Lebtag nie in Andalusien, gib es zu.» Marthe-Marie hatte Diegos ewige Schwindeleien nun endgültig satt.

«Und ob, bei meiner schwäbischen Mutter.»

«Ach hör doch auf, du bist weder Spanier, noch heißt du Diego.»

Diego zuckte die Achseln. «Warte ab, wenn du noch zehn Jahre mit uns herumkutschierst, glaubst du am Ende selbst, dass du Agathe Müllerin heißt, so einfach geht das.»

In diesem Moment rief der Prinzipal ihn zu sich. Marthe-Marie beobachtete, wie die beiden gestikulierten, dann stampfte Sonntag mit dem Fuß auf und ging zu seinem Wagen zurück. Diego kam mit finsterem Blick zurück.

«Gab es wieder Streit?»

«Er wollte mit mir nach Zell reiten, um nach einer Konzession für den nächsten Jahrmarkt zu fragen, aber ich konnte ihn überzeugen, dass hier kein Geschäft zu machen ist. Wir fahren wie ausgemacht weiter nach Haslach.»

«Warum war er dann so aufgebracht?»

«Du kennst ihn doch. Sakrament, warum geht das hier denn nicht weiter?»

Wagen für Wagen, Karren für Karren wurden von den Zöllnern eingehend examiniert, und Diego wirkte zunehmend unruhig. Endlich, nach einer guten Stunde, erhielten sie die Erlaubnis zur Weiterfahrt. Als sie kurz darauf einer Gruppe alter Männer begegneten, von denen einer eine Mönchskutte trug, drückte Diego ihr hastig die Zügel in die Hand und zog sich trotz der Mittagswärme seinen Umhang bis über den Nacken.

«Nicht grüßen», zischte er ihr zu, doch es war zu spät.

«Gott zum Gruße.» Der weißbärtige Mönch, der die kleine Gruppe anführte, hob freundlich die Hand und trat näher. Dann erstarrte er.

«Ja aber – das ist doch – der Spanier aus Burgos.» Er griff nach Diegos Bein. «Sofort anhalten.»

«Lasst mich los.»

Marthe-Marie brachte das Pferd zum Stehen und zwängte sich zwischen Diego und den aufgebrachten Alten. «Was wollt Ihr von meinem Gatten?»

«Er hat uns vor Jahren fast umgebracht.»

«Genau, das ist der Halunke», rief ein anderer. «Bringen wir ihn nach Gengenbach ins Kloster und holen den Prior.» – «Ja, nach Gengenbach mit ihm.»

«Was soll das?» Leonhard Sonntag kam im Laufschritt heran

und drängte die Männer zur Seite. «Erklärt mir jetzt einer, was dieser Krawall zu bedeuten hat?»

Der alte Mönch trat vor.

«Dieser Mann da», er zeigte mit zitterndem Finger auf Diego, «hat uns vor fünf Jahren auf unserer Pilgerreise nach Sankt Jakob zu Compostel in einen Hinterhalt gelockt und von seinen Spießgesellen ausrauben lassen. An den Galgen gehört er.»

«Und Ihr seid ganz sicher, dass es dieser Mann war?», fragte Sonntag streng. «Seht ihn Euch genau an. Ihr wisst, was es vor Gott bedeutet, wider einen Unschuldigen falsches Zeugnis abzulegen.»

Diego sog die Lippen ein und schob den rechten Mundwinkel nach unten, sodass sein ganzes Gesicht in Schieflage geriet. Gleichzeitig fielen seine Augenlider schlaff herunter wie bei einem alten Hund.

«Na ja.» Der Alte wirkte verunsichert. «Ich weiß nicht», meinte der andere, «der Spanier damals sah schon um einiges jünger aus.»

Marthe-Marie warf einen verstohlenen Blick auf Diego. Tatsächlich wirkte er mit einem Mal wie ein Greis. Selbst sein Bart hatte weiße Einsprengsel, oder täuschte sie sich?

«Dann will ich Euch etwas sagen.» Der Prinzipal verschränkte die Arme. «Dieser Mann heißt Alfons Jenne, ist niemals über die Grenzen unseres Deutschen Reiches hinausgekommen und seit über zehn Jahren meine rechte Hand. Ich verstehe zwar Euren Zorn, wenn Alfons diesem Spitzbuben, von dem Ihr sprecht, wirklich so ähnelt, aber er ist's nun mal nicht. Ihr könntet Euch also wenigstens bei seiner Gattin entschuldigen. Ihr einen solchen Schrecken einzujagen!»

«Vater, Vater!» Schluchzend kletterte Maruschs Älteste zu Diego auf den Kutschbock. «Was wollen diese Männer von dir?»

Diego klopfte ihr beruhigend auf die Schulter. «Ist schon gut, mein Mädchen. Die frommen Brüder haben sich geirrt.»

«Ihr müsst schon verzeihen», murmelte der Alte. «Aber im ersten Moment hat uns wohl die Erinnerung einen Streich gespielt. Behüt Euch Gott.» Er gab den anderen einen Wink, und die Gruppe zog weiter.

«Behüt Euch Gott!» Diego versuchte ein mildes Lächeln auf seine verzerrten Lippen zu zaubern. Dann gab er der grinsenden Antonia einen Kuss auf die Stirn. «Du kleines Luder.»

Längst hatte sich die gesamte Truppe um den Wagen versammelt. Die meisten konnten sich ein Grinsen nicht verkneifen.

«Wenn jetzt einer Beifall klatscht», Sonntags Kopf war hochrot angelaufen, «bekommt er einen Tritt, den er nicht vergessen wird. Weiterfahren, auf der Stelle! Und wir beide», wandte er sich an Diego, «sprechen uns später. Deine Überraschungen stehen mir bis zum Hals.»

Marthe-Marie nahm die Zügel wieder auf. Der Schreck steckte ihr noch in den Knochen. Wenn dieser Mönch sich nicht hätte täuschen lassen, wäre Diego am Ende am Galgen gelandet.

«Am besten bleibst du im Wagen, bis wir aus dieser Gegend sind.»

«Du hast Recht.» Diego klopfte sich den Staub aus den Barthaaren und verkroch sich im Schutz der Plane. «Aber du musst gestehen: Wir beide geben ein wunderbares Ehepaar ab, oder?»

Marthe-Marie antwortete ihm nicht. Dieser Schmierenkomödiant. Aber überzeugend war der Auftritt wirklich gewesen.

«Marthe-Marie?» Er streckte den Kopf unter dem Verdeck hervor. «Du glaubst doch nicht etwa diese Räubergeschichte? Willst du die Wahrheit hören? Nein? Gut, dann erzähl ich sie dir trotzdem.»

«Sag mir lieber, wer du bist.»

«Ich bin Alfons Jenne, komme aus einer kleinen Stadt bei Stuttgart und habe mich, wie du ja längst weißt, vor vielen Jahren als Führer der Jakobspilger verdingt. Eine lohnende und angenehme

Beschäftigung, bis zu dieser dummen Geschichte mit den Pilgern aus Zell. Wir waren in der Nähe von Burgos, als dichter Nebel aufkam. Ich wollte die Gruppe in eine Pilgerherberge führen, die mir gut bekannt war, aber ich hatte die Orientierung verloren und kam stattdessen an eine verlassene Mühle. Gut, dachte ich mir, immerhin ein Dach über dem Kopf, und bereitete mein Lager wie gewohnt im Stall, beim Gepäck und den Maultieren, während die anderen in der Mühle übernachteten. Irgendwann in der Dunkelheit bekam ich einen Prügel über den Schädel gezogen, und als ich wieder zu mir kam, waren Gepäck und Maultiere verschwunden. Die Pilger waren außer sich, glaubten mir natürlich kein Wort, und so machte ich mich in einem unbeobachteten Moment aus dem Staub. Ich habe dann noch einige Monate bei *vaqueros* gearbeitet, aber nachdem mich ein Stier auf die Hörner genommen hatte, kehrte ich diesem Land endgültig den Rücken.»

«Deswegen wolltest du also nicht durchs Kinzigtal fahren.»

«Erraten.»

«Dann verstehe ich erst recht nicht, warum du dich überall als Don Diego aus Spanien ausgibst.»

«Das ist eine andere Geschichte. Vielleicht erzähle ich sie dir einmal.»

«Weißt du was? Ich will sie gar nicht hören.»

Diego schwieg eine ganze Zeit lang. Dann tippte er ihr auf die Schulter.

«Marthe-Marie, würdest du mich heiraten?»

«Nein!»

Ihr Ärger begann in Zorn umzuschlagen. Doch eine innere Stimme sagte ihr, dass sie, die inzwischen keinem Stand und keiner Familie mehr angehörte, wohl nirgendwo besser aufgehoben war als bei Diego und diesen Gauklern.

15

Er war ein Narr. Wie hatte er so einfältig sein können zu glauben, er könne sie vergessen. Aufgebracht zerriss er die Seiten im Tagebuch, die er gerade beschrieben hatte, und lief in seiner Kammer hin und her wie ein eingesperrtes Tier. Vor dem Spiegel über dem Waschtisch blieb er stehen. Sein Gesicht war bleich, unter den Augen lagen tiefe Schatten.

Seit Tagen hatte er keinen Schlaf mehr gefunden. Wütend schlug sich Jonas gegen die Stirn. «Hör endlich auf, an sie zu denken.»

Es war vergeblich. Er konnte seine Nase in die Bücher stecken, mit Magdalena am Kachelofen sitzen oder hinaus auf die Felder reiten: Immer schob sich Marthe-Maries Gesicht vor seine Augen. Ihre fein geschnittenen Züge im warmen Schein des Lagerfeuers, ihr atemloses, stolzes Lächeln nach dem Wettreiten, ihre verzweifelten Tränen, als sie ihm entgegenschleuderte, sie sei eine Hexentochter und wolle ihn nie wieder sehen. Warum nur hatte sie kein Vertrauen zu ihm? Und wenn sie die Tochter einer leibhaftigen Hexe war – was kümmerte ihn das?

Er musste mit Textor sprechen. Entschlossen zog er seine Weste über das Hemd, strich sich die Haare aus der Stirn und ging die Stiege hinunter zum Bücherkabinett, wo der Alte die Nachmittagsstunden zu verbringen pflegte.

Er klopfte an die Tür und wartete, bis der Hausherr ihn hereinrief.

«Jonas! Komm und setz dich zu mir.» Textor deutete auf die Bank neben sich. «Du siehst blass aus. Ist dir nicht wohl? Du solltest dich ein wenig schonen, nach allem, was du in letzter Zeit erlebt hast.» Er sah Jonas prüfend an. «Oder hattest du Streit mit Magdalena?»

«Nein, das ist es nicht.» Jonas spürte, wie ihn der Mut verließ.

«Nur zu, du hast doch etwas auf dem Herzen.»

«Nun ja, es gibt da etwas, das ich wissen muss. Bitte, glaubt nicht, dass es mir an Respekt vor Euch mangelt, ich weiß, wie viel Euch Anstand und Gerechtigkeit bedeuten.» Er holte tief Luft. «Aber ich muss es wissen: Was hattet Ihr mit dem Tod von Catharina Stadellmenin zu tun?»

Textor sah verwundert auf.

«Mit wem hast du darüber gesprochen?»

«Mit Marthe-Marie Mangoltin. Ich weiß nun, dass sie die Tochter der Stadellmenin ist. Sie hat mir beim Abschied gesagt, Ihr hättet zusammen mit einem gewissen Hartmann Siferlin ihre Mutter auf den Scheiterhaufen gebracht.»

«Und du glaubst ihr das?»

«Um offen zu sein: Ich weiß überhaupt nicht mehr, was ich glauben soll.»

«Warum ist dir die Mangoltin so wichtig?»

«Weil – weil sie ein wunderbarer Mensch ist. Sie ist klug, dabei warmherzig und eine fürsorgliche Mutter. Sie lebt ohne Schuld und wird doch gejagt und verfolgt wie eine Verbrecherin. Völlig verzweifelt ist sie und bezeichnet sich nun selbst schon als Hexentochter. War ihre Mutter denn wirklich eine Hexe? Habt Ihr sie deshalb zum Tode verurteilt?»

Jonas sah, wie Textors Gesicht sich vor Enttäuschung schmerzlich verzog.

«Eigentlich solltest du mich besser kennen, mein Junge. Aber gut, ich will dir darlegen, wie die Dinge wirklich waren.» Er räusperte sich. «Wie jeder vernünftige Mensch weiß ich um die Verführbarkeit des Menschen durch das Böse und erachte deshalb drakonische Strafen bei Schadenszauber und Schwarzmagie für unerlässlich. Doch was solche Geschichten wie Teufelsbuhlschaft und nächtliche Sabbate betrifft, halte ich es inzwischen mit denjenigen Gelehrten, die das kritisch sehen: Wer allen Ernstes glaubt, nächtens mit dem gesalbten Stecken auszufahren oder sich mit dem Teufel zu vermählen und mit solchen Hirngespinsten auch noch seine Mitmenschen in den Strudel der Verfolgungen zieht, ist nichts anderes als in der Seele krank und sollte auch als Kranker behandelt werden. Schon vor vierzig Jahren hat Johann Weyer, immerhin ein berühmter Hofarzt, die Hexenverbrennungen als Blutbad der Unschuldigen bezeichnet und Phänomene wie Buhlschaft und Teufelspakt als reine Phantastereien.»

«Aber die Stadellmenin und die anderen Frauen haben doch alles zugegeben!»

«Nach wiederholter Tortur, Jonas. Beurteile selbst: Welchen Wert hat ein Geständnis, wenn die Beschuldigte vor Schmerzen halb irrsinnig ist? Sagt ein Mensch die Wahrheit, wenn man ihm die Arme aus den Gelenken reißt, oder sagt er nicht vielmehr alles, was seine Richter hören wollen? Die peinliche Befragung ist eine Aufforderung, sich jedweder Delikte schuldig zu bekennen, nur um den Qualen ein Ende zu bereiten. Catharina Stadellmenin mag so viel oder so wenig Schuld auf sich geladen haben wie du und ich – eine Hexe war sie niemals. So viel zu diesem Punkt. Und nun zu deiner anderen Frage.» Textor wirkte mit einem Mal sehr erschöpft. «Ich habe niemanden verurteilt. Der Magistrat hatte mich damals zum leitenden Commissarius ernannt, eine Aufgabe, die anzunehmen ich verpflichtet war. Zwölf Frauen wurden damals wegen Hexerei zum Tode verurteilt, darunter die Stadellmenin, die ich über ihren Mann recht gut kannte. Die meisten dieser Frauen waren Witwen ehrbarer Bürger oder Ratsherren gewesen, hatten sich also weder als Kräuterweiber oder Zauberinnen hervorgetan. Zwei elend lange Monate war ich gezwungen gewesen, mich mit dem Tatbestand der Hexerei zu beschäftigen, mit den Theorien der Rechtsgelehrten und Geistlichen, mit der Frage nach der Rechtfertigung von Folter. Am Ende bin ich zu meiner heutigen Überzeugung gelangt. Ich habe wirklich versucht, den Rat der Vierundzwanzig mit meinen Argumenten zu überzeugen, habe mehrere Gutachten seitens der Freiburger Juristenfakultät eingeholt. Meine ganze Hoffnung setzte ich auf Johann Heinrich Tucher, der bereits Jahre zuvor ausführlich begründet hatte, dass nur die Aussagen ehrbarer Zeugen für die Verhängung von Haft und Tortur, nicht aber Gerüchte oder Besagungen neidischer Mitmenschen ausreichen. Aber damals hatten schon die Doctores Metzger und Martini das Sagen, die die peinliche Befragung eifrig rechtfertigten. Ich erspare dir die juristischen Spitzfindigkeiten. Kurzum – es war alles vergeblich. Mir blieb nur, mich von meinem Amt als Commissarius entbinden zu lassen. Verhindern konnte ich das Urteil nicht, auch wenn ich ganz am Ende noch überraschend Unterstützung von ganz unerwarteter Seite erhielt, nämlich von Stadtpfarrer Armbruster, der beim Magistrat intervenierte. Auch er meinte, die wiederholte Folter handle wider das geschriebene Recht, und die Frauen hätten nur aus Furcht vor erneuten Qualen ihre Taten gestanden. Alles vergebens, aber immerhin bewirkte er, dass die armen Seelen vor der Hinrichtung die heilige Kommunion empfingen und dass ich die Stadellmenin in ihren letzten Tagen aufsuchen durfte, um ihre Geschichte aufzuschreiben. Als Dokument für die juristische Fakultät, sozusagen.«

Textor schwieg eine Weile und sprach dann mit kaum hörbarer Stimme weiter. «Das waren die schrecklichsten Tage meines Lebens. Vom ersten Sonnenstrahl bis Einbruch der Dunkelheit saß ich bei ihr im Turm. Sie war nur noch ein Wrack, ein Schatten ihrer selbst. Und wenn ich bis dahin noch Zweifel gehabt haben mochte, so wusste ich spätestens in diesen Tagen, dass Catharina Stadellmenin nichts als ein Opfer verlogener und bösartigster Anschuldigungen war.»

Der Blick des alten Mannes war in die Ferne gerichtet, seine Mundwinkel zitterten.

«Und warum habt Ihr alles aufgeschrieben, wo das Urteil doch feststand?», fragte Jonas leise.

«Um der Hoffnung willen, solches Unrecht in Zukunft verhindern zu können. Zunächst schien es auch, als ob sich eine Wende anbahnen würde. Meine Aufzeichnungen wurden von der Fakultät angenommen, die Verfolgungen hörten auf, und als ich schließlich ausgerechnet den Hauptzeugen, jenen Hartmann Siferlin, des fortgesetzten Betrugs an der Stadt Freiburg und damit seines schändlichen und gottlosen Charakters überführen konnte, begannen sogar einige der damaligen Richter an der Rechtmäßigkeit des Urteils zu zweifeln. Doch heute, nur vier Jahre später, entflammt dieser schändliche Wahn erneut, nicht nur in den Gassen, auch in den Köpfen der Obrigkeit. Es wird immer schlimmer. Ich habe erfahren, dass im Magistrat über eine Fanggebühr debattiert wird. Zwei Schillinge für jede gemeldete Hexe, alles nach dem Grundsatz: Lieber hundert Unschuldige brennen als einen Schuldigen entwischen lassen.»

Er sah Jonas an. «So sieht es aus, Jonas. Nun kannst du selbst entscheiden, wie viel Schuld ich am Schicksal dieser Frau trage.»

Jonas schüttelte den Kopf. «Ihr habt alles getan, was in Eurer Macht stand. Jetzt verstehe ich auch, warum Ihr Marthe-Marie schützen wolltet. Und ich bin Euch sehr dankbar dafür.»

«Ja, sie war in großer Gefahr. Längst werden in manchen Gegenden Menschen gefangen gesetzt, nur weil sie Kinder oder Gatten vermeintlicher Hexen sind. Im Erzstift Mainz und in Lothringen hat man halbe Familien ausgerottet. Vielleicht kannst du dir also meinen Schrecken vorstellen, als die Mangoltin plötzlich hier in Freiburg auftauchte. Zunächst vermochte ich mich damit zu beruhigen, dass außer mir und diesem Erzschelm Siferlin niemand wissen konnte, dass Catharina Stadellmenin eine Tochter hatte. Doch dann tauchte dieser Unbekannte auf, um die vermeintliche Hexentochter zu töten. Gütiger Gott im Himmel, im ersten Moment hatte ich ernsthaft gedacht, Siferlin sei von den Toten auferstanden.»

«Marthe-Marie glaubt, Siferlin sei niemals hingerichtet worden.»

«Das ist Unsinn. Ich selbst war Zeuge, wie der Henker ihn aufs Rad geflochten hat. Wie dem auch sei, wir beide haben alles getan, um sie außer Gefahr zu bringen. Wer dieser teuflische Unbekannte war, werden wir wohl nie erfahren, aber dank deines beherzten Eingreifens ist er jetzt tot. Das sollte dir genügen, mein Sohn. Und du solltest die Mangoltin vergessen.»

Er sah ihn ernst an, aber dann wurde sein Blick milder.

«Übrigens habe ich eine freudige Nachricht für dich: Du kannst nach den Sommerferien als Schulmeister in der Lateinschule anfangen.»

16

Marthe-Marie atmete auf. Bislang war alles gut gegangen bei ihrem ersten Auftritt. Zwar war bei dem Kunststück mit den Eierbechern Diego das Küken entwischt und auf Nimmerwiedersehen in der Zuschauermenge verschwunden, und einmal hatte sie sich in der ersten Aufregung heftig verrechnet, doch bis auf Diego schien das niemand bemerkt zu haben. Jetzt allerdings stand der entscheidende Moment bevor: die Verwandlung. Hier musste jeder Handgriff sitzen, alle Beteiligten mussten sich blitzschnell aufeinander abstimmen.

Ihr Herz klopfte schneller, als Diego dem Publikum verkündete, nun folge eine Sensation, die ihm erst nach jahrelanger Lehrzeit bei den berühmtesten Meistern der weißen Magie gelungen sei: die Verwandlung des Rechenkünstlers Doctor Adam Ries in eine Frau. Sie warf einen verstohlenen Blick auf Quirin, der unterhalb der Bühne mit seinen Körnchen und Pülverchen in einem Bretterverschlag kauerte. Zähneknirschend hatte er eingewilligt, mit seinen Feuerkünsten zu der Verwandlung beizutragen, und auch jetzt war ihm der Unmut über diese Handlangertätigkeit deutlich anzusehen.

Die Zuschauer sperrten Mund und Augen auf, als Diego vor den Rechenkünstler trat, mit beiden Armen seinen Umhang hochriss und im selben Moment zischend eine dichte Rauchwolke aufstieg. Nur wenige Augenblicke später verzog sich der Qualm, Diego trat mit ergeben gesenktem Kopf zur Seite, und auf der Bühne stand eine wunderschöne Frau in engem dunkelblauen Seidengewand, mit roten Lippen und strahlenden Augen.

Marthe-Marie nahm den aufbrandenden Applaus und die Begeisterungsrufe mit gemischten Gefühlen entgegen. Natürlich war sie stolz darauf, dass sie die gewaltige Hürde ihres Auftritts mit Bravour gemeistert hatte und damit nun wohl endgültig zu Sonntags Truppe gehörte. Aber sie musste doch gegen die Empfindung ankämpfen, etwas Unehrenhaftes zu tun. Was Jonas wohl denken würde, wenn er sie hier oben auf der Bühne sehen könnte? Sie hatte diesen Menschen, die hier vor dem Haslacher Rathaus standen, etwas vorgegaukelt, hatte bloßen Schein für Wirklichkeit ausgegeben, um den Menschen Geld aus der Börse zu ziehen. Ihr fiel das Gespräch ein, das sie vor einigen Tagen mit Diego geführt hatte. Auf ihre Frage, warum die Spielleute eigentlich zum Stand der Unehrlichen gehörten, hatte er ihr erklärt: «Es gibt mehrere Antworten. Ein Ratsherr oder Pfaffe würde dir sagen, dass wir Gaukler uns für Geld zu Eigen geben, uns also selbst verkaufen wie jeder gemeine unfreie Knecht. Eine Dienstmagd hingegen würde schimpfen, dass wir klauen wie die Raben und weder Sitte noch Anstand kennen. Der wahre Grund aber ist, dass wir, wie die Schäfer oder Henker und Abdecker, vom städtischen Wehr- und Wachdienst befreit sind. Du kennst ja den Spruch: ‹Schäfer, Spielleut und Schinder sind Geschwisterkinder.› Und bei den Deutschen ist halt alles unehrlich, was nicht im Heer- oder Bürgerbann mitkämpft.»

Obwohl der Beifall nicht enden wollte, zog sich Marthe-Marie irgendwann mit huldvollem Gruß hinter den Vorhang zurück, wo ihre Freundin mit Doktorhut und Talar im Arm auf sie wartete. Neben ihr stand Sonntag mit undurchdringlicher Miene.

«Du warst großartig.» Marusch ließ die Kleidungsstücke einfach auf den Boden fallen und umarmte Marthe-Marie, dass ihr die Luft wegblieb. «Als ob du dein Leben lang nichts anderes getan hättest, als auf der Bühne zu stehen. Das müssen wir feiern.»

«Ich weiß nicht recht – mir ist, als wäre ich gar nicht mehr Marthe-Marie.»

«Daran wirst du dich gewöhnen.» Diego strahlte über das ganze Gesicht. Er war bereits umgezogen für seinen Auftritt als heimlicher Liebhaber. «Rechenmeisterin, ich liebe dich!»

Sonntag hatte die ganze Zeit über keine Regung gezeigt. Jetzt murmelte er: «Na denn, meinetwegen behalten wir euren Auftritt im Programm.»

Diego drückte ihr einen Kuss auf die Wange. «Siehst du, selbst unser Prinzipal kann sich vor Begeisterung kaum halten. Wie der Schwabe sagt: Net g'schimpft isch gelobt genug.»

Marusch nahm sie beim Arm.

«Komm, zieh dich schnell um, und dann gehen wir zurück ins Lager. Der Rest der Vorstellung wird auch ohne uns über die Bühne gehen.»

Als sie die Wiese am Mühlenbach erreichten, hatten Mettel und Antonia bereits die Feuerstellen für den Abend vorbereitet.

«Na, Frau Doctor, habt Ihr fleißig gerechnet?»

«Ach Mettel, mir brummt der Kopf. Wie angenehm war da doch die Arbeit mit dir.»

«Wem sagst du das? Ohne deine Hilfe muss ich mich wieder plagen wie ein Häftling im Raspelhaus.»

«Dann trink erst mal einen Krug Bier mit uns.»

Die Frauen genossen die Ruhe im Lager, denn auch die Kinder waren in der Stadt. Marthe-Marie spürte, wie nach und nach alle Anspannung von ihr abfiel.

Marusch schenkte ihr ein. «Der Einfall mit der Schweinehaut war fabelhaft. Niemals hättest du sonst so schnell dein Altmännergesicht in das einer Frau verwandeln können. Und deine Stimme klingt darunter ganz fremdartig.»

«Aber das Gefühl, diese Schweinehaut auf dem eigenen Gesicht kleben zu haben, ist wirklich widerlich. Und es stinkt wie beim Abdecker.» Zwischenzeitlich hatte sie den Einfall sehr bereut, Bart und Augenbrauen auf eine gebleichte Schweinehaut zu kleben, die sie wie eine Maske über das Gesicht spannen und blitzschnell herunterreißen konnte.

«Wenn ich nur daran denke, dass ich dieses ekelhafte Ding jetzt zehn Tage lang jeden Nachmittag aufsetzen muss.»

«Denk lieber an die vielen Münzen, die uns in den Beutel fallen. Haslach ist eine reiche Stadt, hier holen sie das Silber in Mengen aus den Bergen. Und glaub nur nicht, dass du danach wieder Mettel zur Hand gehen darfst. Diese Zeiten sind vorbei.»

«Ich hoffe, du wirst es nicht halten wie unser Maestro Ballini und uns bei der erstbesten Gelegenheit verlassen.» Marusch sah ihre Freundin aufmerksam an.

«Wohin soll ich schon gehen?», antwortete Marthe-Maria und grinste schief.

Sie fuhr wieder bei Marusch mit, denn nun, wo ihr der Auftritt als Rechenmeister mit jedem Male überzeugender gelang, sah sie keinen Anlass mehr, weiterhin tagsüber neben Diego auf dem Kutschbock zu sitzen. Er hatte darüber nur die Achseln gezuckt, und einmal mehr hatte sich Marthe-Marie gefragt, was an seinen Aufmerksamkeiten ihr gegenüber überhaupt ernst gemeint war.

«Das ist nicht die Antwort auf meine Frage.» Marusch spielte an ihrem goldenen Ohrring. «Gehörst du nun zu uns, oder bist du immer noch auf der Suche nach einer Familie, nach deinem Vater vielleicht?»

«Ich habe keine andere Familie als euch. Es ist fast so, als würde ich seit Jahr und Tag mit euch von einem Ort zum anderen ziehen. Und was meinen Vater betrifft: Das wäre die Suche nach der Nadel im Heuhaufen. Die einzige Spur, die es gab, hat sich im Nichts verloren.» Marthe-Marie schloss die Augen und hielt ihr Gesicht in die Sonne. «Eigentlich führt ihr Spielleute, und wenn ihr zehnmal zu den Unehrlichen gehört, ein gutes Leben. Ihr haltet zusammen, müsst nicht am Hungertuch nagen und seid frei. Ihr lebt besser als die Tagelöhner in den Städten. Ich hatte mir dieses Leben härter vorgestellt.»

«Es ist ein Auf und Ab. Und vergiss nicht: Wir sind nicht frei, sondern vogelfrei. Nicht anders als die Zigeuner. Wir haben keine Rechte, und wenn irgendwo ein Sack gebraucht wird, auf den man dreschen kann, dann wird uns diese Ehre zuteil. Seitdem du bei uns bist, haben wir viel Glück gehabt und gutes Geld eingenommen. Aber falls du dich entscheiden solltest, bei uns zu bleiben, wirst du auch schlimme Zeiten erleben. Allein der Winter. Ich würde es dir niemals übel nehmen, wenn du uns im Winter wieder verlässt.»

«Warum sollte ich das tun?»

«Du wirst frieren und hungern, Husten und Fieber werden dich quälen, du wirst tagelang in der Enge des Wagens hocken müssen, weil es nicht aufhört zu regnen oder zu stürmen.»

Marthe-Marie lachte. «Wie kannst du an so einem Tag an den Winter denken! Sieh dir doch die Schwalben an, da oben im blauen Himmel. Oder die Wiesen: Blumen und Schmetterlinge überall. Wer will da schon an Frost und Kälte denken.»

«Ja, wer will das schon», gab Marusch nachdenklich zurück. «Geht dir Jonas manchmal noch durch den Kopf?»

«Nein. Wie kommst du darauf?»

«Nur so. Du hast die letzten Nächte im Schlaf seinen Namen genannt.»

Marthe-Marie begann mechanisch am Saum ihres Ärmels zu zupfen.

«Hab ich das?» Sie verschwieg, dass sie nicht nur im Schlaf an ihn dachte und dass sie seine Nachricht immer bei sich trug.

Marusch nickte. «Wie ich dich und Jonas an dem Schreckensmorgen damals am Flussufer sitzen sah, wie er dich da fest umschlungen hielt und du deinen Kopf an seine Schulter lehntest, da hab ich gedacht, dass ihr beiden zusammengehört.»

«Was redest du da? Jonas Marx ist der künftige Schwiegersohn dieses ach so verdienstvollen Gelehrten.»

«Aber er ist doch noch gar nicht verheiratet mit dieser Magdalena. Trägst du ihm seine Verbindung zum Haus Textor nach? Hat Jonas, bevor er dir hinterher geschickt wurde, irgendetwas über dich oder deine Mutter gewusst? Natürlich nicht! Völlig ahnungslos ist er auf dich getroffen, und du wirfst ihm jetzt Dinge vor, auf die er niemals Einfluss gehabt hat.»

Marthe-Marie starrte auf den Pferderücken vor ihr. Warum musste ihr Marusch mit ihrer Fragerei so die Laune verderben?

«Wir kannten uns kaum.»

«Wie auch. So heftig, wie du ihn abgewiesen hast, blieb ihm ja nichts anderes übrig als der Rückzug. Obwohl – ich an seiner Stelle hätte nicht so schnell die Flinte ins Korn geworfen. Er mochte dich sehr, das hat jeder erkannt außer dir. Und ihr hättet gut zusammengepasst.»

«Er ist zu jung für mich.» Sie biss sich auf die Lippen. «Was hältst du übrigens davon: Diego hat mich vor kurzem gefragt, ob ich ihn heiraten möchte.»

«Dann tu das. Der meint es genauso ernst.»

«Der meint nie etwas ernst.»

«Du kennst ihn nicht. Also kannst du auch nicht unterscheiden, was er ernst meint und was nicht.»

«Na, dann schätz dich glücklich, dass wenigstens du es weißt. Als ob es nichts Wichtigeres auf der Welt gäbe.» Beleidigt verschränkte Marthe-Marie die Arme und rückte von Marusch ab, so weit es ging. Beiderseits des Tales erhoben sich zwei mächtige Bergmassive, talaufwärts lagen verstreute Höfe und eine kleine Stadt im Schutz einer mächtigen Burg. Über einer Herde Schwarzwälder Füchse mit langen blonden Mähnen und Schweifen zog ein Wanderfalke seine Kreise. Wie belehrend Marusch sein kann, dachte Marthe-Marie, sie führt sich manchmal auf wie eine alte Gevatterin.

Sie hörte, wie Marusch leise vor sich hin summte. Als sie sich ihr zuwandte, brach sie wider Willen in Lachen aus. Ihre Freundin hatte sich eine Hanswurstmaske mit riesiger roter Nase aufgesetzt.

«Um Himmels willen, wie siehst du denn aus?»

«Mein Narrengesicht. Das setze ich auf, wenn ich gegen eine Maruschkasche Regel verstoßen habe, deren wichtigste lautet: Streite nie mit einer Freundin über Fliegenschiss.»

Eine Lumpensammlerin mit Handkarren und prall gefülltem Korb auf dem Rücken kam ihnen entgegen. Was sie am Leib trug, sah noch elender aus als die Lumpenfracht, die sie mit sich schleppte. Als die Alte die maskierte Gestalt auf dem Kutschbock erblickte, schrak sie zusammen. Rasch senkte sie den Kopf und wollte an ihnen vorübereilen, doch Marthe-Marie hielt sie auf.

«Wartet, gute Frau. Ist die Stadt dort vorn bereits Wolfach?»

«Nein, Hausach.» Die Lumpensammlerin hustete bellend, dann zog sie laut hörbar Schleim im Hals hoch und spuckte in hohem Bogen aus. Ihre Hände und Unterarme waren von der Krätze gezeichnet. «An Eurer Stelle würde ich einen großen Bogen um Hausach machen. Leute wie Ihr sind dort nicht gern gesehen.»

«Wie meint Ihr das?»

«So wie ich es sage.»

Marusch nahm die Maske ab, und die Frau blickte ein wenig freundlicher.

«Will sagen, hier mag man keine Fremden.» Sie spuckte erneut aus. «Zu oft sind wir gebrandschatzt und geplündert worden, und wenn hier im Tal eine Seuche ausbricht, dann jedes Mal zuerst bei uns.»

«Aber die fürstenbergischen Städte sind doch reich?», wandte Marusch ein.

«Die Geldsäcke sitzen in Haslach und Wolfach. Hausach ist das Armenspital. Habt Ihr Lumpen übrig? Für die Papiermühlen?»

Marusch schüttelte den Kopf. «Leider nein.»

«Schade. Ach ja, noch etwas.» Sie wies auf ein steinernes Haus von respektabler Größe, das allein auf einer Brachfläche neben der Straße stand und merkwürdig verlassen wirkte. «Dort wohnt Meister Hämmerlin, der für die fürstenbergischen Lande seine blutigen Dienste verrichtet. Meidet also den Schatten des Hauses.» Sie bekreuzigte sich flüchtig, dann grinste sie. «Ich hätte übrigens Henkerstricke zu verkaufen, nur zwei Pfennige die Faser. Ihr wisst ja, eine davon im Beutel, und das Geld geht Euch niemals aus. Und schützt obendrein vor Ungeziefer.»

«Wenn das so ist», sagte Marusch lachend, «dann gebt schnell zwei Fasern her.»

Sie tauschten Ware und Geld, dann verabschiedete sich die Frau mit einem freundlichen «So behüte euch Gott».

«Desgleichen», gab Marusch zurück. Und leiser zu Marthe-Marie, die erschreckt auf das Anwesen vor ihnen starrte: «Was braucht ein Henker in dieser ärmlichen Stadt so ein prachtvolles Haus. Pfui!»

Sie stieß in ihr Horn und brachte den Tross zum Stehen. «Diese Nachricht wird Leo nicht gefallen. Morgen ist Pfingsten, und nach Flurumzug und Gottesdienst finden überall hier in der Gegend große Feste statt, mit Tanz, Wettlauf und Pfingstochsen. Wenn wenigstens unsere Musikanten aufspielen dürften.»

Sie sprang vom Wagen, um sich mit Sonntag zu besprechen, der wieder, wie es dem Rang eines Prinzipals gebührte, an der Spitze des Zuges fuhr. Kurz darauf kehrte sie zurück.

«Diego wird trotzdem in die Stadt reiten und um Spielerlaubnis bitten. Er lässt fragen, ob du ihn begleiten willst.»

«Nein.»

«Gut. Dann lass uns in der Nähe einen Lagerplatz suchen, die Sonne steht schon tief.»

Am Pfingstmorgen machten sie sich auf den Weg zur Pfarrkirche, die sich, wie es im Kinzigtal üblich war, etwas abseits der Stadt befand und für Dorf- und Stadtbewohner gleichermaßen offen stand. Da Diego, ganz wie es die Lumpenfrau prophezeit hatte, keine Lizenz hatte erwirken können, trieb nichts sie zur Eile. Der Tag stand ihnen für Müßiggang und Ablenkung offen.

Die Kirche war sehr alt und wirkte, wie alle Bauten hier, wenig gepflegt. Das Relief der Kreuzigungsgruppe über der kleinen Eingangstür war an vielen Stellen abgeschlagen, der Putz bröckelte in dicken Placken von den Mauern. Doch der Vorplatz war mit bunten Blumen und Maienzweigen liebevoll geschmückt, und die Bürger hatten sich festlich herausgeputzt.

«Sieh mal», sagte Marthe-Marie zu Diego, der neben ihr stand. «Diese riesigen perlenverzierten Kugeln, die die Frauen hier auf dem Kopf tragen. Wunderschön, wie wertvolle Kronen.»

«Und sieh mal, die vielen Bettler auf dem Kirchhof», gab er ungerührt zurück. «Nicht einen Kreuzer haben sie in ihren Bechern. Wenn ich die Blicke dieser ehrwürdigen Kirchgänger sehe, wundert mich nicht, dass man uns den Einlass in die Stadt verwehrt. Am liebsten würden sie uns wohl auch den Zutritt zur Kirche versperren.»

Sie musste ihm Recht geben. Die Menschen um sie herum starrten argwöhnisch herüber, einige begannen zu tuscheln. Sie war froh, als die Kirchenglocke zum Gottesdienst rief.

Das Gestühl vor dem Altar war bis auf den letzten Platz besetzt, dahinter herrschte dichtes Gedränge. Sonntag und seine Leute stellten sich nach hinten unter die Empore. Marthe-Marie versuchte sich zu erinnern, wann sie das letzte Mal das Fest des Heiligen Geistes in einer Kirche gefeiert hatte, denn was nun folgte, erschien ihr höchst fremdartig. Aus dem Deckengewölbe fielen plötzlich glimmendes Werg und glühender Flachs herab, Kinder weinten, einige Frauen kreischten auf, als die Glut auf ihre Kleider schwebte, doch im nächsten Moment schon wurde von der Kanzel herab Wasser versprüht, was das Geschrei nur noch lauter machte.

«Der Heilige Geist komme über uns», murmelte Diego spöttisch und zertrat ein qualmendes Strohbüschel. «Offenbar sind wir hier nicht die einzigen Gaukler.» Da hob mit donnernder Stimme der Pfarrer zu predigen an, während von der Decke eine hölzerne Taube herabschwebte. Aus dem Augenwinkel nahm Marthe-Marie wahr, wie sich zwei zerlumpte Bettler hereinschlichen und die Kirchgänger um Almosen baten. Der Mann humpelte auf einem Holzbein durch die Menschenmenge, die Frau schob ihren dicken Bauch als sichtbares Zeichen ihrer baldigen Niederkunft vor sich her. Nur wenige Augenblicke später stellte sich ihnen der Kirchendiener in den Weg und versuchte, sie gewaltsam aus dem Gotteshaus zu drängen. Als sich die Frau wehrte, schlug er ihr mehrmals hart gegen die Schulter, dann geschah das Ungeheuerliche: Die Frau schlug mit geballter Faust zurück. Es kam zu einem Tumult, an dem sich etliche Kirchgänger beteiligten. Die Worte des Pfarrers waren kaum noch zu verstehen, heftige Schläge wurden ausgeteilt. Dann sah Marthe-Marie mittendrin Marusch, die sich schützend vor die schwangere Frau stellte. Aber der Kirchendiener stieß sie zur Seite und zerrte die Bettlerin an den Haaren, ihren Kumpan am Hosenbund zum Kirchenportal hinaus.

Marthe-Marie eilte hinterher, hinaus auf den Kirchplatz.

«Ihr verlaustes Hudelvolk!», brüllte der Kirchendiener gerade. «In den Turm werde ich euch stecken, ehe ihr überhaupt Amen sagen könnt.» Er versetzte der Schwangeren einen Tritt. In diesem Moment konnte sich der Bettler mit dem Holzbein losreißen und rannte erstaunlich flink zwischen den Grabstätten davon. Die Frau kauerte auf dem Boden und hielt sich stöhnend den Leib.

«Lasst sofort die Frau in Ruhe. Seht Ihr nicht, dass sie ein Kind erwartet?» Maruschs Augen blitzten vor Zorn. «Ihr solltet Euch schämen, im Hause des Herrn eine Schwangere zu prügeln.»

«Geht das Euch was an? Verschwindet.»

«Nur zusammen mit dieser Frau. Niemand wird sie in den Turm stecken.»

Inzwischen hatten sich auch die anderen Gaukler vor die Bettlerin gestellt. Der Kirchendiener blickte von einem zum anderen, stieß einen Fluch aus und schlurfte zurück in die Kirche.

«Wie heißt du?» Marusch half der Frau auf die Beine. Jetzt erst erkannte Marthe-Marie, dass sie noch sehr jung war.

«Apollonia.»

«Und wo sind deine Freunde?»

Von den Bettlern war kein einziger mehr zu sehen.

«Freunde? Feige Hosenscheißer sind das.»

«Sollen wir dich irgendwohin begleiten?»

«Nein, ich komme schon zurecht.» Die Bettlerin sprach in dem kehligen Dialekt der Ortenauer und war kaum zu verstehen. Haare und Gesicht starrten vor Dreck, ihre Stirn war blutverkrustet. Und sie stank erbärmlich. Mit zusammengepressten Lippen wandte sie sich ab und schwankte los, doch Marusch hielt sie am Arm fest.

«Warte. Wir sind Fahrende und haben unser Lager noch bis morgen hier am Ort. Gleich bei St. Sixt. Du kannst mit uns kommen.»

«Weiß nicht.» Die Frau schüttelte Maruschs Arm ab und ging davon.

Marthe-Marie sah ihr nach.

«Ist das dein Ernst? Du willst dieses Weib mitnehmen?»

«Warum nicht? Ich habe den Eindruck, dass sie noch nicht lange bei den Bettlern ist und ziemlich allein in der Welt steht. Sie könnte Mettel zur Hand gehen.»

Marthe-Marie spürte Unbehagen und Widerwillen in sich aufsteigen. In den Augen der Stadtbürger, ja selbst der Dorfbewohner mochten die Fahrenden ein zweifelhaftes Volk sein, doch jeder von ihnen, das war ihr längst deutlich geworden, verrichtete seine Aufgaben und seine Arbeit, ohne jemandem ein Leid zu tun. Was hatte da diese verwahrloste Bettlerin bei ihnen zu suchen?

«Jetzt schau mich nicht so entsetzt an», sagte Marusch. «Hast du vergessen, wie viele von uns früher vom Betteln gelebt haben? Entweder fügt sie sich unseren Regeln, oder sie muss wieder gehen. Falls sie sich überhaupt blicken lässt.»

Am späten Nachmittag tauchte die Bettlerin tatsächlich wieder auf. Wenigstens das Gesicht hätte sie sich waschen können, dachte Marthe-Marie, als Apollonia den Hügel zu ihrem Lager heruntergetrottet kam. Dann stutzte sie: Die Frau war so wenig guter Hoffnung wie sie selbst.

«Sie hat uns alle zum Narren gehalten. Sie erwartet gar kein Kind.»

Marusch lachte.

«Wenn sie jemanden zum Narren gehalten hat, dann die Kirchgänger. Ich habe auf den ersten Blick gesehen, dass die Schwangerschaft nur vorgetäuscht war.» Sie winkte Apollonia heran.

«Hast du es dir überlegt?»

Apollonia nickte. Jetzt erst sah Marthe-Marie, wie mager sie trotz ihres runden Gesichts war, und wie jung. Sie mochte kaum älter sein als Isabell.

«Gut.» Marusch zeigte auf Mettel. «Das ist Mettel, die Köchin. Ihr wirst du zur Hand gehen. Schlafen kannst du unter der Plane neben unserem Wagen, ich gebe dir später noch eine Decke.»

Beim Abendessen setzte sich Apollonia abseits der Gruppe.

«Besonders gesellig scheint unsere neue Freundin nicht zu sein», meinte Diego zu Marthe-Marie. «Mit ihr wird es wohl eng auf eurem Wagen; du könntest eigentlich wieder bei mir mitfahren.»

«Maruschs Gesellschaft ist mir lieber. Da bin ich vor Überraschungen sicher.»

«Du bist ganz schön nachtragend, weißt du das?»

«Nein. Ich weiß nur gern, woran ich bin.»

Er sah sie an und nahm, ohne Scheu vor den anderen, ihre Hand. «Wir beide», flüsterte er ihr ins Ohr, «gehören zusammen. Vielleicht bin ich in deinen Augen ein Narr und ein Tunichtgut, aber es ist mir ernst, und ich möchte, dass du mir das glaubst.»

Dann stand er auf und ging zu seinem Wagen.

Am nächsten Morgen war Apollonia verschwunden, und mit ihr ein prall gefüllter Münzbeutel aus Maruschs Kiste.

Die Tage wurden spürbar wärmer und die Abende länger. In Wolfach hatte die Truppe ein einträgliches Geschäft gemacht: Sieben Tage hintereinander hatten sie auf dem Vorplatz des mächtigen fürstenbergischen Schlosses gespielt, sieben Tage lang waren Hunderte von neugierigen und begeisterten Zuschauern zusammengeströmt, um die Attraktionen der Gaukler zu sehen, allen voran den Auftritt des Rechenmeisters, die Künste des Feuerschluckers und Pantaleons Kamel Schirokko. Und vor allem: Die Wolfacher gaben großzügig ihre Pfennige und Schillinge aus der Hand.

Woher der Reichtum dieser Stadt rührte, hatten sie täglich vor Augen: Ein Floß nach dem anderen, zusammengebunden aus gewaltigen Tannenstämmen, trieb die Kinzig in Richtung Rhein hinunter. Kräftige Männer manövrierten die Hölzer nur mit Stangen und unglaublichem Geschick durch Felsengen und Windungen, durch Geröllbarrieren und Stromschnellen. Von den Holzhauern, selbstbewussten, rauen Burschen, erfuhren sie, dass die Flöße nach Holland gingen – «Nicht nur die holländische Flotte, ganz Amsterdam ist aus unserem Schwarzwälder Holz gebaut.» –, dass unten am Rhein riesige Verbände zusammenkamen und mit Schindeln und Brettern, Holzkohle und Erz und mit den Waren der rheinischen Händler beladen wurden. Sie sahen, wie Narben an den Bergflanken, die tiefen Rinnen im Wald, in denen das Langholz talwärts zur Kinzig geriest wurde, wo die Floßknechte sie in den Einbindestuben zu Gestören banden.

Doch nicht nur für den Holzhandel wusste man in Wolfach den Überfluss an Wald und Wasser Gewinn bringend zu nutzen. Sie kamen an Ansiedlungen mit zahllosen Hütten, Lagerhäusern und rauchenden Öfen vorbei, wo Pechsieder und Teerschweler, Aschenbrenner und Schürknechte ihre schweißtreibende Arbeit verrichteten und die Glasbläser aus glühend-flüssiger Masse ihre Kugeln und Zylinder bliesen. Auf den kleineren Lichtungen waren qualmende Meiler aufgesetzt, in denen Buchenholz zu der begehrten Holzkohle verschwelte, um anschließend auf Maultieren oder in Buckelkraxen zu den Schmelzöfen der Glasbläser und Eisenhütten gebracht zu werden. Je weiter sie flussaufwärts kamen, desto häufiger trafen sie auf verwüstete Brachflächen mit niedergebrannten Meilern und zerstörten Hütten, in deren Umkreis weit und breit kein Baum, kein Strauch mehr wurzelte. Hier hatten die Menschen so gründlich ihre hässlichen Spuren hinterlassen, dass ihnen nichts übrig blieb, als weiterzuziehen, um an anderer Stelle von der Natur ihren Tribut zu fordern. Und als ob das nicht Raubbaus genug sei, entdeckten sie am Wegesrand immer wieder Fichten und Kiefern mit klaffenden Wunden: Am Stamm waren handbreite Kerben herausgeschlagen, an deren unterem Ende kleine Tonhäfen hingen, um das herausquellende Harz aufzufangen, diesen begehrten Rohstoff für die Pechhütten. Andere Bäume waren bereits vollkommen abgeschält: Löchrig, schwarz und zerfressen wie ein fauliger Zahn der Stamm, kahl das Geäst, wartete dieses tote Holz nur noch auf den nächsten Sturm, um zu Boden geschmettert zu werden.

In der württembergischen Grenzstadt Schiltach, die wie Wolfach von Flößerei und Holzhandel geprägt war, baten Leonhard Sonntag und Diego vergebens um eine Konzession. Vielleicht lag es daran, dass den Schiltachern der Sinn nicht nach Possen und Klamauk stand, war doch ihre zwischen Bergflanke und Kinzig eingezwängte Stadt in den letzten Jahrzehnten gleich dreimal abgebrannt und unter unendlichen Mühen und Kosten wieder aufgebaut worden, wie ihnen ein redseliger Holzknecht erzählte. Für einen der Brände habe man die Schuldige ausfindig machen können: eine Dienstmagd, die mit dem Teufel im Bunde stand und vom Dach des Salmenwirts einen Topf Flammen über die Stadt gegossen habe. Nachdem sie ihre Verbrechen endlich gestanden habe, sei sie zum Tode auf dem Scheiterhaufen verurteilt worden.

Angesichts dieser Geschichte war Marthe-Marie froh, in Schiltach nicht auftreten zu müssen. Diego hingegen schien enttäuscht. Hatte ihn doch das viergeteilte Hauswappen der Württemberger, das am Zollhaus prangte, einmal mehr zu begeisterten Vorträgen über Herzog Friedrich hingerissen, den seiner Ansicht nach einzigen Herrscher von Verstand und Weitsicht in dieser Zeit.

«Die Hirschstangen», hatte er Marthe-Marie erklärt, «stellen das ursprüngliche württembergische Grafenwappen dar. Die Rauten stehen für das Herzogtum Teck, die zwei Barben für die Grafschaft Mömpelgard im fernen Frankreich und die Reichssturmfahne für das hohe Privileg, in Reichskriegen an der Spitze streiten zu dürfen.» Er grinste. «Jedes Mal, wenn ich dieses Wappenschild irgendwo sehe, ist mir, als käme ich nach Hause.»

«Ich wusste gar nicht, dass du so gefühlsselig sein kannst.»

«Doch, das weißt du. Du willst es nur nicht wahrhaben.»

Marusch kam heran. «Auf, auf, ihr beiden Täubchen, es geht weiter. Ohne Rast bis Alpirsbach.»

Dass sie nun im protestantischen Württemberg waren, konnte man nicht übersehen. Marthe-Marie fiel auf, dass die zahlreichen Hof- und Feldkreuze, die sie bisher auf ihrer Reise begleitet hatten, verschwunden waren, ebenso die Dachreiter mit ihren Glöckchen, die dreimal am Tag zum Angelus-Gebet riefen. Und statt der Kapellen mit den hübschen Votivbildern, mit den Bitten und Danksagungen der Hirten an Sankt Wendelin, der Bauern an Sankt Antonius, fanden sie nunmehr deren zertrümmerte Reste.

Nachdem sie die Schenkenburg passiert hatten, wurde das Tal noch enger, und es ging spürbar bergan. Sie mussten häufiger eine Rast einlegen, um die Tiere zu schonen. Die prächtigen Höfe rund um Wolfach mit ihren großen Viehherden und üppigen Weiden waren längst den heruntergekommenen Hütten armer Granatschleifer oder Bergbauern gewichen, die noch in den dunkelsten Tälern, an den steilsten Hängen ihr Auskommen suchten. Die Böden waren steinig und karg, und im Frühjahr, so erzählte ein Hirtenbub Marthe-Marie bei einer Rast, musste die abgeschwemmte Erde in Körben wieder den Hang hinaufgeschleppt werden.

Es war bereits später Nachmittag, als vor ihnen der Kirchturm des alten Benediktinerklosters Alpirsbach auftauchte. Glasbläserhütten, Lohmühlen und stattliche Waldbauernhöfe mit riesigen Speichern kündeten vom Reichtum der Abtei.

Zum ersten Mal in diesem Juni war der Tag sommerlich heiß gewesen. Müde und verschwitzt schlugen sie ihr Lager etwas abseits der Fahrstraße auf einer großen Lichtung auf und führten die Tiere zum Tränken an einen Bach. Marthe-Marie setzte sich auf einen Stein und kühlte ihre Füße, während Agnes mit ihren Freunden an einer flachen Stelle planschte, bis sie alle von oben bis unten nass waren.

Valentin und Severin machten den Anfang, als sie sich splitternackt auszogen und ins Wasser sprangen. Nach und nach folgten die anderen Männer ihrem Beispiel. Selbst Mettel, Marusch und Lamberts Frau Anna zogen sich bis auf ein kurzes Leibchen aus. Sie spritzten, kreischten und tobten im Wasser nicht weniger ausgelassen als die Kinder, während die restlichen Frauen am Ufer standen und lachten.

«Man könnte meinen, die sind aus dem Tollhaus ausgebrochen», brummte Sonntag, der sich als Einziger seiner Truppe vornehm abseits hielt.

«Los, mein Löwe, zieh dich aus.» Marusch spritzte ihn nass. «Oder hast du Angst, dein schöner Bauch könnte Schaden nehmen?»

Diego tauchte prustend vor Marthe-Marie auf. Wassertropfen glitzerten wie Perlen auf seinen muskulösen Schultern und Armen. «Was ist mit dir?»

«Ich kann nicht schwimmen.»

«Ich auch nicht. Schau, es ist nicht tief, das Wasser reicht nur bis zur Hüfte.»

Er wandte sich um und durchschritt mit ausgestreckten Armen und auf wackligen Beinen den aufgestauten Bach. Da entdeckte Marthe-Marie zum ersten Mal die tiefe Narbe an seinem Rücken. Sie wirkte noch frisch.

«Und? Was ist?» Er winkte ihr zu, glitt aus und fiel bäuchlings ins Wasser.

«Siehst du», rief sie zurück, «deshalb bleibe ich lieber am sicheren Ufer.» In Wirklichkeit hätte sie um nichts in der Welt vor allen Leuten ihre Kleider abgelegt. Dass die Kinder oder auch Männer sich zum Baden nackt auszogen – gut. Für eine erwachsene Frau jedoch ziemte sich das ihrer Meinung nach nicht, mochten die Fahrenden auch anders darüber denken.

Inzwischen war Diego neben ihr aus dem Wasser geklettert und schüttelte seine Haare aus. Verstohlen betrachtete Marthe-Marie seinen gut gebauten, kräftigen Körper.

«Was ist das für eine Narbe?», fragte sie, als er sich sein Hemd überstreifte.

«Von einem Dolch.»

«Von einem Dolch? Erzählst du mir jetzt wieder eine deiner Räubergeschichten?»

»Nein.» Er verzog das Gesicht. «Das waren keine Räuber; das waren falsche Freunde, die glaubten, sie hätten mit mir noch eine Rechnung offen. Aber ich habe ihnen so zugesetzt, dass sie sich hoffentlich nie wieder blicken lassen.»

«Weißt du, was ich denke, Diego? Eine Frau wäre verraten und verkauft, wenn sie sich in deine Obhut begäbe. Mit dir würde sie ständig in Gefahr geraten.»

«Warum? Ich lebe doch noch.»

Sie schüttelte den Kopf. «Allein das wenige, was ich von dir weiß, macht mir Sorgen.»

Er strahlte sie an. «Das ist schön! Wenigstens sorgst du dich um mich.»

«Ach, hör auf. Nichts und niemanden nimmst du ernst.»

«Das ist nicht wahr.» Er zog die dunklen Augenbrauen zusammen. «Du etwa, du bedeutest mir mehr, als ich dir zeigen kann. Ich bin nicht der ewige Spaßmacher und Draufgänger. In mir drinnen sieht es ganz anders aus, ich – ich bin zum Beispiel ein ganz feiger Lump, wenn es um wirklich wichtige Dinge geht. Wie oft schon hätte ich dich am liebsten in den Arm genommen und geküsst – ich meine, nicht im Scherz oder als Komödiant, sondern als Mann, der eine wunderschöne Frau verehrt.»

Als Marthe-Marie schwieg, zog er sie in den Schatten einer Weide. Zärtlich strich er ihr eine Haarsträhne aus dem Gesicht und küsste sie unerwartet sanft auf den Mund. Sie ließ es geschehen, und schließlich erwiderte sie seinen Kuss.

17

Der Andrang war so gewaltig, dass die Menschen auf Brunnenränder, Handkarren und Bierfässer stiegen, um besser sehen zu können. Marthe-Marie und Diego hatten ihre Eingangsnummer mit Donnerknall und Feuerzauber beendet, mit dumpfen Trommelschlägen kündigte der Prinzipal die Moritat vom Werwolf Peter Stump an, und noch immer strömten die Menschen auf den Platz vor dem Rathaus von Freudenstadt, wo an diesem Tag auch Händler und Krämer aus der Umgebung ihre Stände aufgeschlagen hatten. Gerade als Diego, eine riesige schwarze Wolfsmaske auf den Schultern, über die Bühne schlich, um sich mit bebenden Pranken sein erstes Opfer zu suchen, erhob sich in den Reihen der Händler lautstarkes Gezänk. Einige vorwitzige Burschen waren auf das Budendach eines Alpirsbacher Glaskrämers geklettert, um besser sehen zu können. Darüber geriet der Krämer so außer sich, dass er sie erst mit Dreck und Steinen bewarf, dann mit einer mannshohen Latte nach ihnen schlug, bis zwei der Burschen schreiend auf das Pflaster stürzten.

Diego unterbrach sein Spiel und ließ sich in die Hocke sinken. Er beobachtete versonnen, wie einige Zuschauer den Glaskrämer am Kragen packten, andere seinen Schragentisch mit der kostbaren Ware anhoben und alles zu Boden kippten. Unter ohrenbetäubendem Klirren zerbarsten die kristallenen Schalen, Gläser und Krüge in tausend Stücke. Es kam zu einer handfesten Prügelei, die sich binnen Sekunden quer durch die Zuschauermenge fortpflanzte.

Endlich bequemte sich ein Trupp Stadtknechte herbei und schlug mit Knüppeln auf Köpfe und Schultern, bis die Raufbolde voneinander abließen. Diego sah den passenden Moment gekommen, sprang mit einem markerschütternden Brüllen in die Höhe, alle Köpfe fuhren in seine Richtung, und das Spiel konnte fortgesetzt werden.

«Was für ein Charivari», flüsterte Marusch, die mit Marthe-Marie neben dem Bühnenwagen stand.

Die schüttelte missbilligend den Kopf. «Wenn das jeden Tag so geht, werden wir noch aus der Stadt gejagt, wegen Anstiftung zum Aufruhr.»

«Im Gegenteil. Du wirst sehen – wenn die Männer morgen beim Rat der Stadt vorsprechen, werden wir gleich für etliche Wochen eine Konzession bekommen.»

Der Freudenstädter Magistrat hatte bei ihrem Gesuch um ein Gastspiel nicht die Katze im Sack kaufen wollen und bekundet, es möge zunächst eine Aufführung stattfinden, damit sich der Rat ein Bild machen könne. Dann erst sei über die weiteren Konditionen zu verhandeln.

Für Leonhard Sonntag bedeutete ein Gastspiel in Friedrichs Freudenstadt die Erfolg versprechendste Unternehmung des ganzen Jahres, und so hatten er und die anderen im Laufe der vergangenen Wochen ein wahrhaft zugkräftiges Programm auf die Beine gestellt: In wechselnder Folge wollten sie die Moritat vom Werwolf, das Drama vom verlorenen Sohn und, auf Diegos Drängen hin, eine schaurig-poetische Bearbeitung des Totentanzes spielen. Für die Sonn- und Feiertage waren Historien aus dem Alten Testament vorgesehen. Quirin hatte einen neuen Auftritt als Messerwerfer erarbeitet, und zur Überraschung aller wagten sich Severin und Valentin, zwei Jahre nach Severins lebensgefährlichem Sturz, wieder aufs Seil. Schon jetzt, bei ihrer ersten Aufführung, hätte niemand beurteilen können, was die größte Attraktion darstellte – jede Nummer hatte die Begeisterung der Zuschauer nur noch gesteigert.

Eine ganz anrührende Darbietung hatten die Kinder eingeübt: In einer der Umbaupausen erschienen sie mit den beiden Hunden auf der Bühne. Der größere Hund zog einen Karren hinter sich her, in dem mit bemalten Gesichtern Agnes und Lisbeth hockten, der kleinere lief auf den Hinterbeinen hintendrein. Antonia mimte die Prinzipalin, ihr jüngerer Bruder Tilman den Tierbändiger. Mit fester Stimme stellte Antonia die beiden Hunde als Romulus und Remus vor – Romulus sei von Beruf Artist, Remus Professor der Mathematik, denn er könne zählen. Und nun folgte das schier Unglaubliche: Tilman fragte einen Zuschauer, wie weit Remus zählen solle. Bis zwölf? Gut, bis zwölf. Er kniete vor dem großen zottigen Hund nieder und hob wie ein strenger Schulmeister den Zeigefinger. Remus spitzte die Ohren, begann dann zu nicken, zehnmal, elfmal, zwölfmal. Ein Raunen ging durch die Menge. Während Tilman ihm zur Belohnung ein Stück Speck gab, stellte sich Romulus auf die Hinterbeine und jaulte, bis auch er seine Belohnung bekam.

«Und wie viele Räder hat dieser Karren?»

Genau viermal nickte Romulus, das Publikum brach in Beifall aus. Marthe-Marie sah, wie sich Marusch eine Träne aus dem Augenwinkel wischte.

«Ist das nicht unglaublich? Bis zur letzten Minute haben sie nicht verraten, was sie vorhaben – sie sind wahre Künstler. Ach, Marthe-Marie, ich bin so stolz auf sie.»

Am nächsten Morgen machten sich der Prinzipal und Diego auf den Weg ins Rathaus, und Marusch und Marthe-Marie nutzten die Zeit, Freudenstadt zu erkunden.

Die höchstgelegene Stadt im ganzen Reich erstaunte und begeisterte sie. Dabei war das letzte Stück ihrer Reise wenig vielversprechend gewesen: Sie hatten eine Hochebene erreicht, die bedeckt war mit Moorseen, undurchdringlichem Tannenwald und Moosen. Dass hier Erdmännlein die Silberschätze der Berge hüteten und Waldgeister über die Moore und Forste wachten, dass es nachts spukte und irrlichterte, schien angesichts dieser düsteren Natur überhaupt nicht abwegig. Keiner von ihnen hätte hier, inmitten dieser rauen Wildnis, solch eine prächtige Stadt erwartet.

Allein die blitzblanken Fassaden, die sauberen Gassen und Plätze – wie eine edle Dame in einem neuen vornehmen Gewand präsentierte sich Friedrichs Freudenstadt, die, wie sie von Diego wussten, erst vier Jahre zuvor von dem großen Baumeister Schickhardt errichtet worden war. Natürlich fanden sich noch allerorts Baustellen, vor allem jenseits des Marktes. Aber was für ein Marktplatz das war: Einen größeren gab es wohl nirgends im ganzen Land, und eine Stadt wie Gengenbach oder Wolfach hätte ohne weiteres Platz darauf gefunden. Er war im Quadrat angelegt, die schmucken Häuser mit den Arkaden im Untergeschoss blickten mit ihrer Giebelseite auf den Platz. Fünf Brunnen, aus Waldquellen gespeist, mit Säulen und kunstvollen Statuen, standen den Bürgern zu freiem Nutzen. Das Muster der Straßen hatte der Baumeister gleich einem Mühlespiel angelegt, drei Häuserzeilen hinter jeder Seite des Marktplatzes waren bereits errichtet. Auf einer der Platzecken erhob sich das Rathaus, auf der Ecke gegenüber die Stadtkirche. Die allerdings mutete in ihrem Bau reichlich seltsam an: Wie ein Winkelhaken umschloss sie die Ecke mit zwei Langhäusern, an deren jeweiligem Ende ein Turm aufragte. Beide standen jetzt noch hinter einem Baugerüst verborgen.

«Wahrscheinlich sollen in dem einen Langhaus die Frauen, im anderen die Männer beten, damit Sitte und Anstand gewahrt bleiben.» Marthe-Marie musste über Maruschs wunderliche Erklärung lächeln; Tage später erfuhr sie, dass dem tatsächlich so war.

Am Neptunbrunnen stießen sie auf Diego und den Prinzipal.

«Eine herrliche Stadt, nicht wahr?» Diego hakte sich bei Marusch unter. Marthe-Marie hatte den Eindruck, dass er trotzig auf Abstand zu ihr hielt, seitdem sie ihm mit roten Wangen deutlich gemacht hatte, was der Kuss an jenem Nachmittag für sie bedeutet habe. Als Ausdruck tiefer Freundschaft solle er ihn verstehen, nichts weiter, und dass sich so etwas nicht wiederholen werde. In Wirklichkeit war sie ganz durcheinander. Sie verstand weder, was da am Ufer des Baches in sie gefahren war, noch warum sie ihr Handeln im Anschluss bereut hatte. Denn sie hatte den zärtlichen Augenblick sehr genossen.

«Sie entspricht dem geometrischen Ideal der Antike», fuhr Diego in deklamatorischem Tonfall fort. «Eigens für die Planung dieser Stadt ist der Herzog mit Schickhardt nach Italien gereist, um sich in Rom, Bologna, Florenz und Venedig inspirieren zu lassen. Schließlich sollte Freudenstadt als neues Zentrum des erweiterten Herzogtums etwas ganz Besonderes werden. So wird hier, im Mittelpunkt des Marktplatzes, bald ein prächtiges Schloss stehen. Ihr müsst doch zugeben – hier lässt es sich leben. Hätte ich mich nicht der Kunst verschrieben, ich würde mich in Freudenstadt niederlassen. Zu mehr als wohlfeilen Bedingungen übrigens: Jeder Neubürger erhält eine Hofstatt zur Erbauung eines Hauses samt notwendigem Bauholz und Steuerfreiheit bis zwölf Jahre.»

Sonntag rümpfte die Nase. «Dir als Komödianten würde der Magistrat die Aufnahme ins Bürgerrecht ganz gewiss verweigern. Ich schätze, man wirbt hier eher Männer an, wie sie eine junge Stadt nötig hat, wie Bäcker und Metzger oder Zimmerleute und Schlosser. Ich habe gehört, dass sämtliche Erzknappen und Schmelzer aus Christophstal herübergezogen sind.»

«Vielleicht weiß der Herzog ja um die Bedeutung von Bildung und Zerstreuung für die Bürger einer Stadt? Friedrich ist viel weitblickender als andere Herrscher. Schließlich hat er auch Glaubensflüchtlinge aus der Steiermark und aus Kärnten hierher geholt.»

«Ha!» Der Prinzipal lachte trocken. «Ich wette mit dir, diese Flüchtlinge sind allesamt Bergleute oder Zimmermänner – genau die Männer, die dein großherziger Friedrich hier brauchen kann.»

«Mag sein. Warum soll er nicht das Gute mit dem Nützlichen verbinden? Tatsache ist, dass er damit Hunderte vor der Verfolgung durch diesen Erzkatholiken Ferdinand gerettet hat.»

Marthe-Marie hatte seinen Ausführungen interessiert zugehört und dabei nicht zum ersten Mal sein Wissen bewundert.

«Du hältst es also eher mit den Lutheranern als mit den Katholiken?», fragte sie.

«Weder noch. Zumal die lutherische Lehre zu einer braven Frömmigkeit der einfachen Leute verkommen ist, als deren oberstes Prinzip Gehorsam gegen die Obrigkeit gilt. Es gibt so viele Arten, zu Gott zu beten. Ich halte es mit denen, die meinen, jeder solle selbst entscheiden, wie er selig werde. Wie Herzog Friedrich. Der hat beim Ausbau seiner Landbrücke von Stuttgart nach der Grafschaft Mömpelgard zwar das katholische Oberkirch erobert, aber keine einzige Seele wurde gezwungen, das evangelische Bekenntnis anzunehmen. Vielmehr wurde den dortigen Schulmeistern und Pfarrherren im Einvernehmen mit dem Bistum Straßburg freie Hand bei der Betreuung ihrer Schäfchen gelassen. Damit hat der Herzog ausdrücklich auf das Recht ‹cuius regio, eius religio› verzichtet, das seit dem Augsburger Religionsfrieden jedem Herrscher zusteht.»

«Und warum findet man hier dann überall zerstörte Kapellen und abgeschlagene Feldkreuze?»

«Das ist der Frevel seiner Väter und Vorväter.»

«Falls ich euren ungeheuer mitreißenden Disput unterbrechen darf», mischte sich Marusch ein, «wie wäre es, ihr beiden würdet uns endlich berichten, was beim Magistrat herausgekommen ist.»

«Nun gut.» Sonntag fiel es sichtlich schwer, ein stolzes Lächeln zu unterdrücken. «Wie zu erwarten war, hat den noblen Herren unser Spiel gefallen, selbst an den Offerten unseres Quacksalbers war nichts auszusetzen – seine neuen Reklametafeln scheinen Eindruck gemacht zu haben.»

Marthe-Marie musste grinsen. *Ambrosius der Medicus – mit Weh und Leiden macht er Schluss* stand neuerdings in fetten schwarzen Lettern auf seinem riesigen Holzschild. Und darunter kleiner, dafür in blutroter Farbe: *Starstecher, Zahnreißer, Stein- und Bruchschneider. Examiniert an der Alma Mater zu Prag.* Das Ganze hatte er eigenhändig mit grellen Abbildungen von gezogenen Zähnen, blutigen Arm- und Beinstümpfen und aufgeplatzten Geschwüren illustriert.

«Kurz und gut: Wir haben die Konzession für vier Wochen in der Tasche und im besten Fall, sofern keine skandalösen Ärgernisse auftauchen, sogar verlängerbar. Als Obolus dürfen wir nicht mehr als einen Schilling nehmen, von den Einnahmen gehen zwei hundertstel Teile für die Kranken und Waisen ans Spital, fünf hundertstel Teile als Platzmiete an die Stadt. Für den Feuerzauber von Quirin müssen zehn Eimer Wasser in unmittelbarer Nähe bereitstehen. Sei das nur einmal nicht der Fall, wird die Bewilligung zurückgezogen.»

«Das ist doch alles wunderbar, mein Löwe. Warum runzelst du die Stirn?»

«Weil noch etwas nachkommt. Mit Ausnahme der Krämer und Hausierer muss die gesamte Truppe Quartier im Gasthaus «Zum Goldenen Bärlein» nehmen. Und das wird uns einen schönen Batzen Geldes kosten. Ein geschäftstüchtiges Volk, diese Freudenstädter Ratsherren.»

«Ach, sieh doch nicht gleich so schwarz. Auf solch einen Handel haben wir in großen Städten doch schon häufiger eingehen müssen, wieso sollte Freudenstadt da eine Ausnahme machen? Die Einnahmen werden strömen wie die Milch im Schlaraffenland, das werden wir verkraften. Kommt, schauen wir uns dieses Wirtshaus einmal an.»

Der Gedanke, die nächsten Wochen in einem Gasthaus übernachten zu müssen, behagte Marthe-Marie wenig. Nicht nur, dass sie sich an das Leben im Freien gewöhnt hatte, das nun mit Anbruch des Sommers wirklich angenehm war. Nein, sie kannte von ihren vielen Reisen und Ortswechseln mehr Herbergen als ihr lieb war, und fast alle glichen sie sich, was Dreck und Gestank anbetraf: In den Schlafsälen – sofern es denn welche gab und nicht auf Strohlagern in der Wirtsstube geschlafen wurde – verpesteten volle Nachtgeschirre und nächtliche Fürze die Luft, störten Ungeziefer, Trinkgelage und ausufernde Unzucht seitens der sich stets einfindenden Hübschlerinnen oder heimlichen Ehegatten den Schlaf. Meist übernachtete das Viehzeug im selben Raum, waren die Wände und Fußböden voller Rotz- und Schleimspuren. Die Mahlzeiten hatte sie als schlecht und übertreuert in Erinnerung, und niemals war man vor Diebstahl sicher.

Doch bei David Dreher war alles anders. Er zeichnete sich durch eine für einen Wirt ungewöhnliche Maulfaulheit aus, dafür legte er großen Wert auf Ordnung. Das «Goldene Bärlein» befand sich in einem stattlichen Fachwerkbau und konnte sich nicht nur mit einem großen bewachten Stall brüsten, sondern auch mit zwei geräumigen Schlafsälen, die sich über der Schankstube befanden.

Das Abendessen kam pünktlich beim dritten Angelusläuten auf den Tisch, Frauen und Männer schliefen in getrennten Sälen, jeder behielt für die Dauer seines Aufenthaltes den eigenen Strohsack. Der Dielenboden wurde jeden Morgen gekehrt, die Schlafstuben gelüftet und die Strohsäcke aufgeschüttelt.

Nach ihrem Rundgang kehrten sie in die Schankstube zurück, wo die beiden Männer mit Dreher um die Preise feilschten. Alles in allem war Marthe-Marie angenehm überrascht, wie sauber und neu alles wirkte. Überall roch es nach Tünche und frischem Holz. Nur in einem Punkt unterschied sich das «Goldene Bärlein» in nichts von anderen Wirtshäusern: Auch hier pflegte man den beliebten Brauch des Zutrinkens. Dabei musste jeder so viel schlucken, wie der Tischführer mit einem vernehmlichen «Seid fröhlich, trinket aus!» vortrank. Kam ein Neuer hinzu, begrüßte jeder am Tisch ihn mit einem Becher, die er alle bis zur Neige leeren musste, bevor er zu ihrer Gesellschaft zugelassen wurde. Schon jetzt, zur helllichten Mittagsstunde, war die Gruppe der Bergleute, die sich um den größten Tisch versammelt hatte, auf dem besten Wege in die Volltrunkenheit.

«Als dann!» Der Wirt hob die Hand, Sonntag schlug ein. Beide machten zufriedene Gesichter, und Dreher spendierte seinen neuen Gästen einen Krug Bier.

«Mir fällt jetzt schon die Decke auf den Kopf», murmelte Diego. «Vier Wochen eingesperrt wie Schlachtvieh im Stall.»

«Jammer nicht und trink aus.» Der Prinzipal schlug ihm auf die Schulter. «Wir müssen den anderen Bescheid geben.»

Noch vor der nächsten Vorstellung am Nachmittag schafften sie ihre Habseligkeiten ins Gasthaus. Einzig Salome weigerte sich mitzukommen. In einem Haus, in dem jede Nacht andere Menschen schliefen, herrsche eine schlechte Aura, die Luft sei getränkt von bösen Gedanken, die sich für immer im Gehirn festsetzen könnten. Sie wolle sich anderswo einen Schlafplatz suchen.

Marthe-Marie richtete gerade die Schlafstatt für sich und Agnes unterhalb eines Fensters, als Diego zu ihr trat.

«Ich habe etwas für dich. Als Ausdruck meiner Freundschaft, sozusagen.» Er zwinkerte ihr zu. «Das heißt, eigentlich ist es für deine Kleine bestimmt.»

Er holte hinter seinem Rücken einen Stecken mit Pferdekopf hervor. Es war ein kleines Kunstwerk, fein geschnitzt und naturgetreu bemalt.

Marthe-Marie traten fast die Tränen in die Augen. Agnes besaß kein einziges Spielzeug. Sie spielte, wie die anderen Kinder auch, mit Hölzern und Weidenruten, Steinen oder Stofffetzen.

«Hast du das selbst gemacht?»

Er nickte. «Es hätte längst schon fertig sein sollen, aber ich hatte ja so selten Zeit in den letzten Wochen. Gefällt es dir?»

Sie nahm das Steckenpferd in die Hand und strich über den Kopf. «Es ist wunderschön.»

«Mähne und Schopf sind von meiner Fuchsstute. Sie hat ganz schön Haare lassen müssen.»

«Du glaubst nicht, wie sehr Agnes sich freuen wird. Ich werde ihr das Pferdchen gleich bringen. Oder nein, noch besser, du gibst es ihr. Sie spielt unten im Hof mit den anderen.»

Vom offenen Fenster aus beobachtete sie, wie Diego auf dem Steckenpferd in den Hof ritt und die Kinderschar ihm johlend folgte. Dann hielt er an, hob Agnes in die Luft und setzte sie auf den Stecken. Wie ein junges Kälbchen hüpfte sie ungelenk über das Pflaster und strahlte vor Wonne.

Eigentlich, dachte Marthe-Marie, wäre er ein guter Familienvater. Hätte er nur nicht diese Unrast im Blut. Doch war nicht eben diese Unrast auch Teil ihres eigenen Wesens? Sie spürte zum ersten Mal so etwas wie Seelenverwandtschaft mit diesem Mann und zugleich ein Gefühl tiefer Wärme ihm gegenüber.

18

Bereits die dritte Woche gastierten sie in Freudenstadt, und noch immer strömten jeden Tag aufs Neue Massen von Schaulustigen zu ihren Aufführungen. Wer nicht mit barer Münze zahlen konnte, gab einen Schock Eier oder ein Stück Dörrfleisch, und viele sahen ihre Darbietungen bereits zum dritten oder vierten Mal. Inzwischen hatten Marthe-Marie und Marusch herausgefunden, wie der erstaunliche Trick mit dem zählenden Hund vor sich ging, der jeden Nachmittag bei den Zuschauern für ungläubige Zwischenrufe sorgte. Alle Welt beobachtete nämlich das Kopfnicken des Tieres und zählte aufmerksam mit – und keiner bemerkte daher, dass Remus genau in dem Augenblick aufhörte zu nicken, in dem Tilman seine Hand mit dem gestreckten Zeigefinger zu Boden senkte. Die

Kinder hatten dem Hund demnach nichts anderes beigebracht, als so lange zu nicken, wie die Hand in der Luft war. Nur dann erhielt er sein Stück Speck als Belohnung.

«Nur gut, dass der Trick so simpel ist», meinte Marusch. «Nicht dass unsere Kinder noch eines Tages wegen Zauberei im Turm landen, wie damals Diego.»

Doch in Freudenstadt hatten sie derlei nicht zu fürchten. Als ob allein der Name der Stadt Gewähr genug sei für eine heitere und freundliche Stimmung der Menschen, waren die Spielleute hier noch kein einziges Mal geschmäht oder gar angefeindet worden. Im Gegenteil, man begegnete ihnen neugierig und ohne Argwohn. Es schien, dass hier jeder, noch der geringste Tagelöhner und Knecht, stolz darauf war, zum Aufbau der Siedlung beizutragen, und dass man das Spektakel der Fahrenden als willkommene Belohnung für das vollbrachte Tagwerk ansah.

Bereits in den ersten Tagen hatten Diego und Sonntag den Wirt gebeten, ihre abendliche Mahlzeit im Hof einnehmen zu dürfen. Dreher hatte seine Erlaubnis nur zögernd gegeben und unter der Auflage, kein offenes Feuer zu machen und Schlag neun den Hof zu räumen. Doch bald merkte er, wie sein Umsatz an Wein, Bier und Branntwein sich auf wundersame Weise vervielfachte, denn mit Sonntags Musikanten, die fast jeden Abend zum Tanz aufspielten, wurde der Hof seines Gasthauses zur Attraktion der Stadt.

«Hier lässt es sich leben», lachte der Prinzipal, als ihm Mettel an diesem Abend den ersten Krug Bier herausbrachte. Sie hatte, da sie sich nunmehr weder um die Mahlzeiten noch um die Feuerstellen kümmern musste, dem Wirt angeboten, in der Küche und beim Ausschank auszuhelfen, und man mutmaßte schon, David Dreher habe aus gleich mehreren Gründen ein begehrliches Auge auf sie geworfen.

«Trinken wir auf Friedrichs Freudenstadt und darauf, dass der Magistrat die Verlängerung unserer Konzession bewilligt.»

Alle hoben ihren Becher und prosteten dem Prinzipal zu. Nur Diego schien an diesem Abend merkwürdig abwesend.

«Was ist?», fragte Marthe-Marie. «Freust du dich nicht über unsere Glückssträhne?»

Er lächelte, doch seine grünen Augen blickten ernst. «Fragt sich, ob die für mich lange anhält», murmelte er.

«Wie meinst du das?» Marthe-Marie sah ihn verwundert an.

«Ach nichts, vergiss, was ich eben gesagt habe. Tanzen wir?»

»Gern!«

Diego wusste den Dreher in allen erdenklichen Varianten zu tanzen: Erst umfasste er mit der rechten Hand locker ihren Rücken, seine Linke hielt er nach oben, sie legte ihre rechte Hand ganz leicht hinein, und so schwebten sie im Takt der Musik. Dann hakte er sich plötzlich bei ihr unter und wirbelte sie um sich herum oder ließ eine Hand los, damit sich Marthe-Marie unter seiner erhobenen Linken drehen konnte. Marusch, die selten einen Tanz ausließ, gesellte sich mit Sonntag dazu, und auf ein Zeichen Diegos hin wurde die Musik schneller und schneller, bis sie alle vier außer Atem auf eine Bank sanken. Diego legte den Arm um Marthe-Marie und zog sie an sich. Mit einem Lächeln ließ sie es geschehen.

Der Prinzipal schnappte derweil heftig nach Luft. «Heiliger Genesius von Rom! Wollt ihr mich umbringen?»

«Ein bisschen Bewegung schadet dir nicht, mein kleiner Löwe.» Marusch tätschelte seinen Bauch. «Dein Ranzen ist in den letzten Wochen mächtig gewachsen. Es geht dir einfach zu gut. Aber das kann sich schon morgen ändern», flüsterte sie Marthe-Marie zu und grinste breit.

Dann würde Marusch also ihren Plan wahr machen. Niemand außer ihr und dem gutwilligen Lambert war eingeweiht. Wie Sonntag wohl reagieren würde? Müde und zufrieden schloss Marthe-Marie die Augen und lehnte ihren Kopf an Diegos Schulter. Wie herrlich das Leben sein konnte.

Marthe-Marie musste sich ein Lachen verkneifen. Sie hatte sich nach ihrem Auftritt unter die Zuschauer gemischt und beobachtete gerade, wie die vornehme Bürgersfrau oben auf der Bühne abwehrend die Arme erhob, als der Tod auf sie zutänzelte. Dumpf schlugen die Trommeln, eine der Fideln erhob lautes Wehklagen, während Diego, in eng anliegendem schwarzem Kostüm mit aufgemaltem Skelett, die Frau umkreiste – und plötzlich stutzte. Jetzt erst hatte er erkannt, was von den Zuschauern niemand ahnte: Dass nicht Lambert hinter der Maske der Bürgersfrau steckte, sondern Marusch. Doch Diego war Mime genug, dass er sich augenblicklich fing und weiterspielte. Im Takt der Musik umwarb und umschmeichelte er sein neues Opfer, das sich mit schmerzverzerrtem Gesicht abwandte, bis er es schließlich mit Gewalt packte und in sein Reich des Todes zerrte. Das Publikum setzte zum Applaus an, doch schon erschienen Hand in Hand ein edler Ritter und seine Angebetete – diesmal Caspar und Severin –, um wenig später in der Blüte ihrer Liebe vom Knochenmann dahingerafft zu werden. So ging es weiter im Totentanz, dem sich – Alt oder Jung, Arm oder Reich – keiner entziehen konnte.

Wahrscheinlich tobte derweil Leonhard Sonntag hinter dem Bühnenvorhang über Maruschs Unverfrorenheit. Dabei war ihr Spiel virtuos gewesen, und das, obwohl sie nur wenige Male, heimlich natürlich, geprobt hatte. Und sie hatte den Zeitpunkt ihres ersten Bühnenauftritts mit Bedacht gewählt, denn in dieser Stadt, die ihnen so wohlgesinnt war, würde, selbst wenn alles herauskäme, sicher keinem von ihnen ein Haar gekrümmt. Auch wenn alle Stadtverordnungen in deutschen Landen den Frauen bei Androhung von Lasterstein und Schandmaske verboten, in Schauspielen mitzuwirken.

Jetzt, da alle gemeinsam – darunter der Prinzipal mit bitterböser Miene – in ihrem letzten Reigen über die Bühne tanzten, dem Tod mit seiner riesigen Sense immer hinterdrein, brach endlich begeisterter Beifall los, in den Marthe-Marie gern einfiel. Da erstarrte sie vor Schreck. Nur wenige Schritte neben ihr stand Jonas.

Ihr erster Gedanke war wegzulaufen, doch sie stand eingezwängt inmitten der Menge, und Jonas hielt sie mit seinem Blick gefangen. Er nickte ihr kaum merklich zu, dann drängte er sich seitwärts durch die Menschen, ohne die Augen von ihr zu wenden. Wie unter einem Bann folgte sie ihm bis in den Schatten der Arkaden.

«Du gehörst jetzt zu ihnen, nicht wahr? Ich habe dich als Rechenmeister gesehen, gestern schon. Du hast also eine Heimat bei den Fahrenden gefunden. Selbst Agnes steht ja jetzt auf der Bühne, eine waschechte Gauklerfamilie seid ihr.» Er hatte schnell gesprochen, hastig, als sei ihm jemand auf den Fersen, und war dabei von einem Bein auf das andere getreten. Jetzt schwieg er und starrte zu Boden.

Marthe-Marie konnte noch immer nicht glauben, dass Jonas vor ihr stand. Drei Monate hatten sie sich nicht mehr gesehen – es kam ihr vor wie Jahre. Sein Gesicht war schmaler als früher, die hellbraunen Haare fielen ihm wirr in die Stirn und über die unrasierten Wangen. Doch das warme Braun seiner Augen unter den dichten Wimpern und dunklen Brauen war geblieben.

«Was machst du hier?» Sie brachte nicht mehr als ein Flüstern heraus.

Hilflos sah er sie an, das Grübchen in seinem Kinn zitterte unmerklich.

«Ich konnte dich nicht vergessen.»

Nicht vergessen, nicht vergessen – was redete er da? Das Blut pochte ihr in den Schläfen, ihr Kopf begann zu schmerzen wie nach einer durchzechten Nacht. Marthe-Marie holte Luft.

«Woher wusstest du, dass ich hier bin und nicht in Offenburg?»

«Genau das habe ich ja geglaubt – dass du in Offenburg wärest. Nachdem ich nach Freiburg zurückgekehrt bin, habe ich jeden Tag daran gedacht, dass du wohl jetzt bei deinem Vater lebst.» Seine Stimme wurde ruhiger. «Jeden Tag habe ich gedacht, dass du ganz in meiner Nähe bist, mit einem guten Pferd nur einen Tagesritt entfernt. Das hat mich schier verrückt gemacht.»

«Und dann bist du eines Tages nach Offenburg geritten.»

Er nickte. «Es war nicht schwer herauszufinden, dass Benedikt Hofer vor langer Zeit die Stadt mit unbekanntem Ziel verlassen hatte.» Das plötzliche Lächeln ließ ihn wieder jungenhaft erscheinen. «Du hättest diesen Zunftmeister sehen sollen, bei dem ich wegen deines Vaters vorsprach. Böcklin hieß er, glaube ich.»

«Stöcklin.»

«Böcklin, Stöcklin – ganz gleich. Er geriet völlig außer Fassung. Ich sei nun schon der vierte, der nach Hofer frage. Erst ein fremdes Frauenzimmer, dann der alte Schulmeister, ein reisender Geselle und jetzt ich. Nun habe er genug, er würde Nachforschungen anstellen, irgendwelchen Dreck am Stecken müsse dieser Hofer ja haben. Vielleicht solltest du diesen Meister Stocksteif ja in einem Jahr noch einmal nach deinem Vater fragen.»

Er machte eine unsichere Bewegung in ihre Richtung, als ob er sie berühren wolle, doch stattdessen trat er einen Schritt zurück.

«Vielleicht.» Marthe-Marie schluckte. «Wissen die anderen, dass du hier bist?»

«Nein. Das heißt – Diego wird es wissen. Ich habe ihn gestern Morgen zwischen den Marktständen gesehen.»

«Du bist schon länger hier?»

«Seit vorgestern Abend. Als ich in Offenburg erfuhr, dass Benedikt Hofer nicht mehr dort lebt, bin ich gleich weitergeritten nach Freudenstadt. Ich wusste ja, dass der Prinzipal hier sein großes Gastspiel geben wollte. Ich – » Er stockte.

Marthe-Maries Gedanken überschlugen sich. Kein Zweifel, er war nur ihretwegen gekommen. Doch was erwartete er von ihr? Dass sie ihre Sachen packte und mit ihm ging?

Da er schwieg, lag es an ihr, die entscheidende Frage zu stellen.
«Was hast du vor?»

Jonas atmete hörbar ein. «Komm mit mir.»

Sie sah hinüber zum Bühnenwagen. Quirin mit seinen Messern war schon an der Reihe. Die Vorstellung ging ihrem Ende entgegen.

«Bitte, Marthe-Marie, sag etwas. Lass mich nicht hier stehen wie einen Trottel.»

«Ich weiß nicht, was ich sagen soll, Jonas – ich weiß überhaupt nichts mehr.» Sie schüttelte den Kopf. «Ich muss zu den anderen.»

Sie trat hinaus in das gleißende Nachmittagslicht. Trotz der sommerlichen Hitze war ihr kalt.

«Ich bleibe so lange in Freudenstadt», rief Jonas ihr nach, «bis du mir geantwortet hast.»

Quirin spie eben Flammen und Rauch in die Luft, während der Prinzipal hinter einer Trennwand darauf wartete, dem Publikum seine Dankes- und Abschlussworte vorzutragen. Die anderen waren schon damit beschäftigt, die Requisiten und Kostüme zusammenzuräumen.

«Und? Wie war ich?» Mit schlitzohrigem Grinsen kam ihr Marusch entgegen. «Leo hat mir zwar heftigst den Kopf gewaschen, aber er wird mich nicht hindern, weiterzumachen. Kruzifix, du bist ja ganz bleich. War mein Auftritt so miserabel?» Das Lächeln schwand aus ihrem Gesicht.

«Ich habe Jonas getroffen.»

Am Abend geschah, was Marthe-Marie niemals erwartet hätte. Sie waren mitten beim Essen, als Jonas den Hof des «Goldenen Bärlein» betrat.

«Hatte ich doch recht gesehen.» Diego ließ den Löffel sinken. «Unser Goldjunge kehrt zurück.»

Wie Jonas dort stand, die Blicke aller auf sich gerichtet, verlegen und dennoch aufrecht, bewunderte Marthe-Marie einmal mehr seinen Mut.

Sonntag wischte sich den Bratensaft vom Kinn und stand auf. Theatralisch ließ er einige Sekunden verstreichen, was Jonas' Befangenheit noch steigerte, dann sagte er in seinem dröhnenden Bass:

«So sieht man sich also wieder, Jonas Marx. Hätte ich nicht gedacht.»

«Es tut mir herzlich Leid, dass ich damals einfach verschwunden bin.»

Der Prinzipal winkte ab. «Verjährt. Zugegeben, ich mag solche Überraschungen nicht, vor allem wenn unsere Truppe davon betroffen ist. Aber schließlich bist auch du nicht unersetzlich, wie du vielleicht schon gesehen hast.»

«Ja, das habe ich.» Jonas warf einen finsteren Seitenblick auf Diego.

«Dann also Schwamm drüber. Komm her und setz dich zu uns an den Tisch.»

Jonas zwängte sich zwischen Caspar und dem Prinzipal auf die Bank. Marthe-Marie saß ihm genau gegenüber.

Sonntag schob ihm einen leeren Teller hin. «Nimm dir was zu essen. Machst du wieder mit bei uns?»

«Nein.»

«Und warum bist du dann gekommen?»

Jonas gab keine Antwort. Er schien zu überlegen.

Da sprang Diego auf. «Nun sag schon. Sag uns allen, was du hier willst, wir haben keine Geheimnisse voreinander. Das ist nicht wie bei den ehrbaren Bürgersleuten, aus deren Stall du kommst. Es weiß ohnehin jeder hier – wegen Marthe-Marie bist du hier. Du willst sie auf den Pfad der Tugend zurückführen, nicht wahr? Dann frag sie doch, ob sie mit dir will, frag sie frei heraus, hier vor uns. Aber dazu hast du wahrscheinlich zu wenig Mumm in den Knochen.»

«Lass ihn in Ruhe», raunzte Marusch ihn an.

Diego stürmte wortlos davon.

«Jetzt iss und trink erst einmal.» Mettel reichte Jonas einen Becher Wein.

Marthe-Marie starrte ihn an. Sie fühlte sich in zwei Hälften gerissen, von der die eine die andere nicht mehr verstand. Jonas verkörperte das Leben, das sie kannte, den Wunsch nach Geborgenheit und Sicherheit. Er meinte es ernst, das wusste sie inzwischen. Und sie durfte nicht nur an sich denken. Agnes war jetzt knapp zwei Jahre alt – sollte sie als Gauklerkind aufwachsen? Sollte sie ihr Leben lang zu den unehrlichen Leuten, zu den Verfemten gehören? Dennoch: Wenn sie ihre Tochter beobachtete, wie glücklich sie hier war, wusste sie nicht, welches Leben besser für sie war. Und Diego hatte die Kleine ins Herz geschlossen, noch nie hatte sie erlebt, dass ein Mann so wunderbar mit Kindern umgehen konnte. Vielleicht lag es daran, dass er selber so ein Kindskopf war, mit seinen verdrehten Einfällen, seinen unzähligen Geschichten und Erlebnissen, die er bei jedem Erzählen anders ausschmückte.

Und sie selbst? Sehnte sie sich wirklich nach der Nestwärme von Heim und Herd, nach der Enge der Städte, wo jeder den anderen argwöhnisch beobachtete, ob er auch ein Leben in Schicklichkeit und Anstand führte? Wohin das führen konnte, das hatte sie schmerzhaft erfahren, hatte sich wie ein Zeichen in ihre Seele gebrannt.

Hier bei den Gauklern galten ganz andere Maßstäbe. Längst kannten alle ihre Geschichte und wussten, warum sie aus Freiburg hatte fliehen müssen. Keinen wunderte es mehr, dass sie sich vor den Zöllnern und Grenzposten als Agatha Müllerin ausgab. Das alles gehörte so selbstverständlich zu ihr wie ihre Tochter oder ihr Auftritt als Rechenmeister Adam Ries.

Mit einem Mal fiel es ihr wie Schuppen von den Augen: Sie war zerrissen zwischen zwei Männern.

«Marthe-Marie!»

Sie fuhr auf. Marusch hatte sie sanft am Arm gerüttelt. «Jonas will sich verabschieden.»

«So?» Verwirrt sah sie ihn an. «Wo übernachtest du?»

«Ich habe mich als Schlafgänger bei einem Nagelschmied einquartiert. Begleitest du mich noch bis zum Tor?»

Sonntag schlug ihm auf die Schulter: «Du hast es also gehört, Jonas. Deine Jonglierkünste sind uns noch immer sehr willkommen. Ich gebe dir drei Tage, um eine Entscheidung zu treffen – worüber auch immer», setzte er noch hinzu.

Sie traten durch die dunkle Toreinfahrt auf die Straße. Im Zwielicht des Abends wirkte Jonas' Gesicht bleich.

«Ich muss mit dir reden», sagte er. «Allein. Kommst du morgen früh zu der kleinen Wiese hinter der Kirche?»

«Ich weiß nicht.»

«Ich werde jedenfalls da sein. Und wenn es sein muss, auch am Tag danach.»

Dann ging er die Straße hinunter, ohne sich noch einmal umzudrehen, bis die Dämmerung ihn verschluckte.

19

Kurz vor Sonnenaufgang erwachte Marthe-Marie. In der Schlafstube war es still, bis auf Maruschs tiefes Schnarchen. Rasch zog sie sich an und schlich auf Zehenspitzen hinaus. Unten war Mettel bereits dabei, das Morgenbrot zu richten.

«Was ziehst du für ein Gesicht?», fragte Mettel statt einer Begrüßung. «Ich an deiner Stelle würde den ganzen Tag singen vor

Glück, wenn zwei so stattliche Männer um mich buhlen würden. Einer schöner als der andere.»

«Ach Mettel, du hast gut lästern. Mir ist ganz schlecht.»

«Dann iss etwas.»

«Ich hab keinen Hunger. Falls Marusch oder Agnes nach mir fragen: Ich bin in spätestens einer Stunde zurück.»

Mettel zwinkerte ihr zu. «Lass dir Zeit. Liebe braucht Weile.»

Trotz der frühen Stunde herrschte in den Gassen und Hofeinfahrten rege Geschäftigkeit. Händler und Bauern zogen ihre voll gepackten Karren hinter sich her, Bäckergesellen schulterten Mehlsäcke. Überall klopfte und hämmerte es, Metall schlug auf Metall, Holz gegen Holz, Baumeister brüllten ihre Anweisungen. Eine Stadt von Grund auf neu zu errichten muss eine großartige Aufgabe sein, dachte Marthe-Marie, als sie schließlich die halb fertige Kirche erreichte. Und: Ich werde Jonas sagen, dass es am besten ist, wenn er wieder nach Freiburg zurückkehrt.

Ein Teil der Wiese war bereits als Kirchhof hergerichtet, mit einer kleinen Kapelle, denn auch in einer jungen Stadt starben die Menschen. Der Rest des Geländes lag brach, umwuchert von Weißdornhecken und Haselsträuchern. Jonas saß in Gedanken versunken auf einem Baumstumpf.

«Guten Morgen, Jonas.»

Er sprang auf. «Ich wusste, dass du kommen würdest.»

«Ja.» Sie sprach mit kaum hörbarer Stimme. «Weil ich dir sagen möchte, dass deine Reise umsonst war. Geh zurück nach Freiburg. Heute noch.»

Er sah sie fassungslos an. «Ich kann nicht zurück. Nie wieder.»

«Weiß Textor, dass du hier bist?»

Er schüttelte den Kopf. «Nein. Ich wohne nicht mehr in seinem Haus.»

Ein Verdacht stieg in ihr auf.

«Und Magdalena?»

«Das ist vorbei. Ich habe alle Zelte abgebrochen.»

Marthe-Marie sah zu Boden. Damit hatte sie nicht gerechnet. «Dann bist du im Streit gegangen?»

«Was Magdalena betrifft, ja. Es war wohl ein furchtbarer Schlag für sie. Und ihr Vater – ich glaube fast, er versteht meine Entscheidung. Hör zu, Marthe-Marie.» Er nahm ihre Hände in seine, die eiskalt waren. «Ich möchte dir von Textor erzählen. Ich habe mit ihm vor meiner Abreise ein langes Gespräch geführt. Du musst wissen, welche Rolle er damals bei dem Prozess gespielt hat. Der tragische Tod deiner Mutter soll nie wieder zwischen uns stehen.»

Am liebsten hätte sich Marthe-Marie die Ohren zugehalten, als er zu berichten begann, dabei ahnte sie schon längst, dass sie gegen die Schatten der Vergangenheit nur ankämpfen konnte, wenn sie nicht länger vor ihnen davonrannte. So hörte sie nach anfänglichem schwachem Protest schließlich zu, und Jonas erzählte die ganze Geschichte.

«Ich glaube ihm jedes Wort», schloss er. «Und wenn die Menschen damals in ihrer Dummheit und Verblendung deine Mutter gerichtet haben, so darfst du jetzt nicht denselben Fehler begehen und über ihn richten. Er trägt keine Schuld an ihrem Tod.»

«Vielleicht hast du Recht», sagte sie leise. «Vielleicht trifft ihn keine Schuld. Aber um mir das zu sagen, bist du mir nicht gefolgt.»

«Nein. Ich – ich weiß jetzt, dass ich nicht mehr ohne dich leben will. Seit drei Monaten habe ich Tag und Nacht an dich gedacht. Ich weiß, was du durchgemacht hast, und diese Last wird dir niemand nehmen. Aber wir könnten ganz neu anfangen. Wenn du über die Vergangenheit sprechen willst, werde ich dir ein aufmerksamer Zuhörer sein. Und wenn du alles vergessen willst, werde ich der Erste sein, der mit dir vergisst. Wichtig bist allein du, ich will alles tun, damit du glücklich wirst. Und Agnes soll eine Familie haben, einen Ort, wo sie hingehört. Lass mich dir beweisen, wie ernst es mir ist.»

Marthe-Marie sah, wie Jonas' Gesicht wieder Farbe annahm. Seine Augen blitzten, seine Hände in den ihren wurden angenehm warm. Sie wusste plötzlich nicht mehr, was sie ihm hatte sagen wollen.

«Wir könnten zusammen nach Ulm gehen. Dort lebt ein guter Studienfreund, der mir helfen würde, eine Anstellung zu finden. Oder wir bleiben hier. Mir gefällt diese Stadt. Ich habe mich bereits umgehört: Spätestens im Frühjahr wird die Lateinschule eröffnet, bis jetzt sind noch keine Lehrer angeworben. Aber wir könnten auch an jeden anderen Ort der Welt, wohin du willst. Glaub mir, ich würde sogar wieder mit den Gauklern ziehen, wenn das dein Wunsch wäre. Bitte, sag doch etwas. Sag mir, was du darüber denkst. Oder – o mein Gott, was bin ich für ein Narr. Du empfindest gar nichts für mich. Ist es das?»

Sie schüttelte den Kopf.

«Du hast dir den Spanier als Bettschatz ausgesucht, nicht wahr?» Er ließ sie los und trat einen Schritt zurück. «Ich hätte es wissen müssen.»

«Nein!» Sie packte ihn am Arm, fast grob. «Das ist völliger Unsinn. Es kommt nur alles so überraschend. Du tauchst hier auf, aus dem Nichts, willst mit mir nach Ulm oder sonstwohin gehen – dabei weiß ich selbst am wenigsten, was ich will. Ich bin auf der Suche und weiß nicht, wonach, ich bin auf der Flucht und weiß nicht, vor wem. Wenn ich nicht Marusch und die anderen hätte, ich glaube, ich würde verrückt werden. Soll ich dir sagen, wie es mir geht, wenn wir länger als sieben, acht Tage am selben Ort sind? Dann schlafe ich nachts schlecht und habe tagsüber Angst, dass mich jemand festhält und mir ‹Hexentochter› ins Ohr brüllt.»

«Ist das wahr?»

«Es ist schrecklich. Wie ein Fluch, den ich nicht loswerde. Nur in Freudenstadt geht es mir seltsamerweise nicht so, obwohl wir hier nun schon seit drei Wochen gastieren. Diese Stadt ist anders.»

«Ja aber verstehst du nicht, was das bedeutet? Hier bist du endlich zur Ruhe gekommen, das ist es. Du kannst nicht ohne Ende, Woche um Woche, Monat um Monat, von einem Ort zum anderen ziehen. So wirst du niemals Frieden finden.»

Dann lächelte er sie an. «Also magst du mich doch?»

Marthe-Marie musste lachen. Anstelle einer Antwort zog sie die kleine Papierrolle aus ihrer Geldbörse.

«Deine Nachricht. Ich trage sie immer bei mir, wie einen Talisman.»

«Könntest du – könntest du dir vorstellen» – seine Stimme klang rau –, «mit mir zusammenzuleben und eine Familie zu gründen? Nein, warte, sag nichts. Ich möchte, dass du darüber nachdenkst. Wenn du einverstanden bist, bleibe ich ein paar Tage hier, in deiner Nähe, ohne dich zu bedrängen. Und wie auch immer du dich dann entscheidest: Ich werde deinen Entschluss respektieren.»

Sie gab ihm einen Kuss auf die Wange und entzog ihm gleich darauf ihre Hand.

«Agnes wird mich schon vermissen, ich muss zurück. Kommst du zu unserer Aufführung?»

«Ich werde da sein.»

«Vierundzwanzig mal achtzehn ergibt vierhundertundzweiunddreißig.»

Marthe-Marie machte ihre Sache wieder hervorragend. Die Ergebnisse kamen pfeilschnell. Sie trug sie mit dumpfer Stimme vor und hielt dabei die Augen unter den buschigen falschen Brauen geschlossen, die Hände nach oben gestreckt, als empfange sie ihre Antworten aus dem Jenseits.

Jonas hörte, wie die Umstehenden tuschelten. «Wie kann ein

Mensch so schnell rechnen?» – «Wart ab, es wird noch besser. Und am Ende wird er in eine Frau verwandelt.» – «Das gibt es nicht, du Hohlkopf. Dann ist das auch in Wirklichkeit eine Frau.» – «Selber Hohlkopf! Hast du schon mal eine Frau gesehen, die so schnell rechnen kann?»

Jonas musste grinsen. Marthe-Maries Fähigkeiten waren wirklich außergewöhnlich, er war stolz auf sie. Dann wandte er seine Aufmerksamkeit wieder Diego zu. Er konnte nicht verhindern, dass er den Spanier, seitdem sie sich hier zum ersten Mal wieder gesehen hatten, mit Argusaugen beobachtete. Der Kerl war ganz offenkundig in Marthe-Marie verliebt, so wie er sie immer anblickte. Und eifersüchtig auf ihn, Jonas, war er auch. Wie Luft behandelte er ihn.

Jonas musste husten, als die dichte Rauchwolke über der Bühne aufstieg und Marthe-Maries Verwandlung einleitete. Sekunden später stand sie da, in der bezaubernden Schönheit einer Helena, und lächelte dem Publikum zu. Da nahm Diego ihre Hand und drückte ihr – was er noch nie getan hatte – einen galanten Kuss auf den Handrücken. Doch damit nicht genug, er küsste auch ihre Wange und führte sie, den Arm fest um ihre Hüfte, zur Rückwand der Bühne.

Jonas biss sich auf die Lippen. Diego wusste genau, dass er unter den Zuschauern war. Versuch du nur dein Glück, dachte er, aber gewinnen wirst du nichts. Liebe ist kein Spiel. Dieser Diego war doch ein Vagant durch und durch, ohne Wurzeln und ohne Grundsätze. Ein unsteter Zugvogel, der Marthe-Marie nur benutzte, um wenigstens einen festen Punkt im Leben zu haben. Doch einer Frau zu Gefallen würde er sein Leben niemals ändern. Lass dich nicht blenden von diesem Komödianten, Marthe-Marie, flüsterte Jonas und spürte, wie sich seine Fäuste ballten. In diesem Moment trat sie, da der Beifall nicht enden wollte, noch einmal auf die Bühne und deutete grazil einen Hofknicks an. Ihr Blick schweifte suchend über die Menge, bis sie Jonas entdeckte. Sie lachte und winkte ihm zu.

Sein Herz klopfte schneller. Was ging ihn dieser eitle Spanier an? Er eilte hinüber zum Eingang des Rathauses. Als er ihr zuvor vorgeschlagen hatte, einen Spaziergang vor den Toren der Stadt zu unternehmen, gleich nach ihrem Auftritt, war sie sofort einverstanden gewesen. Das Wetter war wunderbar, die Luft klar und angenehm, denn ein nächtliches Gewitter hatte die schwüle Hitze der letzten Tage vertrieben.

Eine schmale Frauenhand legte sich ihm über die Augen.

«Gehen wir?»

Jonas nahm die Hand und wandte sich um. In ihrem hellblauen Leinenkleid, das um den Hals weit ausgeschnitten war, und mit dem hochgesteckten schwarzen Haar sah Marthe-Marie wie eine Königin aus.

«Gehen wir.»

Er ließ ihre Hand nicht los, als sie durch die Gassen stadtauswärts schlenderten, die saftig grünen städtischen Viehweiden durchquerten und schließlich einen Waldweg erreichten, der leicht bergauf führte. Auf einer sonnigen Lichtung machten sie Rast. Zum Greifen nah schienen die Dächer und Türme der Stadt, doch kein Laut, kein Hämmern und Klopfen drang durch die sommerlich warme Luft bis hier herauf.

Jonas breitete seine Jacke aus, und sie setzten sich dicht nebeneinander auf die Wiese, die von den unzähligen Blüten des Storchenschnabels in zartem Blau schimmerte.

«Und du willst tatsächlich nicht wieder nach Freiburg zurückkehren?»

«Nein.» Er pflückte einen kleinen Stängel Ehrenpreis und steckte ihn in ihr Haar. «Ich habe alles, was ich besitze, bei mir.»

«Dann warst du dir wohl sehr sicher mit mir?»

Er wirkte verlegen.

«Um ehrlich zu sein, nein. Aber es gab noch einen anderen Grund wegzugehen.» Er zögerte. Hätte er nur nicht damit angefangen. Es war so herrlich, mit Marthe-Marie hier zu sitzen, an diesem friedlichen Sommernachmittag. An die Grausamkeit der Menschen mochte er jetzt am allerwenigsten denken.

«Welchen Grund?»

«Ein andermal. Ich mag jetzt über diese Dinge nicht reden.»

«Welche Dinge?»

Er schüttelte den Kopf.

Marthe-Marie ließ nicht locker. «Verheimlichst du etwas? Wenn es mich oder uns beide betrifft, musst du es sagen.»

«Es ist – ich habe es nicht mehr ausgehalten. In Freiburg brennen wieder die Scheiterhaufen.»

«Das ist nicht wahr.» Entsetzen stand in Marthe-Maries Augen.

«Doch. Drei Frauen. Sie haben nach mehrfacher peinlicher Befragung gestanden und weitere abgebliche Teufelsbuhlen angegeben. Das Brennen und Morden wird weitergehen.» Seine Stimme wurde schroff. «Nach allem, was ich von Textor erfahren habe, weiß ich nun, dass es Unschuldige sind, die sie da umbringen.»

«Genau wie meine Mutter», sagte Marthe-Marie tonlos.

Er schwieg. Was war nur in die Menschen gefahren? Er verstand das alles nicht. Keine Pestepidemie, keine Hungersnot bedrohte sie, seit Jahren herrschte Frieden im Land – warum schwangen die Menschen sich allerorten zum Richter über Leben und Tod ihrer Mitmenschen auf? Als er spürte, wie Marthe-Marie zitterte, zog er sie fest an sich. Da war noch etwas, doch er war zu feige, es ihr zu sagen.

«Und du glaubst wirklich nicht an Teufelsbuhlschaft und Hexenverschwörungen?», flüsterte Marthe-Marie.

«Zweifelst du daran?»

«Nein, Jonas. Jetzt nicht mehr. Aber ich habe Angst. Angst davor, dass der Ruch der Hexentochter für immer an mir haften bleibt, gleichgültig, in welche Stadt ich mich flüchte. Würdest du damit leben wollen? Hier bei den Spielleuten fragt niemand nach meiner Herkunft.»

«Ich könnte mit allem leben, weil ich dich liebe.»

Er war selbst erstaunt, wie leicht ihm dieses Bekenntnis über die Lippen kam. Noch nie hatte er einer Frau so etwas gesagt. Er spürte Marthe-Marie in seinem Arm, wie sie sich warm und leicht an ihn lehnte. Sie zitterte nicht mehr. Niemals würde er zulassen, dass dieser Frau Unrecht geschähe.

Die Schatten wurden länger. Über die Wipfel der Tannen schob sich ein runder bleicher Mond, der ferne Ruf eines Käuzchens kündete von der einsetzenden Dämmerung.

«Es ist spät.» Marthe-Marie durchbrach das Schweigen. «Wir müssen zurück, bevor es dunkel wird.»

Viel zu rasch erreichten sie die Allmende vor der Stadt. Frauen und Männer kehrten schwatzend oder singend von ihrer Feldarbeit in die Stadt zurück.

«Warte.» Jonas zog sie in den Schutz eines kleinen Buchenhains. Dann tat er das, wovon er so oft geträumt hatte: Er umfasste ihr Kinn und küsste sie zärtlich, hielt sie fest in den Armen, streichelte ihren Nacken, ihre Schultern, ihre festen Brüste unter dem rauen Leinenstoff. Und sie erwiderte seine Zärtlichkeiten, sank mit ihm ins Gras und gab sich seinen Küssen und Berührungen hin. Wie zart ihre Haut war, wie schmal und zugleich kräftig ihr Leib. Ohne Scheu erkundeten ihre Hände und Lippen einander, jede Stelle ihrer Körper, bis nichts mehr fremd war zwischen ihnen und es kein anderes Begehren mehr gab, als ihre Leidenschaft endlich bis zum Letzten auszukosten.

Es schien Stunden zu dauern, bis sein Herz wieder langsamer schlug. Ihre dunklen Augen lächelten ihn an, als er sich über ihr Gesicht beugte.

«Marthe-Marie», flüsterte er.

Sie zog ihn an sich.

«Vielleicht sind wir wirklich füreinander bestimmt», sagte sie und sah ihn prüfend an. «Vielleicht hat uns das Schicksal jetzt endgültig zusammengeführt.»

«Ich gehe mit dir, wohin du willst, Marthe-Marie.»

«Dann lass uns hier bleiben. In Freudenstadt.» Sie lächelte, wurde jedoch sofort wieder ernst. «Aber jedoch ein einziges Mal noch möchte ich nach Freiburg zurück. Ich muss.»

Jonas hörte das Blut in seinen Ohren rauschen. «Du weißt doch, in welche Gefahr du dich dort begibst.»

Sie lachte. «Dann werde ich mich eben als Nonne verkleiden. Nur für einen Tag.»

«Warum?»

Er wollte die Antwort nicht hören, denn er kannte sie schon.

«Ich möchte Mechtild wieder sehen. Sie soll wissen, was aus Agnes und mir geworden ist. Du weißt doch, wie viel ich ihr zu verdanken habe.»

Er ließ sich ins Gras fallen und blickte zur Seite.

«Mechtild ist tot.»

Ihre Lippen formten lautlos ein Nein, alle Farbe war aus ihrem Gesicht gewichen. Kaum hörbar kam die Frage: «Woran ist sie gestorben?»

Sein Magen krampfte sich zusammen.

«Woran ist sie gestorben?», wiederholte sie. Ihre Stimme klang jetzt fest und fordernd. Sie schüttelte ihn, bis er stockend antwortete.

«Vor Schwäche und Kummer. Sie haben sie eines Tages abgeholt und in den Christoffelsturm gesteckt. Das hat sie nicht überlebt.»

«Haben sie sie gefoltert?»

«Ja.» Seine Stimme zitterte.

«Wegen mir? Weil sie mich beherbergt hatte?»

«Bitte, Marthe-Marie, so darfst du nicht denken. Es ist nicht deine Schuld. Es ist die Schuld dieser aufgehetzten Meute, dieser fanatischen Eiferer.» Er unterbrach sich. Tränen strömten über sein Gesicht.

«Was wurde ihr vorgeworfen?» Ihr Blick war leer.

«Sie habe eine Hexe beherbergt und in ihrem Auftrag ein Kind entführt, um es den Gauklern zum Zwecke der Schwarzmagie zu übergeben. Es tut mir so Leid, ich wollte, du hättest es nie erfahren.»

Plötzlich ging alles rasend schnell. Marthe-Marie schluchzte laut auf, er zog sie verzweifelt in seine Arme, presste sie an sich, als er plötzlich im Dämmerlicht eine Gestalt über sich stehen sah.

«Du gottverdammter Schelm!»

Diego riss ihn am Arm in die Höhe und versetzte ihm einen Faustschlag in die Magengrube. Mit einem Stöhnen klappte Jonas zusammen, doch Diego hatte ihn schon bei den Schultern gepackt.

«Alles zerstörst du, du hergelaufener Hundsfott. Wer gibt dir das Recht, mit Marthe-Marie herumzupoussieren?»

Wieder schlug er zu, diesmal mitten ins Gesicht. «Du gehörst nicht zu ihr», brüllte er. «Sie ist eine von uns.»

Diego raste vor Wut, auf seiner Stirn stand der Schweiß. Er bringt mich um, dachte Jonas, und hielt sich schützend den Arm vor das Gesicht, um den nächsten Angriff abzuwehren. In diesem Moment schlug ein armdicker Ast zwischen ihnen zu Boden.

«Verschwindet! Verschwindet alle beide.»

Marthe-Marie stand da wie ein Racheengel, wachsbleich, mit aufgerissenen Augen und wirrem Haar. Ihr Mieder und Leibchen standen noch offen und gaben die bloßen Brüste frei, der Rock war voller Gras und Zweige.

Jonas trat einen Schritt zurück.

«Sag es ihm, Marthe-Marie. Sag ihm, dass wir zusammengehören.»

«Wir können niemals zusammengehören. Niemals!» Ihre Stimme überschlug sich. «Wegen mir musste Mechtild sterben. Und weißt du warum? Es liegt ein Fluch auf mir. Der Fluch der Hexentochter.»

Sie ließ den Ast fallen und rannte davon in Richtung Viehweide. Wie im Nebel sah Jonas, wie ihre Gestalt immer kleiner wurde, zu einem winzigen Punkt zusammenschmolz. Er hörte Diegos rasende Flüche, spürte, wie dessen Knie in seinen Unterleib schnellte, dann brach er zusammen.

Seine Hände krallten sich in der Erde fest. Er fühlte das kühle Gras an seiner Wange, das Marthe-Marie und ihm vor wenigen Augenblicken und vor tausend Ewigkeiten als Bettstatt ihrer Liebe gedient hatte. Erschöpft schloss er die Augen. Es gab keinen Grund mehr aufzustehen.

20

Sonntag konnte es kaum fassen: Nicht nur, dass ihre Konzession bis Ende des Monats August verlängert worden war – zum ersten Mal in seiner Laufbahn als Prinzipal hatte seine Compagnie zu einem weiteren Gastspiel eine höchst offizielle Einladung bekommen. Ein Amtsbote des benachbarten Städtchens Dornstetten war nach ihrer vorletzten Vorstellung in Freudenstadt erschienen und hatte ihnen das Angebot unterbreitet, zur Kirchweih im Oktober zu gastieren. Offenbar hatte sich ihr Erfolg in diesem südwestlichen Zipfel des Herzogtums Württemberg herumgesprochen, und so war Sonntag selbstbewusst genug, Bedingungen zu stellen: Er bat sich aus, nicht, wie vom Dornstetter Magistrat geboten, im Gasthaus «Krone» Quartier zu nehmen, sondern auf der Gemeindewiese vor der Stadt, zudem möge auch der Wahrsagerin Salome das Gastrecht nicht verweigert werden, da zu ihrem Kundenkreis erlauchte Persönlichkeiten gehörten und ihr Wirken ausschließlich dem Guten diene.

Drei Tage später – sie hatten die Bühne abgebaut, die Wagen und Karren standen bepackt bereit – brachte ihnen der Bote das Plazet der Dornstetter Ratsherren. Die Spielleute brachen in Jubel aus.

«Diesen weiteren Erfolg», rief Sonntag, nachdem sich seine Leute beruhigt hatten, «möchte ich für zweierlei zum Anlass nehmen. Zum einen ist unser Säckel inzwischen so gut gefüllt, dass wir unsere Ausrüstung wieder in Schuss bringen sollten. Wer also Mängel an seinen Kostümen oder Requisiten festgestellt hat, kommt nachher mit seinen Wünschen zu mir. Außerdem werden wir noch einen Wagen samt Maultier dazukaufen, einen großen geschlossenen Wohnwagen aus bestem Buchenholz. Keiner von euch soll in diesem Winter auf offenen Karren oder unter Planen schlafen müssen. Das zweite: Zum Abschied gibt es nachher im ‹Goldenen Bärlein› ein großes Fest mit freiem Essen und Trinken für alle. Wartet, ich bin noch nicht fertig.» Er hatte Mühe, die neuerlichen Freudenpfiffe und Rufe zu übertönen. «Sauft euch nicht die Hucke voll; wir müssen morgen in aller Frühe die Stadt verlassen und unser Lager draußen aufschlagen. Wer nicht rechtzeitig auf den Beinen ist, zahlt in die Strafkasse.»

David Dreher zeigte ganz offen sein Bedauern, als er am Abend riesige Platten mit Spanferkel, kaltem Braten und sauren Kaldaunen in Rotweintunke auffahren ließ und sich dann zum Prinzipal an den Tisch setzte.

«Lieber Sonntag, ich sag's Euch offen ins Gesicht; Ihr wart mir die liebsten Gäste seit langem.»

«Vor allem die lukrativsten», lachte Sonntag.

«Nein, nein! Doch nicht des Geldes wegen. Ihr wisst ja selbst, dass Ihr fahrenden Leute nicht gerade den besten Ruf habt. Aber mir wart Ihr eine angenehmere Gesellschaft als manch adlige Reisegruppe. Und Eure Mettel würde ich am liebsten nicht mehr herausgeben. Langer Rede kurzer Sinn: Ich wünsche Euch von Herzen Glück und weiteren Erfolg.» Er schüttelte dem Prinzipal die Hand. «Die paar Fässchen Bier heute Abend gehen auf meine Rechnung, als Abschiedsgeschenk.»

Dann winkte er Mettel heran. «Heute sollen die anderen ausschenken. Trink mit uns.»

Er warf ihr einen glutvollen Blick zu.

«Ach David, Ihr wisst doch, dass ich nicht untätig herumsitzen kann. Na gut, auf einen Schluck hock ich mich dazu.»

Sie schenkte sich und Dreher ein und hob ihren Becher.

«Auf die Gastfreundschaft vom Bärenwirt.»

Alle hoben ihre Becher und tranken Dreher zu. Nur Diego starrte auf die Tischplatte, ohne etwas anzurühren.

«Diego tut mir Leid», flüsterte Marusch Marthe-Marie zu. «Du solltest aufhören, ihn wie Luft zu behandeln.»

«Er ist Luft für mich. Ich wäre froh, ich würde ihn nie wieder sehen. Und falls er dich angesetzt hat zu vermitteln, dann richte ihm aus, dass es vergeblich ist.»

«Sei nicht albern, für Botendienste lass ich mich nicht gebrauchen. Aber du gibst ihm nicht einmal die Möglichkeit, sich zu entschuldigen. Schau, er ist halt ein Mannsbild, aufbrausend, selbstgefällig und eifersüchtig. So sind die Männer, wenn sie verliebt sind.»

«Nicht Jonas», entfuhr es Marthe-Marie. Allein dass sie seinen Namen ausgesprochen hatte, versetzte ihr einen Stich ins Herz. Wie hatte sie sich vorgenommen, nicht mehr an jenen Abend im Buchenhain zu denken; aber die Momente der Liebe und des Schreckens holten sie bei jeder Gelegenheit ein. Ihre Trauer um Mechtild hatte sie mit Marusch teilen können, und das Mitleiden der Freundin hatte ihr gut getan. Sie begann sich einzureden, dass der Tod der alten Wirtin mit der Welt draußen zu tun hatte, mit einer feindlich gesinnten Welt, vor der sie sich in den Schutz der Gauklertruppe zurückgezogen hatte. Doch das Leid um Jonas konnte ihr niemand abnehmen. Ein zweites Mal, diesmal wohl endgültig, hatte sie ihn zurückgestoßen und verletzt, und das in einem Augenblick, wo ihre Liebe zu ihm erwacht war. Noch nie hatte sie sich in der Umarmung eines Mannes so frei gefühlt. Sie hatte gar nicht geahnt, wie berauschend und erfüllend die Liebe für eine Frau sein konnte. Bei Veit hatte sie derlei Erfahrungen nie gemacht.

Am Morgen danach hatte sie sich von einem Nagelschmied zum anderen durchgefragt, bis sie auf Jonas' Quartiermeister gestoßen war. Der hatte ihr berichtet, der junge Schulmeister sei erst am frühen Morgen heimgekehrt, wortlos und mit einer Menge Beulen und Schrammen am Leib. Er habe sofort seine Sachen gepackt, ihn ausbezahlt und dann die Stadt verlassen. Nein, er wisse nicht wohin, und der junge Mann habe auch keine Nachricht hinterlassen.

«Ich schmiede große Pläne für die Truppe», hörte sie Sonntag dem Wirt sagen. «Bevor hier oben der Winter einbricht, ziehen wir hinunter ins Neckartal. Und dann, immer schön flussabwärts, Richtung Residenz. Wir wollen versuchen, in Stuttgart fürstliche Protektion zu erlangen, um im ganzen Land leichter an Lizenzen zu kommen.» Er nahm einen kräftigen Schluck. «Gerade im Winterhalbjahr, wenn kaum Messen und Märkte stattfinden, ist es ja schier unmöglich, in den Städten eine Aufführungsgenehmigung zu bekommen. Wenn wir nicht gerade bei einer Bauernhochzeit spielen dürfen, schlagen wir die Zeit auf irgendeiner Viehweide tot, wo wir mehr oder weniger geduldet werden, wenn sie uns nicht gleich wieder verjagen. Ein Empfehlungsschreiben vom Herzog Friedrich, das wär's, das würde uns Tür und Tor öffnen.»

«Ihr müsst wissen», mischte sich Marusch ein, «mein Mann

träumt seit Jahren davon, dass unserer Truppe der Titel Hofkomödianten verliehen wird und wir dann alle Sorgen los sind.»

«Warum nicht? Wir sollten es zumindest versuchen. Der Herzog ist ein sehr aufgeschlossener und kluger Herrscher, das hört man überall.»

Marthe-Marie waren Sonntags Pläne einerlei. Sie fühlte sich wie in einem Kahn ohne Ruder, der über den See treibt, und einen anderen Wunsch, als sich ziellos treiben zu lassen, verspürte sie auch nicht.

Diego sah zu ihr herüber. Seine Augen waren stumpf vor Enttäuschung und Niedergeschlagenheit. Sie wandte sich ab. Was an Freundschaft und Nähe zwischen ihnen entstanden war, hatte er mit seinem Zornesausbruch zerstört.

21

Dem Herbstlaub der Wälder blieben nur wenige Tage, um seine rotgoldene Pracht zu entfalten. Schon Mitte Oktober tobten die ersten Stürme über die Höhen des Schwarzwaldes und rüttelten an Ästen und Zweigen.

«Ich fürchte, der Winter kommt dieses Jahr früh», meinte Mettel. «Wir sollten talabwärts ziehen.»

Sie war gerade von einer ihrer morgendlichen Runden zurückgekehrt, bei denen sie alles sammelte, was Feld, Wald und Wiese boten. Mehr als einmal war sie dabei irgendwelchen Flurschützen und Feldmeistern nur in letzter Sekunde entwischt. Jetzt im Herbst brachte sie Huflattichsamen gegen Husten, Hagebutten gegen Winterfieber und jede Menge Haselnüsse mit.

Marthe-Marie und Marusch hockten mit Lisbeth und Agnes im Windschatten ihres neuen Wagens und knackten Nüsse. Sonntag hatte wahrhaftig keine Kosten gescheut: Mit den zwei kleinen Fenstern, die mit Rindsblase bespannt waren und bei Schlechtwetter mit dicken Läden geschlossen werden konnten, der Tür im Heck und dem geteerten Dach stellte der Wohnwagen ein richtiges Haus auf vier Rädern dar.

«Ich fürchte, Leo wird sich nicht darauf einlassen.» Marusch schaufelte die Nussschalen in einen Eimer. «Er will heute Mittag bei den Dornstetter Ratsherren vorsprechen, um eine Verlängerung bis in den November zu erwirken. Außerdem – wir haben Ostwind, es ist zwar kalt, aber wunderbar klar.»

Doch die alte Köchin ließ nicht locker. «Du weißt, was los ist, wenn wir mit unseren schweren Karren in Schnee oder Schlamm geraten. Dazu hier oben in den Bergen. Um ehrlich zu sein: Ich bin mir sicher, dass das Wetter bald umschlägt. Ich habe Schmerzen an meinem goldenen Zahn.»

«Vielleicht sollten wir Salome um Rat fragen.» Marthe-Marie zog sich ihren Umhang fester um die Schultern. «Schließlich kann sie in die Zukunft sehen.»

Marusch lachte laut auf. «Das Einzige, was die kann, ist, ihren Besuchern das Geld aus der Tasche zu ziehen. Da vertraue ich lieber auf Mettels Goldzahn. Wartet hier, ich werde mit Leo reden.»

Als sie nach über einer Stunde zurückkehrte, lächelte sie befriedigt. «Wir brechen übermorgen auf, ohne Umwege hinunter ins Neckartal nach Horb.»

«Bekommst du eigentlich immer deinen Willen?» Marthe-Marie konnte nicht verhindern, dass ihre Frage spitz klang.

«Nur in wirklich wichtigen Dingen. Den Rest überlasse ich Leo. Hauptsache, er zweifelt niemals daran, dass er die Zügel in der Hand hält.»

In letzter Zeit ertappte sich Marthe-Marie immer häufiger dabei, wie sie ihrer Freundin das Leben mit Leonhard Sonntag und den fünf Kindern neidete. Missmutig schlug sie mit dem Hammer so fest auf die Nüsse, dass die Kerne zu Mus gequetscht wurden. Marusch warf ihr einen fragenden Blick zu, sagte jedoch nichts.

Bis zu ihrem letzten Tag in Dornstetten schienen den Prinzipal aber doch Zweifel wegen der vorzeitigen Abreise zu plagen, denn gegenüber Marusch verhielt er sich überaus gereizt. Dann jedoch wurden sie Zeugen eines Ereignisses, das sie veranlasste, so schnell wie möglich weiterzuziehen.

Sie gaben ihre letzte Vorstellung. Quirin war mit seiner Darbietung noch nicht bis ans Ende gelangt, als die Zuschauer unruhig wurden. Erst vereinzelt, dann in dichtem Pulk verließen die Menschen den Marktplatz, auf dem die Bühne errichtet war, und strömten hinüber zur Kirche. Auf ein Zeichen des Prinzipals hin löschte Quirin schließlich seine Fackeln und beendete den Auftritt.

«Möchte zu gern wissen, wer uns da die Aufmerksamkeit stiehlt», brummte Sonntag. Gemeinsam zogen sie hinüber zum Kirchplatz, wo es kaum noch ein Durchkommen gab. Sie drängten sich seitwärts an der Menge vorbei, bis sie das Schauspiel vor Augen hatten, das die Menschen offenbar weit mehr fesselte als der Auftritt der Gaukler: Am Pranger stand mit dem Rücken zu ihnen eine Frau, die Hände an die Spitze des Schandpfahls gekettet. Ein Raunen ging durch die Menge, als sich der Scharfrichter mit einer kräftigen Rute in der Faust der Delinquentin näherte. Mit einer einzigen Bewegung riss er ihren Kittel entzwei. Schutzlos und nackt erwartete ihr Rücken die schmerzhaften Schläge. «Eins!» – «Zwei!» – «Drei!», grölte die Menge bei jedem Staupenschlag, beim fünften begann die Frau zu schreien, dann platzte die Haut auf, und Blut quoll über den bleichen Rücken.

Marthe-Marie hatte sich längst abgewandt. «Lass uns gehen. Ich will das nicht sehen.»

Doch Marusch stand wie versteinert. «Das gibt es nicht. Das ist Apollonia!»

Marthe-Marie zwang ihren Blick zum Ort des grausamen Geschehens. Jetzt sah man das Gesicht der Frau: Es war tatsächlich die junge Bettlerin aus Hausach, die sich mit Maruschs Geldkatze davongemacht hatte. Marthe-Marie hielt sich die Ohren zu, um die furchtbaren Schreie nicht hören zu müssen. «Elf!»- «Zwölf!» – dann trat Stille ein.

«Was hat sie getan?», fragte Marusch die Umstehenden.

«Leinentücher aus einem Bürgerhaus hat sie geklaut, das Luder. Und einen silbernen Kerzenständer. Es ist wohl nicht das erste Mal.»

Inzwischen hatte der Scharfrichter Apollonia vom Pranger losgebunden. Zusammengekrümmt lag sie auf dem Pflaster. Jemand führte ein Pferd heran, das in leichtem Geschirr stand. Der Henker band ihre Handgelenke an die Zugstränge.

«Jetzt wird sie aus der Stadt geschleift», rief einer der Gaffer. «Los, hinterher.»

«Das überlebt sie nicht», murmelte Marthe-Marie und kämpfte gegen das Würgen in ihrem Hals an. Sie konnte es nicht erklären, aber ihr war, als hätte es eine von ihnen getroffen.

«Sie ist noch jung, und sie ist zäh», entgegnete Marusch, doch auch ihr Gesicht war totenblass.

Als sie zum Marktplatz zurückkehrten, fehlte keiner aus der Truppe. Niemand hatte das Spektakel bis zum Ende miterleben wollen.

«Das war kein schöner Anblick», sagte Sonntag. «Mir wäre es am liebsten, wir würden gleich aufbrechen.» Die anderen nickten stumm. «Und womöglich behält unsere Nonne noch recht mit ihrer bösen Ahnung, was das Wetter betrifft.»

So war es auch. Bereits einen Tag später – sie durchquerten einige Meilen hinter Dornstetten ein dichtes Waldstück – zog von Westen her eine dunkelgraue Wolkenbank auf und schob sich vor die Sonne. Am Nachmittag fielen die ersten schweren Flocken vom Himmel, die ein heftiger Wind, der binnen Minuten an Stärke zunahm, ihnen in Kragen und Gesicht wehte. Schlagartig wurde es dunkel.

«Mistwetter!», brüllte der Prinzipal vom Kutschbock herunter. «Wir müssen einen Lagerplatz finden, bevor wir gar nichts mehr sehen.»

Sie erreichten eine Schneise, die die Waldarbeiter geschlagen hatten, und lagerten kreuz und quer zwischen gefällten Bäumen und Gestrüpp.

Zum ersten Mal schliefen sie alle in ihrem neuen Wagen, bis auf Pantaleon und Quirin, die wohl ihre Härte beweisen wollten, und jeweils drei Männer, die Wache hielten. Lambert hatte an den Innenwänden des Wohnwagens auf halber Höhe Bretter an Scharnieren befestigt, die, von Ledergurten gehalten, herausgeklappt und von den Kindern als Betten genutzt werden konnten. Auf dem Boden lagen die Erwachsenen dicht an dicht, und die Luft war bald zum Schneiden, da die Läden geschlossen bleiben mussten. Dafür brauchte keiner zu frieren.

«Ist doch eigentlich ganz behaglich», flüsterte Marusch, die eingezwängt zwischen Sonntag und Marthe-Marie lag. Diego hatte zusammen mit zwei der Musikanten die erste Wache übernommen. «Ich bin gespannt, wie lange es Quirin und Pantaleon draußen unter ihren Planen aushalten.»

Marthe-Marie lauschte dem Sturm, der um den Wagen heulte, dem Ächzen und Rauschen der Bäume. Hin und wieder hörte sie die Pferde und Maultiere unruhig schnauben, dann wieder schlugen Zweige herab. Marusch und ihr Gefährte schnarchten längst um die Wette, doch sie fand, wie seit Tagen schon, keinen Schlaf. Sie dachte an Apollonia. Nur kurz hatten sich ihre Wege gekreuzt. Marthe-Maria wusste so gut wie nichts über die junge Frau und doch – ihr Anblick hatte etwas in ihr berührt, das mehr war als nur Mitleid.

Irgendwann öffnete sich die schmale Tür und ließ einen Schwall eisiger Luft und nasser Flocken herein. Ein Tuscheln, Rucken und Zerren ging durch die nachtschwarze Enge des Wagens, dann war wieder alles ruhig. Bis Marthe-Marie eine Hand auf ihrer Schulter spürte.

«Schläfst du?» Diegos Flüstern klang tief und weich.

Wortlos schüttelte sie seine Hand ab und zog sich die Decke bis über den Kopf.

Am nächsten Morgen hatte der Sturm nachgelassen. Alles war weiß, an einigen Stellen stand der Schnee in hüfthohen Wehen.

«Das wird ein beschissenes Stück Arbeit, die Wagen wieder auf den Weg zu bringen,» schimpfte Diego. Doch kaum hatten sie die Geschirre für die Zugtiere bereitgemacht, setzte der Sturm wieder ein, diesmal ungleich heftiger.

«Es hat keinen Sinn», schrie Sonntag durch das Tosen. «Zurück in den Karren mit euch.»

So hockten sie in der Dunkelheit des Wagens, zum Warten verdammt, die Böen rüttelten an den Fensterläden. Plötzlich krachte mit lautem Knall ein Ast auf das Dach. Sie hörten das Kamel draußen schreien, Agnes und Lisbeth begannen zu weinen, und Ambrosius' dürrer Körper zitterte wie Espenlaub.

«Herr im Himmel hilf, dass uns kein Baum zerschmettert», flüsterte Lamberts Frau. Sie begann zu beten, die Kinder fielen mit ein. Sonntag kroch hinaus und kam mit Pantaleon und Quirin zurück. In ihren Haaren und Bärten hingen Eisklumpen.

«Armdicke Äste hat es runtergehauen, aber so weit ich sehen konnte, sind keine Bäume entwurzelt. Das Kamel hat auch einen Prügel abbekommen. Du kannst später nach Schirokko sehen», wandte er sich an Pantaleon. «da draußen ist es jetzt lebensgefährlich.» Er schüttelte sich. «Die reinste Winterhölle, und das Ende Oktober.»

Erst gegen Abend flaute der Sturm ab, und sie mussten eine

weitere Nacht mitten im Wald verbringen. Dann setzte Tauwetter ein, und der Schnee ging in Regen über.

Die Schäden waren geringer als befürchtet: Der Ast hatte die obere Wand des Wagendachs eingerissen, was sich mit Werg und Teer jedoch leicht ausbessern ließ, und neben der Tür war eine Latte herausgeschlagen, die ersetzt werden musste. Pantaleons Zeltplane war zerfetzt, die von Quirin hatte der Sturm mitgerissen. Schirokko hatte Glück gehabt: Die Fleischwunde an seiner Hinterhand war nicht tief. Die anderen Wagen und Karren wiesen kleinere Schäden an Holz und Planen auf.

Gleich nach Sonnenaufgang machten sie sich wieder auf den Weg. Die Krämer und Hausierer, die Kesselflicker und Scherenschleifer mit ihren klapprigen Handwagen und zweirädrigen Karren hatten sich zum Glück für Freudenstadt als Winterquartier entschieden. Ohne sie würde der Tross schneller vorankommen. Obwohl die Fahrstraße in denkbar schlechtem Zustand war, schlammig und mit Wurzelwerk durchsetzt, hofften sie, bis zum Abend Horb am Neckar zu erreichen.

Doch mit dem plötzlichen Einbruch der kalten Jahreszeit schien die Glückssträhne der Spielleute ein jähes Ende gefunden zu haben. Sie waren kaum eine Stunde unterwegs, als sich die Straße zu einem Hohlweg verengte. Rechts und links schoben sich steile, mit Felsen und Gestrüpp besetzte Hänge bis dicht an den Wegesrand. Die beiden mächtigen Fuhrwerke von Leonhard Sonntag und Diego, die vorausfuhren, schrammten mehr als einmal an Felsen und Ästen entlang. Dann ging überhaupt nichts mehr: Quer über dem Weg lag eine umgestürzte Tanne.

Sonntag sprang vom Kutschbock und rief die Männer zusammen.

«Schaffen wir das?»

Diego setzte sich mit verschränkten Armen auf den Baumstamm. «Wozu haben wir Maximus, den stärksten Mann der Welt?»

Maximus verzog keine Miene, und die anderen lachten.

«Keine Späße jetzt.» Der Prinzipal war verstimmt über die neuerliche Unterbrechung ihrer Reise. «Alle Mann nebeneinander an den Baumstamm, und los.»

Neugierig kamen die Frauen und Kinder heran. «Sollen wir euch anfeuern?», fragte Marusch.

Plötzlich rief Caspar, der am unteren Ende der Tanne stand: «Das war nicht der Sturm. Der Baum ist gefällt.»

«Verdammt, ein Hinterhalt!» Sonntag sah zu den Frauen und Kindern. «Alle in den Wohnwagen, schnell.»

Doch es war zu spät. Fünf maskierte Männer sprangen von den Felsen, einer von ihnen packte Antonia und richtete den Lauf seines Vorderladers auf ihre Schläfe.

«Das Mädchen ist tot, wenn ihr nicht macht, was ich sage.»

Marusch unterdrückte einen Schrei. Dann hob sie langsam die Hand. «Das ist meine Tochter. Nehmt mich und lasst sie los.»

«Halt's Maul. Alle Männer rüber zum ersten Wagen. Wer sich wehrt, wird erschossen.»

Tapfer, und ohne mit der Wimper zu zucken, hielt Antonia der tödlichen Bedrohung an ihrer Seite stand. In wenigen Minuten waren die Männer gefesselt und jeweils zu viert an die Wagenräder gebunden. Marthe-Marie sah geradewegs in Diegos Gesicht. Wut und Hass stand in seinen Augen, doch kein Funken Angst. «Es wird alles gut», flüsterte er ihr zu. Da schlug einer der Maskierten ihm die Faust ins Gesicht.

«Jetzt die Frauen und Kinder», rief der Bewaffnete, der offenbar der Anführer war. Ein untersetzter, kräftiger Kerl riss die Tür zum Wohnwagen auf und stieß sie einzeln hinein. Als Isabell und Antonia an der Reihe waren, hielt er beide fest.

«Die zwei nehmen wir uns als Belohnung.» Er grapschte nach Isabells Busen.

«Dann bringe ich dich um, sobald ich freikomme,» schrie Sonntag. Einer seiner Bewacher lachte und versetzte ihm einen kräftigen Schlag mit seinem Knüppel.

«Lass das, du Arschloch,» fuhr der Anführer dazwischen. «Das ist der Prinzipal. Und wer noch einmal eine Frau anrührt, dem blase ich das Hirn aus dem Schädel. Wir haben keine Zeit zum Rumvögeln.»

Mettel war die Letzte, die unsanft in den Wagen gestoßen wurde. Dann verriegelten sie Fensterläden und Tür.

In der Dunkelheit des Wagens zog Marthe-Marie Agnes in ihre Arme, doch die schien, wie Lisbeth auch, das Ganze als ein Spiel anzusehen und plapperte munter vor sich hin. Die anderen Kinder waren vor Schreck verstummt, nur Niklas, der zehnjährige Sohn von Lambert und Anna, begann leise zu schluchzen. Antonia sprach tröstend auf ihn ein.

Sie hörten von draußen die Stimmen der Wegelagerer, lautes Pferdewiehern, dann Hufgetrappel und erschrecktes Hundegebell.

«Romulus und Remus!» Tilman schrie auf. «Sie werden sie umbringen.»

Marusch tastete nach seiner Hand. «Bleib ruhig. Deine Hunde sind klug, die werden das Richtige tun. Ihr müsst jetzt alle ganz ruhig bleiben, dann wird uns schon nichts geschehen.»

Marthe-Marie versuchte, gegen das Zittern ihres Körpers anzukommen. Sie hatte grauenhafte Angst um die Männer draußen. Vor allem um Diego, der so aufbrausend sein konnte. In dieser Situation würde das seinen Tod bedeuten.

Jetzt ruckte es heftig an ihrem Wagen. Offenbar wurde das Maultier ausgespannt.

«Sie haben es auf die Pferde abgesehen», flüsterte Mettel.

Doch das war es nicht allein. «Wo ist der Zaster?», hörten sie den Anführer brüllen. «Mach jetzt dein Maul auf, oder wir stecken den Wagen mit den Frauen und Kindern in Brand.»

«Es ist die schwarze Kiste im vordersten Wagen.» Sonntags Stimme klang müde.

«Jetzt sind wir arm wie die Kirchenmäuse», entfuhr es Marusch.

«Los, führt die Pferde zusammen und durchsucht noch die anderen Wagen. Aber beeilt euch.»

Dann wurde es zunehmend lauter. Holz splitterte, Geschirr ging zu Bruch, dazwischen das Hohngelächter der Räuber und immer wieder leises Wimmern.

«Sollen wir denen da drinnen ein wenig Feuer unterm Arsch machen?» Das war die Stimme des Untersetzten. «Ich meine, wenn wir mit den Weibern schon keinen Spaß haben dürfen.»

Da brüllte Maximus auf wie ein Tier. Ein lautes Knacken war zu hören, als ob die Speichen des Wagenrads brechen würden, und schwere, schnelle Schritte. Aus der Ferne die Stimme des Anführers: «Er hat sich losgerissen, schlagt ihn tot!», gleich darauf ein dumpfer Schlag, ein Ächzen, als ob ein gefällter Baum zu Boden ginge. Dann war es still.

«Maximus!» Mettels Stimme drang erstickt durchs Dunkel. Marthe-Marie schlang den Arm um sie und begann zu beten, flehte Gott an, sie alle am Leben zu lassen, auch wenn ihnen sonst alles genommen würde.

Irgendwann hob sie den Kopf und lauschte. Draußen war nichts mehr zu hören. Sie versuchte durch den Spalt der Fensterläden hinauszusehen, doch außer einem Stück nackter Felswand war nichts zu erkennen. Wie aus einem tiefen Traum kamen auch die anderen zu sich. «Sie sind weg», flüsterte Marusch. Jetzt hörten sie Diegos Stimme: «Hilf mir – ja, so ist es gut – noch ein Stückchen.» Kurz darauf öffnete sich die Tür des Wagens und Diegos blutverschmiertes Gesicht erschien in der blendenden Helligkeit des hereinfallenden Lichts.

«Geh du zuerst hinaus», sagte Marusch zu Marthe-Marie. «Ich

bleibe bei Mettel. Und ihr Kinder bleibt auch, bis wir euch holen.»

Marthe-Maries Beine schwankten, als Diego ihr aus dem Wagen half. Sie starrte auf seine aufgeplatzte Lippe und unterdrückte ein Schluchzen. Dann ließ sie sich in seine Arme fallen.

Rundum sah es aus wie nach einer Schlacht. Überall verstreut lagen Kleider, Kostüme und Requisiten im Matsch, dazwischen Tonscherben von zerschlagenem Geschirr und gesplittertes Holz. Das Schild mit dem stolzen Schriftzug «Leonhard Sonntag und Compagnie» war in zwei Teile gespalten. Das Furchtbarste: Ihr zu Füßen lag ausgestreckt im Dreck der große, starke Maximus und rührte sich nicht.

«Ist er tot?»

«Ich weiß nicht.» Diego strich ihr zärtlich über das Gesicht. «Ich kümmere mich um ihn, binde du die anderen los. Hier hast du mein Schnitzmesser.»

Sonntag rieb seine schmerzende Schulter, nachdem sie ihn befreit hatte. «Ist von den Frauen und Kindern jemand verletzt?»

«Nein, dem Himmel sei Dank. Nur um Mettel müssen wir uns kümmern – wegen Maximus.»

Jetzt schossen ihr doch die Tränen in die Augen. Dann fiel ihr Blick auf Ambrosius, der leblos und kopfunter an den Speichen des Wagenrads hing.

«Keine Angst, der ist nicht tot. Nur rechtzeitig in Ohnmacht gefallen.» Sonntag klopfte dem Wundarzt unsanft auf die Wangen. «He, Medicus, aufwachen, es ist vorbei. Wir brauchen deine Hilfe.»

Während Marthe-Marie die anderen Männer befreite, knieten Sonntag und Diego bei Maximus, dem aus einer Wunde am Hinterkopf das Blut rann.

«Sapperment, Ambrosius!», brüllte Diego los. »Hol jetzt sofort deine Arzttasche, sonst mach ich dir Beine!»

Unter lautem Wehklagen lief der bucklige Wundarzt zu seinem umgestürzten Karren, in den er einer Wühlmaus gleich den Kopf steckte, um seine Instrumententasche zu suchen. Plötzlich begann er zu kreischen wie ein Waschweib: «Meine Amputiersäge! Sie haben meine Amputiersäge gestohlen!»

In diesem Moment hob Maximus den Kopf, schlug die Augen auf und fragte mit klarer Stimme: «Mettel?»

Marthe-Marie stürzte in den Wohnwagen. «Mettel, schnell. Er kommt zu sich. Er ist nicht tot!»

Die alte Köchin lachte und weinte zugleich, als sie sich neben Maximus hockte. «Mein armer Kleiner. Was haben sie mit dir gemacht.»

«Sein Puls schlägt wieder kräftiger.» Ambrosius legte eine Kompresse auf die Wunde und begann einen Verband anzulegen. Seine Spinnenfinger zitterten noch immer. «Er braucht jetzt Wärme.»

Mit einem Mal begannen alle durcheinander zu laufen, jeder auf der Suche nach seinen Habseligkeiten oder um die angerichteten Schäden an seinem Wagen zu untersuchen.

«So geht das nicht.» Der Prinzipal kletterte auf sein Fuhrwerk. «Alle hierher zu mir.»

Er musterte seine Männer, die sich jetzt um den vorderen Wagen versammelt hatten.

«Wie es scheint, sind wir mit dem Schrecken davongekommen. Sogar Maximus. Jedem anderen hätte so ein Schlag den Schädel zerschmettert, aber Maximus ist eben Maximus. Jetzt hört zu: Marthe-Marie und Anna gehen mit den größeren Kindern Feuerholz sammeln. Bleibt in der Umgebung des Lagers und haltet Ausschau nach dem Kamel. Es hat sich losgerissen und muss ganz in der Nähe sein. Vielleicht haben sich auch noch andere Tiere befreien können. Mettel und Salome, ihr treibt Wasser auf und etwas zu essen, um für Maximus eine heiße Suppe zu bereiten. Vielleicht haben die Dreckskerle ja noch was von unserem Wein oder Branntwein dagelassen. Marusch kümmert sich so lange um den Verletzten, Decken müssten ja genug im Wohnwagen sein. Ihr anderen kommt mit mir. Wir werden Wagen für Wagen überprüfen, was fehlt, was zerstört und was noch zu gebrauchen ist. Und zwar gemeinsam, verstanden?»

Marthe-Marie bläute den Kindern ein, dicht zusammenzubleiben, dann durchstöberten sie das unwegsame Gelände. Dabei fanden sie Salomes Kristallkugel und eine Sackpfeife, beides unversehrt. Es war Antonia, die Schirokko entdeckte. Mitten in einem Holunderbusch, unter einem Felsvorsprung, stand das Kamel und zitterte am ganzen Leib. Antonia versuchte es hervorzulocken, mit schnalzenden Geräuschen, wie sie es von Pantaleon kannte, doch vergeblich. Schließlich holte sie den Tierbändiger, dem Schirokko wie ein Hund hinterhertrottete. Als kurz vor dem Hohlweg noch die beiden Äffchen aus den Bäumen sprangen und sich Pantaleon mit aufgeregtem Schnattern auf die Schultern setzten, liefen ihm Freudentränen über das Gesicht.

Die anderen Tiere blieben verschwunden. Diegos Zwerghühner schmorten wahrscheinlich längst irgendwo über dem Lagerfeuer der Räuber, und Tilman weinte immer noch bitterlich über den Verlust seiner Hunde, als sie sich gegen Mittag um das knisternde Feuer setzten und der Prinzipal eine Zusammenfassung der Verluste gab.

Das Leben hatten die Räuber ihnen gelassen, doch ansonsten war der Schaden unermesslich. Nicht nur dass der Prinzipal die Geldkiste mit den Einnahmen der Truppe hatte herausgeben müssen. Die Schutzplanen der Wagen waren aufgeschlitzt, aus den Verkleidungen Bretter herausgeschlagen, so gut wie alle Kisten und Koffer lagen geöffnet oder ausgeleert im Dreck. Was irgendwie von Wert schien, hatten die Lumpen mitgenommen, anderes mutwillig zerstört. So war ein Großteil der Kostüme zerschnitten und zerfetzt, die Flöten und Fiedeln der Musikanten fast alle zerbrochen.

Auf Wochen hin würden sie nicht mehr auftreten können, dachte Marthe-Marie. Dann musste sie beinahe auflachen: Sie saßen hier ohnehin fest wie die Karnickel in der Falle. Den gefällten Baum hatten die Männer zwar inzwischen beiseite geschafft, doch alle Pferde und Maultiere waren weg. Das Vorderrad an Sonntags Fuhrwerk hatte Maximus mit seinen Bärenkräften in Stücke gerissen. Am geringsten betroffen war Pantaleon, denn er besaß nichts außer seinen Tieren und seinem schäbigen zweirädrigen Karren, den kaputtzuschlagen die Räuber sich gar nicht erst die Mühe gemacht hatten.

«Wir sind am Leben, und wir haben unsere Wagen, auch wenn sie ramponiert sind», versuchte Sonntag seine Leute aufzumuntern. «Es hätte viel schlimmer kommen können. Stellt euch nur vor, sie hätten den Frauen Gewalt angetan. Oder Quirins Zauberkiste geöffnet. Damit hätten sie unseren ganzen Tross in Brand stecken können.»

Marthe-Marie wusste, dass Quirin in einer schweren Metallkiste seine Vorräte an Salpeter, Schwefel und Lindenholzkohle aufbewahrte, ein Teil davon war meist schon fertig gemischt und gekörnt. Auf den Deckel hatte er mit weißer Farbe einen Totenkopf gemalt – das allein hatte die Wegelagerer wohl davon abgehalten, die Kiste auch nur zu berühren. Dafür hatten sie seinen zweitgrößten Schatz mitgehen lassen: den zwölfteiligen Satz beidseitig geschliffener Messer.

«Wir müssen Hilfe holen. Ich schlage vor, Caspar, Valentin und Severin gehen mit mir die Straße in Richtung Horb, die anderen bewachen den Tross. Irgendwo müssen in dieser verflixten Gegend ja Menschen leben. Dort leihen wir uns Ochsen oder Maultiere, um die Wagen an einen sicheren Ort zu bringen.»

«Und womit willst du diese Dienste bezahlen?», fragte Marusch spöttisch.

«Hat irgendwer seine Ersparnisse retten können?»

Alle Blicke wandten sich Ambrosius zu.

«Was glotzt ihr mich an? Ich bin ebenso beraubt worden wie ihr auch. Dazu sind fast all meine Gläser mit den Arzneien und Tinkturen zerbrochen. Ich bin ruiniert.»

«Jeder hier weiß, dass du dein Geld in den Latten deines Karrens versteckt hältst», murmelte Diego. Das Sprechen fiel ihm schwer mit der geschwollenen Lippe, doch er hatte sich geweigert, sie von Ambrosius behandeln zu lassen. «Und soweit ich sehe, haben sie deinen Karren zwar umgerissen, aber ansonsten unversehrt gelassen. Wahrscheinlich bist du der Einzige, dem noch was geblieben ist.»

«Also, was ist?» Sonntags Stimme nahm einen bedrohlichen Klang an.

Fluchend erhob sich der Wundarzt und kam kurz darauf mit seinem Münzbeutel zurück. «Warum soll ich allein eure Wagen aus dem Dreck ziehen?»

Caspar, der selten das Wort von sich aus ergriff, stand auf. «Du hast jahrelang von uns profitiert: Die meisten deiner Patienten kamen aus den Reihen unserer Zuschauer und nicht umgekehrt. Du bist in unserem Schutz gereist, und wenn wir gutes Geld gemacht hatten, hast auch du vom Prinzipal einen Anteil erhalten. So ist es nur recht, wenn du uns jetzt hilfst.»

«Ich habe auch noch etwas. Viel ist es nicht.» Marthe-Marie zog unter ihrem Rock die Geldbörse hervor und leerte die Münzen aus. Dabei fiel ihr das kleine zusammengefaltete Papier in die Hände. Jonas! Sie spürte, wie sich ihr Magen verkrampfte. Da traten Mettel und Anna vor den Prinzipal und reichten ihm ebenfalls eine Hand voll Münzen, ihre letzten Ersparnisse, die sie wohlweislich vor ihren Männern geheim gehalten hatten.

«Ich danke euch allen.» Sonntag schien aufrichtig gerührt. «Damit werden wir wohl fürs Erste weiterkommen. Was war das?»

Aus der Ferne hörten sie Hundegebell. «Romulus!», rief Tilman und sprang auf. Dann sahen sie Romulus den Hügel herunterrennen. Der kleine Mischlingshund überschlug sich vor Freude, seinen jungen Herrn wieder zu sehen.

«Du bleibst hier», befahl Sonntag seinem Stiefsohn. «Ich suche nach dem anderen Hund. Er muss in der Nähe sein.»

Wieder hörten sie heiseres Bellen. Wenige Minuten später sahen sie den Prinzipal zurückkommen, mit einem aufgeregten Remus zur Seite und einem Maulesel im Schlepptau, der alle paar Schritte die Vorderhufe in den aufgeweichten Boden rammte und sich weigerte weiterzugehen.

«Komm endlich her, Quirin, und hilf», brüllte Sonntag. Sein Kopf war rot vor Anstrengung. «Es ist dein bockiger Esel.»

Zu zweit brachten sie das verstörte Tier zurück und banden es an Quirins Karren. Von seinem Halfter hing ein kurzer, abgerissener Strick.

«Er hat sich wohl losgerissen.» Beruhigend klopfte ihm Quirin den Hals – zum Erstaunen aller, denn der Messer- und Feuerkünstler zeigte sich sonst nie anders als grob oder jähzornig gegenüber Tieren.

«Jetzt stellt sich die Lage natürlich anders dar», sagte Sonntag. «Wir haben ein Kamel und einen Maulesel. Damit könnten wir zumindest die leichteren Wagen zum nächsten Dorf oder Gehöft schaffen. Tragt Maximus in den Wohnwagen und spannt das Kamel davor. Beeilt euch, es fängt wieder an zu regnen.»

Marusch stieß Marthe-Marie in die Seite. «Das geht nie und nimmer gut», flüsterte sie. «Auf solch einen Stuss kann nur mein kleiner Löwe kommen.»

Gutmütig ließ sich das Kamel von Pantaleon vor den Wagen spannen, es kannte diese Prozedur von seinem eigenen Karren. Dann schien es zu bemerken, dass irgendetwas anders war als sonst. Es bog den langen Hals nach hinten, schürzte die gespaltene Oberlippe und bleckte die Zähne. Pantaleon lockte, zerrte am

Strick, schimpfte und lockte wieder. Doch Schirokko rührte sich nicht. Hochmütig blickte er auf seinen Herrn herunter.

«Was ist los?», fragte Sonntag.

«Er will nicht, er ist nur unseren leichten Karren gewohnt. Kamele sind halt keine Zugtiere.»

Diego grinste schief. «Dein Biest ist also nicht nur hässlich, sondern auch faul.»

Pantaleon warf ihm mit seinem unversehrten Auge einen vernichtenden Blick zu und machte einen weiteren Versuch, doch vergebens. In diesem Moment trat Quirin hinzu, hob einen Ast vom Boden und schlug dem Tier damit auf das empfindliche Maul.

«Bist du irre?», fuhr Pantaleon ihn an.

Statt einer Antwort versetzte Quirin dem Tier einen zweiten Hieb. Schirokko schrie auf vor Wut und Schmerz und begann rückwärts gegen den Wagen zu trampeln, der bedenklich ins Schwanken geriet. Von innen hörte man ein lautes Rumpeln.

«Hör auf», brüllte Pantaleon und fiel Quirin in den Arm. Doch der schüttelte ihn ab wie eine lästige Fliege und holte ein drittes Mal aus. Da streckte ihn Diego mit einem einzigen Faustschlag zu Boden.

«Das wirst du mir büßen, du schwäbischer Hurensohn.» Quirin rappelte sich auf und stapfte wütend zu seinem Karren.

Pantaleon hatte einige Mühe, das Kamel zu beruhigen, dann spannte er es aus und führte es an den Waldrand. Sonntag kletterte in den Wagen, um nach dem Verletzten zu sehen. Als er wieder herauskam, schien er ratlos.

«Wir müssen Maximus wegbringen, wie auch immer. Er hat plötzlich hohes Fieber.»

«Die Kinder sollten auch nicht länger hier bleiben. Wer weiß, was noch alles geschieht. Nehmen wir doch den Maulesel», schlug Marusch vor.

«Ich fürchte, der Wagen ist viel zu schwer für das ausgemergelte Vieh.»

«Versuchen wir es.»

Marthe-Marie hatte schon die ganze Zeit den Eindruck, dass unter den Männern die Anspannung wuchs. Bislang hatte sie die Spielleute, von kleinen Zwistigkeiten abgesehen, als eingeschworene Truppe erlebt. Doch was nun folgte, warf ihren Eindruck völlig über den Haufen.

Sie hörte hinter sich ein Rumpeln, dann sah sie, wie Quirin mit eingespanntem Maulesel wendete.

«Was machst du da?», schrie Sonntag. Er rannte los und fiel dem Maulesel in die Zügel.

«Aus dem Weg! Ich bin nicht euer Sklave.» Quirin gab dem Tier die Peitsche.

Wutentbrannt zerrte Diego ihn vom Karren, und unter den Männern brach eine wüste Prügelei los. Quirin schlug mit Fäusten und Füßen um sich, traf den einen am Kinn, den andern im Unterleib, was die Wut der anderen so sehr steigerte, dass sie ihn schließlich halb bewusstlos schlugen. Blut lief ihm aus Mund und Nase, eine Augenbraue war aufgeplatzt. Marthe-Marie war entsetzt.

«Hört auf jetzt», befahl Sonntag. Seine Stimme war hart, sein Blick kalt. «Fesselt ihn an den Baumstamm.»

Hasserfüllt beobachtete Quirin, wie sein Maulesel ausgespannt und vor den Wohnwagen geführt wurde. Kurz darauf machten sie sich auf den Weg: Mettel saß drinnen bei Maximus, Sonntag führte das Tier, das auf dem schweren Grund nur mit Mühe vorwärts kam, und Severin, Valentin, Caspar und die Kinder marschierten nebenher.

Die anderen blieben beim Tross oder bei dem, was davon übrig geblieben war. Marthe-Marie warf einen verstohlenen Blick auf Diego. Mit einem Kurzschwert in der Hand, der einzigen Waffe, die noch auffindbar gewesen war, lehnte er müde an seinem Wagen. Sie machte sich daran, entlang des Weges Schutt und Scherben aufzuräumen, dann brachte sie Quirin einen Becher mit Wasser.

«Verschwinde, Bürgersmetze. Hau ab zu deinesgleichen.» Er wandte den Kopf zur Seite.

In diesem Moment hörte sie Marusch und Diego erregt miteinander disputieren. Sie wollte nicht lauschen, konnte indes nicht verhindern, dass einige Sätze klar und deutlich an ihr Ohr drangen.

«Wenn ich es doch sage – der Überfall hatte nichts mit mir zu tun.»

«Hör doch auf, Diego – es wäre nicht das erste Mal – deine Kumpane damals – frage mich wirklich, wie du es schaffst, dir immer wieder Ärger aufzuhalsen.»

«Himmel – ich hätte sie doch an der Stimme erkannt. Das waren Fremde.»

«Hättest du? In diesem ganzen Tumult?»

«Ach, glaub doch, was du willst.»

Dann hörte sie ihn mit energischen Schritten davonstiefeln.

Drei Stunden später kehrten die Männer in Begleitung eines Bauern zurück. Sie brachten einen kräftigen Schwarzwälder Fuchs und ein Gespann Ochsen mit, das ein Wagenrad hinter sich herschleifte. Sonntag führte Quirins Maulesel am Strick und band ihn an dessen Karren.

«Hier hast du dein Vieh zurück.» Er löste Quirins Fesseln. «Jetzt kannst du gehen, wohin du willst.»

Bei Einbruch der Dämmerung ging der Albtraum dieses Tages endlich zu Ende. In zwei Etappen hatten sie ihre Wagen zu einem Einödhof geschleppt, der an einem Hang am Ausgang des Waldes lag. Der Bauer, der kein Wort zuviel mit ihnen wechselte, hatte ihnen ein Stück Wiese hinter seinem Schafsstall überlassen. Dafür hatte Sonntag ihm das gesamte Geld übergeben müssen.

Bedrückt richteten Marthe-Marie und Marusch mit dem wenigen, das ihnen geblieben war, ein Nachtlager im Wohnwagen und auf dem Fuhrwerk des Prinzipals her.

«Mir wäre es lieber gewesen, Quirin wäre auf immer und ewig verschwunden», sagte Marthe-Marie. Der Feuerkünstler hatte sich am Nachmittag stumm und mit gesenktem Kopf wieder in den Tross eingereiht, und niemand hatte etwas dagegen eingewendet.

Marusch zuckte die Schultern. «Was willst du machen. Er gehört zu uns.»

«Warum gibst du eigentlich Diego die Schuld am Überfall?»

«Dann hast du uns gehört? Es war nur so ein Einfall. Inzwischen denke ich, dass die Wegelagerer hier aus der Gegend stammen, denn sie müssen von unseren hohen Einnahmen gewusst haben.»

«Aber ihr seid schon mal überfallen worden wegen Diego, nicht wahr?»

«Ja, im letzten Winter. Es war in der Nähe des Klosters Maulbronn. Damals hatten es die Halunken tatsächlich nur auf Diego abgesehen.»

«Stammt daher die Narbe an seinem Rücken?»

«Ja.»

Mettel rief zum Abendessen. Sie hatte der Bäuerin ein wenig Wurzelgemüse und Kohl abgeschwatzt und damit eine dünne Suppe bereitet. Nicht einmal das Geschirr reichte mehr für alle, sie mussten zu dritt und zu viert aus einem Napf essen. Niemand sprach ein Wort.

«Wir stehen vor dem Nichts», flüsterte Marthe-Marie.

Marusch nickte bedrückt. Dann lachte sie.

«Wie kannst du da noch lachen?»

«Du hast ‹wir› gesagt. Darüber freue ich mich.»

22

Am nächsten Morgen – dichter Nebel lag noch über der Wiese am Schafsstall – erschien der Einödbauer mit seiner hübschen jungen Frau, die hochmütig auf Abstand hielt zur Runde der Fahrenden. Unmissverständlich machte der Mann ihnen klar, dass mit den knapp elf Gulden, die er erhalten habe, seine Dienste bei weitem nicht abgegolten seien und er nur aus christlicher Nächstenliebe geholfen habe.

«Dieser Halsabschneider», flüsterte Marusch. «Dafür kann er sich mindestens zwei Kälber kaufen. Oder Schmuck für sein aufgeblasenes Weib.»

Marthe-Marie gab ihr Recht. Diese Frau, die sich in ihrem adretten Seidenkleid und dem Spitzenhäubchen auf dem sorgfältig frisierten Haar ganz offensichtlich über ihren Stand erheben wollte, rührte sicherlich keinen Finger in ihrer Wirtschaft.

«Ich kann mir durch euch nicht noch weitere Unkosten aufhalsen, schließlich muss ich zu Martini meine Abgaben leisten, und das nicht zu knapp. Ich gebe euch also eine Frist von zwei weiteren Nächten, dann müsst ihr von meinem Grund und Boden verschwinden. Wenn ihr frühzeitig aufbrecht, ist die Wegstrecke nach Horb in einem Tagesmarsch gut zu schaffen. Eure Wagen und Gerätschaften können den Winter über auf dem Hof bleiben. Ach ja, das Wagenrad war lediglich geliehen, bis heute Mittag muss es wieder an meinem Fuhrwerk sein.»

Er trat zu seiner Frau und flüsterte mit ihr. Sie nickte.

«Eins kann ich euch noch anbieten: Wir brauchen einen kräftigen Mann als Knecht und eine Frau für die Haushaltung. Einen halben Gulden im Monat für jeden, dazu freie Kost. Geschlafen wird im Stall.»

Keiner sprach ein Wort, als er die Runde abschritt und jeden Einzelnen musterte wie das Vieh auf dem Markt. Vor Lambert und Anna blieb er stehen. Marthe-Marie sah, wie Anna zusammenzuckte.

«Ihr beiden – ihr gehört zusammen?»

Lambert nickte.

«Ihr seht mir aus, als könntet ihr zupacken.»

Als die beiden schwiegen, zog sich seine pockennarbige Stirn in Falten. «Ich dachte, ihr wäret froh über jeden Pfennig, um aus dem Dreck herauszukommen. Also doch nichts weiter als arbeitsscheues Gesindel.»

«Das ist es nicht», entgegnete Lambert ruhig. «Aber wir haben einen Sohn, von dem wir uns nicht trennen.»

Der Bauer sah hinüber zum Wohnwagen, vor dem, dicht aneinander gedrängt, die Kinder hockten. «Welcher ist es?»

Lambert rief Niklas heran.

«Hm.» Der Bauer betastete Arme und Rücken des Jungen. «Ein bisschen schmächtig. Wie alt?»

«Bald elf.»

Er fasste Niklas beim Kinn und befahl ihm, den Mund zu öffnen. Anschließend untersuchte er Augen und Ohren. «Gesund scheint er ja zu sein.»

Marthe-Marie wäre dem Kerl am liebsten ins Gesicht gesprungen. Sie waren doch nicht auf dem Viehmarkt!

«Er kann bei meinem Schwager Gänse und Schweine hüten, gegen Kost und Unterkunft.»

«Unterkunft auf dem Hof Eures Schwagers?»

«Selbstverständlich.»

Anna schüttelte erregt den Kopf. «Wir geben ihn nicht weg.»

«Überlegt es euch. Ich biete es nur an, um zu helfen. Am Sonntag könntet ihr euren Buben hin und wieder sehen, es ist nur drei Wegstunden von hier.»

Dann wandte er sich um und ging mit seiner Frau ohne Gruß davon.

Marthe-Marie war empört.

«Einen halben Gulden im Monat, und dann nicht einmal eine Kammer zum Schlafen – was für ein Hungerlohn.»

«Besser als in der Stadt betteln gehen ist es allemal», murmelte Lambert.

«Niemand von uns wird betteln gehen», entgegnete Marusch bestimmt. «Wir werden uns Arbeit suchen.»

Sonntag ergriff das Wort. «Ihr habt gehört, was der Bauer gesagt hat. Spätestens übermorgen müssen wir verschwinden. Ich schlage vor, wir ziehen gemeinsam nach Horb, suchen uns dort Unterkunft und Arbeit. Alle entbehrlichen Einkünfte – und zwar wirklich alle – wandern in eine gemeinsame Kasse, damit wir spätestens im Frühjahr Zugtiere kaufen und unsere Wagen holen können. Wenn wir Glück haben, bleibt ein Überschuss, um die zerstörten Requisiten und Kostüme zu ersetzen. Und dann ziehen wir, wie geplant, weiter nach Tübingen und Stuttgart. Ihr könnt selbstverständlich auch einzeln euer Glück versuchen, aber bedenkt die Schwierigkeiten und Gefahren, wenn ihr allein unterwegs seid. Wer also unter den genannten Bedingungen in der Truppe bleiben will, hebe die Hand.»

Bis auf Lambert und Anna hoben alle nach und nach die Hand, zuletzt, wenn auch zögerlich, Ambrosius.

«Habt ihr beiden euch entschieden, hier zu bleiben?»

«Ja.» Lambert nahm Anna, der Tränen in den Augen standen, bei der Hand. «Es wird vorübergehen», versuchte er sie zu trösten.

Zu Marthe-Maries Erstaunen tauchte Salome, die sich sonst aus allem Gemeinschaftlichen heraushielt, neben Anna auf.

«Es wird weniger hart, als du fürchtest. Die Bäuerin ist vielleicht eitel und dumm, bösartig ist sie nicht. Euren Niklas werdet ihr kaum zu Gesicht bekommen, aber noch vor Ostern seid ihr alle wieder vereint. Mach dir keine Sorgen.»

Dann wandte sie sich an die anderen. «Die nächsten Monate werden hart. Wer nur seine eigene Haut retten will, sollte lieber gleich seiner Wege gehen.»

Niemand nahm seine Entscheidung zurück. Und niemand schien an den Worten der Wahrsagerin zu zweifeln.

«Gut.» Der Prinzipal kratzte sich an seinem kahlen Schädel. «Sucht morgen alles zusammen, was ihr mitnehmt, und packt den Kram auf Quirins Eselskarren. Der Wohnwagen bleibt hier für Lambert und Anna und für alle Dinge, die noch von Wert sind. Auf diese Weise», er klopfte Lambert auf die Schulter, «habt ihr zwei ein eigenes Dach über dem Kopf, und ihr könnt gleichzeitig unsere Sachen im Auge behalten. Bleibt nur noch die Frage, wie wir Maximus nach Horb bekommen.»

«Auf seinen eigenen Beinen.»

Der Riese steckte seinen verbundenen Kopf aus dem Wohnwagenfenster und grinste. «Ihr werdet sehen, übermorgen reiße ich schon wieder Bäume aus.»

In aller Frühe zogen sie los: vierzehn Männer, vier Frauen, sieben Kinder und ein Karren mit einem dürren Maulesel davor. Die Hunde und das Kamel hatten sie bei Lambert und Anna gelassen. Der Abschied von ihnen und ihrem Sohn fiel den Komödianten schwer, waren sie doch von Anfang an in Sonntags Truppe dabei gewesen. Tilman hatte Niklas sogar sein einziges Paar Lederschuhe geschenkt, damit er beim Viehhüten nicht frieren musste.

Marthe-Marie zog es das Herz zusammen, als ihr bewusst wurde, was aus dem einst so stolzen Tross geworden war: ein armseliger Haufen, der jetzt mit gesenktem Kopf durch den Nieselregen marschierte, einem ungewissen Schicksal entgegen.

Bald wurden die Wälder lichter und ließen Raum für Streuobstwiesen und Felder. Agnes und Lisbeth hockten auf dem winzigen Kutschbock von Quirins Karren, die Frauen klaubten halb verfaulte Äpfel vom Wegesrand auf. Am Spätnachmittag sahen sie zwischen steilen Hügeln die Neckarstadt liegen. Das Tal, das sie herabgestiegen waren, endete geradewegs vor den mächtigen Mauern der Stadt, die mit ihrer Silhouette aus Wehr- und Kirchtürmen, aus bergaufwärts strebenden Fachwerkbauten und Befestigungsanlagen und der alles überragenden Festung einen imposanten Anblick bot. Rechts und links des engen Tals wachten zwei Rundtürme über jeden Neuankömmling, dazu erhob sich hoch oben auf einer Bergkuppe eine hohe Wart, und selbst das Wassertor, durch welches der kleine Bach rechts der Straße in die Stadt floss, war mit einem schweren Eisengitter gesichert. Wie bedeutsam muss dieser Ort sein, dachte Marthe-Marie, wenn er sich so vehement schützen muss.

Ein Torwärter trat aus seinem Häuschen und stellte sich ihnen in den Weg.

«Kein Einlass für Bettler und Zigeuner.»

«Wir sind weder das eine noch das andere.» Der Prinzipal versuchte höflich zu bleiben. «Wegelagerer haben uns überfallen und alles genommen. Und nun suchen wir vorübergehend ein Domizil, um wieder auf die Beine zu kommen, und zwar durch unserer Hände Arbeit.»

«Auf solche wie euch haben wir nur gewartet.» Der Wärter grinste verächtlich. «Ich verwette meinen Hut, dass ihr nicht einmal Pflastergeld bezahlen könnt.»

«Was denkt Ihr – selbstverständlich können wir das.»

Sonntag kramte in seinem eingefallenen Lederbeutel. Wohlweislich hatte er vor dem raffgierigen Einödbauern ein paar Groschen versteckt gehalten, da er wusste, dass man in die meisten Städte ohne Begleichen der städtischen Steuer erst gar nicht eingelassen wurde.

Der Torwärter baute sich vor ihm auf. Er überragte den Prinzipal um Kopfeslänge. «Schert euch weiter, aber schleunigst.»

Entschlossen drängte sich Marthe-Marie dazwischen.

«Guter Mann, ich weiß, dass Ihr Eure Pflicht tut, doch der äußere Anschein trügt bisweilen. Wenn Ihr gestattet – ich bin Agatha Müllerin aus Innsbruck, der Heimat Eurer schwäbisch-österreichischen Herren.» Sie setzte eine herablassende Miene auf und bemühte sich, den Tiroler Dialekt ihres Vaters nachzuahmen. «Wir sind Hof-Komödianten und reisen unter der fürstlichen Protektion Seiner Hoheit Herzog Friedrich von Württemberg. Das Schicksal hat uns übel mitgespielt, nicht nur unsere zehn Fuhrwerke und zweiundzwanzig Pferde, darunter die wertvollen Andalusier unserer Kunstreiter, sind uns genommen worden, sondern auch Kleidung und Kostüme, sämtliche Papiere und Einnahmen. Dennoch würden wir dieser schönen Stadt, die für ihren Gewerbefleiß und ihre Märkte berühmt ist, niemals zur Last fallen. Wir können Kost und Unterkunft durchaus bezahlen.»

Dem Torwärter hatte es über ihrer langen Rede die Sprache verschlagen. Sonntags Leute mühten sich sichtlich, ihre Verblüffung zu verbergen, was ihnen noch schwerer gelang, als Marthe-Marie jetzt eine volle Geldkatze aus ihrem Rock hervorzog.

«Dies hier habe ich vor den Räubern retten können. Und nun lasst uns ein, guter Mann.» Flink steckte sie ihm eine Silbermünze in die Hand.

«Gut, gut, dann macht das für jeden einen Pfennig, für den Eselskarren zwei. Diesen Schein hier seid ihr verpflichtet bei euch zu tragen. Und dass mir keiner auf den Gedanken kommt, Quartier bei Bürgersleuten zu beziehen. Das ist bei Turmstrafe verboten.»

Dann ließ er sie einzeln passieren. Marthe-Marie warf ihm noch ein hinreißendes Lächeln zu, wie sie es von Marusch gelernt hatte, und folgte dann den anderen durch die ungepflasterte Gasse der Vorstadt. Es hatte endlich zu regnen aufgehört, in den Rinnen und Löchern staute sich stinkende Brühe.

«Sag mal, was war denn das?» Marusch hakte sich bei ihr ein.

«Das war ja bühnenreif. Und woher weißt du, dass Horb zu Schwäbisch-Österreich gehört?»

«Hast du nicht das Tiroler Wappen am Torwärterhaus gesehen?»

Diego grinste. «Ich denke, wir sollten Marthe-Marie zur Prinzipalin der herzoglichen Hof-Komödianten ernennen.» Er nahm sie freundschaftlich in den Arm. «Du hast den armen Kerl ja in Grund und Boden geredet.»

«Es geht mich vielleicht nichts an», Sonntag zupfte sich am Ohr, «aber woher hast du plötzlich das viele Geld?»

Marthe-Marie lachte.

«Von der putzsüchtigen Bauersfrau. Die Kiste mit meiner Garderobe aus alten Zeiten hatten die Wegelagerer wohl übersehen, und da ich inzwischen Maruschs Sachen trage, dachte ich mir, ich kann den ganzen Plunder ebenso gut verkaufen. Das musste natürlich heimlich geschehen, da ihr Mann niemals hätte davon erfahren dürfen.»

Der Prinzipal stieß hörbar die Luft aus. «Du überraschst mich immer wieder, Marthe-Marie.»

Diego küsste ihr galant die Hand. «Du siehst, wir brauchen dich. Du darfst uns niemals verlassen.»

Die anderen stimmten ihm lautstark zu und applaudierten.

«Ich meine das ernst», flüsterte er ihr ins Ohr.

Sonntag schob ihn zur Seite.

«Hör zu, Marthe-Marie. Wir suchen uns hier eine einfache Fremdenherberge. Keiner von uns würde es dir übel nehmen, wenn du mit Agnes ein anständiges Gasthaus aufsuchst – zumal du ja jetzt mit neuen Reichtümern gesegnet bist.»

«Das Geld in meinem Beutel ist für uns alle», entgegnete Marthe-Marie. «Hier, nimm es gleich in Verwahrung.»

«Danke, im Namen aller. Wir müssen trotzdem sparsam damit umgehen. Der Winter ist lang. Wir werden uns, wie gesagt, eine billige Unterkunft suchen, und gemütlich wird das nicht, das kann ich dir prophezeien.»

«Mitgefangen, mitgehangen.» Sie lächelte. Dabei wusste sie selbst nicht, woher sie auf einmal die Gewissheit nahm, dass alles gut gehen würde. Bis vor wenigen Stunden war sie von schwärzester Verzweiflung geschlagen gewesen, jetzt spürte sie ungeahnte Kräfte und neuen Lebensmut in sich aufsteigen.

23

Horb war die buckligste Stadt, die Marthe-Marie je gesehen hatte. Jeder Pfad führte treppauf, treppab, jede Gasse buckelaufwärts, buckelabwärts. Ihre Herberge, die in der engen, lang gestreckten Vorstadt im Tal lag, hatte nicht einmal einen Namen. Sie teilten sich die Schlafstube mit Landfahrern, Gesellen auf der Walz, entlassenen Landsknechten, Schülern und Studenten, hin und wieder mit Bettlern oder Pilgern, die sich nach Horb verirrt hatten. Viel zu eng lagen sie beieinander, dabei war der Raum dreckig, und aus den löchrigen Strohsäcken rieselte der Häcksel. Der Wirt knöpfte ihnen dafür pro Nacht und Person sechs Pfennige ab, worin immerhin ein Becher Bier am Abend inbegriffen war.

Immer wieder kam es zu nächtlichem Händel, wenn der eine oder andere Gast betrunken war oder behauptete, bestohlen worden zu sein. Den Wirt kümmerte das wenig. Oft genug tat er mit beim Zechen oder Würfeln zu nächtlicher Stunde, auch wenn ihn das bei den Kontrollen durch die Stadtwache regelmäßig Strafschillinge kostete. Einmal versuchte einer der Landsknechte mit den Spielleuten Streit vom Zaun zu brechen. Anlass waren Pantaleons Affen.

«Sind wir hier bei den Mohren, dass wir unser Schlaflager mit verlausten Affen teilen müssen?» Beifall heischend sah sich der vierschrötige Mann um.

«Genau! Raus mit den Viechern», riefen seine Schlafgenossen und lachten, als der Landsknecht einen der Affen am Genick packte und in die Höhe hob.

«Verlaust bist höchstens du.» Pantaleon ging mit geballten Fäusten auf ihn zu. «Ich warne dich, lass sofort das Tier los.»

«Oho! Der große Tierbändiger will mir drohen. Was für ein Spaß! Gib Acht, was ich gleich mache.»

Er trug das Äffchen zum einzigen Fenster in der Schlafstube, dessen Bespannung aus ölgetränktem Papier nur noch aus Fetzen bestand, und öffnete mit der freien Hand die Flügel.

Blitzschnell war Maximus bei ihm und versetzte ihm eine herzhafte Maulschelle. Der Affe kam frei und verkroch sich hinter Pantaleons Strohsack.

«Elendes Diebsgesindel!» Der Landsknecht rieb sich die Wange. «Los, zeigen wir diesen Landstreichern, wer hier das Sagen hat.»

Er zog sein Messer und stürzte sich mit einigen seiner Kumpane auf Maximus. Da fuhr Quirin dazwischen. Mit einer schnellen Drehbewegung entwand er dem anderen das Messer, dann verprügelten er und Maximus die Männer. Sie hatten keinerlei Schwierigkeiten, es zu zweit mit fünf kräftigen Kerlen aufzunehmen, und so war die Schlägerei nur von kurzer Dauer. Von diesem Moment an hielten sich die anderen in respektvoller Entfernung von den Gauklern. Auf Sonntags Geheiß hin wurden die Äffchen nachts an eine Kette gelegt, auf einer Strohschütte neben Pantaleons Lager, um weiteren Ärger zu vermeiden.

Die ersten Nächte hatte Marthe-Marie kaum ein Auge zugetan, so laut war es gewöhnlich bis weit nach Mitternacht. Hinzu kamen die Enge und die stickige Luft. Doch von dem Tag an, als sie Arbeit gefunden hatte, überwältigte sie die Erschöpfung, kaum hatte sie sich auf ihrem Lager ausgestreckt.

Horb war nicht nur eine Stadt der Kirchen und Klöster, mit zahlreichen Schaffnereien und Pfleghöfen, hier blühten auch Handwerk und Handel. Vor allem die Tuchmacher hatten sich weit über das Schwabenland hinaus einen Namen gemacht.

Die Männer fanden, bis auf Ambrosius, recht schnell Arbeit als Last- und Sackträger, mal bei den Bäckern und Metzgern, mal bei den Müllern unten am Fluss. Der Wundarzt bot seine Dienste vergeblich bei Badern und Barbieren an und ging schließlich den Sauschneidern beim Kastrieren zur Hand.

«Da bleibt er wenigstens in seinem Gewerbe», hatte Diego gespottet. Doch nach nur zwei Tagen hatte sich Ambrosius durch seine Besserwisserei mit dem Meister überworfen und musste sich als Gassenkehrer verdingen, was ihm jeden Morgen aufs Neue die Schamröte ins Gesicht trieb.

Antonia und Isabell, als Älteste der Kinder, erhielten den Auftrag, auf Agnes und Lisbeth aufzupassen. «So kommen die beiden wenigstens nicht auf dumme Gedanken», meinte Marusch zu Marthe-Marie. Die beiden Buben Tilman und Titus hatten keine Schwierigkeit, jeden Tag aufs Neue zwei, drei Pfennige mit Botengängen zu verdienen. Das große Los schien Clara, Maruschs Mittlere, gezogen zu haben: Jeden Morgen trieb sie ein halbes Dutzend Ziegen durch das Gaistor über den Neckar, um sie in den städtischen Geißgärten weiden zu lassen. Geld bekam sie dafür nicht, dafür mal eine Schürze voll Äpfel und Birnen, mal Brot oder Eier. Sie lieferte alles bei Marusch ab, die diese Kostbarkeiten alle paar Tage gerecht verteilte.

Von den Frauen fand als erstes Mettel ein Auskommen. Sie verdingte sich bei den Wäscherinnen.

«Gib Acht, die Waschfrauen sind berühmt für ihr loses Maul!», hatte Marusch gespottet.

«Keine Sorge, meines ist auch nicht zugenäht.»

Ein paar Tage darauf waren auch Marthe-Marie und Marusch

fündig geworden. Ein Rotgerber gab ihnen Arbeit als Fellpflückerinnen. Von morgens bis abends zupften sie Fellreste von Tierhäuten für die Filzherstellung, zwischendurch mussten sie beim Entfleischen mithelfen: Mit dem Scherdegen schabten sie mühselig die Unterhaut von der Lederhaut und rissen sich dabei die Hände blutig.

«Und dir macht diese Arbeit wirklich nichts aus?» Marusch sah Marthe-Marie nach ihrem ersten Arbeitstag prüfend an.

«Sehe ich so schwächlich aus? Ich bin froh, endlich zu unserem Unterhalt beizutragen, auch wenn meine Hände jetzt schon völlig verschrammt sind.»

«Ich meine damit nicht nur die harte und schmutzige Arbeit – alles rund um die Gerberei ist halt unehrliches Handwerk.»

Marthe-Marie winkte ab. «Was soll's. In diese Stadt werde ich mein Lebtag nicht mehr zurückkehren. Sollen die Leute über mich denken, was sie wollen. Außerdem: Zu den Unehrlichen gehöre ich längst.»

So verließen die Gaukler jeden Morgen vor Sonnenaufgang die Herberge, um in alle Richtungen zu ihrem jeweiligen Broterwerb auszuschwärmen. Gemeinsam war ihnen, dass sie allesamt als Tagelöhner arbeiteten – keiner wusste, ob er am nächsten Tag wiederkommen durfte oder sich nach einem neuen Herrn umsehen musste.

Einzig Salome ging wieder ihre höchst eigenen Wege. Sie hatte sich gleich am ersten Tag von der Truppe abgesetzt und, entgegen der Weisung des Torwärters, im inneren Bezirk der Stadt Unterkunft als Tischgängerin im Haus eines Wollwebers genommen. Obgleich ihr das teuer kam, brachte sie dem Prinzipal jeden Sonntag Geld, von Woche zu Woche mehr. Jeder ahnte, dass sie ihre Einkünfte heimlich und ohne Konzession durch Wahrsagen und Handlesen erzielte.

«Du stehst mit einem Bein im Turm, ist dir das klar?», schalt Sonntag sie nach der zweiten Woche.

«Erstens ist es mein Bein, und zweitens ist das nichts Neues. Richtig an den Kragen konnte mir bisher noch keiner. Und hier in Horb wird mir schon gar nichts geschehen.»

Tatsächlich hatte sie niemand Geringeren als den Obervogt des Innsbrucker Erzherzogs zum Kunden gewonnen. Bald ging sie in der Oberen Veste aus und ein, um ihn und seine Gefolgschaft zu beraten, wie sie selbst es nannte.

Am ersten November, dem Festtag aller Heiligen, war es zu einem hässlichen Vorfall gekommen, der beinahe zum Streit zwischen Marthe-Marie und Marusch geführt hätte. Sie waren gerade erst den dritten Tag in der Stadt, bis auf Maximus und Diego hatte noch keiner Arbeit gefunden, und die anderen beratschlagten ein ums andere Mal, wie sie vorgehen sollten, um endlich zu Geld zu kommen.

«Wir Kinder könnten alle dazu beitragen, statt hier nur herumzuhocken», sagte Antonia und warf ihrer Freundin Isabell einen viel sagenden Blick zu. «Mir und Isabell würde es jedenfalls nichts ausmachen, und den anderen sicher auch nicht.»

«Was meinst du damit?» Marusch sah sie misstrauisch an.

«Na ja, heute ist doch Allerheiligen, und für diesen Tag ist das Bettelverbot für Fremde aufgehoben. Mit den beiden Kleinen sind wir zu siebt, da könnten wir eine Menge –»

Bevor sie ihren Satz auch nur beenden konnte, hatte Marusch ausgeholt und ihr eine so kräftige Ohrfeige versetzt, dass Antonia aufschrie.

«Warum warst du so hart zu Antonia? Sie hat es doch nur gut gemeint», fragte Marthe-Marie sie später unter vier Augen.

«Ich weiß. Aber ich werde meine Kinder niemals betteln lassen, niemals!» Sie stampfte mit dem Fuß auf.

Marthe-Marie sah ihre Freundin überrascht an. So aufgebracht hatte sie Marusch selten erlebt.

«Das ist doch kein Grund, Antonia so hart anzupacken. Du bist ungerecht.»

«Was weißt du schon von meinen Gründen», fauchte Marusch.

«Dann nenn sie mir. Weißt du, manchmal habe ich deine Geheimnistuerei wirklich satt. Du unterscheidest dich in nichts von Diego.»

Marusch sah sie mit großen Augen an, dann verdrängte ein Anflug von einem Lächeln die Wut in ihrem Gesicht. «Du hast Recht. Vielleicht ist es wirklich an der Zeit, dir ein paar Dinge zu erzählen.»

Sie nahm ihr Tuch vom Kopf, legte es neu zusammen und band es sich wieder um die Stirn. «Ich bin ein Findelkind, weiß nichts über meine Familie. Aufgewachsen bin ich unten in der Walachei unter Zigeunern, in der Obhut einer alten Frau. Ich hab sie Großmutter genannt, obwohl wir nicht verwandt waren.»

«Du bist eine Zigeunerin?»

«Nicht einmal das weiß ich. Meine Eltern seien tot, mehr habe ich von Großmutter nie erfahren. Später, als junges Mädchen, malte ich mir oft aus, ich sei eine Grafentochter oder eine Prinzessin, die von den Zigeunern entführt worden war und eines Tages die leiblichen Eltern wieder finden würde.» Marthe-Marie lachte. «Aber wie du siehst, führe ich immer noch ein Zigeunerleben. Und wir beide haben etwas gemeinsam: Wir sind wie Kuckuksküken in fremden Nestern groß geworden.»

«Aber im Gegensatz zu dir weiß ich, wer meine Mutter und mein Vater waren.»

Marusch nickte. «Da kannst du dich glücklich schätzen.»

«Und wie bist du zu den Gauklern gekommen?»

«Da liegen noch etliche Jahre dazwischen. Mit fünf oder sechs Jahren – unsere Sippe war inzwischen nach Oberschwaben gezogen – erfuhr ich zum ersten Mal im Leben, wie grausam das Schicksal zuschlagen kann. Ich erinnere mich noch genau: Ich saß an einem Bach und spielte vor mich hin, da erhob sich im nahen Lager ein furchtbarer Lärm. Gebrüll, Schmerzensschreie, lautes Knallen wie von Musketen, dann der Geruch von Feuer. Vor lauter Angst rührte ich mich nicht vom Fleck, hielt mir die Hände an die Ohren, wollte nichts sehen und nichts hören. Ich war mir sicher, die Welt würde untergehen. Und so ähnlich war es auch, denn als ich Stunden später durch die plötzliche Stille wieder zu mir kam und es wagte, ins Lager zurückzukehren, fand ich nur noch rauchende Trümmer. Alles war niedergebrannt, überall lagen Leichen am Boden mit verrenkten oder abgeschlagenen Gliedern, in Lachen von Blut. Ich fand meine Spielkameraden und Stiefgeschwister, alle tot, doch Großmutter und das Oberhaupt der Sippe waren spurlos verschwunden. Ich setzte mich neben unseren verkohlten Wagen und wartete darauf, selbst zu sterben. Gegen Abend fand mich eine Bäuerin und brachte mich ins nahe Ravensburg. Ich weiß bis heute nicht genau, was geschehen war, doch damals begriff ich, dass Zigeuner für die meisten Leute lästiges Ungeziefer sind, das man ungestört totschlagen darf.»

«O mein Gott», entfuhr es Marthe-Marie. «Und was geschah dann?»

«Die gute Frau gab mich bei den Beginen ab, den barmherzigen Schwestern der Sammlung zu St. Michael. Wie Nonnen lebten die frommen Laienschwestern in Klausur, und ihr Alltag war von Gebet und Kontemplation bestimmt. Es erging mir nicht übel dort, ich hatte ausreichend Essen und Kleidung, doch ich durfte das Haus nur verlassen, um Almosen zu sammeln. Ich hab mich gefühlt wie ein angekettetes Tier. Das Leben hinter diesen dicken, düsteren Mauern ist in meiner Erinnerung von Schweigen, Arbeit und Beten bestimmt. Und drei Jahre lang habe ich fast täglich um Almosen gebettelt. Vielleicht verstehst du jetzt, warum ich über Antonias Vorschlag so wütend wurde. Irgendwann – ich war etwa zehn – äußerten die Schwestern den Wunsch, der Gemeinschaft der Franziskanerinnen bis zu ihrem Tod anzugehören, und ich wurde Zeuge, wie eine nach der anderen ihre Profess ablegte, wie sie sich mit ausgebreiteten Armen vor dem Altar zu Boden warfen, wie ihnen die Haare abgeschnitten und Brusttuch und Schleier angelegt wurden. Dann gelobten sie in die Hand des Franziskanerpaters Armut, Keuschheit und Gehorsam auf ewig. An diesem Tag bin ich davongelaufen. Ich irrte in Oberschwaben herum, bis ich auf einen Hausierer stieß, der für mich sorgte und später mein Mann wurde, obwohl er viel älter war. Jetzt kennst du meine Geschichte.»

Marthe-Marie strich ihr über den Arm und blickte sie lange still an. Dann sagte sie: «Ich bin froh, dass du sie mir erzählt hast.»

Die Tage wurden kürzer und kälter, Schneeregen wechselte sich mit Nebel ab. Im Dunkeln verließen Marthe-Marie und Marusch morgens ihre Herberge, verrichteten im Dämmerlicht der Werkstatt ihre harte Arbeit, um im Dunkeln wieder heimzukehren. Ihre einst sonnengebräunten Gesichter wurden bleich wie die Haut von Mehlwürmern, stets schmerzten Rücken und Hände, und manchmal fragte sich Marthe-Marie, wie lange sie dieses Leben durchhalten würde. Doch kein Wort der Klage kam über ihre Lippen. Stattdessen war sie dankbar für jeden Tag, an dem sie etwas zu essen hatten und die Kinder gesund blieben. Und sie freute sich, wenn am frühen Abend Diego zurückkam und sie mit seinem Witz aufheiterte. Er schien niemals, selbst in diesen düsteren Tagen nicht, seinen Humor zu verlieren.

24

Das hättest du nicht tun dürfen, Mangoltin. Du hast den Bogen überspannt. Jetzt werde ich mir eine Marter ausdenken, wie ich sie noch keinen Menschen erleiden ließ. Ich werde dich an deinem wundesten Punkt treffen.

Du hast mich fast umgebracht, zusammen mit deinem Buhlen. Ertrunken wär ich fast, tot, den Schädel haben mir die Felsen schier zerschmettert. Doch nun bin ich wieder bei Kräften. Gestärkt durch die große Aufgabe, die ich in den letzten Monaten glanzvoll erfüllt habe. Dreizehn Weiber habe ich dazu gebracht, ihre schändlichen Verbrechen zu gestehen, dreizehn! Mit meiner Hilfe konnte Freiburg von einer erneuten Hexenverschwörung befreit werden. Und glaub mir, es war harte Arbeit. Denn manche sind zäh wie Schweineleder. Wie die Dürlerin und die Sprengerin, die trotz Beinschrauben und Streckbank nicht auf Hexerei gestanden hatten. Die dummen Richter haben sie laufen lassen und aus der Stadt gewiesen – jetzt werden diese Unholdinnen ihre Satanskünste andernorts ausüben.

Doch dann haben wir ein ganzes Nest ausheben können. Angefangen mit der Mennin, der Seilerswitwe, bis zur Weißlemlerin, der Rebmannsfrau. Selbst eine heimliche Ärztin und die reiche Herrenmüllerin waren darunter. Und was ihnen alles an Widerwärtigkeiten aus dem Maul troff, nachdem ich ihnen die Glieder ausgerenkt hatte! Mal ist ihnen ihr Satansgemahl mit nacktem Hintern und Bocksfuß erschienen, mal vornehm ganz in Schwarz, und sie gaben sich ihm hin in schamloser Buhlschaft, verleugneten bereitwillig Gott und alle Heiligen und erhielten dafür einen Stecken mit Salbe aus dem Fleisch ungetaufter Kinder und Geld, viel Geld. Das hat sich tags darauf freilich in Rossbollen oder Haferstroh verwandelt. Ausgefahren waren sie nächtens, zum Pfaffenkreuz am Bromberg oder hinter die Burghalden, um dort zu tanzen, zu saufen und zu huren.

Alle hab ich sie zum Reden gebracht, selbst die verstockte Gatterin. Ich verstehe mich auf meine Kunst. Die Namen der anderen bei diesen Zusammenkünften herauszukitzeln war mir ein Kinderspiel. Ebenso die Verbrechen, die die Hexenweiber mit ihren Schwarzkünsten vollbracht haben. Etliche Stück Vieh haben sie umgebracht, böse Unwetter gebraut und Krankheiten verbreitet. Die Kellerin hat sogar auf Geheiß ihres Buhlen ihr eigenes Balg erwürgt. Leider besaß keines der

Weiber deine Schönheit, deinen weißen Hals, deine schlanken Fesseln, diese zarten Brüste. Aber du wirst es erleben: Deinen Leib bewahre ich mir als Krönung meiner Lust auf.

Ich weiß Bescheid über die Verderbtheit und Bösartigkeit von euch Unholdinnen. Und ich weiß auch, dass Hexen mit Vorliebe ihre eigenen Kinder und Kindeskinder dem Satan übergeben. Dich habe ich möglicherweise unterschätzt, Hexentochter. Unterschätzt, dass Satan selbst die Hand über dich hält, indem er dir widernatürliche Kraft verleiht und dir ergebene Gefolgsleute und Beschützer zur Seite stellt. Aber denk nicht, das würde mich schrecken. Ich bin der Spürhund und du das Wild. Ich bin dir unerbittlich auf der Fährte. Ich habe den längeren Atem und werde zuschlagen, wenn du am wenigsten damit rechnest.

Such ihn nur, such Benedikt Hofer, jenen gottlosen Sünder, von dem deine Mutter sich in Schande hat schwängern lassen. Er ist weggezogen aus Offenburg, auch das weiß ich, und mit einiger Mühe habe ich sogar herausgefunden, wohin. Und dort werde ich dich eines Tages erwarten. Du siehst, die Fäden sind bereits gesponnen, und ich werde auf dich lauern wie die Spinne im Netz.

Dann endlich werde ich Hartmann Siferlins Rache an deiner Sippe vollenden, wie ich es ihm in seinen letzten Stunden geschworen habe. Denn schließlich war es deine Mutter, deretwegen der Meister vom Rat der Stadt verurteilt und ohne Gnade hingerichtet wurde. Deine Mutter hat meinen Meister in den Tod getrieben, den einzigen Menschen, der je zu mir gehalten hat. Wie sehr habe ich ihn bewundert, wie inbrünstig seinen Warnungen gelauscht vor dem bösen Feind und seinen Ränken, seinen Mahnungen zu mannhafter Standhaftigkeit gegen die Verlockungen und das Teuflische im Weib.

Keiner deiner Buhlen wird dich schützen können, denn diesmal werde ich es klüger anstellen: Ich werde dich dort treffen, wo jedes Weib verwundbar ist: bei deinem Balg. Jetzt bin ich am Zuge.

Wenn ich die Augen schließe, mich ganz der Finsternis überlasse, dann kann ich alles sehen. Dann weiß ich, was ich zu tun habe, wohin ich zu gehen habe. Ich spüre, dass es dich zu deinem Beschützer zieht, eben so wie zu deinem unseligen Vater – und so werde ich die eine wie die andere Richtung verfolgen.

25

Wie schön, unsere beiden Forellen kehren heim.»

Diego zog die Nase kraus und schnupperte an Marthe-Maries Hals. Seitdem sie und Marusch für einen Sämisch-Gerber arbeiteten, wo die Ziegen- und Wildhäute mit Dorschtran gegerbt wurden und sie von früh bis spät die Blößen von Hand im Tranfass walkten, stanken sie gottserbärmlich nach ranzigem Fisch.

«Ach du!» Sie gab ihm einen Klaps in den Nacken.

«Was machst du eigentlich so früh am Nachmittag hier?», fragte ihn Marusch.

«Der reiche Ölmüller braucht meine Dienste nicht mehr.»

«Hast du denn nicht woanders nachgefragt?»

«Selbstverständlich, meine Beste. Ich bin sofort zu Maximus und Sonntag in die städtische Getreidemühle, aber die beiden hocken auch mehr herum, als dass sie arbeiten. Dann bin ich zur Walkmühle, zu den Reibe- und Bleumühlen der Tuchmacher. Ich war bei den Lohmühlen, in der Schleifmühle, in der Sägemühle – du siehst, ich habe sämtliche Mühlen in und um Horb abgegrast, doch ein Lastträger wurde nirgendwo gebraucht. Da habe ich mir erlaubt, einen Spaziergang in Gottes schöner Natur zu machen. Und uns eine Kleinigkeit mitgebracht.»

Er öffnete ein Tuch, das prall gefüllt war mit Maronen.

«Hast du die etwa gestohlen?», fragte Marthe-Marie. Rund um

die Stadt war es bei Strafe verboten, ohne Genehmigung Wildfrüchte zu sammeln.

«Sagen wir: gefunden.» Er grinste. «Damit können wir unser morgiges Weihnachtsmahl bereichern. Ich schlage vor, als dritten Gang zwischen geschmorter Ochsenzunge auf Süßkraut und Wachtelbrust in Mandeltunke.»

Nach und nach kehrten, bis auf Salome, alle in die Herberge zurück. Auch Isabell, Antonia und Clara kamen nicht mit leeren Händen. Angesichts des bevorstehenden Weihnachtsfestes hatte Clara außer ein paar Eiern noch ein fettes Stück geräucherten Schweinespecks zum Lohn bekommen. Und Isabell und Antonia brachten ein Säckchen Eichelmehl. Sie hatten tatsächlich beim Bannwart der Stadt erwirkt, so viele Eicheln sammeln zu dürfen, wie sie und die beiden Kleinen tragen konnten, und ihre Ausbeute anschließend zum Mahlen gebracht. Marthe-Marie konnte sich denken, wie es Isabell gelungen war, den Bannwart zu erweichen: Selbst bei dieser Kälte gab sie sich mit ihrem engen Leibchen und dem weit ausgeschnittenen Hemd darunter äußerst offenherzig. Im Übrigen war sie die Einzige, die einigermaßen sauber und adrett gekleidet wirkte. Wie ihr das gelang, war Marthe-Marie ein Rätsel.

Es versetzte ihr inzwischen jedes Mal einen Stich, wenn sie die anderen – sie selbst machte keine Ausnahme – in ihren zerlumpten Kleidern sah. Da sie keine Kleidung zum Wechseln besaßen, waren Röcke und Hosen abgetragen, fleckig und zerschlissen. Zum Ausbessern war kein Geld übrig, alles was nicht für die kärglichen Mahlzeiten und für die wöchentlichen Zahlungen an den Wirt verbraucht wurde, wanderte in Sonntags Lederbeutel. So sahen vor allem die Kinder mit ihren ewigen Rotznasen mittlerweile nicht viel besser aus als die Ärmsten der Armen in der Stadt.

Hinzu kam, dass in den letzten zwei, drei Wochen immer häufiger einer von ihnen ohne Lohn und Arbeit gewesen war. Es schien, als drängten mit der Kälte des einbrechenden Winters immer mehr Bedürftige und Arbeitssuchende in die Stadt, um sich gegenseitig die letzten halbwegs einträglichen Arbeiten wegzuschnappen. Sie und Marusch hatten Glück gehabt: Nachdem ihr erster Brotherr zwei Lernknechte eingestellt hatte und ihre Arbeitskraft damit überflüssig geworden war, vermittelte er sie an jenen Sämisch-Gerber. Zwar war der Gestank dort schier unerträglich, doch dafür brachten sie einen Pfennig mehr am Tag nach Hause – bis vor zwei Wochen jedenfalls. Da hatte die Zunft einen neuen Pfleger für die Warenbeschau ernannt, der nun fast täglich erschien und mit Argusaugen die Häute, Blößen und Leder nach Mängeln untersuchte. Zu rügen fand er fast immer etwas, und zweimal verhängte er gegen den Meister Strafgelder. Die Folgen trugen die Gesellen und Tagelöhner: Sie wurden nicht ausbezahlt.

Marthe-Marie hätte ihrem Brotherrn die Ziegenhäute am liebsten vor die Füße geschleudert, so wütend war sie jedes Mal gewesen. Schließlich hatte sie ihre Arbeit so sorgfältig wie immer erledigt. Aber dann wären sie im nächsten Moment auf der Straße gelandet, alle beide wahrscheinlich, und das hätte sie nicht verantworten mögen. Es war zwar nicht viel mehr als ein Almosen, was sie täglich nach Hause brachten, aber es zählte ja jeder Pfennig.

Nicht dass sie am Verhungern waren, doch oft genug ging sie mit knurrendem Magen schlafen, weil sie von ihrer Ration den ewig hungrigen Kindern etwas zugesteckt hatte. Und sie war nicht die einzige unter den Erwachsenen, die hin und wieder auf ihren letzten Bissen verzichtete. Leonhard Sonntag hatte längst seinen imposanten Kugelbauch eingebüßt, aller anderen Gesichter waren schmal geworden in den letzten acht Wochen.

Dieses Einschränken auf das Notwendigste, trotz harter täglicher Arbeit, war indes nicht das Schlimmste: Weit mehr bedrückte es Marthe-Marie mitanzusehen, wie die Stimmung der Gaukler mit jeder Woche, mit jedem Tag trostloser wurde. Sie verstand die Niedergeschlagenheit der anderen. Eingesperrt in der Enge der Stadt, hatten sie ihr Zuhause verloren: die Landstraße, ihren Tross, die freie Natur. Nun waren sie keine gern gesehenen Possenreißer und Komödianten mehr, die Abwechslung in den Alltag der Menschen brachten, sondern höchst überflüssige Schmarotzer und allen Anfeindungen rechtlos ausgeliefert.

Und sie selbst? Mit Haut und Haaren hatte sie sich eingelassen auf das Leben der Spielleute. Sie hatte mit ihnen Erfolge gefeiert, hatte Gefahren ausgestanden und war in diese elende Lage geraten. Längst war ihr bewusst: Sie hatte ihre eigene Standesehre nicht nur verletzt, sondern aufgegeben. Nie wieder würde sie zu ihresgleichen zurückkehren können. Sie war eine Fahrende, der Wagen ihr Zuhause.

Am nächsten Morgen besuchten sie gemeinsam die Frühmesse in der Heilig-Kreuz-Kirche, die sich am höchsten Punkt des Bergsporns über der Stadt erhob wie ein würdevoller Wächter über den Glauben seiner Schäfchen. Schon am Vorabend hatten sie sich gemüht, ihre Röcke und Umhänge einigermaßen ansehnlich zu richten, waren den Flecken mit Bürste und Asche zu Leibe gerückt. Doch augenscheinlich war alles umsonst gewesen. Als sie im Strom der Menschen die Bußgasse hinaufstiegen, spürte Marthe-Marie die Blicke der Bürger an ihnen kleben. Misstrauisch, abschätzig, verächtlich. «Die reinsten Zigeuner», hörte sie eine ältere Frau neben sich geifern. «Seit Wochen schon treiben sie sich in unserer Stadt herum. Beim Bettelwirt im Tal wohnen sie.»

Marthe-Marie wusste längst, dass der Wirt ihrer Herberge mit diesem Namen geschmäht wurde. Mehr als einmal war die Scharwache in ihre Schlafkammer eingedrungen und hatte Bettler oder Landstreicher herausgezerrt und abgeführt. Ihnen hatte man bislang noch nichts anhaben können, hatten sie doch ordnungsgemäß ihren Stadtzoll entrichtet und gingen einer Arbeit nach.

Sie nahm Agnes' eisige kleine Hand und drückte sie fest. «Heute ist Weihnachten. Freust du dich?»

«Ja!» Die dunkelblauen Augen des Kindes strahlten.

Man sah den Atem vor den Gesichtern, so bitterkalt war es in der Kirche. Als mit feierlichen Klängen die Orgel einsetzte, konnte Marthe-Marie nicht verhindern, dass ihr die Tränen in die Augen stiegen. Zugleich begann sie vor Kälte zu zittern. Diego, der neben ihr stand, legte den Arm um sie und zog sie fest an sich. Agnes wickelte er in seinen langen, löchrigen Umhang. Wie eine kleine verlorene Familie standen sie in diesem riesigen Gotteshaus, eingehüllt in den herben Duft des Weihrauchs, und lauschten dem lateinischen Singsang des Priesters.

Später reihte sich Marthe-Marie ein in die lange Reihe der Kirchgänger, um das Sakrament des Abendmahls zu empfangen. Als Einziger blieb Diego zurück, mit den beiden Kleinen an der Hand. Jeder wusste, was er von der Eucharistiefeier hielt. «Die Muselmanen verachten uns Christen», hatte er einmal bemerkt, «weil wir, wie Barbaren, den Leib unseres Gottes essen.» Marthe-Marie war entsetzt gewesen über diese Blasphemie.

Mit dem Segen des Priesters verließen sie die Kirche. Draußen erwartete sie eine Überraschung: Alles lag unter einer blendend weißen Schneedecke, und noch immer rieselten feine weiße Flocken herab. Marthe-Marie vergaß Kälte, löchriges Schuhwerk, ihre armselige Unterkunft und freute sich an der festlichen Stimmung, die der Schnee über die Gassen und Plätze gezaubert hatte. Ohne Eile und über zahlreiche Umwege kehrten sie in die Herberge zurück, die Kinder tobten mit roten Wangen voraus und bewarfen sich mit Schneebällen.

Zur Feier des Hochfestes hatte der sonst so geizige Wirt nicht an Holz gespart und die Schankstube bereits am Vormittag eingeheizt. Alle Gesichter glühten, als sie den warmen Raum betraten und sich aus ihren Mänteln und Umhängen schälten. Mettel verschwand sofort in der Küche. Sie hatte den Wirt überreden können, Herd und Pfannen benutzen zu dürfen, um das Weihnachtsmahl zu bereiten. Bald roch es verführerisch nach knusprigen Pfannkuchen.

Seltsam, dachte Marthe-Marie, als sie sich mit den anderen an den einzigen freien Tisch drängte, an wie wenig man sich doch freuen kann.

Ihr Leben lang war Weihnachten ein Fest des Überflusses gewesen. Die Stube war dann mit Lichtern, bunten Bändern und Buchszweigen geschmückt, ganze Platten mit Fisch, Braten, Gemüsen und Süßspeisen wurden aufgefahren, dazu Soßen, gewürzt mit Kostbarkeiten wie Zimt, Safran, Muskat und Kardamom, und Rotwein, so viel jeder wollte. Jetzt stand in der Mitte des Tisches eine einzige Kerze, die Sonntag für einen maßlos übertrieben Preis gekauft hatte. Und das Essen, das Mettel mit Antonias Hilfe auftrug, war im Grunde armselig, auch wenn es eine Abwechslung darstellte zu der ewigen Sauermilchsuppe, die sie morgens und abends aßen, weil sie am billigsten war. Nun gab es Pfannkuchen aus Eichelmehl mit wenig Ei, eine dünne Scheibe Speck für jeden und hinterher die Maronen, die auf dem Gitter des Stubenofens schmorten. Zum Nachtisch würde jeder einen Bratapfel bekommen. Und doch: Es war ein Festessen, über das sie sich freute wie über ein unerwartetes Geschenk, denn Mettel hatte die Holzteller liebevoll mit Blättern und Trockenbeeren dekoriert, die flackernde Kerze verbreitete ein anheimelndes Licht, und sie hatten es warm und behaglich.

Salome, die während des Gottesdienstes zu ihnen gestoßen war, präsentierte nach dem Essen eine Überraschung: Ihr Wasserschlauch war gefüllt mit Zwetschgenwasser. Überschwänglich nahm der Prinzipal sie in seine kräftigen Arme: «Du kannst also doch zaubern!»

Sie ließen es sich gut gehen. Einer der Musikanten holte seine Sackpfeife, das einzige Instrument, das bei dem Überfall nicht verloren gegangen war, sie sangen und tanzten nach langer Zeit zum ersten Mal. Selbst der Wirt gesellte sich zu ihnen, obwohl an den anderen Tischen gewürfelt wurde.

Marthe-Marie stieg der Branntwein sofort zu Kopf, doch es war ein wunderbares Gefühl der Leichtigkeit. Diego holte sie zum Tanz, neben ihnen wirbelte der Wirt mit Isabell über den Dielenboden. Sie sah das fein gewebte, türkisfarbene Tuch über den Schultern des Mädchens, das sie gestern noch nicht besessen hatte. Jetzt band Isabell es los und schwang es kokett vor dem Wirt durch die Luft. Ob das Tuch ein Geschenk war? Von einem heimlichen Verehrer? Isabell war in letzter Zeit hin und wieder später als ihre Freundin Antonia heimgekehrt. Ach was, das ging sie nichts an. Schließlich kümmerte sich das Mädchen um Agnes und Lisbeth, und dafür war sie ihr dankbar.

Als der letzte Ton der Melodie verklungen war, nahm Diego sie bei den Hüften und hielt sie in die Höhe.

Marthe-Marie musste lachen. «Lass mich runter!»

«Nur wenn du mir versprichst, mich niemals zu verlassen.»

«Ich verspreche es.»

Er nahm sie in die Arme und hauchte ihr einen flüchtigen Kuss auf die Lippen.

«Wenn du lügst, bist du noch schöner», grinste er.

Der Wirt ließ mehrere Krüge Bier auffahren. Redselig wie selten, erzählte Sonntag haarsträubende Geschichten aus fremden Ländern und fernen Erdteilen. Erzählte von Indien, wo man Einäugige und Menschen mit Hundsköpfen gefunden habe, von Afrika, wo Missionare bei Menschen gelebt hätten mit so großen Lippen, dass sie ihr ganzes Gesicht damit bedecken konnten, und wo sich im Urwald riesige Vogelmenschen versteckten. Dabei sprang er auf, krümmte sich, verrenkte Arme und Beine, verzerrte das

Gesicht und erweckte so die wunderlichsten Kreaturen und Monstrositäten zum Leben.

Die Frauen lachten so schallend, dass die niedergebrannte Kerze vollends erlosch. Der Wirt brachte eine neue.

«Wisst ihr, dass man in Straßburg neuerdings mannshohe Tannenbäume in die Stube stellt?», fragte Diego. «Daran hängt man Rosen und buntes Papier, Äpfel und Zuckerkringel. Aber das Unglaublichste ist: Wer es sich leisten kann, stellt Kerzen auf die Zweige.»

«Was für ein Unfug.» Marusch schüttelte den Kopf. «Der ganze Baum kann doch in Flammen aufgehen.»

«Deswegen hat man das auch umgehend verboten. Aber die Elsässer sind dickköpfig. Wahrscheinlich brennen in diesem Augenblick wieder etliche Wohnungen und Häuser aus.»

«Mir würde das gefallen. Ein ganzer Baum voll leuchtender Kerzen.» Marthe-Marie spürte eine wohlige Müdigkeit. Sie lehnte ihren Kopf an Diegos Schulter, schloss die Augen und lauschte dem Geplauder ihrer Tischnachbarn. Wie schön dieser Tag trotz alledem war.

Lautes Poltern ließ sie auffahren. Die Tür zur Schankstube wurde aufgerissen, und zwei bewaffnete Büttel traten ein. Schlagartig war es still im Raum. Nur der Wirt erhob sich, mit verwirrtem Blick. Diesmal schien es um mehr als um Strafschillinge zu gehen.

«Ist sie hier?», fragte einer der Schergen.

Erst jetzt bemerkte Marthe-Marie einen dritten Mann im Türrahmen. Er war gekleidet wie ein Kaufmann oder Amtmann, sein graues, bartloses Gesicht wirkte verhärmt. Mit einem knochigen Zeigefinger wies er auf Isabell.

«Da sitzt die Schlupfhure!»

Mit einem Satz waren die Büttel an ihrem Tisch und rissen das Mädchen vom Stuhl. Antonia warf sich dazwischen, eine schmerzhafte Maulschelle ließ sie taumeln, der Prinzipal sprang auf, stieß den Mann im Türrahmen beiseite und versperrte breitbeinig den Weg.

«Was soll das?», brüllte er so laut, dass die beiden Büttel zusammenzuckten. An ihrer Stelle antwortete der vornehm gekleidete Mann. Voller Abscheu blickte er Sonntag an.

«Als heimliche Hure hat sie ihr dreckiges Geld verdient. Zweimal schon hat sie mir auf der Straße ihre Dienste angeboten. Leider ist das kleine Luder bei mir an den Falschen geraten.»

«Ist das wahr, Isabell?»

Isabell antwortete nicht. Schluchzend, mit gesenktem Kopf stand sie da, nur der feste Griff der Büttel schien sie aufrecht zu halten. Es ist wahr, dachte Marthe-Marie. Alles an ihrem Gebaren verriet die ertappte Sünderin.

«Gehört sie zu euch?», fragte einer der Büttel streng.

«Sie ist meine Freundin!», schrie Antonia. Marusch riss sie am Arm zu sich und schüttelte sie heftig.

«Verwandte?»

Sonntag schüttelte den Kopf. «Nein, sie hat niemanden.» Er wirkte plötzlich erschöpft. «Was geschieht jetzt mit ihr?»

«Wir bringen sie in den Turm. Alles Weitere entscheidet der Richter. Und du hör auf zu heulen. Pack deinen Umhang und vorwärts.»

Ebenso plötzlich, wie sie gekommen waren, waren die Männer verschwunden. Als ob das Ganze nur ein Spuk zu mitternächtlicher Stunde gewesen sei. Marthe-Marie schloss die Augen. Sie war dem Mädchen weder besonders zugetan, noch traute sie ihr allzu sehr über den Weg. Doch das hatte sie nicht verdient. Bei dieser Eiseskälte in den Turm gesperrt zu werden konnte die schlimmsten Folgen haben.

Maximus brach das Schweigen.

«Was glotzt ihr so?», raunzte er die übrigen Gäste an, die von ihren Tischen aufgestanden waren, um ja keinen Moment des Spektakels zu verpassen. «Wollt ihr Ärger?»

Die Männer und Frauen wichen zurück und nahmen wieder ihre Plätze ein. Der Wirt verschwand wortlos in der Küche.

«Leonhard, du musst morgen den Magistrat aufsuchen und um Wohlwollen bitten», sagte Mettel, die Antonia tröstend im Arm hielt.

«Das werde ich wohl müssen.» Er sah seine Stieftochter an. «Hast du davon gewusst?»

«Nein.» Antonias Antwort war kaum zu verstehen, sie hielt ihr Gesicht in Mettels Arm verborgen.

Da sprang Marusch auf, riss ihre Tochter grob in die Höhe und schleifte sie hinter sich her in Richtung Schlafkammer. Man hörte sie die Stiege hinaufpoltern, hörte Maruschs wütende laute Stimme und dazwischen immer wieder das verzweifelte Schluchzen des Mädchens. Am liebsten wäre Marthe-Marie ihnen gefolgt, doch sie wagte nicht, sich einzumischen.

Agnes kletterte auf ihren Schoß.

«Ist Isabell ein Dieb?»

«Nein, mein Spatz. Sie wird sicher bald wieder freigelassen.»

Marusch kam allein zurück.

«Das hier hat diese Mistkröte in ihrem Strohsack versteckt gehalten.»

Sie leerte den Inhalt von Isabells Geldkatze auf den Tisch. Diego pfiff durch die Zähne.

«Das reicht für ein gutes Reitpferd.»

«Keiner rührt das an», fauchte Marusch, noch immer außer sich. «Seit Wochen treibt sie das schon so. Angeblich hat es Antonia erst heute erfahren. Und wisst ihr wo? In der Kirche. Da hat Isabell ihr alle Männer gezeigt, mit denen sie bereits rumgehurt hat, und ihr vorgeschlagen, beim nächsten Mal mitzukommen.»

Sie ließ sich auf die Bank sinken.

«Von mir aus kann die kleine Dirne im Turm verrecken.»

Marusch tat Marthe-Marie Leid. So, wie sie vor sich hinstarrte, zermarterte sie sich wahrscheinlich den Kopf darüber, wie weit Antonia ihrer Freundin bereits auf deren verhängnisvollen Wegen gefolgt war.

«Du musst Antonia vertrauen. Sie ist nicht wie Isabell, und das weißt du auch.»

«Marthe-Marie hat recht. Für Antonia ist das alles schlimm genug, und es wird ihr eine Lehre sein.» Sonntag schob die Münzen wieder in den Beutel. «Das Geld nehme ich vorerst an mich. Und morgen werde ich trotz allem beim Magistrat vorsprechen.»

Doch Leonhard Sonntag vermochte beim Rat der Stadt nicht viel auszurichten. Drei Tage und drei Nächte verbrachte Isabell im Luziferturm des Ihlinger Tors, dann wurde sie am Sonntagmorgen auf den Kirchplatz gebracht. Mit einem Strohkranz auf dem geschorenen Schädel musste sie vor dem Hauptportal stehen und Spott und Häme der Kirchgänger ertragen, sie wurde angespuckt und mit Dreck beworfen. Als die Spielleute an ihr vorbeigingen, senkte sie den Blick. Einmal nur hob sie den Kopf: Antonia stürzte weinend und mit ausgestreckten Armen auf sie zu, doch der Büttel, der Isabell am Strick hielt, stieß sie grob zurück.

Nach dem Gottesdienst verließen die Gaukler die Kirche durch eine Seitenpforte, um nicht ein zweites Mal Zeuge dieses entwürdigenden Schauspiels werden zu müssen. Nur Leonhard Sonntag fehlte. Er traf erst Stunden später in der Herberge ein.

«Auf Rutenschläge hat man verzichtet angesichts ihres Alters» berichtete er. «Aber sie wurde auf immer der Stadt verwiesen.»

«Hast du mit ihr gesprochen?», fragte Marthe-Marie.

Er lächelte traurig. «Ich bin den Bütteln heimlich gefolgt. Hinter der Neckarbrücke konnte ich sie einholen. Es tut ihr alles sehr Leid. Dann habe ich ihr die Geldbörse übergeben.»

«Gott möge sie beschützen», murmelte Mettel.

Der nächste Schrecken ließ nicht lange auf sich warten. Diesmal war es Salome, die Anfang des neuen Jahres gefangen genommen wurde. Mehrere Bürger hatten sie der Schwarzkunst bezichtigt. Auch sie lag drei Tage und drei Nächte im Luziferturm gefangen, und die Spielleute fürchteten bereits das Schlimmste, da in der Stadt das Gerücht ging, man habe etliche Indizien, um sie der Hexerei zu überführen, und bei den hiesigen Wagnern seien schon die Leitern für den Scheiterhaufen bestellt.

Marthe-Marie war in diesen Tagen wie gelähmt vor Entsetzen. Sie sprach mit niemandem ein Wort, aß kaum noch, zog sich nach der Arbeit auf ihr Lager zurück und starrte die Wände an. Von draußen rüttelte und zerrte seit Tagen ein stürmischer Westwind an den Fensterläden. Immer wieder faltete sie die Hände zum Gebet. Irgendwann einmal war sie von ihrem Lager aufgestanden, wie aus einem schweren Traum, hatte Jonas' Nachricht aus ihrer Geldbörse gezogen, das Fenster geöffnet und sie dem Sturm übergeben. Sie sah noch, wie das Papier durch das kahle Geäst der Buche wirbelte, dann war es im Dämmerlicht verschwunden. Es ist gut, dass du gegangen bist, dachte sie. Leb wohl, Jonas.

Doch dann wurde Salome ins benachbarte Rottenburg gebracht, wo sie vor dem Hohenberger Statthalter und seinem Stab bei Gott und allen Heiligen schwören musste, niemals solch zweifelhaften Künsten nachgegangen zu sein und sich auch fürderhin nicht dafür herzugeben. Am selben Abend erschien sie in der Herberge.

Sie lachte verschmitzt, als die anderen sie umarmten und das unermessliche Glück, das ihr beschieden war, feierten.

«Habt ihr vergessen, dass ich eine schützende Hand über mir habe? Leider ist der Obervogt erst gestern Abend aus Innsbruck zurückgekehrt, und so waren es doch drei grausig kalte Nächte auf stinkendem Stroh. Dafür hat er mich für morgen früh auf seine Veste eingeladen.»

Diego schüttelte den Kopf. «Du hast wahrhaftig mehr Glück als Verstand.»

«Trotz allem müssen wir jetzt aufpassen wie die Haftelmacher.» Sonntag sah mit ernstem Blick in die Runde. «Die Bürger hier lassen uns künftig nicht aus dem Auge, das muss euch klar sein. Und Salome mag vielleicht unter der Protektion dieses hohen Herrn stehen – wir nicht.»

Tatsächlich wurden die Dienste der Spielleute immer häufiger zurückgewiesen, als hätten die Zünftigen der Stadt sich gegen sie verbündet, und die Männer konnten froh sein, wenn sie als Knochensammler oder Karrenschieber, beim Abdecker oder Flecksieder ihr Brot verdienen durften. Nur die schmutzigste und körperlich schwerste Arbeit überließ man ihnen, und Diego und Maximus schreckten schließlich nicht einmal mehr davor zurück, als «Goldgräber» die städtischen Abortgruben auszuheben. So stanken sie gottserbärmlich nach Jauche und faulen Eiern, wenn sie halb in der Nacht von den Kloaken zurückkehrten.

Nur die Hoffnung auf das kommende Frühjahr und die Aussicht, dann wieder mit Pferd und Wagen über die Landstraßen zu ziehen und womöglich gutes Geld am Stuttgarter Hof zu verdienen, hielt sie aufrecht. Doch angesichts des nur spärlich gefüllten Geldsäckels, das der Prinzipal unter Verschluss hielt, schien es Marthe-Marie mehr als unwahrscheinlich, dass sie ihr Ziel erreichen würden.

26

«Nennen wir sie Fortuna», schlug Diego vor. «Sie soll uns Glück bringen.»

Sonntag nickte und klopfte dem Grauschimmel den Hals. Die

Stute war zwar nicht gerade hübsch mit ihrem Ramskopf, jedoch kräftig und gut im Futter.

«Oder hast du einen anderen Vorschlag?» Sonntag drehte sich zu Salome um. «Schließlich wären wir ohne deine Hilfe wohl niemals auf einen grünen Zweig gekommen.»

Die Wahrsagerin verzog ihren schiefen Mund zu einem Grinsen. «Fortuna ist ein guter Name. Auch wenn ich Pferde nicht besonders mag.»

Der Rabe auf ihrem Buckel krächzte böse und schlug mit den Flügeln, wie um ihre Worte zu bestätigen. Marthe-Marie musste lachen. Längst hatte sie alle Scheu vor der zwergwüchsigen Frau und ihrem schwarzen Begleiter verloren.

Sie hatten sich in einem Stall in der Vorstadt versammelt und betrachteten voller Stolz ihre Erwerbung. Am nächsten Samstag würden sie auf dem Viehmarkt noch ein paar Maultiere dazukaufen und sich dann auf den Weg in die Berge machen, um ihre Wagen zu holen. Sie hatten es geschafft.

Noch vor sechs Wochen hätte keiner von ihnen geglaubt, aus diesem Elend jemals wieder herauszufinden. Nur kurze Zeit nach Salomes Freilassung aus dem Turm hatte der Sämisch-Gerber Marthe-Marie und Marusch den Zutritt zu seiner Werkstatt verwehrt, ohne ein einziges Wort der Begründung. Dann verlor Mettel ihre Arbeit als Wäscherin. So waren es nur noch Diego, Maximus, der Wundarzt und Maruschs Tochter Clara, die morgens die Herberge verließen.

Doch dann, Anfang Februar, war unverhofft eines Nachmittags Salome erschienen und hatte dem Prinzipal mit unbewegter Miene eine Hand voll Schillinge übergeben.

«Eure faulen Tage haben ein Ende. In zwei Wochen ist Fastnacht, also beeilt euch, etwas Entsprechendes einzustudieren. Das Geld ist ein Vorschuss für das Nötigste an Kostümen und Requisiten.»

Ungläubig starrte Sonntag sie an. «Sieh dich vor, Salome. Nach Scherzen steht mir längst nicht mehr der Sinn.»

«Mir auch nicht, wenn ihr nicht gleich in die Pantinen steigt. Ich habe nämlich vor dem Obervogt ziemlich große Töne gespuckt, was eure Schauspielkünste betrifft. Ich musste ihm bei meinem Raben schwören, dass er nicht enttäuscht sein wird, wenn ihr an den Fastnachtstagen auf der Oberen Veste auftretet.»

Ganz konnte sie den Stolz auf ihrem faltigen kleinen Gesicht nicht verbergen.

«Antonia! Tilman! Was steht ihr noch herum?», schnauzte Sonntag. «Geht Diego und Maximus suchen und reißt ihnen die Kloakenschaufel aus der Hand, bevor sie an den fauligen Dämpfen ersticken. Sie sollen sofort herkommen. Und ihr Frauen kümmert euch um die Ausstattung. Holt eine Näherin dazu.»

Fastnacht war nur der Anfang gewesen. Eine Woche nach ihrem dreitägigen Gastspiel auf der Oberen Veste hatte Salome die Nachricht überbracht, der Obervogt wünsche, dass Sonntags Truppe anlässlich seiner Verlobung zur Unterhaltung beitrage. Das Glück schien sich endlich wieder auf ihre Seite zu schlagen, zumal sich ihr Auftraggeber als überaus großzügig erwies. Doch nicht nur Marthe-Marie war jedes Mal froh, wenn sie abends die Festung verlassen konnte, um in ihre schäbige Vorstadtherberge hinabzusteigen. Sonntag und Diego hatten gehörig daran zu schlucken, dass sich der feiste, laute, selbstgefällige Obervogt in alles einmischte und gleich nach ihrer ersten Aufführung Szenen geändert und gestrichen hatte, um seine eigenen, meist hanebüchenen Einfälle einzufügen. Zähneknirschend erfüllten sie alle Wünsche des hochwohlgeborenen Junkers – Sonntag puderte sich sogar mit Asche ein, um im Bastrock einen Mohrentanz aufzuführen. Sie waren Marionetten in den Händen eines herrischen Dummkopfs, der sie nach Belieben tanzen und springen ließ.

Nun hatten sie es hinter sich gebracht, und einem Neuanfang, wenn auch mit bescheidenen Mitteln, stand nichts mehr im Wege. Marthe-Marie betrachtete Salome, die jetzt in respektvollem Abstand zu dem Grauschimmel stand, voller Hochachtung. Es war ihr ein Rätsel, wie diese verwachsene, von der Natur so sichtlich benachteiligte Frau sich in diesen hohen Kreisen hatte Anerkennung verschaffen können, während die Bürger der Stadt sie am liebsten vor Gericht geschafft hätten. Wie undurchschaubar die Welt manchmal sein konnte.

Diego riss sie aus ihren Gedanken.

«Begleitest du mich zum Einödhof?»

«Wie?»

«Ich möchte morgen früh zu Lambert und Anna reiten. Ich muss einfach hinauf, ihnen die glückliche Botschaft überbringen, dass wir spätestens nächste Woche wieder unterwegs sein werden. Ist es nicht ein Wunder? Wir werden wieder frei sein.»

Er warf so heftig seine Arme in die Luft, dass die Stute scheute.

«Nein, ich bleibe hier. Agnes ist erkältet, ich will sie nicht allein lassen.»

Das war nicht die ganze Wahrheit. Sie war Diego zwar längst wieder zugetan; seit dessen jähzornigem Angriff gegen Jonas hatte sie es aber strikt vermieden, mit ihm allein zu sein. Mit Abstand und im Beisein der anderen konnte sie sich seine Freundschaft gefallen lassen, konnte sie seine Aufmerksamkeiten und versteckten Zärtlichkeiten sogar genießen. Der Gedanke indes, einen ganzen Tag lang allein mit ihm durch die Gegend zu reiten, schreckte sie.

«Schade», sagte er nur, ohne eine Regung zu zeigen, und wandte sich wieder dem Prinzipal zu.

Am nächsten Morgen war Diego bereits vor Sonnenaufgang verschwunden. Es wird ein herrlicher Tag, dachte Marthe-Marie beim Ankleiden, und sie bereute fast ihre rasche Ablehnung. Der klare, sonnige Morgen versprach einen der ersten Frühlingstage. Als sie das Fenster in der Schankstube öffnete, gaben die Vögel draußen im Hof ihr fröhliches Konzert. Sie schloss die Augen und sog die kühle, würzige Luft ein. Bald würde sie diese Frische des Morgens, die sie so sehr liebte, wieder jeden Tag spüren.

Marusch klatschte in die Hände. «Los, an die Arbeit. Träumen kannst du nachts.» Sie stellte die Schachtel mit dem Nähzeug in die Mitte des Tischs, dann öffnete sie die nagelneue Holztruhe, die sie sich für die Kostüme angeschafft hatten, und holte ein Bündel Kleider und Stoffe heraus. Kurz darauf traf die Näherin ein, eine ältere Witwe, die ihrem kantigen, ausgemergelten Gesicht zum Trotz stets bester Laune war.

So saßen sie bis zum späten Nachmittag um den Tisch: Marthe-Marie, Mettel und Antonia mit Stopfen, Flicken und Ausbessern beschäftigt, Marusch und die Näherin mit dem Schneidern neuer Kostüme. Wobei Marusch genau genommen weder Schneideklinge noch Nadel und Faden in die Hand nahm, sondern Anweisungen gab. Sie war ganz in ihrem Element, animierte die alte Näherin zu immer neuen, phantasievollen Möglichkeiten, experimentierte mit gewagten Farbkombinationen, mit Kordeln, bunten Bändern, Schleifen.

«Im Grunde war es höchste Zeit für neue Kostüme», sagte sie begeistert. «Wir sollten sie künftig alle zwei, drei Jahre erneuern.»

Als das Licht zu schwach zum Arbeiten wurde, räumten sie ihr Nähzeug beiseite. Dann kehrte Diego zurück. Er hatte ein dickes Bündel mit weiteren Kleidungsstücken mitgebracht.

«Eure Arbeit für die nächsten Tage.»

Er wirkte müde.

«Wie geht es Anna und Lambert? Sind sie wohlauf?», fragte Marthe-Marie.

«Alles in Ordnung. Sie sind glücklich, dass ihre Zeit auf dem Hof ein Ende findet. Ihren Sohn haben sie wohl nur zwei-, dreimal zu Gesicht bekommen.»

Er sah zur Tür.

«Sind die anderen noch unterwegs?»

Etwas in seiner Stimme ließ Marthe-Marie aufhorchen.

«Was ist? Hast du schlechte Nachrichten?»

«Ja. Für Pantaleon. Sein Kamel ist tot. Regelrecht verreckt.»

«O Gott!»

Die Frauen starrten ihn an. Jeder wusste, wie innig Pantaleon seinen Tieren verbunden war.

«Nun erzähl schon», drängte Marusch.

«Da gibt es nicht viel zu erzählen. Ich habe den Bauern zur Rede gestellt: Er behauptete, das Kamel sei während der letzten Frosttage erfroren. Er trage keine Schuld, so ein Tier gehöre schließlich auch in die Wüste. Von Lambert weiß ich aber, dass Schirokko Tag und Nacht in der dunklen Scheune eingesperrt war, ohne Frischfutter und wahrscheinlich auch ohne ausreichend Wasser. Angeblich hätte das Tier auf der Weide die Rinder verrückt gemacht. Wann immer es möglich war, hat sich Lambert heimlich zu Schirokko in die Scheune geschlichen und ihm eine Fuhre frisches Gras gebracht, doch irgendwann hat Schirokko sich in die Ecke gelegt und war nicht mehr zum Aufstehen zu bewegen. Eines Morgens war er tot, der Abdecker hat ihn gleich fortgeschafft.»

«Das wird Pantaleon hart treffen.»

«Was wird mich hart treffen?» Der Tierbändiger stand im Türrahmen. Das Lid seines gesunden Auges zuckte.

Diego trat zu ihm und legte ihm den Arm um die Schulter.

«Komm mit.» Er führte ihn mit sich hinaus auf die Straße.

«Dieser Drecksskerl von Bauer», fluchte Marusch. «Von wegen erfrieren. Kamele können überhaupt nicht erfrieren. Das Fell über die Ohren ziehen sollte man diesem Schinder.»

«Wir müssen den Bauern zur Rechenschaft ziehen», sagte Marthe-Marie. «Schließlich war das Kamel Pantaleons wertvollster Besitz.»

Marusch lachte böse.

«Sehr spaßig. Eine Hand voll Vagabunden zieht gegen einen reichen Bauern vor Gericht wegen eines Kamels – so eine Geschichte können wir vielleicht als Fastnachtsposse aufführen.» Wütend knallte sie den Deckel der Kleiderkiste zu.

An diesem Abend bekamen sie den Tierbändiger nicht mehr zu Gesicht. Sofort nach der Unterredung mit Diego war Pantaleon in die Schlafkammer verschwunden. Er erschien erst wieder zum Morgenbrot mit einem gepackten Bündel. Schweigend löffelte er seine Milchsuppe aus, erhob sich, schüttelte jedem stumm die Hand, pfiff seine beiden Affen herbei und ging zur Tür. Die anderen folgten ihm nach draußen auf die Gasse. Leichter Nieselregen hatte eingesetzt.

«Dein Anteil.» Sonntag drückte ihm ein paar Münzen in die Hand. «Willst du es dir nicht noch einmal überlegen?»

Pantaleon schüttelte den Kopf. Dann marschierte er los, bedächtigen Schrittes, den Hut tief in die Stirn gezogen. Ohne sich noch einmal umzudrehen, ging er den Grabenbach entlang, bog nach links in ein Gässchen und war verschwunden.

«Armer Pantaleon. Erst sein Bär, jetzt das Kamel», sagte Marthe-Marie leise zu Marusch. «Weiß er denn, wohin er will?»

«Ja. Immer den Neckar aufwärts. Irgendwo auf der Baar hat er einen Bruder, der dort als Schäfer lebt.»

«Und sein Karren auf dem Einödhof?»

Marusch zuckte die Schultern. «Wir sollen ihn nehmen oder verbrennen, hat er gesagt.»

«Avanti!», brüllte Marusch und stieß in ihr Horn.

«Avanti!», kam es zwanzigfach zurück.

Der Tross setzte sich ruckend in Bewegung. Wie ein träger Wurm wand er sich die Anhöhe hinunter. Mit übermütigem Geschrei tobten Tilman und Niklas samt den beiden Hunden voraus. Als sie am Haupthaus vorbeikamen, wirkte es wie ausgestorben.

Nicht einmal der Hofhund lag an der Kette. Der Einödbauer zog es offenbar vor, den Spielleuten aus dem Weg zu gehen.

Es ist fast wie früher, dachte Marthe-Marie, die neben Marusch hockte und den Wohnwagen kutschierte. Wenn man von dem erbärmlichen Zustand der Wagen und Karren absah – etliche Silbermünzen und unzählige Stunden Arbeit würde es noch kosten, bis Leonhard Sonntags Truppe wieder im alten Glanz über die Gassen und Marktplätze würde ziehen können. Doch das Notwendigste hatten sie beisammen, das Wichtigste war instand gesetzt.

Vor ihr wackelten im Takt der Schritte die viel zu langen Ohren eines struppigen Maultiers. Geschickt lenkte sie den Wagen um Ambrosius' Karren herum, der am Straßenrand abgestellt war, während der Doktor mit dem Rücken zu ihnen im hohen Gras stand.

«Na, Ambrosius, wieder Schwierigkeiten mit dem Harndrang?», rief Marusch ihm zu. «Musst halt mal einen Medicus aufsuchen.»

«Halt's Maul, Maruschka aus der Walachei.»

Marusch grinste. «Die harte Arbeit diesen Winter hat ihm gut getan. Er spricht inzwischen wie ein gewöhnlicher Mensch.»

«Ehrlich gesagt», entgegnete Marthe-Marie, «hätte ich nie gedacht, dass er diese beschämende Arbeit als Gassenkehrer durchhält. Ein Dummschwätzer und Quacksalber war er bisher in meinen Augen, aber jetzt muss ich meine Meinung über ihn wohl ändern.»

Sie hielt ihr Gesicht in den Wind. Die Luft war kalt und feucht, sie trug mehrere Schichten an Hemden und Röcken übereinander, aber um nichts hätte sie den Platz auf dem Kutschbock mit der stickigen Enge der Herberge in Horb getauscht.

In ihrer letzten Nacht dort hatte sie zum ersten Mal nach langer Zeit einen Traum gehabt, an den sie sich beim Erwachen in aller Klarheit erinnern konnte: Nicht Pantaleons Kamel lag in der Scheune des Einödhofs im Sterben, sondern Jonas. Sie hatte zusammen mit den anderen die Scheune betreten, um ihre Habseligkeiten zu holen, da sah sie ihn am Boden liegen, zusammengekrümmt im schmutzigen Stroh. Er atmete kurz und heftig, seine Augen waren geschlossen. Entsetzt hatte sie sich über ihn gebeugt, ihre Hand auf seine schweißnasse Stirn gelegt. Jetzt erst nahm sie wahr, dass er vollkommen abgemagert war, er trug nichts als eine halblange Hose, seine Rippen stachen hervor, er zitterte am ganzen Leib. Warum hast du mich allein hier oben gelassen?, hörte sie ihn flüstern, sie haben mich in Ketten gelegt, als ich zu dir wollte. Jetzt ist es zu spät. Dann hatte er zu atmen aufgehört, und sie schrie und schrie.

Von diesem Schrei war sie erwacht. Panik hatte sie erfüllt: Wenn das nun ein Omen war? Aber Marusch hatte sie beruhigt. «Es war nicht der wirkliche Jonas, es war der Jonas in deinem Herzen, der im Traum zu dir gesprochen hat.»

«Wie meinst du das?»

«Das musst du selbst herausfinden. Vielleicht vermisst du ihn. Oder du machst dir Vorwürfe.»

Marthe-Marie sah hinüber zu Marusch, die auf dem Kutschbock neben ihr eingenickt war. Nein, sie wollte sich weder Vorwürfe machen noch an vergangenen Zeiten hängen. Jonas und sie trennten Welten und Ewigkeiten. Sie gehörte hierher auf die Landstraße, auf den Kutschbock eines holpernden Wagens, Wind und Sonne ausgesetzt und einem Schicksal, das sich von niemandem in die Karten sehen ließ.

Eine Stunde später stießen sie auf den Neckar. Die Fahrstraße führte etwas oberhalb des engen Flusslaufs durch schattige Uferwälder. Bis Rottenburg würden sie es nicht mehr schaffen, und als die Landschaft offener und weitläufiger wurde, suchten sie sich einen Rastplatz. Kurz darauf formierten sich die Wagen und Karren im Kreis; in der Abendsonne warfen sie lange Schatten über die Wiese. Die Kinder schwärmten aus, um Holz zu suchen, die Männer tränkten die Tiere, die Frauen kümmerten sich um Feuerstellen und Wasser zum Kochen. Jeder Handgriff, jeder Arbeitsgang war abgestimmt. Als ob es niemals eine Unterbrechung gegeben hätte.

Und doch – so leicht ließ sich die Last der letzten Monate nicht abschütteln. Die Gesichter der Spielleute waren ernst. Vielleicht lag es daran, dass zwei von ihnen fehlten: Pantaleon mit seinen Affen und dem Kamel hinterließ eine spürbare Lücke, und selbst wenn keiner von ihnen, von Antonia einmal abgesehen, Isabell nachtrauerte, so hatte auch sie ihren festen Platz in der Truppe gehabt.

Beim Abendessen besprachen sie ihre weiteren Planungen. Das Marienfest der Verkündigung des Herrn und der Wiedergeburt des Lichtes stand kurz bevor, und in ländlichen Gegenden wie dieser verband man diesen Tag mit dem ersten großen Frühlingsfest. Marthe-Marie erinnerte sich an ihre Kindheit, wie sie und ihre Geschwister ab Mariä Verkündigung auf der Lauer lagen, um als Erstes die heimkehrenden Frühlingsboten Storch und Schwalbe zu entdecken. Ihr Hausmädchen Gritli trug von diesem Tag an eine Münze in ihrer Rocktasche, denn wer zum ersten Mal im Jahr einen Storch sah und kein Geld dabei hatte, dem würde es das ganze Jahr an Geld fehlen. Gritli war es auch, die alle Fenster und Dachluken öffnete, sobald sich die erste Schwalbe sehen ließ, denn wo sie nistete, schützte sie vor Blitzschlag.

In Rottenburg, das wie Horb der schwäbisch-österreichischen Grafschaft Hohenberg unterstand, jedoch mit seinen Ackerbürgern und Weinbauern einen sehr viel ländlicheren Charakter hatte, würde in zwei Tagen ein großes Volksfest mit Jahrmarkt, Tanz und Musik stattfinden.

«Liebe Salome», wandte sich der Prinzipal zum Ende der Besprechung an die Wahrsagerin. Verlegen trat er von einem Bein aufs andere. «Wir alle hier wissen, dass wir ohne dich immer noch in

Horb eingesperrt wären wie Vieh in einem engen Stall. Dass ohne deine Protektion heute nicht Wind und frische Luft um unsere Nasen wehen würden. Dennoch – ich meine hier in Rottenburg – übermorgen also –» Er brach ab und sah hilflos zu Marusch.

«Spar dir deine großen Worte, Sonntag.» Salome stieß ein Lachen aus, das dem Meckern einer Ziege glich. «Ich weiß selbst, was ich zu tun habe. Da ich erst unlängst an Stricken in diese Stadt geschleift wurde, werde ich sie freiwillig so schnell nicht wieder betreten, keine Sorge. Und ich werde mich von der Truppe fern halten, werde keinen von euch kennen, solange ihr in Rottenburg spielt. Schließlich will ich euch kein Unglück bringen. Vorausgesetzt», sie zog ein Blatt unter ihren Röcken hervor, «ihr wollt in Rottenburg überhaupt um Konzession bitten. Ich kann zwar kaum lesen, aber dass auf diesem Flugblatt keine Maienlieder abgedruckt sind, erkenne selbst ich.»

Marthe-Marie warf einen neugierigen Blick auf das Papier. ERSCHRECKLICHE NEUE ZEITUNG stand in riesigen Lettern zuoberst, und kleiner darunter: *Von den gottlosen Unholden und Teufels Weibern, die zu Rottenburg im Hohenbergischen den 2. Augusti vergangenen Jahres ein schrecklich Hagel und Wetter über den Wein gebracht und alles zerstörten und noch fürderhin mit ihren Gespielen ihr Unwesen treiben, so geschehen mit dem Feuer im Weinberg zum 10. des Märzen dieses Jahres.* Dann wurde die Schrift so winzig, dass Marthe-Marie sie aus der Entfernung nicht entziffern konnte. Umso mehr sprang das Bild ins Auge: Drei nackte Frauen mit offenem Haar, die inmitten von Totenschädeln auf einem Weinberg thronten, brauten in einem riesigen Kessel ein Gewitter.

Sonntag las den Text sorgfältig durch.

«Woher hast du das Blatt?»

«Jemand hat es mir unbemerkt an den Karren geheftet.»

Der Prinzipal runzelte die Stirn und reichte das Flugblatt an Diego weiter. «Das könnte eine Warnung sein. Zumal hier am

Ende ein Aufruf steht, alles Ungewöhnliche und Fremde der Obrigkeit zu melden.»

«Warum Warnung?» Marthe-Marie sah zu Marusch. «Was haben wir mit Hagelschlag und Feuer im Weinberg zu schaffen?»

«Nichts. Aber wann immer es irgendwo zum Schlechten steht, wann immer die Leute einen Sündenbock suchen, sollten wir Fahrenden uns schleunigst vom Acker machen. Das müsstest du eigentlich gelernt haben.»

Marthe-Marie spürte Salomes forschenden Blick auf sich gerichtet und fragte sich einmal mehr, was die Wahrsagerin von ihr dachte. Sie fasste sich ein Herz und fragte: »Glaubst du eigentlich daran? An Hexenverschwörungen und all diese Dinge?»

«Nicht an Verschwörungen, aber an Unholde.» In Salomes Stimme lag weder Feindseliges noch Argwohn. «Und ich denke, der Fluch einer Hexe kann jeden treffen. Ein Fremder spuckt dir auf die Türschwelle, und schon wird deine Familie krank, das Vieh verreckt, der Wein wird zu Essig, der Brunnen im Hof versiegt. Was ist das anderes als Hexerei?»

«Was für ein hanebüchener Blödsinn!» Diego knüllte das Blatt zusammen und warf es zu Boden. «Lasst euch doch nicht ins Bockshorn jagen von diesem Geschmier. Falls wir in Rottenburg Gelegenheit bekommen aufzutreten, sollten wir das gefälligst auch tun. Sind wir Spielleute oder Hasenfüße?»

Nur Maximus und Quirin murmelten Zustimmung. Die anderen schwiegen.

Letztendlich wurde ihnen die Entscheidung durch zwei Vorkommnisse abgenommen, die einen Schatten auf den hoffnungsvollen Neuanfang warfen. Als Marthe-Marie am nächsten Morgen erwachte, hörte sie von draußen die aufgeregten Stimmen Maruschs und Mettels. Zugleich stieg ihr ein ekelerregender Gestank in die Nase. Sie kletterte aus dem Wohnwagen, in dem sie mit den Kindern und den anderen Frauen schlief, und entdeckte die Ursache des Übels: Der Kutschbock des Wagens war über und über verklebt mit fetten, stinkenden Schlieren verfaulter Eier. Marthe-Marie hielt sich ihre Schürze vor die Nase.

«Heiliger Sebastian! Was ist denn das?»

«Nektar und Ambrosia.» Marusch reichte ihr Eimer und Bürste. «Hier, mach weiter. Ich hole noch einen Eimer frisches Wasser. Dass die Männer bei dem Gestank überhaupt schlafen können.»

Mettel grinste. «Jede Wette, dass sie erscheinen, wenn wir mit dieser Drecksarbeit fertig sind. Dass faule Eier aber auch dermaßen stinken können.»

Eine halbe Stunde später hatten die drei Frauen Kutschbock und Vorderfront des Wagens halbwegs sauber geschrubbt. Als sie den letzten Eimer klares Wasser gegen das Holz klatschten, schlenderten tatsächlich Diego und Sonntag heran. Sie rümpften die Nase.

«Was riecht hier so streng?»

«Frag nicht so blöd.» Marusch schleuderte Diego die Wurzelbürste vor die Füße. «Ihr hättet heute Nacht lieber Acht geben sollen, wer ums Lager herumschleicht. Willst du etwa immer noch in Rottenburg um Konzession bitten?»

Diego zuckte die Schultern. «Wahrscheinlich waren das irgendwelche Dorfbuben.»

Nach einem raschen Morgenmahl brachen sie auf. Die Mauern der Stadt waren bald in Sichtweite. Sie durchquerten einen Weiler unterhalb eines lang gestreckten Weinbergs, und trotz des milden, sonnigen Tages war keine Menschenseele zu sehen, weder in den Weingärten noch vor den Häusern oder auf der Straße. Für einen Werktag strahlte das Dorf eine unnatürliche Ruhe aus.

«Seltsam», dachte Marthe-Marie. Sie rief Agnes und Lisbeth heran, die dem Wagen vorausliefen, und zog sie neben sich auf den Bock. Dann entdeckte sie die Menschenansammlung am Ortsausgang unter einer alten Eiche – genauer gesagt hörte sie zuallererst die durchdringende, immer wieder ins Gekreisch umkippende Stimme.

«Seid wachsam gegen die Kälte im Glauben, seid wachsam gegen falsche Propheten. Seht ihr nicht die Zeichen am Himmel und auf der Erde? Die allerorts von Feuer und Pest, von Krieg und Hunger, von Missgeburten und Ungeheuern künden? Seid ihr nicht geschlagen genug von Hagel und Feuersbrunst, die euren Wein vernichteten? Wollt ihr warten, bis die Spießgesellen Satans Blut, Mäuse und Feuer vom Himmel regnen lassen? Entscheidet euch jetzt, bevor es zu spät ist. Wendet euch ab von teuflischen Blendwerken und Trugbildern, kämpft mit uns in der Armee Gottes gegen die Verschwörung Satans.»

Ein Wanderprediger. Jetzt sah sie ihn auf einem Holztisch stehen, ganz in Schwarz, mit weitem Mantel und aus der Mode geratenem Rundhut. Nach jedem zweiten Wort stieß seine Faust gen Himmel. Als das erste Fuhrwerk mit Sonntag und Diego die Menge passierte, hielt er einen Moment inne, um dann nur noch lauter zu krakeelen.

«Der Herr möge euch helfen, die Gottlosen zu erkennen. Gebt Acht auf eure Nachbarn, ob sie Übles tun. Vor allem aber gebt Acht auf die Fremden, die in vielerlei Gestalt sich tarnen. Helft mit, die Nester der Hexenweiber und Unholde auszuräuchern, die Satansdiener zu vernichten. Denn befiehlt nicht das göttliche Gesetz, die Zauberer sollst du nicht leben lassen? Brennen sollen die Aufrührer wider Gott, damit sie nicht das Reich des Teufels auf Erden errichten.»

Ein vielstimmiges Gebrüll erhob sich. «Weg mit dem Gesindel!» Marthe-Marie, die nach dem Prinzipal und Marusch an dritter Position fuhr, war schon beinahe an dem Haufen vorbei, als ein Stein knapp an ihrer Schläfe vorbeipfiff. «Hudelvolk! Lumpenpack!» Schützend beugte sie sich über die beiden Mädchen und gab ihrem Maultier die Peitsche.

«Schlagt die Gotteslästerer! Steinigt sie!»

Ein junger Bursche kletterte am Kutschbock hoch und schlug ihr mit einem Ast gegen die Stirn. Sie stieß ihn mit dem Fuß zurück. Endlich fiel ihr Maultier in unbeholfenen Galopp. Hinter sich hörte sie den Tumult lauter werden, und beklommen dachte sie daran, dass vier von ihnen mit Handkarren unterwegs waren und damit diesem Pöbel schutzlos ausgeliefert.

Da sah sie Diego und Sonntag nach hinten laufen, mit Peitsche und Stöcken bewaffnet. Sie konnte nicht erkennen, was vor sich ging, denn der breite Aufbau des Wohnwagens verdeckte die Sicht nach hinten. Wutgebrüll ertönte, vielleicht waren es auch Schmerzensschreie. Sie trieb ihr Maultier weiter an, den einzigen Gedanken im Hirn, die beiden Kleinen außer Gefahr zu bringen, und hielt sich so dicht hinter Maruschs Fuhrwerk, dass sie kaum bemerkte, wie sie Rottenburg links liegen ließen. Endlich hielten sie in einem dichten Wäldchen. Fast gleichzeitig sprangen Marusch und sie vom Kutschbock, vom vordersten Fuhrwerk rannte ihnen Antonia entgegen und warf sich ihrer Mutter in die Arme.

«Ich hatte solche Angst», flüsterte sie.

«Du bist tapfer wie ein Löwe.» Marusch strich ihr zärtlich übers Haar. «Hast ganz allein den Tross angeführt. Meine Große! Jetzt lauf und tröste Agnes und Lisbeth.»

Die beiden Kleinen kauerten immer noch auf dem Wagen. Nun, wo alles vorüber war, begannen sie zu weinen.

«Du bist ja verletzt!» Nur langsam löste sich die Anspannung in Maruschs Gesicht.

«Eine Schramme, nichts weiter.» Marthe-Marie bückte sich, pflückte einige Blätter Taubnessel und drückte sie gegen ihre blutverschmierte Stirn. Mettel hatte ihr das gezeigt. Dann sah sie sich um.

«Wo bleiben die anderen nur? Hoffentlich ist ihnen nichts geschehen.» Erschöpft lehnte sie sich gegen den Wagen. «Was war das jetzt eigentlich? Verstehst du das alles? Wieso greifen die Leute uns aus heiterem Himmel an?»

«Es ist nicht das erste Mal. Leo hatte Recht. Wir sollten aus dieser Gegend schleunigst verschwinden, Frühlingsfest hin oder her.»

Kurz darauf kamen mit freudigem Gebell die beiden Hunde angerannt, gefolgt von Niklas und Tilman.

«Dem Himmel sei Dank.» Marthe-Marie faltete unwillkürlich die Hände. «Wo sind die anderen?»

Die beiden schnappten nach Luft. Tilman deutete hinter sich zum Eingang des Wäldchens, wo in diesem Moment der Wagen der Musikanten mit Clara, Titus und den anderen Frauen auftauchte, gefolgt von Quirins Karren, dessen Maulesel allerdings führerlos vor sich hin zockelte.

«Ich weiß nicht, wo die Männer sind», keuchte Tilman. «Vater hat gebrüllt: Frauen und Kinder auf den Wagen, dann hat er dem Maultier die Peitsche auf den Arsch geknallt, und wir sind losgerannt. Ich glaube, die prügeln sich immer noch.»

27

Jetzet – hasch des g'hört?» Vor Aufregung fiel Diego in breites Schwäbisch.

«Was gehört?», fragte Marthe-Marie.

Er wies nach links. «Der Trödler dort.»

Mit einem Kochlöffel schlug der Händler, der ihnen am nächsten stand, eine kurze Melodie auf Töpfe und Pfannen, dann wiederholte er in monotonem Singsang sein Sprüchlein: «Guot ond billig! Häfe, Töpf, Pottschamberle!»

«Hast du es jetzt gehört? Pottschamberle!» Diego riss theatralisch die Arme empor und rief das seltsame Wort so laut, dass die Marktgänger stehen blieben und ihn verdutzt anstarrten.

«Pottschamberle, Kellerettle – verstehst du, Marthe-Marie? Ich bin zu Hause angekommen.»

«Ehrlich gesagt verstehe ich kein Wort.»

Sie hatten eben den Schlagbaum des Herzogtums Württemberg passiert und machten Rast auf diesem hübschen, baumbestandenen Dorfplatz, wo Krempler und Trödler, Hausierer und Kraxenträger aus der Umgebung ihre Waren anpriesen. Schon der Anblick der drei übereinander liegenden Hirschstangen auf gelbem Grund, die in frischer Farbe auf dem Zollhäuschen prangten, hatte Diego in Verzückung versetzt. Es war früher Nachmittag. Nur ein paar Meilen und wenige Stunden trennten sie von jenem Wäldchen, in dem Marthe-Marie mit den anderen Frauen und den Kindern voller Bangen auf die Männer gewartet hatten. Erst nach einer Ewigkeit, so schien es jedenfalls, waren sie auf dem Waldweg aufgetaucht: Müde, verdreckt, voller Schrammen. Doch in ihren Augen hatte der Triumph geblitzt.

«Diese Abreibung werden die Dörfler niemals vergessen.» Zufrieden klopfte Sonntag sich den Staub von der Weste.

«Nur haben wir den Richtigen erst gar nicht erwischt», sagte Diego grimmig. «Dieser bigotte Wanderpfaffe war plötzlich spurlos verschwunden. Dem hätte ich gern die Hölle heiß gemacht.»

Marusch sah die Männer missbilligend an. «Ich glaube fast, euch hat die Prügelei Spaß gemacht. Wie Gassenbuben kommt ihr mir vor. Was, wenn diese Leute uns jetzt verfolgen oder auflauern?»

«Sakra, was kannst du undankbar sein.» Sonntag verdrehte die Augen. «Da verteidigt man unter Gefahr seines Lebens Frau und Kind und wird dafür auch noch angeblafft.»

Er wandte sich den anderen zu.

«Der Sicherheit unserer Frauen und Kinder zuliebe feiern wir unseren Sieg erst heute Abend. Beeilen wir uns also, über die württembergische Grenze zu kommen.»

Nun standen sie hier, in diesem Marktflecken kurz vor Tübingen, der zweiten Residenz nach Stuttgart und Grablege der Württemberger Herzöge. Diego war von einer freudigen Unruhe gepackt, die Marthe-Marie kaum nachvollziehen konnte. Zwar wusste inzwischen jeder von seiner Hochachtung für den Württemberger Herzog, andererseits betonte er doch ein ums andere Mal, er sei ein heimatloser Vagant. Da klang ein Satz wie ‹Ich bin zu Hause angekommen› recht unglaubwürdig.

«Du schaust mich an, als sei ich eines von Leonhards Fabelwesen aus Afrika.» Er legte ihr den Arm um die Schulter. «Also, gib Acht: Hier, rund um Tübingen und Stuttgart, ist das Kernland der Schwaben, hier gibt es Ausdrücke, die hörst du nirgendwo sonst auf der Welt. Weil sie nämlich eine Verschmelzung zweier Sprachen sind, die grundverschiedener nicht sein könnten: des Deutschen mit dem Französischen. Nimm zum Beispiel Pottschamberle. Das bedeutet Nachttopf und kommt von ‹pot de chambre›. Du nimmst also einen französischen Ausdruck, sprichst ihn schwäbisch aus und hängst ein ‹le› dahinter – ist das nicht einzigartig?»

Marthe-Marie lachte laut auf, und Diego zog die Augenbrauen in die Höhe. «Lach du nur. Du denkst, ich bin ein rührseliger alter Mann, von seinen Erinnerungen überwältigt. Vielleicht bin ich das ja auch. Aber es ist mehr. Für mich ist dieses Pottschamberle ein Zeichen für die Weltoffenheit der Württemberger Herzöge.» Er ließ sie los, um seine Worte besser mit Gesten unterstreichen zu können, und Marthe-Marie nutzte die Gelegenheit, um sich auf den Rand des Dorfbrunnens zu setzen. Erfahrungsgemäß dauerten Diegos Ausführungen recht lange.

«Unser Heiliges Römisches Reich krankt nicht nur an seiner Zerrissenheit, sondern an der Kleingeisterei und Eigensucht seiner Territorialherren, die ihr Land – und ist es noch so winzig – mit eigenen Verordnungen, Maßen, Münzen, Regeln und Zöllen überfluten und überschütten und dabei die Untertanen auspressen wie die Mostäpfel. Jeder von diesen Herren, noch der geringste, glaubt, die Sonne, besser gesagt: die Erde zu sein, um die alle anderen kreisen müssen. Allein der Württemberger Friedrich, wie bereits seine Vorgänger, ragt als strahlende Ausnahme aus diesem Mittelmaß hervor. So pflegen die Württemberger seit zweihundert Jahren schon, seit Henriette von Mömpelgard, eine enge Beziehung zu Frankreich, diesem Land der Dichter und Philosophen, und das hat sie geprägt.»

«Und was ist hier anders, abgesehen von dieser herzigen Sprache?»

«Alles. Es begann mit der Vertreibung der habsburgischen Besatzer. Wie Phönix aus der Asche erhob sich Württemberg unter Herzog Christoph, der die fortschrittlichste Landesverwaltung seiner Zeit schuf. Das war vor fünfzig Jahren. Maße und Gewichte wurden im ganzen Land vereinheitlicht, Handel und Gewerbe begannen aufzublühen. Die katholischen Klöster wurden nicht geplündert wie andernorts in reformierten Ländern, vielmehr wurden deren Schätze für Bildung, Pfarrerbesoldung und die Armenkasse verwandt. Herzog Christoph wandelte sie in protestantische Klosterschulen für begabte Knaben um und gründete das berühmte Tübinger Stift. In dieser Zeit führte er auch die Schulpflicht ein. Sogar für Mädchen, stell dir vor.» Er zwinkerte ihr zu. «Hier bist du mit deinen Rechen- und Schreibkünsten nichts Besonderes.»

Marthe-Marie hatte zwar noch nie etwas von einem Tübinger Stift gehört, aber sie war beeindruckt.

«Erzähl weiter.»

«Als Herzog Christoph mit nur dreiundfünfzig Jahren starb, hinterließ er ein gefestigtes, blühendes Land! Und zum großen Glück für dieses Land führten sein Sohn Ludwig und später sein Vetter Friedrich dieses Werk fort. Ludwig, ein Liebhaber der schönen Künste, setzte sich vor allem für Schulwesen und Wissenschaft ein. Er war ein Förderer der Tübinger Universität und Gründer des Collegium illustre für hohe Landesbeamte und Adlige, als Gegenstück sozusagen zum Tübinger Stift der Theologen.»

«Dann ist Tübingen so etwas wie ein Hort der großen Denker?»

«Genau! Hier findest du so berühmte Gelehrte wie Johannes Reuchlin und Philipp Melanchthon oder den Botaniker Leonhard Fuchs.» Seine Augen strahlten. «Friedrich schließlich, der Vetter aus der Mömpelgarder Seitenlinie, ist ein Herrscher, der Großes vorhat. Eine seiner Schöpfungen, Freudenstadt, hast du ja kennen gelernt. Nicht nur kaufte er Württemberg endgültig von den Habsburgern los, er fördert auch Handel und Handwerk, Ackerbau und Viehzucht mit einem unglaublichen Aufwand. Zusammen mit seinem Baumeister Schickhardt legt er ein Netz von Straßen und Brücken an, errichtet Bergwerke und Schmelzhütten, kanalisiert Flüsse. Wie ich gehört habe, sind die beiden im Augenblick dabei, das gesamte Territorium zu vermessen. Unter den Menschen dieses Landes muss eine ungeheure Aufbruchstimmung herrschen.»

Unwillkürlich blickte sich Marthe-Marie um, doch die Krämer und Bauern um sie herum wirkten ganz unaufgeregt – sie priesen ihre Ware so lautstark an und feilschten so verbissen wie die Marktleute überall im Reich.

«Und noch etwas – es gibt hier mehr Gerechtigkeit. Herzog Ludwig hatte damals ein Landesgesetz geschaffen, das Rechtssicherheit für alle schuf und der Willkür Einzelner scharfe Grenzen setzte. Gerade in diesen Zeiten», er zögerte, «wo in Deutschland kein Scheiterhaufen verglüht, ohne dass der nächste nicht schon errichtet ist – wo sich der Wahn der Hexenverschwörung nicht nur im Volk, sondern vor allem in den Köpfen der geistlichen und weltlichen Obrigkeit wie die Pest ausbreitet, haben hier die Opfer böswilliger Bezichtigungen die beste Aussicht, mit heiler Haut davonzukommen. Denn seit Ludwig verläuft der Hexenprozess wie jeder Strafprozess in klar geregelten Bahnen. Alles unterliegt der strengen Kontrolle des herzoglichen Oberrats, und bei Zweifeln muss der Rat von Rechtsgelehrten eingeholt werden.»

«Langsam beginne ich zu verstehen, was dich an dieses Württemberg bindet. Warum bist du nicht schon früher hierher gekommen?»

«Es hat sich nie ergeben. Du weißt ja – erst meine Jahre in Spanien, dann traf ich auf Sonntag mit seiner Compagnie, und der hatte andere Ziele.»

Sie glaubte ein unsicheres Flackern in seinem Blick zu erkennen. Inzwischen hatten sich die anderen zu ihnen gesellt.

«Ich habe mit dem Dorfschultes gesprochen», sagte Sonntag. «Wir können auf dem Anger unser Lager aufschlagen. Morgen früh reiten Diego und ich dann nach Tübingen. Ich bin mir sicher, dass wir dort einige Tage gastieren dürfen.»

«Ich möchte mitkommen.» Marthe-Marie bemerkte Diegos überraschten Blick. «Ja, du hast mich neugierig gemacht mit deinem Vortrag.»

Doch mit ihrem Neuanfang als Gauklertruppe schien es wie verhext. Sie hatten ihr Lager aufgeschlagen, dann die Tiere versorgt, und aus dem Dorf strömten neugierige Kinder und Halbwüchsige herbei. Gutmütig gaben Valentin und Severin ihnen eine Probe ihrer akrobatischen Künste, als sich eine Gruppe Reiter auf prächtig geschmückten Pferden der Wiese näherte. Vorweg ritten, eskortiert von Bewaffneten, zwei Männer in edlen, doch schlichten Gewändern. Sie waren beide mittleren Alters, und die breitkrempigen Federhüte nach Art der Landsknechte verliehen ihnen ein beinahe verwegenes Aussehen. Auf ihren bärtigen Gesichtern, so konnte Marthe-Marie jetzt erkennen, lag ein freundliches Lächeln.

Da rief einer der Dorfburschen «Jesses noi, der Herzog!», und Diego neben ihr erstarrte zur Salzsäule.

Valentin und Severin unterbrachen ihre Kunststücke, Sonntag trat einen Schritt vor und verneigte sich tief: «Leonhard Sonntag und seine Compagnie, fürstliche Durchlaucht.» Die anderen taten es ihm nach: Die Frauen knicksten artig, die Burschen und Männer verbeugten sich.

Dann muss der andere Schickhardt sein, dachte Marthe-Marie und musterte aus dem Augenwinkel neugierig die beiden Männer. Das konnte kein Zufall sein, dass der Herzog bei seiner Landvermessung ausgerechnet auf sie getroffen war.

Der Herzog und sein Baumeister begrüßten Sonntag mit einem leutseligen Kopfnicken, die Spielleute und die Dorfkinder gaben ihre ehrfürchtige Haltung auf und entspannten sich. Was dann folgte, glich einer schlechten Komödie: Diego blieb krumm und gebückt stehen, als leide er an der Gicht. Tatsächlich hielt er nun sogar einen Krückstock in der Hand. Marthe-Marie wusste sofort, dass wieder einmal Ärger in der Luft lag und dass die Ursache in Diegos Vergangenheit zu finden war.

Der Herzog schob sich den Hut aus der hohen Stirn und stützte sich auf den Sattelknauf. «Ihr seid Gaukler, wie ich sehe. Macht nur weiter mit eurer Darbietung, wir freuen uns über ein wenig Abwechslung nach unserem weiten Ritt.»

Sein Begleiter nickte zustimmend. Valentin und Severin gaben ihr Bestes, um die hohen Gäste zufrieden zu stellen, wirbelten in Flickflack und Salto durch die Luft, schlugen nebeneinander Räder, Handstände und Flugrollen, als sei einer das Spiegelbild des andern, und das alles ohne einen einzigen Patzer.

«Wunderbar!» Der Herzog klatschte in die Hände, sein Gefolge desgleichen. «Ich hoffe doch, ihr gastiert in Tübingen? Mein Baumeister und ich werden auf Schloss Hohentübingen die nächsten Tage eine Rast einlegen.»

Sonntag nickte erfreut, doch bevor er etwas entgegnen konnte, fiel der Blick des Herzogs auf Diego.

«Euch kenne ich doch irgendwoher?»

Diego hob demütig den Blick. *«Su Alteza?»*

«Ich könnte meinen, ich hätte Euch bei mir am Hofe gesehen. Seid Ihr Spanier?»

«Si, Su Alteza.»

Marthe-Marie sah zu Diego hinüber; er war totenbleich.

«Verzeiht, Euer Durchlaucht, wenn ich mich einmische», sagte Sonntag überraschend ruhig. «Don Diego spricht nur schlecht unsere Sprache, er ist erst seit wenigen Monaten in Deutschland. Hinzukommt, dass er eben erst von einer schweren Krankheit genesen ist.»

«Don Diego also, nun gut.» Friedrich schien nicht vollkommen überzeugt, denn er heftete seinen durchdringenden Blick weiterhin auf Diego. «Dabei hätte ich schwören können – wie dem auch sei, wir würden uns freuen, bald noch mehr von eurer Kunst sehen zu dürfen.» Auf einen Wink hin reichte ihm einer seiner Begleiter Papier und Feder. «Ich werde euch ein Empfehlungsschreiben an die Tübinger Ehrbarkeit mitgeben. Im Obergeschoss des Kornhauses ist vor kurzem ein Theatersaal eingeweiht worden, für reisende Komödianten. Dort sollt ihr spielen.»

Er kratzte ein paar Zeilen auf das Papier, rollte es zusammen und überreichte es dem Prinzipal, der sich höflichst bedankte.

«Nun denn, so sehen wir uns also morgen oder übermorgen wieder.» Damit wendete er sein Pferd und verschwand mit seinen Begleitern in der einbrechenden Dämmerung.

Die Gruppe um Sonntag stand da, als hätte jeden Einzelnen der Schlag getroffen. Keiner sprach ein Wort, bis sich Sonntag zu den Kindern aus dem Dorf umdrehte. «Geht nach Hause. Die Vorstellung ist zu Ende.» Und zu den Spielleuten gewandt: «Schlagt euch Tübingen und Stuttgart aus dem Kopf.»

Dann ging er mit hängenden Schultern zu seinem Wagen. Diego eilte ihm nach. «Warte, Leo. Ich muss mich bedanken.»

Sonntag stieß ihn zurück. «Lass mich in Ruhe.»

Marthe-Marie wunderte sich längst nicht mehr, dass Sonntags Leute bei unvorhergesehenen Zwischenfällen wie diesem zusammenhielten und mitspielten – in den Jahren ihres Zusammenlebens hatten sie wohl gelernt, sich blitzschnell auf jede noch so überraschende Situation einzustellen. Doch das Ausmaß an Verbitterung und Ärger, das jetzt Diego entgegenbrandete, befremdete sie dann doch. Die Stimmung beim Abendessen war eisig, keiner verschwendete ein Wort, einen Blick an ihn. Es war wohl nicht das erste Mal, dass er die Truppe in Schwierigkeiten gebracht hatte.

Schließlich ergriff Diego selbst das Wort.

«Ich kann mir denken, was für einen Zorn ihr auf mich habt. Die wunderbare Gelegenheit, vor dem Herzog zu spielen und womöglich gleich noch eine Einladung an seine Residenz – all das habe ich in den Sand gesetzt. Bitte glaubt mir, es tut mir unsagbar Leid.»

Die anderen schwiegen hartnäckig.

«Jetzt seht mich doch nicht so feindselig an. Schlagt mich, prügelt mich – nur sagt um Himmels willen was.»

Kein Ton war zu hören. Diego schleuderte den Krückstock weg. «Es ist wohl das Beste, ich packe meine Sachen und verschwinde. Geht ohne mich nach Tübingen und Stuttgart, ich bitte euch. Und habt noch mal Dank dafür, dass ihr mich nicht verraten habt.»

Da stellte sich ihm Sonntag in den Weg.

«Du gehst nirgendwohin.» Das Gesicht des Prinzipals war hochrot vor Wut. «Ja, du hast alles verpatzt, und dafür würde ich dir liebend gern den Kopf abreißen. Aber leider sind wir von dir abhängig, das weißt du doch genau. In jedem unserer Stücke hast du eine tragende Rolle, in jeder Darbietung einen wichtigen Part – ohne dich könnten wir die nächsten Wochen überhaupt nicht auftreten, und damit wären wir am Ende.» Seine Stimme wurde gefährlich leise. «Wenn du jetzt gehst, machst du alles kaputt. Und dann bringe ich dich wirklich um.»

«Und ihr», er wandte sich an die anderen, «ihr hockt hier nicht herum und glotzt wie die Mondkälber. Noch ist das kein Weltuntergang. Ich werde mit Marusch besprechen, wie es weitergeht. Schlaft wohl, bis morgen.»

Dann stapfte er mit Marusch davon. Zum Erstaunen aller verschwanden sie in Salomes Zelt. Nur langsam löste sich die Anspannung, die Männer und Frauen, die noch ums Feuer hockten, begannen sich leise zu unterhalten. Um Diego, der an einem Baumstamm lehnte, kümmerte sich niemand mehr, und Marthe-Marie wurde jetzt erst bewusst, dass auch sie selbst allein saß. Ein ganzes Jahr lebte sie nun schon bei den Fahrenden, doch plötzlich fühlte sie sich so fremd wie in den ersten Tagen. Und ebenso einsam.

Sie gab sich einen Ruck und räumte das Kochgeschirr zusammen, um es am Dorfbach zu waschen.

«Warte, ich helfe dir.» Mettel erhob sich, nahm die restlichen Schüsseln und folgte ihr. Der Mond schien hell, am Himmel glitzerte ein dichter Sternenteppich. Es war schon Ende März, doch diese Nacht würde bitterkalt werden. Marthe-Maries Hände waren wie Eis, als sie das saubere Geschirr ineinander stapelte.

«Glaubst du, es renkt sich wieder ein zwischen Diego und dem Prinzipal?»

«Es muss.» Mettel rieb sich die Hände warm. «Die beiden sind wie Licht und Schatten – das eine geht nicht ohne das andere. Ich weiß auch nicht alles über unseren vermeintlichen Spanier, aber seine Vergangenheit scheint ihn immer wieder wie einen Fluch einzuholen.»

Geistesabwesend trocknete Marthe-Marie ihren hölzernen Löffel an der Schürze ab. Wie oft hatte sie das schon über ihr eigenes

Schicksal gedacht. «Was war das eigentlich heute für ein Schauspiel? Der Herzog kannte Diego doch ganz offensichtlich?»

«Ich weiß nur, dass Diego vor vielen Jahren in Tübingen und in der herzoglichen Residenz in Stuttgart gelebt hat. Mehr kann ich dir nicht sagen. Weißt du, Diego ist wie ein Blatt im Wind. Er lässt sich hierhin und dorthin treiben, ohne auf die Richtung zu achten, und wundert sich dann, wenn er unter die Räder kommt. Mitleid musst du mit ihm keins haben. Er ist ja fast noch stolz auf seine seltsamen Abenteuer.»

«Ich hab auch kein Mitleid mit ihm.» Marthe-Marie schüttelte heftig den Kopf. «Da ist noch etwas anderes, das ich dich fragen möchte. Wie lange muss jemand mit euch ziehen, bis er richtig zu euch gehört?»

Mettel lachte. «Du sprichst von dir, nicht wahr? Du wirst niemals eine Gauklerin sein, wenn du das meinst. Aber glaub mir, alle hier schätzen und achten dich. Und du bist Maruschs Freundin. Für mich bist du auch so etwas wie eine Freundin, obwohl ich fast deine Mutter sein könnte.»

Sie brachten die Töpfe zurück und gingen in den Wohnwagen, um nach den Kindern zu sehen. Während der langen Winterabende hatte sich Marthe-Marie angewöhnt, ihnen Geschichten zu erzählen, und neuerdings wechselte sie sich dabei mit Antonia ab.

«Als der edle Rittersohn zwölf wurde», hörten sie das Mädchen sagen, «sollte er mit seinem Oheim, einem gefürchteten, waghalsigen Ritter, zum ersten Mal in die Schlacht ziehen. Doch im Gegensatz zu seinen Freunden hatte Albert große, große Angst davor. Wisst ihr, was er tat? Er verkleidete sich als Mädchen ...»

Marthe-Marie setzte sich neben die Tür und lauschte der Geschichte von dem jungen Knappen, der kein Ritter werden wollte. Sie beobachtete im warmen Schein der Tranlampe ihre Tochter. Agnes würde diesen Sommer drei Jahre alt werden, doch war sie für ihr Alter ungewöhnlich wach und aufmerksam, dabei unternehmungslustig wie eine junge Katze. Und so selbstständig. Manches Mal schon hatte Marthe-Marie bedauert, dass Agnes so wenig von einem anschmiegsamen Hätschelkind hatte. In ihre Arme kam sie eigentlich nur, wenn sie müde war oder sich bei ihren rauen Spielen wehgetan hatte. Marthe-Marie fragte sich nicht zum ersten Mal, ob dieses Wilde, Ungebändigte Teil ihres Wesens war, oder ob nicht vielmehr das Leben bei den Fahrenden sie geformt hatte. Und ob sie als Mutter nicht besser dafür sorgen sollte, dass Agnes zu einem Mädchen, zu einer Frau heranwuchs, die sich verhielt, wie es von aller Welt erwartet wurde. Jetzt kauerte die Kleine dicht vor Antonia und hörte ihr mit großen Augen und halb geöffneten Lippen gebannt zu, das schwarze Haar umrahmte in widerspenstigen Locken ihr Gesicht. Mehr und mehr unterschied sich Agnes trotz der dunklen Haare und der zarten Gesichtszüge von ihr und damit der Linie ihrer mütterlichen Ahnen: Keine von ihnen hatte diese Locken besessen und diese tiefblauen Augen.

Marthe-Marie fuhr zusammen, als sich die Tür neben ihr einen Spalt breit öffnete und eine Stimme flüsterte: «Marthe-Marie, ich muss mit dir reden.»

Sie zog ihren Umhang über die Schultern und schlüpfte hinaus. Draußen stand Diego. Seinen Gesichtsausdruck konnte sie im Dunkeln nicht deuten.

«Gehen wir in den Requisitenwagen. Dort sind wir ungestört.»

In Salomes Zelt schimmerte der Schein einer Lampe, und Marthe-Marie glaubte Maruschs Stimme zu hören. Der eisige Ostwind von der Alb hatte zugenommen. Rasch folgte sie Diego in das Innere des Wagens, wo es wenigstens windgeschützt war. Diego zerrte aus irgendeiner Ecke ein muffiges Schaffell als Unterlage, und sie setzten sich zwischen Kisten und Brettern auf die einzige freie Stelle am Boden.

«Du hast mich zwar mitten aus Antonias Erzählung gerissen», sagte Marthe-Marie bissig, «aber ich wette darauf, dass deine Geschichte noch viel abenteuerlicher ist. Noch abenteuerlicher womöglich als die Räuberfabel mit diesen Pilgern in Spanien. Also, was hast du mit dem Herzog zu schaffen gehabt? Er kannte dich doch ganz offenbar.»

«Ich habe für ihn als Alchimist gearbeitet.»

«Bemerkenswert! Don Diego, ein Andalusier, als Alchimist am schwäbischen Fürstenhof.»

«Ich bin Schwabe. Und ich heiße Alfons Jenne.»

Sie fragte sich, ob Diego jetzt grinste, und es ärgerte sie zunehmend, dass sie in der Finsternis nichts erkennen konnte.

«Wenn wir in der nächsten Stadt auf einen indischen Nagelkünstler treffen», entgegnete sie spitz, «wirst du mir erklären, dass du mit ihm in Kalkutta auf glühenden Kohlen gelegen bist oder –»

«Hör zu, Marthe-Marie, es ist mir ernst. Ich möchte, dass du die Wahrheit erfährst.»

«Und wenn ich sie gar nicht wissen will? Wenn es mir bis zum Hals steht, dass du alle naselang eine andere Lebensgeschichte verbreitest, wie es dir gerade passt? Dass du deine Gefährten und Freunde anlügst? Sie in unmögliche Lagen bringst?»

«Du hörst dich an wie ein papistischer Pfaffe! Dabei kennst du nichts anderes als dein wohl behütetes Leben, von den wenigen Monaten bei uns abgesehen. Kann es sein, dass du, als der liebe Gott die Tugenden verteilte, immer am lautesten ‹hier!› gerufen hast? Weißt du was, Marthe-Marie? Am besten wärst du mit deinem Jonas nach Ulm gegangen und hättest ihn geheiratet; dann könntest du jetzt satt und selbstgefällig ein Leben als Schulmeistergattin führen. Und für deine Tochter würde ein anständiger Vater sorgen statt einer Horde unehrlicher Leute wie Messerwerfer, Wahrsagerinnen oder Possenreißer.»

Marthe-Marie biss sich auf die Lippen. In dieser Weise hatte Diego trotz seiner Neigung zu Spott und Übertreibung noch nie gesprochen. Dann spürte sie seine Hand auf ihrem Arm.

«Verzeih mir, Marthe-Marie. Was ich gesagt habe, war dumm. Ich weiß doch, wie übel dir das Schicksal mitgespielt hat, in welch tödlicher Gefahr du warst. Wahrscheinlich fuchst es mich, dass ein anderer dich gerettet hat. Wie gern wäre ich an Jonas' Stelle gewesen.»

«Nein, ich bin dumm.» Sie stockte für einen Augenblick. «Wenn ich über die letzten Monate nachdenke, dann sehe ich, dass du genauso viel für mich getan hast wie Marusch. Es gibt keinen Weg zurück, das weiß ich inzwischen, und dass ich darüber nicht verzweifle, liegt an Marusch, und es liegt an dir. Und jetzt erzähl mir die Wahrheit. Bitte.»

In kargen Worten, als fürchtete er, sie würde ihm sonst keinen Glauben schenken, schilderte Diego an diesem Abend sein Leben, von der ärmlichen Kindheit im schwäbischen Remstal bis zu seiner Begegnung mit Leonhard Sonntag fünf Jahre zuvor.

Marthe-Marie begann seine schwärmerische Verbundenheit mit dem württembergischen Herrscherhaus zu verstehen, denn nur Herzog Ludwigs Eifer in Schulwesen und Wissenschaften hatte Diego es zu verdanken, dass er, als viertes von sechs Kindern einer Waiblinger Wäscherin und eines trunk- und händelsüchtigen Leinenwebers, Lesen, Schreiben und Rechnen lernen und noch weit mehr: studieren hatte können. Der Waiblinger Stadtpfarrer war auf den begabten Jungen aufmerksam geworden; er hatte sich für ihn eingesetzt und ihn an die Höhere Klosterschule Maulbronn empfohlen. So verließ er als Vierzehnjähriger seine Heimatstadt, die er nur noch einmal, zum Begräbnis seiner Mutter, betreten sollte, um sich vier Jahre lang auf das Studium der evangelischen Theologie am Tübinger Stift vorzubereiten. Er verpflichtete sich gemäß der Klosterordnung zu stillem, bescheidenem, ehrbarem und christlichem Verhalten und vor allem dazu, nach dem Studium in Tübingen in den württembergischen Schul- oder Pfarrdienst einzutreten.

«Wir lebten in Klausur wie die Mönche, hinter dicken Wehrmauern, abgeschieden von der Welt inmitten von Wäldern, Bächen und Teichen. Im Kloster durfte nur Lateinisch geredet werden, wer dagegen verstieß, landete in der Geiselkammer. Und es gab von Sonnenaufgang bis Sonnenuntergang nichts anderes als Andachten, Unterricht, Auswendiglernen oder Hausarbeiten. Sie stopften uns das Hirn voll mit Poetik und Rhetorik, Logik und Mathematik, mit alten Sprachen und Historie. Sonntags wurden wir dann, zur Erholung, stundenlang im wahren Glauben unterwiesen. Noch heute kann ich dir Hunderte von Stellen aus dem Katechismus im Schlaf hersagen.»

Wie die anderen Zöglinge auch hatte er unter der Strenge und Reglementierung gelitten, sich vor Heimweh und Sorge um seine Mutter beinahe verzehrt. Doch zum ersten Mal im Leben bekam er ein Bett zum Schlafen, feste Schuhe und warme Kleidung und vor allem zu essen, bis er satt war. «Stell dir vor, gleich in der ersten Woche wurde ich krank, weil ich die fetten Suppen und das viele Fleisch nicht gewohnt war.» Das Schönste aber seien die Theaterproben gewesen, und heimlich habe er daran gedacht, lieber Schauspieler als Pfarrer zu werden.

In seinem letzten Jahr in Maulbronn begegnete er dann einem Mitschüler, der ihn faszinierte. «Du hast vielleicht von ihm gehört – Johannes Kepler heißt er, ein großer Gelehrter, inzwischen lebt er als Hofastronom des Kaisers in Prag. Ich erinnere mich noch genau, wie ich das erste Mal mit ihm ins Gespräch kam. Er stand unter den weiten Doppelbögen der Kirchenvorhalle, dem Paradies, und er war allein wie immer, denn die anderen verachteten ihn seiner bäuerlichen Herkunft wegen. Vielleicht beneideten sie ihn auch, weil er vom ersten Tag an zu den Besten gehörte. Er murmelte halblaut vor sich, ein seltsamer Vogel war er schon. Ich habe ihn einfach angesprochen und gefragt, was er da rezitiere. Er wurde rot und gestand mir, es sei ein Gedicht, das er selbst verfasst habe. Und dichten konnte er wirklich! Es wurde uns zur Gewohnheit, dass er mir seine Verse vortrug und ich ihn dafür gegen die Pöbeleien der anderen verteidigte. Ich habe auch damals schon gut hinlangen können und mir dadurch von Anfang an Respekt verschafft, denn ich war natürlich in den Augen der andern zunächst auch nur ein Armenhäusler gewesen. Vielleicht wären Kepler und ich Freunde fürs Leben geworden, doch meine Zeit als Klosterschüler ging bald darauf zu Ende. Ich habe es damals fast bedauert – trotz seiner Strenge war mir das Kloster zur Heimat geworden. Zu meiner ersten und vielleicht einzigen.»

Über vielerlei Umwege – er deutete nur an, dass sie mit dem Tod seiner Mutter und einer unglücklichen Liebe zu tun hatten – kam er fast zwei Jahre später nach Tübingen an das Evangelische Stift. Und dort traf er Johannes Kepler wieder. «Ich war enttäuscht, dass er nicht mehr meine Nähe suchte, denn ich begann ihn immer mehr zu bewundern. Nicht dass er auf mich herabsah, er war nur einfach durch und durch vergeistigt – während ich gerade das Leben mit seinen Freuden und Vergnügungen entdeckt hatte. Kepler ist ein Genius, einer der begabtesten und ungewöhnlichsten Köpfe unserer Zeit. Sein ganzes Denken war schon damals von einer einzigen Frage beherrscht: Nach welchen Gesetzen, nach welchem Plan hat Gott die Welt geschaffen? Darüber konnte er stundenlang debattieren. Von ihm lernte ich auch die kopernikanische Lehre kennen, die damals in Tübingen noch ganz im Geheimen gehandelt wurde. Da zeigte sich aber auch wieder, wie unterschiedlich wir waren: In den Disputen mit Abt und Ordinarien verteidigte er das neue Weltbild auf seine überlegte, ruhige Art, während ich wie ein Marktschreier herausblökte, dass die Erde sich um die Sonne dreht, und damit mehr als einmal in Teufels Küche geriet. Gemeinsam war uns allerdings, dass wir am eigentlichen Gegenstand unserer Studien, der Theologie, immer weniger Interesse fanden. Auch mich fesselten viel mehr Philosophie und Sternenkunde, die alten

Sprachen und die Poeterei. Kepler ging dann noch vor Abschluss seiner Studien als Lehrer und Mathematiker nach Graz. Mir dagegen saß die Dankesschuld meines herzoglichen Stipendiums und die Verpflichtung, später als Theologe oder Lehrer zu arbeiten, wie ein Fels im Nacken. So verbrachte ich immer häufiger die Tage am nahen Neckarufer statt in den Vorlesungen.» Er griff nach ihrer Hand. «Langweile ich dich nicht?»

«Nein, im Gegenteil. Auf einmal könnte ich dir stundenlang zuhören. Es wird nur so entsetzlich kalt.»

«Warte.» Er kramte in der Dunkelheit, bis er eine große Decke gefunden hatte, in die sie sich, eng aneinander geschmiegt, einhüllten.

«Wie ging es weiter mit deinen Studien?»

«Fünf Jahre verbrachte ich insgesamt am Stift, und der Abt drängte, ich solle mich endlich zum Abschlussexamen anmelden. Dabei war ich weder ein ernsthafter Wissenschaftler geworden, noch taugte ich für den geistlichen Stand. Ich war nicht einmal überzeugter Lutheraner. Weißt du, ich bin vielleicht nicht dumm und kann mich für vieles begeistern. Aber eine Sache dauerhaft zu verfolgen, das liegt mir wohl nicht. Ich besaß weder ausreichend Willenskraft noch Ausdauer, um meine Kenntnisse in irgendeiner Fakultät zu vertiefen. Dabei erhielt ich von meinen Repetitoren ausgezeichnete Beurteilungen.»

Als dann aber in seinem letzten Jahr am Evangelischen Stift Herzog Ludwig starb und er an der feierlichen Beisetzung in der Tübinger Stiftskirche teilnahm, habe er geheult wie ein kleiner Bub, der seinen Vater zu Grabe trägt. Das war der Wendepunkt. Gleich am nächsten Tag meldete er sich für das Examen im folgenden Semester an.

Doch dann brach die Pest über die Stadt herein. Wer Freunde oder Verwandte im Umland hatte, suchte dort Zuflucht, die Übrigen verbarrikadierten sich in ihren Häusern, kämpften mit Gewürznelken, Weihrauch und Moschusäpfeln gegen die Miasmen, die giftigen Dämpfe in der Luft, versorgten sich bei Wanderpredigern und Quacksalbern mit Amuletten, Schutzbriefen oder Alraunwurzeln. Vor den Toren der Stadt wurde eine Grube nach der andern ausgehoben, mit Leichen gefüllt, mit Kalk überschüttet, und bald blieben von den über dreitausend Bewohnern nur noch wenige hundert übrig. Die Universität flüchtete nach Herrenberg und Calw, das Stift schloss seine Tore. Die Erinnerung an diese Tage schien Diego noch sehr gegenwärtig zu sein.

«Alles versank in heillosem Wirrwarr, niemand war für nichts mehr zuständig, und nachdem die Menschen um mich herum wie die Fliegen wegstarben, packte ich meine Siebensachen und floh auf die Alb, wo Luft und Wasser noch rein waren. So kam ich niemals zu meinem Abschlussexamen, und es war nicht einmal so ganz meine Schuld.»

Da man ihn als ausgewiesenen Tübinger Studiosus in keine Stadt einließ, der Ausbreitungsgefahr wegen, verdingte er sich als Schellenknecht im Leprosenhaus nicht weit von der einstigen Residenzstadt Urach – «Ich kam also vom Regen in die Traufe, aber angesteckt habe ich mich Gott sei Dank auch bei den Aussätzigen nicht» –, bis die Seuche sich ausgetobt hatte und die Städte in der Gegend wieder ihre Tore öffneten. Nach Tübingen wollte er nicht zurück. Stattdessen suchte er Arbeit in Urach, das unter Friedrich mit seinen Tuchmachern und Leinenwebern eine neue Blüte erlebte, und stieß dabei auf zwei ehemalige Kommilitonen, mit denen er sich, wie viele seiner studierten Zeitgenossen, eine Zeit lang auf dem Gebiet der Alchimie kundig gemacht hatte.

«Tag und Nacht hatten wir uns mit der Scheidekunst und Transmutationslehre beschäftigt.» Er zog Marthe-Marie fest an sich, um der Kälte zu trotzen. «Wir rührten Mineralien und Metalle in allen denkbaren Kombinationen zusammen – es wundert mich heute noch, dass das Zeug mir nur so selten um die Ohren geflogen ist.»

«Du warst tatsächlich Alchimist?»

«O nein. Ein Dilettant war ich, nichts als ein Dilettant, wie es Tausende gibt, die sich, vom Kardinal bis zum Kesselflicker, in dieser Kunst versuchen. Inzwischen weiß ich, dass nur ein starker Charakter in dieser Wissenschaft weiterkommt, einer, der mit sich und der Welt in Harmonie lebt. Und dazu gehöre ich nicht. Ebenso wenig wie meine beiden Genossen übrigens, die ich fälschlicherweise für Meister ihres Fachs hielt. Von ihnen erfuhr ich, dass Herzog Friedrich auf die Alchimisten gesetzt hatte, um zu Geld für seine zahlreichen Unternehmungen zu kommen, und dass er Stuttgart zum Zentrum der Goldmacherei erheben wolle. Sie beide hätten eine Einladung von höchster Stelle in der Tasche, bei Hofe zu arbeiten, und könnten dabei einen Gehilfen gut brauchen. Ich sagte sofort zu, denn ich sah die Gelegenheit gekommen, meiner öden Zukunft als Hauslehrer zu entkommen.»

So hatte er sich den beiden vermeintlichen Alchimisten angeschlossen und war mit ihnen in die Residenz gezogen. Dort mussten sie in der herzoglichen Kanzlei ein Schreiben unterzeichnen, in dem sie sich verpflichteten, binnen vierzehn Tagen aus einer Mark Silber acht Lot Gold herzustellen. Als Lohn winkte ihnen die unglaubliche Summe von zwölftausend Gulden.

«Was ich nicht verstehe – wie kann ein Herrscher sich mit solchen Dingen befassen? Wird die Alchimie von der Kirche nicht als Schwarzkunst verfemt?»

«Nicht für jeden gilt das gleiche Gesetz. An den meisten Herrscherhöfen, aber auch in unzähligen Klöstern, wird die Alchimie hinter verschlossenen Toren kräftig gefördert. Es geht schließlich um Gold. Nimm unseren Kaiser Rudolf: Der überlässt das Regieren seinen Hofbeamten und umgibt sich stattdessen auf dem Prager Hradschin mit Astrologen und Alchimisten, mit Magiern und Totenbeschwörern.»

In Stuttgart habe man ihnen ein äußerst nobles Quartier zugewiesen und sie wie große Gelehrte behandelt. Ein Labor mit allen erdenklichen Öfen und Apparaturen stand im Alten Lusthaus ganz zu ihrer Verfügung. «Dass meine Kommilitonen Scharlatane waren, merkte ich erst, als wir am dritten Tag vor Herzog Friedrich geladen wurden, um eine Probe unserer Kunst zu geben. Sie nahmen eine Silbermünze, hielten sie mit einer Zange ein Vaterunser lang in die Brennerflamme, während rundum stinkender Rauch in die Höhe stieg. Dann tauchten sie die Münze in Wasser, und siehe da – das Silber hatte sich in Gold verwandelt. Ich fiel aus allen Wolken: Das war ein ganz simpler Trick, den ich aus Studienzeiten kannte. Du nimmst eine mit Zink überzogene Kupfermünze, die wie Silber aussieht. Durch den Vorgang entsteht wertloses Talmi, eine goldfarbene Legierung aus Kupfer und Zink. Der Herzog schien denn auch nicht sonderlich überzeugt, und bereits nach einer Woche war unser Treiben als Betrug enttarnt.»

«Ja, aber wenn du den ganzen Hokuspokus so schnell durchschaut hast, warum hast du deinen falschen Freunden dann nicht sofort den Rücken gekehrt?»

«Weil ich so einfältig war, dass man es kaum glauben mag. Ein ums andere Mal hatten sie beteuert, die Täuschung sei ein notwendiges Übel gewesen, um Zeit zu schinden; sie seien der Lösung nämlich dicht auf den Fersen. Stattdessen landeten wir alle drei im Kerker.»

Zärtlich strich er ihr über die Wange, ihren Hals, fuhr im Dunkeln den Konturen ihrer Lippen nach. Sie erschauerte.

«Und dann?»

«Da wir bis dato noch keinen größeren Schaden angerichtet hatten, ließ der Herzog Gnade vor Recht ergehen. Statt zum Tode wurden wir nur zu lebenslangem Landesverweis verurteilt. Damit hatten wir großes Glück. Ein Goldschmied namens Honauer kam ein Jahr später nicht so glimpflich davon – er wurde aufgehängt und zwar an einem Galgen aus jenem Mömpelgarder Eisen, das er in Silber hatte verwandeln wollen.»

Sie spürte, wie sie zu zittern begann, als Diego sie weich und fordernd zugleich zu küssen begann. Alles in ihr drängte zu ihm hin, die Glut, die sie in Jonas' Armen kennen gelernt hatte, ergriff von ihrem Innern Besitz und wurde zu einem Schwelbrand, gegen den sie sich kaum noch wehren konnte.

Sie holte tief Luft und löste sich von ihm.

«Und dann bist du aus Deutschland geflohen?»

Vorsichtig, als berühre er ein zerbrechliches Kleinod, schob er seine Hand in ihr Mieder.

«Ja, nach Spanien. Mir war eingefallen, dass die Tübinger Jakobuskirche Station auf dem Pilgerweg nach Sankt Jakob zu Compostel ist, und ich schloss mich einer Gruppe bußfertiger Menschen an, ganz der Sitte nach, mit Pilgerstab und Muschel am Hut. In Spanien dann erfuhr ich, wie gesucht Pilgerführer waren, als Beschützer gegen die zunehmende Zahl von Gaunern und Landstreichern, und ich verdiente fortan ohne viel Arbeit meinen Unterhalt. In jener Zeit habe ich mir übrigens Vollbart und lange Haare wachsen lassen und mich in Don Diego verwandelt.» Er küsste den Ansatz ihrer Brüste. «Vier Jahre lang ließ ich es mir gut gehen – bis sich dieses Malheur mit den Kinzigtäler Mönchen ereignete. Ich kehrte nach Deutschland zurück und traf auf Sonntag. Er entdeckte übrigens meine Begabung als Komödiant. Ich gab mich weiterhin als Spanier aus, um auf württembergischen Gebieten nicht in Schwierigkeiten zu geraten. Und nach all den Jahren dachte ich, es sei genug Zeit vergangen und ich könne mich wieder in Stuttgart vor dem Herzog blicken lassen. Aber da habe ich mich wohl maßlos getäuscht. Ich hätte es wissen müssen, schließlich hat mich vorletzten Winter auch einer meiner ehemaligen Goldmacherkumpane erkannt.»

«Die Narbe an deinem Rücken.» Sie wollte seine Hand festhalten, die jetzt unter ihren Rock wanderte, doch sie fand nicht mehr die Kraft dazu.

«Er war hinter mir her, weil er glaubte, ich hätte damals den Barren Silber mitgehen lassen, den der Herzog uns zur Verfügung gestellt hatte. Dabei war ich der Falsche.»

Sie unterdrückte ein Stöhnen, als er die Innenseite ihrer Schenkel berührte.

«Wie gern hätte ich dir in Tübingen alles gezeigt.» Sanft bettete er sie neben sich auf das Fell, streifte ihr Mieder und Bluse ab. «Das prächtige Schloss, meine geheime Badestelle am Neckar», er zog sich aus, während er weitersprach, «die Mädchenschule, die astronomische Uhr am Rathaus, die den Lauf der Gestirne und die Mondphasen anzeigt – »

Sie hörte ihm kaum noch zu, wollte sich wehren gegen seinen warmen nackten Körper, presste sich an ihn, küsste ihn, wie um die Hitze, die in ihr brannte, zu lindern, bat ihn, flehte ihn an, nicht aufzuhören, vernahm noch wie aus weiter Ferne seinen Liebesschwur, dann versank sie in der Tiefe eines glühenden Strudels.

28

Als Marthe-Marie vom ersten Morgenlicht erwachte, war das Lager neben ihr leer. Es dauerte etliche Augenblicke, bis ihr klar vor Augen stand, was in der vergangenen Nacht geschehen war. Sie fühlte sich erschöpft, hatte wohl auch nur wenige Stunden geschlafen. Ihr fiel ein, dass Diego für die zweite Nachtwache eingeteilt war – demnach hatte er wohl gar nicht geschlafen.

Sie streckte ihre klammen Glieder und kletterte aus dem Wagen. Direkt vor ihr stand Marusch mit einem Eimer Wasser in der Hand.

«Guten Morgen, meine Liebe. Ich hab dich schon vermisst.»

Sie zwinkerte, und Marthe-Marie spürte, wie ihr das Blut in die Wangen schoss.

«Es sind schon alle auf, nicht wahr?»

«Ja, und du solltest dich beeilen, sonst bekommst du vom Morgenessen nichts mehr ab. Danach brechen wir gleich auf. Übrigens: Es wird dich freuen oder auch nicht – unser neues Ziel ist der große Jahrmarkt in Ulm.»

Marthe-Maries Müdigkeit war mit einem Schlag verschwunden.

«Ulm?»

«Leos Einfall. Da uns das Gastspiel vor dem Württemberger Herzog nun einmal verwehrt ist, sieht er in der großen Reichsstadt eine zumindest halbwegs einträgliche Möglichkeit, wieder auf die Beine zu kommen. Du kennst ja das Sprichwort: Ulmer Geld regiert die Welt.»

Marthe-Marie zog sich ihren Umhang fester um den Leib. Ob Jonas wohl immer noch –

In diesem Moment legte sich ein Arm um ihre Hüfte, eine bärtige Wange kitzelte ihren Nacken.

«Hast du gut geschlafen?»

In Diegos klaren grünen Augen fand sich keine Spur von Müdigkeit. Unsicher erwiderte sie seinen Kuss, dann sah sie zu Boden. «Warst du schon beim Prinzipal?»

Er nickte. «Er hat mir großmütig verziehen. Dieses eine Mal wenigstens noch. Falls es allerdings wegen mir noch einmal zu einem Zwischenfall käme, würde er mich vor aller Augen vierteilen und rädern. Jetzt kann ich nur hoffen, dass uns der gute Herzog auf der Reise nach Ulm nicht noch einmal über den Weg läuft.» Er nahm ihre Hand. «Was schaust du so? Zahnschmerzen?» Der übermütige Ausdruck verschwand aus seinem Gesicht, und er fragte leise: «Bereust du, was letzte Nacht geschehen ist?»

«Nein, das ist es nicht. Hast du schon zu Morgen gegessen? Ich habe gehört, wir brechen gleich auf.»

«Das stimmt. Dieses Mal hat sich Sonntag nicht mit mir, sondern mit Marusch und Salome beraten – und unsere Prophetin hat in ihrem Kristall wohl entdeckt, dass die Ulmer Bürger uns mit Gold und Silber überschütten werden.»

Dann runzelte er die Brauen. «Es ist wegen Ulm, nicht wahr? Jonas.» Er ließ ihre Hand los, als habe er sich verbrannt. «Ich muss beim Einspannen helfen. Wir sehen uns später.»

Marthe-Marie bekam ihn den ganzen Tag über nicht mehr zu Gesicht, und das war ihr gar nicht unrecht. Gemeinsam mit Marusch kutschierte sie den Wohnwagen, vor ihnen fuhr der Requisitenwagen mit Diego und an der Spitze Leonhard Sonntag.

Marusch warf ihr einen Blick von der Seite zu. «Du bist nicht sehr redselig heute. Machst du dir Gedanken wegen dem, was dich vielleicht in Ulm erwartet?»

Marthe-Marie nickte.

«Du solltest abwarten. Womöglich ist Jonas gar nicht nach Ulm gegangen. Die berühmten ungelegten Eier, du weißt doch.» Marusch trieb das Maultier in schnelleren Schritt. «Und falls deine Schweigsamkeit auch ein klein wenig mit Diego zu tun haben sollte – denk nicht zu viel nach. Morgen ist auch noch ein Tag, und nächste Woche sind es sogar sieben.»

Bereits am Nachmittag erreichten sie die freie Reichsstadt Reutlingen, die wie eine Insel mitten im Herzogtum Württemberg lag. Düster und bedrohlich sahen sie hinter den Türmen die Gipfel und Bergrücken der Schwäbischen Alb in regenschwere Wolken ragen. Ganz offensichtlich würde das Wetter bald umschlagen.

Sie umrundeten die Mauern der Stadt, die für eine Reichsstadt recht klein und auf den ersten Blick nicht gerade wohlhabend wirkte. Der Stadtwächter im Tübinger Tor hatte ihnen einen Lagerplatz in einem verlassenen Weingarten zugewiesen, und auf dem Weg dorthin kamen sie erst an einer verfallenen Mühle, dann an einer eingestürzten Brücke vorbei. Niemand schien sich die Mühe machen zu wollen, die Bauwerke wieder instand zu setzen.

«Mit allzu viel Wohlstand scheint diese Stadt nicht gesegnet zu sein», hatte Marusch gerade geunkt, als sie die Narrenkiste entdeckten, die unmittelbar neben dem Oberen Tor platziert war. Der Holzverschlag war nach einer Seite hin offen und mit einem schweren Gitter versehen, um dessen Streben sich zwei schrundige kleine Hände klammerten. Voller Anteilnahme betrachtete Marthe-Marie den halb nackten, in Eisen gelegten Tollhäusler, der jetzt mit verzerrtem Gesicht um ihre Aufmerksamkeit keifte und dabei wie Pantaleons Äffchen mit dem Hintern in die Höhe hüpfte. Ganz offensichtlich wurde er zur Schau gestellt, um in der Obhut des Torwächters die Passanten um Almosen zu erleichtern. Und tatsächlich war der kleine Topf neben dem Käfig nicht schlecht mit Münzen gefüllt. Zuletzt hatte Marthe-Marie so etwas am Hochrhein gesehen, und sie war damals eben so bestürzt gewesen von dem Anblick wie jetzt.

«Warte mal eben», bat sie Marusch.

Sie sprang vom Kutschbock und warf eine Münze in den Topf. Dabei hielt sie sich die Nase zu, denn das verdreckte Stroh zu Füßen des Schwachsinnigen stank unerträglich nach Urin, Kot und Erbrochenem.

«Warum bringt man den armen Kerl nicht im Spital unter?», fragte sie Marusch, als sie zum Wagen zurückkehrte.

«Weil dort niemand für ihn bezahlen würde. Hier erregt er wenigstens das Mitleid solcher Menschen wie dir und sorgt auf diese Weise selbst für seinen Unterhalt.»

«Oder für den Spott von Burschen wie denen da.»

Eine Gruppe Halbwüchsiger hatte sich der Kiste genähert und bewarf den Gefangenen mit Pferdeäpfeln. Aus sicherer Entfernung sah der Torwächter ihnen zu, stumm und ungerührt. Als einer der Burschen seinen Hosenschlitz öffnete und dem vor Angst und Wut schreienden Irren vor die Brust pinkelte, platzte Marthe-Marie der Kragen. Sie riss Marusch die Peitsche aus der Hand, sprang vom Bock, ließ sie knapp hinter den Burschen durch die Luft knallen und brüllte, sie sollten auf der Stelle verschwinden. Verblüfft starrten die Jungen sie an, dann trollten sie sich ohne ein weiteres Wort.

«Und Ihr solltet besser Eures Amtes walten, als nur herumzustehen und Maulaffen feilzuhalten», fuhr sie den Torwächter an. Wütend marschierte sie zum Wagen zurück. Jetzt erst merkte sie, dass die Gaukler angehalten hatten, um ihr zuzusehen. Diego lehnte an seinem Fuhrwerk und grinste.

«Ich wusste gar nicht, dass du so streitbar sein kannst. Eine richtige Amazone.»

«Wenn du nicht willst, dass ich den Streit mit dir fortsetze, halt lieber den Mund.» Sie ärgerte sich über sein Grinsen, sie ärgerte sich über seine neunmalkluge Bemerkung, mit der er einmal mehr ein Wissen kundtat, das sie nicht besaß. Vor allem jedoch ärgerte sie sich, dass sie letzte Nacht nicht die Willenskraft gehabt hatte, ihm zu widerstehen.

Kurz darauf bogen sie in einen Hohlweg und erreichten ihren Lagerplatz. Der Wingert war verwahrlost und zu einem großen Teil von Brombeergestrüpp überwuchert, doch er bot Schutz vor Wind und Unwetter, lag nicht weit von einem Bach, und die kleine Wiese unterhalb der verfallenen Stützmauern würde man zum Proben nutzen können.

Es war noch Zeit bis zum Einbruch der Dunkelheit, und so machten sich der Prinzipal und Diego gemeinsam – als Zeichen ihrer Versöhnung – auf den Weg in die Stadt. Die Nachricht, die sie eine Stunde später überbrachten, klang fürs Erste nicht schlecht. Einlass in die Stadt könne man ihnen nicht gewähren, da man in den letzten Jahren schlechte Erfahrungen mit Fahrenden gemacht habe, aber sie möchten ihre Künste nach Belieben im Weinberg vorführen. Höre man in der ersten Woche keine Klagen, so dürften sie nach dem Willen des Rats eine weitere Woche bleiben.

«Na also», meinte Marusch, mit einem Seitenblick auf Diego und nicht ohne Spott in der Stimme. «Das ist doch schon mal ein verheißungsvoller Anfang für Leonhard Sonntag und seine berühmte Compagnie.»

Tatsächlich hatten sie regen Zulauf auf ihrer kleinen Wiese, obwohl es in den nächsten Tagen immer wieder zu regnen begann. Reutlingen war eine Stadt der Gerber und Färber und zugleich Marktort für das Umland, und so strömten täglich große Gruppen von Bauern und Händlern aus allen Richtungen in die Stadt. Die meisten gönnten sich das Vergnügen, den Gauklern bei ihren Darbietungen zuzusehen. Ebenso die Handwerker aus der Stadt, die nach Feierabend mit ihren Familien und Knechten herauskamen. Das Geld saß hier keinem locker, doch letztendlich waren es jeden Tag so viele Zuschauer, dass man über die, die keinen Obolus entrichteten, großzügig hinwegsah.

Sie spielten zwei Wochen lang, in denen Quirin Tag für Tag mürrischer wurde, denn er befand es für unter seiner Würde, seine Feuer- und Messerkünste auf einem nassen Acker zu zeigen statt auf Markt- und Kirchplätzen. Für Marthe-Marie wurde die Nummer mit dem Rechenmeister Adam Ries zu einem schier endlosen Moment der Anspannung, denn die Nähe zu Diego, die bei ihrer Aufführung nun einmal nicht zu vermeiden war, seine Blicke und Berührungen erinnerten sie jedes Mal an ihre Liebesnacht. Diego nutzte diese Auftritte schamlos aus, wie sie fand. Wenn er sie ansah, schien er sein tiefstes Inneres vor ihr bloßzulegen, wenn er sie berührte, spürte sie förmlich Funken überspringen. Immer häufiger geschah es, dass sie bei ihren Antworten zögerte oder sich gar verrechnete und verschätzte. So ging sie ihm nach den Vorstellungen aus dem Weg, wann immer es möglich war.

Am dritten oder vierten Tag nahm Marusch sie beiseite.

«Sag mal, was ist denn mit dir? Du führst dich ja auf wie eine verstockte Jungfer. Sag dem Spanier, dass du ihn liebst, oder sag ihm, dass du ihn nicht liebst, aber tänzle nicht herum wie ein verschrecktes Reh. Euer Auftritt ist inzwischen miserabel. Wenn du nicht willst, dass Leo dich deswegen ins Gebet nimmt, solltest du das mit Diego ins Reine bringen.»

Marusch hatte Recht. Sie spielte mit ihm, nicht umgekehrt. Noch an diesem Abend, gleich nach ihrem Auftritt, wollte sie Diego deutlich machen, dass er nichts von ihr zu erwarten habe. Er kam ihr zuvor. Sie kauerte gerade hinter dem Bühnenvorhang und legte Maske und Requisiten zurecht, als er sie ansprach.

«Du, der jetzt mein Herz gehört», er nahm ihre Hand und fiel auf die Knie, «hast Lieb um Liebe mir und Gunst um Gunst gewährt. Das taten andre nie.»

Sie wollte ihm schon eine böse Bemerkung über sein ewiges Possenreißen zurückgeben, als sie bemerkte, wie sein Blick plötzlich ernst wurde. Er ließ sie los und erhob sich.

«Sag nichts. Ich weiß selbst, dass du nicht Julia bist und ich nicht dein Romeo. Ehe du mir also zuvorkommst, sag ich es lieber selbst: Es war Leidenschaft von dir, aber keine Liebe, und deshalb will ich dich nicht weiter bedrängen. Versprichst du mir trotzdem zwei Dinge?»

Marthe-Marie sah ihn fragend an.

«Versprichst du mir, dass wir Freunde bleiben und gute Compagnons? Und dass du unsere Nacht niemals vergisst?»

Eine Welle der Erleichterung erfasste sie. Nun konnte sie sich die Worte, die sie seit Tagen auf der Zunge trug, sparen. Musste ihm nicht erklären, dass sie in ihm so etwas wie einen Bruder sah, einen väterlichen Freund, und dass sie selbst nicht wisse, was in jener Nacht in sie gefahren sei. Sie bejahte seine Frage, und dann umarmte sie ihn.

An diesem Nachmittag spielte sie aufmerksam und konzentriert. Diego seinerseits ließ keine Zweideutigkeiten aufkommen. Sie war erleichtert, aber zugleich auch ein bisschen enttäuscht.

۞ 29 ۞

Das Frühjahr verging rasch. Die ersten warmen Sommertage brachen an, doch sie lebten noch immer von der Hand in den Mund. Zwar hatten sie in der ehemaligen Residenzstadt Urach gastieren dürfen – zu Ostern auf dem großen Marktplatz, zum Maienfest in der erst jüngst erbauten Webervorstadt –, doch brachte das gerade so viel ein, wie sie für ein neues Fuhrwerk ausgeben mussten. Denn beim Albaufstieg gleich hinter Reutlingen war die Achse von Diegos Wagen gebrochen, und sie konnten von Glück sagen, dass nichts Schlimmeres geschehen war: In einem dichten Waldstück, ausgerechnet an einer Stelle, wo es ein kurzes Stück steil bergab ging, hatte plötzlich ganz in der Nähe der Knall einer Büchse die Stille zerrissen, und Diegos Maultier war Hals über Kopf durchgegangen. Der Wagen kam ins Schlingern, Diego wurde herabgeschleudert, in der Senke schließlich stürzte das Gefährt krachend um und riss das Maultier mit zu Boden.

Gott sei Dank hatte sich das Tier nichts gebrochen. Bei Diego war sich der Medicus nicht so sicher gewesen, er diagnostizierte eine verrenkte Schulter und einen Bruch des Unterarms – aus der Distanz allerdings, denn Diego ließ sich von Ambrosius nicht anrühren. Er legte sich selbst eine Schlinge um Arm und Hals, lehnte sich an einen Baumstamm und fiel in Ohnmacht. Erst als Marthe-

Marie ihm ein Fläschchen Essigwasser unter die Nase hielt, erwachte er und strahlte sie an. Das Fuhrwerk indes war nicht mehr zu retten, und so mussten sie die Requisiten auf Wohnwagen und Handkarren umladen. Auf diese Weise brauchten sie für den steilen Aufstieg drei Tage statt der veranschlagten zwei.

Vielleicht lag es an ihrer Gereiztheit über dieses neuerliche Ärgernis, dass die Männer fast dankbar waren für einen weiteren Zwischenfall kurz vor Urach. Wie so häufig hatten sie eine Nebenstrecke gewählt, um Brückenzoll und Straßenmaut zu umgehen, und wie so häufig führte die Straße geradewegs durch einen kleinen Fluss. Meist lag an solchen Stellen für Fußgänger und Lastträger zumindest ein Balken oder gefällter Baum quer über dem Wasserlauf, doch hier, in der Wildnis der Alb, fand sich nicht einmal ein gespanntes Seil, das Halt geboten hätte. Lediglich ein schmaler Streifen Kies war als Furt aufgeschüttet. Fluchend trieben die Männer die Zugtiere durch das Flussbett, in dem hüfthoch das eiskalte Wasser strömte. Die Frauen und Kinder halfen Mettel, Salome und Ambrosius mit ihren überladenen Handkarren, die alle naselang stecken zu bleiben drohten.

Auf dem gegenüberliegenden Steilufer erhob sich eine kleine Kapelle. Wie zweckmäßig, dachte Marthe-Marie, jeder, der hier ohne Schaden durchkommt, kann gleich Gott dafür danken. Da hörte sie eine Stimme einen leiernden Sermon herunterbeten, eine Stimme, die sie auf Anhieb erkannte: «Darum ziehet hin in Demut, auf dass ihr nicht an den Abgrund der Hölle geratet. Doch zuvor bewaffnet euch gegen die Anfeindungen des Bösen und kauft Segenssprüche, geweihte Kräuterbüschel und Lochsteine.»

Sonntag und Diego warfen sich einen viel sagenden Blick zu. Sonntag nickte und wandte sich an die anderen. «Wir lassen die Wagen hier unten. Wer Lust auf etwas Kurzweil hat, soll mitkommen. Aber leise. Wir wollen ihn überraschen, sobald er allein ist.»

Außer Ambrosius gesellten sich alle Männer zu ihnen, selbst die

Buben wollten mit. Im Schutz einiger Büsche kletterten sie den Hang hinauf, Diego mit seinem Arm in der Schlinge vorneweg.

«Das ist schäbig», flüsterte Marthe-Marie. «So viele gegen einen. Ich finde, wir dürfen das nicht zulassen.»

Marusch zuckte die Schultern. «Nach dem vielen Verdruss der letzten Monate sollten wir ihnen diesen kleinen Spaß gönnen. Außerdem hat der Wanderpfaffe eine Abreibung verdient.»

Angespannt wartete Marthe-Marie auf die Schmerzensschreie des Predigers, doch zunächst blieb alles still. Dann hörte sie wütendes Gekeife und sah einen splitternackten, zappelnden, um sich schlagenden Mann auf Maximus' Schultern. Sonntag holte einen langen Strick, band das eine Ende um einen Baumstamm in Ufernähe, das andere um das Fußgelenk ihres Gefangenen. Anschließend tappte Maximus, barfuß wie er war, bis zur tiefsten Stelle im Fluss und übergab seine Last den Fluten. Der arme Mann spuckte Wasser und Flüche, als er wieder auftauchte, Maximus tauchte ihn abermals unter, dann ließ er ihn los. Der Prediger schrie wie am Spieß, als er von der eisigen Strömung ein Stück mitgerissen wurde, dann klammerte er sich an seinem Strick fest und versuchte, sich ans Ufer zu kämpfen.

«Los geht's. Wir fahren weiter», rief Sonntag und schwang sich auf seinen Kutschbock. «Und du, Wanderpfaffe, kannst dir deinen Eselskarren samt Kleidern im nächsten Dorf abholen, falls du es schaffst, dich loszubinden.»

Nachdem sie Urach verlassen hatten, waren sie weiter westwärts gezogen, über die raue, schroffe Landschaft der Alb. Ihr Weg führte sie vorbei an Kegeln erloschener Vulkane und an zerklüfteten, in der Sonne gleißenden Felswänden mit tiefen Höhlen, durch verkarstete Trockentäler, dichte Buchenwälder und endlose Hochflächen mit Wacholdersteppe und Heidekraut. Dann wieder fuhren sie stundenlang durch Felder mit Flachs, dem Einzigen, was die kargen, wasserarmen Böden herzugeben schienen. Wie herrlich das im Sommer aussehen muss, dachte Marthe-Marie, wenn sich die Felder tiefblau bis zum Horizont erstrecken.

Doch jetzt, obwohl der Mai bereits zu Ende ging, war hier oben in den Bergen von lauen Sommerlüften nichts zu spüren. Die Nächte blieben kalt. Und was sonst für reichlich Einnahmen sorgte, nämlich die lange Helligkeit in dieser Jahreszeit, nutzte ihnen in der Einsamkeit dieses Landstrichs nichts. Die wenigen Dörfer, auf die sie stießen, waren ärmlich, ihre Bewohner wortkarg und verschlossen.

«Ganz im Sinne von Matthäus 5, Vers 37», spöttelte Diego. «Eure Rede aber sei: Ja, ja; nein, nein. Was darüber ist, das ist vom Übel.»

Wie eine Herde Schafe, die das nahende Gewitter fürchtet, schlossen sich die Hofstätten mit ihren strohgedeckten Häuschen eng zusammen, in ihrem Mittelpunkt die lebensnotwendige Hülbe, ein Wasserloch, in dem sich Regenwasser sammelte und das als Viehtränke und Feuerteich diente. Fremde mochte man hier noch weniger als andernorts, und sie konnten froh sein, wenn hin und wieder die Musikanten auf einer Bauernhochzeit oder vor dem Dorfschultes spielen durften. Überhaupt schien dem Menschenschlag hier auf der Alb nicht viel an Feiern, Tanz und Unterhaltung gelegen. Aus den drei, vier größeren Marktflecken, die sie passierten, wurden sie erbarmungslos verjagt, und einmal bekam Sonntag bei seinen Bittgängen, wie er es inzwischen nannte, sogar die Rutenschläge der Büttel zu spüren.

Zulauf hatte einzig Ambrosius mit seiner neuen Methode der Wundheilung, die er in Urach in aller Heimlichkeit einem Bader abgeguckt hatte. Dazu legte er auf die offene Wunde eine kleine Tasche aus durchlässigem Tuch, die mit Maden gefüllt war, mit den fetten, gefräßigen Maden der Schmeißfliege. Meist schon nach wenigen Tagen begannen selbst härtnäckig entzündete Wunden oder offene Beine zu heilen. Worin genau der Heilungsprozess bestand, konnte der Arzt keinem sagen, er hatte lediglich beobachtet, dass sich nach Einsetzen der ekligen Tiere die abgestorbenen Wundränder verflüssigten und die Wunde plötzlich sauber wurde. Seiner Vermutung nach sonderten die Maden ein Secretum ab, zugleich ernährten sie sich wohl von dem Wundgewebe.

Kopfschüttelnd beobachteten die Spielleute die Erfolge ihres Medicus, die sich wie ein Lauffeuer herumsprachen. An manchen Tagen reihten sich Dutzende von Hilfesuchenden vor seinem Karren ein, wo immer er auftauchte. Als ihn einmal ein Bannwart vertreiben wollte, wurde dieser von den aufgebrachten Patienten verprügelt. Anfangs erhielt Sonntag von Ambrosius' Einnahmen einen großzügigen Anteil für den gemeinschaftlichen Einkauf von Essensvorräten und Viehfutter, doch je häufiger die Münzen in der Kasse klingelten, desto geiziger wurde Ambrosius.

«Das Schlimme ist, dass wir auf diesen Quacksalber mit seinem Gewürm auch noch angewiesen sind», schimpfte Diego. «Ohne seine Almosen müssten wir bald Gras fressen.»

Kurz vor Blaubeuren und damit nur noch eine gute Tagesreise vor Ulm stieß ein riesiges, schwarz geteertes Fuhrwerk zu ihnen, mit grellroter Aufschrift am Heck: BASILS CREATUREN. Auf dem Kutschbock hockten zwei grobschlächtige, schwarzhaarige Burschen mit einem großen Hund, dessen Fell ebenfalls rabenschwarz war. Kaum hatte das Fuhrwerk zu ihrem Tross aufgeschlossen, sprang der Köter herunter und fing eine Beißerei mit Tilmans Hunden an. Aufgeschreckt von dem Lärm, ließ Sonntag anhalten und eilte nach hinten, um nach dem Rechten zu sehen. Tilman war inzwischen mit einem Stock dazwischengefahren und hatte sich dadurch den Unmut der beiden Fremden zugezogen.

«Wenn du noch einmal meinen Hund anrührst, versohle ich dir den Arsch, dass du nie mehr sitzen kannst», schnauzte der Ältere, ein Hüne mit Vollbart und verfilztem Haar.

«Er hat angefangen», verteidigte sich der Junge.

Sonntag stellte sich dazwischen und zog den Hut. «Leonhard Sonntag und seine Compagnie. Und wer seid Ihr?»

«Dachte ich mir's, dass Ihr Spielleute seid.» Der Hüne grinste und versetzte seinem Hund einen Tritt. Mit eingekniffenem Schwanz sprang das Tier auf den Kutschbock zurück.

«Ich bin Basil Bockmann, und der da ist mein kleiner Bruder Barthel. Vielleicht können wir ins Geschäft kommen.»

«Worüber?»

«Ihr seid Fahrende, wir auch. In harten Zeiten wie diesen sollte man sich nicht alleine durchkämpfen, zumal wenn man einander so trefflich ergänzt wie wahrscheinlich Eure Truppe und meine.»

«Truppe? Wie ich sehe, seid Ihr nur zu zweit?»

Basil lachte. «Der Rest befindet sich im Wagen. Basils Creaturen, das außergewöhnlichste Monstrositätenkabinett im Reich.»

Marthe-Marie sah, wie sich Maruschs Blick verfinsterte, doch sie schwieg.

«Nun gut. Wir wollten sowieso gerade einen Platz zum Übernachten suchen. Wenn Ihr mitkommt, könnt Ihr gern zeigen, was Ihr zu bieten habt.»

Als die Brüder Bockmann ihnen Stunden später in einem schwarzen Zelt, in das kein Lichtstrahl drang, ihre Sensationen vorführten, packte Marthe-Marie das Grauen. Den Anfang machte der zottige Hund, der mit gefletschten Zähnen hinter dem Eingang des Zeltes lauerte und plötzlich drei Köpfe hatte. Neben dem Tier standen hohe Glasgefäße, blau und schwefelgrün illuminiert, in denen Missgeburten schwebten: die eine mit verkrüppelten Flossen statt Armen und Beinen, die andere mit zwei Köpfen, die dritte ohne Augen und Mund.

«Tretet nur näher heran», ermunterte Basil seine Besucher. «Hier seht ihr die Folgen von unheiligen, widernatürlichen Paarungen, wie unsere Mutter Kirche sagen würde.»

Dann beleuchtete er mit seiner Fackel einen Drahtkäfig, in dem sich das widerwärtigste Tier befand, das Marthe-Marie je gesehen hatte: Es lag seiner kurzen krummen Füße wegen platt auf dem Bauch, war mindestens vier Fuß lang und hatte verhornte Haut von schlammiger Farbe. Man hätte es mit einer riesigen hässlichen Eidechse vergleichen können, wäre da nicht dieses aufgerissene Maul mit einer langen Reihe säbelspitzer Zähne gewesen.

«Ein Krokodil», flüsterte Marusch. In diesem Moment warf Barthel dem Ungeheuer eine zappelnde Maus zwischen die Kiefer, die sofort krachend zuschnappten.

«Und dort seht ihr meine neueste Errungenschaft, frisch aus Südafrika: Ein leibhaftiger wilder Hottentotte.» Basil leuchtete dem schwarzen Mann, der nur mit einem Lendenschurz bekleidet war, direkt ins Gesicht. Die wulstigen Lippen leuchteten blutrot, in Nase und Ohren hingen schwere Silberringe, und auf der glänzenden haarlosen Brust trug er eine Kordel aus getrocknetem Gedärm. Marthe-Marie sah, wie ein Zittern über die Haut des schwarzen Mannes lief und seine weißen Augäpfel ängstlich hin- und herzuckten.

«Die Menschen dieses Negerstamms sind keiner menschlichen Sprache mächtig.» Basil tippte dem Schwarzen gegen die Schulter, bis dieser leise Schnalzlaute auszustoßen begann. «Sie fressen am liebsten rohes Fleisch und frische Därme – es darf auch vom Menschen sein. Und hier», er führte sie weiter, «die klügste unserer Kreaturen: Balthasar von der Rosen, der Sitzzwerg. Einst erster Narr am Kaiserhof.»

Vor einem Schachbrett saß ein armloser Zwerg mit Schellenkappe und kurzer Pumphose, aus der zwei verkrüppelte Beinchen ragten. Zwischen den bloßen, viel zu lang geratenen Zehen hielt er die Schachfiguren und setzte sie so geschickt wie andere Menschen mit den Fingern.

«Balthasar kann noch mehr: Mit seinen Zehen näht und stickt

er, trifft jedes Ziel aus stattlicher Entfernung oder schenkt sich einen Humpen Bier auf seinem Kopf ein. Doch um nicht Eure kostbare Zeit zu stehlen, möchte ich gleich zum Höhepunkt kommen: unsere Monsterfrau ohne Gesicht.»

Doch Marthe-Marie hatte sich längst zum Eingang geschlichen und schlüpfte schnell hinaus, um nicht wider Willen noch eine weitere dieser bedauernswerten Kreaturen ansehen zu müssen. Sie holte tief Luft. Wie roh, ekelhaft und unbarmherzig Menschen sein konnten. Diesem Zurschaustellen armer Seelen hatte sie noch nie etwas abgewinnen können.

Sie setzte sich zu Salome auf einen umgestürzten Baustamm. Die Wahrsagerin war als Einzige der Einladung ins Zelt nicht gefolgt – verständlicherweise.

«Es ist widerlich», sagte Marthe-Marie leise.

Salome kicherte. «Der Größere hat mich gefragt, ob ich mich seinem Monstrositätenkabinett nicht anschließen will. Eine bucklige Zwergin, die hellsehen kann, wäre für ihn ein großer Zugewinn.»

«Und was hast du geantwortet?»

«Nichts. Mit solchen Menschen spreche ich grundsätzlich nicht.»

Die anderen kamen aus dem Zelt. Auf ihren Gesichtern spiegelte sich noch der Schrecken dessen, was sie eben gesehen hatten, und Agnes warf sich ihrer Mutter weinend in die Arme.

Basil stemmte die Arme in die Seite und grinste in die Runde. «Nun? Was haltet Ihr von Basils Creaturen? Leider ist eine unserer Hauptattraktionen letzte Woche davongelaufen – ein Haarmensch aus Siebenbürgen, der von oben bis unten mit dichtem Fell bedeckt war. Ein ganz außergewöhnliches Exemplar.»

«Sehr beeindruckend.» Sonntag warf einen verstohlenen Blick auf seine Gefährtin. «Setzt Euch mit uns ans Feuer und esst mit uns. Dann können wir in Ruhe alles bereden.»

«Sehr schön. Wir bringen nur eben unsere kleinen Ungeheuer zurück in den Wagen. Bis gleich.»

«Was gibt es da zu bereden?», blaffte Marusch Sonntag an, nachdem die beiden Brüder in ihrem Zelt verschwunden waren. «Haben wir mit solchen Leuten irgendwas zu schaffen?»

«Jetzt sei doch nicht gleich so störrisch – ich weiß, Missgeburten zu zeigen hat nichts mit Kunst und Können zu tun. Aber das hier wäre im Moment die glücklichste Fügung des Schicksals, um aus unserer Misere herauszukommen. Du musst zugeben, der Spiegeltrick mit dem dreiköpfigen Hund ist wirklich gekonnt. Und dieses Krokodil ersetzt Pantaleons Kamel bei weitem.»

«Wir haben vereinbart, niemals Abnormitäten zu zeigen.»

«Sei doch vernünftig, Marusch. Was meinst du, was wir wieder für einen Zulauf hätten.»

«Sonntag hat Recht», mischte sich Lambert ein. «Wir müssen auch ein wenig an die Kinder denken. Wenn wir nicht bald mehr einnehmen, bleibt nichts für den Winter. Und der, fürchte ich, wird dann noch schlimmer als der letzte. Ich wäre auch dafür, dass die beiden mit uns reisen, zumindest den Sommer über.»

Caspar neben ihm schüttelte heftig den Kopf und wollte gerade etwas entgegnen, da traten die beiden Brüder ans Feuer.

«Kommen wir also ins Geschäft?»

«Es gibt noch ein paar Unstimmigkeiten zu klären. Ich denke, wir sollten uns mit der Entscheidung bis morgen früh Zeit lassen. Hier, trinkt.» Sonntag reichte ihnen zwei Krüge. «Ein hervorragender Roter aus Tübingen.»

Marusch stellt sich neben Basil. «Warum wollt Ihr Euch eigentlich unserer Truppe anschließen?»

«Ihr wisst doch selbst, wie gefährlich es ist, allein zu reisen. Wir würden von Eurem Schutz profitieren, Ihr hingegen von unseren sensationellen Darbietungen.»

«Wenn Eure Schau so sensationell ist – warum reist Ihr dann

überhaupt allein? Jeder Gauklertross müsste sich um Euch reißen.»

Für einen kurzen Moment verschwand die Selbstzufriedenheit aus Basils Gesicht. «Nun ja – widrige Umstände, dazu böswillige Reisegenossen, dann war mein Bruder lange Zeit sterbenskrank. Wie das Leben halt so spielt. Jedenfalls mussten wir eines Tages allein weiterreisen.»

Marusch verzog keine Miene. «Und wie haltet Ihr es mit Eurer Truppe? Mit dem Mohren, dem Zwergen, der Frau ohne Gesicht? Sind das für Euch Menschen, oder seht Ihr in ihnen eine Art Vieh, das eingesperrt und in Ketten gehalten werden muss?»

Verunsichert sah Basil zu Sonntag. «Ist das die Prinzipalin?»

«Manches Mal – ja.»

An diesem Abend fanden sie zu keiner Entscheidung mehr. Die Frauen und Kinder gingen bald schlafen, die Männer blieben noch mit den Bockmannbrüdern, die ein Fässchen Bier gestiftet hatten, am Feuer sitzen.

«Was hast du Sonntag eben noch zugeflüstert?», fragte Marthe-Marie, während sie mit Marusch das Nachtlager richtete.

«Ich habe gesagt: ‹Wenn du dich für diese Brüder entscheidest, werden wir ab morgen getrennte Wege gehen.›»

«Ist das dein Ernst?»

«Keine Sorge, ich weiß, wie mein Löwe sich entscheiden wird.»

Am nächsten Morgen zogen Basil und Barthel Bockmann mit mürrischen Gesichtern in entgegengesetzter Richtung davon. Zu aller Überraschung hatte sich Ambrosius ihnen in letzter Minute angeschlossen. Der Prinzipal tobte.

«Dieses ausgestrichene Schlitzohr! Lässt uns einfach im Stich!»

«Wundert dich das?» Marusch nahm ihn beim Arm. «Ambrosius hat es schon immer dorthin gezogen, wo der Bratenduft weht.»

Sie spannten ein und erreichten kurz darauf einen Flecken namens Suppingen. Von hier führte der kürzeste Weg nach Ulm hinunter, wie ihnen ein Bauer erklärt hatte. Doch dann wurden sie von einem schwarz-gelb gestreiften Schlagbaum und einem herzoglichen Zollbeamten aufgehalten. Als Sonntag nach seinem Ziel gefragt wurde, gab er wahrheitsgemäß zur Auskunft, dass sie über Herrlingen weiter nach der freien Reichsstadt Ulm wollten.

«Nach Herrlingen oder Ulm?», fragte der Beamte ungeduldig.

«Nun ja – letztendlich nach Ulm.»

«Dann müsst ihr den Weg über Blaubeuren nehmen.»

«Aber das ist ein Umweg. Wir haben schweres Fuhrwerk und Handkarren dabei, das kostet uns einen ganzen Tag.»

«Und einen schönen Batzen Zoll», flüsterte Marusch Marthe-Marie zu. Neugierig hatte sie ihren Wohnwagen bis zur Schranke vorgefahren. «Gibt es für diesen Umweg einen vernünftigen Grund, werter Meister?» Sie setzte ein entzückendes Lächeln auf.

«Ihr seid Fernreisende, und Fernreisende nach Ulm müssen die Straße über Blaubeuren nehmen. Das ist landesherrliche Vorschrift.»

Marusch ließ nicht locker. «Und wenn wir nun aber zunächst nach Herrlingen möchten?»

Der Zöllner grinste breit. «Hör zu, du Zigeunerweib, ich lass mich nicht an der Nase herumführen. Ihr seid Gaukler, und euer Ziel ist Ulm. Ich rate euch: Streitet nicht mit mir herum.»

«Schon gut.» Sonntag verzog unwillig das Gesicht. «Können wir nur hoffen, dass uns damit das Pfingstfest in Ulm nicht durch die Lappen geht.»

«Ich gebe euch einen Rat.» Das Gesicht des Zöllners wurde freundlicher. «Bleibt über Pfingsten in Blaubeuren, da ist großes Schützenfest. Zufällig weiß ich, dass es in Ulm für Spielleute mitunter schwierig ist, Konzession zu erlangen.»

«Nun denn – habt Dank für die Auskunft.»

Einzig Marthe-Marie war froh über diesen Umweg, denn sie war sich sicher, dass Jonas inzwischen in Ulm lebte. Und vielleicht würde man sie in Ulm erst gar nicht durchs Tor lassen. Fast hoffte sie darauf, auch wenn es für die Truppe einen weiteren Rückschlag bedeuten würde.

«Diese vermaledeiten Württemberger», fluchte Sonntag lauthals vor sich hin, als sie sich den engen, steilen Weg nach Blaubeuren hinunterkämpften. «Beutelschneider sind das, Raffzähne, Haderlumpen! Freiwillig würde hier doch kein Wagen runterfahren.»

Tatsächlich mussten die Steigen um Blaubeuren herum jeden Fuhrmann, der nicht im Städtchen oder Kloster zu tun hatte, abschrecken. Zudem lag Blaubeuren im äußersten südöstlichen Winkel Württembergs: Die Aach talaufwärts begann das vorderösterreichische Gebiet Oberschwabens, die Blau talabwärts das Territorium der freien Reichsstadt Ulm. So war es ein kluger Schachzug des Herzogs, den westöstlichen Fernhandel über die Grenzstadt seines Herrschaftsgebiets zu zwingen und von den Fuhr- und Kaufleuten kräftig abzusahnen: für Vor- und Beispann oder Umladen an den Steilstellen, für Beherbergung und Verköstigung, Fütterung und Stallmiete, Straßengeld und Brückenzoll.

Zu Mittag erreichten sie, kurz hinter einer Richtstätte mit drei Galgen am Wegesrand, die Mauern der kleinen Vorstadt. Marthe-Marie fragte sich, ob der Tote, der da am höchsten Galgen sanft hin und her schwang und dem die Krähen bereits die Augen ausgehackt hatten, als schlechtes Zeichen zu sehen war. Allein der Anblick dieser Stadt, eingezwängt zwischen steilen Waldhängen und schroffen Felsspitzen, auf deren höchsten sich gleich drei Festungen und Wachburgen erhoben, machte sie befangen. Sie hoffte inständig, nicht wieder in einer dieser Vorstadtherbergen absteigen zu müssen.

Sonntag stellte sich in aller Höflichkeit dem Torwächter vor und fragte nach der Schützengesellschaft.

«Wollt Ihr beim Schützenfest an Pfingsten aufspielen?»

«Wenn es uns erlaubt ist, sehr gern.»

«Nehmt hier den äußeren Weg entlang der Stadtmauer, bis Ihr ans Ulmer Tor gelangt. Dort fragt nach dem Armbrustschützen Cornelius Metzger. Der Schützenrain befindet sich gleich vor dem Graben.»

Wenig später war alles in die Wege geleitet. Cornelius Metzger, Vorsitzender der Schützengesellschaft und zugleich Mitglied des Magistrats, schritt mit ihnen den weitläufigen Schützenrain ab, an dessen Ende sich einige strohbedeckte Lauben befanden.

«Heute in acht Tagen geht es los, vier Tage lang. Über hundert Schützen erwarten wir, von der Alb und aus ganz Oberschwaben. Bis mittags zur dritten Stunde findet das Wettschießen von Bogen, Armbrust und Büchse statt, im Anschluss könnt Ihr Eure Darbietungen zeigen. Zum Tanz dürft Ihr nicht aufspielen, dafür haben wir unsere städtischen Musikanten. Leider kann ich Euch nicht in unserer Fremdenherberge unterbringen – das ‹Lamm› ist vor einigen Wochen abgebrannt, und die übrigen Gasthäuser nehmen keine Fahrenden auf. Aber Ihr seid ja an das Leben unter freiem Himmel gewöhnt. Gleich hinter dem Schützenrain, neben der Talmühle, könnt Ihr lagern.»

Dem freundlichen Armbrustschützen mit dem feuerroten Bart schien Sonntags Truppe gerade recht gekommen zu sein, denn ohne die Auflistung ihres Repertoires sehen zu wollen, schlug er, nachdem sie sich in der Bezahlung einig geworden waren, in Sonntags Hand ein.

«Die offizielle Lizenz übergebe ich Euch dann morgen – eine reine Formalität.»

Sie errichteten ihr Lager zwischen dem kleinen Flüsschen Aach und einem sich mitten im Talkessel erhebenden Bergrücken, auf dem das Schloss der Obervögte thronte. Marthe-Marie half ihrer Freundin beim Ausspannen. Von hier aus, zumal an diesem herrlich milden Frühsommertag, war Blaubeuren doch recht hübsch anzusehen, mit seinen Türmen und Zinnen vor den dunkelgrünen

Bergwäldern, aus denen hier und da bizarre Felsgebilde ragten. Sie summte ein Kinderlied vor sich hin, bis sie bemerkte, dass Diego sie beobachtete. Kurzerhand drehte sie ihm den Rücken zu.

Da die Tage lang waren, hatten sie keine Eile mit Holzsammeln und Feuermachen. Sonntag schlug vor, einen kleinen Gang durch die Stadt zu unternehmen.

«Vielleicht möchte uns der Herr Prinzipal im Wirtshaus ja auf einen Krug Bier einladen?» Marusch war ganz offensichtlich verstimmt.

«Warum nicht? Ist irgendetwas mit dir?»

«Und ob. In unserer Kasse findest du nicht einmal ein Staubkorn, so leer ist sie. Kannst du mir verraten, warum du keinen Vorschuss ausgehandelt hast?»

«Die paar Tage werden wir schon über die Runden kommen.»

«So, werden wir? Was sagst du dazu, Mettel? Haben wir noch genug Vorräte an Speckseiten, Brathühnern und eingemachtem Kraut?»

Mettel ließ sich nicht anstecken von Maruschs Unmut. «Außer an Mehl besitzen wir überhaupt keine Vorräte, das weißt du», entgegnete sie ruhig. «Du müsstest aber auch wissen, dass sich trotzdem jeden Abend etwas in der Suppe findet.»

Marusch nickte. «Das ist es ja. Würdest du bitte meinem Leo und allen hier Anwesenden verraten, wie du inzwischen täglich zu Radies und Rettich, zu Mangold und Karotten kommst? Mit Salomes Hellseherkünsten wohl nicht.»

Mettel zuckte die Schultern. «Ich halte selbst Augen und Ohren offen.»

«Heißt das, du –» Marthe-Marie sprach das Ungeheuerliche nicht aus. Sie hatte nie darüber nachgedacht, ob und wie viel Geld Mettel zur Verfügung hatte, um sie alle zu verköstigen. Sicher, es gab seit Wochen kaum noch Fleisch oder Fisch, Schmalhans war längst Küchenmeister geworden, doch an Hunger litt bisher keiner.

Jetzt, da alle sie anstarrten, wurde Mettel doch ärgerlich. «Marusch übertreibt. In Urach war ich auf dem Markt, ihr wart selbst dabei und habt mir beim Tragen geholfen.»

«Das ist lange her.» Sonntag kaute an seinem Daumennagel. «Nun denn – machen wir einen Spaziergang in die Stadt. Ich werde diesen Schützenmeister aufsuchen und um einen Vorschuss bitten.»

Stadt und Klosteranlage präsentierten sich dem Besucher mit jeweils einer eigenen mächtigen Mauer, zwischen denen ein breiter Graben verlief. Wie zwei störrische alte Ehegatten, die nichts mehr miteinander zu tun haben wollen, dachte Marthe-Marie belustigt. Aus dem einst berühmten Benediktinerkloster war längst eine evangelische Klosterschule geworden, und die Stadt war zwar klein, aber voller Leben. Von ihrer Bedeutung als Handwerks- und Marktzentrum für ein weites Umland zeugten das mächtige Heilig-Geist-Spital und einige stolze Bürger- und Adelshäuser um Kirch- und Marktplatz, neben denen sich die Handwerkerhäuser der Weber und Gerber umso bescheidener ausnahmen.

Am Rathaus, das zugleich als Fruchtkasten und mit seinen Lauben den Handwerkern, Bäckern und Metzgern als Kaufhaus diente, ließen sie den Prinzipal zurück. Bei seinem Gang als Supplikant wollte er nicht einmal Diego dabeihaben.

So schlenderten sie ohne Eile durch die Gassen und über den Markt, wo sich zum Markttag Händler aus nah und fern eingefunden hatten. Hier pries man Leinwand- und Barchentwaren aus Ulm an, dort kunstvolle Holzschnitzarbeiten aus Biberach oder Lederschuhe aus Ravensburg. Marthe-Marie blieb an einem Stand mit Beinwaren stehen und betrachtete hingerissen die zierlichen Kämme, Haarspangen und Spielfiguren aus Elfenbein.

«Ein Schachspiel gefällig?», fragte der Händler. «Als Miniaturen für die Reise?»

Diego schüttelte den Kopf. «Das sind doch keine Miniaturen.

Ich kenne einen Beindrechsler aus Geislingen, der hat die Figuren so fein und winzig gearbeitet, dass alle zweiunddreißig in einem Kirschkern Platz finden.»

Der Mann glotzte ihn ungläubig an, dann wandte er sich an Marthe-Marie. «Eurem Herrn Gatten geht wohl manchmal die Phantasie durch.»

Marthe-Marie lachte. «Da habt Ihr ganz Recht.»

Diego verzog in gespieltem Trotz den Mund. «Aber wenn ich es doch sage. Ich habe es mit eigenen Augen gesehen.»

Ein Bub zupfte ihn am Ärmel. Er könne sie zum berühmten Blautopf führen, jener Quelle von unergründlicher Tiefe gleich hinter dem Kloster. Diego hatte davon gehört, und so willigten sie ein.

Staunend standen sie kurz darauf am Rand des fast kreisrunden Wassertrichters, der sich unterhalb einer zerklüfteten Felswand in wahrhaft königlichem Blau darbot. Spiegelglatt war seine Oberfläche, kristallklar das Wasser, so dass seine blaue Farbe von einem Wunder herrühren musste. Nach starkem Regen oder Tauwetter, erzählte der Junge, trübe sich die Quelle, werde auffallend unruhig und beginne hohe Wellen aufzuwerfen, die noch in der Donau zu beobachten seien.

«Das ist die schöne Lau, die dann zürnt, und man muss sie mit Schmuck und Gold beruhigen, sonst überschwemmt sie mit ihren Fluten Kloster und Stadt.»

«Die schöne Lau?» Tilman, der mit seinem Freund Niklas mitgekommen war, sah ihn ungläubig an.

«Eine Wasserfrau mit langen fließenden Haaren und leuchtend blauen Augen, die auf dem Grund wohnt. Ihr Mann, ein Wasserkönig im Meer, hat sie hierher verbannt, weil sie nur tote Kinder gebären konnte. Erst wenn jemand sie zum Lachen bringt, wird sie von diesem Fluch erlöst.»

Kein Senkblei habe bisher die Tiefe dieser mächtigen Quelle

ausloten können, und etliche Männer habe die schöne Lau bei den Messversuchen zu sich auf den Grund gezerrt.

«Wenn Ihr wollt, führe ich Euch noch zu einer Grotte in der Nähe.»

«Danke, mein Junge.» Marusch schüttelte den Kopf. «Ich denke, wir bleiben noch ein wenig an diesem geheimnisvollen Ort.»

Marthe-Marie sah ihren hilfesuchenden Blick und zog aus ihrer Geldkatze einen der letzten Pfennige. Tilman nahm rasch die Münze, zwinkerte ihr zu und hielt sie dem Jungen hin.

«Zeigst du mir und meinem Freund die Grotte?»

Der Junge brummte ein unwilliges Ja, dann verschwanden die drei in Richtung Klosterhof. Marthe-Marie trat näher ans Ufer. Unverwandt starrte sie auf den tiefblauen Wasserspiegel, bis ihr schwindelte und sie in der Mitte einen dunklen Schatten aufsteigen sah. Sie schwankte heftig, da sprang Diego mit einem Satz zu ihr und schloss sie in die Arme.

«Beinahe hätte die Lau dich geholt», flüsterte er. «Hätte mir einfach meine Liebste gestohlen.»

Er zog sie neben sich aufs Gras, und sie ließ es sich gefallen. Ihr war noch immer flau in der Magengegend. Ganz deutlich hatte sie eine unsichtbare Kraft gespürt, die nach ihr gegriffen hatte.

«Glaubst du an diese Wassernixe?», fragte sie.

«Ich weiß nicht. Vielleicht nicht gerade an eine schöne Lau mit nackten Brüsten und Fischschwanz», grinste er, «aber doch an so etwas wie eine unsichtbare Macht, die wir uns nicht erklären können. Das, was wir mit unseren Augen sehen von der Welt, ist schließlich nur ein Bruchteil dessen, was existiert. Nimm diese Gegend hier: Rundum bewaldete Berge mit ein paar Felsspitzen. Doch unter der Oberfläche verbergen sich ungezählte Höhlen und Grotten mit endlosen dunklen Gängen, die in Säle hoch wie Kirchenschiffe münden und die noch nie ein Mensch betreten hat. Diese Säle schimmern in allen Farben des Regenbogens, in kristallenem Blau, in schwefligem Gelb und Grün, von den Decken tropfen steinerne Zapfen von der Länge ausgewachsener Männer, vom Boden wachsen Spieße aus nassem Stein. An anderen Stellen haben sich unterirdische Flusssysteme und riesige Seen gebildet, lauern unter einer zerbrechlichen Erdkruste gefährliche Erdspalten und Löcher, die sich bei unbedachtem Schritt auftun und einen für alle Zeiten vom Erdboden verschwinden lassen.»

«Diese Dinge erfindest du, gib es zu. Genau wie die Sache mit dem Schachspiel.»

«Aber nein, das sind Tatsachen.»

Sie stieß ihn in die Seite. «Wie kannst du die Höhlen beschreiben, wenn noch nie ein Mensch sie betreten hat?»

«Was bist du für eine Kleinkrämerin! Zumindest das allermeiste davon ist wahr. Frag nur die Einheimischen, wie oft in dieser Gegend Pilger oder Wanderer verschwinden. Du wirst dich wundern.»

Verschwunden waren in den nächsten Tagen immer wieder einmal Mettel, Tilman und Niklas. Mettel blieb nie für lange Zeit weg, und wenn sie zurückkehrte, wölbte sich der Beutel über ihrer Schulter. Um die Jungen machte sich Marusch beim ersten Mal ernsthafte Sorgen, zumal sie Diegos Schilderungen über die Gefahren in dieser Gegend mit angehört hatte. Erst bei Anbruch der Dunkelheit tauchten die beiden im Lager auf. Zur Begrüßung setzte es eine Maulschelle.

«Das ist also der Dank!» Trotzig schleuderte Tilman seiner Mutter ein Säckchen mit Münzen vor die Füße. «Der Dank dafür, dass wir Fremde zum Blautopf und zur Grotte führen.»

Verblüfft sah Marusch ihn an. Dann nahm sie ihn in die Arme. «Das ist der Dank, mein Schatz.» Sie küsste ihn. «Die Maulschelle war dafür, dass ihr verschwunden seid, ohne Bescheid zu geben.»

Nacheinander wurden die beiden Jungen von allen Frauen geherzt und geküsst, bis es ihnen zu viel wurde.

Diego pfiff durch die Zähne. «Saubere Burschen seid ihr. Habt euch gedacht, was der kleine Bub kann, können wir auch.»

«So ist es. Gerade jetzt, wo wegen des Schützenfests jeden Tag aufs Neue Fremde in die Stadt kommen.» Tilman hob das Geldsäckchen auf und überreichte es Mettel.

«Niklas und ich haben beschlossen, dass Mettel das Geld gut gebrauchen kann, wo man Vater doch keinen Vorschuss gewährt hat.» Er sah verlegen zu Boden. «Wir möchten nicht, dass sie für unser Essen stehlen muss.»

«Ach Kinder!» Mettel war sichtlich gerührt. «Stehlen dürft ihr das aber nicht nennen. Ich finde eben hin und wieder was.»

Das Geschäft mit den Fremden schien gut zu laufen, und so dachte sich niemand etwas dabei, wenn sich fortan sogar Pökelfleisch in der abendlichen Suppe fand. Das sonnige Wetter hielt an, die meisten von ihnen lagen faul herum und genossen es, eine Woche lang dem lieben Gott den Tag zu stehlen. Bis auf Valentin und Severin, die herausgefunden hatten, wie hervorragend der neue Schimmel zum Kunstreiten taugte. Fortuna hatte nicht nur den wiegenden, gleichmäßigen Galopp, der für Akrobatik auf dem Pferderücken unabdingbar war, sondern ließ sich zudem durch nichts aus der Ruhe bringen. Wer den Müßiggang nicht genießen konnte, war Diego, den nichts mehr verdross, als ohne Aufgabe zu sein.

«Lass uns ‹Romeo und Julia› einstudieren», bedrängte er MartheMarie. «Mit dir als Julia.»

«Du weißt, dass Frauen in Schauspielen nicht auftreten dürfen. In den meisten Städten ist das jedenfalls so.»

«Aber das ändert sich. Du wirst sehen, in ein paar Jahren wird es selbstverständlich sein, dass Frauen Frauenrollen spielen. Wir wären Vorreiter. Und dort, wo man uns den Auftritt verwehrt, spielen wir eben ein anderes Stück. Schund und Possen haben wir genügend im Repertoire. Bitte, Marthe-Marie.» Das Flehen in seinem Blick war nicht gespielt.

«Ich denke darüber nach.»

Doch sie ahnte bereits, wie sie sich entscheiden würde.

Am selben Abend noch überredeten sie den Prinzipal, am nächsten Tag machten sie sich ans Proben. Es zeigte sich, dass Diego alles längst vorbereitet hatte: Er hatte Shakespeares Drama aus dem Kopf auf Papier gebracht, nach Gutdünken gekürzt und bearbeitet. Von Requisite und Dekoration, Maske und Musik hatte er ebenfalls schon feste Vorstellungen. Leonhard Sonntag blieb nur noch, die übrigen Rollen zu verteilen, wobei Marusch zu seinem Entsetzen ebenfalls eine Rolle forderte: «Wenn schon, denn schon. Und wer könnte die Gräfin Capulet besser spielen als ich?»

Sie beschlossen, ihr Publikum am letzten Tag des Festes mit «Romeo und Julia» zu überraschen. Sollte der Magistrat sie danach vom Acker jagen, wäre nicht viel verloren.

Am nächsten Tag erschien Tilman mittags mit einem blauen Auge im Lager – die Rache des kleinen einheimischen Fremdenführers und seiner älteren Brüder –, und Mettel kehrte nicht von ihrem allmorgendlichen Rundgang zurück. Sie warteten noch bis zum Angelusläuten, dann setzten sie sich zusammen, um zu beratschlagen.

Sonntag sah in die Runde. «Weiß jemand, wohin sie morgens immer unterwegs ist?»

«Wenn sie Geld von uns bekommen hat», antwortete Tilman und rieb seine schmerzende Wange, «geht sie zum Markt und zu den Verkaufslauben im Rathaus.»

«Gut. Wohin noch?»

«In den Wald beim Blautopf, um Sauerklee und Waldmeister zu sammeln», murmelte Marthe-Marie. «Mein Gott, ihr wird doch nichts am Wasser geschehen sein?»

Marusch dachte nach. «Gestern kam sie etwas später als sonst. Sie ist noch ein Stück die Blau entlanggegangen, um an den Uferwiesen Kräuter und Löwenzahn zu pflücken.»

«Dann machen wir uns jetzt auf den Weg. Die Kinder gehen mit Lambert und Anna in die Stadt und fragen dort nach. Marusch, Marthe-Marie, Diego, Valentin, Severin und ich suchen die Umgebung ab. Die Übrigen bleiben im Lager. Ja, auch du, Maximus.»

Rund um den Blautopf war keine Menschenseele zu sehen. Sie marschierten die jungfräuliche Blau flussaufwärts, bis sie bei der Klostermühle auf einen älteren, kahlköpfigen Mann trafen, der sich als Abt der Klosterschule herausstellte.

Sonntag grüßte ehrerbietig.

«Wir suchen eine ältere grauhaarige Frau – sie war in letzter Zeit morgens zum Kräutersammeln hier.»

«Wenn Ihr zu den Spielleuten gehört, meint Ihr sicher Frau Mettel.»

«Ihr kennt Sie?»

«Wir haben uns am Blautopf kennen gelernt. Eine sehr angenehme Frau. Wir sind über ihr profundes Wissen zu Küchen- und Heilkräutern ins Gespräch gekommen und haben uns die letzten Tage jeden Morgen nach der Terz zu einem kleinen Plausch getroffen. Heute allerdings habe ich sie nicht gesehen.»

Das ungute Gefühl, das Marthe-Marie ergriffen hatte, verstärkte sich. «Wenn ihr hier in Klosternähe etwas zugestoßen wäre, hätte man ihre Hilferufe gehört?»

«Ganz bestimmt. Ihr denkt an den Blautopf? Frau Mettel hielt zum Ufer immer gehörigen Abstand. Schon aus Respekt vor der schönen Lau.» Er lächelte. «Sie wird flussaufwärts gegangen sein, vielleicht weiter als sonst, an diesem herrlichen Tag. Oder sie ist längst zurück im Lager.»

«Nun gut, gehen wir noch ein Stück weiter. Behüte Euch Gott!»

«Behüte Euch Gott, und grüßt Frau Mettel von mir.»

Wäre der Anlass nicht so Besorgnis erregend gewesen – Marthe-

Marie hätte sich keine beeindruckendere Umgebung für einen Spaziergang vorstellen können. Das klare Flüsschen schlängelte sich trotz seiner Wasserfülle in stillem Lauf durch eine völlig flache Talsohle. Dichtes Schilf und Riedgras boten Wasservögeln und Enten Schutz, die jetzt empört aufflogen, als sie mit geschürzten Röcken und Hosenbeinen das niedrige Ufer durchkämmten. Ihre Rufe hallten von den Felswänden wider, die schroff und unvermittelt aus dem Talgrund Richtung Himmel ragten.

Und plötzlich empfand sie diese zerklüftete Felsenlandschaft mit ihren Zacken und Nadeln, Türmen und Toren zunehmend als bedrohlich. Ihr Auge begann Fratzen von wilden Tieren und Ungeheuern auszumachen, ähnlich den Wasserspeiern am Konstanzer und Freiburger Münster, sie entdeckte verzerrte Gesichter mit leeren Augenhöhlen und aufgerissenen Mäulern.

Valentin und Severin kletterten die steilen Hänge hinauf, hangelten sich geschickt an Felsvorsprüngen und Wurzelwerk entlang, riefen dabei immer wieder Mettels Namen; doch das Tal der Blau lag, von den Suchenden abgesehen, vollkommen verlassen in der Mittagssonne. Es war Diego, der Mettels Leinenbeutel im hohen Gras am Wegesrand entdeckte. Aus dem Sack stank es nach totem Fisch.

«Mein Gott.» Marthe-Marie unterdrückte einen Schrei. «Was hat das zu bedeuten?»

«Dass sie in der Nähe sein muss», entgegnete Diego. «Los, schreiten wir alle nebeneinander den Uferbereich ab. Gebt auf die Sumpflöcher Acht.»

Doch Marthe-Marie kletterte hangaufwärts. Sie hatte hinter einer Ansammlung junger Buchen eine schmale waagrechte Felsspalte entdeckt. Da hörte sie auch schon das stoßweise Keuchen, ein Röcheln, unregelmäßig und wie unter großer Anstrengung.

«Mettel?» Der Angstschweiß trat ihr auf die Stirn. «Bist du das, Mettel?»

Blitzschnell, mit wenigen Sprüngen war Diego neben ihr und schob sie mit sanfter Gewalt zur Seite. Auf allen vieren kroch er in die Grotte. «Ruf Sonntag her», klang es dumpf aus dem Dunkel.

Kurz darauf hatten die Männer sie herausgeschafft. Sie war schwach, aber bei Bewusstsein.

«Severin, du bist unser bester Läufer. Hol Quirins Eselskarren.» Die Stimme des Prinzipals zitterte. «Sie muss so schnell wie möglich in die Stadt zum Wundarzt.»

Mettels helle Schürze war in Höhe des Unterbauchs ein einziger dunkelroter Fleck, von ihrem linken Bein war unterhalb des Knies nicht mehr viel vorhanden – ein Flintenschuss hatte ihr den Wadenmuskel weggerissen.

«Nicht in die Stadt!» Aus ihrem Mundwinkel sickerte Blut. «Der Bannwart – zwei Schüsse. Heute ist Freitag – wollte Fische fangen im Fluss – kein Geld mehr.»

«Nicht sprechen, Mettel.» In Diegos Augen standen Tränen.

«Lasst mich hier. Will nicht im Sack ertränkt werden.» Ein Schwall rotschwarzer Flüssigkeit quoll aus ihrem Mund.

Gütiger Vater im Himmel, lass sie nicht sterben, sie hat doch kein Unrecht getan. Sie hat uns zuliebe gewildert, den Kindern zuliebe. Marthe-Marie begann zu beten, sah, dass auch die anderen beteten.

«Wenn der Bannwart sie beim Wildern erwischt hat, können wir sie nicht in die Stadt bringen», flüsterte Marusch.

Marthe-Marie beobachtete, wie Mettels Atem flacher wurde. Ihr Gesicht hatte eine gelbliche Färbung angenommen. Endlich sah sie Quirins Karren den Uferpfad heranholpern, erkannte Maximus, aufrecht und mit der Peitsche in der erhobenen Hand. Plötzlich wusste sie, wer helfen konnte.

«Die Klosterkirche. Ein Gotteshaus muss Zuflucht und Asyl gewähren.»

Diego sah sie zweifelnd an.

«Sie hat Recht.» Sonntag erhob sich, als Maximus vom Karren sprang. «Außerdem ist Mettel mit dem Abt bekannt.»

Im nächsten Moment stand Maximus vor ihnen, riesig und stumm. Sein vor Schmerz verzerrtes Gesicht wirkte plötzlich alt und verwittert wie die Felsen rundum. Vorsichtig nahm er die Schwerverletzte auf seine kräftigen Arme und trug sie den Abhang hinab zum Karren.

«Ich fahre mit Maximus zum Kloster», rief der Prinzipal. «Geht ihr ins Lager zurück.»

Kurz nach Sonnenuntergang erschien Sonntag im Lager, allein.

«Es steht schlecht um Mettel. Sie liegt in der Krankenstube der Klosterschule. Der Abt hat einen Bader und sogar eine Heilerin holen lassen, aber der Blutverlust ist wohl zu stark. Noch ein, zwei Tage vielleicht, dann ist es vorbei. Maximus ist bei ihr geblieben.»

Am nächsten Morgen machten sich die Frauen auf den Weg ins Kloster. Bevor er die Tür zum Krankenzimmer öffnete, wandte sich der Abt noch einmal zu den Besucherinnen um.

«Sie ist eben zu sich gekommen. Sie weiß, dass sie sterben wird und hat mich gebeten, ihr die letzte Ruhe bei uns zu gewähren. Da Ihr so etwas wie ihre Angehörigen seid, muss ich Euch fragen: Seid Ihr damit einverstanden?»

Marthe-Marie brachte kein Wort heraus, Marusch, Salome und Anna antworteten mit einem heiseren Ja.

«Noch etwas. Mit Sicherheit werden heute die Gerichtsdiener bei Euch auftauchen – Eurem Prinzipal habe ich es bereits gesagt: Am besten wisst Ihr nicht, wo sich Eure Gefährtin befindet. Ich habe erfahren, dass sie bereits einmal vom Bannwart verwarnt worden war, und bin mir sicher, die Richter würde sie liebend gern wegen Wilderei im Sack in der Blau sehen – verzeiht mir diese direkten Worte. Und jetzt kommt.»

Mettel lag bis zum Hals unter einer sauberen Decke, ihr Gesicht war gewaschen, das Haar frisiert. Sie schien zu schlafen. Durch das geöffnete Fenster drang frische Morgenluft. Maximus kauerte neben dem Bett und hielt ihre fleckigen, abgearbeiteten Hände in seinen mächtigen Pranken. Er sah nicht einmal auf, als die Frauen eintraten.

Sie bekreuzigten sich und knieten auf der anderen Seite des Bettes nieder, berührten die Todgeweihte vorsichtig, um zu zeigen: Sie waren bei ihr. Da öffnete Mettel die Augen, blickte erst Marusch an, winkte sie mit einer fast unmerklichen Bewegung des Kopfes heran, flüsterte ihr etwas ins Ohr. Dann waren Salome und Anna an der Reihe, zuletzt Marthe-Marie. Wie in stillschweigender Übereinkunft verrieten sie einander nicht, was Mettel in ihrem letzten Augenblick auf Erden gesprochen hatte.

Zu Marthe-Marie hatte sie gesagt: «Gib die Suche nicht auf.»

～ *30* ～

Der junge Wallach ging aufmerksam und willig unterm Sattel. Bereits einen halben Tag waren sie ohne Unterbrechung unterwegs, und sein kraftvoller Schritt ließ noch keine Anzeichen von Müdigkeit erkennen. Mühelos hielt sich der zierliche Falbe, den Jonas eigens für diese Reise gekauft hatte, neben dem Rappen seines Reisebegleiters, einem Neapolitano mit kräftiger Kruppe und Hinterhand, der mit tänzelnden Bewegungen und hoch getragenem, gewölbten Hals seine edle Herkunft zur Schau trug wie ein eitler Junker. Jonas hatte sich einem reitenden Boten in habsburgischen Diensten angeschlossen, der auf dem Weg nach Lindau war. Der Bursche erwies sich weder als besonders redselig noch freundlich, doch er war bewaffnet, und das versprach Sicherheit auf diesen einsamen Wegen durch die oberschwäbischen Lande, zumal sie, um die zahlreichen Mautstellen zu umgehen, die großen Fahrstraßen mieden. So zog auch Jonas es vor zu schweigen und freute sich an der Wärme des Junitages und an der Gutartigkeit seines Reittiers. Er beschloss, den Falben zu behalten, auch wenn es an Hoffart grenzen mochte, sich in der Stadt ein Pferd in einem Mietstall zu halten.

Wie leicht und mühelos hatte sich ihm das Leben in den vergangenen Monaten darboten. Eines war aufs andere gefolgt, kein Hindernis, keine Schwierigkeit hatte sich ihm in den Weg gestellt, seitdem er an das Schicksal keine Ansprüche mehr stellte. Mit dieser letzten Entscheidung nun würde er seinen beruflichen Werdegang und damit Heimat und Zugehörigkeit ein für allemal festlegen. Und das war gut so. Er wollte keine Höhen und Tiefen, weder Höllenqualen noch dionysische Leidenschaften mehr durchleben. Ginge es nach ihm, so durften die restlichen Jahre seines Lebens grau in grau dahinziehen, ohne Licht und Schatten. Er erwartete nichts mehr von Fortuna. Hiermit gab er seine Existenz in Gottes Hand, sollte Er damit tun, was Er für richtig hielt – Jonas selbst würde sich in alles ergeben.

Noch vor zehn, zwölf Monaten hätte er sich das niemals vorstellen können. Nicht nach jener Nacht in Freudenstadt, die er, gedemütigt und geprügelt, auf der nackten kalten Erde verbracht hatte. Dass er diese Nacht überstanden hatte, ohne dem Wahnsinn anheim zu fallen oder anderen Schaden an Geist und Seele zu nehmen, wunderte ihn immer noch. Ohne Bewusstsein und ohne Gefühl, einem Wiedergänger gleich, hatte er sich im ersten Morgengrauen erhoben, war in sein Quartier geschlichen und hatte seine Sachen gepackt. Dank des trockenen Sommerwetters war er bereits drei Tage später in Ulm angekommen. An die Reise selbst hatte er keinerlei Erinnerung mehr, ebenso wenig wie an seine Ankunft in der Reichsstadt. Erst als er vor Conrad gestanden hatte, war ihm gewesen, als würde er aus einem schweren Traum erwachen. Unrasiert, mit den schulterlangen Haaren und der staubigen Reisekleidung hatte sein Studienfreund aus Straßburger Zeiten ihn zunächst gar nicht erkannt, ihn dann aber umso gastfreundlicher aufgenommen.

War das tatsächlich erst letzten Sommer gewesen? Ihm schien, als sei er seit jenem hastigen Aufbruch aus Freudenstadt um Jahre gealtert. Er wurde aus seinen Gedanken gerissen, als sich der Pferdehals vor ihm senkte und sein Wallach trittsicher das steile Ufer eines Bachs hinabschritt, um anschließend ohne zu zögern die kräftige Strömung zu durchqueren. Auf einer Anhöhe zügelte der Bote sein Pferd und deutete auf eine mächtige Burganlage, die auf einem bewaldeten Berg über die Umgebung wachte.

«Schloss Wolfegg – dort trennen sich unsere Wege. Einen halben Tagesritt höchstens, und Ihr seid in Ravensburg.»

Jonas bedauerte es nicht sonderlich, als sein wortkarger Reisegefährte sich bald darauf mit einem stummen Handzeichen verabschiedete, und überließ sich wieder seinen Gedanken. Er sah das breite, gutmütige Gesicht seines Ulmer Freundes vor sich, und ein Gefühl von Wärme erfüllte ihn. Er verdankte Conrad Kilgus unendlich viel.

Conrad war ein wenig älter als Jonas; er hatte sein Auskommen als Dozent am Gymnasium von Ulm, der Geburtsstadt seiner Mutter. Nachdem bei einem Brand im Straßburger Gerberviertel beide Eltern ums Leben gekommen waren, hatte er, halbherzig und in aller Eile, das Magisterexamen an der dortigen Universität vollendet, sich von seinem einzigen Freund Jonas verabschiedet und war hierher in das Haus seines Großvaters gezogen. Sein Großvater hatte zu den siebzehn Ulmer Patrizierfamilien gehört; zeitlebens hatte er seinen Enkel gedrängt, in die städtische Politik zu gehen, zumal seit Kaiser Karl der Adelstitel der Patrizier an die Nachkommen vererbt wurde. Doch Conrad hatte dem Streben nach öffentlichen Ämtern nie etwas abgewinnen können. Er war ein Träumer, ein Universalgelehrter, der sich ebenso für den Kosmos als Ganzes wie für dessen geringste Teilchen begeisterte. Und es gefiel ihm, junge Leute auf das Universitätsstudium vorzubereiten. Niemals hätte er sich in ein Leben als Ratsherr ergeben.

«Ich hoffe, du fühlst dich wohl in Ulm», waren seine Worte gewesen, als er Jonas bei ihrem Wiedersehen herzlich umarmt und anschließend durch das stattliche Haus geführt hatte. Es stand in einer stillen Seitenstraße zwischen Rathaus und Metzgerturm, und außer ihm wohnte nach dem Tod des Großvaters nur noch eine unverheiratete Tante im Haushalt, die ihm die Wirtschaft führte. «Diese Stadt ist riesig, reich und mächtig, jedoch auf eine lutherisch nüchterne Art, die allem Neuen zutiefst abgeneigt ist. Sie hat trotzdem etwas Behagliches, du wirst sehen. Es lässt sich gut leben hier. Selbstverständlich kannst du so lange bei mir wohnen, wie du willst. Platz haben wir ja.»

Jonas blieb gar keine andere Wahl, denn es war für einen Fremden so gut wie unmöglich, eine einigermaßen wohlfeile Mietwohnung oder Kammer zu finden, und Geld für ein Gasthaus hatte er nicht. Sein Angebot, einen wöchentlichen Mietzins zu zahlen, schlug sein Freund energisch aus.

Ohne Conrad hätte er sich die ersten Tage und Wochen sicherlich in einem stillen Winkel verkrochen und sich nicht mehr gerührt. Melancholie hatte ihn befallen wie eine schwere Krankheit. Conrad indessen hörte nicht auf, sich in zart fühlender Weise um ihn zu kümmern. Jonas reagierte fast unwillig auf die unablässigen Aufforderungen, unter Leute zu gehen und sich als Hauslehrer anzubieten. Schließlich raffte er sich dann doch auf, tappte wie ein Schlafwandler durch die Gassen und kam nur zu sich, wenn er in irgendwelchen schwarzhaarigen, schönen und jungen Frauen Marthe-Marie zu erkennen glaubte. Sie wusste doch, dass er nach Ulm hatte gehen wollen; vielleicht war sie ihm ja nachgereist. Es wurde ihm zur Manie, nach ihr Ausschau zu halten, wo immer er war – selbst im Haus seines Freundes lauschte er auf ihre leichten Schritte im Treppenhaus.

Erst in der zweiten Woche nach seiner Ankunft fand dieser Wahn ein Ende, als er sie an der Staufermauer der ehemaligen Königspfalz stehen sah, im Gespräch mit einer anderen Frau, das schwarze, glänzende Haar nur nachlässig unter die Haube gesteckt. Sie trug sogar das lindgrüne Leinenkleid, das er immer so an ihr gemocht hatte.

«Marthe-Marie!» Mit schnellen Schritten war er bei ihr, berührte sie sacht bei der Schulter, bis sie ihm das Gesicht zuwandte: verbrauchte Züge, die sich jetzt, mit dem fast zahnlos grinsenden Mund und der Narbe unter dem Auge, zu einer Fratze verzerrten, als habe er dem Teufel persönlich ins Antlitz geblickt. In diesem Moment kam er zu sich; er schalt sich einen elenden Narren und erkannte, dass seine Hoffnungen jeglicher Grundlage entbehrten. Marthe-Marie hatte sich für ein Leben bei den Gauklern entschieden, an Diegos Seite. Er mochte heulen, er mochte toben, ändern konnte er es nicht, dass Marthe-Maries Zuneigung, ihr Vertrauen in seine Liebe niemals stark genug gewesen waren. Am selben Tag noch entschuldigte er sich bei Conrad für sein kindisches Verhalten der letzten Wochen und nahm die alltäglichen Dinge wieder in die Hand – wenn auch ohne Freude und Begeisterung.

Einmal nur hatte er sich zu einem Gefühlsausbruch verleiten lassen. Die beiden Freunde waren bis zum allerletzten Ruf der Nachtwächter in einer Schenke im Fischerviertel gesessen und hatten über alle Maße getrunken. Ohne auf Einzelheiten einzugehen, hatte Jonas erstmals über die Gründe seiner hastigen Abreise aus Freiburg und seiner Flucht aus Freudenstadt gesprochen.

«Ich kann es nicht fassen.» Conrad schüttelte den Kopf und blickte ihn mit glasigen Augen an. «Da bist du jünger als ich und hast der einen Frau schon ein Eheversprechen gegeben, es wieder zurückgenommen und dich von einer anderen davonjagen lassen.

Findest du nicht, dass du die Liebe ein wenig zu ernst nimmst? Da lobe ich mir meine heimliche Ehe mit der kleinen Maria.»

«Und mir tut Maria von Herzen Leid.» Jonas bemerkte, wie er die Worte nur noch gelallt herausbrachte und wurde wütend. «Das Mädchen hofft auf etwas Ernsthaftes, wie du mir eben gestanden hast, aber du willst alles andere, nur das nicht. Du spielst mit den Frauen.»

Er hieb seinen Krug auf den Tisch, dass das Bier überschwappte, und richtete sich schwankend auf. «Du weißt nämlich gar nicht, was Liebe ist. Du kennst nur deine Triebe, Liebe und Leidenschaft hast du noch nie erfahren.»

Bevor Conrad etwas erwidern konnte, hatte der Wirt sie am Kragen gepackt und hinausbugsiert. An der frischen Luft wurde Jonas augenblicklich speiübel und er erbrach sich in die Fluten der Blau.

Zwei Tage später fand er eine Anstellung als Hauslehrer in der reichen Patrizierfamilie Kargerer, wo er zwei verwöhnten Buben Latein, Griechisch und Mathematik näher bringen sollte. Wie immer hatte er sein Empfehlungsschreiben dabei, das Dr. Textor ihm beim Abschied mitgegeben hatte, ein Schreiben, das Jonas' Fähigkeiten in den höchsten Tönen lobte, und so dachte er in diesen Tagen oft mit Dankbarkeit und leichter Wehmut an seinen väterlichen Freund zurück. Dass Conrad bei der Vermittlung dieser Stellung die Hand im Spiel gehabt hatte, erfuhr er erst später.

Bei Antritt seiner Stellung zog er in das schäbige, kalte Dienstbotenzimmer eines umso prächtigeren Anwesens zwischen Münster und Kornhaus. Conrad hatte ihn ungern gehen lassen, erst recht nachdem er die hässliche Dachkammer besichtigt hatte, doch Jonas' Brotherr bestand darauf, dass ein Privatlehrer Teil der Haushaltung sei, zumindest unter der Woche. Jonas selbst empfand den Kontrast zu der gemütlichen Stube, die er im Hause Kilgus bewohnt hatte, längst nicht so schmerzhaft wie sein Freund, der ihn, wann immer es ging, zu sich einlud, vor allem als die Abende länger und kälter wurden. So vergingen die Tage, Wochen und Monate in einem unauffälligen Einerlei aus Arbeit, Essen und Schlafen und den abendlichen Gesprächen mit Conrad, dem einzigen Menschen in Ulm, zu dem er freundschaftlichen Kontakt pflegte. Ohne dass er darauf geachtet hätte, wurde es Herbst, dann Winter, schließlich Frühjahr. Von Leonhard Sonntags Compagnie hatte er nie wieder gehört, Marthe-Marie erschien ihm in seinen Träumen, Magdalena hatte er vergessen, und die Frauen und Mädchen Ulms interessierten ihn keinen Deut.

Hin und wieder nahm der Dienstherr Jonas und seine beiden Schüler nach Feierabend ins Schuhhaus mit, das Zunfthaus der Schuhmacher gleich beim Münster, wo sich im ersten Stockwerk der Tanz- und Fechtsaal der Patrizier befand. Für Jonas waren diese Abende eine Qual: Weder hielt er etwas von der Fechtkunst, mittels deren sich die Patrizier den Nimbus von Adel und Ritterlichkeit geben wollten, noch von dem ewigen Neidgeschwätz der Herren, die sich dort auf einen Schoppen Wein trafen oder auf eine Tasse dieses heißen, bittersüßen Getränks aus der Neuen Welt, das in der besseren Gesellschaft als der neueste Schrei galt und sich Chocolade nannte. Dennoch sollte dieser Ort seinem Schicksal eine entscheidende Wendung geben: Als Kargerer ihn an einem stürmischen Aprilabend, nach langer Zeit zum ersten Mal wieder, ins Schuhhaus mitschleppte, wurde er einem hoch gewachsenen, älteren Mann mit kupferrotem Haarschopf vorgestellt, den er in diesen Kreisen noch nie gesehen hatte.

«Jonas, das hier ist Diakon Mürlin, mein Schwager aus dem Oberschwäbischen – Jonas Marx, mein Hauslehrer.»

Jonas verbeugte sich, wie es sich gegenüber einem Älteren ziemte, und der Diakon reichte ihm die Hand. Sein Händedruck war fest und herzlich.

«So, so, der neue Hauslehrer. Na, dann wünsche ich Euch viel

Erfolg mit diesen beiden Bürschchen.» Er gab dem Älteren von Kargerers Söhnen eine scherzhafte Kopfnuss. «Nehmt den hier ruhig richtig heran, schließlich soll er nach Ostern in die Lateinschule. Ich bin übrigens Schulmeister, wir sind also Zunftgenossen sozusagen.»

Mit Mürlin fand Jonas rasch zu einem lebhaften Gespräch über Erziehung und Schulbildung, Gott und die Welt.

Sie saßen noch beisammen, als Kargerer mit seinen Söhnen längst nach Hause gegangen war. Mit Herz und Verstand war Jonas an diesem Abend bei allen Themen dabei, disputierte mit einer Lust, wie er sie zuletzt bei den Gesprächen mit Textor empfunden hatte.

Schließlich erhob sich Mürlin und legte väterlich den Arm um die Schultern des Jüngeren.

«Ich muss leider aufbrechen, da ich mich morgen in aller Frühe auf die Heimreise machen werde. Doch ich hätte Euch einen Vorschlag zu machen – unter dem Mantel der Verschwiegenheit zunächst, denn ich will meinem alten Freund und Schwager nicht hopplahopp den Hauslehrer wegschnappen. Kommt.»

Er zog ihn hinaus auf die dunkle Schuhhausgasse und rief nach einem Fackelträger. «Als Schulmeister der Lateinschule unterrichte ich nebenher auch die Schüler der Deutschen Schule. Doch so langsam wird mir das zu viel. Die Deutsche Schule hat immer größeren Zulauf – von den Söhnen der Handwerker und Kaufleute, die praktisches Wissen fordern, aber neuerdings auch von Mädchen. Und jünger werde ich auch nicht. Kurzum: Ich brauche eine fähige Unterstützung. Könntet Ihr Euch vorstellen, an meiner Seite als zweiter Schulmeister zu unterrichten?»

Jonas brauchte nicht lange zu überlegen, denn der Unterricht im Hause Kargerer entsprach weiß Gott nicht seinem Traum von einer Dauerstellung. «Gern. Wenn Ihr mir das zutraut?»

«Aber ja. Ich denke nicht, dass mich meine Menschenkenntnis

in Eurem Fall im Stich lässt. Allerdings müsstet Ihr ein weiteres Mal einen Ortswechsel auf Euch nehmen – meine Arbeitsstätte liegt drei Tagesreisen von hier, in Ravensburg.»

Der erneute Umzug wäre das Geringste gewesen, das ihn von Mürlins Angebot abgehalten hätte. Wenn etwas seine Erwartungen trübte, dann eher schon der Gedanke, seinen Freund Conrad nach einem knappen Jahr bereits wieder zu verlassen – doch letztendlich war die Strecke von der Welfenstadt nach Ulm mit einem guten Reitpferd, wie er es in dem Wallach gefunden hatte, in zwei Tagen zu schaffen, Conrad war also nicht aus der Welt. Das schlechte Gewissen Kargerers gegenüber hielt sich in Grenzen. Er war nie anders als ein Knecht behandelt worden, und schließlich würde der Alte den ganzen Sommer über Zeit haben, sich nach einem neuen Hauslehrer umzusehen.

Einen anderen Gedanken bemühte er sich vergebens zu unterdrücken: Der letzte Hoffnungsschimmer, Marthe-Marie könne ihn doch noch eines Tages in Ulm aufsuchen wollen, würde mit seinem Umzug erlöschen. Fast unwillig gab er seinem Pferd die Sporen, als sich hügelabwärts, im Dunst des Nachmittags, die Türme der Reichsstadt Ravensburg abzeichneten.

31

Mettels grausames Ende lastete schwer auf der Stimmung unter den Spielleuten. Wie gelähmt gingen sie an den restlichen Tagen in Blaubeuren ihren täglichen Verrichtungen nach, präsentierten wie vereinbart während des Schützenfests – jeden Nachmittag und jeden Abend – ihre Darbietungen, zuletzt sogar Shakespeares «Romeo und Julia», die «Weltneuheit auf deutschen Wanderbühnen», wie Sonntag angekündigt hatte. Von den Zuschauern bemerkte keiner ihre Trauer und Niedergeschlagenheit – zu sehr lag ihnen das Spielen im Blut. Selbst Marthe-Marie gelang es, den Schmerz über Mettels Tod zu verdrängen, solange sie auf der Bühne stand.

Mit dem neuen Stück und mit den atemberaubenden Reitkünsten auf der Schimmelstute Fortuna hatte Leonhard Sonntags Compagnie großen Erfolg, wenngleich das keine Mehreinnahmen brachte, da wohl jeder hier wusste, dass die Gaukler von der Schützengesellschaft bezahlt wurden und daher niemand bereit war, einen Pfennig zusätzlich herauszurücken. So machten sie ein eher mäßiges Geschäft, und ein Großteil ihrer Einnahmen floss in die Totenmesse und würdevolle Bestattung ihrer Gefährtin.

Ihre letzte Ruhestätte hatte Mettel auf dem kleinen Friedhof neben dem Klostergarten gefunden. Als die Truppe nach der Abschiedsvorstellung aufbrechen wollte, weigerte sich Maximus mitzukommen. Er war durch nichts zu überreden, und nachdem sie erfahren hatten, dass der gutmütige Abt ihn als Knecht in seine Dienste nehmen wolle, zogen sie schließlich ohne ihn weiter. Wie sehr musste dieser bärenstarke Mann die alte Kupplerin geliebt haben, dachte Marthe-Marie, nachdem sie ein letztes Mal an Mettels Grab gebetet hatte.

«Wir werden immer weniger.»

Fast beiläufig klang Maruschs Bemerkung, während sie jetzt das Maultier die steile Steigung hinauftrieb. Die Spitze der Klosterkirche verschwand hinter den Bäumen. Marthe-Marie antwortete nicht. Sie hatte noch immer und immer wieder das entsetzliche Bild der blutüberströmten Mettel vor Augen. Außerdem sorgte sie sich um Agnes: Das Mädchen war in den letzten Wochen um mindestens zwei Zoll gewachsen und wurde dabei immer magerer.

«Erst Isabell und Pantaleon», fuhr Marusch fort, «dann unser Medicus und jetzt Mettel und Maximus.» Sie sah Marthe-Marie an.

«Es wird mir das Herz zerreißen, wenn auch du uns eines Tages verlässt. Und trotzdem bitte ich dich: Gib die Suche nach deinem Vater nicht auf. Es wird uns noch um einiges übler ergehen, das ahne ich; du wirst das nicht durchstehen können. Du musst ein Zuhause finden. Wenn nicht um deinetwillen, dann für deine Tochter.»

Marthe-Marie blickte ihre Freundin erstaunt an. «Woher willst du wissen, dass es noch schlimmer kommt? Kannst du in die Zukunft sehen? Und was meinen Vater betrifft – diesem Wunschtraum bin ich wahrscheinlich schon viel zu lange hinterhergelaufen.»

«Du versuchst nicht einmal mehr, ihn zu finden.»

«Ach, Marusch, lass gut sein. Agnes und ich haben keine andere Heimat als hier bei euch; es soll wohl so sein.»

Marusch schüttelte den Kopf. «Wenn du nichts unternimmst, dann werde eben ich künftig in jeder Stadt, in jedem Dorf Nachforschungen anstellen.»

Zu ihrer Überraschung trafen sie kurz vor Ulm auf Ambrosius. Kleinlaut bat der Wundarzt den Prinzipal, sich ihnen wieder anschließen zu dürfen. Die kurze Zeit bei den Gebrüdern Brockmann war offenbar furchtbar gewesen: Mit zitternder Stimme schilderte Ambrosius, wie streitsüchtig und hinterhältig die Brüder gewesen seien, und dazu fast immerfort betrunken. Böse misshandelt hätten sie die armen Kreaturen und schlimmer als Vieh gehalten. Am Ende sei auch er selbst nicht von Prügeln verschont geblieben.

Ambrosius musste vor versammelter Truppe geloben, künftig sämtliche Einnahmen in Sonntags Hände zu geben, dann durfte er bleiben.

Fast schien das Glück sie in Ulm wieder unter seine Fittiche nehmen zu wollen. Man gewährte ihnen ohne viel Umstände Einlass in diese reiche Stadt, die einstige Lieblingspfalz Kaiser Barbarossas, die für ihre edlen Barchentwaren weit über das Reich hinaus berühmt war. Dabei konnten sie überaus günstige Bedingungen aushandeln: So brachten sie ihre Tiere kostenfrei in der Vorstadt unter, bezogen Logis in einer einfachen und doch sauberen Herberge unweit des Seelhauses und durften die Höhe des Eintrittsgeldes nach eigenem Gutdünken festlegen. Am Sonntag sollten sie sogar exklusiv vor dem Magistrat spielen. Die hohen Herren schienen geradezu begierig darauf, eine Frau in der Rolle der Julia zu sehen. Einzig Salome hatte einmal mehr das Nachsehen, denn eine alte Verordnung stellte Wahrsagerei und Segensprechen unter Strafe. Alles hätte sich demnach zum Guten wenden können, wären nicht Pechmutz und seine Gesellen ihnen in die Quere gekommen.

Niklas und Tilman hatten den schlaksigen Burschen aufgegabelt. Das war am dritten Tag. Sie hatten ihre erste Vorstellung unter großem Jubel und nicht enden wollendem Applaus beendet. Der Bühnenwagen stand im Schatten des gewaltigen Münsters, das allein mit den Geldern der Zünfte und Patrizier erbaut worden war und das Selbstbewusstsein der Bürger dieser Stadt weithin sichtbar zur Schau stellte.

Der Prinzipal stach gerade ein Fass Bier zur Feier an, als Marusch von einem Rundgang durch die Zunfthäuser zurückkehrte, ohne dass sie etwas über Benedikt Hofer erfahren hätte. Marthe-Marie wagte nicht zu fragen, ob sie sich auch nach Jonas erkundigt hatte. Sie selbst hätte niemals etwas in dieser Richtung unternommen, konnte aber genauso wenig verhindern, dass sie sich nach jedem jungen Mann umsah, der die Statur und die langen hellbraunen Haare von Jonas besaß.

Sonntag bemerkte, dass Tilman und Niklas fehlten.

«Die können was erleben», brummte er verärgert, denn zu den Pflichten der beiden Jungen gehörte es, nach der Vorstellung beim Abbau zu helfen. Erst am späten Abend erschienen sie in der Herberge, und zwar reichlich betrunken. Marusch erwischte sie, als sie sich die Stiege hinauf in den Schlafraum schleichen wollten, packte sie hart am Nacken und führte sie zu den anderen in die Schankstube.

«Wo wart ihr?», donnerte der Prinzipal.

«Unterwegs», murmelte Tilman.

«Geht es auch genauer?»

«Mit unseren neuen Freunden.»

«Und was sind das für Freunde, mit denen ihr euch voll laufen lasst wie die Holzfäller?»

Tilman warf einen verstohlenen Blick zu Niklas. «Pechmutz. Und der Welsche Geck, Hasenköttel, Hering und die anderen.»

«Pechmutz? Welscher Geck?» Sonntag zog die Augenbrauen in die Höhe. «Was sind das denn für Namen?»

Tilman schwieg.

«Ihr verschwindet jetzt nach oben und schlaft euren Rausch aus. Und morgen will ich diese Burschen kennen lernen, verstanden?»

Als Tilman und Niklas am nächsten Tag ihre Freunde vorstellten, waren deren Gesichter Marthe-Marie nicht ganz unbekannt.

«Einige von denen habe ich hier schon gesehen», sagte sie leise zu Marusch.

«Ich auch. Und ich sehe auf Anhieb, dass das kein Umgang für unsere Kinder ist.»

Dabei war Pechmutz, ein hoch gewachsener Junge von vielleicht dreizehn Jahren und ganz offensichtlich der Anführer, mit seinem sommersprossigen Gesicht und den hellblonden Haaren ein hübscher Bursche. Befremdend wirkte allerdings das grenzenlose Selbstbewusstsein, das aus jeder seiner Gesten sprach.

«Du bist also Pechmutz.» Sonntag musterte ihn eindringlich. «Und die anderen?»

Pechmutz wies auf seine Freunde, zu denen auch zwei Mädchen gehörten. «Dickart, der Welsche Geck, Eulenfänger, Hering, Wespe, Klette, Hasenköttel und Bettseicher.»

«Das sind doch nicht eure richtigen Namen?»

Pechmutz zuckte die Schultern. «Ist das so wichtig?»

«Und was sagen eure Eltern dazu, dass ihr am helllichten Werktag nicht bei der Arbeit seid?»

«Wir haben keine Lehrherren. Wir sind erst vor kurzem von der Alb gekommen, weil unser Weiler abgebrannt ist. Alle außer uns sind in den Flammen umgekommen. Alle sind sie tot.»

Jetzt standen ihm tatsächlich Tränen in den Augen. «Seitdem sind wir täglich auf der Suche nach ehrlicher Arbeit, um nicht hungern zu müssen.»

«Der lügt wie ein Pfannenflicker», flüsterte Marusch. «Von der Alb, dass ich nicht lache. Schau nur die gute Kleidung. Und festes Schuhwerk trägt er wie ein Bürgersöhnchen.»

Marusch hatte Recht. Das alles passte hinten und vorne nicht zusammen. Seltsam schien ihr auch, dass die anderen Kinder bei weitem ärmlicher und schmutziger gekleidet waren.

«Erlaubt Ihr uns nun zu gehen?»

Pechmutzens Tonfall war höflich, doch sein Gesicht nahm einen Ausdruck von Geringschätzung an.

Der Prinzipal nickte.

«Wir auch?», fragten Tilman und Niklas fast gleichzeitig.

«Verschwindet. Aber pünktlich zur Vorstellung seid ihr zurück, keinen Glockenschlag später. Und macht keinen Unsinn.»

Diego sah ihnen nach. «Diesen Pechmutz sollten wir als Schauspieler anheuern. Ein wahres Talent.»

Marusch verbarg ihren Ärger gegenüber Sonntag nicht.

«Bist du von allen guten Geistern verlassen? Wie konntest du unsere Kinder gehen lassen! Das ist sauberes Diebsgesindel, nichts anderes, das verraten doch schon die Namen. Und Pechmutz ist ihr Anführer.»

«Soll ich die beiden in Fesseln legen? Tilman und Niklas sind alt genug, um Recht und Unrecht unterscheiden zu können. Was meinst du, Lambert?»

«Ich gebe dir Recht. Solange sich Niklas und Tilman an unsere Abmachungen halten, können wir sie nicht anbinden.»

Marusch schüttelte fassungslos den Kopf. «Seid ihr denn alle blind? Von wegen ehrlicher Arbeit. Habt ihr nicht mitbekommen, wie sie sich im Publikum herumgedrückt haben? Ich möchte nicht wissen, wie viele Geldkatzen sie im Gedränge den ahnungslosen Zuschauern geklaut haben. Diese Sorte Kinderbanden kenne ich zur Genüge. Tagsüber gehen sie auf Beutezug, und abends besaufen sie sich, bis sie vors Kirchenportal kotzen. Am Ende landen sie alle im Zuchthaus, und das auch nur, weil sie für den Galgen noch zu jung sind. Dass sich unsere eignen Kinder mit solchem Gelichter rumtreiben, das fehlt uns gerade noch. Als ob wir in den letzten Monaten nicht genug Scherereien gehabt hätten.»

«Du übertreibst, Marusch. Hast du vergessen, wie die Kinder im letzten Winter unser Brot verdient haben, mit Botengängen, Viehhüten, Lastentragen? Hätte es dir damals gefallen, wenn die Horber Bürger sie als Diebsgesindel geschmäht hätten?»

«Du glaubst doch wohl nicht, dass diese Horde hier auch nur einen Handstreich arbeitet. Ich werde jedenfalls heute Abend ein ernstes Wörtchen mit meinem Sohn reden.»

Doch weder Tilman noch Niklas erschienen rechtzeitig zur Vorstellung. Stattdessen stieg mitten in Quirins Feuerzauber ein mit Pike bewaffneter Scherge auf die Bühne und erklärte das Gastspiel für beendet.

Die Zuschauer begannen lauthals zu protestieren. Diejenigen, die bereits bezahlt hatten, verlangten ihr Geld zurück und konnten von dem Büttel nur mit Mühe zurückgehalten werden, die Bühne zu stürmen. Endlich zerstreute sich die Menge, auf dem Platz kehrte eine unheimliche Ruhe ein.

«Morgen früh seid ihr aus der Stadt verschwunden», erklärte der Mann. «Sonst landen noch mehr von euch im Gänsturm.»

«Im Gänsturm?» Sonntags Unterlippe zitterte. «Was soll das?»

«Beschluss der Ratsadvokaten. Wir haben hier keinen Platz für Diebspack.»

Er wandte sich ab, doch Marusch hielt ihn an der Schulter fest. «Aber wir haben doch wohl ein Recht zu erfahren, was uns vorgeworfen wird.»

Der Büttel schüttelte ihre Hand ab. «Wir haben einen gewissen Pechmutz mit seiner Bande verhaftet. Diese Schelme haben aus dem Münster den Opferstock gestohlen und, als sie erwischt wurden, dem Kirchendiener fast den Schädel zerschmettert.»

Marusch wurde totenbleich. «Was hat das mit uns zu tun?»

«Pechmutz hat zwei eurer Buben als Komplizen angegeben. Und jetzt packt euren Kram und verschwindet.»

«Nein, wartet. Das ist eine üble Verleumdung. Unsere Kinder sind keine Diebe.»

«Pah! Das sagen alle Vaganten und Zigeuner.» Er spuckte ihr vor die Füße. «Der Rat wartet mit der Examinierung nur noch, bis der Biberacher Scharfrichter eintrifft. Dann geht es ab an den Galgen mit euren Spitzbuben. Aber ihr seid dann ja nicht mehr da, um dem Schauspiel zuzusehen.»

Er hob seine Pike und schritt Richtung Rathaus davon. Der Prinzipal sah ihm nach und wandte sich dann mit leerem Gesichtsausdruck an Marusch. «Ich werde beim Magistrat eine Eingabe machen.»

«Was Besseres fällt dir nicht ein? Man wird dich nicht mal über die Schwelle des Rathauses lassen.» Maruschs Stimme klang so hart und schneidend, wie Marthe-Marie es noch nie gehört hatte. «Dieser Hurensohn von Pechmutz. Nie und nimmer haben Tilman und Niklas gestohlen.»

Anna begann haltlos zu schluchzen, und Marthe-Marie, die selbst mit den Tränen kämpfte, legte ihr tröstend den Arm um die Schulter. Die anderen schwiegen, ratlos und betroffen. Einzig Marusch schien nachzudenken, zumindest sah ihre angestrengt gerunzelte Stirn danach aus. Mit einem Mal sagte sie in die Stille hinein: «Wir müssen die beiden da rausholen, bevor sie examiniert werden. Und dazu gibt es nur eine Möglichkeit.»

«Und die wäre?» Aus Sonntags Blick sprach mehr als Zweifel.

«Pechmutz und seine Bande müssen widerrufen. Sie müssen zugeben, dass sie gelogen haben.»

Diego lachte laut auf. «Was für ein großartiger Einfall! Marschieren wir also alle zum Turmwächter und bitten ihn um eine Unterredung mit Pechmutz. Nichts einfacher als das.»

«Halt den Mund, du Klugschwätzer. Marthe-Marie, kommst du mit? Ich brauche deine Unterstützung.»

Marthe-Marie nickte beklommen. Dann wandte sich Marusch an die Wahrsagerin.

«Leihst du uns deine Kristallkugel?»

Salome zog ihren Kopf noch tiefer zwischen ihre buckligen Schultern. «Nicht meine Kugel!»

«Bitte! Das hier ist ein Notfall.»

Die Zwergin stand einen Augenblick stumm da, dann schlurfte sie zu ihrem Karren und kehrte mit einem kleinen Beutel zurück.

«Du weißt, was sie mir bedeutet.»

«Ich verspreche dir, ich hüte sie wie einen Schatz. Außer mir wird sie keiner berühren.»

Dann zog sie Marthe-Marie zum Requisitenwagen. «Wir brauchen Holzkohle und Branntwein. Und wir müssen uns umziehen, such dir ein Kleid mit möglichst tiefem Ausschnitt.»

Als sie wieder vom Wagen kletterten, stellte sich Diego ihnen in den Weg.

«Du sagst mir jetzt, was du vorhast, Marusch.»

«Lass mich in Ruhe.»

«Ihr wollt zum Turm, nicht wahr? Das ist Wahnsinn.»

«Hast du einen besseren Einfall?»

Statt einer Antwort sah er Marthe-Marie an und hielt sie am

Handgelenk fest. In seinen Augen stand die blanke Angst. Es war die Angst um einen geliebten Menschen. In diesem Augenblick begriff Marthe-Marie, wie unrecht sie Diego getan hatte, indem sie in ihm immer nur den Komödianten gesehen, ihm seine Gefühle niemals geglaubt hatte.

«Mach dir keine Sorgen», sagte sie leise. «Uns wird schon nichts geschehen.»

«Nichts geschehen?» Röte überzog sein Gesicht. «Wie Hübschlerinnen habt ihr euch aufgetakelt, und da sagst du, es wird nichts geschehen? Glaubt ihr, ich weiß nicht, wie ihr euch Zutritt im Turm verschaffen wollt? Wie ist der Herr Wächter doch zu beneiden – gleich zwei Frauen werden ihn beglücken.»

Wütend schüttelte Marthe-Marie seine Hand ab. Darum sorgte er sich also. Was für ein selbstgefälliger Gockel dieser Mann war!

«Gehen wir, bevor es zu dunkel wird», sagte sie zu Marusch. Hätte sie bis zu diesem Moment noch am liebsten das Hasenpanier ergriffen, so war sie jetzt fest entschlossen mitzumachen – was immer Marusch auch vorhatte.

Wenig später klopften sie an das Wächterhäuschen des Gänsturms. Eine Luke öffnete sich, hinter der ein unrasiertes Mondgesicht erschien. Sofort schob Marusch ihr aufreizend geschminktes Gesicht vor das Fenster und setzte ihr strahlendstes Lächeln auf.

«Einen wunderschönen Abend, guter Mann. Könnt Ihr uns vielleicht verraten, wo zwei durstige Jungfrauen hier um diese Zeit noch einen Krug Bier bekommen?»

Der Mann starrte sie mit großen Augen an und öffnete und schloss mehrmals den Mund. Dann klappte die Luke zu, und die Tür ging auf.

«Ein Krug Bier, jaja. Rasch herein mit euch. Braucht niemand zu sehen, welch hübschen Besuch ich da habe.»

In der niedrigen Stube stank es, als sei seit Jahren nicht mehr gelüftet worden. Durch ein schmutziges kleines Fenster drang nur so viel Licht herein, dass die wenigen Möbel, ein wackliger Holztisch mit Eckbank und ein ungemachtes Bett, gerade noch auszumachen waren. Jetzt erkannten sie, dass der Mann klein war, aber kräftig, stiernackig und mit wuchtigen Schultern. Bei einem Kampf würden sie es auch zu zweit kaum mit ihm aufnehmen können. Marthe-Marie kamen Maruschs Worte in den Sinn: Plane eine Unternehmung immer wohl voraus, aber denke sie niemals zu Ende.

«Von hier seid Ihr aber nicht?» Misstrauen lag plötzlich in seinem Blick.

«Wir kommen aus Blaubeuren.» Maruschs Gesicht verzog sich zu einem schuldbewussten Lächeln. «Um ehrlich zu sein, wir sind nicht zufällig hier, sondern wegen der kleinen Galgenstricke, die Euch gerade ins Netz gegangen sind. Wir sind die Muhmen von Wespe und Klette und würden den beiden gern ins Gewissen reden. Diese Schlampen haben nämlich auch zu Hause schon einiges auf dem Kerbholz, und vielleicht zeigt sich der Richter ja ein wenig gnädig, wenn sie aufrichtig bereuen und alles gestehen würden.»

«Ohne Erlaubnis des Rats darf ich niemanden zu den Gefangenen lassen.»

«Na, wenn es Euch verboten ist.» Marusch tätschelte den behaarten Unterarm des Wächters. «Aber es wird schon niemand erfahren, und Euer Schaden soll es nicht sein.»

Sie zog ihn neben sich auf die Bank und gab Marthe-Marie zu verstehen, sich an die andere Seite des Mannes zu setzen. Dann holte sie die Lederflasche mit Branntwein unter ihrem Rock hervor, entkorkte sie und hielt sie dem Wächter unter die Nase.

«Also wenn kein Bier da ist, müssen wir wohl unseren Reiseproviant anbrechen. Ein Schlückchen?»

Es war dem Wärter anzusehen, wie Misstrauen und Gier in

ihm kämpften. Schließlich griff er hastig nach der Flasche, nahm einen tiefen Schluck, wischte sich den Mund ab und schloss genießerisch die Augen. «Na ja, vielleicht sollten wir uns wirklich einmal über Eure sauberen Nichten unterhalten. Ich hoffe, Ihr habt es nicht allzu eilig. Vielleicht kann ich ja ein gutes Wort beim Rat für sie einlegen. Bei einsichtigem Verhalten ...» Er grinste angestrengt und starrte dabei mit rotem Kopf auf Maruschs tiefen Ausschnitt.

«Genau so machen wir's. Das mit unseren beiden Lumpendirnen erledigen wir später. Geht es dort zur Turmstube hinauf?» Sie wies auf eine niedrige Tür neben dem Waschtisch.

Der Mann nickte und griff gierig nach der Flasche. Marthe-Marie sah sich unauffällig um. Neben dem Türchen hing zwar eine Lampe am Haken, ein Schlüsselbund war jedoch nirgends zu entdecken.

Dann folgte der Moment, den sie am meisten gefürchtet hatte. Er setzte die Flasche ab und küsste erst Marusch, dann näherte sich sein schwitzendes rotes Gesicht dem ihren. Als er seine Zunge fordernd zwischen ihre Lippen bohrte, hob sich ihr Magen, und in ihrer Kehle begann es zu würgen. Marusch zerrte ihn zurück.

«Immer langsam mit den jungen Pferden, lasst mich und meine Freundin doch auch erst mal ein Schlückchen trinken. Dann wird es umso lustiger mit uns dreien.»

Gehorsam reichte er Marthe-Marie den Branntwein, die die Flasche an ihre Lippen setzte, ohne zu trinken, wie Marusch ihr zuvor eingeschärft hatte. Allein der Geruch dieses Fusels machte sie schon benommen.

«Und jetzt, mein Goldschatz, sag uns erst mal, wie du heißt.» Maruschs Hand ruhte inzwischen auf seinem Knie.

«Sixtus», grunzte er.

«Auf dein Wohl, Sixtus!»

Marusch nahm scheinbar einen kräftigen Schluck, brachte es

sogar fertig, zu rülpsen und gab dem Wächter die Flasche zurück. Gebannt beobachtete Marthe-Marie, wie der Mann den Branntwein in die Kehle rinnen ließ, als sei es Wasser.

«So ist's recht», murmelte Marusch, und Marthe-Marie sah mit Entsetzen, wie die Hand ihrer Freundin seinen Oberschenkel hinaufglitt. Wie konnte sie nur so mit dem Feuer spielen.

Sixtus wischte sich mit dem Ärmel über den Mund und glotzte vor Erregung wie eine Kuh. Währenddessen strich Maruschs andere Hand an seinem Hinterteil entlang. Schlagartig begriff Marthe-Marie, dass sie nach dem Schlüsselbund suchte.

Der Branntwein zeigte inzwischen erstaunliche Wirkung. Sixtus grapschte erst Marusch, dann ihr zwei-, dreimal unbeholfen an den Busen, dann klappte sein Kinn gegen die Brust, und er kippte mit seinem ganzen Gewicht gegen Marthe-Marie. Sein erregtes Gemurmel ging in Schnarchen über.

Marthe-Marie nahm die leere Lederflasche aus seinem Schoß, erhob sich und bettete den Wächter vorsichtig der Länge nach auf die Bank.

«Du musst ihn nicht anfassen wie ein rohes Ei.» Marusch grinste. «So schnell steht dieses Spatzenhirn nicht wieder auf. Und jetzt schau mal, was ich hier hab.»

Triumphierend hob sie den Schlüsselbund in die Höhe.

«Dem Himmel sei Dank!» Marthe-Marie atmete hörbar aus und warf einen letzten Blick auf Sixtus. «Da war nicht nur Branntwein in der Flasche, oder?»

«Sagen wir: Ich habe ihn ein wenig angereichert mit Ambrosius' Hausmittelchen.» Sie nahm die Lampe vom Haken. «Hoffen wir, dass der zweite Teil des Schauspiels genauso glatt über die Bühne geht.»

Im schwachen Schein der Lampe kletterten sie die steile Stiege hinauf, bis sie vor einer schweren Eisentür standen. Marthe-Maries Herz klopfte so heftig, dass sie glaubte, das Echo von den Wänden hören zu können. Marusch drückte ihr ein Stück Holzkohle in die Hand, und sie schwärzten sich Gesicht und Hals.

«Lass mich reden», flüsterte Marusch. Dann öffnete sie das schwere Schloss.

Während sie eintraten, hielt sie die Lampe so, dass die Zelle erleuchtet wurde, ihre Gesichter jedoch nicht zu sehen waren. Die Gespräche der Kinder waren schon verstummt, als die Treppe geknarrt hatte. Sie kauerten auf dem nackten Steinboden, ihre Handgelenke mit Ketten an die Wand geschmiedet. Marthe-Marie hatte Niklas und Tilman kaum entdeckt, da stand Marusch auch schon bei ihnen. Wenn die beiden jetzt nur nichts Falsches sagten.

«Eure beiden Gesichter kenne ich ja gar nicht», sagte Marusch in drohendem Unterton, ohne jedoch ihre Stimme zu verstellen, und hielt die Lampe unter ihr geschwärztes, verzerrtes Gesicht. Es war grauslich anzusehen im flackernden Schein, einer teuflischen Fratze ähnlicher als dem einer Frau. Dann fuhr sie in dröhnendem Bass fort: «Sagt mir, wer ihr seid.»

Marthe-Marie schlug innerlich drei Kreuze vor Erleichterung, als Tilman hastig erwiderte: «Wir sind Gauklerkinder und haben mit dieser Bande nichts zu tun, ehrwürdige Gevatterin.»

«Halt's Maul», schrie Pechmutz von der gegenüberliegenden Seite. Doch seiner Stimme war anzuhören, dass von seiner Selbstsicherheit nicht mehr viel übrig war.

Und nun gab Marusch eine Vorstellung, die jedem englischen Mimen zur Ehre gereicht hätte. Sie stellte die Lampe zu Boden, breitete ein schwarzes Tuch daneben aus und legte auf dessen Mitte Salomes Kristall, der das spärliche Licht auf wundersame Weise in den Raum zurückwarf. Wände und Decke schimmerten in regenbogenfarbenen Facetten, die bei jedem Windhauch, der die Lampe traf, zu tanzen begannen. Die Kinder erstarrten. In ihren bleichen Gesichtern las Marthe-Marie furchtsame Anspannung, und auch sie selbst konnte sich kaum des Gefühls erwehren, hier in diesem schmutzigen Turmverlies die Schwelle zu einer jenseitigen Welt überschritten zu haben. Huschte dort hinten, in der Ecke, nicht ein Schatten? Sicher nur eine Ratte, versuchte sie sich zu beruhigen. Sie zuckte zusammen, als Marusch in die Stille hinein fremdartige Worte sprach, mit tiefer Stimme, der dieser kahle dunkle Raum einen unwirklichen Hall verlieh.

«Oman Sloman Brax, Enter Mensis Fax.» Sie hob die Arme und beugte sich über die Kristallkugel. «Jetzt lasst euch sagen, warum meine Famula und ich gekommen sind. Diese Kristallkugel hat mich wissen lassen, dass hier, in dieser Stadt, Unrecht geschehen soll. Dass der Bürgermeister, der über euch Gericht halten wird, von dem Gedanken getrieben ist, mit euch ein Exempel zu statuieren. Dass er eure Vergehen, ungeachtet eures jungen Alters, mit den schlimmsten Strafen vergelten will, die unser Land kennt: Ihr Knaben werdet aufs Rad geflochten und geviertelt, bis euch die Därme aus dem Leib quellen, und ihr, Wespe und Klette, in den Sack gebunden und geschwemmt, bis euch die Lunge platzt und ihr in der Donau ersauft.»

Sie hörten ein unterdrücktes Schluchzen, erst aus der einen, dann aus einer anderen Richtung.

«Qualvoll sollt ihr sterben, unter höllischen Schmerzen und Ängsten. So will es die Obrigkeit dieser Stadt.»

Das Schluchzen wurde lauter.

«Und doch gibt es eine Möglichkeit zur Rettung. Eine einzige nur.» Sie machte eine Pause. «Ihr bekennt bei der Befragung nichts als die Wahrheit. Mein allmächtiger Meister wird bei euch sein, heimlich und unsichtbar, bei jedem Einzelnen von euch. Und er wird die Schöffen lenken wie der Puppenspieler seine Marionetten, und er wird aus ihrem Munde Recht sprechen. Sagt ihr die reine Wahrheit, wird er euch begnadigen. Weh aber dem, der lügt, wehe dem, der falsche Namen nennt.» Sie hob die Lampe und leuchtete Pechmutz ins Gesicht. «Derjenige wird auf Erden höllische Qualen erleiden, die sich im Fegefeuer in alle Ewigkeit fortsetzen. Habt ihr das verstanden?»

Die meisten nickten stumm, mit angstvoll aufgerissenen Augen. Eines der Mädchen flüsterte: «Seid Ihr Zauberinnen?»

«Mummenschanz! Sie lügt», zischte Pechmutz.

«Jetzt halt du dein Maul!» Der Junge neben ihm versetzte ihm einen heftigen Tritt.

«Zauberin, Hexe – Namen haben in meiner Welt keine Bedeutung. Und nun geht in euch.»

Sie murmelte eine weitere Beschwörungsformel, während sie Kristall und Tuch einpackte, dann schritt sie ohne ein weiteres Wort zur Tür. Marthe-Marie folgte ihr mit zitternden Knien. Das Wort ‹Hexe› hallte in ihren Ohren.

«Heilige Mutter Maria», flüsterte sie, als sie draußen auf der Stiege standen. «Wie konntest du solche Dinge sagen.»

«Die Mutter Gottes wird mir schon verzeihen. Nimm einfach alles, was wir getan haben, als ein Theaterstück. Es war übrigens Tilman, der als Erster geschluchzt hat. Ein waschechter Schauspieler.» Sie konnte ein stolzes Lächeln nicht unterdrücken.

Wenige Minuten später standen sie draußen an einem Brunnen und wuschen sich den Ruß aus dem Gesicht. Die Nacht war bereits angebrochen.

«Wenn uns der Wärter verpfeift?» Marthe-Marie rieb sich Gesicht und Hals trocken, bis die Haut brannte. Sie waren höchstens eine Stunde im Gänsturm gewesen, ihr aber kam es vor, als seien sie den ganzen Tag über fort gewesen. Jetzt erst bemerkte sie, wie erschöpft ihre Freundin aussah.

«Er wird sich hüten, der Schwachkopf. Dann müsste er ja zugeben, dass er gegen sämtliche Vorschriften verstoßen hat.»

«Und wenn wir ihm hier irgendwo begegnen und er uns erkennt?»

«Donnerst du dich normalerweise so als Hure auf? Na also. Außerdem müssen wir ohnehin aus der Stadt verschwinden. Wieder einmal», fügte sie bitter hinzu.

Marthe-Marie lehnte sich an den Brunnenrand. Plötzlich stieg ein furchtbarer Gedanke in ihr auf: Was, wenn Pechmutz brühwarm erzählte, dass zwei Hexen bei ihnen im Turm gewesen seien? Und wenn herauskäme, dass es sich dabei um sie beide handelte?

Marusch schien ihre Gedanken zu erraten. «Es war nicht ungefährlich, was wir getan haben. Umso mehr möchte ich dir für deinen Mut danken.» Sie sah zu Boden. «Vielleicht hätte ich dich gar nicht mit hineinziehen dürfen. Ich weiß sehr wohl, dass es böse ausgehen kann.»

Marthe-Marie zuckte die Achseln. «Auf jeden Fall warst du großartig. Du hast den Kindern einen heillosen Schrecken eingejagt. Fast tun sie mir Leid: Wenn sie jetzt tatsächlich die Wahrheit sagen und alles bekennen, was sie jemals verbockt haben, werden sie dann Gnade finden?»

«Das ist tatsächlich ihre einzige Rettung. Sie sind ja auf frischer Tat erwischt worden. Man würde erkennen, dass sie bereuen, und sie nach einem Tag am Pranger aus der Stadt jagen. Glaub mir.»

«Dann denkst du also, dass unsere Buben freikommen?»

Marusch zuckte die Schultern. «Es gibt zwei Möglichkeiten: Entweder sagen diese Spitzbuben endlich die Wahrheit und entlasten damit Tilman und Niklas, oder sie lügen weiter und landen allesamt am Galgen. Über die dritte Möglichkeit möchte ich lieber nicht nachdenken.»

«Welche dritte?»

«Dass Tilman und Niklas tatsächlich dabei waren, als sie den Opferstock aufgebrochen haben.»

In der Herberge saßen die anderen bereits in der Schankstube. Agnes und Clara warfen sich voller Freude ihren Müttern in die Arme, Leonhard Sonntag erhob sich.

«Wo wart ihr? Und wie seht ihr überhaupt aus?» In seinem vorwurfsvollen Ton schwang aufrichtige Sorge mit.

«Morgen», sagte Marusch nur. «Morgen erzählen wir euch alles. Ich gehe schlafen.»

«Ich komme mit», sagte Marthe-Marie. Als Diego ihr folgen wollte, hob sie abwehrend die Hand, schüttelte den Kopf und ließ ihn stehen. Sie hatte nur noch einen Wunsch: sich auf ihrem Strohsack auszustrecken, die Decke über den Kopf zu ziehen und nichts mehr hören und sehen zu müssen.

In dieser Nacht hatte sie einen seltsamen Traum. Sie thronte auf einem mannshohen, hölzernen Podest. Einer Fürstin gleich trug sie ein prächtiges Gewand; es war ein grünes Brokatkleid mit Reifrock, Mühlsteinkrause und Schleppe. Unter ihr, auf einer ovalen Sandbahn, kämpften wie in längst vergangenen Zeiten Diego und Jonas gegeneinander, mit Lanzen und auf schweren Streitrössern, jedoch ohne den Schutz einer Rüstung.

Zu ihrer Linken stand Raimund Mangolt, ihr Ziehvater, und legte ihr die Hand auf die Schulter. «Nimm denjenigen zum Mann, der diesen Kampf gewinnt. Du brauchst einen Beschützer.»

Da trat ihre Mutter neben sie. Sie sah jung und betörend aus in dem Kleid aus hellem, leichtem Taft und dem kunstvoll hochgesteckten, mit Perlen besetzten Haar.

«So reden Männer.» Catharina lächelte halb spöttisch, halb liebevoll. «Beende diesen unnötigen Kampf und lass dein Herz entscheiden.»

«Aber ich weiß nicht – wen soll ich –»

Ihre Mutter schüttelte lächelnd den Kopf. «Du hast dich längst entschieden, doch Trotz hat dich blind gemacht. Glaube mir, glaub mir bitte: Du kannst weder meinen Tod vergelten, noch darfst du dich schuldig fühlen. Was geschehen ist, ist geschehen. Du sollst leben und glücklich sein.»

Marthe-Marie sah zu Jonas. Für einen kurzen Augenblick verschmolzen ihre Blicke, voller Zuneigung und Wärme, dann durchbohrte Diegos Lanze Jonas' Brust. Stumm, mit ungläubigem Blick, glitt er vom Pferd, mit ihm Diego, der auf gleiche Weise von Jonas Waffe getroffen war. All das geschah vollkommen lautlos: Beide Männer lagen im Sand, aus ihrer Brust schoss in kräftigem Schwall purpurrotes Blut, das rasch zu einem Strom anstieg, in dem beide versanken. Immer höher stieg die dampfend heiße Flut, reichte bald bis an den Rand des Podests; da sah sie erst einen Arm, dann ein Gesicht aus den Fluten ragen: Es war die verzerrte Fratze eines jungen Mannes mit rot entzündeten Augen und einer wulstigen Narbe quer über der Oberlippe. In diesem Moment erwachte sie von ihrem eigenen gellenden Schrei.

32

Die Reise nach Ravensburg war erfolgreich gewesen. Mit Mürlin war er sich schnell einig geworden; ein Handschlag hatte genügt, und seine Anstellung war unter Dach und Fach. Und damit auch seine Zukunft. Spätestens im August würde er nach Ravensburg ziehen, um dort nach den Sommerferien als Schulmeister zu beginnen.

Mürlin hatte versprochen, ihm bei der Suche nach einer Unterkunft behilflich zu sein, ebenso bei den zahlreichen Formalitäten, die die Niederlassung in einer neuen Stadt mit sich brachten. Das Dekanat würde ihm ein geringes Grundgehalt zahlen, darüber hinaus musste er sich selbst darum kümmern, jedes Vierteljahr bei seinen Zöglingen die fünf Schillinge Schulgeld einzutreiben. Mürlin hatte ihn gewarnt: Das sei oft schwieriger, als einen Esel vom Futtertrog wegzulocken. Doch Jonas schreckte das nicht. Er hatte ein gutes Gefühl mit seinem Mentor und künftigen Kollegen, allein das zählte. Außerdem hatte ihm die geschäftige Handelsstadt am Fuße der Ravensburg auf Anhieb zugesagt. Sie war um einiges kleiner als Ulm, hatte sich aber dank des Fleißes ihrer Handwerker und der Erfolge der Großen Ravensburger Handelsgesellschaft zu einer der führenden Fernhandelsstädte im Bodenseeraum entwickelt. Leinwand aus Oberschwaben wurde in ganz Europa abgesetzt, Handel bis nach Italien, Spanien, Frankreich, Holland, Polen und Ungarn getrieben. Auch in der Papierherstellung, Lederverarbeitung und im Weinbau hatte sich die Stadt einen Namen gemacht. Überdies gefiel ihm, dass Ravensburg sich für konfessionelle Parität entschieden hatte und damit zu den insgesamt nur vier Städten im Reich gehörte, in denen Katholiken und Protestanten gleichermaßen an der städtischen Politik beteiligt waren.

Gerade noch rechtzeitig vor Torschluss erreichte er nun wieder Ulm. Für einen Junitag war es ungewöhnlich heiß, ja schwül gewesen, er fühlte sich müde und erschöpft. Die Rückreise hatte länger gedauert als gedacht, vielleicht wegen der Hitze, die seinem Pferd am Ende doch sehr zugesetzt hatte. Einmal hatte es gelahmt, weil es sich einen Stein in den Huf getreten hatte, dann wieder musste er es zum Tränken führen. Drei- oder viermal war er von aufdringlichen Bettlern aufgehalten worden, von abgerissenen, zerlumpten Gestalten, die, wie ihm schien, täglich zahlreicher wurden, selbst in den Gassen einer so wohlhabenden Stadt wie Ravensburg.

Auch fahrendem Volk war er hin und wieder begegnet, und jedes Mal war es ihm wie ein Dolchstoß in den Magen gefahren. Leonhard Sonntags Compagnie hatte er nicht getroffen. Stattdessen zogen kleine Trupps Gaukler oder Hausierer die staubigen Straßen entlang, armselige Haufen mit schäbigen Karren, die nichts gemein hatten mit dem Stolz und dem Glanz der Sonntag'schen Truppe. Natürlich hätte er bei ihnen Erkundigungen einholen können, denn die Landfahrer wussten meist verblüffend gut Bescheid, wo sich welche Gaukler und Spielleute gerade aufhielten – doch er zwang sich, nicht über Marthe-Maries Schicksal nachzudenken.

Als er jetzt seinen Wallach in den Mietstall am Donauufer führte, befielen ihn schlagartig rasende Kopfschmerzen. Er musste schleunigst zu Bett und sich erholen. Aber zuvor wollte er noch bei Conrad vorbei, um ihm von dem Ergebnis seiner Reise zu berichten.

Auf kürzestem Weg eilte er Richtung Metzgerturm, der schiefer denn je in den Abendhimmel ragte. Die Beine wurden ihm schwer wie Blei, und er spürte kalten Schweiß auf seine Stirn treten. Still lag das Haus seines Freundes in der einbrechenden Dunkelheit, nichts rührte sich, als er mit dem eisernen Ring im Maul des Löwen gegen das Tor klopfte. Vom Marktplatz her drang Stimmengewirr, lautes Lachen und Rufen, dazwischen Schalmeien- und Flötentöne wie von Musikanten, von Gauklern oder Komödianten. Ihm schwindelte heftiger. Wie eine Bleidecke hing der Himmel über der Stadt. Ein kühler Most würde ihm sicher gut tun.

Er bog in eine Seitenstraße ein, die zum Fischerviertel führte, in der stillen Hoffnung, Conrad in einer der Schenken zu finden. Als er das Schiefe Haus erreichte, das sich wie ein Betrunkener über die Blau beugte, tauchte ein mächtiger Blitz die Dächer in grelles Licht; gleich darauf ließ ihn ein ohrenbetäubender Donnerschlag zusammenzucken. Im nächsten Moment schon brach der Himmel auseinander und ergoss seine Fluten über die düsteren Gassen. Nass bis auf die Haut betrat Jonas die Fischerstube, in der er manchen Abend mit Conrad verbracht hatte. Der Schankraum war brechend voll, und noch immer strömten Gäste herein, die vor dem Unwetter draußen Schutz suchten. Nein, Kilgus sei nicht hier, gab der Wirt Auskunft. Er solle es doch drüben im «Blauen Hecht» versuchen.

Jonas zitterte am ganzen Körper, als er hinaus in den strömenden Regen trat und sich im Schutz der Dachtraufen an den Häuserwänden entlangdrückte. Da entdeckte er vor dem Zunfthaus der Schiffsleute eine Gestalt. Für einen Sekundenbruchteil nur, im grellen Licht eines Blitzes, sah er das Gesicht, dann war Diego verschwunden. Jonas wollte ihn rufen, doch seiner Kehle entrang sich nur ein Krächzen. Er lief los, mitten durch die tiefen Pfützen und Rinnsale, die sich auf dem Buckelpflaster gebildet hatten, durch die ewig verwinkelten Gassen und Durchgänge dieses Viertels an der Blaumündung, über zahllose Brücken und Stege, bis er selbst nicht mehr wusste, wo er sich befand. Eine eiserne Klammer legte sich um seine Brust, und er blieb stehen, um Luft zu holen. Der Regen troff ihm von der Hutkrempe, in seinen Schuhen stand das Wasser. «Diego», rief er nochmal, und dann, eher fragend und mit tonloser Stimme: «Marthe-Marie?»

Doch außer ihm war keine Menschenseele mehr unterwegs. Um ihn herum eine Wand aus Wasser, eine nasse, brüllende Schwärze, die nur hin und wieder von zuckenden Blitzen zerrissen wurde. Er musste nach Hause, ins Trockene, diese zentnerschweren Schuhe und Kleider loswerden. Schwankend machte er sich auf den Weg, musste immer wieder innehalten, sich an eine Hauswand lehnen. Suchte sich, um nicht völlig die Orientierung zu verlieren, einen Weg entlang der Stadtmauer und konnte es selbst kaum glauben, als er endlich vor Kargerers Anwesen stand. Im oberen Stock sah er den warmen Schein einer Lampe. Nie zuvor hatte das Haus seines ehemaligen Dienstherrn etwas so Tröstliches ausgestrahlt.

Mit letzter Kraft schlug er gegen die Tür, als er den Blick in seinem Nacken spürte wie eine Berührung. Er fuhr herum. Eine hagere Gestalt, schemenhaft nur erkennbar, doch deutlich schmächtiger als Diego, stand wenige Schritte vor ihm im tosenden Regen. Ohne das Gesicht des anderen wirklich sehen zu können, spürte Jonas wieder diesen Blick. Eiskalter Schrecken packte ihn, als der andere langsam zurückwich, sich umwandte und mit kurzen, hinkenden Schritten in der Dunkelheit verschwand. Das konnte nicht sein! Marthe-Maries Verfolger, ihr Widersacher, dieser Teufel – er war doch tot, vor seinen Augen in den Fluten der Kinzig ertrunken!

In diesem Moment öffnete Kargerers Dienstmagd die Tür. Sie stieß einen spitzen Schrei aus.

«Um Himmels willen, der Herr Jonas! Kommt schnell herein! Ihr seht aus, als wäret Ihr durch die Donau geschwommen. Und Ihr glüht ja! Ihr müsst sofort zu Bett. Wartet, ich helfe Euch hinauf.»

Unwirsch lehnte Jonas den dargebotenen Arm ab. Er kam noch bis zur Schwelle seiner Kammer, dann stürzte er und versank in einem Strudel aus Schwärze und grellem Licht.

Fünf Tage lag Jonas zwischen Wachen und Schlafen, sein Körper kämpfte schweißüberströmt gegen das heftige Sommerfieber, bis er am Morgen des sechsten Tages endlich mit klarem Verstand erwachte. Seine Glieder waren zwar noch matt, wie nach einem anstrengenden Fußmarsch, doch er fühlte, wie das Leben in ihn zurückkehrte. Nach einer kräftigen heißen Fleischbrühe wagte er aufzustehen.

«Waren in der letzten Zeit Gaukler in Ulm?», fragte er die Dienstmagd.

«Ja, Komödianten und Artisten. Leider hat unser Herr mir nicht freigeben wollen.»

Also war Diego kein Hirngespinst gewesen! Augenblicklich begann sein Herz schneller zu schlagen. Er musste Marthe-Marie wieder sehen, jetzt sofort. Als er sich in aller Hast ankleidete, fiel ihm die Begegnung mit dem hinkenden Fremden ein – war auch das Wirklichkeit gewesen oder ein Fiebertraum?

Als er den Münsterplatz erreichte, waren weder Wagen noch Gaukler zu sehen. Er fragte einen Knaben, der mit einem Korb voller Brezeln unter dem Arm an ihm vorbeilief.

«Ach, die sind längst weitergezogen. Es hat wohl Ärger gegeben, einige von ihnen sollen geklaut haben wie die Raben. Schade eigentlich, ihr Schauspiel von Romeo und Julia hätte ich gern gesehen.»

33

Nun habe ich es geschafft! Ich habe das Höchste erreicht, was ein Vertreter meines Standes überhaupt erreichen kann: Nicht länger Werkzeug bin ich, sondern Richter über Leben und Tod. Noch heißt man mich Jungmeister, grüß Gott, der Herr Jungmeister Wulfhart, doch bald werde ich mich Meister nennen können, Meister Wulfhart von Biberach. Denn es ist nur eine Frage der Zeit, bis der Alte von seiner schweren Gicht zum Krüppel gemacht wird – mag er sich selbst noch so häufig die Haut unserer Delinquenten als Arznei verabreichen! Und Söhne, denen Meister Stoffel sein Amt vererben könnte, haben er und sein hässliches Weib nicht zustande gebracht.

Ihr wäret so stolz auf mich, Meister Siferlin! Die Biberacher Scharfrichter sind im ganzen Land berühmt und gefürchtet. Und nicht den Befehlen der Gerichtsherren folgen wir oder lassen uns gar, wie im nahen Ulm, von hergelaufenen Büttel und minderwertigen Beamten auf die Finger klopfen, nur weil den Ratsadvokaten oder den Gutachten der Juristen mehr Gewicht beigemessen wird als den Aussagen, die wir den Delinquenten entlocken. Wir Biberacher Scharfrichter werden nicht umsonst so häufig um Rat gebeten und nach weithin berufen, um einen ins Stocken geratenen Prozess wieder in Gang zu bringen: In die Fürstpropstei Ellwangen, in die Hochstifte Augsburg und Freising, in die fürstbischöfliche Residenzstadt Dillingen und in die Prämonstratenserabtei Obermarchtal – wohin hat man mich nicht schon berufen.

O ja, vor allem die geistlichen Herren nehmen unsere Kunst gern in Anspruch. Die wissen, dass wir mit Hexen umgehen können. Die haben erkannt, dass die Prozesse mit uns die richtige Richtung nehmen. Aber auch andernorts hat man immer weniger Vertrauen in die Arbeit der eigenen Henker, alle holen sie jetzt uns. Es ist eine Kunst, die Tortur, eine hohe Kunst. Da muss ich vor Meister Stoffel den Hut ziehen, selbst ich habe bei ihm dazugelernt! Und mit unserer Kunst führen wir die Beklagten in beinahe allen Verfahren zum Geständnis, damit das Hochgericht vollzogen werden kann.

Ja, wir sind wahre Meister in der Kunst zu martern, ohne zu töten. Wir kennen den menschlichen Körper und dessen Regungen und Reflexe besser als jeder städtische Wundarzt, genauer als jeder studierte Medicus. Hat nicht sogar der berühmte Paracelsus bei uns Scharfrichtern gelernt?

Glaubt mir, Meister Siferlin: Diese Macht, diese Herrschaft über Leben und Tod lässt mich gerne darüber hinwegsehen, dass unser Beruf in den Augen der Leute zu den unehrlichsten unter den unehrlichen zählt. Was kümmert's mich, dass sie mich nicht lieben, solange sie mich fürchten? Und nicht zuletzt lebe ich seit meiner Berufung nach Biberach wie ein Herr. Nicht länger muss ich mit dem lächerlichen Präsenzgeld von einem oder zwei Gulden am Tag auskommen, nein, wir Biberacher lassen uns unseren Erfolg teuer bezahlen: Zwei Gulden für die Untersuchung auf das Hexenmal, acht Gulden für jede durchgeführte Hinrichtung. Ein edles Kutschpferd samt Einspänner habe ich inzwischen im Stall, ich gehe in Samt und Seide und lasse mir erlesene Speisen, Getränke und Spezereien ins Haus liefern.

Aber das ist alles unwichtig. Wichtig ist das andere: Ich bin der Hexentochter und ihrem Balg wieder auf der Spur.

Es ist so deutlich, es ist alles Gottes Fügung: Ich durfte dieses Amt in Biberach antreten, und nun bin ich ganz in der Nähe von Benedikt Hofer, dem Buhlen der Hexe, dem Vater ihrer Tochter. Und ich habe Recht behalten damit, dass die Mangoltin ihren Weg in dessen

Richtung einschlagen würde, nun weiß ich's, seit dieser Bande junger Diebe in Ulm. – Leider kam meine Kunst nicht zum Zuge, da sie ihre Untaten ohne peinliche Befragung gestanden, und das Aufknüpfen des Anführers überließ ich meinem Knecht. Aber wer fand sich da nicht unter den Spitzbuben: Zwei Burschen aus der Gauklertruppe! So fügt sich nun alles aufs Beste.

Ja, Hexentochter, warte nur. In Ulm bist du mir noch entwischt, musste ich doch gleich weiter nach Garmisch, und euch hat man aus der Stadt gejagt. Doch jetzt bin ich dir auf den Fersen. Ich muss nur meine Fühler ausstrecken, dann habe ich dich. Längst klebst du in meinem Netz und weißt es nicht einmal.

Es gefällt mir, dich in meiner Nähe zu wissen. Jetzt habe ich keine Eile mehr, o nein. Ich will dich noch ein wenig zappeln lassen, mich an dem Kommenden berauschen, meinen Plan bis in die kleinsten Einzelheiten ausspinnen. Ist nicht Vorfreude die schönste Freude? Und dann, wenn du es am wenigstens erwartest, schnappe ich zu.

Niemals wirst du deinen leiblichen Vater zu Gesicht bekommen, so wenig wie deine Tochter ihren Großvater. Nie wieder wirst du dich von geilen Hurenböcken besteigen lassen, denn Meister Wulfhart von Biberach wird der letzte Mann sein, dessen Schrei der Wollust in deinen Ohren gellt.

34

Dich trifft keine Schuld!» Behutsam nahm Marthe-Marie ihrer Freundin die Zügel aus der Hand. «Vielleicht solltest du nach Tilman und den beiden Mädchen sehen.»

Marusch nickte. Ihr Gesicht war aschfahl. Sie warf einen letzten Blick hinüber zu dem Menschenauflauf am Hügel, dann sprang sie vom Kutschbock. Kein Fleckchen Gras, kein Strauchwerk mehr war vom Galgenberg zu sehen. Es herrschte ein solches Gedränge, als habe der Kaiser persönlich sein Erscheinen angekündigt. Vor allem Frauen und junge Burschen waren unter den Gaffern: Sämtliche Meister der Stadt schienen ihren Lehrbuben freigegeben zu haben, damit sie dieses Exempel von Gerechtigkeit und Strafe miterleben konnten.

Marthe-Marie zwang ihren Blick nach vorne. Sie hatte genug gesehen. Über den Köpfen der Menschenmenge hinweg, oben auf der Kuppe, war der strohblonde Haarschopf unter dem Balken des Doppelgalgens deutlich zu erkennen gewesen. Hätten sie vorher gewusst, dass ihr Weg nach Süden sie geradewegs an der Richtstätte vorbeiführte – jeden noch so weiten Umweg hätten sie in Kauf genommen.

Endlich lag der Galgenberg hinter ihnen. Das Grölen und Rätschengetöse wurde leiser, bis es endlich verstummte. Als die Klosterkirche von Wiblingen in Sicht kam, wandte sich die Landstraße nach Laupheim von der Donau ab und schlängelte sich durch die sanfte Hügellandschaft. Marusch kehrte zu ihrem Wagen zurück.

«Wie geht es ihnen?», fragte Marthe-Marie.

Marusch Stimme klang heiser, ganz offensichtlich hatte sie geweint.

«Tilman spricht immer noch kein Wort. Ich weiß, dass er mir Vorwürfe macht wegen Pechmutzens Verurteilung.»

«Denk so etwas nicht, Marusch. Was er und Niklas erlebt haben, ist nicht so leicht zu verwinden: Vier Tage in diesem dunklen Loch an die Wand gekettet und dabei immer die Angst vor der Verurteilung im Nacken. Außerdem weiß Tilman genau: Ohne dich wären sie niemals freigekommen.»

Sie musste daran denken, was Diego ihr gesagt hatte: Diesem Pechmutz bräuchten sie nicht allzu viele Tränen nachzuweinen, weil er ohnehin früher oder später am Galgen gelandet wäre. Sie räusperte sich: «Und wie geht es den Mädchen?»

«Besser. Die Kräutersalbe von Ambrosius scheint zu wirken. Ich glaube, sie sind erleichtert, dass alles vorüber ist. Und dass sie so glimpflich davongekommen sind. Klette kümmert sich übrigens rührend um Tilman, es scheint wirklich mehr als Freundschaft zu sein.»

Tatsächlich waren die Richter Klette und Wespe gegenüber vergleichsweise gnädig gestimmt gewesen. Man hatte sie mit einem Lasterstein durch die Gassen getrieben, vor dem Rathaus mit sieben Rutenschlägen ausgestrichen und anschließend der Stadt verwiesen. Niklas hatte beim Prinzipal bewirken können, dass die Mädchen, vorerst zumindest, bei ihnen bleiben durften. Dabei war endlich herausgekommen, warum er und Tilman sich dieser Bande angeschlossen hatten: Tilman war bis über beide Ohren in Klette verliebt. Verdenken konnte man ihm diese erste Liebe kaum, so hübsch und aufgeweckt war das Mädchen mit seinen feuerroten Locken und den lustigen Grübchen in den Wangen.

Die Jungen aus Pechmutzens Bande waren weit härter bestraft worden. Auch sie hatte man zwar begnadigt, doch erhielten sie zwölf so heftige Rutenschläge, dass sie sich kaum noch auf den Beinen halten konnten. Dann wurden sie, an Händen und Hals aneinander gefesselt, zum Richtplatz geschleift. Dort sollten sie, zur Abschreckung vor weiteren Diebestaten, erst der Hinrichtung ihres Anführers zusehen, dann auf der Stirn gebrandmarkt und ebenfalls der Stadt verwiesen werden.

Marthe-Marie dachte über die Dummheit der Obrigkeit nach: Als Gebrandmarkte würden sie niemals mehr ehrliche Arbeit finden, und so lief auch ihr Schicksal unausweichlich auf Raub und Diebstahl und damit auf den Galgen zu.

Am Abend erreichten sie Laupheim, ein schmuckes, wohlhabendes Dorf mit Pfarrkirche und Veste. Die Sonnwendfeier stand unmittelbar bevor, und so machten sie hier für zwei Tage Station, um auf dem Dorfanger mit Possen, Akrobatik und Musik ein paar Schillinge zu verdienen. Marthe-Marie fiel auf, dass sie weniger Beifall ernteten als gewohnt. Dass der einstige Glanz von Leonhard Sonntags Compagnie zunehmend verblasste, wurde immer deutlicher spürbar – Wagen und Bühnenaufbauten waren mittlerweile schäbig und angeschlagen, die Requisiten abgegriffen, ihre Kostüme mehrfach geflickt. Um die Zuschauer richtig zu begeistern, sie in die schillernde Welt von Traum und Zauber zu entführen, hätte es anderer Mittel bedurft. Doch die Kasse war leer.

Dafür erwachte Tilman endlich aus seiner Erstarrung. Als auf dem Höhepunkt des Festes unter Peitschengeknall das Johannisfeuer entzündet wurde, nahm Klette seine Hand und sprang als Zeichen ihrer Verbundenheit mit ihm über das Feuer. Die übrigen Burschen und jungen Mädchen taten es ihnen nach, um anschließend den Tanz zu eröffnen. Ohne den Blick voneinander zu lassen, tanzten Tilman und Klette miteinander, bis sie sich verschwitzt und glücklich ins Gras fallen ließen. Marthe-Marie fragte sich, ob Tilman seinem neuen Schatz die Wahrheit über die vermeintlichen Zauberinnen im Turm erzählt hatte. Obwohl sie dem Mädchen vertraute, war ihr unwohl bei diesem Gedanken.

«Wie die Turteltauben», hörte sie den Prinzipal zu Marusch sagen. «Er ist noch viel zu jung für so etwas.»

«Sag bloß, du hast die Liebe erst mit mir entdeckt!»

Ein Anflug von Zärtlichkeit erschien auf seinem bärbeißigen Gesicht. «Das solltest du eigentlich wissen.»

Bevor sie weiterzogen, wurde über Klette und Wespe beraten. Quirin war vehement dagegen, die Mädchen aufzunehmen.

«Zwei unnütze Esser mehr», schimpfte er. »Wir werden selbst kaum satt. Zumindest seit sich Antonia als Köchin versucht.»

Antonia streckte ihm respektlos die Zunge heraus, und Lisbeth und Agnes kicherten.

Von Niklas' Mutter erhielt Quirin unerwartet Unterstützung.

«Ich weiß nicht. Die beiden mögen ja einen guten Kern haben, aber sie sind im Findelhaus aufgewachsen und leben seit Jahren auf der Straße. Was, wenn sie wieder auf Diebestour gehen und unsere Kinder mit hineinziehen?»

Klette meldete sich zu Wort. «Darf ich etwas vorschlagen?»

Sonntag nickte.

«Lasst uns eine Weile mitziehen, damit wir unseren guten Willen beweisen können. Wir werden euch zur Hand gehen, wo wir nur können, und keine Dummheiten mehr machen. Das versprechen wir. Und wenn ihr mit uns nicht zufrieden seid, verschwinden wir einfach.»

«Und zwar mit unserer Kasse», knurrte Quirin, «das hatten wir bereits einmal.»

Diego sah ihn verächtlich an. «Die ist leer, du Schafskopf.»

«Gut, gut», Sonntag räusperte sich, «da ich als Prinzipal ohnehin die Verantwortung trage, beschließe ich, dass ihr vorerst bleiben dürft. Wespe geht Antonia zur Hand und Klette versorgt die Tiere.»

Severin hob die Hand. «Klette reitet wie der Teufel und ist dabei leicht wie eine Feder. Wir könnten sie beim Kunstreiten brauchen.»

Sonntag nickte. «Probiert es aus. Aber damit das klar ist: Wenn irgendetwas vorfällt, jage ich euch zwei eigenhändig aus unserem Tross, und wenn es mitten im Wald ist. Dann könnt ihr sehen, wie ihr ohne Schutz und Beistand durch den Winter kommt.»

Marthe-Marie sah zu Marusch und musste grinsen. Sie machte jede Wette, dass Sonntags Entscheidung auf deren Mist gewachsen war.

Dem heißen Juni folgte ein Hochsommer, in dem es Tag für Tag in Strömen regnete. Der Himmel schien sich für immer in schmutziges Grau verwandelt zu haben, in den Wäldern wimmelte es von

Feuersalamandern, die aus ihren Verstecken krochen, und auf den Äckern verfaulte die Feldfrucht im Matsch, bevor sie überhaupt ausreifen konnte. Jedes Kind wusste, was das zu bedeuten hatte: eine miserable Ernte, die große Teuerung und Not nach sich ziehen würde. Zerstreuung und Kurzweil wären dann zwar wichtiger denn je, doch bezahlen würde keiner dafür. Bald traten die Bäche und Flüsse über die Ufer, die Nebenstraßen und Feldwege wurden unpassierbar, sodass Sonntag und seine Leute auf die Fernstraßen ausweichen und teure Maut entrichten mussten.

Sie kamen auf keinen grünen Zweig mehr in diesem Sommer. Obwohl sie jede noch so geringe Gelegenheit nutzten, um mit albernen Possen ein paar Pfennige einzutreiben, blieben sie oft tage- und wochenlang ohne einen einzigen Auftritt. Sie steuerten jedes Dorf, jeden Marktflecken an, um nur doch meist wieder fortgeschickt zu werden. Entweder weil bereits andere Komödianten und Musikanten am Ort waren oder, was nun weit häufiger vorkam, weil Fremde und Fahrende grundsätzlich nicht geduldet waren. So irrten sie kreuz und quer durch die Lande zwischen Donau und Iller, wie eine Rotte Wildschweine, die vor Hunger die Orientierung verloren hat. Längst war der Prinzipal es leid, um Konzessionen zu ersuchen. Gelangten sie in eine Stadt, drückten sie sich ohne Pferd und Wagen am Torwächter vorbei und zeigten auf dem Marktplatz oder Kirchplatz ihre Darbietungen, bis man sie verjagte. Mitunter geschah das in Blitzesschnelle.

Auch der Herbst setzte wieder viel zu früh ein. Zu dem Regen kam die Kälte. Alle wurden sie inzwischen von Schnupfen oder Katarrh gequält. Und immer häufiger von Hunger. Um abends überhaupt etwas im Kessel zu haben, sammelten sie unterwegs Nüsse, Kastanien und Bucheckern auf oder stahlen in einsamen Gegenden verrottete Rüben und Kohlstrünke von den Feldern. Schnecken und Pilze ersetzten das fehlende Fleisch. Die Kinder erbettelten in den Dörfern altes Brot, um es andernorts Bauern als Viehfutter zu verkaufen, und Marusch musste dem stillschweigend zusehen.

Die Stimmung unter den Spielleuten wurde zunehmend gedrückter, und nachdem sie einmal mehr mit Hunden aus einem Dorf verjagt worden waren, forderte Marusch vom Prinzipal, endlich wieder die Führung zu übernehmen und zu planen, statt die Truppe von einem Fiasko ins nächste laufen zu lassen. So beschloss Sonntag, nach Biberach zu ziehen. Er hatte gehört, dort sei man Fremden gegenüber aufgeschlossen. Danach wollte er weiter über Waldsee und Ravensburg an den Bodensee, um in dessen mildem Klima ein Winterlager zu suchen.

Tatsächlich hatte die Obrigkeit in Biberach, das durch seine Lage am Kreuzungspunkt bedeutender Handelsstraßen recht wohlhabend war, nichts gegen die Gaukler einzuwenden. Zumal die Bürger der Stadt ein theaterbegeistertes Volk waren und selbst hin und wieder in der Schlachtmetzig Schauspiele aufführten. So durften sie auf dem südlichen Teil des Marktplatzes an allen Nachmittagen bis auf die Sonntage auftreten. Valentin und Severin erhielten sogar Erlaubnis, quer über den Holzmarkt ein Seil zu spannen, um ihre atemberaubende Balanciernummer zu zeigen, und den Musikern wurde zugestanden, ihr Auskommen für zehn Schillinge pro Auftritt in den Zunftstuben und Patrizierhäusern zu suchen. Die beiden einzigen Auflagen: Sie mussten, mit Ausnahme der Musiker, beim ersten Ruf des Nachtwächters die Stadt verlassen und ihre Wagen und Karren, selbst die Bühne, außerhalb abstellen. Dazu wurde ihnen ein Lagerplatz bei der Abdeckerei zugewiesen, weit draußen vor dem Ulmer Tor.

Es war ein baumbestandenes Stück Brachland, an dessen Rand ein schmaler Bach floss – an sich kein übler Platz, wäre nicht einen Steinwurf weiter der Arbeitsplatz der Schinder gelegen. Von morgens bis abends verrichteten hier die Knechte der Scharfrichter ihre ekelerregende Arbeit, häuteten und zerlegten Kadaver, um daraus Viehfutter, Leim und Knochenmehl, Fette und Seifen zu gewinnen. Der bestialische Gestank drang bis in ihr Lager, und außerdem lockte das verwesende Vieh, das überall herumlag, Krähen und Ratten an.

Marusch verbot den Kindern bei strenger Strafe, sich der Abdeckerei zu nähern, weniger aus Abscheu gegenüber den Schindern, diesen Unehrlichsten der Unehrlichen, als aus Angst vor bösen Krankheiten. Ambrosius hatte ihnen empfohlen, im Freien ein Tuch vor den Mund zu binden, als Schutz gegen die Ausdünstungen, und Salome verteilte Amulette mit Marder- und Wolfszähnen.

Mehr noch als die anderen litt Marthe-Marie an diesem unwirtlichen Ort; sie setzte kaum einen Schritt vor den Wohnwagen. Vielleicht hatte Marusch bemerkt, wie ihre Freundin immer einsilbiger wurde, jedenfalls fasste sie sich am dritten oder vierten Tag ein Herz und ging die wenigen Schritte hinüber zu den Abdeckern, um sich einen anderen Lagerplatz auszubitten. Sie hatte sich eine kleine Obstwiese ausgeschaut, die jenseits des Baches hinter einem Hügel lag und damit außer Sichtweite der Abdeckerei.

Doch der Altknecht beschied ihr, er habe darüber nicht zu entscheiden, sie müsse warten, bis die Scharfrichter zurück seien. Meister Stoffel allerdings sei für längere Zeit bei den Hexenprozessen in Bludenz tätig, und auch der Jungmeister komme erst in drei Tagen zurück. So lange habe sie sich schon zu gedulden.

Trotzdem drängte Marusch den Prinzipal, das Lager abzubrechen. Doch in der kommenden Nacht setzte der erste Frost ein und ließ den durchweichten Boden beinhart gefrieren. Der Gestank wurde prompt erträglicher.

«Wir bleiben», beschied Sonntag ihr. «Zumindest solange das Wetter trocken und kalt bleibt. Vielleicht ist ja auch bald dieser Jungmeister zurück. Wir sind wirklich auf jeden Tag angewiesen, an dem wir auftreten können. Oder willst du die Wintervorräte mit Pferdeäpfeln bezahlen?»

Dann aber geschah etwas Furchtbares. Ambrosius, der wie immer in der schlechten Jahreszeit alle Hände voll zu tun hatte und damit der Einzige war, der über mangelnde Einnahmen nicht klagen konnte, hatte unlängst einen älteren Mann behandelt, dessen Katarrh hartnäckig in der Stirnhöhle festsaß. Nachdem salziger Dampf nichts bewirkte, hatte er den Mann davon überzeugt, dass es das Beste sei, den Katarrh zu zapfen. Bevor er zum Messer griff, hatte er sich den Eingriff selbstverständlich angemessen bezahlen lassen, dem Mann dann eine großzügige Menge Wacholderbrand eingeflößt und ihn auf die Behandlungsbank gefesselt.

Er musste zweimal zum Schneiden ansetzen, bevor die zähe Masse aus Blut, Schleim und Eiter hervorquoll. Mochte es ein Augenblick der Unachtsamkeit gewesen sein, der ihn zu tief stechen ließ, mochte es daran gelegen haben, dass er selbst zu viel Hochprozentiges getrunken hatte – was er neuerdings vor chirurgischen Eingriffen immer tat –, jedenfalls hörte der Patient nicht auf zu brüllen. Er zerrte an seinen Fesseln, dass die Bank wackelte, und schrie, bis schließlich einzelne Worte zu verstehen waren: Ihm sei gänzlich schwarz vor Augen!

Marthe-Marie, die das Geschrei herbeigelockt hatte, sah, wie Ambrosius am ganzen Körper zu zittern begann.

«Bitte, beruhigt Euch doch. Das ist nur der Schmerz, der Euch vorübergehend das Augenlicht nimmt. Schließt rasch die Augen. Hier noch ein wenig Branntwein, das wird die Beschwerden lindern.»

Er schüttete die Hälfte des Branntweins daneben, dann griff er nach einem Fläschchen mit der Aufschrift Schierlingskraut und drückte es Marthe-Marie in die Hand.

«Zehn Tropfen davon direkt auf die Zunge. Bitte!»

Endlich war vom Patienten nur noch ein Wimmern zu hören. Auch Ambrosius schien sich zu beruhigen.

«So, jetzt noch ein bisschen Geierschmalz auf die Wunde, dann ein dicker Verband, und Ihr könnt nach Hause.»

Marthe-Marie half dem armen Mann, sich aufzurichten. Ambrosius hatte ihm den Schädel bis zur Nasenspitze bandagiert, sodass der Mann jetzt ohnehin nichts mehr sehen konnte. Zwei kräftige junge Männer, vielleicht seine Söhne, kamen ihr entgegen und nahmen den Patienten rechts und links beim Unterarm.

«Gut so, bringt ihn rasch nach Hause.» Ambrosius holte tief Luft. «Er soll sich hinlegen und den Verband bis morgen dranlassen. Der Nächste, bitte!»

Zwei Tage später erwachte Marthe-Marie von dem Lärm splitternden Holzes und berstenden Glases. Dazwischen ertönten gellende Schreie. Hastig schlüpfte sie in ihren Wollkittel.

«Das kommt vom anderen Ende des Lagers.» Fast gleichzeitig mit ihr sprang Diego vom Wagen. Barfuß und mit offenem Haar folgte sie ihm in die eiskalte Morgendämmerung. Im Lager herrschte völliges Durcheinander, alle eilten aus ihren Wagen, sie hörte Lisbeth und Agnes weinen, wieder krachte Holz. Es kam aus der Ecke, wo der Wundarzt Karren und Zelt aufgebaut hatte.

Dort bot sich ihnen ein entsetzlicher Anblick. Wie die Berserker schlugen vier Männer mit Knüppeln abwechselnd auf Ambrosius ein, der am Boden lag, und gegen dessen umgestürzten Karren. Lambert, der als Erster an Ort und Stelle war, wurde sofort von einem Hieb getroffen. Bevor Diego und die anderen Gaukler eingreifen konnten, schleuderten ihnen die Männer die Knüppel vor die Brust und ergriffen die Flucht.

«Sagt Eurem Hodenschneider, dass er unseren Vater blind gemacht hat,» hörten sie sie brüllen, dann waren die vier in der Dämmerung verschwunden.

Lambert hatte bis auf eine Platzwunde an der Stirn keinen größeren Schaden genommen, doch Ambrosius rührte sich nicht. Blutüberströmt lag er inmitten seiner Habseligkeiten, sein Atem ging kurz und stoßweise. Der Prinzipal riss sich das Hemd in Fetzen und versuchte damit, die klaffenden Wunden zu bedecken. Fieberhaft durchwühlte Marthe-Marie den umgestürzten Karren nach Verbandszeug, bis sie, wie aus weiter Ferne, Maruschs Stimme hörte:

«Lass. Es ist vorbei.»

Sie richtete sich auf und starrte auf den leblosen Körper zu ihren Füßen. Ambrosius' Augen waren weit aufgerissen, als sei er immer noch bass erstaunt, was da mit ihm geschah. Doch sein Blick war gebrochen.

Diego kniete nieder und nahm seine Hand. «So ein Ende hast du nicht verdient, alter Quacksalber», hörte Marthe-Marie ihn flüstern. «Erschlagen wie ein Stück Vieh.»

Dann schloss er dem Toten die Augen.

Keiner sprach ein Wort, als sie sich rings um den Leichnam aufstellten, selbst die Natur hielt den Atem an: Kein Windhauch, keine Vogelstimme, kein Pferdeschnauben war zu hören. Schließlich durchbrach der Prinzipal die Stille mit einem Gebet, in das die anderen leise einfielen: «Herr, gib ihm ewige Ruhe, und das ewige Licht leuchte ihm. Lass ihn ruhen in Frieden. Amen.»

Dann wandte er sich ab. «Caspar und Quirin, ihr bringt ihn auf meinen Wagen. Und ihr anderen: Packt eure Sachen, wir verschwinden.»

◈ 35 ◈

Marthe-Marie wusste genau, warum niemand aus der Truppe auf den Gedanken kam, Ambrosius' Mörder vor Gericht zu bringen, hatte sie doch längst am eigenen Leib erfahren, was Rechtlosigkeit bedeutete. Unterwegs bestatteten sie den toten Wundarzt an einem einsamen Flecken an der Riss. Den Karren mit all seinen medizinischen und chirurgischen Kostbarkeiten versenkten sie in der Strömung des Flusses; nur die Reiseapotheke nahm der Prinzipal an sich. Als sie das bunt bemalte Heck des Karrens unter Schmatzen und Gurgeln untergehen sah, wusste Marthe-Marie, dass sie nicht länger bei den Spielleuten bleiben konnte.

Eine halbe Wegstunde später trafen sie auf einen jungen Mann, der sein Pferd tränkte. Marthe-Marie hatte die Briefbüchsen und das kleine silberne Schild am Sattel, das den Reiter als reichsstädtischen Amtsboten auswies, sofort ausgemacht.

Sie sprang vom Kutschbock und begrüßte den Fremden höflich. Er war recht klein, aber drahtig, und sein Vollbart wie seine Kleidung nach Art der Landsknechte verliehen ihm etwas Verwegenes.

«Wohin seid Ihr unterwegs?»

Er musterte sie einen Augenblick, bevor er antwortete. Seine haselnussbraunen Augen strahlten etwas Sanftes, fast Kindliches aus, das so gar nicht zu seinem soldatischen Äußeren passte und sie fast schmerzhaft an Jonas erinnerte.

«Gewöhnlich reite ich von Ulm über Biberach nach Ravensburg und wieder zurück. Immer hin und her. Doch dieses Mal muss ich bis an den See, nach Meersburg.»

«Nach Meersburg.» Sie sprach den Namen langsam aus, spürte darin den fast vergessen geglaubten Erinnerungen an ihre Kindheit nach. Wie hatte sie das Städtchen mit seiner stolzen uralten Burg als Kind immer bewundert, wenn ihr Vater sie bei gutem Wetter auf den See hinausgerudert hatte.

«Warum fragt Ihr, schöne Jungfer? Wollt Ihr mir eine Nachricht mitgeben? Für einen halben Gulden bin ich dabei.»

«Der Brief sollte nach Konstanz, nicht nach Meersburg. Wie schade. Außerdem müsstet Ihr meinen Bruder persönlich aufsuchen, damit er Euch seine Antwort gleich mitgibt.» Sie wollte sich schon abwenden, doch der Bote hielt sie zurück.

«Das lässt sich machen. Euch zuliebe und sagen wir: für einen Gulden lasse ich mich in Meersburg nach Konstanz übersetzen. Wohin soll ich Euch die Antwort bringen? Nach Biberach?»

Sie schüttelte den Kopf. «Habt Dank für das Angebot. Aber ich besitze nicht einmal diesen einen Gulden.»

«Doch!»

Marthe-Marie drehte sich um. Wenige Schritte hinter ihr stand Marusch. Wahrscheinlich hatte sie das ganze Gespräch mit angehört.

«Kommt mit zu meinem Wagen, junger Mann, damit ich Euch ausbezahle. Und du schreib schnell deinen Brief.»

Marthe-Marie rannte zu Diego, der als Einziger in der Truppe Papier, Federkiel und ein Fässchen mit kostbarer Gallapfeltinte besaß. Er runzelte über ihre Bitte verwundert die Stirn, fragte jedoch nicht weiter nach. Abseits der Wagen hockte sie sich auf einen eiskalten Stein und schrieb hastige Worte an ihren Bruder, Worte, die so wenig von dem ausdrückten, was mit ihr geschehen war. Ihr blieb nur die Hoffnung, dass er ihre und Agnes' Notlage verstehen würde, dass noch ein Rest von Verbundenheit aus Kindheitstagen geblieben war.

Als sie das Papier zusammenrollte, saß der Amtsbote bereits im Sattel.

«Wohin also soll ich die Antwort bringen?»

«Wir werden wohl die nächste Zeit in Waldsee gastieren. Gehört das zu Euren Stationen?»

«Eigentlich bediene ich nur die freien Reichsstädte, keine Landstädtchen. Aber Waldsee liegt direkt auf meinem Weg, da kann ich wohl am dortigen Rathaus vorbei.»

«Das wäre schön. Wann, denkt Ihr, seid Ihr zurück?»

«In fünf bis sechs Tagen könnt Ihr Eure Nachricht in Waldsee abholen. Vorausgesetzt, das Wetter bleibt trocken und ich bekomme eine Antwort von Eurem Bruder.»

«Das kann ich nur hoffen», sagte sie mit belegter Stimme. «Gehabt Euch wohl und gute Reise.»

«Danke, Euch auch.»

Dann gab er seinem Pferd die Sporen und galoppierte davon. Sie sah ihm mit bangem Herzen nach, voller Zweifel, ob ihre Entscheidung richtig gewesen war.

«Nun komm schon, wir wollen weiter», rief Marusch.

Marthe-Marie kletterte neben sie auf den Bock. «Wie hast du den Boten bezahlt? Keiner von uns besitzt mehr einen Pfennig. Hast du etwa Sonntag um Geld gebeten?»

«Keine Sorge. Leo wird von nichts erfahren.» Sie lachte.

«Wovon wird er nichts erfahren?»

«Larifari. Vergiss, was ich gesagt habe. Deine Nachricht ist unterwegs, und das ist die Hauptsache.»

«Marusch, du sagst mir jetzt sofort, womit du den Boten bezahlt hast.»

«Was bist du nur für ein Wunderfitz.» Marusch stöhnte. «Nun denn, mit einer Silberbrosche. Die kleine hässliche, die mir sowieso nie gefallen hat.»

«Du bist vollkommen verrückt! Wie konntest du so etwas tun? Deinen Schmuck hergeben für einen Brief, auf den ich vielleicht nie eine Antwort bekomme.»

«Jetzt hör mir mal zu: Ich habe nicht vergessen, wie du damals nach dem Überfall all deine guten Kleider an diese Bauernschlampe verscherbelt hast. Das war unsere Rettung. Da werde ich wohl eine lächerliche kleine Brosche hergeben können, die dir möglicherweise hilft, aus diesem Elend herauszukommen.»

Am nächsten Tag erreichten sie Waldsee. Der Prinzipal ließ den Tross in einer Senke nahe des malerischen kleinen Sees halten, dann machten er und Diego sich bereit für den Gang zum Magistrat. Es versetzte Marthe-Marie einen Stich, als sie sie eine halbe Stunde später davongehen sah. Wie üblich hatten sich die beiden gewaschen und gekämmt, doch inzwischen sahen sie nicht viel besser aus als Bettler. Dennoch war Sonntag guten Mutes gewesen, hatte er doch gehört, dass dieses Landstädtchen durch und durch katholisch war, zudem hatten Augustinerchorherren hier ein reiches Stift, und so gedachte er, sich mit einem Krippenspiel und einigen ergreifenden Historien aus dem Alten Testament zu bewerben.

Am späten Nachmittag kehrten sie zurück. Kopfschüttelnd berichtete der Prinzipal von ihren Verhandlungen. Beim Trinken und Kartenspielen hätten sie die hohen Herren angetroffen und wären sogleich zu einem Schoppen Wein eingeladen worden. Dabei hätten sie Bemerkenswertes erfahren.

«Waldsee steht unter der Pfandherrschaft des Truchsess von Waldburg, wie wir erfahren haben. Der anwesende Ratsherr ließ uns zunächst wissen, dass der Truchsess Order gegeben habe, kein fahrendes Volk einzulassen, doch dann ergriff der Stadtammann das Wort und meinte, solange der Truchsess außer Landes weile, könne er ihnen schwerlich vorschreiben, was sich die Bürger zur inneren Erbauung leisteten. Und als Habsburger im Herzen und damit als braver Katholik hätte er nichts einzuwenden gegen ein christliches Spiel zum Weihnachtsfest, im Gegenteil.»

So habe denn der Ammann vorgeschlagen, ihnen die Konzession zu erteilen dergestalt, dass sie vor den Toren der Stadt lagern und dort gegen vier Pfennige Standgeld pro Tag beliebig oft ihre Darbietungen bringen dürften; allerdings solle angesichts der wirtschaftlichen Lage von den Zuschauern höchstens ein halber Schilling Eintritt verlangt werden, und lautstarke Werbung mit Trommel und Trompete sei untersagt. Zum Weihnachtsfest hingegen möchten sie vor dem Rathaus ihre Bühne aufbauen und an drei Tagen für einen Malter Roggen die zuvor besprochenen christlichen Schaustücke aufführen. Aus ihrem langen und äußerst freundlichen Gespräch habe man zwei Dinge deutlich heraushören können: Zum einen seien die Bürger der Stadt Waldsee ihrem Pfandherrn offensichtlich spinnefeind, zum anderen sei mit diesem Truchsess wohl nicht zu spaßen.

«Bleiben wir also hier», schloss er seine Ausführungen, «und ziehen erst nach Weihnachten an den Bodensee. Falls es nicht aus Eimern gießt oder fürchterlich zu schneien beginnt, sollten wir die Reise nach Buchhorn in wenigen Tagen schaffen.»

Marthe-Marie betete im Stillen, dass das Schicksal ihnen hier endlich besser mitspiele, denn angesichts des einbrechenden Winters und ihrer leeren Kasse packte sie inzwischen die nackte Angst, Hungers zu sterben. Bereits jetzt musste jeder Bissen Brot, jeder Topf Weizenmus oder Suppe unter Maruschs strenger Aufsicht verteilt werden, und gerade die Kinder saßen nach den Mahlzeiten mit knurrendem Magen und enttäuschtem Blick vor den ausgekratzten Schüsseln.

So zeigten sie denn, sobald genügend Volk auf der Wiese zusammengeströmt war, ihre Historienspiele und die üblichen Kunststücke und Attraktionen. Die meisten Zuschauer waren einfache Ackerbürger, die vielleicht eine rote Kuh oder ein paar Schweine samt zugehörigem Misthaufen ihr Eigen nannten. Doch sie waren begeistert von ihrem Spiel und zahlten, ohne zu murren, ihren halben Schilling. Hin und wieder ließ sich einer der Chorherren blicken, weniger aus Vergnügen, denn um mit grimmiger Miene zu kontrollieren, ob nichts Unschickliches oder Gottloses gezeigt würde. Sie fanden aber nichts zu beanstanden, bis auf Salomes Wahrsagerei, und bereits am dritten Tag erschien früh morgens der Stadtweibel mit einem handgefertigten Schild: «Jeder sitzt ein im Turm drei Tage und drei Nächte lang, wer die Dienste der Wahrsagerin in Anspruch nimmt.»

«Ich kann leider nicht lesen», spottete Salome, als der Weibel das Schild über den Eingang ihres Zelts hängte. «Und die meisten meiner Besucher auch nicht.»

«Komm mir nicht dumm, du weißt genau, worum es geht», sagte er verächtlich und zog sich den Hut tiefer in die Stirn. «Oder willst du enden wie erst neulich die Schulerin, die alte Hebamme?»

Die sei mit dem Teufel im Bunde gestanden, erzählte er ungefragt, und habe etliche Neugeborene auf dem Gewissen. Sie habe sogar versucht, den kleinen Sohn des hoch angesehenen Bildschnitzers Hans Zürn zu verhexen, doch Meister Zürn sei Manns genug gewesen, ihr mit dem Messer zu drohen. Da habe sie von ihrem Vorhaben abgelassen. Vor einigen Wochen endlich habe sie gestanden, eine Hexe zu sein, und sei dafür zu Asche verbrannt worden.

«Du siehst, wir sind hier nicht zimperlich. Also sei vorsichtig. Und sag das den anderen Zigeunern hier weiter.»

Marthe-Marie hatte mit den Aufführungen nichts zu schaffen, denn weder ihre Nummer als Rechenkünstlerin noch «Romeo und Julia» waren angesichts des bevorstehenden Hochfestes geduldet. Sie wusste kaum, wie sie die Tage herumbringen sollte, fing hier an, Töpfe zu schrubben, dort Kleider auszubessern und ließ nach kurzer Zeit wieder alles liegen und stehen. Diego durfte sie nicht einmal mehr berühren, ihrer Freundin ging sie aus dem Weg. Nur Agnes gegenüber zeigte sie eine fast verzweifelte Zärtlichkeit, dass die Kleine, die sonst eine erstaunliche Selbständigkeit an den Tag legte, ganz unsicher wurde und ihrerseits die Mutter nicht mehr außer Sichtweite ließ. Dabei hatte Marthe-Maries Verstimmung eine einzige Ursache: Mit jeder Stunde fürchtete sie sich mehr vor dem Augenblick, wo sie im Rathaus stehen und nach einer Nachricht fragen würde. Wobei sie nicht wusste, was sie mehr ängstigte: Dass ihr Gang vergebens sein könnte oder sie eine Antwort in den Händen halten würde.

Am fünften Tag, die trockene Kälte hatte umgeschlagen in einen alles durchdringenden Nieselregen, machte sich Marthe-Marie auf den Weg in die Stadt. Agnes bettelte, mitkommen zu dürfen, fast war sie darüber erleichtert. Sie hüllte ihre Tochter in ein dickes wollenes Tuch, sich selbst in einen zerschlissenen und mehrfach geflickten Kapuzenumhang, den sie sich mit Marusch und Anna teilte. Dann marschierten sie das kurze Stück zum Biberacher Torturm.

Jetzt erst fiel ihr auf, dass sie noch kein einziges Mal in dieser Stadt gewesen war, die so malerisch an einer uralten Römerstraße zwischen den beiden kleinen Seen lag. Dabei hatte sie in den wenigen Tagen mehr über Waldsee erfahren als über die meisten anderen Orte, an denen sie bisher Station gemacht hatten. Vielleicht lag es daran, dass die Waldseer zwar ein bescheidenes Leben führen mochten, als einfache Krämer, Bauern und Fischer, Leineweber oder Kornhändler, dabei aber stolz und rebellisch waren und sich mit der Jahrhunderte alten Pfandherrschaft der Waldburger nie abgefunden hatten. Die meisten, die zu ihren Vorführungen herauskamen, waren offen und zu Gesprächen bereit, fast schienen sie in den Gauklern so etwas wie Kampfgefährten gegenüber ihren geistlichen und weltlichen Herren zu sehen.

Mehr als einmal hatten sich diese Bürger gegen ihren Pfandherrn erhoben, wie sie stolz erzählten, hatten kurzerhand das kleine Tor zum Schloss, das direkt vor den Mauern ihrer Stadt lag, zugemauert oder waren mit Pfeil und Bogen in den Schlosshof eingedrungen, hatten den Truchsess und seine Gefolgsleute angegriffen und mit Fackeln etliche Gebäude in Brand gesetzt. Selbst gegen Georg von Waldburg hatten sie gewagt, sich zu wehren, jenen berüchtigten Bauernjörg, der vor nun bald hundert Jahren den aufständischen Bauern versprochen hatte, ihre Forderungen zu erfüllen, sofern sie ihre Waffen niederlegten, nur um sie dann hinterrücks niederzumetzeln. Dass die Rebellion der Waldseer Bürger jedes Mal in einer blutigen Niederlage endete, ließ ihre Hoffnung nicht schwinden, eines Tages doch wieder dem Hause Österreich anzugehören oder gar zur freien Reichsstadt zu werden.

Als Marthe-Marie jetzt den Torwärter grüßte, erkannte sie in ihm einen der Schaulustigen, die häufiger zu ihnen herauskamen. Auch er schien sie zu erkennen, denn er gab ihren Gruß freundlich zurück und winkte sie und Agnes durchs Tor, ohne Pflastergeld zu verlangen.

Linker Hand erhob sich die mächtige Stiftskirche St. Peter, die mit den angrenzenden Stiftsgebäuden unverhohlen ihren Reichtum zeigte. Seit je war das Verhältnis der armen Stadt zum reichen Kloster mit seinen großen Ländereien gespannt gewesen. War das Joch der weltlichen Herrschaft schwer genug zu ertragen, so wollten sich die Bürger wenigstens aus der geistlichen Vormundschaft der Augustinerchorherren befreien und eine eigenständige Kirchengemeinde schaffen. Aus eigenen Mitteln und unter vielen Opfern errichteten sie schließlich eine Kapelle auf dem Frauenberg oberhalb der Stadt. Aber noch ehe die Kirche fertig war, erklärten Propst und Truchsess die Kapelle zur Filiale der Stiftskirche, andernfalls müsse der Bau eingestellt werden. Nun war aber die Kapelle, obwohl noch nicht fertig, schon zum bevorzugten Gebetsort der Bürger geworden. Unter demütigenden Bedingungen bauten sie ihr Kirchlein fertig. Ein Taufbecken zu errichten wurde ihnen untersagt, der Priester musste dem Propst untergeben sein und durfte ohne dessen Zustimmung keine Sakramente spenden. Auch das Kirchenopfer wurde vom Stift beansprucht. Trotz dieser drückenden Einschränkungen wurde die Frauenbergkapelle für die Menschen von Waldsee zur bevorzugten Kirche, und dass Gebete nirgendwo besser erhört wurden als in dieser Kapelle, hatten die Gaukler in diesen Tagen schon oft zu hören bekommen.

Und so wurde die Frauenbergkapelle zu einem Denkmal der Unabhängigkeit, des unbeugsamen Willens, das sich die Bürger dieser Stadt selbst gesetzt hatten. Genau wie das prächtige Rathaus, vor dem Marthe-Marie jetzt mit klopfendem Herzen stand. Viel zu groß und zu schön war es für diese kleine Stadt. Ich muss neben Schloss und Stift bestehen können, schien seine prächtige Fassade ausdrücken zu wollen. Dass vom Erker dieses ehrwürdigen Hauses in den letzten Jahren über etliche Frauen als vermeintliche Hexen der Stab gebrochen worden war, wollte allerdings nicht so recht zum Bild der stolzen und freiheitsliebenden Waldseer Bürger passen. Doch warum sollte es hier auch anders zugehen als anderswo im Reich?

Marthe-Marie griff nach Agnes' Hand und gab sich einen Ruck. Als sie in das Dunkel der Arkaden trat, verstellte ihr ein Amtsdiener den Weg.

«Wohin wollt Ihr?» Von oben bis unten musterte er ihre ärmliche Kleidung.

«Ich erwarte eine Nachricht aus Konstanz. Von einem reichsstädtischen Boten.»

«Na, wenn das so ist. Ihr habt Glück. Eben gerade war er hier und hat eine Sendung gebracht. Wartet hier», befahl der Mann und verschwand hinter einer schmucklosen Holztür. Kurz darauf war er mit einer kleinen versiegelten Papierrolle zurück.

«Wie ist Euer Name?»

«Marthe-Marie Mangoltin.»

«Seltsam. Auf der Nachricht steht, sie sei für eine gewisse Marthe-Marie Stadellmenin.»

Der Schreck verschlug ihr für einen Moment die Sprache.

«Was ist? Heißt Ihr nun Mangoltin oder Stadellmenin?»

«Stadellmenin mit Muttername», stotterte Marthe-Marie.

«Nun – wie dem auch sei: Die Beschreibung des Boten stimmt. Eine bildhübsche Frau werde die Nachricht abholen.» Er grinste breit und reichte ihr die Rolle.

Ihre Hände zitterten, als sie den Brief entgegennahm. Sie bedankte sich und eilte hinaus auf den Rathausplatz, als sei ein Verfolger hinter ihr her. Ohne nach rechts und links zu blicken durchquerte sie die Stadt so rasch, dass Agnes kaum Schritt halten konnte, hastete mit kurzem Gruß an dem Torwächter vorbei, bis sie endlich das Lager erreicht hatte. Die Papierrolle in ihrer Hand brannte wie glühende Kohle. Was hatte es zu bedeuten, dass ihr Bruder den Brief an Marthe-Marie Stadellmenin gerichtet hatte?

«Geh zu den anderen spielen, mein kleiner Spatz», bat sie ihre Tochter. Dann lief sie weiter über die durchnässte Wiese in Richtung See, sah aus den Augenwinkeln Marusch, die ihr beunruhigt nachblickte, und blieb schließlich am Ufer stehen. Sie hörte Kinderlachen hinter sich, das Wiehern eines Pferdes. Was, wenn sie diesen Brief jetzt einfach ungeöffnet in den See warf? Würde sie damit ihr Schicksal beeinflussen können? Einmal mehr fragte sie sich, ob sie wirklich in ihre Heimatstadt Konstanz zurückkehren und von der Familie ihres Bruders aufgenommen werden wollte.

Der Regen wurde wieder stärker, und sie fror am ganzen Leib. Endlich erbrach sie das Siegel. Sie erkannte die verschnörkelte Handschrift ihres Bruders sofort, konnte dennoch die wenigen Zeilen, die der Brief enthielt, nicht entziffern. Die Buchstaben tanzten vor ihren Augen, in ihrem Kopf begann es zu rauschen, als sie endlich begriff, was da geschrieben stand:

Ziel allen Handelns ist ein ehrbares und ehrenvolles Leben, du aber, Marthe-Marie, hast nach allem, was du über deine Lage schreibst, dieses Ziel wissentlich verfehlt. Das wundert mich allerdings nicht, nachdem mir von einem Fremden zugetragen wurde, wer du wirklich bist.

Ich will hierüber keine weiteren Worte verlieren. Du wirst verstehen, dass ich dich in meiner Familie nicht aufnehmen kann. Hinzu kommt, dass mein Vater, den du in dem Bittbrief an mich zu Unrecht auch den deinen nennst, unlängst gestorben ist – Gott habe ihn selig. Mach dir jedoch keine Hoffnung auf ein Erbe, denn du bist nicht mit ihm verwandt.

Gott schütze dich und deine bedauernswerte Tochter, lebe wohl. Ferdinand Mangolt.

«Nimm noch einen Schluck.» Marusch reichte Marthe-Marie den Becher mit dem heißen Aufguss aus Weißdorn und Eisenkraut. «Du musst wieder zu Kräften kommen.»

Marthe-Marie schüttelte den Kopf. «Es geht schon wieder.»

Tatsächlich hatte das Zittern aufgehört, und sie spürte eine angenehme Schläfrigkeit aufsteigen. Marusch hatte sie mit sanfter Gewalt ins Lager zurückgeholt, nachdem sie den ganzen Mittag über am Seeufer gehockt war, mit starrem Blick, bis auf die Haut durchnässt und steif vor Kälte. Jetzt lag sie im Wohnwagen auf Maruschs Strohsack, das Kohlebecken zu ihren Füßen verbreitete eine angenehme Wärme.

«Es tut mir von Herzen Leid wegen deines Ziehvaters. Du hast ihn sehr gemocht, nicht wahr?» Liebevoll streichelte Marusch ihre Wange. «Und was deinen Bruder betrifft – vergiss ihn am besten. Er ist nichts anderes als einer dieser erbärmlichen Emporkömmlinge, die über Erfolg und Reichtum ihre Menschlichkeit abgelegt haben wie einen alten Rock. Nicht du hast versagt, sondern er.»

Marthe-Marie verstand kaum den Sinn ihrer Worte. Sie fragte sich, ob Marusch dem Getränk noch etwas anderes beigemischt hatte; alles um sie herum löste sich auf in einem Reigen schemenhafter Eindrücke. Dann fiel sie in einen Schlaf voll unerklärlicher Bilder und Stimmen, mit Träumen, die in sanften Farben gemalt waren.

Ab und an nahm sie warme Hände wahr, die ihr Gesicht berührten, sie sah Agnes mit ihren widerspenstigen Locken und tiefblauen Augen an ihrem Lager, Diegos besorgtes Gesicht, spürte, wie ihr jemand zu trinken einflößte.

«Ich denke, sie ist überm Berg.»

Marthe-Marie schlug die Augen auf. Marusch und Anna beugten sich mit prüfendem Blick über sie. Ihre Stirn war jetzt angenehm kühl.

«Du hattest einen starken Anfall von Nervenfieber», hörte sie Marusch flüstern.

«Hat das Ambrosius gesagt?»

«Ambrosius ist tot.»

Nur widerstrebend kehrte Marthe-Marie in die Wirklichkeit zurück. Ferdinands Brief trat ihr ins Bewusstsein, jedes einzelne Wort hatte sie wie in Stein gemeißelt vor Augen. Wäre sie doch nur in diesem dunklen Reich der Träume geblieben.

«Du hast fast drei Tage lang geschlafen. Agnes wird froh sein, dass du wieder bei uns bist. Sie hat nur noch geweint.»

«Bitte, hol sie her.»

«Gleich.» Marusch gab Anna einen Wink, die daraufhin den Wohnwagen verließ. «Vorher möchte ich dir noch etwas sagen. Bist du wieder ganz bei dir?»

Marthe-Marie nickte. Ihr Magen begann laut zu knurren.

Marusch lächelte. «Das ist gut. Anna wird dir etwas zu essen bringen, dann hole ich Agnes. Hör zu.» Sie nahm ihre Hand. «Ich wollte es dir eigentlich nicht sagen, aus Eigennutz vielleicht. Aber ich habe in Ulm herausgefunden, dass Jonas dort als Hauslehrer arbeitet.»

Marthe-Marie fuhr auf. Ihre Schläfrigkeit war wie weggefegt.

«Hast du mit ihm gesprochen?»

«Nein. Ich wollte mich nicht zu sehr einmischen. Aber ich weiß nun, dass er tatsächlich nach Ulm gegangen ist und eine Stellung bei einer reichen Patrizierfamilie gefunden hat. Sobald du wieder auf den Beinen bist, solltest du mit Agnes zu ihm gehen. Einer unserer Männer wird dich begleiten.»

«Nein!» Die Antwort entfuhr ihr als spitzer Schrei.

«Beruhige dich, du musst ja nichts übereilen. Aber denk doch mal darüber nach. Du bist einfach nicht gemacht für dieses erbärmliche Leben bei uns Fahrenden.»

«Niemals.» Sie saß jetzt aufrecht auf ihrem Strohsack und warf ihrer Freundin einen zornigen Blick zu. «Schau mich doch an. Ich bin doch kein Bürgerweib mehr. Wie eine verhärmte alte Frau sehe ich aus, verwahrlost und in Lumpen wie eine Bettlerin. Einen letzten Rest Stolz habe ich noch, dass ich nicht bei einem Mann angekrochen komme und um Obdach bettle.»

«Ein falscher Stolz», murmelte Marusch.

«Und dann – was habe ich nicht alles getan, um Jonas zurückzustoßen. Nein, Marusch, es ist zu spät mit Jonas. Wenn du unsere Freundschaft nicht gefährden willst, dann fang nie wieder damit an.»

Marusch verzog ihren Mund zu einem schmalen Stich. «Gut, niemand kann dich zwingen. Doch hin und wieder solltest du auch an Agnes denken. Sie hat ihr Leben noch vor sich.»

Das Weihnachtsspiel vor dem Rathaus war ihre Rettung. Nach der Missernte in diesem Herbst hatte tatsächlich eine Teuerung eingesetzt, die vor allem die Handwerker und Bauern bis ins Mark traf. Das fruchtbare Hinterland, das selbst in nur halbwegs guten Jahren so viel Getreide lieferte, dass es bis in die Schweiz ausgeführt wurde, hatte kaum Ertrag gebracht, und der Speicher des Waldseer Kornhauses war fast leer. Als der Magistrat die Rationierung der Vorräte beschloss, stieg der Brotpreis binnen weniger Tage um das Dreifache. Getreide ersetzte Heller und Pfennig als Zahlungsmittel, um jede Ware wurde erbarmungslos gefeilscht, und bald gab es viele Lebensmittel nur noch unter der Hand. Einige wenige Händler und Kaufleute, die aus der Not ihr Schnäppchen zu schlagen wussten, wurden immer reicher, während die Übrigen sich auf das Allernotwendigste beschränken mussten. In der Woche vor Weihnachten schließlich interessierte sich niemand mehr für die Künste der Gaukler, zum einen, weil selbst die Menschen aus dem weiteren Umland ihre Darbietungen bereits gesehen hatten, zum anderen und vor allem aber, weil niemand mehr einen Groschen übrig hatte.

Doch dank ihres Lohnes von einem Malter Roggen, den der

Kornmeister nur zähneknirschend herausrückte, litten sie zumindest nach Weihnachten nicht an Hunger, auch wenn es fortan nur in Wasser gekochtes Getreidemus oder Pfannkuchen gab.

Das Wohlwollen der Bürger gegenüber den Spielleuten, die da vor ihrer Stadt lagerten, schlug rasch um in Ablehnung, ja Feindseligkeit, sahen sie doch in den Fremden nun zwei Dutzend hungrige Mäuler mehr.

«Wir sollten weiterziehen, bevor wir wieder mit faulen Eiern beworfen werden. Oder noch Schlimmeres geschieht», drängte Marusch. In der Enge des Wohnwagens kauerten sie sich alle um das Kohlebecken, während draußen der Sturm um die Bretterwände heulte.

«Leicht gesagt.» Sonntag sah sie herausfordernd an. «Willst du bei diesem Sauwetter hinaus und die Tiere anspannen? Seit zwei Tagen geht das nun schon so. Wir können froh sein, wenn keines unserer Pferde von einem Ast erschlagen wird.»

Er warf einen missgelaunten Blick in den leeren Topf. «Gibt es keinen Brei mehr? Die Portionen werden ja von Tag zu Tag mickriger.»

«Wir müssen den Vorrat einteilen. Du trägst als Einziger noch ein Fettpolster, also jammere nicht.»

«Marusch hat Recht, der Sturm bringt Schnee, das rieche ich.» Diego legte seinen Löffel zurück in die blitzblank ausgekratzte Schüssel. «Und zwar so viel, dass wir hier festsitzen werden wie die Maus in der Falle.»

So kam es. Schon wenige Stunden später setzte heftiger Schneefall ein. Fünf Tage lang schneite es ununterbrochen – fünf Tage, an denen sie den Wagen nur verließen, um im Wechsel nach den Tieren zu sehen, ihre Notdurft zu verrichten oder Schnee für den Wasserkessel hereinzuholen. Diego versuchte vergebens, im Windschatten des Wagens ein Feuer zu entfachen, und nachdem er irgendwann mit Hilfe von Quirins Zaubermitteln Erfolg hatte, fackelte er um ein Haar den Wagen ab. Es blieb ihnen nichts anderes übrig, als den ungemahlenen Teil ihres Korns wie Vieh zu kauen, was immerhin den Vorteil hatte, dass jeder nur das Nötigste aß.

Anfangs vertrieben sie sich die Zeit mit Geschichtenerzählen. Zum Würfeln oder Kartenspielen drang zu wenig Licht durch die Ritzen, die Läden der beiden Fenster mussten geschlossen bleiben. Doch bald begannen Unmut und Streitsucht um sich zu greifen wie eine ansteckende Krankheit. Mal zankten sich die Kinder, bis Marusch die Hand ausrutschte, um sie zur Räson zu bringen, was noch schlimmeres Geschrei nach sich zog. Dann verschwand Diego für Stunden im Schneegestöber, weil er die Enge des Wagens nicht mehr aushielt, und die Männer mussten ihn bei Einbruch der Nacht suchen gehen, unter lautstarken Flüchen. Salome begann in der Ecke, in die sie sich zurückgezogen hatte, geheimnisvolle Kräfte zu beschwören: Sie stach sich mit einer Nadel in den Finger, zog damit einen blutigen Kreis auf den Bretterboden und legte kleine Gänseknochen, Federn und verknotete Zwirnsfäden hinein. Dabei murmelte sie unablässig vor sich hin.

Irgendwann erhob sich Quirin und begann zu brüllen: «Verdammt nochmal!»

Er zeigte mit ausgestrecktem Arm auf Marthe-Marie. «Die ist schuld. Die Bastardin hat uns Unglück gebracht, seit sie dabei ist. Du gehörst nicht zu uns, scher dich zum Teufel!»

Im nächsten Moment traf ihn Diegos Faust mitten ins Gesicht. Um ein Haar wäre es zu einer Prügelei gekommen, hätte sich Marusch nicht zwischen die beiden Männer gestellt.

«Ihr solltet euch was schämen», sagte sie nur, und Marthe-Marie wunderte sich einmal mehr über die Autorität, die von Marusch ausging.

Als es endlich zu schneien aufhörte, strömten sie ins Freie wie eine Herde Schafe, die endlich aus ihrem Pferch befreit wurde. Das Lager war vollkommen eingeschneit. Wagen und Karren lagen unter den Schneemassen wie weiße Maulwurfshügel, die Bäume rundum bogen sich unter ihrer Last, und die Pferde und Maultiere hatten sich mühsam kleine Flecken der Grasnarbe freigescharrt, um an ihr spärliches Fressen zu kommen. Zum Glück fehlte keines der Tiere, aber wer hätte bei diesem Wetter auch hier herauskommen sollen, um Pferde zu stehlen.

Dafür waren am nächsten Tag Tilmans Hunde verschwunden. Voller Sorge schwärmten die Kinder aus, sie zu suchen, hofften darauf, sie in der Stadt oder den umliegenden Höfen zu finden, wo sie vielleicht nach etwas Essbarem gestöbert hatten. Doch es war vergebens.

Marthe-Marie hatte sich mit Marusch auf den Weg zur nahen Mühle gemacht, um den letzten Rest ihres Getreides mahlen zu lassen. Mühsam kämpften sie sich durch die Schneemassen, um gleichermaßen verschwitzt wie durchnässt mit zwei Säcken Mehl zum Lager zurückzukehren. In der Mühle hatten sie erfahren, dass in der Stadt eine Hungersnot ausgebrochen sei, weil sich die Bauern der Umgebung weigerten, ihre letzten Vorräte herauszurücken.

«Ich fürchte, die Hunde sehen wir nie wieder», meinte Marusch.

«Wie meinst du das?»

«Dass jemand sie weggelockt und geschlachtet hat.»

So war es schließlich auch Marusch, die den blutigen Fetzen entdeckte, der an den Bühnenwagen genagelt war. Auf den ersten Blick sah es aus wie ein kleines Stück eines blutgetränkten Lappens, erst bei genauerem Hinsehen erkannte man die schwarzen und weißen Fellhaare. Es war das Ohr des kleinen Mischlingshundes.

Hastig zerrte Marusch an dem Nagel, doch es war zu spät. Ihr jüngster Sohn stand bereits neben ihr.

«Romulus!», schrie Titus. Die Frauen und Kinder rannten herbei, starrten auf das abgeschnittene Ohr. Tilman begann lautlos zu schluchzen.

«Mein Gott!», flüsterte Marthe-Marie. «Wer tut so etwas?»

Marusch schien ebenso fassungslos. «Das hätte nicht sein müssen.»

Sie holte Sonntag, der umgehend seine Männer zusammenrief.

«Es wäre höchste Zeit aufzubrechen. Aber die Wege sind unpassierbar. Also müssen wir Tag und Nacht Wachen aufstellen, sonst verschwinden auch noch unsere Zugtiere. Am besten pflocken wir sie direkt beim Wohnwagen an. Und niemand verlässt mehr ohne Begleitung das Lager.»

Das erhoffte Tauwetter setzte auch in den nächsten Tagen nicht ein, stattdessen überbrachte ihnen der Stadtweibel mit gewichtiger Miene eine Nachricht des Magistrats: Angesichts der Notlage der Bürger seien von nun an alle öffentlichen Darbietungen verboten. Aus Gründen der Nächstenliebe dürften sie aber kostenfrei an ihrem Platz bleiben, bis das Wetter einen Aufbruch erlaube.

«Ein sauberer Beschluss», höhnte Diego. «Hat sich der weise Rat auch Gedanken gemacht, wie wir dann unsere Kinder satt bekommen?»

Das Gesicht des Weibels färbte sich rot. «Wir haben bei Gott andere Sorgen, als euch fahrendem Volk die hungrigen Mäuler zu stopfen.»

Ohne ein weiteres Wort stapfte er davon.

«Es gibt nur noch eine einzige Möglichkeit», sagte der Prinzipal und sah die Musikanten an, die wie immer etwas abseits beieinander standen. Seit über drei Jahren schon zogen sie mit Sonntags Compagnie durch die Lande, hatten sich aber stets die Freiheit zu eigenen Entscheidungen ausbedungen.

Hans, ihr Anführer, nickte.

«Versuchen wir es.»

So musizierten die fünf heimlich und ohne Lizenz in den Tavernen oder beim Bartscherer im Mayenbad, der bis elf Uhr in der Nacht bewirten durfte. Doch es dauerte nur wenige Tage, bis sie angezeigt und im Turm bei Wasser und Brot festgesetzt wurden.

Fast könnte man sie beneiden, dachte Marthe-Marie mit einem Blick auf Agnes und Lisbeth, die aneinander gekauert auf ihrem Strohsack hockten. Sie spielten und tobten nicht mehr, begannen stattdessen immer häufiger vor Hunger zu weinen.

Als Nächstes stand Caspar nicht mehr von seinem Lager auf. Er klagte über Schwindel und Benommenheit, dann erbrach er sich und begann an so heftigem Durchfall zu leiden, dass sie ihn aus dem Wohnwagen schleppen und in einen der kleinen, zugigen Karren verlegen mussten. Als er schließlich an schier unerträglichem Kribbeln erst in den Fingern und Zehen, dann überall an den Händen und Füßen litt, wurde klar, welch grausames Schicksal über ihn gekommen war: das Antonius-Feuer. Sein Zustand wurde immer erbärmlicher, seine Pein war kaum noch mit anzusehen. Marthe-Marie hatte einmal gehört, bei dieser Krankheit entstehe ein solcher Schmerz, dass es einer wirklichen Verbrennung gleichkomme. Mit kühlen Tüchern und einer täglichen Dosis aus Ambrosius' Theriakvorräten versuchten die Frauen, wenigstens das Ärgste zu lindern.

«Das war das Mehl, es ist verdorben», stöhnte Marusch. «Wir müssen es verbrennen.»

Damit waren ihre letzten Vorräte weg. Verzweifelt scharrten sie auf den angrenzenden Feldern mit bloßen Händen im Schnee, bis sie auf irgendwelche Pflanzenreste oder Halme stießen, gruben Wurzeln aus und schlugen Ratten tot, die aus ihren Löchern krochen. In der Zwischenzeit machten sich Diego und Sonntag zu langen und gefährlichen Wanderungen in die Nachbarflecken auf, um nach Arbeit oder einer Lizenz zu fragen. Doch in jedem Dorf, in jedem Städtchen war die Antwort dieselbe: Fremde lasse man in diesen Notzeiten nicht herein, und von Gauklern mit ihren Zoten und albernem Zeug habe man ohnehin die Nase voll. Völlig erschöpft und mit jedem Mal mutloser kehrten sie von ihren Erkundungsmärschen zurück.

Schließlich hatte nicht einmal mehr Marusch etwas einzuwenden, als Klette und Wespe mit den größeren Kindern zum Betteln in die Stadt zogen. Die Mädchen hatten zwei unbewachte Nebenpforten entdeckt, durch die sie unbemerkt hindurchschlüpfen konnten, denn der Torwächter hatte längst Weisung erhalten, keinen von den Spielleuten mehr einzulassen.

«Klopft zuerst im Stift und bei den Franziskanerinnen an», gab Marusch ihnen sogar als guten Rat mit. «Schließlich sind diese Leute der christlichen Nächstenliebe verpflichtet.»

Doch die gelehrten Augustinerchorherren ließen sie vor verschlossenen Türen stehen, und von den Nonnen bekamen sie nichts als ein hartes Stück Brot in die Hand gedrückt. Es waren schlichtweg zu viele unterwegs, die nur noch ihre Lumpen auf dem Leib besaßen und sich die kärglichen Almosen streitig machten. An jeder Ecke wimmelte es von Siechen und Krüppeln, die den Passanten ihre Bettelschellen entgegenreckten, jeder hatte ein noch schlimmeres Gebrechen oder gab sich als hochschwanger oder als blöde aus, nur um einen Funken Mitleid bei den wenigen Wohlhabenden zu erregen. Die Stadt und die Chorherren stellten eigens Bettelvögte ab, um den Ansturm stadtfremder Bettler und Betrüger in den Griff zu bekommen. Wer nicht ein amtliches Bettelprivileg vorweisen und dazu ohne Stottern das Glaubensbekenntnis und die Zehn Gebote, das Vaterunser und das Ave Maria aufsagen konnte, wurde erbarmungslos verjagt. Für Klette, Wespe, Tilman und die anderen allerdings war das Ganze nichts als ein Katz- und Mausspiel. In den verwinkelten Gassen und Durchgängen entkamen sie den Aufsehern mit Leichtigkeit, und wurden sie doch einmal durchs Stadttor hinausgetrieben, kehrten sie durch die Nebenpforten unbemerkt wieder zurück.

Irgendwann verfiel Klette auf den alten Trick mit der Seife. Mit Schaum vorm Mund, die Augen grausam verdreht, warfen sie sich in den Schnee, heulten und schlugen um sich wie von Sinnen. Dieses Schauspiel verfehlte seine Wirkung nicht, es gab Münzen wie Brot, doch bereits beim dritten Mal gerieten sie an die Falschen. In ihrem Eifer hatten sie nicht bemerkt, dass unter den Zuschauern zwei bewaffnete Schergen in ihren langen bunten Röcken standen. Sie wurden an den Haaren in die Höhe gezerrt, erhielten einer nach dem andern deftige Hiebe und wurden zum nächsten Tor hinausgeschleift, unter der Androhung, sie würden allesamt am Pranger landen, ließen sie sich noch einmal in der Stadt blicken.

Bei Strafe einer weiteren Tracht Prügel verbot ihnen der Prinzipal, das Lager in den nächsten Tagen zu verlassen.

«Und nun?», fragte Marusch, nachdem die Kinder mit gesenktem Kopf im Wohnwagen verschwunden waren. «Wir haben nicht einmal mehr Kohle, um uns zu wärmen. Geschweige denn, etwas zu essen.»

«Morgen ist Sonntag.» Anna sah in die Runde. Ihre sonst so leise Stimme klang entschlossen. «Ich wäre bereit, mich vor die Stiftskirche zu stellen. Wer kommt mit?»

An diesem Nachmittag beschloss Marthe-Marie, Gott um Hilfe zu bitten. Ein eisiger Wind pfiff über die Schneewehen hinweg, als sie sich allein und entgegen Sonntags ausdrücklicher Anordnung auf den anstrengenden Weg zur Frauenbergkapelle machte. Ihre Beine, schwer wie Bleigewichte, schienen nicht zu ihrem Körper zu gehören, jeder einzelne Schritt hügelaufwärts bereitete ihr schier unüberwindliche Mühe. Vor ihren Augen flimmerte es. Überall endloses Weiß um sie herum. Die Füße in den durchlöcherten Stiefeln wurden zu Eisklumpen, die auf dem festgetretenen Pfad wegrutschten. Schemenhaft sah sie graue Gestalten, die wie sie bergaufwärts strebten und schwankten wie Betrunkene.

Das Schwindelgefühl in ihrem Kopf, das Brausen in den Ohren nahm zu, sie glitt aus und versank bis zur Hüfte in einem Berg aus Schnee. Dankbar schloss sie die Augen. Wie wunderbar weich war es um sie herum.

«Ihr müsst aufstehen, sonst holt Euch der Tod.»

Die Stimme war rau, aber nicht unfreundlich. Unwillig öffnete sie die Augen und sah über sich das schmale, gut geschnittene Gesicht eines jungen Mannes.

«Jonas!» Sie lächelte.

«Ich heiße Vitus. Aber Ihr könnt mich auch Jonas nennen, wenn Ihr nur wieder aufsteht. Haltet Euch an meiner Hüfte fest, dann ziehe ich Euch hoch.»

Als sie endlich aufrecht neben ihrem Helfer stand, sah sie, dass der Mann viel kleiner und schmächtiger war als Jonas. Er brachte sie bis zum Portal der Kapelle.

«Geht es wieder?»

«Ja, es war nur ein kurzer Schwächeanfall. Habt vielen Dank.»

«Ihr seid nicht von hier, nicht wahr?»

«Ich gehöre zu den Spielleuten draußen vor der Stadt. Wir können nicht weiterziehen, bei dem vielen Schnee. Seit Wochen schon sitzen wir dort fest.»

«So wie Ihr ausseht, geht es Euch ziemlich übel.»

Marthe-Maries Augen füllten sich mit Tränen, und sie schämte sich dafür.

«Die Kinder haben Hunger, und einer von uns ist sterbenskrank. Ich weiß nicht, wie es weitergehen soll», sagte sie leise.

«Ihr müsst beim Spitalmeister vorsprechen. Das Spital ist reich, ihm gehören viele Höfe und Wälder und sogar eine Mühle, und es ist daher nicht auf die hiesigen Bauern angewiesen. Es ist verpflichtet, an die Armen Brennholz und Essen auszugeben.»

«Aber wir sind Fremde, wir haben kein Recht auf Almosen.»

«Doch, habt Ihr, wenn Ihr seit einem Monat oder länger auf

Waldseer Gebiet lebt. Das ist eine Verordnung des Magistrats, und darauf könnt Ihr Euch berufen. Habt Ihr Kinder?»

«Eine kleine Tochter.»

«Dann überwindet Euren Stolz und geht zum Spital.»

Er öffnete das Kirchenportal und drückte ihr zum Abschied kurz den Arm. Dann war er verschwunden.

Sie tauchte ihre Hand in das Weihwasser, das ihr angenehm warm erschien, und bekreuzigte sich. Das Kirchenschiff war voller Menschen, die hier in ihrer Not Hilfe suchten. Trotzdem herrschte eine fast feierliche Ruhe. Marthe-Marie betete drei Ave Maria und drei Vaterunser, dann hielt sie Zwiesprache mit Gott, er möge Gnade zeigen und ihnen helfen. Sie gedachte der vielen Toten aus ihrer Familie und dem Kreis ihrer Gefährten. Zuletzt sprach sie noch ein Gebet für Caspar, diesen guten, stillen Mann, und bat Gott um dessen Rettung.

Doch für Caspar war die Zeit abgelaufen. Vielleicht hätte ein Wundarzt sein Leben mittels Amputation der brandig gewordenen Hände retten können. Aber wahrscheinlich hätte Caspars ausgezehrter Körper das ohnehin nicht lange überlebt. Inzwischen waren auch die Füße vom Brand befallen und sein Leib aufgetrieben wie eine Rindsblase. Sein entstellter, verstümmelter Körper ließ ihn aussehen wie ein Leprakranker, doch die Frauen wussten, dass dies kein Aussatz war und dass es keinen Grund gab, Caspar in den letzten Tagen seines Lebens von den anderen fern zu halten. So befand sich stets jemand an seinem Lager, Nase und Mund hinter Tüchern verborgen, um den bestialischen Gestank, den seine abgestorbenen Glieder verströmten, zu ertragen. Als es dem Ende zuging, stieg Marthe-Marie ein zweites Mal den Frauenberg hinauf, um den Priester zu holen, denn Caspar war Zeit seines Lebens gläubiger Katholik gewesen. Ohne Aufhebens und ohne die Erlaubnis des Propstes einzuholen, begleitete der Priester sie ins Lager und spendete die Sterbesakramente. Sogar zur Bestattung in seinem kleinen Kirchhof erklärte er sich bereit, sobald das Wetter die Überführung des Leichnams zulassen würde.

Zunächst schien es, als sei Caspar der einzig Unglückliche gewesen, den das Antoniusfeuer heimgesucht hatte. Dann aber kehrte Hans nach acht Tagen Turmstrafe ins Lager zurück, und mit ihm nur noch zwei seiner vier Musikanten: Die beiden ältesten waren schon kurz nach der Festnahme krank geworden, bald darauf begannen sich ihre Finger und Zehen schwärzlich zu verfärben, und man brachte sie als vermeintlich Aussätzige ins Siechenhaus vor den Toren der Stadt. Niemand wusste, ob sie noch am Leben waren.

Längst litt jeder von ihnen an der Auszehrung, hustete oder klagte über Hals- und Kopfschmerzen. Erst wurden Antonia und Lambert von hohem Fieber befallen, dann Salome und der Prinzipal und schließlich auch die kleine Lisbeth. Die anderen hatten alle Hände voll zu tun, sich um die Kranken zu kümmern, sie je nach Hitzeanfall auf- oder zuzudecken, Wadenwickel anzulegen und für ausreichendes Trinken zu sorgen. Marusch wich nicht von der Seite ihrer kleinen Tochter, und Agnes legte sich neben ihre Freundin, mit der Behauptung, ebenfalls sehr krank zu sein. Dabei war sie die Einzige, die noch halbwegs bei Kräften war, und Marthe-Marie wunderte sich nicht zum ersten Mal über die zähe Natur ihrer Tochter. Seitdem sie bei den Gauklern lebten, war Agnes nicht ein einziges Mal krank gewesen, von ihren zahlreichen schmerzhaften Stürzen einmal abgesehen.

Vielleicht wären sie, einer nach dem anderen, in aller Stille verhungert, hätte das städtische Spital sie nicht tatsächlich mit Almosen versorgt. Nachdem Diego dort eines Tages vorgesprochen hatte, marschierte er nun mit Quirin jeden Morgen zur Spitalpforte in der Stadtmauer, um dort auf den Knecht zu warten. Meist wurde ihr Korb mit Brot, Hafermus und Latwerge, einem siruppartigen Fruchtsaft, gefüllt, mitunter war auch noch ein Schlag trockenen

Brennholzes dabei. Diego und Quirin waren sich inzwischen todfeind, doch hätte man für diesen Gang trotz der kurzen Wegstrecke niemand anderen bestimmen können, so gefährlich war es in diesen Tagen, mit einem Korb voller Lebensmittel unterwegs zu sein.

Es war indes nicht viel, was die beiden jeden Morgen in den Wohnwagen brachten, und satt wurde davon keiner. Stumm verteilte Marusch die Kostbarkeiten: Hafermus an die Kranken, Löffel für Löffel, dann das Brot und die Latwerge an die Übrigen. Stumm kaute jeder an dieser einzigen Mahlzeit des Tages. Und weitgehend stumm verging auch der Rest des Tages. Außer um ihre Notdurft zu verrichten, verließ Marthe-Marie den Wagen nicht mehr. Beinahe regungslos hockte sie auf ihrem Strohlager und starrte vor sich hin. Ihr Kopf fühlte sich angenehm leer an, nichts drang mehr in sie ein, weder Empfindungen noch Geräusche. Und wenn sie etwas dachte, war es stets dasselbe: Warum bin ich hier?

Marthe-Maries Körper hing kopfüber vom Galgen, die Hände waren am Rücken zusammengebunden, die Stirn schwebte eine Handbreit über dem Boden. Sie wand sich wie eine Schlange, doch aus ihren geöffneten Lippen drang kein Laut. Vor ihr stand eine schmächtige Gestalt, mit einer Teufelsmaske auf den Schultern, und schnitt ihr mit einem Messer die Kleider vom Leib, langsam und genüsslich, bis sie splitternackt war. Vor Kälte färbte sich ihre Haut bläulich. Da streckte die Teufelsgestalt mit höhnischem Lachen die Arme zum Himmel, und wie auf Befehl erhob sich ein Schneesturm. Dichte, schwere Flocken wirbelten um Marthe-Maries Körper, die Schneedecke unter dem Galgen stieg höher und höher, bis erst ihre Stirn, dann ihr Kopf in der weißen Masse verschwanden. Jetzt erst hörte man ihren Schrei, dumpf und wie aus weiter Ferne, drei schwarze Raben kreisten über dem Galgen, die Schneemassen hatten bald ihren Körper bedeckt, bis nur noch das gespannte Seil zu sehen war.

Als Jonas erwachte, lag seine Decke am Boden; er war schweißnass. Mit jeder Faser seines Körpers spürte er, dass Marthe-Marie in Gefahr war. Vielleicht lag sie längst irgendwo am Straßenrand, erschlagen, erfroren, verhungert. Er hatte sie mit eigenen Augen gesehen, die Leichen der Bettler und Obdachlosen, die in diesem schrecklichen Winter nirgendwo Schutz gefunden hatten, die Leichen der Landfahrer am Straßenrand, die von Wegelagerern erschlagen worden waren, um eines Stücks Brot oder ein paar Pfennigen willen.

Voller Verzweiflung barg er sein Gesicht in den Händen. Was gäbe er darum, Marthe-Marie noch einmal wieder zu sehen. Ein einziges Mal nur. Nie wieder würde er sie gehen lassen.

36

Ende Februar setzte endlich Tauwetter ein. Doch das, worauf die Menschen ihre Hoffnung gesetzt hatten, gereichte ihnen gleichfalls zum Verderben: Binnen zweier Tage wurden die Schneemassen zu matschigem Brei, dazu ergossen sich immer wieder kräftige Schauer aus einem schweren, dunklen Himmel. Der Boden vermochte das Wasser nicht mehr aufzunehmen, Bäche und Flüsse traten über die Ufer und überfluteten an vielen Stellen die Landstraßen. Himmel und Erde schienen sich zu vermischen und eins zu werden in einem schmutzigen, nassen Grau.

Für die Spielleute war an Aufbruch nicht zu denken. Ihre Wiese stand unter Wasser, an manchen Stellen fast kniehoch. Statt ihrer ausgemergelten Maultiere hätte es dreier kräftiger Ochsen bedurft, um die Wagen und Karren aus dem Schlamm zu zerren. Und Leonhard Sonntag, Salome und Lambert kämpften immer noch gegen ihre Fieberanfälle.

Marusch machte sich ernsthafte Sorgen um ihren Mann. Hohlwangig und abgemagert lag er auf seinem Strohlager, die meiste Zeit mit geschlossenen Augen. Das ist nicht mehr der Prinzipal, den ich ihn Freiburg kennen gelernt habe, dachte Marthe-Marie. Wie alt er aussieht, alt und hilflos.

Auch Marusch wirkte verändert. Zwar waren zu ihrer Erleichterung Lisbeth und Antonia wieder auf den Beinen, doch um ihre Mundwinkel hatten sich tiefe Falten eingegraben, die Haut sah grau aus, ihre kräftigen dunkelroten Locken waren plötzlich fahl und strähnig. Und ihr Blick, der immer so viel Lebensfreude und Energie ausgestrahlt hatte, war müde geworden.

Wie sie jetzt ihrem Mann mit einem Schwamm die rissigen Lippen befeuchtete, zitterten Maruschs Hände, und in ihren Augen standen Tränen. In diesem Augenblick erwachte Marthe-Marie aus ihrer Lethargie.

«Er wird wieder gesund», flüsterte sie und erhob sich mühsam, um sich neben ihre Freundin zu setzen. «Ganz bestimmt.»

Marusch schwieg. Von draußen hörten sie Diegos Stimme, der zusammen mit Quirin und den beiden Artisten Graben um Graben zog, damit das Wasser unter den Wagen abfließen konnte. Kurz darauf steckte er den Kopf zur Tür herein.

«Könnte eine von euch vielleicht mithelfen, statt wie die Gräfinnen herumzusitzen? Ein wenig Bewegung an der frischen Luft würde euch gut tun.»

«Geh du», sagte Marthe-Marie. «Wenn er zu sich kommt, rufe ich dich.»

Marusch nickte und ging hinaus.

Diego führte inzwischen das Regiment. Ohne ihn, dachte Marthe-Marie manchmal, wäre hier längst alles aus dem Ruder gelaufen. Sie sah hinüber zu Lisbeth und Agnes, die eng aneinander gekuschelt schliefen. Irgendwann würde sie ihrer Tochter von dem Leben bei den Gauklern erzählen, von den guten und den schlimmen Zeiten im Kreise dieser Menschen. Denn dass sie die Gaukler verlassen würde, sobald dieser Winter vorbei war, wusste Marthe-Marie inzwischen.

In Waldsee kam nach der Schneeschmelze der Alltag der Menschen allmählich wieder in Gang. Die Menschen liefen barfuß, mit geschürztem Rock durch Dreck und Schlamm, Alte und Kranke wurden auf den Rücken genommen. Bald fand wieder regelmäßig Markt statt. Die ersten Bauern und Krämer besuchten mit ihren Waren die Stadt, Fremde wurden eingelassen, die Mühlen und Werkstätten nahmen ihre Arbeit wieder auf.

Antonia entdeckte als Erste, dass auf der Fahrstraße neben ihrer Wiese wieder schwere zwei- und vierspännige Frachtwagen rollten. Sie und Marthe-Marie errichteten gerade auf einer halbwegs trockenen Stelle das Dreigestänge für den großen Kessel – zum ersten Mal seit langer Zeit würde es wieder eine heiße Suppe für alle geben, wenn auch nur dünne Wassersuppe mit Gras und Löwenzahn.

«Sieh mal, die Wagen dort», rief das Mädchen. «Dem Himmel sei Dank, wir können aufbrechen.»

«Erst wenn dein Vater und die anderen wieder gesund sind.»

Antonia lachte. «Die sind schnell auf den Beinen, wenn ich ihnen sage, dass die Straßen wieder befahrbar sind.»

Als ob der Himmel ihre Worte unterstreichen wollte, brach in diesem Moment die Sonne durch das hohe Gewölk. Marthe-Marie empfand ihre Strahlen, diese erste milde Wärme der frühen Märzsonne, wie ein kostbares Geschenk. Zwei Tage später spannten sie ein und verließen die Stadt in Richtung Bodensee.

Einen halben Tagesmarsch weiter, auf einer Anhöhe des Altdorfer Waldes, mussten sie Halt machen, da die Maultiere bereits vollkommen erschöpft waren.

«Bleiben wir erst mal hier», beschied der Prinzipal, der in eine Decke gehüllt wieder seinen Platz auf dem ersten Wagen eingenommen hatte. «Hier ist es hell und sonnig, und nach Ravensburg ist es nicht mehr allzu weit.»

Kurz darauf standen die Wagen im kleinen Kreis um eine flackernde Feuerstelle. Kreuz und quer waren Schnüre gespannt, auf denen Decken, Strohsäcke und Kleider zum Trocknen hingen. Die Frauen machten sich auf die Suche nach ersten frischen Kräutern, die Kinder genossen es, endlich wieder im Freien toben zu können, und die Männer taten schlichtweg nichts: Mit ausgestreckten Gliedern saßen oder lagen sie auf den Wagen und streckten ihre Gesichter der Sonne entgegen.

Als es gegen Abend ging, rief Marusch die anderen mit ihrem Kutscherhorn zum Essen: Eine Kräuterbrühe dampfte im Kessel, mit wilden Beeren als Einlage, die die Vögel halb vertrocknet an den Sträuchern übrig gelassen hatten. Doch niemand mochte über dieses magere Essen murren, denn die Stimmung der Gaukler war mit diesen ersten Sonnentagen wie ausgewechselt. Die warme Jahreszeit lag vor ihnen, alles konnte nur besser werden. Einzig Marthe-Marie vermochte diese freudige Zuversicht nicht zu teilen. Den ganzen Nachmittag schon hatte eine Unruhe sie ergriffen, die sie sich nicht erklären konnte. Ihr war, als ob ein Gewitter in der Luft liege. Doch der blassblaue Märzhimmel versprach eine milde, trockene Nacht. Wahrscheinlich bin ich vollkommen überspannt, dachte sie und behielt ihre Empfindung für sich.

Die Kinder erschienen als Letzte zum Essen. Sie wirkten verängstigt, und Marthe-Marie sah sofort, dass Agnes fehlte. Da wusste sie, dass ihre Vorahnung sie nicht getrogen hatte.

«Wo ist Agnes?» Ihre Stimme zitterte.

«Wir haben sie überall gesucht.» Clara sah zu Boden. Es war ihre Aufgabe, auf die beiden Jüngsten zu achten.

Marusch packte ihre Tochter hart am Arm.

«Warum ist sie nicht bei dir?»

Clara begann zu weinen. «Wir haben Verstecken gespielt, und dann war sie auf einmal weg.»

Marusch holte aus und schlug ihr ins Gesicht.

«Lass sie.» Marthe-Maries Stimme war nur noch ein Flüstern. Ihr war, als habe eine unsichtbare Macht ihr alle Kraft aus den Gliedern gezogen. Diego war mit schnellen Schritten bei ihr, als sie schwankte und zu Boden sank.

«Beruhige dich.» Er strich ihr übers Haar. «Wir gehen sie suchen. Noch ist es hell. Und du bleibst hier, falls sie zurückkommt.»

Sie durchkämmten den Wald in alle Richtungen, schritten die Landstraße ab, ließen immer wieder das Horn ertönen, doch als sie schließlich die Hand vor den Augen nicht mehr sehen konnten, brachen sie die Suche ab.

Marusch brachte ihre Freundin in den Wohnwagen.

«Sie wird sich verlaufen haben. Bestimmt hat sie einen Unterschlupf gefunden. Die Nacht ist ohne Frost, sie wird nicht allzu sehr frieren. Du wirst sehen, morgen früh finden wir sie.»

«Sie wird sich zu Tode fürchten.»

«Nein. Deine Agnes ist eine richtige Gauklertochter. Eine Nacht im Wald hält sie durch.»

Jetzt erst begann Marthe-Marie zu weinen. Ihr ganzer Körper bebte, sie kam gegen das heftige Zittern nicht an, bis Diego sie schließlich festhielt und Marusch ihr einen Trank aus Ambrosius' Apotheke einflößte. Danach lag sie still da, mit flachem Atem, nur hin und wieder drang ein unterdrücktes Stöhnen über ihre Lippen. Im Dunkel des Wagens tauchte Agnes' lachendes, vorwitziges Gesicht auf, dann wieder sah sie sie im Unterholz liegen, mit gebrochenem Bein, zerschlagener Stirn, in den Fängen eines Raubtiers.

Sie ließen die ganze Nacht das Feuer brennen. Auch Diego und Marusch blieben wach. Immer wieder gingen sie hinaus, um Holz nachzulegen oder etwas abseits des Lagers in das Kutscherhorn zu blasen.

Irgendwann in der Nacht erschien Salome und legte ihre Hand auf Marthe-Maries eiskalte Stirn.

«Ich habe eben von Agnes geträumt. Sie ist wohlauf.»

Marthe-Marie schreckte hoch. «Wo ist sie?»

«Das konnte ich nicht erkennen. Aber sie ist nicht allein. Nun versuch zu schlafen, sie wird bald wieder bei dir sein.»

Bei Sonnenaufgang setzten sie die Suche fort. Diesmal ließ es sich Marthe-Marie nicht nehmen, mitzukommen. Sie schwärmten sternförmig in alle Himmelsrichtungen aus. Bald hatte Marthe-Marie einen schmalen Pfad entdeckt, der zu einem Weiher im Wald führte. Sofort packte sie die Angst, Agnes könne ertrunken sein. Sie sah die glatte dunkelbraune Wasseroberfläche vor sich, und wieder ergriff sie ein heftiges Schwindelgefühl.

Ein Rascheln schreckte sie auf. Nur wenige Schritte vor ihr flatterte ein Auerhahn aus dem Unterholz. Und dann sah sie die Gestalt zwischen den Bäumen stehen.

Er war es, auferstanden von den Toten, aus ihren Albträumen ins Leben getreten. Hatte sie eben geschrien? Für einen Moment setzte ihr Herzschlag aus, dann zog eine unsichtbare Kraft sie vorwärts. Wie unter Zwang setzte sie Schritt vor Schritt, immer dieses bleiche, verzerrte Gesicht vor Augen, das wie ein Totenschädel vor ihr aus dem Laubwerk schimmerte. Ganz nah war sie herangekommen, da hörte sie das Flüstern, erkannte, wie sich die vernarbten Lippen bewegten und Worte formten.

«Sie ist in meiner Gewalt», flüsterte die Stimme. «Hol sie dir im Steinbruch», und: «Kommst du nicht allein, bringe ich sie um.»

Marthe-Marie schloss die Augen. Dann war alles vorbei. Sie hörte Zweige knacken, sah kurz darauf einen Schatten die Böschung zur Landstraße hinaufhuschen, eine Hand legt sich ihr fest auf die Schulter. Mit einem erstickten Schrei fuhr sie herum.

«Himmel, was ist mit dir?» Marusch sah sie besorgt an.

«Es ist nichts», flüsterte sie. «Ich bin nur erschrocken. Ein Auerhahn. Hab ihn wohl aufgescheucht.»

Ihre Augen flackerten.

«Komm.» Marusch nahm sie beim Arm. «Ich bringe dich zurück. Du wartest am besten im Lager.»

Nur das nicht. Nur weg von den anderen, sie musste allein sein. Und den Steinbruch finden. Er hatte ihr Kind entführt und würde es töten, wenn sie nicht käme.

«Nein, lass mich. Geh weitersuchen, bitte.»

Maruschs Blick wurde fragend. «Du siehst aus, als wärest du dem Leibhaftigen persönlich begegnet. Was ist geschehen?»

Marthe-Marie ballte die Fäuste. «Wenn ich es doch sage. Ich habe mich nur erschrocken.» Unruhig sah sie sich um.

Marusch betrachtete sie prüfend, dann ließ sie sie los.

«Wie du meinst. Dann nehme ich den Pfad links vom Weiher.»

Marthe-Marie nickte nur. Ihr Widersacher war rechts des Weihers verschwunden. Sie wartete noch, bis Marusch im Unterholz verschwunden war, dann machte sie sich auf den Weg hinauf zur Straße.

Dort schlug sie, ohne nachzudenken, die Richtung nach Waldsee ein. Es ging leicht bergab. Hinter jeder Biegung vermutete Marthe-Marie ihren Verfolger, die Angst nahm ihr fast den Atem. Doch die Sorge um ihr Kind trieb sie Schritt für Schritt vorwärts, immer näher zu ihm. Womöglich war das das Ende ihrer Reise, das Ende ihres kurzen Lebens. Wenn Agnes nur nicht alleine sterben musste, dann würde sie mit Gott nicht hadern wollen.

Sie hatte kein Gefühl dafür, wie lange sie schon unterwegs war, als sie mitten auf der Straße einen deutlich von Menschenhand zugespitzten Knüppel liegen sah. Seine Spitze zeigte nach links.

Benommen trat sie an die Böschung am Wegesrand und entdeckte einen steinigen Pfad, der zwischen dichtem Strauchwerk nach unten führte. Ihre Füße tasteten sich wie selbständige Wesen voran, in ihrem Kopf hämmerte ein einziges Wort gleich den Schlägen einer Axt: Agnes! Als sie den Steinbruch erreichte, war niemand zu sehen.

«Hier entlang!»

Hinter den zur Seite gebogenen Zweigen eines Haselgebüschs erschien sein Gesicht, lächelnd, von der wulstigen Narbe grotesk entstellt.

«Du bist allein.» Seine Augen verengten sich zu Schlitzen. Er trat auf sie zu, ergriff ihren Arm und zerrte sie hinter den Busch, wo sich eine halbkreisförmige Freifläche vor abgeschlagenen Felsen befand.

«Wo ist meine Tochter?»

«Nicht weit von hier.»

«Ich will sie sehen.»

Er stieß ein kaltes Lachen aus. «Du hast hier keine Bedingungen zu stellen, Hexentochter. Los, dreh dich um.»

Sie gehorchte widerstrebend. Rasch band er ihr die Hände auf dem Rücken zusammen, dann stieß er sie zu Boden und kniete sich neben sie.

«Wenn du auch nur einen Schrei herauslässt», er zog einen Dolch aus seinem Gürtel und legte ihn neben sich, «dann steche ich zuerst dich, dann deine Tochter ab. Hast du das verstanden?»

Sie nickte.

Er griff ihr in die Haare. «Antworte gefälligst, wenn ich mit dir rede. Ob du mich verstanden hast?»

«Ja.»

«Lauter!»

«Ja!»

Er riss ihr Leibchen entzwei und betrachtete ihre nackten Brüste. Seine Lippen begannen zu zittern.

«Gibst du zu, dass du mit Satan buhlst, wie es schon deine Mutter getan hat?»

Sie starrte ihn entsetzt an.

Er spuckte auf ihre Brüste. «Gibst du es zu?»

«Nein.»

«Wie dumm von dir. Für jede Lüge wird sich die Qual deiner Tochter verlängern. Und deine auch.»

Er nahm den Dolch und fuhr damit sanft in die Spalte zwischen ihren Brüsten. Eine Kette feiner roter Blutstropfen trat hervor. «Gestehst du nun, dass du dich Satan in Wollust hingibst?»

«Ja.» Ihre Antwort war nur ein Hauchen. Sie schloss die Augen. Herr, auch wenn du mich aufgibst, um meiner vielen Sünden willen – rette wenigstens meine Tochter. Sie hat niemals etwas Böses getan.

Wie aus weiter Ferne hörte sie seine Stimme. «Ich weiß alles über dich. Meister Siferlin hat mir in den letzten Stunden seines Lebens verraten, dass du keine Mangoltin bist, sondern die Tochter einer Hexe, in sündiger Wollust gezeugt von einem Schlossergesellen namens Benedikt Hofer. Ja, da staunst du, was ich weiß. Dein Leben ist nichts als eine einzige Lüge, aus Dreck und Sünden zusammengebacken, nicht mehr wert als der Auswurf eines Siechen. Hast geglaubt, du könntest dich verstecken bei diesen Landstreichern. Doch mich, Meister Wulfhart, kannst du nicht in die Irre führen.»

«Woher – kennt Ihr meine Mutter? Woher – Siferlin?» Sie konnte kaum Sprechen vor Entsetzen.

«Ich war ja dabei.» Sein Kichern klang nun vollkommen irre. «Ich war dabei, wie mein Vater Catharina Stadellmenin die Daumen zu Brei gequetscht hat. Wie er sie aufgezogen hat, bis ihr die Sehnen gerissen sind. Ich hab ihr sogar eigenhändig die spanischen Stiefel angelegt –»

«Hört auf!!!»

Er schlug ihr mit der flachen Hand ins Gesicht. «Halt's Maul und hör zu. Ich bin noch längst nicht fertig. Mein Vater war eine Memme. Er hat es kaum geschafft, sie zum Geständnis zu bringen. Schlappschwänze waren sie alle, wenn es gegen die Hexen ging. Genau wie dieser Textor, der sein Amt als Commissarius niedergelegt hat, weil sie ihm so Leid taten. Wäre ich damals bereits Henker der Stadt gewesen – ich hätte diese Brut mit einem Schlag vernichtet, dann wäre nicht vier Jahre später alles erneut losgegangen. Doch ich durfte ja nur Handlangerarbeit verrichten und musste mit ansehen, wie mein weibischer Vater die Wunden dieser Unholdinnen nach jeder Tortur versorgte wie ein Baderchirurg. Doch danach habe ich mir genommen, was mir zustand. Alle mussten sie ihre Beine breit machen, auch die Stadelmenin, als sie mit zerschmetterten Gliedern am Boden lag. Und weißt du, was mich deine erbärmliche Mutter in ihren letzten Momenten genannt hat? Einen dreckigen Hurensohn.»

Er holte Luft. «Ja, ich bin der Sohn einer Hure und eines Henkers. Das hat Gott mir als Schicksal auferlegt. Doch deine elende Mutter hatte am allerwenigsten das Recht, mir dies zu sagen. Dafür musste sie büßen. Und dafür, dass sie meinen großen Meister und einzigen Freund durch Verrat den Schergen ausgeliefert hatte.»

Seine Stimme wurde plötzlich dumpf. «Weißt du, wie es sich anfühlt, wenn man von der Stunde der Geburt an gemieden wird wie die Pest? Wenn auf der Gasse die anderen Kinder Steine nach dir werfen, du als Erwachsener in der Kirche, in der Schankstube abseits sitzen musst, auf diesem dreibeinigen Stuhl, den sie den Galgenstuhl nennen, und sich dir keiner auf mehr als drei Schritte nähert? Wenn du all die dreckigen Aufgaben übernehmen sollst, für die sich sogar Bettler und Aussätzige zu schade sind? Wenn du schon als Kind stinkende Kadaver abdecken musst oder bis zur Hüfte in Kloakengruben stehen? Wenn dir Abendmahl und kirchliche Trauung verwehrt sind und man dich nach dem Tod auf dem Schindacker verscharrt? Wenn nur gekaufte Frauen dir Lust verschaffen und dabei vor Abscheu das Gesicht verziehen? Nein, das weißt du nicht!

Nur Meister Siferlin fühlte weder Angst noch Ekel in meiner Gegenwart. Er hatte erkannt, dass wir im Inneren rein sind, weil wir uns derselben Mission verschrieben haben: nämlich die vom Teufel und von ihrer Triebhaftigkeit beherrschten Hexenweiber zu vernichten. Bis zu seinem Tod durch die Hand meines Vaters stand ich ihm zur Seite, und ich schloss mit ihm, bevor er aufs Rad geflochten wurde, einen Pakt: Ich gab ihm mein Wort, dich zu finden und zu töten; er versprach mir dafür das Gold, das du von deiner Mutter geerbt hast.»

In Marthe-Maries Gehirn rasten nur noch wirre Gedankenfetzen. Ihr war, als habe sich die Welt in Wahnsinn aufgelöst. «Es gibt kein Erbe.»

«Ich weiß wohl, dass du das Hexengold versteckt hältst, um es nicht mit deinen Gauklerfreunden teilen zu müssen. In deiner unstillbaren Gier läufst du sogar in diesen Lumpen herum und hungerst mit ihnen. Und ich weiß auch, wo du es versteckt hältst. Es ist im Haus deines Vaters. Alles hat Meister Siferlin mir verraten.»

«Glaubt mir, ich weiß nicht einmal, wo mein Vater lebt.»

Wieder schlug er ihr ins Gesicht.

«Lügen, Lügen, Lügen! Ich weiß, dass du auf dem Weg zu ihm bist.» Dann lächelte er. «Du wirst es mir schon verraten. Oder ist dein Balg dir weniger wert als ein Schlauch voller Gold? Aber es eilt ja nicht.» Er löste den Gürtel an seinem Wams. «Zuerst will ich mir den anderen Teil meiner Belohnung holen.»

Er erhob sich, zog Wams und Beinkleider aus und öffnete sein Hemd. Marthe-Marie starrte auf seine unbehaarte schmale Brust und die hoch aufgerichtete Rute, die von einer Länge war, wie sie es noch nie bei einem Mann gesehen hatte. Mit einem unterdrückten Schrei schloss sie die Augen.

«Schau nur hin.» Sein Lachen dröhnte ihr in den Ohren. «Du bist ein Gefäß der Sünde, Weib, aber wenn ich mit dir fertig bin, wird es nicht mehr zu gebrauchen sein!»

Im nächsten Moment spürte sie sein Gewicht auf ihrem Körper. Sie versuchte sich aufzubäumen. Er riss sie an den Haaren zurück, stemmte sich mit seiner ganzen Kraft zwischen ihre Beine. Das Letzte, was sie hörte, waren laute Schreie, dann krachte etwas gegen ihre Schläfe, ihr wurde schwarz vor Augen, und sie fiel in eine endlose finstere Schlucht.

Als sie die Augen aufschlug, spürte sie Agnes' Lockenkopf sich an ihre Wangen schmiegen.

«Agnes!» Sie zog den Umhang weg, mit dem sie zugedeckt war, und umschlang ihre Tochter. So hatte sie es also überstanden. Sie war fast erstaunt, wie leicht der Tod vonstatten gegangen war.

Agnes begann zu weinen. «Der Mann war so böse.»

Erst allmählich verstand Marthe-Marie, dass sie immer noch in der Welt der Lebenden war, und das Grauen überkam sie von neuem. «Hat er dir weh getan?»

«Nein, aber er hat mir nichts zu essen und zu trinken gegeben und die Füße zusammengebunden, damit ich nicht weglaufen konnte.»

«Meine Kleine.» Sie lachte und weinte gleichzeitig. Da erst entdeckte sie ein paar Schritte weiter Marusch, Sonntag, Diego, Lambert und Quirin. In ihren Augen las sie einen stummen Ausdruck des Entsetzens.

«Wo ist er?», stammelte sie, als Marusch sich neben sie auf den Boden kniete. Ihr Kopf dröhnte.

«Im Steinbruch. Gefesselt und geknebelt. Du musst keine Angst mehr haben. Kannst du aufstehen, oder sollen wir eine Trage holen?»

«Nein, es geht schon wieder.»

Sie erhob sich mühsam und griff nach Agnes' kleiner Hand. Wie warm sie sich anfühlte. Wie lebendig.

«Was ist geschehen?» Sie sah zu Diego. Sein Gesicht war leichenblass. An seiner Stelle antwortete Marusch.

«Nachdem du dich so seltsam benommen hast, bin ich dir heimlich hinterhergelaufen, und dann hab ich dich mit diesem Dreckskerl im Steinbruch gesehen. Ich bin sofort zurück, um Hilfe zu holen, und Gott sei Dank habe ich Diego und die anderen gleich gefunden. Wir sind gerade noch rechtzeitig gekommen. Wie eine Furie ist Diego über den Kerl hergefallen, die anderen hinterdrein. Dabei hast du dann wohl auch einen Schlag gegen den Kopf abbekommen.»

«Hat er mich –?» Sie biss sich auf die Lippen.

Marusch lächelte. «Mach dir darum keine Sorgen.»

Marthe-Marie trat zu Diego und den anderen Männern, um sich zu bedanken. Aber sie brachte kein Wort heraus und sah nur schweigend von einem zum andern. In diesem Moment der Stille war nichts als der Wind zu hören, der leise in den Blättern rauschte. Sie schaute diese zerlumpten, ausgemergelten Menschen an, und sie spürte ihre Sorge und Liebe wie die wärmenden Strahlen der Sonne.

Ein heiseres Stöhnen drang aus dem Steinbruch, ein Ächzen, das kaum von einem menschlichen Wesen herrühren konnte. Ihr schauderte.

«Wir müssen ihn in die nächste Stadt vor Gericht bringen.»

«Nein.» Der Prinzipal räusperte sich. «Wir haben beschlossen, ihn zu töten.»

«Das könnt ihr nicht machen. Das hieße, Unrecht mit Unrecht zu vergelten.»

«Ihn in die Stadt bringen hieße, Unrecht mit Unrecht zu vergelten. Oder glaubst du, die Obrigkeit würde in solch einem Fall Recht sprechen? Hast du vergessen, wer dieser Wulfhart ist? Er ist der Sohn des Henkers deiner Mutter und inzwischen einer der berühmten Biberacher Scharfrichter. Sie würden ihn sofort freilassen, und Agnes und du ihr würdet niemals Ruhe finden. Womöglich würden dich sogar die Schergen holen und nach Freiburg ausliefern. Nein, Marthe-Marie, es gibt keinen anderen Weg, als das Schwein endgültig von dieser Erde verschwinden zu lassen. Soll seine Seele für ewig in der Hölle schmoren.»

Sie öffnete den Mund zum Protest, aber Marusch sagte schnell: «Denk daran, was er deinem Kind antun wollte!» Marthe-Marie sah von einem zum anderen und wusste, dass niemand die Gaukler von ihrem Entschluss abbringen konnte: Wulfhart würde sterben.

«Marusch bringt dich und Agnes ins Lager zurück», fuhr der Prinzipal fort. «Sagt Valentin, Severin und den Musikanten, sie sollen herkommen. Wir wollen besprechen, was zu tun ist. Ihr Frauen bleibt mit den Kindern im Lager. Wartet, da ist noch etwas. Wir haben den Kerl ein wenig zum Reden gebracht. Ganz offensichtlich war er auch hinter einem Wasserschlauch voll Gold her, dem Hexengold, wie er es nannte. Dieser Hartmann Siferlin hat es ihm als Lohn versprochen und wohl angedeutet, dass sich dieser Schatz in einem Haus befände, in dem du deine Wurzeln hast. Kannst du das erklären?»

«Dann seid ihr jetzt auch hinter dem Gold her?», entfuhr es Marthe-Marie. Doch sofort bereute sie ihre Bemerkung, denn Sonntag schüttelte nur müde den Kopf.

«Nein. Aber du hast Marusch einmal erzählt, dass deine Mutter nicht ohne Vermögen war und dass Siferlin, nachdem er sie auf den Scheiterhaufen gebracht hatte, das gesamte Erbe unterschlagen hat. Es ist dein Erbe, von dem hier die Rede ist, Siferlin scheint alles, was er ergaunert hat, irgendwo gehortet und versteckt zu haben. Was hat das also mit deinen Wurzeln auf sich?»

«Ich weiß es nicht.» In ihrem Kopf geriet alles durcheinander. «Es muss mit meinem leiblichen Vater zusammenhängen – vielleicht ist das Haus gemeint, in dem ich gezeugt wurde, in Freiburg.» Sie begann plötzlich zu weinen. «Ich will damit nichts zu tun haben, das ist doch alles vorbei.»

«Komm.» Marusch legte den Arm um ihre Schulter. «Gehen wir.»

Doch als sie die Fahrstraße erreicht hatten, blieb Marthe-Marie stehen. «Ich muss ihn noch einmal sehen.»

«Das ist nicht dein Ernst.»

«Geh du mit Agnes zurück. Bitte.»

Marusch sah sie besorgt an. «Es wird schmerzhaft für dich sein.»

«Trotzdem.»

Als sie sich dem Steinbruch näherte, hörte sie ein jämmerliches Wimmern. Sie trat hinter die Felsen und sah den gefesselten Wulfhart auf dem Boden kauern, mit dem Rücken zu ihr und nackt bis auf sein Hemd. Fast ratlos standen die Männer um ihn herum. Ein eisiger Schauer lief ihr über den Rücken, während sie näher trat. Wulfhart hob den Kopf und sah sie verächtlich an.

Das Herz schlug ihr bis zum Halse, doch ihre Stimme war überraschend fest, als sie sagte: «Meine Mutter war keine Hexe. Doch in dir steckt der Teufel.»

«Du dreckiges Satansweib.» In hohem Bogen spuckte er aus.

Das war der Augenblick, in dem die Tatenlosigkeit der Männer in ungebändigte Wut umschlug. Marthe-Marie hätte später nicht sagen können, wer angefangen hatte: Irgendwer trat, irgendwer schlug auf den Gefesselten ein, ein anderer zog ihn an den Haaren in die Höhe. Sie sah nur noch hassverzerrte Gesichter, hörte die dumpfen Schläge von Stöcken, dazwischen gellende Schreie, ein Messer blitzte auf, Blut schoss aus der Stelle, wo sich Wulfharts linkes Ohr befunden hatte, dann stak die Klinge bis zum Schaft in seiner Schulter, im nächsten Moment im Bauch. Alles Unrecht, das die Männer in den letzten Jahren erfahren hatten, schien sich in diesem blindwütigen Schlachtfest, diesem aberwitzigen Blutrausch zu entladen. Wie zäh Wulfhart war, wie er sich wehrte und wand gleich einem Fisch an der Angel. Sein Hemd war längst nur noch ein blutgetränkter Fetzen, Nase und Augen waren zerschlagen, als ihm plötzlich eine schleimige rote Masse aus dem aufgerissenen Mund quoll und seine Schreie in gurgelnden Lauten erstickten. Immer weiter stachen und prügelten die Männer auf ihn ein, auf diesen erbärmlichen Körper, aus dem das Leben nicht weichen wollte.

Entsetzt taumelte Marthe-Marie zurück und sank zu Boden, Hob nicht einmal den Kopf, als es um sie herum still wurde.

«Es ist vorbei», hörte sie neben sich Diego flüstern. Sie stieß ihn weg und sprang auf.

«Was seid ihr für Bestien!»

Dann stolperte sie davon, mitten durch das Strauchwerk, die Böschung hinauf auf die Fahrstraße. Nur fort von diesem Grauen, zu Agnes wollte sie und rannte, so schnell sie konnte.

∽ 37 ∾

Zum Erstaunen aller schien Agnes keinen Schaden genommen zu haben. Vielleicht war das Kind ja durch sein Leben bei den Gauklern an die seltsamsten Situationen gewöhnt und hatte alles nur für ein Theaterspiel genommen. Jedenfalls plapperte und erzählte Agnes an diesem Nachmittag ununterbrochen von dem ‹hässlichen, bösen Mann›, der sie beim Versteckspiel entführt, durch den Wald geschleppt und an einen verzauberten Ort mit riesigen Steinen und Höhlen gebracht hatte.

Sie saß, umringt von den anderen Kindern, und Frauen, am Feuer, in den Schoß ihrer Mutter geschmiegt, und genoss sichtlich ihre Rolle als Geschichtenerzählerin. Wieder und wieder musste sie beschreiben, wie grauslich der Mann ausgesehen hatte mit seiner Narbe auf der Oberlippe und den kleinen roten Augen, wie grob er gewesen war, als er sie vor einer Höhle einfach zu Boden gestoßen und ihre Beine gefesselt hatte. In ihren Erinnerungen wurde der schmächtige Wulfhart zu einem Riesen mit hinkendem Bocksbein und einer Stimme wie Donner. Doch niemals habe sie ein einziges Mal geweint, beteuerte sie ein ums andere Mal.

Marthe-Marie konnte Agnes' lebhafte Schilderungen zunächst kaum ertragen. Dann aber merkte sie, wie sich das Grauen, das sich in ihr festgefressen hatte wie ein Geschwür, langsam löste und einem ganz anderen Gefühl wich: dem Gefühl von Erleichterung und Hoffnung. In ihrem Arm lag ihr Kind, wohlbehalten und voller Lebensfreude, die mageren Ärmchen unterstrichen jeden Satz mit aufgeregten Gesten, das kleine Gesicht glühte vor Stolz. Sie schickte ein stilles Dankgebet zu Gott.

Am späten Nachmittag kehrten die Männer zurück, erschöpft und schmutzig, wie Landsknechte nach einer schweren Schlacht. Obwohl es der Jahreszeit entsprechend recht kühl war, kamen sie mit bloßem Oberkörper, ihre Hemden und Röcke trugen sie in der Hand.

Wie mager sie allesamt waren, dachte Marthe-Marie. Sie schob Agnes vorsichtig von ihrem Schoß und erhob sich. Und an den Hemden klebte das Blut ihres Feindes.

«Legt die Sachen auf einen Haufen», sagte sie. «Ich werde sie morgen früh im Weiher waschen.»

Sonntag zog verwundert die Augenbrauen in die Höhe, dann nickte er. «Gibt es was zu essen?»

Marusch wies auf den Kessel. «Frisch gepflückten Löwenzahn und Sauerampfer. Das letzte Hafermus haben die Kinder gegessen.»

Wortlos traten die Männer an den Kessel und zogen jeder eine

Hand voll Blätter heraus. Marthe-Marie sah, dass ihre Hände sauber waren. Sie mussten sie unterwegs gewaschen haben.

Da lief Agnes zu Diego. «Stimmt es, dass du mich und Mama gerettet hast?»

Diego hob sie in die Luft. «Nein, das war der liebe Gott. Er hat uns gesagt, was wir tun sollen.» Er warf Marthe-Marie einen verstohlenen Blick zu.

«Ich denke», sagte der Prinzipal, «wir sollten ein paar Tage hier bleiben. Was meint ihr?»

Niemand hatte etwas einzuwenden.

«Wir sind hier weit genug entfernt von jedem Försterhaus», fuhr er fort, «um uns ein wenig bei den Schätzen der Natur zu bedienen. Valentin und Severin sollen, bevor es dunkel wird, ihre Fallen aufstellen. Mit etwas Glück essen wir morgen Hasenbraten.»

In dieser Nacht schlief Marthe-Marie zum ersten Mal seit ihrer gemeinsamen Nacht bei Diego im Requisitenwagen. Wie zwei im Nebel Verirrte hielten sie sich an der Hand. Als Marthe-Marie im Morgengrauen erwachte, waren ihre Finger noch immer ineinander verschlungen. Sie hob den Kopf. Diego lag mit offenen Augen auf dem Rücken.

«Ich werde euch bald verlassen», flüsterte sie.

«Ich weiß. Ich hatte mir immer eingeredet, dass wir zusammengehören, du und ich. Aber im Grunde weiß ich längst, dass ich mich damit nur selbst belogen habe.»

Marthe-Marie wusste nichts darauf zu antworten.

An diesem Morgen hatte Agnes hohes Fieber. Verschwitzt und mit rotem Gesicht lag sie auf ihrem Strohsack im Wohnwagen und phantasierte. Marthe-Marie war völlig außer sich vor Sorge.

«Ich glaube nicht, dass es etwas Ernstes ist», versuchte Marusch sie zu beruhigen. «Sie ist ausgehungert und erschöpft wie wir alle, und dann dieser Schrecken gestern. Irgendwo musste das ja Spuren hinterlassen.» Sie reichte ihr ein feuchtes Tuch. «Salome und Anna sind schon unterwegs, um Kräuter zu sammeln.»

«Wie soll das nur weitergehen?», fragte Marthe-Marie mit erstickter Stimme. «Die Kinder haben sich seit Monaten nicht mehr satt gegessen. Sie sind nur noch Haut und Knochen.»

«Bisher ist es immer weitergegangen. Morgen oder übermorgen werden wir aufbrechen, und Ravensburg liegt nur eine Tagesreise von hier. Dort werde ich bei den Schwestern von St. Michael anklopfen. Irgendwer wird sich schon an mich erinnern und sich barmherzig erweisen. Ich bin mir sicher, dass zumindest die Kinder ein paar Tage lang zu essen bekommen, bis sie wieder bei Kräften sind. Und vielleicht dürfen wir dort spielen, im Frühjahr sind die ersten großen Märkte, und Ostern steht vor der Tür.»

Diego trat ein. «Wie geht es Agnes?»

«Sie glüht wie ein Ofen.» Marthe-Marie legte dem Kind ein frisches Tuch auf die Stirn.

«Hör mal.» Diego räusperte sich. «Das mit dem Gold geht mir nicht aus dem Kopf. Nein, warte, lass mich ausreden – wenn es diesen Schatz tatsächlich gibt, warum sollten wir ihn wildfremden Menschen überlassen, die ihn vielleicht eines Tages zufällig finden?»

«Habt ihr mal daran gedacht», unterbrach ihn Marusch, «dass dieser Siferlin den Schatz nur erfunden haben könnte? Um den Henkerssohn auf Marthe-Marie anzusetzen? Dass es vielleicht gar keinen Schlauch voller Gold gibt?»

«Ich weiß nicht.» Marthe-Marie streichelte Agnes' Hand. «Vielleicht ist doch ein Funke Wahrheit dabei. Warum sonst war die Rede von einem Schlauch und nicht von einer Kiste oder einem Beutel Gold? Und meine Mutter besaß ja tatsächlich einen kunstvoll gearbeiteten Wasserschlauch aus Leder, der ihr sehr viel bedeutete. Außerdem: Siferlin hat das gesamte Erbe unterschlagen, wie er auch schon Jahre zuvor andere Leute betrogen und bestohlen hat. Gut vorstellbar, dass seine Beute an irgendeinem geheimen Ort versteckt liegt. Aber was soll das alles?» In ihre Augen trat ein Anflug von Zorn. «Ich habe doch gesagt, ich will davon nichts wissen, es soll endlich vorbei sein. Das ist schmutziges Gold, zusammengerafft von allen möglichen unglücklichen Menschen, denn meine Mutter allein war nicht so reich. Ich will es nicht haben.»

Diego unterdrückte ein Grinsen. «Du vielleicht nicht. Aber ich denke, uns anderen wäre es völlig einerlei, woher das Gold stammt, wir sind da nicht so ehrenwert. Überlass den Schatz uns; wir wären für die nächste Zeit alle Sorgen los.»

«Nein!»

Er wurde ernst. «Hast du dir einmal überlegt, dass Caspar womöglich noch leben könnte, hätten wir damals das Geld für einen Bader oder Arzt gehabt? Dass nicht ständig einer von uns krank wäre, wenn wir genug zu essen hätten? Dass wir mit diesem Gold neue Kostüme und Requisiten kaufen könnten und endlich wieder eine ansehnliche Truppe wären, die vom Magistrat ein Gastspiel angeboten bekäme, statt mit Hunden und Büttel aus der Stadt gejagt zu werden? Wenn du dieses Geld, das dir zusteht, nicht annehmen kannst, dann überlass es wenigstens uns. Und mit uns meine ich uns alle. Dass mir persönlich nichts an Reichtümern liegt, solltest du wissen.»

Marthe-Marie spürte Beschämung in sich aufsteigen. Wie hatte sie vergessen können, in welcher Schuld sie bei diesen Menschen stand. «Du hast Recht. Es war wohl ziemlich dumm, was ich eben dahergeredet habe.»

«Dann verrätst du mir also, wo dein Vater in Freiburg gewohnt hat?»

Sie nickte.

«Gut.» Er drückte ihr einen Kuss auf die Wange. «Sobald wir in Ravensburg sind, überlässt mir Sonntag den Grauschimmel, und ich reite nach Freiburg. Wenn alles gut geht und das Wetter mitspielt, bin ich rechtzeitig vor Ostern zurück.»

«Dann ist das also längst beschlossene Sache?» Marthe-Marie konnte den säuerlichen Unterton in ihrer Stimme kaum vermeiden.

Marusch gab ihr einen freundschaftlichen Klaps auf die Schulter. «Hör auf mit diesen Empfindlichkeiten. In dem Schlamassel, in dem wir stecken, sollten wir uns nicht um solchen Mückenschiss streiten.»

Von draußen hörten sie Freudenschreie. Marusch steckte den Kopf durch das kleine Fenster des Wohnwagens, dann lachte sie.

«Na also. Ein junger Fuchs und ein Baummarder sind uns in die Falle gegangen. Wenn das kein gutes Omen ist.»

«Nicht gerade viel für zweiundzwanzig hungrige Mägen», murmelte Marthe-Marie.

«Besser als Löwenzahnblätter. Und für Agnes gibt das eine kräftige Brühe. Du wirst sehen, morgen ist sie wieder gesund.»

Zwei Tage später waren sie wieder unterwegs. Den Pferden und Maultieren hatte die Rast auf der Waldwiese mit ihrem frischen Gras gut getan. Unermüdlich zogen sie ihre Last über den holprigen Fahrweg. In den Dörfern saßen Frauen und Kinder am Straßenrand in der milden Frühlingssonne und flochten für Palmsonntag Buchskränze und bunte Bänder um Besen und Stangen. Freundlich winkten sie den Fahrenden zu.

Schon kurz nach Mittag erreichten sie das sonnenüberstrahlte Schussental. Hoch über dem Tal erhob sich zu ihrer Linken weithin sichtbar die mächtige Benediktinerabtei Weingarten. Sie nannte eine berühmte Reliquie vom Blut Christi ihr Eigen, zu deren Verehrung jedes Jahr an Christi Himmelfahrt Tausende von Reitern aus dem ganzen Land zusammenströmten.

Marusch, die neben Marthe-Marie auf dem Kutschbock saß, breitete die Arme aus und sog hörbar die Luft ein.

«Riechst du den Frühling? Es ist, als ob einem eine enge Fessel von der Brust genommen wird. Herrlich!»

Marthe-Marie hätte ihre Freude gern geteilt, aber der Gedanke, dass Diego morgen nach Freiburg reiten würde, an jenen Ort, der zur Quelle ihres Unglücks geworden war, belastete sie. Sie hatte geglaubt, nach Wulfharts Tod mit allem, was sie in den letzten drei Jahren wie ein Fluch verfolgt hatte, abschließen zu können. Doch das war ein Irrtum. Mehr denn je fühlte sie sich heimatlos, denn nun war der Zeitpunkt gekommen, wo sie um ihrer Tochter willen die Gaukler verlassen wollte. Und sie hatte keinerlei Vorstellung davon, wohin es sie verschlagen würde. Im nächsten Moment schalt sie sich eine Närrin: Agnes war auf dem Wege der Besserung, und nur das zählte.

Nachdem sie den Flecken Altdorf, der unterhalb des Klosters lag, hinter sich gelassen hatten, sahen sie schon bald die zahllosen Türme der freien Reichsstadt Ravensburg. Als sie näher kamen, fiel Marthe-Marie auf, wie bunt und kunstvoll sie bemalt waren – bis auf einen: Hügelaufwärts, über der Oberstadt, strahlte ein mächtiger Rundturm blendend weiß in der Nachmittagssonne.

«Das ist der Mehlsack», erklärte Marusch. «Gleich dort um die Ecke habe ich bei den Beginen gelebt.»

Die Stadt war von einem Graben und mächtigen Mauern mit hölzernem Wehrgang und Wehrtürmen umringt, und Marthe-Marie erfuhr, dass die Befestigung ebenso wie der weiße Turm dem Schutz gegen die feindlich gesinnten Landvögte diente, die oben auf dem Hügel ihre Burg hatten.

Auf den Uferwiesen der Schussen, nicht weit vom Untertor, wies man ihnen ihre Lagerstätte zu – ein herrlicher Platz, hätten sich nicht ganz in der Nähe Leprosenhaus und Radacker befunden. Und wie zur Warnung an Fremde und Fahrendes Volk ragte auf einem Hügel jenseits des Flusses der Galgen in den Himmel.

Marusch ließ es sich nicht nehmen, noch am selben Abend die

Klauserinnen von St. Michael aufzusuchen, die sich inzwischen dem Orden der Franziskanerinnen unterstellt hatten. Doch die Novizin, die ihr und Marthe-Marie öffnete, zuckte bedauernd die Schultern: Die Priorin sei unterwegs zum Liebfrauenpfarrer, und sie selbst dürfe sie nicht einlassen. Doch solle sie ihre Bitte im Seelhaus vorbringen, das Almosen an Pilger und arme Reisende verteile. So kehrten die Frauen dann doch noch mit einem Sack voll harter Brotstücke und getrockneter Äpfel zurück, die die Kinder heißhungrig verschlangen.

«Und das hier», sie zauberte unter ihrer Rockschürze zwei hartgekochte Eier hervor und reichte sie Marthe-Marie, «ist für deine Kleine. Wenn sie damit nicht wieder zu Kräften kommt, darfst du mich schlagen.»

«Danke.» Marthe-Marie lächelte. «Sie ist heute den ersten Abend ohne Fieber. Ich glaube, sie hat es überstanden.» Und ich auch, dachte sie im Stillen.

Am nächsten Morgen weckte Diego sie noch vor Sonnenaufgang.

«Ich reite los.» Zärtlich strich er ihr übers Haar.

Sie hielt seine Hand fest. «Komm gesund zurück.»

«Ich werde mir alle Mühe geben. Aber du musst mir auch etwas versprechen: Warte auf mich, bevor du irgendeine Entscheidung triffst. Ich habe Angst, dass du einfach verschwindest, während ich fort bin. Ich werde ja außerdem auch ungeahnte Schätze aus Freiburg mitbringen, und ein bisschen Reichtum würde dir auch nicht schaden, so dünn, wie du geworden bist.»

Zwei Tage später, zu Palmsonntag, war Agnes wieder auf den Beinen, und Marthe-Marie ließ sich von ihrer Freundin zu einem Spaziergang durch die Stadt überreden. Die Häuser waren mit bunten Sträußen, Kränzen und Stangen geschmückt, über den lang gestreckten Marienplatz bewegte sich eine fröhliche Prozession in

Richtung Liebfrauenkirche, um dort die Palmzweige weihen zu lassen. In ihrer Mitte zogen die Menschen einen hölzernen Esel auf Rädern, auf dem die Kinder reiten durften. Nach dem Kirchgang ließen sie sich mit der Menge die Marktgasse hinauftreiben, wo überall knusprige Seelen und Dünnbier verkauft wurden.

Angesichts der frischen Backwaren, deren Duft ihnen verführerisch in die Nase stieg, begannen Lisbeth und Agnes immer ungehaltener zu quengeln. Marthe-Marie schmerzte es, dass sie den Kindern keine dieser Leckerbissen kaufen konnten, und sie schlug Marusch vor, ins Lager zurückzukehren.

«Ach was.» Marusch schob sie in Richtung einer Brotlaube. «So herzlos können die Menschen an solch einem Festtag nicht sein, dass sie nicht zwei kleinen Kindern ein Stück Brot schenken würden.»

Entschlossen stellte sie sich vor die Theke einer Laube und lächelte den Brotverkäufer an, einen bärtigen, untersetzten Mann mit riesigen Pranken.

«Wärt Ihr so gütig und würdet an diesem herrlichen Frühlingstag unseren Kindern eine Seele schenken?»

Statt einer Antwort kniff der Mann die Augen zusammen, trat hinter der Theke hervor und packte sie grob an den Schultern.

«Verschwinde hier, samt deinen kleinen grindigen Flohbeuteln. Geht woanders betteln, elendes Lumpenpack, elendes!»

Die beiden Mädchen begannen zu weinen. Doch bei Marusch war er an die Falsche geraten.

«Ein Almosen magst du verweigern, aber beleidigen lasse ich mich nicht von dir.»

Sie entwand sich seinen Armen und trat ihm so kräftig gegen das Schienbein, dass er aufheulte. Die Umstehenden lachten.

«He, Weißbeck, prügelst du dich jetzt schon mit Bettelweibern?»

Der Verkäufer hob die Hand und wollte ihr wohl eine Ohrfeige verpassen, als ihm ein Mann in den Arm fiel. Er war hoch gewachsen, sorgfältig gekleidet und um einiges jünger als Marthe-Marie.

«Schluss jetzt! Ihr solltet Euch was schämen, Weißbeck.»

Murrend schlurfte der Verkäufer hinter seine Theke zurück. Der junge Mann wandte sich Marusch und Marthe-Marie zu. Sie blickten in ein klares, offenes Gesicht mit auffallend tiefblauen Augen. Jetzt zog er seinen Hut.

«Leider seid Ihr bei diesem Kerl an den größten Geizhals Ravensburgs geraten.»

Der Bäcker drehte sich noch einmal um und brüllte: «Halt du dein Maul, Hofer Benedikt!»

Es dauerte einen schier endlosen Augenblick, bis Marthe-Maries Verstand begriffen hatte, was ihre Ohren klar und deutlich gehört hatten. Ihr Beschützer kümmerte sich nicht um den zeternden Bäcker, sondern bat die beiden Frauen zu warten und verschwand in der Menge. Marthe-Marie sah Marusch entgeistert an. «Das muss ein Zufall sein.»

Auch Marusch schien mehr als überrascht. «Du musst ihn fragen, wie sein Vater heißt.»

«Das bringe ich nicht über mich.»

«Dann tu ich's eben.»

«Um Himmels willen, Marusch.»

«Nehmt das bitte.» Benedikt Hofer war zurück und drückte erst den beiden Mädchen, dann den Frauen ein noch warmes, mit Salzkörnern und Kümmel bestreutes Brot in die Hand. «Die besten Seelen von ganz Ravensburg.»

«Das können wir nicht annehmen», stotterte Marthe-Marie. Die Kinder kauten längst mit vollen Backen.

«Ach was.» Benedikt Hofer lachte. «Ihr gehört zu den Spielleuten draußen an der Schussen, nicht wahr?»

Marthe-Marie schämte sich plötzlich für ihre zerlumpte Kleidung in Grund und Boden, während Marusch über das ganze Gesicht strahlte. Offensichtlich gefiel ihr der junge Mann.

«Ihr seid wohl Hellseher», entgegnete sie. «Das ist meine Freundin Marthe-Marie Mangoltin mit ihrer Tochter Agnes, ich bin Maruschka aus der Walachei. Und das hier ist meine Jüngste, Lisbeth. Los, ihr beiden, bedankt euch bei dem netten Herrn.»

«Verzeiht, wenn ich so offen bin – ich habe vor ein paar Tagen an der Pforte vom Seelhaus beobachtet, wie Ihr Brot abgeholt habt, und dabei gehört, dass es Euch wohl nicht gut ergangen ist in diesem Winter. Daher möchte ich Euch einen Vorschlag machen: Meine Schwester hatte gestern ihr Hochzeitsfest, und es ist einiges Essen übrig geblieben. Kommt mit in unser Haus, unsere Magd wird Euch einen großen Korb davon einpacken.»

«Nein!» entfuhr es Marthe-Marie.

Benedikt Hofer sah sie verdutzt an, dann ging ein Lächeln über sein Gesicht. «Seht es bitte nicht als Almosen. Bei uns ist es Brauch, dass wir die Speisen, die bei großen Festen übrig sind, ins Seelhaus und ins Spital bringen. Bevor Ihr also den Umweg über das Seelhaus macht, könnt Ihr ebenso gleich mit mir kommen.»

Marthe-Marie versuchte, einen klaren Gedanken zu fassen. Vielleicht war das wirklich nur ein großer Zufall, die Namen Benedikt und Hofer gab es schließlich überall im Lande. Aber wenn doch? Plötzlich hörte sie wie aus fernem Nebel des Henkerssohns Stimme: Ich weiß, dass du auf dem Weg zu ihm bist!

Verunsichert sah sie auf Agnes und Lisbeth, las in deren mageren, blassen Gesichtern, in ihren Augen, die noch größer wirkten als sonst bei Kindern, nichts anderes als grenzenlosen Hunger.

Sie gab sich einen Ruck. «Euer Vater hieß nicht zufällig ebenfalls Benedikt Hofer?»

«Er heißt noch immer so, denn er ist gesund und rüstig für sein Alter. Nur meine Mutter ist vor einigen Jahren gestorben.»

Neugierig betrachtete er sie mit seinen strahlend blauen Augen. «Kennt Ihr meinen Vater?»

Marthe-Marie schüttelte heftig den Kopf. «Nein, nein.» Das war nicht einmal gelogen. «Ich danke Euch von Herzen für Eure Großzügigkeit, doch ich muss zurück in unser Lager, mir ist nicht wohl.»

Auch das war nicht gelogen. In ihrem Kopf drehte sich alles, und sie fürchtete, jeden Moment in Ohnmacht zu fallen.

Marusch hielt sie fest. «Ich begleite dich. Und Euch, werter Herr, vielen Dank für das Brot.»

«Dann kommt doch später vorbei», rief er ihnen nach. «Wir wohnen gleich um die Ecke vom Lederhaus. Ich gebe der Magd auf alle Fälle Bescheid.»

Nachdem sie die Unterstadt mit ihren schmalen, einstöckigen Häuschen durchquert und das freie Feld erreicht hatten, holte Marthe-Marie tief Luft. Sie durfte diesen Gedanken, der sich wie ein Kreisel in ihrem Kopf drehte, erst gar nicht zu Ende denken.

«Wirst du jetzt auch krank?», fragte Agnes besorgt.

«Mach dir keine Sorgen, mein Schatz, es geht schon wieder.» Zu Marusch sagte sie leise: «Das muss ein Zufall sein, ganz bestimmt.»

Marusch nickte. «Setz dich an die frische Luft und ruh dich aus. Ich gehe mit Tilman und Niklas noch einmal in die Stadt. Du wirst verstehen, dass ich das Angebot von diesem Hofer nicht abschlagen kann.»

Eine Stunde später kamen sie alle drei voll bepackt zurück.

«Das gibt ein Festessen», jubelte Antonia, als sie ihrer Mutter beim Auspacken half. Auf der Decke, die sie im Gras ausgebreitet hatten, landeten nach und nach kalter Braten, geräucherter Speck in Sauerkraut, eine Platte mit gebackenen Eiern und Bohnen, kleine Stücke von Nusskuchen und jede Menge Brot.

Schweigend saß Marthe-Marie dabei. Sie wagte nicht, Marusch

Fragen zu stellen, und Marusch ihrerseits gab keinerlei Erklärung ab. Erst am Abend, als sie sich schlafen legten, konnte sich Marthe-Marie nicht länger zurückhalten.

«Hast du mehr erfahren über diese Familie?»

«Benedikt ist der Älteste, er hat noch eine Schwester und zwei Brüder. Er arbeitet bei seinem Vater, der eine florierende Kunstschlosserei betreibt. Der Sohn wird sie übernehmen, sobald er den Meisterbrief hat.»

Marthe-Marie schluckte. «Hast du gefragt, woher seine Familie stammt?»

«Ich habe überhaupt nichts gefragt. Was ich weiß, hat der junge Hofer erzählt. Übrigens habe ich seinen Vater gesehen, er kam kurz in die Küche.»

«Und?»

«Ein überaus freundlicher alter Mann, genau wie sein Sohn. Er hat mich so höflich begrüßt, als sei ich eine Bürgersfrau. Und er hat ganz ungewöhnliche Augen: eines ist blau, eines ist braun.»

Den ganzen nächsten Tag verbrachte Marthe-Marie am Ufer des nahen Flusses, eingehüllt in einen dicken Wollmantel von Diego, denn es war wieder empfindlich kühl geworden. In ihrem Kopf setzte sie immer wieder die Einzelheiten zusammen, die sie erfahren hatte. Benedikt Hofers mochte es viele geben, nicht aber einen, der von Beruf Schlosser war und verschiedenfarbene Augen hatte. Ihr leibhaftiger Vater lebte also in Ravensburg und ahnte nicht, dass sich seine Tochter vor den Toren dieser Stadt in einem Gauklerlager befand. Ahnte nicht einmal, dass er überhaupt noch eine zweite Tochter hatte. Und ein kleines Enkelkind. Sie wünschte, sie wäre nie an diesen Punkt gelangt, denn nun stand ihr eine Entscheidung bevor, die sie mehr Kraft kostete als alle Entscheidungen zuvor. War das das Ziel ihrer Reise?

Am nächsten Morgen nahm sie ein Bad in der eiskalten Schussen, schrubbte sich Hände und Hals mit ihrem letzten Stück Bimsstein und frisierte sorgfältig ihr Haar. Dann suchte sie Leibchen, Rock und Schürze heraus, die ihr am wenigsten verschlissen erschienen. Anschließend wiederholte sie diese Prozedur mit einer heftig sich wehrenden Agnes.

«Ich will mich nicht in dem kalten Wasser waschen», maulte das Mädchen und begann zu heulen, als Marthe-Marie ihr mit dem Kamm durch das widerborstige Haar fuhr und bunte Bänder einflocht.

«Gib jetzt Ruhe. Wir gehen zu dem freundlichen Mann, der uns so viel zu essen geschenkt hat, da können wir nicht wie die Lumpensammler aussehen.»

Nach einem letzten Moment des Zögerns machte sie sich auf den Weg. Gleich hinter dem Stadttor traf sie auf einen freundlichen Knecht des Heilig-Geist-Spitals, der ihr den Weg zum Lederhaus wies. Von dort fragte sie sich weiter durch zum Wohnhaus der Hofers. Es lag dicht beim Marienplatz und war zwar schmal, aber wohl erst vor kurzem frisch hergerichtet worden und besaß zur Straße hin einen prächtigen, zweistöckigen Erker. Hier wohnten angesehene, durchaus wohlhabende Bürger – das erkannte Marthe-Marie auf den ersten Blick. Unwillkürlich musterte sie ihre Tochter in dem alten Umhang, der längst jede Farbe verloren hatte, sah ihre nackten Beine, die in viel zu großen Holzpantinen steckten. An ihre eigene Kleidung wollte sie gar nicht erst denken.

Beklommen schlug sie den Ring eines kunstvoll gearbeiteten Pferdekopfs gegen die Tür.

Eine Dienstmagd öffnete.

«Ist der junge Herr Hofer im Hause?»

Die Frau betrachtete sie und antwortete nach einigem Zögern. «Wartet hier. Er ist in der Werkstatt.»

Benedikt Hofer schien sich aufrichtig zu freuen, sie zu sehen. «Geht es Euch wieder besser?»

«Ja, danke. Verzeiht, wenn ich Euch bei der Arbeit störe. Nicht dass Ihr denkt, ich komme, um zu betteln, es ist –» Sie stockte.

«Ich weiß, dass Ihr keine Bettlerin seid», entgegnete er ruhig. «Ich denke auch, dass Ihr keine Gauklerin seid.»

«Wie kommt Ihr darauf?»

«Eure Art. Für eine Gauklerin seid Ihr zu wenig vorwitzig, für eine Bettlerin zu wenig unterwürfig. Aber tretet doch ein mit Eurer Kleinen.»

«Ich wollte eigentlich mit Eurem Herrn Vater sprechen.»

Jetzt war es heraus. Es gab keinen Weg mehr zurück.

«Dann kommt erst recht herein. Er wird sich freuen, Euch endlich kennen zu lernen.»

«Endlich kennen zu lernen?» Verdutzt sah ihn Marthe-Marie an.

«Nun ja», entgegnete der junge Hofer verlegen. «Er war mit dabei, als wir Euch neulich vor dem Seelhaus gesehen haben, und daraufhin hat er mich gebeten, Ausschau nach Euch zu halten und Euch anzusprechen, falls unsere Wege sich kreuzen würden. Und bei diesem Geizkragen von Weißbeck fand ich schließlich eine gute Gelegenheit.»

Verunsichert folgte sie ihm die Treppe hinauf. Er klopfte kurz an eine mit Leder beschlagene Tür, die er gleich darauf öffnete. Der Raum, der sich in den mit Fenstern besetzten Erker schmiegte, war hell und mit einigen wenigen Möbelstücken behaglich eingerichtet, von denen ein einziges nur sehr kostbar wirkte: eine Edelholzanrichte, in meisterhafter italienischer Furniertechnik gearbeitet, wie sie es aus dem Hause ihrer Zieheltern kannte. Vor dem größten Fenster saß in einem Lehnstuhl der Hausherr, auf dem Tischchen neben sich die Lutherbibel, in der er wohl gerade gelesen hatte.

«Hier ist Besuch, Vater.»

Neugierig sah der alte Mann auf, dann erhob er sich erstaunlich behände und reichte ihr die Hand. Trotz seines Alters, das um Mund und Augen zahllose Falten hinterlassen hatte, wirkte sein Gesicht jungenhaft. Vielleicht lag es an dem vollen Haar und den lebhaften Augen, von denen eines tatsächlich braun, eines tiefblau war. Das also war ihr Vater! Sie holte tief Luft.

«Ich bin Marthe-Marie Mangoltin aus Konstanz, das ist meine Tochter Agnes. Zunächst möchte ich mich bedanken», unter seinem forschenden Blick begann sie zu stottern, «bedanken für die wunderbaren Gaben, die Ihr uns habt zukommen lassen – ich meine, den Spielleuten vor der Stadt, unseren Kindern – nach diesem schrecklichen Winter –» Plötzlich hatte aller Mut sie verlassen. «Dann will ich Euch nicht weiter stören. Behüt Euch Gott und habt nochmals vielen Dank.»

Sie senkte den Blick und wandte sich zur Tür.

«Nein, wartet, junge Frau.»

Er gab seinem Sohn ein Zeichen, und Benedikt Hofer verließ den Raum.

«Bleibt bitte noch einen Augenblick.» Er beugte sich zu Agnes hinunter. «Und du bist die kleine Agnes? Wie schön – genau so hieß meine selige Ahn. Möchtest du ein Stück Kuchen?»

Agnes nickte schüchtern.

«Nun denn.» Er ging zur Tür und rief die Dienstmagd herein. «Nimm die kleine Agnes mit in die Küche und gib ihr etwas Gutes zu essen und zu trinken. Vielleicht kann sie dir ja auch ein wenig zur Hand gehen.» Er blinzelte der Magd zu.

«Und Ihr setzt Euch zu mir und erzählt.»

«Vielleicht ist es nicht recht, dass ich gekommen bin.» Ihre eigene Stimme klang ihr plötzlich fremd. «Und ich hätte es sicher nicht gewagt, wüsste ich nicht von Eurem Sohn, dass Ihr Witwer seid.»

Sie schwieg erschrocken. Was tat sie hier eigentlich? Platzte in das Leben einer Bürgersfamilie, die offensichtlich nicht nur wohlhabend, sondern auch zufrieden und glücklich war. Am liebsten wäre sie aufgestanden und aus der Stube gerannt, doch der alte Hofer hielt sie mit einem Blick fest, der eine Erklärung forderte. Sie las darin Hoffnung und Verwirrung zugleich.

«Wer seid Ihr?», fragte er schließlich leise.

«Ihr kanntet meine Mutter. Sie hieß Catharina Stadellmenin.»

«Also doch!»

Er wandte den Blick ab und starrte aus dem Fenster, ohne ein Wort zu sagen. Marthe-Marie saß zusammengesunken auf ihrem Stuhl und wäre am liebsten im Erdboden versunken.

Endlich räusperte er sich. «Catharina Stadellmenin war also deine Mutter. Aber Michael Bantzer war wohl nicht dein Vater?»

Sie schüttelte beklommen den Kopf.

Er erhob sich und ging in der Stube auf und ab. Aus der Küche hörte man das Klappern von Töpfen, dann Agnes' helles Lachen. Als der Alte vor Marthe-Marie stehen blieb, lagen dunkle Schatten unter seinen Augen.

«Demnach ist die Kleine meine Enkeltochter?»

«Ja.»

Er ließ sich in den Lehnstuhl sinken. «Wie alt ist sie?»

Marthe-Marie musste einen Moment nachdenken. «Im Spätsommer wird sie vier.»

Wieder schwieg er. Regungslos saß er da, nur die Finger seiner verschränkten Hände bewegten sich. Es schien, als würde der alte Mann einen schweren Kampf mit sich ausfechten. Die Sekunden dehnten sich zu Ewigkeiten, und die Stille zwischen ihnen nahm ihr fast die Luft zum Atmen. Doch sie wartete ab.

«Ich habe es geahnt von dem Moment an, als ich dich an der Pforte des Seelhauses sah. Aber ich wollte es nicht wahrhaben.» Er schüttelte den Kopf, als könne er es noch immer nicht glauben. «Du bist also gekommen, deinen Vater kennen zu lernen. Du bist meine Tochter.»

Endlich war es ausgesprochen. Nicht nur Marthe-Marie fühlte, wie sich ein Knoten in ihrem Innern löste. Auch Hofer schien sich zu entspannen. Er lächelte.

«Es ist, als ob eine längst vergessen geglaubte Zeit wie ein offenes Buch vor mir liegt. Du siehst ihr so unvorstellbar ähnlich.» Wieder schüttelte er den Kopf. «Du musst wissen – ich hatte immer geahnt, dass Catharina heimlich ein Kind zur Welt gebracht hatte, ein Kind, dessen Vater ich war. Sie war damals von einem Tag zum andern verändert, als ob eine schwere Last auf ihr läge. Ihr ganzer Lebensmut schien wie weggeblasen. Sie war plötzlich so verschlossen, fast verstockt, und ich habe mit ihr gestritten, sie beschimpft. Dann war sie lange Zeit verschwunden, bei ihrer Freundin und Base im Elsass. Angeblich, um ihre Anfälle von Melancholie zu kurieren. Aber Catharina war niemals schwermütig gewesen. Als sie zurückkam, wollte sie mich nicht mehr sehen, und ich ging fort, nach Offenburg. Im Elsass hat sie dich also zur Welt gebracht und dort gelassen. Ist es so?»

Marthe-Marie nickte nur.

«Warum nur hat sie mir niemals die Wahrheit gesagt?» Seine Stimme klang müde. «Dafür habe ich sie in meiner Verzweiflung lange Zeit gehasst. Erst viel später begriff ich, dass sie keine andere Wahl gehabt hatte. Wir hatten die Ehe gebrochen; ihr Mann hätte alles getan, uns zu vernichten. Und dich auch.»

Er stand auf und nahm ihre Hand. «Dir ist es nicht gut ergangen in der letzten Zeit, das sehe ich dir an. Du musst mir so vieles erzählen. Aber jetzt bin ich sehr müde. Versprichst du mir, dass du morgen Mittag wiederkommst, zusammen mit deiner Tochter?»

Wieder nickte sie nur.

«Gut. Benedikt wird dich abholen.»

Am nächsten Vormittag standen sie viel zu früh am Rand der Landstraße, nicht weit von ihrem Lager. Agnes hüpfte vor Aufregung; sie freute sich vor allem auf ihre neue Freundin, die Magd Johanna, die sie am Vortag mit so viel Kuchen und Naschwerk voll gestopft hatte, dass sie in der Nacht mit Bauchgrimmen aufgewacht war. Marthe-Marie hingegen wartete stumm, fast schicksalsergeben auf Benedikt. Eine einzige bange Frage drehte sich in ihrem Kopf: Was würde sie im Hause Hofer erwarten?

Mit Marusch hatte sie, seit dem heimlichen Besuch bei ihrem Vater, kaum ein Wort gewechselt. Ihre Freundin hatte auch andere Sorgen: Die Existenz der Truppe stand auf dem Spiel. Zuerst hatten sich am Vorabend völlig überraschend die drei Musikanten verabschiedet: Die Stadt Ravensburg habe ihnen eine Anstellung als Paukenschläger und Stadtpfeifer angeboten, die auszuschlagen reine Torheit wäre. Am Morgen dann war Quirin verschwunden. Er hatte seinen ausgemergelten Esel dagelassen und stattdessen das kräftigste Maultier der Truppe gestohlen. Salome war mit ihm gezogen. Keiner hatte je bemerkt, dass die beiden ein Paar gewesen waren. Zurück blieb eine mittelmäßige, abgerissene Komödiantentruppe, ohne Musikanten und ohne jede Attraktion, die schwerlich einen Zuschauer hinter dem Ofen hervorzulocken vermochte.

«Die Ratten verlassen das sinkende Schiff», hatte Sonntag nur gemurmelt und war in seinen Wagen verschwunden, gefolgt von Marusch. Marthe-Marie hatte sie noch nie so ratlos gesehen.

Sie zog ihren Umhang enger zusammen, denn ein eisiger Wind fuhr plötzlich die Straße entlang. Dann sah sie ihn kommen. Schon von weitem winkte er ihnen zu. Sie konnte immer noch nicht fassen, dass der junge Benedikt ihr Halbbruder sein sollte. Wie selbstbewusst er wirkt, dachte sie, und dabei ganz ohne Standesdünkel. Ob er die Wahrheit wusste? Plötzlich bereute sie ihren Wagemut vom Vortag und hätte sich am liebsten in Luft aufgelöst. Hätte man das Rad der Zeit zurückdrehen können – sie hätte es getan.

«Ich hoffe, ihr beiden habt großen Hunger», sagte Benedikt zur Begrüßung und strahlte über das ganze Gesicht. «Johanna ist den ganzen Morgen in der Küche gestanden – das verheißt nur Gutes.»

Er warf einen Blick zum Himmel, der sich von Westen her zusammenzog. «Hoffentlich gibt das nicht noch einmal Schnee.»

Jetzt bemerkte Marthe-Marie doch eine Spur von Verlegenheit in seinem Blick, was sie noch mehr verunsicherte. Sie nahm Agnes bei der Hand und marschierte los. Er versuchte, mit ihr Schritt zu halten.

«Nicht so eilig, wir haben noch Zeit.»

Sie erreichten das Untertor, wo die Torwache sie freundlich grüßte. Vom Blaserturm herüber blies der Wächter zu Mittag.

Jetzt ging er dicht neben ihr. Agnes, übermütig wie ein Fohlen, sprang vorweg.

«Vater hat mir gesagt, wer du bist», sagte er leise. «Dabei hat er mir von deiner Mutter schon früher erzählt, schon kurz nachdem meine Mutter gestorben war. Catharina sei seine erste große Liebe gewesen, damals, als junger Geselle in Freiburg, und er hätte alles getan, um mit ihr zusammenzubleiben, doch seien die Umstände dagegen gewesen. Ich glaube, er wollte mich damals trösten, weil ich gerade zum ersten Mal mein Herz verloren hatte, an eine Frau, die bereits einem anderen versprochen war. Vielleicht wollte er aber auch nur über einen großen Schmerz hinwegkommen, indem er über sie sprach. Denn in jenen Tagen hatte er gerade erfahren, dass –» Er unterbrach sich und blickte sie unsicher an.

«Sprich nur weiter. Ich bin darüber hinweg.»

Sie betrachtete ihn, und mit einem Mal schien es ihr, als würde sie ihn seit Ewigkeiten kennen.

Sie hatten keine Eile mehr. Während sie das Gerberquartier entlang des Stadtbaches durchquerten, schilderte er, wie furchtbar die

Nachricht von Catharinas Verurteilung seinen Vater getroffen hatte. Plötzlich blieb Benedikt stehen und umarmte Marthe-Marie mitten auf der Straße.

«Ich kann es nicht glauben – ich habe eine zweite Schwester.» Er lachte und küsste sie auf beide Wangen. Agnes sah ihn verdutzt an, Marthe-Marie errötete.

«Was sollen die Leute von Euch – von dir denken! Ich sehe doch aus wie eine Bettlerin.»

«Na und? Die Leute können mir den Buckel runterrutschen.»

Als sie in die Schulgasse einbogen, ging Marthe-Marie unwillkürlich langsamer.

«Was ist?»

«Ich habe Angst.»

«Hör zu, Marthe-Marie: Du darfst nicht länger zweifeln, ob es richtig war, uns aufzusuchen. Ich glaube, du hast Vater von einer quälenden Ungewissheit erlöst.» Er öffnete die Tür. «Und jetzt komm herein.»

38

Jonas fröstelte, als er zur Mittagszeit auf die Gasse trat. Viel zu schnell waren die ersten lauen Frühlingstage zu Ende gegangen.

Er kam gerade vom Mädchenunterricht, den er zweimal die Woche abhielt. Er mochte diese Stunden in der gemütlichen kleinen Wohnung in der Nähe des Waaghauses, auch wenn das Entgelt hierfür noch geringer war als für seinen Unterricht in den beiden städtischen Knabenschulen. Vor Jahrzehnten schon hatten die Reformierten unter den Bürgern für ihre Töchter eine Erziehung in den Elementarkenntnissen Lesen und Schreiben gefordert. Als Lehrer war er angewiesen, sein Augenmerk auf die Unterweisung in den christlichen Grundlagen und Tugenden zu legen, was nichts anderes bedeutete, als mit den Mädchen den Katechismus auswendig zu lernen und Kirchenlieder und Psalmen zu singen. Doch ließ er es sich nicht nehmen, seine eigenen Schwerpunkte zu setzen, nämlich Rechnen und Lesen in deutscher Sprache.

Er bog in die Bachgasse ein, als er wie vom Blitz getroffen stehen blieb: Seite an Seite mit dem Schlossergesellen Hofer, dessen jüngster Bruder seine Lateinklasse besuchte, ging Marthe-Marie. Sie gingen so dicht nebeneinander, so vertraut, als wären sie ein Paar. Jonas starrte ihnen mit offenem Mund hinterher wie ein aus dem Tollhaus Entlaufener.

Um ein Haar hätte er sie gar nicht erkannt, so ausgezehrt sah sie aus in ihrem geflickten, schäbigen Rock. Doch es war keine Täuschung, denn auch Agnes war dabei. Ausgelassen sprang sie vor den beiden her. Und dann geschah das Ungeheuerliche: Sie blieben stehen und umarmten sich. Seine Marthe-Marie, in ihren zerschlissenen Kleidern, und der junge Hofer! Er stand wie gelähmt vor Bestürzung, rührte sich nicht vom Fleck, bis ihn ein Fischhändler mit seinem Handkarren grob zur Seite stieß.

Anstatt nach Hause zu gehen und den Unterricht für den nächsten Tag vorzubereiten, tat er etwas, was ihm sonst nie in den Sinn gekommen wäre: Er suchte das Gasthaus «Zur Höhle» auf, eine düstere Kaschemme gleich unterhalb des Mehlsacks, in der sich recht zwielichtige Gestalten trafen. Hier lief er wenigstens nicht Gefahr, irgendwelchen honorigen Vätern seiner Schüler zu begegnen, denn er wollte nichts anderes, als in Ruhe gelassen werden und den Aufruhr in seinem Inneren betäuben. Zumindest das Bier schmeckte wunderbar. Nach dem zweiten Krug begann er an allem, was er beobachtet hatte, zu zweifeln. Seine Augen mussten ihn getrogen haben. Was hatte Marthe-Marie mit Hofer zu schaffen? Und wenn sie in Ravensburg war, warum hatte er sie und die anderen aus Sonntags Truppe dann nie zuvor gesehen?

Nach dem dritten Krug winkte er den Wirt heran.

«Wisst Ihr, ob Gaukler in der Stadt sind?»

Die Worte kamen ihm wie unförmige Klumpen heraus, denn er war Alkohol nicht gewohnt.

«Gaukler? Nun ja, vor der Stadt, beim Untertor, lagern ein paar Landfahrer, wenn Ihr die meint. Noch einen Krug?»

Jonas nickte.

Eisiger Schneeregen schlug ihm ins Gesicht, als er wieder auf die Gasse trat. Er hatte jegliches Zeitgefühl verloren, doch dem fahlen Licht nach musste es bereits später Nachmittag sein. Er würde sich Gewissheit verschaffen. Schwankenden Schrittes durchquerte er die Stadt, bemerkte kaum, wenn ihn jemand grüßte.

Als er die Uferwiese erreichte, hatte der Schneeregen aufgehört. Eine tief stehende Sonne schickte ihre letzten Strahlen durch die aufgerissene Wolkendecke und ließ die Landschaft in kräftigen Farben leuchten. Er blieb stehen. Die kalte Luft hatte ihn ernüchtert und den Nebel aus seinem Kopf vertrieben. Dafür legte sich ihm jetzt eine tiefe Beklommenheit wie ein eisernes Band ums Herz. Vor ihm lag das Lager der Gaukler zum Greifen nah, die Konturen der Karren, die Äste der kahlen Bäume zeichneten sich scharf wie bei einem Scherenschnitt gegen die Umgebung ab. Seltsam, er hatte den Tross viel größer in Erinnerung, farbenfroher und eindrucksvoller. Als Erstes entdeckte er Marusch und Anna, wie sie sich am Feuer zu schaffen machten. Weiter hinten standen die Männer um Sonntag versammelt. Weder Diego noch Marthe-Marie waren zu sehen.

Noch konnte er zurück. Doch dann würde ihn das brennende Verlangen, Marthe-Marie wieder zu sehen, niemals mehr loslassen. Viel zu lange schon hatte er auf diese Fügung des Schicksals gewartet, auf diesen Augenblick, wo sich Marthe-Maries und seine Wege kreuzen würden – nun durfte er diesen Augenblick nicht aus der Hand geben.

«Jonas!»

Er fuhr herum. Antonia kam auf ihn zu, im Schlepptau eine Hand voll Kinder und Heranwachsende, von denen er einige gar nicht kannte. Wie sich Maruschs Älteste verändert hatte in den letzten eineinhalb Jahren! Zu einer hübschen jungen Frau hatte sie sich entwickelt. Doch mager war sie, wie alle anderen, erschreckend mager.

«Was für eine Überraschung.» Sie streckte ihm die Hand hin, die er herzlich drückte. «Willst du wieder bei uns arbeiten?»

«Das nicht gerade.» Er lächelte schief.

Nun hatten auch Marusch und Anna ihn entdeckt und eilten heran.

«Mein Gott, Jonas.» Marusch schloss ihn in ihre kräftigen Arme, dass seine Rippen knackten. «Wie oft habe ich in den letzten Monaten an dich gedacht. Lebst du nicht mehr in Ulm?»

«Nein.» In knappen Worten berichtete er, wie es ihm seit seinem übereilten Abschied in Freudenstadt ergangen war. «Und wie geht es euch?»

«Ehrlich gesagt – beschissen. Der Glanz von Leonhard Sonntags Compagnie ist endgültig erloschen, Leo will die Flinte ins Korn werfen. Will sich als Hintersasse irgendwo am See niederlassen, mit einer Sau und ein paar Geißen auf einem schäbigen Hof, wo er dann den ganzen Tag Steine aus dem Acker klaubt – was weiß ich. Er fühlt sich zu alt für dieses Wanderleben, zumal in diesen elenden Zeiten.»

Jonas sah den bitteren Zug um ihre Mundwinkel, und eine Welle von Mitgefühl überkam ihn.

«Komm, setz dich zu uns ans Feuer. Dann sollst du alles erfahren. Die Männer werden sich freuen, dich wieder zu sehen.»

Jonas zögerte. «Nein, lass nur. Ich komme ein andermal wieder. Vielleicht morgen.» Mein Gott, was war er für ein Feigling.

Marusch zog ihn ein Stück mit sich. «Ist es wegen Diego? Er

ist nach Freiburg geritten. Vor übermorgen wird er kaum zurück sein.»

Er nahm allen Mut zusammen. «Und Marthe-Marie?»

«Sie ist in der Stadt, aber ich denke, sie wird bald kommen.» Plötzlich sah sie ihn verblüfft an und schlug sich gegen die Stirn. «Himmel, jetzt begreife ich erst, was das alles bedeutet. Du lebst hier und sie – nein, das kann kein Zufall sein. Du weißt schon, dass sie als Einzige von uns das große Glückslos gezogen hat, und jetzt willst du –»

Er unterbrach sie. «Sei mir nicht böse, wenn ich wieder gehe. Es war dumm von mir, überhaupt hergekommen zu sein. Leb wohl, Marusch, und grüße Sonntag von mir.»

Dann rannte er im Laufschritt davon, ohne auf Maruschs Rufe zu achten. Als er die Böschung zur Landstraße hinaufstolperte, da stand sie vor ihm, nicht einmal eine Armeslänge entfernt. Sie stieß einen Schrei aus, ganz leise nur, doch in seinen Ohren klang es wie ein gellender Schrei des Entsetzens.

«Jonas?», flüsterte Marthe-Marie. Ihr Gesicht war wachsbleich, was ihren Blick noch dunkler erscheinen ließ.

Regungslos starrte er sie an, wie einer seiner Schulbuben, wenn sie die Antwort auf eine Frage nicht wussten.

Das warme Abendlicht verblasste, und die Welt verlor ihre Farbe. Doch vor ihm erhob sich gegen die Silhouette der Stadt ihre Gestalt, die von innen heraus strahlte wie eine Erscheinung des Himmels, die Gestalt einer Frau, für die er in diesem Moment sein Leben gelassen hätte.

«Geh nicht weg, Marthe-Marie.» Hatte er diese Worte gesprochen? Oder sie nur gedacht? Warum sagte sie nichts? Wenn dies kein Traum war, dann musste er sie eigentlich berühren können.

Er streckte die Hand aus und strich vorsichtig über ihren Unterarm.

«Wie dünn du bist», sagte er leise.

Sie schwieg noch immer. Ihm war, als schimmerten in ihren Augen Tränen.

«Bitte sag etwas», bat er sie.

Sie schüttelte den Kopf.

«Soll ich morgen wiederkommen oder übermorgen? Das ist mir gleich, ich wohne in Ravensburg. Ich habe hier eine Stelle als Schulmeister gefunden.»

«Du wohnst hier?» Ihre Stimme klang rau, fast erschrocken.

«Ja.» Er konnte sich nicht länger zurückhalten. Er nahm ihre beiden Hände in seine, spürte ihre Wärme, ihre Zerbrechlichkeit. «Glaub mir, ich habe versucht, dich zu vergessen. Aber es ist mir nicht gelungen. Ich schlafe mit deinem Bild vor Augen ein, und wenn ich erwache, sehe ich als Erstes dich. So viele Nächte habe ich von dir geträumt, mich an so vielen Tagen um dich gesorgt. Mir ist, als hätten wir uns niemals getrennt. Bitte, bleib bei mir. Ich will dich nicht noch einmal verlieren. Bleib bei mir und heirate mich.»

Warum antwortete sie nicht? Hatte er heute Mittag also doch richtig beobachtet, richtig vermutet? War er zu spät gekommen?

Er ließ ihre Hände frei. «Dann antworte mir wenigstens auf eine Frage: Bedeute ich dir etwas? Habe ich dir jemals etwas bedeutet?»

«Ach Jonas, das ist es doch nicht. Sieh mich einfach nur an.» Sie öffnete ihren Mantel, der, wie ihm jetzt erst auffiel, nicht derselbe war wie heute Mittag, sondern nagelneu, aus warmem, gewalktem Grautuch. Doch darunter sah er einen zerrissenen Rock mit fleckiger Schürze, ihr Leibchen war aus zwei Teilen notdürftig zusammengenäht. Es war nicht mehr und nicht weniger als ein Haufen Lumpen, was sie da auf ihrem abgemagerten Leib trug. Wieder spürte er diesen eisernen Ring um sein Herz, und er hätte heulen mögen wie ein kleines Kind.

«Ja, trau nur deinen Augen. Ich bin schon längst keine Bürgerstochter mehr. Ich gehöre zum Stand der Unehrlichen, viel zu lange schon. Und du, du weißt gar nicht, was das bedeutet. Hast vielleicht ein paar Wochen mit den Komödianten verbracht, in ihrer besten Zeit mit Glitzer und Glimmer und herzlichem Applaus. Aber nicht einmal das ist uns geblieben. Hungernde Landstreicher sind wir, die kein Stadtwächter mehr einlässt, nichts anderes. Und was mich betrifft, die Marthe-Marie aus dem vornehmen Hause Mangolt: Tiefer als ich kann man gar nicht sinken. Ich habe die niedrigsten Arbeiten verrichtet, habe mit den anderen Früchte vom Acker und aus den Scheunen gestohlen und vorm Kirchenportal gebettelt. Ich habe Gras, faulige Wurzeln und Würmer gefressen wie die Wildschweine. Musste mit ansehen, wie man erst Mettel, dann den Medicus niedergemetzelt hat und wie Caspar vor Schwäche am Antoniusfeuer krepiert ist und zwei unserer Jungen beinahe am Galgen gelandet wären. Nur gehurt habe ich noch nicht, falls dich das interessiert. Nicht richtig jedenfalls.»

Sie stieß ein bitteres Lachen aus, während ihr gleichzeitig die Tränen über die Wangen liefen. «Und da willst du mich heiraten? Du, Jonas Marx, Schulmeister der Stadt Ravensburg? Willst aus freien Stücken solche Schande über dich gießen wie einen Kübel Jauche? Das kannst du gar nicht wollen.»

«Mein Gott, hör auf, so zu reden. Du magst Grausiges erlebt haben, magst in Lumpen gehen wie eine Bettlerin, aber das ist mir gleich. Und es gibt kein Gesetz, das mir verbietet, eine Unehrliche zu heiraten!»

«Ich will dein Mitleid nicht! Lieber verdinge ich mich irgendwo als Dienstmädchen oder als Magd. Ja – sieh mich nicht so an, ich kann mich allein durchschlagen. Ich weiß, wie schwer das ist, als Witwe mit einem Kind, dazu noch als Fremde. Aber ich hab den letzten Winter überstanden, also schaffe ich auch das.»

«Und Diego?»

«Was geht dich Diego an? Er ist ein guter Freund, vielleicht der beste, den sich eine Frau wünschen kann.»

Wie wütend sie war. Nein, er bedeutete ihr offenbar nichts mehr. Nur noch Abwehr und Trotz las er in ihrem Gesicht. Er schloss die Augen und atmete tief durch. «Dann wünsche ich dir viel Glück», murmelte er. «Wann zieht die Truppe weiter?»

«Das weiß ich nicht. Ich werde Marusch und die anderen verlassen.»

«Was heißt das?»

«Dass ich in Ravensburg bleiben werde.»

«Jetzt verstehe ich.» Dabei verstand er in diesem Augenblick überhaupt nichts mehr. Er sah nur noch diesen Benedikt Hofer mit ihr über die Bachgasse schlendern. »Warum bist du zu feige, mir ins Gesicht zu sagen, dass du mit einem anderen Mann zusammen bist? Das kannst du ruhig, ich habe euch gesehen, heute Mittag.» Er schluckte. «Bei dem hast du diese Vorbehalte mit Scham und Schande wohl nicht? Aber eins muss ich dem jungen Hofer lassen: Er scheint auch nicht zu zögern, sich vor aller Augen mit Jauche zu übergießen, indem er sich mit einer Frau unter seinem Stand zeigt. Hut ab!»

«Benedikt Hofer ist mein Bruder!»

«Dein was?»

«Ich habe es auch erst vor kurzem erfahren.»

«Dann ist der alte Hofer –?»

Sie nickte. Ihre Wangen hatten wieder Farbe angenommen. «Ich komme eben von dort.»

«Und – Agnes?»

Zum ersten Mal zeichnete sich so etwas wie Freude auf ihrem Gesicht ab. «Sie nennt ihn schon Großvater. Dabei weiß sie gar nicht genau, was das ist. Hofer – mein Vater will für sie sorgen. Agnes war sehr krank, musst du wissen.»

«Und du? Ich meine, was wirst du tun, jetzt, wo du deinen Vater gefunden hast?»

«Das habe ich dir doch gesagt.» Ihre Stimme zitterte ein wenig.

«Ich suche mir ein Zimmer und eine Anstellung. Irgendwo in der Stadt, um in Agnes' Nähe zu bleiben. Er hilft mir dabei.»

Jonas schüttelte ungläubig den Kopf. «Ein sauberer Vater, der seine eigene Tochter nicht bei sich aufnehmen will. Hat er Angst vor dem Gerede der Nachbarn?»

«Ich bin es, die nicht bei ihm wohnen will. Als alter Mann hat er erfahren, dass er noch eine Tochter und ein Enkelkind hat, verstehst du? Das muss wie ein Schlag für ihn gewesen sein. Wenn es uns nicht immer übler ergangen wäre, hätte ich ihn gar nicht aufgesucht – ich habe es für Agnes getan. Was mich betrifft, so will ich nur eins: auf eigenen Beinen stehen. Leider bin ich in meiner Lage noch auf seine Hilfe angewiesen. Doch heißt das längst nicht, dass ich mich jetzt in ein gemachtes Nest setze.»

«Warum bist du so stolz?»

«Weil Stolz das Einzige ist, was mir geblieben ist.»

Er fand keine Worte mehr. Sie hatte für sich selbst bereits alles entschieden. Stumm betrachtete er ihr schönes Gesicht, die fein geschnittenen Züge, denen nichts Mädchenhaftes mehr anhaftete. Es war die tiefgründige Schönheit einer erfahrenen Frau. Eine schwarze Haarlocke hatte sich gelöst und fiel ihr in die klare Stirn, fast bis auf die schmalen dunklen Brauen. Dann versank er im Blick ihrer Augen. Zu seiner Überraschung spiegelte sich darin dieselbe Liebe, die er für sie empfand. Es war, als ob ihrer beider Seelen sich gegenseitig öffneten, ohne Trug und Täuschung.

Sie senkte den Blick. «Ich muss jetzt gehen.»

«Ja, gewiss. Die anderen werden schon auf dich warten.»

Er trat einen Schritt zurück, zögerte noch. «Ich wohne in der Klostergasse, über der Werkstatt des Kammmachers.»

Dann drehte er sich um und ging die Straße hinunter Richtung Untertor.

Marthe-Marie lag auf ihrem Strohsack und starrte ins Dunkel des Wohnwagens. Zu viel hatte sich in diesen Tagen ereignet, zu viel, als dass sie hätte einen klaren Gedanken fassen können. Noch immer hatte sie nicht begriffen, dass sie ihren Vater gefunden hatte, viel weniger, so schien es, als der alte Benedikt Hofer selbst, der ihr heute mit offenen Armen entgegengetreten war. Es hatte lange gedauert, bis sich ihre Befangenheit gegenüber dieser fremden Familie, die nun die Ihre sein sollte, gelegt hatte. Hinzu kam, dass sie Anstand und Sitte bei Tisch nicht mehr gewohnt war, und sie ertappte sich mehr als einmal dabei, wie sie sich den Mund am Ärmel abwischte, statt die Mundtücher zu benutzen, oder den Braten mit der Hand von der Platte nahm anstatt mit dem bereitliegenden Messer.

Dabei hatte jeder von ihnen sich alle Mühe gegeben, es ihr leicht zu machen. Niemand hatte sie zum Reden gedrängt, abgesehen von Christoffel, dem Jüngsten, der nicht genug hören konnte von ihrem Leben bei den Gauklern. Hofers Tochter Margret, die, obwohl jünger als Marthe-Marie, sehr mütterlich und matronenhaft wirkte, hatte sie mit Essen und Trinken umsorgt wie eine Kranke. Dann war da noch Melchior, der Zweitjüngste, der auffallend still dabeisaß, bis sie erfuhr, dass er tatsächlich stumm war seit einem schrecklichen Unfall als kleiner Junge. Sie wusste nicht, was Hofer seinen Kindern erzählt hatte, aber sie fühlte sich aufgenommen wie ein lang zurückerwartetes Familienmitglied. Und sie musste ihrem Vater und ihren Halbgeschwistern versprechen, in Ravensburg zu bleiben.

«Du kannst Margrets Kammer haben, jetzt, wo sie verheiratet ist», hatte Hofer ihr angeboten. Als er indes merkte, wie sehr ihr das widerstrebte, gab er nach und versprach, sich in der Stadt nach einem Zimmer umzusehen.

«Ich kann verstehen, dass du Zeit brauchst. Aber vergiss nicht: Unsere Tür steht dir immer offen.»

Er war in allem sehr zartfühlend, nur eines hatte er sich nicht nehmen lassen: dass er ihr und Agnes am nächsten Tag neue Kleidung kaufen wollte.

Nach dem Essen, als die Magd mit Agnes in die Küche verschwunden war, hatte er seine Kinder hinausgeschickt. Marthe-Marie wusste, dass er jetzt Fragen stellen würde. So erzählte sie von ihrer Odyssee mit den Spielleuten und dem Grund ihrer Flucht aus Freiburg. Als die Rede auf Wulfhart kam, fiel ihr das Sprechen schwer.

«Lass nur», unterbrach er sie. «Wir haben noch so viel Zeit, miteinander zu reden. Ich denke, du solltest erst mal wieder zu Kräften kommen. Und die kleine Agnes auch. Wenn du einverstanden bist, würde ich sie gern bei uns behalten, zumindest so lange, bis du eine Unterkunft hast und alles seinen Gang geht. Unter Johannas Obhut ist sie bestens aufgehoben, die beiden haben ja von Anfang an einen Narren aneinander gefressen.»

Auch wenn es ihr schwer fiel, stimmte sie zu. Für Agnes hätte sie sich nichts Besseres wünschen können.

Dann sprachen sie über Catharina. Jetzt erst wurde Marthe-Marie klar, dass ihre Mutter in jener kurzen Zeit, in der sie mit Hofer in heimlicher Liebschaft zusammen war, gerade so alt gewesen war wie sie jetzt, und zum ersten Mal schmerzte es sie nicht, über sie zu reden. Und Benedikt Hofer erinnerte sich an so viele Einzelheiten, an ganz andere Dinge als die, die sie von ihrer Ziehmutter einst gehört hatte.

«Sie war so wunderbar. Mit ihr wäre ich bis ans Ende der Welt gegangen.» Verstohlen wischte er sich eine Träne aus den Augenwinkeln. «Und du hast viel von ihr. Vielleicht bist du mir deshalb gleich so vertraut gewesen. Du bist auch genauso dickköpfig wie sie.» Er lachte.

Dann war die Reihe an ihr, und sie schilderte ihre Begegnungen mit Catharina, die sie bis zu deren gewaltsamem Tod immer nur als ihre Lieblingstante Cathi gekannt hatte. Catharinas heimlichen Mann Christoph, der ihr in ihren Jahren als Witwe zur Seite stand, erwähnte sie nicht, denn sie wollte ihren Vater nicht verletzen.

Die Stunden vergingen wie im Flug. Als sie sich schließlich verabschiedete und in die Küche ging, um nach Agnes zu sehen, lag ihre Tochter auf der Küchenbank und schlief mit einem seligen Lächeln auf den Lippen. Hatte Marthe-Marie bis zu diesem Moment vielleicht noch gezweifelt, so war sie jetzt sicher: Sie würde in Ravensburg bleiben.

Neben ihr begann Marusch jetzt leise zu schnarchen, und aus der Ecke hörte sie Lisbeth im Schlaf sprechen. Sie dachte an Agnes und musste lächeln: Ihre Kleine lag sicher mit vollem Bauch in Johannas Bett und träumte vom Schlaraffenland. Marthe-Marie wusste nicht, was Gott mit ihrem Leben noch vorhatte, doch eines war gewiss: Ihre Reise mit den Gauklern ging zu Ende. Fast hatte sie ein schlechtes Gewissen gegenüber Marusch und den anderen, die auch heute wieder mit knurrendem Magen zu Bett gegangen waren. Aber sie wusste inzwischen, wie stark ihre Freunde waren. Auch ihnen stünden wieder bessere Zeiten bevor, und für kein Bürgerhaus, für keine noch so reich gedeckte Tafel würden sie ihre Freiheit hergeben. Mochte Leonhard Sonntag im Moment auch noch so viel von Sesshaftigkeit träumen.

Sie drehte sich zur Seite und schloss die Augen. Doch dann geschah das, was sie seit Stunden vermieden hatte: Sie dachte an Jonas, sah sein schmales, bartloses Gesicht mit dem jungenhaften Grübchen im Kinn, das hellbraune Haar, das ihm in leichten Wellen fast bis zur Schulter reichte, den warmen Blick seiner Augen. Sah ihn, wie er plötzlich auf der Landstraße vor ihr stand, aufgetaucht aus dem Nichts. Wie hätte sie ihm verständlich machen sollen, dass sie mit jedem anderen eher als mit ihm leben könnte? Ja, warum eigentlich? Es war nicht nur die Scham gewesen über ihr Äußeres, die sie bei ihrer unerwarteten Begegnung gepackt hatte wie ein Fieber. Sie hatte auch plötzlich daran denken müssen, wie der Henkerssohn im Steinbruch über sie hergefallen war, sie mit Gewalt zu nehmen versucht hatte. Als Jonas vor ihr stand, war ihr jenes Erlebnis wieder mit grausamer Klarheit ins Bewusstsein getreten, in einem schier unerträglichen Gefühl des Ekels und Abscheus. Plötzlich waren Jonas und diese Bestie Wulfhart unauflöslich miteinander verbunden gewesen. Wenn sie sich noch jemals auf einen Mann einlassen würde, hatte sie in jenem Moment gedacht, dann auf einen, mit dem sie einen neuen Anfang setzen konnte. Lag ihre Abwehr also darin begründet, dass Jonas zu viel von ihr wusste? Dass ihr Leben, ihre Vergangenheit wie ein offenes Buch vor ihm lag?

Sie erkannte plötzlich, dass sie ihn immer noch liebte. Das allein war der Grund.

Am nächsten Morgen fand sie auf dem Absatz der Wohnwagentür ein Päckchen mit einem Zettel. Sie öffnete die kleine Schachtel, auf der ihr Name stand, und fand darin einen schmalen Armreif aus Elfenbein, in den winzige Ornamente eingraviert waren und die Buchstaben ihres Namens. Der Reif war wunderschön. Dann faltete sie den Zettel auseinander.

Liebste Marthe-Marie! Diesen Armreif habe ich bereits in Ulm gekauft, da ich niemals die Hoffnung aufgeben wollte, dich wieder zu sehen. Elfenbein steht für Reinheit – so wie die Reinheit meiner Empfindungen, die nicht von Mitleid, nicht von Schuldgefühlen bestimmt sind, sondern allein von Liebe zu dir.

Dein Jonas.

39

Marthe-Marie packte ihre Sachen zusammen. Viel besaß sie nicht mehr, im Grunde gar nichts, was von Wert gewesen wäre. Ein paar Kleinigkeiten nur, Andenken an ihre Jahre bei den Spielleuten, wie die Maske des Rechenmeisters Adam Ries oder das bunt bestickte Schultertuch, das Marusch ihr einmal geschenkt hatte. Es stammte noch aus Maruschs Kinderjahren bei den Zigeunern. Aus früheren Zeiten besaß Marthe-Marie nur noch das Bildnis ihrer Großmutter, das sie all die Jahre gehütet hatte wie einen Schatz.

Sorgfältig legte sie ihre abgetragenen Wäsche- und Kleidungsstücke auf einen Stapel. Sie würde es Marusch überlassen, was damit geschehen sollte. Von Agnes' Kleidern war überhaupt nichts mehr zu verwenden, alles voller Flicken und Löcher. Sie beschloss, nur das Spielzeug mitzunehmen: die kleinen Holzfiguren, die die Kinder an den langen Winterabenden geschnitzt und nach und nach an die beiden Jüngsten verschenkt hatten. Und Diegos Steckenpferd, dessen Farbanstrich inzwischen nur noch zu erahnen war.

Zuoberst legte sie die Schachtel mit dem Armreif, dann schloss sie mit einem Anflug von Wehmut den Deckel und schleppte die halbleere Reisekiste nach draußen. Vor den Wagen und Karren hockten mit missmutigen Gesichtern die Gaukler. Marthe-Marie wusste, dass sie auf Diegos Rückkehr warteten, denn ohne ihn würde es nicht weitergehen. Der Prinzipal hatte zwei Tage zuvor beim Rat der Stadt vorgesprochen und um Spielerlaubnis für Ostern oder den nächsten Frühjahrsmarkt gebeten. Die Antwort war eindeutig gewesen: «Zwei Seiltänzer, ein paar Possenreißer – gut und schön. Aber habt Ihr nicht etwas Besonderes zu bieten? Dressierte Affen, Feuerschlucker, Ohrenseifenbläser? Oder wenigstens tanzende Zwerge oder Schlangenmenschen?»

«Nun, wir hätten noch drei Kunstreiter. Doch davon abgesehen gehören unsere Komödianten zu den besten im Land. Allein unsere Schauspiele versprechen also höchsten Genuss.» Dabei verschwieg er selbstverständlich, dass ausgerechnet der begnadetste seiner Mimen ebenso wie das einzige Pferd irgendwo am Hochrhein oder im Südschwarzwald umherwanderten – wenn die beiden denn noch am Leben waren.

Die Herren wollten nichts von hoher Schauspielkunst hören, ließen sich aber schließlich erweichen, die Liste des Repertoires erneut zu prüfen und den Prinzipal nach einigen Tagen Bedenkzeit zu benachrichtigen.

Zerknirscht war Sonntag ins Lager zurückgekehrt.

«Wenn Diego nicht bald kommt, sind wir aufgeschmissen. Nicht einmal mehr Musikanten haben wir. Was für einen Sinn hat das alles noch? Am besten, ich löse die Compagnie auf. Soll doch jeder seine eigenen Wege gehen.»

«Und du verdingst dich fortan als Ackerknecht? Ohne mich. Lieber suche ich mir eine andere Truppe und einen anderen Mann», hatte Marusch gedroht. «Warum siehst du immer gleich schwarz? Tilman und Niklas gehen geschickt mit ihren Trommeln um, und Tamburin schlagen und auf der Fiedel kratzen kann ich auch.»

Marthe-Marie setzte sich auf die Reisekiste und ließ ihren Blick ziellos über das Rund der Wagen und Karren gleiten. Nach Feierabend würde ihr Bruder sie holen kommen, dann hieß es Abschied nehmen. Für sie und Agnes würde ein neues Leben beginnen. Angesichts der Mutlosigkeit, die unter ihren Freunden herrschte, schien ihr das fast wie Verrat.

Sie sah an sich herab. In ihrem hellen, schlichten Barchentkleid, dem blütenweißen Brusttuch und dem zartgelben Hemd darunter mit Manschetten und Spitzenkragen war sie ganz plötzlich eine andere. Sie gehörte nicht mehr zu den Spielleuten.

«Sieh an, die Tochter des Bürgermeisters kommt uns besuchen», hatte Marusch sie geneckt, als sie gestern vom Einkauf mit Hofer zurückgekehrt war, und damit ihre Verlegenheit über ihre neuen Kleider nur noch verstärkt. Dabei war von Neid nichts zu spüren, auch bei den anderen nicht. Jeder schien sich über diese glückliche Fügung ihres Schicksals zu freuen.

Marusch kam heran und setzte sich neben sie. «Du schaust drein, als müsstest du für die nächsten Monate in den Turm. Warum freust du dich nicht? Meinst du, mit deinem Trauergesicht änderst du irgendetwas an unserer Lage? Wir schaffen das schon. Auch wenn es ohne unsere berühmte Rechenmeisterin schwirig wird.» Marthe-Marie versuchte ein fröhliches Lächeln aufzusetzen.

Von der Landstraße her näherte sich mit Geschepper und Getöse ein Maultierkarren. Marusch sprang auf. «Was ist denn das für eine Gestalt?»

Ein Mann in einem schreiend rot-gelb gewürfeltem Kostüm lief neben dem kunstvoll bemalten Karren her, auf seinem Kopf leuchtete karottenrotes Haar, das wie Draht in alle Richtungen stand. Bei jeder Umdrehung der Räder schlugen Topfdeckel gegeneinander und übertönten noch die rasselnden Tamburine, die an der Deichsel befestigt waren. Der Fremde steuerte geradewegs auf die beiden Frauen zu. Als er vor ihnen stand, erschien auf seinem fast mädchenhaft schmalen Gesicht ein umso breiteres Lächeln.

«Einen wunderschönen Morgen wünsche ich den beiden edlen Damen. Gibt es hier so etwas wie einen Prinzipal?»

Marusch biss sich auf die Lippen, um nicht in lautes Lachen auszubrechen.

«Leo, schnell», rief sie in Richtung Bühnenwagen. «Wir haben hohen Besuch.»

Verdrießlich und ohne Eile schlurfte Sonntag herbei, hinter ihm mit neugierigen Blicken seine Männer.

Der Fremde grinste nun von einem Ohr zum andern.

«Gestatten – Botticher. Ulricus Botticher.»

Dann zog er, wie andere Leute den Hut, mit großer Geste seinen Haarschopf vom Kopf. Der kahl geschorene Schädel glänzte hell wie der Vollmond, der noch am westlichen Horizont stand.

Sonntag pfiff durch die Zähne. «Was ist denn das für ein komischer Vogel?»

«Komischer Vogel auch, desgleichen aber ernsthafter Mime, der Euch den verlorenen Sohn so herzergreifend gibt, dass Euch vor Rührung die Tränen aus den Hosennähten quellen. Doch meine eigentliche Kunst ist das Verschlingen und Verschlucken. Ob Glasscherben, Holzspäne, Nägel oder weiße Mäuse – ich verspeise alles. Dazu schütte ich mit so viel Genuss Petroleum in mich hinein wie Ihr am Feierabend Euer Bier. Glaubt mir, an meinem Furz könnt Ihr dann ein wahres Höllenfeuer entzünden.»

Sonntag musste wider Willen lachen.

In gespielter Empörung zog Botticher die Augenbrauen in die Höhe. «Das ist nicht lustig, das ist hohe Kunst. Ich gebe Euch gern eine Probe.»

Sorgfältig platzierte er das rote Kunsthaar wieder auf seinen Schädel.

«Und warum», fragte Sonntag, «habt Ihr Euer Haar geschoren? Oder habt Ihr es beim Furzen abgefackelt?»

Jetzt brachen Sonntags Männer in schallendes Gelächter aus, und selbst Marthe-Maries Mundwinkel begannen verräterisch zu zucken.

«Schade, schade.» Botticher schüttelte bedauernd den Kopf. «Und ich dachte, ich hätte es bei der berühmten Compagnie des noch berühmteren Leonhard Sonntag mit lauter Kennern und Künstlern vom Fach zu tun.»

Er zwinkerte den beiden Frauen zu.

«Ihr kennt uns also?» Dem Prinzipal war deutlich anzusehen, wie geschmeichelt er sich fühlte, denn das Blechschild mit dem verschnörkelten Schriftzug hing schon längst nicht mehr über dem Bühnenwagen.

«Ja freilich. Doch Ihr solltet umgekehrt eigentlich auch den ebenso berühmten Meister Ulricus kennen, den weltbesten Allesschlucker und Scherbenkünstler. Dann wüsstet Ihr, dass ich zur Krönung jeder Vorstellung barfuß auf Glasscherben tanze und meinen zarten Schädel in einem Haufen messerscharfer Glassplitter vergrabe.»

«Was für ein Einfaltspinsel mein Leo manchmal ist», flüsterte Marusch ihrer Freundin ins Ohr. «Ich wette, der Bursche war eben beim Magistrat und hat genaueste Erkundigungen über uns eingeholt.»

«Mit ihm hätte Sonntag genau den Spaßvogel, den er immer aus Diego hat machen wollen», gab Marthe-Marie zurück.

Sonntag legte den Arm um Botticher. «Ich denke, wir zwei sollten uns einmal eingehend unterhalten.»

In diesem Moment kamen Tilman und Klette mit geröteten Wangen angerannt.

«Diego ist zurück!»

Da sahen sie ihn auch schon über die Wiese galoppieren. Fortuna glänzte vor Schweiß, und Diego strahlte, als er das Pferd in einer halsbrecherischen Wendung zum Stehen brachte.

«Da bin ich wieder. Und ich bringe euch wahre Schätze und gute Nachrichten.» Als sein Blick auf Botticher fiel, stutzte er. «Ihr habt wohl schon einen Ersatz für mich angeheuert?»

«Einen Ersatz nicht, aber eine wunderbare Ergänzung», entgegnete der Prinzipal. «Jetzt komm von deinem hohen Ross herunter und begrüß Meister Ulricus, den weltbesten Allesschlucker und Scherbenkünstler.»

Diego schwang sich vom Pferd und schüttelte Botticher nicht eben herzlich die Hand. Dann trat er zu Marthe-Marie. Auf seinem Gesicht stand das blanke Erstaunen.

«Welcher Fürst hat dich denn zur Braut genommen? Ist das ein Kostüm für deinen neuen Auftritt?»

Es sollte scherzhaft klingen, doch seine Stimme verriet Unsicherheit.

«Schwatzen könnt ihr später», mischte Sonntag sich ein. «Kommt jetzt, Botticher soll seine Vorstellung geben.»

Eine Stunde später hatten Sonntag und Botticher ihren Vertrag per Handschlag besiegelt. Sie saßen um die glimmende Feuerstelle und ließen die Lederflasche mit Branntwein kreisen, die Diego mitgebracht hatte.

«Ah!» Sonntag leckte sich die Lippen. «Wie lange schon hatte ich diesen himmlischen Geschmack nicht mehr auf der Zunge. Los, Diego, erzähl jetzt, wie es dir in Freiburg ergangen ist.»

«Wollt ihr erst die Neuigkeiten hören oder von meiner abenteuerlichen Schatzsuche, bei der ich Leib und Leben aufs Spiel setzen musste, Intriganten und Widersacher aus dem Weg räumen, Wegelagerern trotzen und –»

«Die Neuigkeiten», unterbrach ihn Marusch.

«Nun – ich habe im Hegau einen alten Freund aufgegabelt, der, falls er es sich nicht doch anders überlegt, vor Sonnenuntergang hier auftauchen wird.»

«Wer ist das?» – «Nun red schon!» – «Spann uns nicht so auf die Folter!»

«Es ist Pantaleon mit seinen Affen. Er will wieder bei uns mitmachen. Das Schäferdasein war wohl selbst ihm zu einsam.»

Die Gaukler jubelten und klatschten. Sie sind wie eine große Familie, dachte Marthe-Marie und freute sich mit ihnen.

«Das Beste aber kommt noch: Er bringt Goliath mit.»

«Goliath?»

«Seinen Tanzbären!»

Marusch sprang auf und fiel Sonntag um den Hals. «Jetzt kannst du deinen Acker vergessen. Ein Allesschlucker und ein Tanzbär – was für ein wundervoller Neubeginn!»

«Erdrück mich nicht, um Himmels willen. Ich bin ja längst deiner Meinung. Was ist mit deinen Schätzen, Diego? Für einen Neubeginn könnten wir eine Hand voll Kleingeld gut brauchen.»

«Selbst damit kann ich dienen.» Er zog einen Lederbeutel unter dem Rock hervor. «Das hier habe ich in jenem geheimnisvollen Keller gefunden. Es ist nicht viel, ein paar Silbermünzen nur, aber wir sind ja bescheiden geworden. Der größte Teil meiner Fundstücke gehört dir, Marthe-Marie. Ich habe alles unbesehen in einen Sack gepackt und hinter meinen Sattel geschnallt.»

«Dann – dann hast du das Erbe meiner Mutter tatsächlich gefunden?» Ungläubig sah sie ihn an. War sie doch inzwischen selber zu dem Schluss gelangt, dass gar kein Erbe existierte und das Ganze nur eine bösartige Finte von Seiten Siferlins gewesen war, um ihr den Henkerssohn auf den Hals zu hetzen.

«Was glaubst du denn? Du wirst eine reiche Frau! Wobei – wenn ich dich so sehe, meine ich fast, du bist es bereits. So fremd und vornehm, wie du aussiehst. Ich wette, da steckt ein Mann dahinter.»

Marthe-Marie stand auf und ging wortlos davon.

«Warte.» Diego sprang auf und folgte ihr. An der Stiege zum Wohnwagen holte er sie ein.

«Ich habe es nicht so gemeint. Willst du mir nicht sagen, was los ist?»

«Ich bleibe in Ravensburg. Das ist mein letzter Abend bei der Truppe.»

«Es ist also so weit», murmelte er. Dann fiel sein Blick auf die Kiste. «Gepackt hast du auch.»

Mit hängenden Schultern ging er hinüber zu seinem Wagen und holte einen prall gefüllten Reisesack von der Größe eines Bierfässchens.

«Hier. Dein Erbe aus Freiburg.»

Sie schüttelte den Kopf. «Du weißt, dass ich davon nichts will. Gib es dem Prinzipal.»

«Willst du den Sack nicht wenigstens auspacken? Es sind auch Bücher dabei und Briefe. Briefe von dir und deiner Ziehmutter Lene.»

«Später vielleicht.»

«Gut. Dann lege ich den Sack zu deinen anderen Dingen.»

Er öffnete den Deckel ihrer Reisekiste und stutzte, als er das Holzkästchen zuoberst liegen sah.

«Für Marthe-Marie», las er laut. Dann klappte er den Deckel wieder zu.

«Jetzt verstehe ich. Ein Geschenk des geheimnisvollen Bräutigams. Den hast du aber rasch kennen gelernt.»

«Es gibt keinen Bräutigam. Das Kästchen ist von Jonas.»

Diego ließ den Sack, den er im Arm gehalten hatte, zu Boden gleiten. Er starrte sie an.

«Jonas.» Es klang wie ein Urteil. «Wann hat er dir das geschenkt?»

«Es lag gestern früh auf dem Absatz des Wohnwagens.»

«Gestern früh», wiederholte er. Dann nickte er langsam, als versuche er zu begreifen. «Jonas ist also in Ravensburg. Er ist hier.»

Sein Blick verdüsterte sich, und einen kurzen Augenblick lang befürchtete Marthe-Marie, er könne in Zorn ausbrechen. Dann aber zeigte sich ein trauriges Lächeln auf seinen Lippen. «Gut – ich gebe mich geschlagen. Jonas hatte wohl die wirksameren Waffen.»

«Dass ich hier bleibe, hat nichts mit Jonas zu tun. Ich habe meinen Vater gefunden.»

«Deinen Vater?»

Sie nickte. «Er lebt seit langem in Ravensburg. Er ist Witwer, hat vier Kinder. Agnes ist bereits bei ihm.»

Mit einem Mal fühlte sie mit aller Macht den Abschiedsschmerz über sich hereinbrechen, den sie bis dahin so gut fern zu halten vermocht hatte.

«Jetzt erzähl mir von Freiburg.» Sie versuchte, ihrer Stimme einen festen Klang zu geben. «Bitte.»

«Im Grunde gibt es da nicht viel zu berichten.» Er lehnte sich gegen die Trittleiter. «Nach deiner Beschreibung hatte ich das kleine Haus in der Predigervorstadt rasch gefunden. Es wohnen immer noch Gesellen und Lehrlinge dort, wie zu Zeiten deines Vaters, in jeder der Kammern mindestens drei, also musste ich den nächsten Tag abwarten, bis alle bei der Arbeit waren. Da bin ich dann in den Keller hinunter, denn wo sonst sollte jemand etwas versteckt haben. Der Raum war zwar verwinkelt, aber klein, und so konnte ich schnell feststellen, dass es außer altem Holz und Gerümpel nichts Aufregendes zu entdecken gab. Bis auf eine mit schwerem Schloss versehene Truhe, aber die schien mir zu neu, als dass sie Siferlins Beutestücke hätten enthalten können. Du wusstest doch, dass das Haus einst Siferlin gehört hat?»

«Nein.»

«Ich wollte bereits aufgeben, da entdeckte ich eine Luke neben der Kellertreppe. Voller Spinnweben, mit Brettern vernagelt. Die habe ich mit einer Axt aufgeschlagen.»

«Aufgeschlagen?»

«Jetzt schau mich nicht so an. Hätte ich beim Magistrat um Erlaubnis bitten sollen?»

«Aber wenn man dich dabei erwischt hätte?»

«Dann würde ich jetzt am Galgen baumeln und mir von den Krähen die Augen aushacken lassen.»

«Und was hast du da für eine Wunde an der Stirn?»

Wie er jetzt grinste, war er beinahe wieder der alte Diego, der mit seinem unbekümmerten Selbstbewusstsein fast so etwas wie Liebe in ihrem Herzen entfacht hatte. Sie würde ihn schmerzlich vermissen, das wusste sie nun mit Sicherheit.

«Nun ja, ganz ohne Schwierigkeiten bin ich denn doch nicht an den Schatz gekommen. Von dem Lärm, den ich veranstaltet habe, ist wohl ein Stadtwächter angelockt worden. Jedenfalls, gerade als ich den Zugang zu einer Art Eiskeller freigeschlagen hatte und darin die Kiste fand, dreht mir jemand von hinten den Arm auf den Rücken.»

«Und dann?»

«Ich dachte mir, so kurz vor dem Ziel kannst du nicht aufgeben. Da blieb mir nichts anderes übrig, als dem Kerl kräftig eins auf die Mütze zu geben und mich dann schleunigst mit der Kiste aus dem Staub zu machen.» Er verzog in gespielter Verzweiflung das Gesicht. «Noch eine Gegend, in der ich mich nicht mehr blicken lassen kann. Das scheint mein Schicksal zu sein.»

«Du bist verrückt, Diego. Verrückt wie ein Hutmacher.»

«Weit draußen vor der Stadt», fuhr er fort, «habe ich es dann gewagt, Rast zu machen und die Kiste aufzubrechen. Ehrlich gesagt: Bis zu diesem Moment hatte ich gar nicht daran geglaubt, etwas Wertvolles darin zu finden. Doch sie enthielt tatsächlich einige Hand voll Silbermünzen, Briefe, ein paar Bücher und dann diesen schweren Lederschlauch, den ich übrigens bis jetzt nicht geöffnet habe. Stell dir vor», er lachte, «in dieser ersten Nacht hatte ich geträumt, der Schlauch habe plötzlich zu schweben begonnen, höher und höher, bis er schließlich im Sternenhimmel verschwunden war. Wie schon meine Ahn immer gesagt hat: Hexengold und Musikantensold verfliegen über Nacht. Doch am nächsten Morgen war alles noch da.»

«Meine Mutter war keine Hexe», entgegnete Marthe-Marie scharf.

«Aber das weiß ich doch.» Sein Blick war voller Zuneigung. «Ich habe dabei auch eher an diesen Siferlin als Hexenmeister gedacht.»

Sie strich ihm vorsichtig über die Stirn. «Ich danke dir. Für alles, was du getan hast.»

Ihr war auf einmal, als lichte sich ein dichter Nebel: Der Kreis hatte sich geschlossen. Sie war ans Ende ihrer langen Reise zu ihren Wurzeln gelangt. Sie hatte ihren Vater gefunden, und das, was ihre Mutter hinterlassen hatte, lag nun zu ihren Füßen. Es war Diegos Verdienst, der nicht um des Goldes willen die gefährliche Reise nach Freiburg auf sich genommen hatte, sondern allein ihr zuliebe, um das letzte Dunkel im Mosaik ihrer Herkunft aufzuhellen. Nie wieder wollte sie sich damit quälen, die Tochter einer vermeintlichen Hexe zu sein, weggegeben und aufgewachsen wie ein Kuckucksei in einem fremden Nest. Nein, im Gegenteil: Sie war stolz darauf, die Tochter von Catharina Stadellmenin und Benedikt Hofer zu sein.

Auf einmal stand Leonhard Sonntag vor ihr.

«Ich störe nur ungern – es geht um dich, Marthe-Marie. Nun, wir haben eben darüber gesprochen, dass –» Er räusperte sich. «Wir wollen dich nicht so sang- und klanglos gehen lasse. Wo du doch so lange Zeit bei uns warst. Wir möchten deinen Abschied feiern, wie es sich gehört unter besten Freunden. Der Neue stiftet als Einstand ein Fässchen Starkbier, und wir haben Klette und Tilman in die Stadt geschickt, um Brot und Käse zu besorgen.»

Diego sah zu Marthe-Marie. Seine grünen Augen glänzten. «Diese Feier wäre doch der richtige Moment, um den Lederschlauch zu öffnen – was meinst du?»

«Wahrscheinlich hast du Recht. Einen besseren Anlass gäbe es nicht.»

«Das ist schön!» Sonntag strahlte. «In einer Stunde treffen wir uns also alle am Feuer. Vielleicht ist bis dahin auch Pantaleon eingetroffen. Wann kommt dein Bruder dich abholen?»

«Demnächst, denke ich.»

«Dann soll er mit uns feiern. Wir wollen ihn schließlich auch alle kennen lernen. Wenn er uns schon die schönste Frau der Truppe wegnimmt.» Er lachte, doch unbeschwert klang es nicht.

Marthe-Marie ergriff seine Hand. «Ich möchte nachher am

Feuer keine großen Worte sprechen, doch Ihr sollt wissen, wie dankbar ich Euch bin. Ihr habt mehr für mich getan, als ich Euch jemals vergelten kann.» Unwillkürlich war sie wieder in die Anrede des Respekts verfallen.

Sonntag wurde verlegen; er rieb sich heftig die Nase und auch ein wenig in den Augenwinkeln. «Danke dem Herrgott dort oben, nicht mir. Ich bin nur ein kleines Licht. Wir sehen uns dann, in spätestens einer Stunde.»

Er drückte ihr einen ungeschickten Kuss auf die Wange, dann eilte er davon. Diego folgte ihm.

Nach einigen Sekunden des Zögerns löste Marthe-Marie die Schnur von Diegos Reisesack. Sie zog die Bücher und Briefe heraus und legte sie in ihre Kiste. Die Bücher waren in gutem Zustand, obwohl einige, wie Marthe-Marie wusste, bereits ihrem Großvater gehört hatten. Neben einer lateinischen Bibel fand sie Bücher über Gartenkräuter, geschickte Haushaltung und fachgerechtes Brauen von Dünn- und Starkbier, eine Ausgabe des Tyl Ulenspiegel, eine Sammlung Schwänke von Hans Sachs und Valentin Schumanns «Nachtbüchlein». Dann hielt sie ein abgegriffenes, in Schweinleder gebundenes Tagebuch in der Hand. Sie erkannte die steile, ausdrucksstarke Handschrift ihrer Mutter; es waren Aufzeichnungen zu Saat-, Pflanz- und Fruchtfolge ihres Gemüsegartens samt akribischen Beobachtungen über Harmonie und Disharmonie zwischen den einzelnen Pflanzenarten. Marthe-Marie schloss die Augen und stellte sich vor, wie Catharina nach vollbrachter Arbeit mit Gänsekiel und Tintenfass am Küchentisch saß und ihre Erkenntnisse niederschrieb.

Die Briefe waren ihrem Absender nach gebündelt. Der dickste Stoß enthielt die Briefe ihrer Ziehmutter Lene, Catharinas bester Freundin und Base, ein schmalerer die von Catharinas heimlichem Gatten Christoph. Schließlich waren da noch jene, die sie selbst als Kind und junges Mädchen geschrieben hatte. Mit den Fingerspitzen strich sie über das brüchig gewordene Pergament der Umschläge. Dann zog sie einen davon heraus. Auf ihren Lippen breitete sich ein Lächeln aus, während sie die verblichene, krakelige Kinderschrift zu entziffern versuchte.

Meine Lieblingstante!, las sie. Mama ist mit den beiden Kleinen auf dem Markt, und so habe ich endlich Ruhe, dir zu schreiben. Vor allem Ferdi ist schrecklich, immer wenn ich einen Brief schreiben will, kritzelt er mir auf dem Blatt herum, bis es zerreißt. So kleine Kinder sind manchmal eine richtige Qual. Stell dir vor, gestern hat mir Jacob, der Schwertfegersohn aus dem Nachbarhaus, eine Liebeserklärung gemacht! Ich musste so sehr lachen, dass er beleidigt davongerannt ist. Wahrscheinlich wird er nie wieder ein Wort mit mir sprechen. Aber ich werde sowieso niemals heiraten. Lieber will ich die Welt kennen lernen und in fremde Länder reisen.

Uns geht es allen gut, nur Mama ist heute übler Laune, weil sie sich gestern Abend mit Vater gezankt hat. Aber ich mache mir keine Sorgen, denn sie versöhnen sich immer sehr schnell wieder. Es umarmt dich ganz innig, deine Marthe-Marie.

Sie musste lachen. Den forschen Nachbarsbuben Jacob hatte sie beinahe vergessen. Dabei war er es gewesen, von dem sie den ersten Kuss bekommen hatte.

Sie faltete das Blatt zusammen und legte es zu den anderen Briefen in die Reisekiste, als sie ein helles Kichern hörte. Nicht weit von ihr schlenderten Tilman und Klette, wie immer Hand in Hand, über die Wiese in Richtung Stadt. Sie sah ihnen nach. Es war die erste große Liebe, die die beiden erlebten. Wie lange sie wohl andauern mochte? Unvermittelt sprang sie auf und rannte ihnen nach.

Der Turmbläser verkündete den Feierabend. Die Krämer und Marktleute schlossen die Lauben, die Handwerker räumten ihre Waren aus den Fenstern und klappten Läden und Tore zu. Rasch füllten sich die Gassen mit Tagelöhnern und Knechten, Gesellen und Lehrbuben, die fröhlich schwatzend oder mit müdem Gesicht nach Hause strebten oder eine der zahlreichen Schenken aufsuchten.

Unschlüssig blieb Jonas vor dem Rathaus stehen. Er überlegte, ob er geradewegs «Zur Höhle» auf ein Bier gehen sollte, um seinen Ärger herunterzuspülen. Er hatte eben ein höchst unerquickliches Gespräch mit dem protestantischen Stadtpfarrer hinter sich. Bei den Mädchen, die seinen Unterricht besuchten, ließe die Kenntnis des Katechismus sehr zu wünschen übrig, war dessen Vorwurf gewesen. Was der Herr Pfarrer denn unter Kenntnis verstünde, hatte er entgegnet, es ginge doch nicht darum, alles Wort für Wort hirnlos herunterzubeten, sondern den Sinn der Worte zu erfassen. So waren sie in eine fruchtlose Debatte geraten, die einzig dazu führte, dass Jonas am Ende geloben musste, künftig mehr Gewicht auf das Auswendiglernen zu legen.

Jonas seufzte. Bei diesem Pfaffen waren Hopfen und Malz verloren. Er beschloss, sich zu Hause ein wenig frisch zu machen, um sich später endlich wieder einmal im «Löwen» zu zeigen, jenem vornehmen Gasthaus im Humpisquartier, wo sein Freund Mürlin den Feierabendtrunk zu nehmen pflegte.

Als er in die Klostergasse einbog, sah er vor seiner Haustür einen Burschen und ein Mädchen stehen, die offenbar auf jemanden warteten.

«Kann ich euch weiterhelfen?», fragte Jonas. Da erst erkannte er den Jungen. «Tilman! Meine Güte, bist du groß geworden.»

Tilman schüttelte ihm freudig die Hand. «Und das ist Klette.» Er strahlte. «Sie gehört jetzt zu uns.»

Jonas reichte Klette die Hand. Das Mädchen ist bildhübsch, dachte er, und Tilman bis über beide Ohren verliebt.

«Dann wolltet ihr zu mir?»

«Ja. Wir feiern doch heute Abend Marthe-Maries Abschied, und da sollst du mit dabei sein.»

Jonas runzelte die Stirn. «Wer sagt das?»

«Marthe-Marie. Sie hat uns hierher geschickt.»

«Ist das wahr?»

«Aber wenn ich es doch sage. Kommst du jetzt endlich?»

«Nun – das ist ein bisschen überraschend.» Er war verwirrt. «Sagen wir, in einer halben Stunde. Ihr braucht nicht auf mich zu warten.»

«Schön. Bis später.»

Das Mädchen schenkte ihm ein bezauberndes Lächeln, dann hakte es sich bei Tilman unter, und sie gingen davon.

Jonas holte tief Luft. Was hatte das zu bedeuten? Wollte sie mit dem Abschied von den Gauklern zugleich den Abschied von ihm bekräftigen? Sie hatte ihm doch deutlich genug zu verstehen gegeben, dass sie ihren Weg allein gehen wolle.

Oben in seiner Stube wusch er sich hastig Gesicht und Hals, fuhr sich mit dem Kamm zwei-, dreimal durch das dichte Haar, dann überlegte er, was er als Gastgeschenk mitbringen könne. In der Kammer hing noch ein Schinken, den einer seiner Lateinschüler ihm letzte Woche anstelle von Schulgeld übergeben hatte. Ach ja, und eine Fackel musste er sich noch besorgen. Sicherlich würde er erst nach Anbruch der Dunkelheit zurückkehren.

Die Uferwiese lag im warmen Abendlicht, als er die Böschung hinunterkletterte. Die Truppe stand bereits um das lodernde Feuer versammelt, er hörte ihre Stimmen, die aufgeregt und fröhlich zugleich klangen. Da stimmte Marusch ein Abendlied ein, in das die anderen nach und nach einfielen. Ein Gefühl von Rührung überkam ihn, und er blieb stehen.

Als die letzte Strophe verklungen war, entdeckte Marusch ihn und kam angelaufen.

«Wie schön, dass du gekommen bist!»

Sie zog ihn mit sich. Aus den Augenwinkeln sah er einen zotteligen Bären, der in gebührendem Abstand zu den Maultieren angepflockt war. Marthe-Marie stand neben dem jungen Hofer, ihr Gesicht leuchtete im Schein des Feuers. Zu ihren Füßen war eine Decke ausgebreitet, auf der ein kunstvoll gearbeiteter Lederschlauch neben einem prall gefüllten Beutel lag.

Als sie sich umwandte, trafen sich ihre Blicke. Sie schien sich zu freuen. Unsicher nickte er ihr zu, dann trat er zu Sonntag, der ihn unterdes zu sich gewunken hatte.

«Hier.» Der Prinzipal reichte ihm einen Becher randvoll mit Bier. «Lass es dir schmecken. Auf Marthe-Marie», rief er laut in die Runde, «und auf unseren Neubeginn!»

Alle hoben ihre Becher und prosteten sich zu. Jonas leerte sein Bier fast in einem Zug. Plötzlich stand Diego neben ihm. «Im Licht des Feuers», sagte er leise, «sieht sie aus wie die Göttin der Morgenröte, findest du nicht? So aufrecht und stark.»

Jonas sah ihn überrascht an. Kein Funken Spott lag in Diegos Stimme, eher so etwas wie Melancholie.

«Hör zu Jonas, ich bin ein hanebüchener Idiot! Ich habe mich damals in Freudenstadt benommen wie der letzte Schinderknecht. Es tut mir von Herzen Leid.»

Er stellte seinen Krug zu Boden und umarmte Jonas so kräftig, dass dem fast die Luft wegblieb. Mit halbem Ohr nur hörte Jonas den tiefen Bass des Prinzipals, wie er mit salbungsvollen Worten Pantaleon und Ulricus Botticher willkommen hieß. Endlich ließ Diego ihn wieder frei.

«Was Marthe-Marie betrifft», hörte er Sonntag sagen, und seine Stimme klang nun alles andere als fest, «so will ich gar nicht erst in Worte fassen, was sie uns allen bedeutet. Schließlich ist sie jedem von uns ans Herz gewachsen, hat mit uns drei Jahre lang jeden Erfolg, jede Misere geteilt. Doch will ich jetzt nicht von Abschied sprechen, denn mit unserer wunderbaren Compagnie wird der Magistrat von Ravensburg uns um ein längeres Gastspiel förmlich anflehen. Und auch für die Zukunft hoffe ich», jetzt sah er Marthe-

Marie direkt in die Augen, und sein Blick wurde verschwommen, «dass wir uns immer wieder als Freunde begegnen werden. Alles Gute, meine liebe Marthe-Marie!»

Er zog ein schmutziges Tuch aus dem Hosenbund und schnäuzte sich geräuschvoll. «Nun aber kommen wir zu den geheimnisvollen Schätzen, die Diego aus Freiburg mitgebracht hat.»

Diego trat neben Benedikt und Marthe-Marie und beugte sich über die Decke. Jonas hielt sich weiterhin im Hintergrund. Noch immer konnte er sich nicht erklären, warum Marthe-Marie ihn hergebeten hatte.

«Ich überlasse es euch», sagte Diego und leerte den Beutel aus, «die Münzen dieses ansehnlichen Haufens zu zählen. Es mag gestohlenes Geld sein, zusammengerafft von einem betrügerischen und habgierigen Hundsfott, doch sollte uns das nicht anfechten. Sehen wir es als geschenkten Gaul, über den wir uns freuen dürfen.» Er erhob sich wieder. Sein Gesicht wurde ernst. «Bevor jetzt gleich Marthe-Marie diesen Lederschlauch öffnet, möchte ich noch etwas verkünden, was mich selbst betrifft. Ich habe die letzten Stunden um eine Entscheidung gerungen, die mir sehr schwer gefallen ist. Doch nun, da Pantaleon wieder bei uns ist, noch dazu mit diesem prächtigen Bären, und da die Truppe mit Meister Ulricus einen vortrefflichen Mann hinzugewonnen hat – da habe ich beschlossen, euch ebenfalls zu verlassen. So schwer mir dieser Schritt auch fällt.»

Ein ungläubiges Raunen ging durch die Gruppe.

«Das ist nicht dein Ernst», sagte Marusch.

«Doch, Marusch.» Um seine Augen standen dunkle Schatten, und er biss sich auf die Lippen. «Ich habe unterwegs englische Komödianten getroffen, genauer gesagt die berühmte Truppe um John Bradstreet, und Bradstreet hat mir ein Angebot gemacht.» Er lächelte fast hilflos. «Nun ja, ihr alle kennt ja meinen Hang zur großen Schauspielkunst.»

«Shakespeare und Marlowe!», entfuhr es Marthe-Marie.

Er betrachtete sie ernst, dann nickte er. «Du solltest es mir gönnen. Damit geht zumindest mein zweitgrößter Traum in Erfüllung, Marthe-Marie. Aber jetzt öffne den Schlauch und zeig uns den Goldschatz.»

Marthe-Marie schüttelte den Kopf. «Lass das den Prinzipal übernehmen.»

Sie drehte sich um zu Jonas, hob den Arm und winkte ihn heran.

Jonas hielt vor Überraschung die Luft an. An ihrem schmalen Handgelenk sah er den Elfenbeinreif hell im Feuerschein schimmern. Sie hatte sein Geschenk angenommen! Ein Freudenschauer lief ihm über den Rücken, als er neben sie trat. Er spürte die Wärme des Lagerfeuers im Gesicht. Oder ging diese Wärme von Marthe-Marie aus? Ihre Schultern berührten sich beinahe, so dicht standen sie beieinander. Jetzt wandte sie ihm ihr Gesicht zu. In ihren dunklen Augen lag ein Leuchten, um ihre Lippen ein scheues Lächeln.

«Hochverehrtes Publikum,» rief der Prinzipal mit schmetternder Stimme. «Ich bitte um Ihre honorable Aufmerksamkeit. Denn wir kommen zur Hauptattraktion dieses Abends: der geheimnisvollen Verwandlung eines gewöhnlichen Wasserschlauchs in einen Haufen Gold! Tretet bitte zurück, denn bei diesem einzigartigen Wunder werden geheimnisvolle Kräfte frei.»

Er kniete nieder, strich murmelnd über das hellbraune Schweinsleder, in dessen Oberfläche kunstvolle Ornamente eingebrannt waren. Unter den dumpfen Schlägen einer Trommel hob er das hintere Ende des schweren Schlauches an, dann endlich öffnete er den Verschluss – und heraus rieselte feinster Sand, vermischt mit Kieselsteinen.

Entgeistert starrten die Gaukler auf den schlaffen, seines Inhalts entleerten Lederschlauch, der dort wie ein Sinnbild für Lug und Trug in dieser Welt auf der Decke lag.

In die Stille hinein begann Marthe-Marie zu lachen, erst verhalten, dann immer lauter und herzhafter, bis die anderen einfielen in ihr Gelächter. Immer noch lachend stieß sie mit der Fußspitze in den Sandhaufen. «Da liegt Siferlins Fluch und Vermächtnis – nichts als Sand. Es ist vorbei mit ihm!»

Dann ergriff sie Jonas' Hand und hielt sie fest, als wolle sie ihn nie wieder loslassen.

Regungslos, mit schlaffen Gliedern und geschlossenen Augen lag die Frau in den Armen ihres Geliebten, der sie mit bebenden Lippen beschwor, nicht zu sterben. Doch ihrem Mund entrang sich keine Antwort mehr. Da hob er sein Gesicht zum Himmel und stieß ein Wehklagen aus wie ein verwundetes Tier. Aus der Ferne war unterdrücktes Schluchzen zu hören. In diesem Moment blinzelte die Frau, schlang ihre Arme um den Mann und riss ihm mit einem Ruck sein falsches Haar vom Kopf. Das Schluchzen im Publikum ging in brüllendes Gelächter über. Trommelwirbel setzte ein, wurde lauter und schneller, das Liebespaar sprang auf wie der neu zum Leben erweckte Lazarus, und die Zuschauer brachen in tosenden Beifall aus über das glückliche Ende des herzzerreißenden Rührstücks. Der Kahlköpfige winkte und lachte, hielt plötzlich eine Fiedel an die Schulter und entlockte ihr feurige Klänge, während die Frau neben ihm das Tamburin schlug. Dann sprangen die anderen Gaukler und Artisten auf die Bühne, samt den Kindern, zweier Affen und dem zotteligen Bären. Alle tanzten und klatschten, trommelten und pfiffen, drehten sich im Flickflack oder Salto, schlugen das Rad und sprangen auf die Hände. Längst waren die Zuschauer mit ihrem Klatschen in den mitreißenden Rhythmus der Musik eingefallen, die von den Mauern der Häuser zurückschallte und sich wie ein Zauberteppich über die riesige Menschenmenge legte. Der ganze Ravensburger Marienplatz schien zu erbeben unter der Begeisterung des Publikums.

«Jetzt sieh dir das an.» Benedikt stieß Marthe-Marie an und zeigte nach rechts auf eine Gruppe schwarz gekleideter Herren, die ungelenk von einem Bein aufs andere hüpften. «Selbst unser Magistrat ist ganz aus dem Häuschen.»

Marthe-Marie lachte glücklich. Sie stand weit vorn an der Bühne, zwischen ihrem Halbbruder und Jonas, und freute sich über diesen unglaublichen Erfolg. Vor allem Marusch und der Neue hatten ihre Sache großartig gemacht. Sie musste an Diego denken, der jetzt mit den berühmten Engländern unterwegs war. Ob er wohl seine Julia finden würde?

Sie spürte, wie sich ein Arm um ihre Hüfte legte. Rundum an den Häuserwänden leuchteten Fackeln auf und verbreiteten in der Dämmerung ihren warmen Schein.

Jonas zog sie an sich und küsste sie zärtlich. Dann begann er sich mit ihr zu drehen, im Takt der Melodie. Die Umstehenden taten es ihnen nach, überall fanden sich Paare und Gruppen zusammen, die Menschen sprangen, hüpften und wiegten sich in ausgelassenem Tanz, während der sternenbesetzte Himmel sich wie blauer Samt über der Stadt wölbte.

Historische Unterhaltung bei rororo:
Große Liebe, unvergleichliche Schicksale, fremde Welten

Charlotte Link
Wenn die Liebe nicht endet
Roman 3-499-23232-4
Bayern im Dreißigjährigen Krieg: Charlotte Links großer Roman einer Frau, die ihr Schicksal selbst in die Hand nimmt.

Charlotte Link
Cromwells Traum oder
Die schöne Helena
Roman 3-499-23015-1

Magdalena Lasala
Die Schmetterlinge von Córdoba
Roman 3-499-23257-X
Ein Schmöker inmitten der orientalischen Atmosphäre aus 1001 Nacht.

Fidelis Morgan
Die Alchemie der Wünsche
Roman 3-499-23337-1
Liebe, Verbrechen und die geheime Kunst der Magier im England des 17. Jahrhunderts.

Daniel Picouly
Der Leopardenjunge
Roman 3-499-23262-6
Das große Geheimnis der Marie Antoinette. Ein historischer Thriller voller Charme und Esprit.

Edith Beleites
Die Hebamme von Glückstadt
Roman
Das Schickal einer jungen Hebamme im Kampf gegen Angst und Vorurteile.

3-499-22674-X